中国社会科学院　学者文选

贺昌群集

中国社会科学院科研局组织编选

中国社会科学出版社

图书在版编目（CIP）数据

贺昌群集／中国社会科学院科研局组织编选. —北京：中国社会
科学出版社，2006. 12（2018. 8 重印）
（中国社会科学院学者文选）
ISBN 978 - 7 - 5004 - 5726 - 8

Ⅰ.①贺… Ⅱ.①中… Ⅲ.①贺昌群—文集②古典文学—文学研
究—中国—文集③女性—服饰—中国—唐代—文集 Ⅳ.①I206. 2 - 53
②TS941. 742. 42 - 53

中国版本图书馆 CIP 数据核字（2006）第 128046 号

出 版 人	赵剑英	
责任编辑	丁玉灵	
责任校对	韩天炜	
责任印制	王 超	

出 版	中国社会科学出版社	
社 址	北京鼓楼西大街甲 158 号	
邮 编	100720	
网 址	http://www.csspw.cn	
发 行 部	010 - 84083685	
门 市 部	010 - 84029450	
经 销	新华书店及其他书店	

印刷装订	北京市十月印刷有限公司	
版 次	2006 年 12 月第 1 版	
印 次	2018 年 8 月第 2 次印刷	

开 本	880×1230 1/32	
印 张	14.75	
字 数	352 千字	
定 价	79.00 元	

出 版 说 明

一、《中国社会科学院学者文选》是根据李铁映院长的倡议和院务会议的决定，由科研局组织编选的大型学术性丛书。它的出版，旨在积累本院学者的重要学术成果，展示他们具有代表性的学术成就。

二、《文选》的作者都是中国社会科学院具有正高级专业技术职称的资深专家、学者。他们在长期的学术生涯中，对于人文社会科学的发展作出了贡献。

三、《文选》中所收学术论文，以作者在社科院工作期间的作品为主，同时也兼顾了作者在院外工作期间的代表作；对少数在建国前成名的学者，文章选收的时间范围更宽。

中国社会科学院

科研局

1999 年 11 月 14 日

目　录

编 者 的 话

　　贺昌群先生(1903—1973年),字藏云,四川省马边彝族自治县人,是我国著名的历史学家、文学史家、教育家。先生自幼家境贫寒,早年靠亲友资助求学。中学时期受五四新文化运动的影响,怀着满腔的爱国热忱奔赴上海,考入沪江大学。后因经济困难辍学,进入商务印书馆编译所工作。他以惊人的毅力,刻苦勤奋地广泛涉猎了文学、中外历史、哲学、心理学、语言学和美术考古等众多领域。开始在《文学周报》、《语丝》、《东方杂志》、《小说月报》等刊物发表文章,并参加了文学研究会。1930年东渡日本,潜心阅读了"东洋文库"的丰富藏书。同时对日本的汉学界做了深入的了解。回国后,他对西北考古、中西交通史、敦煌学、简牍学、汉唐政治文化史产生了极大的兴趣,从此走上了终身治史的道路。

　　1931年他北上任天津河北女子师范学院教授,同年至北平图书馆,与马衡、余逊、劳榦等对西北地区出土的上万枚汉简分别做了部分考释,昌群先生的释文手稿多达16册。这批珍藏了半个多世纪的手稿2004年已由北京图书馆出版社影印出版。1932年先生任北平图书馆编纂委员会委员,编辑《图书季刊》,

主编《大公报·图书副刊》。抗日战争爆发后，举家南迁任浙江大学史地系教授，中央大学历史系教授，历史系主任。新中国成立后，出任南京图书馆馆长、中国科学院图书馆副馆长、历史研究所研究员。

昌群先生治学勤奋严谨，思辨深澈敏锐，对敦煌佛教艺术、汉代绘画、唐代边塞诗等众多领域的研究都是具有开创性的。他也是我国简牍学研究的早期开拓者之一。《烽燧考》就是据汉简考释参以文献研究的力作。他长期从事汉唐间政治制度、思想文化史的研究，取得了卓越成就。《汉唐精神》、《两汉政治制度论》、《魏晋清谈思想初论》等都是在这一领域具有新见的论著。《古代西域交通与法显印度巡礼》、《伟大的旅行家伟大的文化使者》等专论，凝聚了他在中西交通研究上的卓著成果。20世纪50年代后，在中国封建社会土地所有制的形式这一史学界长期有争议的重大课题上，他也锲而不舍地下过极大的苦功。1964年出版的《汉唐间封建土地所有制形式研究》，受到了国内外史学界的重视。他在唐代诗歌，特别是杜诗的研究上也有独到的见解。"引诗证史、以史明诗"是他研究杜诗和治史的一大特点。他将对中国汉唐诗歌研究的精深功力糅合于史学研究之中。《诗中之史》即是他这一研究的总结性文论。他早期还从事了许多外文翻译。《西域之佛教》一书是近百年间古代西域史研究浪潮中的产物。自1933年经先生汉译至今已数次再版。

昌群先生一生都在学术前沿探索，把毕生精力献给了学术事业。他学贯中西，治学领域宽阔，学术成就是多方面的。本书因受篇幅所限，仅选编了18篇较有代表性的文章，按发表年代顺序编排。编者虽力求能将这些篇著完整地收入，以反映著者学术观点的全貌，但有的文著如《元曲概论》因篇幅较长，只能节录了部分章节，有兴趣的读者，可在《贺昌群文集》中读到全文。

　　因编者水平所限，其中疏漏，祈读者指正。

贺龄华

2005 年 12 月

元曲概论（摘选）

序　言

　　我是喜欢欣赏文学而不喜欢从事于文学的人。这本书的出版，似乎与我自己为学的素愿有点儿矛盾：六七年前，在学校里得读王国维先生《宋元戏曲史》，书中征引繁博。许多旧闻杂钞，都未曾见过，在研究上并不感得多大的兴趣；不过那时却因此很喜欢读元人的戏曲和小令。及入社会，因职务的关系，不知怎么我便派撰作元明清小说戏曲提要。这个机会于是使我得恣览三朝词曲名篇。入后，渐趋研究的程序，三四年来陆续有所领获。也时而写些短文章发表，便渐渐的凑成了这一本小书。

　　当今研究元曲而真能认识其价值者，自推王国维先生。凡他探讨所及，几无人能跳出其范围。这本书自然亦不敢希冀就是例外；不过著者自信从外国乐舞而探究宋元戏曲的渊源，此书于这方面，虽未能很满意，可还是王先生及现时多数研究宋元戏曲者所未尝道及的。本书第一、二、九的三章，曾先在

《小说月报》及《文学周报》发表过，这里是当向编者们多多
道谢的。

贺昌群

（民国）十七年六月二十五日于上海

引　论

楚辞，汉赋，唐诗，宋词，元曲，都是一个时代精神的文艺
的特征。过了那个时代，无论后人怎样的念旧，怎样的摹仿，在
精神上总是永远赶不上的。比如古诗有《行行重行行》，后来便
有人作《拟行行重行行》，古诗有《明月何皎皎》，后人便有
《拟明月何皎皎》，硬将自己一段优美的感情，着上古人的衣冠
色彩，像固然像了，无如只是"貌合神离"！这并不是说古人一
定胜于今人，乃是说今人不必死摹拟古人，应该另辟蹊径，独自
创造，才能够产生出伟大的作品。这话虽是"老生常谈"，然
而，古往今来的名篇杰作，哪个又不是这样。

元曲是一个时代精神的文艺，元人自己是不曾料得的。可怜
《元史》也并无只字道及；最有名的曲家，也不曾在正史中有个
略传！本来诗词之学，在中国历来的传统观念，都认为是"陶
冶性情，文章之末事"，或是"雕虫小技，壮夫薄而不为"。其
间的原因，自然不只是这个谬误的观念：一来，元曲的时代较
近，在好古鄙今的中国人，哪里有耐性来留意当时的民间文学。
他们上焉者只知道韩、柳、欧、苏的古文，下焉者只囿于时文括
帖，就连"陶情冶性"也还说不上；所以元曲当然被摈弃于史
志之外，郁埋沉晦了几百年！就是号称为包罗古今的《四库全
书》，除了几种元人的小令套数而外，对于元曲的记载一部也未

曾记录，这真是中国文学史上的一件奇事！

　　然而，元曲的环境虽然如此恶劣，而元曲在民间的潜势力，却反而比"正统文学"的力量来得普遍。这个原因也很简单，因为凡是建设在民众之上的一切文物制度、学术思想，当然对于民众本身，发生直接的影响，其传布也极其迅速。所以，刻意雕琢的《三都赋》，究竟抵不过一个孟姜女故事的民间传说；台阁诗文，究竟没有巷陌之间的歌谣有永久性——能够引起一般的感情。《诗经》的《国风》，古诗中的《孔雀东南飞》等，都是这个最明白的例证。

　　古人说："诗言志，歌永言，声依永，律和声。"古代的诗歌是没有韵的，作者只按自然的节拍。秦汉的古诗，大概都是如此。古诗因为没一定的韵律束缚，所以作者便不致把他心中的感情"矫揉造作"，以强就律令，只率意地写了出来。又，关于音韵一方面，古代无有轻唇音，所以只觉得他的音调淳朴浑厚。到了南北朝，时会尚绮靡，政治上、思想上都起了变更，所以他们的人生观也随着有所改移，所谓北地胭脂，南朝金粉，正足以表现当时人生的意义。大凡一种细腻的人生，对于声色是很讲究的。东汉至建安、黄初的诗，酝酿了二百余年（约西纪元年至225年），在音韵和形式方面，到这时都不能不起变化了。加以那时印度的思想和西域的音乐，不断地流到中国来，中国文学便无抵抗地受了极大的影响。影响所及，除思想而外，便是诗歌的形式和声韵了。齐梁间（约公元479至513年）沈约创四声八病之说（赵翼《陔余丛考》卷十九有四声不起于沈约说，谓四声实起于晋人，例证很多，颇有理由，但此事不能在这里讨论），中国文学为之面目一新。自此以后，便产生新文体的创造：诗歌方面，则有韵律的萌芽；散文方面，便成四六的滥觞。唐初所谓四杰杨（炯）、王（勃）、卢（照邻）、骆（宾王）的诗，音节铿锵，明明是受了沈约的影响。后来上官仪、沈佺期、宋之问等，便更积极地形成了诗的规律。到了盛唐（公元713—766年）、中唐（公元767—827年），律诗便臻于成熟时期，而成为一个时代精神的文艺。

大凡一种事物，到了一定的烂熟时期，必然会起他本身的变化。初唐（公元618—712年）、盛唐的乐府歌辞——五言、七言或六言的律诗绝句，所谓"近体"——都是可歌的，在声韵方面是很成熟的了。于是在中唐的时候，诗歌便蜕化而为长短句的词。韦应物的《调笑》（又作《调啸》，一名《宫中调笑》，一名《转应曲》，一名《三台令》），白居易、刘禹锡的《忆江南》，都是中唐词调最早的创体。从前的乐府，向来只是诗人做诗，乐工谱曲，到这时候才由教坊作曲，而诗人填词了。填词是依现成的曲拍，作为歌词。填词大概不外两个动机：（一）是教坊的乐曲本已有了歌词，但因作于不通文艺的伶人倡女，其词不佳，不能满人意，于是文人给他另作新词，使美调得美词，流行更可久远而普遍。（二）是词曲盛行之后，长短句的体裁渐渐得文人的公认，成为一种新诗体；于是诗人常用这种长短句体作新词，起初是可歌的，但后来并不注重歌唱了。如苏轼、朱敦儒、辛弃疾且有借用诗调来作词的。南宋姜夔、吴文英诸人，亦自己作曲，自己填词。

词到了宋，他的音律和意境方面都进化到一个独特的地步，为宋代文艺的特征。在宋以前，唐五代的词也未尝不盛，但大概都是五言、七言或六言的律绝。比如张志和"西塞山前白鹭飞"的一首《渔父词》，至多也不过是变态的七言绝句，究竟还脱不了乐府的流风。入宋而后，词的格律便十分谨严了。我们读张炎《词源》，看他论音谱、拍眼、制曲、句法等十余条，可见"雅词协音，虽一字不肯放过"，是何等的严格！

我们现在姑且不论外来的影响和词曲本身演进的问题（其详见下章），单就文学进化的原理和眼前宋词的趋势看来，知道宋词到这时必然要起变化了。我们试回转去看，唐乐府代替了古乐府，律绝又代替了唐的乐府，宋人歌词又代替了律绝而变为长短句，长短句这时已到了烂熟时期，已不能完全供应当时文艺界与戏剧的要求了，于是元曲便"应运而兴"，而成为一个时代精神的文艺。

以上粗略的论汉唐以来的韵律文学。我的意思不过是为下章行文方便，使读者大略明白这个变迁的纵的趋势，然后再来讨论元曲在横的方面的渊源和发展，比较要有理些吧。

研究元曲的渊源是复杂的、缜密的工作，因为元曲产生的时期，适当外来民族入主中国的时代，绵亘几百年，在音韵和语言上都不免受许多的影响。这可看南北朝和唐代佛乘流入中国后，中国音韵和语言都因此有所变更，——是相类的一桩事件。有些人对于这层都表示否认，竟或不屑向这方面研究，这似乎还存着"故步自封"的谬误心理。近人吴梅《词余讲义》第一章开首便说：

> 剧曲之兴，由来已久。而词变为曲，其间嬗递之迹，皆在有宋一代。世之论者，以其勃起了金元之际，遂疑出自异域，其实非也。

王国维《戏曲考原》（《晨风阁丛书本》）也说：

> 楚辞之作，《沧浪》、《凤兮》二歌先之。诗余之兴，齐梁小乐府先之。独戏曲一体，崛起于金元之间，于是有疑其出自异域，而与前此之文学无关者。

我们自然不得说元曲的兴起，是完全出自异域；但我们不能不说元曲的兴起是受有异域的影响。所以我们研究元曲，须要从这几方面仔细地寻出他的线索来。但这个尝试能否成功，却是我不敢预料的。

第一章　汉代乐舞与外国音乐的关系

汉以前中国的音乐和舞蹈，可以说与普通文学实际并未曾发生密切的关系；汉以后，文学和乐舞才慢慢儿地互相拢来握手了。

本来音乐是以声表情，跳舞是以容表情；声的流露是音乐，容的姿态是跳舞，乐舞是同时起源的东西。我们读了《诗经》中的"方将万舞"，"式歌且舞"，"籥舞笙歌"，及《周官》、《乐记》诸书的记载，知道乐舞在中国古代已成为举国通行的大典；不过中国古代的乐舞，大半是为郊庙祭祀而设，国家设有专官，在一般社会上大概是不通行的。——我以为这一点也许便是后来跳舞无形消灭了的大原因。

自秦而后，始皇改《大武》（《大武》是周武王表提武功之乐，即孔子所谓"《武》尽美矣，未尽善也"）为《五行之舞》，而实际未言其变更。汉室初兴，上承秦火，乐已亡失，——古代乐属于舞，《宋书·乐志》："凡音乐以舞为主。"——乐亡，舞亦不振。到这时候，中国的乐舞，显然告一段落，"不得不另起炉灶"了。

汉高祖以平民而得天下，不事学问，更不知什么叫做礼乐。他的《大风歌》是"过沛与故人父老相乐，醉酒欢哀"时所作，只算是一首民歌罢了。这时由国家制作的音乐，因丧乱之余，简直无人过问。这个时期似乎是中国音乐史上最不幸的际会；然而，实际却是最重要的时期。因为这时正是突厥民族——匈奴在北方势力膨胀的时代，他们乘着中国内乱，屡次入寇。而当时汉室以初定天下，亟欲休养生息，对于匈奴，只得采用一种所谓

"和亲"政策以羁縻他。到了武帝——他是一个雄才大略的人，很想把从前失去了的汉族体面和声威争夺回来，所以一变和亲而为挞伐，以至于穷兵黩武。这对于当时政治上的影响如何，不在本题之内，可不多说，而在音乐和文学史上的变迁，却显然自成一新纪元。我们如果将这些事实寻出它的线索来，未尝不是一桩饶有趣味的事。

近来研究史学的人，渐渐因外国学者研究的影响和各处图书文字的发见，始展放他们的眼光于各种史料中注意外来势力的影响，同样的也影响到文学史的研究上。不过这个倾向现在还是萌芽，将来也许会成为粗枝干叶的。

在秦汉以前，古乐有雅郑之别，所谓雅是古典的，是儒家所推崇的，郑是俗乐，是儒家所诋斥的，以为靡靡之音。然而，无论儒家怎样地维持"雅乐"，终归抵不住"郑声"的蔓延！这个理由是我们在上文曾说过的，凡是建筑在民众之上的一切文物制度、学术思想，当然对于民众本身发生直接的影响，故其传播也极为迅速。我们知道雅乐原是古代的庙堂之乐，很不易激起一种音乐的感情，郑声也不见得就是"淫声"，但其激动感情的力量，自然要比雅乐来得强大些，然而，在"博而寡要"的儒家看来，这岂"先王之乐"吗？

上文说汉高祖以平民而得天下，初不知礼乐，其后乃命叔孙通制定宗庙之乐，其中有昭容乐、礼容乐等雅乐，可知这时的乐舞是完全承接秦以前的制度，并无新兴的创体。这种雅乐除了郊庙祭祀之外，对于民众毫无影响，便逐渐衰煞，所以那时民众的音乐——郑声，大有压倒雅乐之势，《汉书》卷二十二《礼乐志》说：今汉郊庙诗歌，未有祖宗之事，八音调均，又不协于钟律，而内有掖庭才人，外有上林乐府，皆以郑声施于朝廷。这时正是武帝当国（他对于音乐是极感趣味的人），于是雅乐和郑声便成为对立的两派。那时公孙弘、董仲舒——一般正人君子，都怀着很大的忧惧，"以为音中正雅，立之大乐，春秋乡射，作于学官，希阔不讲。自公卿大夫，观听者但闻铿鎗，不晓其意"。又说："是时郑声尤甚，黄门名倡，丙强、景武之属，富显于世，贵戚五侯定陵、富平外戚之家，淫侈过度，至与人主争女乐。"可见这时的音乐，已经与汉初大有不同了（清人凌廷堪《燕乐考原》〔卷一《粤雅堂丛书》本〕云："龟兹琵琶未入中国以前，所谓俗乐者，即清商三调也。"按：古乐有清调、平调、侧调，谓之三调。姜白石集《侧商调序》说："琴七弦，具宫、商、角、徵、羽者为正弄；加变宫、变徵、为散声者曰侧弄。"侧商之调久亡。唐人诗："侧商调里听《伊州》"，可见这种乐调大概是很流美的）。《汉书·礼乐志》载：

> 武帝定郊庙之礼，乃立乐府，采诗夜诵，有赵、代、秦、楚之讴。以李延年为协律都尉。

（按：胡应麟《困学纪闻》卷十六云：惠帝时有乐府令夏侯宽更安世乐。则乐府之名，非始于武帝；但我们可以说，到武帝时，乐府的范围更为扩大，添了许多新兴的制作。）

乐府既正式成立，其所包含的乐舞，据蔡邕《礼乐志》，凡有四品；

（一）大予乐，典郊庙上陵殿诸食举之；

（二）周颂雅乐，典辟雍飨射六宗社稷用之；

（三）黄门鼓吹，天子享乐群臣用之；

（四）短箫铙歌，军中用之。

这四种乐舞成立，便造成乐府的一般新气象，而尤以鼓吹、铙歌为新兴的创体。后来音乐和舞蹈的种种形式，都从此滋演而来。但这里最可使我们奇怪的，何以鼓吹和铙歌在这个时候会凭空的产生出来？从前的《郊祀安世房中乐歌》都是一般无聊文人歌功颂行的作品，而鼓吹、铙歌则迥异乎是？这不能不令我们想到当时与外族发生关系的了。这里有一段重要的材料，同见于《史记·封禅书》、《孝武本纪》及《汉书·郊祀志》里：

> 其春，既灭南越。上有嬖臣李延年，以好音见，上善之。下公卿议曰：民间祠，尚有鼓舞乐，今郊祀而无乐，岂称乎？公卿曰：古者祠天地，皆有乐，而神祇可得而礼。或曰：太帝使素女鼓五十弦瑟，悲，帝禁不止，故破其瑟为二十五弦，于是赛（按：清张文虎《史记札记》改作塞）南越，祷祠太一后土，始用乐舞，益召歌儿，作二十五弦及空侯琴瑟（《札记》云：琴瑟二字衍文）自此起。

当时的新乐中已有空侯一种乐器，空侯的古写为坎侯，明以后则写着箜篌（见 M. Pelliot：Le 箜篌 K'ong-Heou et Le Qobuz 一文，载《支那学论丛》中），这种乐器完全是外来的音乐，可见李延年制的新声，与西域诸国乐器乐律有极密切的关系。我们下文还当详细地申说。

这些乐器、乐律何以得流传到中国来呢？原因在于张骞通西域以还，与西域诸国往来发生的关系。崔豹《古今注》说：

> 横吹胡乐也，张博望入西域，传其法于西京，唯得《摩诃》、《兜勒》二曲。李延年因胡曲，更造新声二十八解。《乘舆》以为武乐，后汉以给边将军。和帝时，万人将军得用之。魏晋以来，二十八解不复具存。世用者，《黄鹄》、《陇头》、《出关》、《入关》、《出塞》、《入塞》、《折杨柳》、《黄华子》、《赤之阳》、《望行人》等十曲。

汉时所谓横吹即横笛，考证见下文。这里且先论《摩诃》、《兜勒》二曲的渊源。大抵外国音乐乐调，最初输入中国的时候，都是译音，《摩诃》、《兜勒》最初疑非西域音乐，或者是从印度而来，梵文中之 Maha（"大"之意）与"摩诃"音极相近，闻日本桑原骘藏有《张骞之远征》一文，亦说《摩诃》、《兜勒》二曲为梵语之译音，可惜不曾得读他的论文，无从参考他的论证。但无论如何，那时印度与龟兹早已交通，二曲由龟兹、康国而转入中国，未必没有可靠的理由。

黄门鼓吹和短箫铙歌的解说，很有许多不同的记载，有说原是中国的国产，蔡邕《礼乐志》说："鼓吹盖短箫铙歌，军乐也，黄帝歧伯所作，以扬德、建武、劝士、讽敌也。"

而《宋书·乐志》引《司马法》曰：

> 得意则恺乐恺歌，雍门周说孟尝君鼓吹于不测之渊。此为见鼓吹之始。

以上两说，都以鼓吹铙歌原为中国所有，其实都是依托或推想的话，完全没有根据，当然不能使我们相信。这两种乐显然是从西域传来，我们可以提出许多证据。《宋书·乐志》卷四载：

汉鼓吹铙歌十八曲——

> 《朱鹭》、《思悲翁》、《艾如张》、《上之回》、《翁离》、《战城南》、《巫山高》、《上陵》、《将进酒》、《君马黄》、《芳树》、《有所思》、《雉子》、《圣人出》、《上邪》、《临高台》、《远如期》、《石留》

魏鼓吹曲十二篇　缪袭造

晋鼓吹歌曲二十二篇　傅玄作

吴鼓吹曲十二篇　韦昭造

今鼓吹铙歌辞

> 《上邪》、《晚芝田》（原注：汉曲有《远如期》，疑是）、《艾如张》

鼓吹铙歌十五篇　何承天义熙中私造

如今这些歌辞既都存在，其中汉鼓吹铙歌歌辞十八曲，《古今乐录》说："字多讹误"不可解，殊不知外国音乐初入中国，多由译音转变，我们在上文已说过，如《也不罗》之转为《也罗索》，《木斛砂》之转为《牧护歌》（《牧护歌》为波斯火袄教歌曲，考证见宋姚宽《西溪丛谈》卷上）是其例；而译音之转变，大多先由同音转为半有意义的，如《辍耕录》（卷下）所载元达达乐曲中之《额埒苏》，译音转为《摇落四》，《栋丹巴》译音转为《洞洞伯》，《锡里森》转为《削浪花》，虽半系音译，而已兼含有汉意。故十八曲歌辞自西域输入之后，虽掺入了不少的汉文意义，并且颁为国家的乐制之一，然而终不能掩蔽其外来音译的色彩。我们再看《宋书》中《今鼓吹铙歌》辞三首下原注云："乐人以音声相传话，不可复解，"可见鼓吹铙歌的乐调，似乎到刘宋时代还未大有变更，而缪袭、傅玄、韦昭诸人所作，其歌辞已显然是"雅乐"，完全不带外来的色彩，于此可以证明鼓吹铙歌绝非汉人所创作。至于这种乐调的演奏情形，我们读陆机《鼓吹赋》（《艺文类聚》卷六十八）还可见得：

> 鼓砰砰以轻投，箫嘈嘈而微吟。咏《悲翁》之流恩（按：恩字当作思），怨《高台》之难临；顾穹谷以含哀，仰归云而落音；节应气以舒卷，响随风而浮沉。马顿迹而增鸣，士犎蹙而沾襟。若乃巡郊泽，戏野坰，奏《君马》，咏《城南》，惨《巫山》之遏险，叹《芳树》之可荣。

这篇赋中连引《思悲翁》、《临高台》、《君马黄》、《战城南》、《巫山高》、《芳树》等六曲，由此我们可以推想鼓吹铙歌十八曲奏演时是鼓砰砰而箫嘈嘈，那末，箫鼓两种乐器自然是演奏十八曲时重要的工具了。箫鼓而外，还有筚，《隋书·音乐志》载：

> 其制鼓吹一部十六人，则箫十三人，筚二人，鼓一人。

《乐府诗集》卷十六及王应麟《玉海》卷一百十引刘瓛定《军礼》云：

> 鼓吹未知其始也，汉班壹雄朔野而有之矣，鸣笳以和

箫，非八音也。（按：《汉书》卷一百叙传七十下云："始皇
之末，班壹避坠于楼烦，致牛马数千群。值汉初定，与民无
禁，当孝惠高后时，以财雄边，出入弋猎，旌旗鼓吹。年百
余岁，以寿终。"）

这样说来，黄门鼓吹，短箫铙歌，横吹曲，究竟同是一种乐，还
是各不相同的呢？这个问题是研究乐府的人讨论的焦点，我们这
里因篇幅关系，不能深说，总括说来，这三者都是从西域而来的
音乐，到魏晋之世，才统谓之为鼓吹，《乐府诗集》卷十六说：

> 然则，黄门鼓吹、短箫铙歌与横吹曲，得通名鼓吹，但
> 所用异耳。

唐杜佑《通典》卷一四六说：

> 北狄乐，皆为马上乐也。鼓吹本军旅之音，马上奏之。

读唐人诗"葡萄美酒夜光杯，欲饮琵琶马上催"，那一种雄壮朔
野之气，和沙场战士的腥血，仿佛就在我们的眼前。《通志》卷
四十九亦载：

> 汉短箫铙歌二十二曲，亦曰鼓吹曲。按：汉晋谓之短箫
> 铙歌，南北朝谓之鼓吹曲。

我们在上文说过，横吹古谓之横笛，是鼓吹乐中的重要乐器，李
延年有横吹曲二十八解，这种乐器也是从西域输入，《宋书·乐
志》说：

> 胡簏出于胡吹，以其似簏。故得簏名，初不名为笛也。

按：《隋书·乐志》载西凉乐器有横笛。横笛之名，当昉于周隋
之间。《文献通考·乐考》五谓："大横吹小横吹，并以竹为之，
笛之类也。"则横笛当即横吹，清徐养原《笛律》（木犀轩本）
说：

> 大抵汉魏六朝所谓笛，皆竖笛也。自京房以来，及蔡
> 邕、桓伊之所吹，胥是物也。唐人所谓笛，乃横笛也，凡宁

王李谟之所吹，胥是物也，唐人诗云："羌笛何须怨杨柳，"
又云："更吹羌笛关山月。"《关山月》、《折杨柳》，并汉横
吹曲也。

这种音乐输入既久，便逐渐雅化或华化，而诗人文士翰藻之间，
犹有流风余韵，令人意味，江掩《横吹赋序》：

> 骠骑公以剑卒十万，御荆人于郊外，铁马烦而人耸色，
> 彩旄耀而士衔威，军容有横吹，仆感而赋之云。

魏晋以降，中国和西域诸国的交通渐繁，自葱岭以西，达至亚拉
伯、东罗马，商贾往来不绝。后魏杨衒之《洛阳伽蓝记》卷三
记葱岭以西，当时外国人入中土经商的情形，兹录于下：

> 自葱岭以西至大秦，百国千城，莫不欢附；商胡贩客日
> 奔塞下，所谓尽天地之区，已乐中国风土，因而宅者，不可
> 胜数。是以附化之民，万有余家。

南北朝时代，西域的乐人舞工从龟兹、安国、于阗诸国而来的更
为频繁，尤以北齐、北周因为地理的关系，与西域人较为密切，
西域人之入境者特多；加之北齐后主高纬尤好胡乐，竟重用西域
的乐人舞工，而有封王开府者。《通典》卷一四二《乐》二有这
样一段记载：

> 后主唯赏胡戎乐，耽爱无已；于是繁习淫声，争新哀
> 怨。故曹妙达、安未弱、安马驹之徒，至有封王开府者，遂
> 服箩缨而为伶人之事。

曹妙达即《大唐西域记》卷一所记之劫布呾那国人，唐时称为
曹国，《北史》卷九十二《恩幸传》中所谓："胡小儿曹僧奴子
妙达，以能弹胡琵琶，甚被宠遇，俱封王开府。"《旧唐书》卷
二十九《音乐志》更说：

> 后魏有曹婆罗门，受龟兹琵琶于商人，世传其业。至孙
> 〔曹〕妙达，尤为北史高洋（文宣帝）所重，常自击胡鼓以

和之。

曹氏自北齐至唐，父祖子孙兄妹皆称琵琶名手。《北史》卷十四《后妃传》下，谓后主高纬之后昭仪亦善好琵琶，优遇曹僧奴之女。曹氏至唐时，声名益显震，段安节《乐府杂录》（即《琵琶录》）载曹保、曹善才、曹纲皆曹妙达之后，擅长琵琶。此外，与曹妙达同时的有曹仲达，为北齐之名画家，唐张彦远《历代名画记》卷一谓亦为曹国人。

中国政治在这时因为受几个外来民族的侵略，种种文物制度都大有变更，在乐制上的变化，与前代差异尤大。而西域的乐器、乐律具体的输入，也自此时开始。《魏书》卷一《太祖纪》载（此处似有误，出处应为《隋书》——编者）：

太武平河西，得西凉乐。至魏周之际，遂谓之国伎。魏代至隋咸重之。其曲项琵琶筚篥引之徒，并出自西域，非华夏旧器。《杨泽新声》、《神白马》之类，生于胡歌，非汉魏遗曲，故其声调，悉与书史不同。其歌有《永世乐》，解曲有《于阗佛曲》。

又说：

后魏太武既平北燕，冯氏通西域，得《疏勒》、《安国》等乐。疏勒乐器，有竖箜篌、琵琶、五弦、笛、箫、双觱篥、正鼓、铜钹、等箫、小觱篥、侊皮觱篥、齐鼓、担鼓十四等为一部。工十八人。

《旧唐书》卷二十九《音乐志》又说：

周武帝聘虏女为后，西域诸国来媵；于是龟兹之乐，大聚长安。胡儿令羯人白智通教习，颇杂新声。

隋代承北齐、北周之后，胡乐广被民间，唐杜佑说：开皇中（581—600年）〔胡乐〕大盛于闾阎（《通典》卷一四六），可见当时的盛况。当时更有一段重要的记载，使我们知道外国音乐支配中国乐制的情形。盖自汉之乐府成立，在中国音乐史上开一新纪元，而自南北朝末至隋初的二十余年间（559—587 年），又为一新纪元，这是不能不大书而特书的。《隋书》卷十四《音乐志中》有以下一段记载：

> 先是周武帝时有龟兹人曰苏祗婆，从突厥皇后入国，善胡琴琵琶，听其所奏，一均之中，间有七声。因而问之，答云：父在西域称为知音，代相传习。调有七种（凌廷堪《燕乐考》原卷一云："此即今日乐器相传之七调也"），……一曰娑陀力，华言平声，即宫声也；二曰鸡识（《宋史·律志》引《乐髓新经》作稽识），华言长声，即南吕声也（《燕乐考原》卷一云，南吕声当为商声之误）；三曰沙识，华言质直声，即角声也；四曰沙侯加滥，华言应声，即变徵声也；五曰沙腊，华言应和声，即徵声也；六曰般瞻，华言五声，即羽声也；七曰俟利箑，华言斛牛声，即变宫声也。……然其就此七调，又有五旦之名，旦作七调，以华言译之，旦者即谓均也，其声亦应黄钟、太簇、林钟、南吕、姑洗五均。

现在且将这七调列成一表，以清眉目：

中 乐	龟 兹 乐	华 言
宫	娑陀力	平 声
商	鸡 识	长 声
角	沙 识	质直声
变 徵	沙侯加滥	应 声
徵	沙 腊	应和声
羽	般 瞻	五 声
变 宫	俟利箑	斛牛声

何以说苏祗婆琵琶七调输入之后，中国音乐史上，便开一新纪元呢？因为中国古乐，本以七弦琴为主。琴七弦具有宫、商、角、徵、羽五声者谓之正弄，加上变宫、变徵者，谓之偏弄。在龟兹琵琶未入中国以前，魏晋以来相传的俗乐，只有清商三调；清商即是《通典》卷一四六说的清乐，即唐人之法曲是也。清乐的清调平调，原本出于琴之正弄，是不用二变——变宫、变徵的，清乐之侧调，出于琴之侧弄，要用二变的。隋唐以来的各部乐所用的乐器，都以四均二十八调的龟兹琵琶为主，而谓之燕乐（《新唐书》作宴乐，《通典》作讌乐）。燕乐唐人把它括入胡部中。燕乐二十八调，无调不用二变之音，于是清乐之侧调杂于燕乐而不可复辨矣。以后中国的南北曲都是渊源于清乐和燕乐的。这样说来，苏祗婆琵琶七调的输入，其重要可知了。

《隋书》卷十四《音乐志》载，隋文帝开皇二年（582年），颜之推上言："礼崩乐坏，其来自久，今太常雅乐并用胡声，请冯梁国旧事，考寻古典。"文帝不从。当时隋尚承袭周乐，于是乃命工人齐树提检校乐府，改换声律，盖不能通。开皇七年，柱国沛公郑译遂因苏祗婆琵琶七调弦柱，相饮为均，推演其声，更立七均，合成十二，以应十二律，律有七音，音立一调，故成七调十二律。所谓十二律者，即太簇、姑洗、蕤宾、夷则、无射、黄钟（以上为阳律）、大吕、应钟、南吕、林钟、仲吕、夹钟（以上为阴律）。将七调即宫、商、角、徵、羽、变宫、变徵乘十二律，便成为八十四调，乐工根据这八十四调，谱成各种乐曲。到宋以后，因为歌词的声调逐渐演化，乐工们便感到烦难了。于是将徵声及变宫、变徵省去，只余宫、商、角、羽四声以乘十二律，得四十八调。凡以宫声乘律的都叫做宫，以商、角、羽乘律的，都叫做调。如今宫调之名，即原于此。宫调的作用，近人吴梅《顾曲麈谈》说："宫调者，所以限定乐府管色之高低也。"后来，这四十八调到元以前已有亡佚，据周德清《中原音韵》所载，仅余六宫十一调，元时，这十七宫调又亡歇指、角调、宫调三种，只剩得十四宫调了。

　　再，上文所引《隋志》说："然其就此七调，又有五旦之名，旦作七调，以华言译之，旦者则谓均也。其声亦应黄钟、太簇、林钟、南吕、姑洗五均。"今按：《辽史·乐志》亦载有四旦二十八调。四旦者，一婆陀力旦，二鸡识旦，三沙识旦，四沙侯加滥旦。旦和均和律三个名词，其实都是同样的东西。旦是印度音乐的名词，正如西乐中之 C 调、D 调、E 调等，为标识乐器管色高低之用的。印度北宗音乐中有 thāt 一辞，旦当是从此字的音译而来，此为吾友向觉民君之说，他曾举出三个论证：（一）阿罗汉一字，梵文作 Arhat，"汉"属十五翰，依瑞典高本汉（B. Karlgren）研究切韵的结果，则翰韵字收音应为 An，依刚和泰（A. Von Staël-Holstein）之说则为 an，因为古音同部之字，平入不甚区分，故 hat 亦译为汉（han），以 t 与 n 同为舌头之故。准此，则 thāt 之对音当可为"旦"。也许有人要问，han 与 hāt 有 a 与 ā 之别，何能视为同一发音哩？但试考旧译，a 与 ā 的译音实是极少分别的，如毗婆诃（Vwāhah），毗婆罗（Vivarah），苏婆呼（Subāhah），娑婆罗（Savarah），均系同"婆"字，而或以译 a 或以译 ā。又如摩诃迦旃延（Mahakatyāyanah），摩诃盘迦陀（Mahāpanthakah），摩诃那摩（Mahānamah），摩鲁陀（Maludah），摩鲁摩（Malumah），焰摩天（Yamah），同以一"摩"字，而译 a 或 ā。他如诃罗诸字，都曾用以译 a、ā 二音，是知准阿罗汉之例，以旦为 thāt 之对音，这个理由，似乎可以成立。（二）印度旦 thāt 字，本"行列"之义，于奏某调时，须此以定宫调弦乐管色之高低，而一宫可容数调，故又有类析之义，即是以音律表旋律的基础的意思（引见《印度斯坦尼音乐》

一〇六及四〇页释旦）。所以印度的旦与中国的均是同为节制声律的术语。（三）印度北宗音乐之称某宫调亦曰某旦，如 Bhaira-vi thāt 及 kāfi thāt，酷如苏祇婆七调五旦中之称娑陀力旦、鸡识旦等，以上三端，可证苏祇婆之七调五旦，原为印度的音乐，由龟兹而输入中国，实无疑议。

（以下各章略）

（商务印书馆 1930 年版）

语言的缺陷

　　人之所以异于禽兽者，古代的哲人说，是因为人有"礼"的操持，近代语言学者则告诉我们，人类脱离了动物界的圈囿，开始建设人类历史者，是全凭语言和手的两种能力而已。前者促进人类的精神和理知，后者是创造实在世界的工具。论人类的官能听觉和嗅觉，实不及动物中犬猫的敏捷，论人类的组织能力，又远不及下等动物蜂蚁的谨严不紊。我们即使不作极端的主张，说动物界中未尝不有语言之类的动作，以传达它们同类简单的冲动，但一般动物，除喉头作用（Laryngeal process）和肺脏及胸部的筋肉张弛以表示它们的冲动而外，便没有乐音（Euphony）和节调（Articulation）的发声作用了。我们也可以再退一步说，语言不过是有声音的思维，思维不过是内部的语言；然而，无论如何，语言确是高等精神进化的重要的补助手段：有语言乃能有抽象底概念的思维；文字是概念的符号，有语言乃能借文字以宣传无量数代祖先的精神工作给我们，使我们可以节省无量数的自己的劳作；有语言乃能使人和人的交际得以便利。总而言之，人类能够互相发生的社会关系，语言实是一个重要的媒介物。

　　自来论思想与语言（包括文字）之关系的，大约有以下的三种说法：

（一）谓思想与语言本无区别。这派大多站在行为主义的观点立论的，比如小孩子说话，其实就是在那里学思想，在小孩子，思想和语言几乎有必不可分离的关系，小孩子独自在那儿做什么事情的时候，也常常通通说了出来，许多成年人思想的时候，也常常自言自语；所以他们说语言不过是有声的思想，思想不过是内在的语言。

（二）谓语言文字是思想的衣表，与思想之本身无涉，仅为传达思想的媒介，故思想与语言之间，似乎有隐约的界线。

（三）谓语言文字虽与思想不同，但二者的本身却是互相关系的，盖语言文字，虽是思想的媒介——不过此处所谓语言文字的范围，较通常的意义为广，凡是我们有意用为符号的，如姿势，图画，碑碣，可视影像，手的运动之属，自逻辑言之，都可谓之语言文字，这样看来，思想自然有它的存在了。此派以约翰·杜威主之最力，他以为语言文字是指定及传达意义的符号，有了意义，语言文字才能与思想发生关系，否则无意义，则所谓实物，仅为感官所接触的盲目的刺激，或苦乐之偶然的来源而已。

语言的起源，言人人殊，历史家，心理学家，语言学家都各有不同的论调，这是因为他们各有不同的立脚点，其所持的理由，虽一时不能俱论，但我们总括看去，未始不可以"殊途而同归"的态度去容纳它们，现在姑采一种比较流行的说法以解释语言的起源。

语言的起源，大概是始于群居，而发展于社会生活，它的作用在于交换意见与求得谅解，那么，一定有人要问：其他动物亦有群居的，为什么不能向创造语言和工具方面发展呢？为什么单单只有人类向这方面突进呢？为什么单单人类有抽象的思想，宗教的及政治的观念，善恶的判别，敏悟的天才，一般动物真不能与人类比拟呢？要解答这些问题，自然非这篇短文所能置办。大概说来，人类的祖先，因受各种环境剧烈的变更，在生存竞争上，他要与其他独立的动物相处，他如果不有优胜的工具，必至于受天然的淘汰，所以辅助他的生存竞争最有力的，就是同类的团结，这种团结为保护自己及攻击非其族种的侵害，是很高的组织，集数千百个耳目手足，共同一个目标。受一个脑经的支配，这个必须有共同的计划与互相的了解，因此必须有沟通或表达自己意思的方法——语言了。

表达意思的方法，凡有三种：（一）是姿势（Gesture Language），（二）是语言，（三）是文字。在未有语言之先，姿势是唯一表达意思的工具，小孩子初生数月之后，虽不能语言，却能用手指着所爱的东西，见着他的母亲常作趋前若扑的状态，这是不会说话，不懂文字，只用姿势表达意思的时期。稍长，得了语言文字的经验。便用语言文字表达他的意思了。德国心理学家伯来安（W. Y. Preyer）说过："人类全体的精神进化史，于儿童的发展中，缩短重复出现。"我们要研究人类祖先的进化，正可从儿童心理中看出来。

姿势如手脚或筋肉的和脏腑的变动之类，虽是也可视为思想的符号，但是这些作用，对于思想上许许多多的微妙的差别，是否能够对它们中每个都给予一个符号，显然是不可能的事情，所以手脚与躯体的作用，虽也可表示意思于旁人，但这些动作，不特配合的花样不多，并且表现要费许多时间，远不及语言那样便利。嗣后人类互相的关系日繁，思想的活动逐渐扩大，辅助记忆的方法（the memotechnic device）便渐觉迂阔而不相联索。如相传伏羲氏画八卦（所谓伏羲本没有这个人，《周易》解释八卦的宇宙观，全是战国时儒家附会之说；八卦之作，或始于商周时代——或许，就是战国末年。但画卦之初，谁也不能知道作者是什么意义），或是初民一种记数的方法。在初民社会，本是以结绳为治，而统其事的，其后"庶业繁兴，饰伪萌生"，于是他们所感受外界的事物逐渐繁复，他们的思想已由具体的而进为抽象的，文字遂由此成立，文字既立，人类便由仅具生存的情态中，而成功其文化的发展了。

思想的表达，藉语言文字，而语言文字之本身，则为同一作用——文字是有形的语言，语言为有声的文字。语言文字的进化，必自感情而意志的阶段，渐渐进客观而理智的阶段，并且具体的必先于抽象的，个体的必先于普遍的，主观而感情的，必先于客观而对象的，语言文字的最后阶段是论理而概念的阶段；然而这是仅就语言文字一端而言，我们若就二者的发展与其关系而论，则语言（文字亦当包括在内的）有三种缺陷是很难免去的，人类在文化上的追求，不过是向着这方面缓缓地前进，以求一点一滴地弥补这三种缺陷而已。

（一）心理过程中语言的缺陷。语言的如何成立，我们在上边已经大略说过了，但构成语言的要素是什么呢？粗略地说来，不外感觉和观念二者的联合。而思想一语，就狭义言之，通常限于五官所接触的事物，但如"爱情"和"憎恶"的两个普通名词，它们的思想的形式，可以说随其所用的地方而有千百种不同的意义，此外如喜怒哀乐之发乎中而形于外的，我们绝难把它们的心理的过程用语言的方式表现出来。又譬如我们在旧小说中常常见到"说时迟，那时快"，还有"说书人一管秃笔，说不到两头话"，有时到感情深挚或激烈的时候，我们只能说一句"难以言语形容"，可见语言在心理过程上，比较思想迟滞极了。在先秦哲学中，名家公孙龙的"白马非马论"，其实就是心理过程中所感语言不足闹出来的玩意儿。所谓"求'马'，黄黑马皆可致，求'白马'，黄黑马皆不可致。……黄黑马一也，而可以应有'马'，不可以应有'白马'，是马之非马审矣"。为什么可以应有"马"，而不可以应有"白马"呢？原来公孙龙的意思，是要把"形"与"色"分开来说，因为我们意识的构成，大概有三个元素，一是外物（为马），一是物德（为白马之"白"），一是我们的意感（feeling）。三者虽同为构成意识的要件，可是分开说来却是绝不相同的。比如我眼前见着一匹白马，同时便感着那马的白德（whiteness），——这在我们的意感，与那匹马，与那匹马的白德截然是三件事，在公孙龙虽然"持之有故，言之成理"，哪知这其间的差别，就是在心理过程上虽然把这三种观念联合得起来，但是在语言上我们便无法将它表现出来了。

（二）语言对于思想的缺陷。语言文字二者分开说来，一是属于生理的，一是属于人为的。二者都得受条件的牵制，不能如思想那样的自由。我们有时觉得语言文字可以具体地把我们的思想方式表现出来，但其实毫厘之失，谬以千里；所以具有深玄理论的哲学著作，都是没奈何才借语言文字表达出来的。老子所谓"多言数穷"，"行不言之教"，儒家说："喜怒哀乐之未发谓之中，发而皆中节谓之和"，所谓"未发"、"已发"者，亦正不因为语言不足，不能将"未发"、"已发"时的一段思想说得出来，致引起后来讲理学的人无数的争辩。《维摩诘经》上说如来"一切言语道断"，禅宗要主张"明心见性，不立文字"。原来在究竟原理上，语言终是一种没有用的东西！

（三）逻辑律令中语言的缺陷。语言是一种符号，人类为了要达传授思想感情的目的，不得不用语言来作手段，然而，有时还会因了手段而抛荒目的。大概世间所争论者，就是从语言的不完全而生的把戏。一切逻辑的著作，都不过要叫你提防着这些事情。我们许会因为不了解一个命题中所用的语言，以致误解那命题的意义。在逻辑中，如语意不明的谬误，偶有性的谬误，譬喻的谬误等，都是为了这个原因。又有些是误用单称词为全称词，或误抽象词为具体词的，弄得笑话百出。有人批评中国人说话，大半是玄学上的名词，不过掉枪花罢了。记得严又陵先生曾有一段话，他说："中国老儒先生之言气字，问人之何以病？曰邪气内侵。问国家之何以衰？曰元气不复。于贤人之生，则曰间气。见吾足忽肿，则曰湿气。他若厉气，淫气，正气，余气，鬼神二气之良能，几于随物可加。今试问先生所云气者究竟是何名物，可举似乎？吾知彼必茫然不知所对也。然则，先生一无所知者，皆谓之'气'而已！他若心字，天字，道字，仁字，义字，诸如此等，虽皆古书中极重要之立名，而意义歧混百出。"（见《名学浅说》）我们希望批评思想的人看了这一段话，能够深深地反省一下，在逻辑上多用些功夫，庶几可以减少一点人类的语言缺陷么！

（原载《民铎杂志》第十一卷第一期，1931 年 1 月）

日本学术界之"支那学"研究

日本所谓"支那学",实沿袭西洋之Sinology或Sinologie一词而来。〔按：Sin本秦义，源出托尔米（Ptolemy）之《地理志》（Geographia）中，字或作Sin，Thin，Sinae，Thinai，皆一声之转；盖秦汉间因商业关系阿拉伯人希腊人所指谓之东方人（Oriental people），其意尚不仅指中国。〕西人所谓Sinologie肇于17世纪，耶稣会士来中土宣教，因而连带研究中国学问，欧洲本地学者多响应之，遂蔚然成"学"，其实含义空洞。我国有称国学或国故学或汉学（非训诂考据之汉学）者。数年前，颇多非难之议，但此名词在使用上似不无方便耳。韦柏氏辞典下此词之界说曰："一种系统化的研究中国人及其语言文献等之学问"，所谓"系统化的"，亦可谓为"科学方法的"。

日本为中国文化之殖民地，夫人而知之。自公元285年（晋武帝太康六年），当日本应神之朝，据其最古之典籍《古事纪》与《日本书纪》所载，百济（今朝鲜）人王仁始介绍中国文字入扶桑。日本之承受中国文明当始于此。自是乃有所谓"汉学"（指汉民族而言）。其时日本人学习汉文犹仅有"音读"、"译"、"解释"之三段法，而无所谓"训读"。训读之起，今日本学者迄难论定，大抵始于应神以后平安朝（桓武天皇奠都京都后四百年间之时代，约当公元787—1187年）之初期，与唐代交通最频繁之时。唐代佛法兴隆，文物昌盛，日人留学长安者相望于道，其情形仿佛今日我国留学生之往东京者然。而唐代长安佛经译场，竟有唯一之日本僧灵仙参与译事，至今日本学者犹引为盛事。

总括日本所受中国文化之影响，可分为三大因素：

一、儒家的正统思想，从出于四书五经；二、佛教思想；三、宋学——程朱陆王之学。而文物风尚，则整个为唐代文明之产物。此三种因素在日本文化上奠下最底层之基础。

唐以后，中日交通中断。至日本北朝足利时代，当我国明初之际，始复信使往来。更至德川时，唐以后发生之宋学及清代之考据学，皆流入日本。而德川幕府尤奖励朱子之学，故明末朱舜水避居长崎时，备受朝野之优遇。至1640年（崇祯十三年，当日本明正宽永之末）葡萄牙人、西班牙人——即所谓"南蛮"者，挟其工艺医学等知识，由中国而入日本，其时举国反对，锁国自守不遗余力，于是葡萄牙人、西班牙人尽遭杀戮。至明治初期仅许荷兰人入国，然绝对禁止耶稣教之宣传，且禁其国人与之交往，颇似清雍正、乾隆之禁止耶稣会。但西洋天文、地理、数学、医学、器械、法律等学——当时称为"兰学"之输入，则与时俱进，风会所趋，朝野间信奉耶教者颇不乏人。是时英俄间风云甚紧，日本朝野明达之士，知锁国之不可能，于是"尊王倒幕"之论，遂成事实。明治以英断之君，努力统一国内，修文治武，骎骎欲追踪西洋诸国。彼时日人多不能通西洋原著，求新知识者，多翻刻汉籍，或译为日文。当鸦片战争（公元1840年）之后，因清廷之败，日人有引为鉴戒、警惕或感奋者，每以中国近事为前车覆辙或履霜之戒。如幕末之有志者刊辑魏源

《圣武记》、《海国图志》，汪文泰之《暎吉利考》数种，题名"他山之石"（木刻本，五册，不著编者及刊行年月），此外如贺长龄《经世文编》，陆曾禹《康济录》及美国丁韪良（W. A. P. Mastin）汉译《万国公法》诸书，不下数十种。人皆知我国清末维新，西学知识多裨贩日本，而不知日本明治维新，其西学知识且先裨贩我国也。

当此之时，日本固完全为中国文化之殖民地，距所谓"支那学"之研究，尚远。

自明治初年至于今日，日本学者对于中国学术之研究，大体可分四期。第一期自明治初年至二十三年（1868—1890 年）；第二期自明治二十四年至三十年（1891—1897 年）；第三期自明治三十年至大正四年（1898—1915 年）；第四期自大正三、四年至现在。此四期中，日本对于中国情事之研究，随远东局势之激变而突飞进展。所谓"支那学"研究，亦在第四期中竟能与欧人分庭抗礼，睥睨中国学术界。

其所研究之对象，大抵可分为上古史（先秦时代）、中古史（汉魏至唐宋）、元史、明清史、西域史、南海史、考古学、宗教美术等，而文哲之学，可并入各时代中。以上八项皆统括于"支那学"中，日人近亦称"东洋史"，此中消息，可深长思，容当别论之。

自明治初至二十二、三年间，即吾人所谓第一期，德川以来之学者独保持其传统的"汉学"学风，一方则新进子弟争趋于西欧之新学至"私家之儒，门可罗雀"（《斯文六十年史·序言》）。西学蔚兴之结果，乃有明治十年文部省（教育部）及东京大学（明治十九年始改名东京帝大）之创设；其反动则为汉学派之斯文学会之成立。此时渐有数种杂志出现，如《东洋学艺》杂志（明治十四年创刊）、《哲学杂志》（明治二十年创刊）、《国家学会杂志》（明治二十一年创刊），皆起于此时，间有关于中国学术之文字，然研究态度则不出旧来范畴。迨东京大学第一、二届毕业生如市村瓒次郎、林泰辅、白鸟库吉及庆应大学之那珂通世等出，始开"支那学"研究之先河，稍采西洋之治学方法矣（据那珂通世《遗书》、《白鸟还历纪念东洋史论丛》、《市村古稀纪念东洋史论丛》及林氏遗著《支那上代之研究》各本传）。

明治二十七年以前，日本一般学校尚无"东洋史"之科目，初习支那史者，读《十八史略》、《通鉴辑览》，初习日本史者，读《国史略》、《皇朝史略》诸书而已，其他皆列于"万国史"中，是年那珂通世始建议设"东洋史"一科，由文部省令遵改万国史为西洋史，并支那史入东洋史（参阅那珂《遗书》、三宅米吉作《那珂氏传》第三章）。于是日本史在昔为支那史之附庸者，今则蔚然独立，而最近之历史论者，直认日本史如日中天，支那史则降为附庸，与朝鲜、蒙古、西藏等量齐观矣。

那珂氏为"东洋史之创始者"，日本学人至今称其功绩不绝。明治二十一年其名著《支那通史》（六卷）出版，采西洋体例，崭然一改支那史之面目，举世惊佩，"此书纪事实而及制度，略古代而详近代，不独采支那史，而兼采洋人所录，简易明白，一览了然"（引中村直正序言）。光绪十三年罗振玉曾翻印于上海，倍极推崇。（按：此书止于宋代，以下皆延未完成，盖元史号称难治也。且当时日本侵占朝鲜之野心正炽，学者如白鸟库吉、坪井九马三、林泰辅、吉田东伍等，多转移其注意于朝鲜史之研究，那珂氏亦如之。）明治二十二年今日东京帝大史学会编之《史学杂志》与该会之成立同时刊行，发起者为当时该大学教授重野安绎（已故），怂恿之者为该大学教师德人李时，李氏对于明治初期历史课程之进展，颇负规划指导之功，言此学往事者，屡称道之（仅知其译名为ル丨卜・キッヒリス，其原名今不可考）。此后数年间日本学者对于中国学术之研究，已跨入第二期中，渐露端绪，尤以对于中国上古史之研究，似最感兴趣，《史学杂志》中登载此项论文较多，大抵受西洋学者如 J. de Lacouperie 之影响也。

综赅此时期之论文，周秦以下之作殆绝无仅有。可知今日东瀛"支那学"界之权威耆宿，此时尚在孕育期中，即以东洋史名家之白鸟库吉氏此时犹徬徨无定，时而教西洋史，时而教日本史（参阅《白鸟还历纪念论丛》市村氏序），他如东洋史地学者小川琢治氏、考古学者三宅米吉氏（已故）诸人，虽间有论文，亦未涉及中国学术。而以东西交通史名家之藤田丰八氏（即王静安先生在上海时之日文教师，已故），此时期前后，尚陆续发表其先秦文学论著。兹数人者虽存亡有先后，而年岁皆逾古稀，其他后进更无论矣。

明治三十年以后，"支那学"之研究，始转入第三期如朝花怒发，此时狩野直喜、桑原骘藏（已故）诸氏，皆先后卒业于东京帝大，出于坪井九马三氏及那珂氏之门，桑原氏以后受白鸟氏之影响最深。时当中日战争，日人欲做亚细亚民族主人翁之高潮，逐渐勃发，于是川岛献吉之《东洋史纲》，桑原之《中等东洋史》等相继出版。桑原之书，初于西域之兴亡及东西交通之史事有所论述，那珂氏盛称之（见那珂序文），那珂氏亦著《东洋小史》、《东洋史略》等。但事实上东洋史即为后来的名词"支那学"，二者之内容，有时互相包含，有时互相摈斥，此中矛盾，最可表露其狂妄之野心与事实之相违，所谓名不正则言不顺也。

明治三十七八年左右，内藤虎次郎氏、狩野直喜氏以及后进之滨田耕作氏、羽田亨氏皆先后执教于京都帝大，于是渐形成东西两大相对之学风。东京曩以市村瓒次郎氏、林泰辅氏为中心，以白鸟库吉氏为后殿，所谓东洋史学派；京都以狩野直喜氏、高濑武次郎氏为中心，以内藤虎次郎氏为后殿，所谓支那史学派。二者旗鼓相当，开后来学术上几重有价值之争辩，而学风流派之别，所关尤巨，下文当再论之。

自明治三十一年以来，即吾人所谓第三期中，日本"支那学"界对于各方面之研究，鸿篇巨制，不遑缕举，今为篇幅所限，不得已悉从省略。惟有三事，在中国上古史研究上不可不特书者，其一为崔东壁遗书之印行；其二为白鸟库吉氏之"尧舜禹抹杀论"；其三为新城新藏氏与饭岛忠夫氏等之先秦天文历法之论战。今略述于下，再及其他。

明治三十二年（1900年）当光绪二十六年拳匪之乱，狩野直喜氏由北京离乱中携取陈氏遗经楼刊《崔东壁遗书·考信录》二十五卷遄归日本，持赠那珂氏，那珂氏读之极佩其议论考证之卓越，拟为翻印，其消息露布于《史学杂志》（第一一编十二号），当时内藤虎次郎氏尚为大阪《朝日新闻》之记者，见该志所载崔氏遗书目录与其所藏颇有异同，知狩野氏所得之书必有残缺，于是乃就内藤所藏，改《考信录》为三十六卷，合《考信翼录》十卷、其他九卷为五十五卷，归史学会印行。至明治三十七年（1906年）《崔东壁遗书》全部共四册出版。因而那珂氏乃集中全力于中国上古史之研究。学风为之丕变，以后白鸟氏之"尧舜禹抹杀论"未始不脱胎于此，其时期尚先于吾国胡适、顾颉刚诸氏之重视崔氏遗书也（参阅那珂《遗书》第五章）。

但此时"支那学"之研究，犹在未来新时代之蜕变中，那珂氏允为此期一代宗师，然方面虽多而欠新裁，其于蒙古史、西域史之造诣与成就，远不及后进箭内亘、白鸟二氏，经史之学，又不如内藤、狩野二氏，此固时代使然，非其功力之不足，盖那珂氏实为得风气之先者。

至第三期末之数年间，白鸟氏以研究朝鲜、日本古代史转而倾其全力于西域史之研究，此时复以其余力为中国上古史上之新主张，在日本汉学界中骤起轩然大波，即所谓“尧舜禹抹杀论”。其说初为讲演体，发表于东洋协会评议委员会席上，继登载于《东洋时报》（第一三一号，明治四十二年八月），题为《支那古传说之研究》，遂引起文字学者后藤朝太郎、哲学者井上哲次郎及汉学者林泰辅诸氏之反驳，诸氏论文，可参阅《东洋时报》一二九号、一三一号，《汉学》一卷四、五、六号，二卷七号，《东洋哲学》十七卷一号，《东亚研究》一卷一号、二卷一号、九号。尤以林氏辩之最力，根据《尧典》四中星之记事反复论难。而为白鸟氏之声援者，有桥本增吉氏（白鸟之门下）、饭岛忠夫氏等。白鸟氏亦屡为文以自坚其说，所作《儒教源流考》（《东亚研究》七卷九号）及《尚书之高等批评》（同上，二卷四号），皆针对林氏之非难而发。饭岛氏初沉潜于中国文字之研究，且具充分天文历算之知识，所作《从汉代之历法见左传之伪作》（《东洋学报》二卷一、二号），益张康有为《新学伪经考》之说。于是复引起古代天文学者新城新藏氏之反响。以后二氏对于中国古代天文历法之论战，即自此始。当时日本之汉学者如服部宇之吉、宇野哲人、远藤隆吉诸氏，皆极力为孔子之书掩护，其论文今不备举。

白鸟氏所倡之“尧舜禹抹杀论”，与我国顾颉刚氏诸人所讨论之《古史辨》，虽时序有先后，而目的则同，方法各异，白鸟氏运用其丰富之东西历史语言之知识，纵横驰论；顾氏诸人则专精于先秦典籍之解剖。此则时代思潮与治学方法之进步，传统之学者，虽欲维护陈说，亦无可如何者也。

上述新城新藏氏与饭岛忠夫氏关于中国古代天文历法之讨

论，至大正七年（1918年）复重振旗鼓，新城之文，大多发表于《史林》、《艺文》、《支那学》、《东洋学艺》杂志等，饭岛之文，大多发表于《东洋学报》，此亦可见二氏学风不同之一斑。二氏之文，今各已裒成专集，饭岛之文，见于《支那古代史论》（《东洋文库论丛》第五，大正十四年）及《支那历法起源考》（东京冈书院，昭和五年）。新城之文今收入其《东洋天文学史研究》中（京都弘文堂，昭和六年）。

大抵二氏所讨论者，一为儒家经典之制作年代，以《左传》为中心，饭岛氏以《左传》为刘歆伪作，新城氏则左反之；二为新城氏以中国天文历法为中国人所自创，又以二十八宿之定先于印度天方，以绌泰西古历东渐之说，饭岛氏则以此学传自西方。二氏之学风俨然代表日本东西两帝大对于"支那学"研究之态度，即前所谓东洋史学派与支那史学派之对峙也。

以上所述为"支那学"研究中上古代研究之荦荦大者。他如服部宇之吉氏与加藤繁氏等关于井田制之讨论，亦皆可观。服部之文载《汉学》二卷一、二、三号，加藤之文见《史学杂志》，今收入其《支那古田制之研究》中（京都法学会丛书第十七册，大正五年）。而林泰辅之《周公与其时代》（大正四年大仓书店，有钱穆节译本，商务出版）、《论语年谱》（大正五年龙门社）二书，体大思精，尤称杰作。

至于中古史之研究，大约起于上所谓第三期而盛于第四期。其范围极广，有名物制度之考证，旧史料之新诠，新史料之整理，以及汉唐以来中西交通史（西域，南海），宗教，美术史等。后三者下文当别论，今就前二者言之，其研究态度又略有差异，大抵关于社会科学之作，多能应用旧史料而加以现代学理及一套崭新的名词或术语为之诠释，如我国陶希圣氏所常用者（陶氏论著，就个人所见有二种已译为日文，在日本青年史家中，自具相当影响），新进之志田不动麿氏等属之。其具备深厚的中国史事之修养，而又能以西洋治学方法与清代朴学家之精神出之者，当以庆应大学教授加藤繁氏为其中翘楚，所著《唐宋时代金银之研究》（《东洋文库论丛》第六之一，大正十五年）与桑原骘藏氏之《蒲寿庚事迹考》，堪称双璧，二氏皆以此荣膺日本帝国学士院之"恩赐赏"者也。加藤氏专攻我国中古经济史，论文甚多，散见于《史学杂志》、《东洋学报》，狩野、白鸟二氏之还历纪念论丛中。其关于汉代者，有《汉代国家财政与帝室财政之区别》（《东洋学报》八卷二号九卷一二号）及《三铢钱铸造年代考》（《史学杂志》四三编六号），东北帝大之冈崎文夫氏亦有《论汉书·食货志》（《支那学》三卷一号），及最近之《司马迁与班固》（《史林》十七卷三号），结论为重农思想不见于《史记·平准书》而见于《食货志》，乃后汉初期儒家学说胜利之结果。此外如小岛祐马、津田左右吉、桥本循诸氏，则多论汉代思想，如五德终始之说，正朔服色之变，改元易号，郊祀封禅之典礼等。

魏晋南北朝史之研究，以冈崎氏造诣最深，近著《魏晋南北朝通史》（京都弘文堂，昭和七年），盖其研究之集结，精细绵密，吾国治此学者似未之能也。最近之问题为西晋武帝所创之均田制，是否土地公有（或称国有），抑为私有。加藤繁、玉井是博诸人主前说，中田薰、仁井田陞诸人则采后说，而以青山定男氏近作《北魏均田考》（《东洋学报》二二卷三号）最为精审。此问题直牵连至唐代，仍为土地国有论与土地私有论之争。大抵皆以北魏之制为土地与劳动得其平均，其目的为经济的；唐代之土地均分为缓和贫富之差，其目的为社会政策的。由此而引起之中古封建制，农奴流民阶级之产生，庄园之组织，以及教匪之变乱等社会问题之研究。举其要者，可参阅加藤氏《支那古代田制之研究》（出版处见上），《史学杂志》第三三编八、九、十号玉井氏之文，又四三编一、二号志田氏之文，《国家学会杂志》四三卷一、二号，四四卷二号仁井氏之文，又四〇卷一、二号志田氏之文，及《史渊》第三辑重松俊章氏所作，《市村古稀纪念东洋史论丛》中仁井氏与三岛一氏所作各篇。

入宋而后，国家财源枯竭，当时佛教寺院实为封建的大地主，高耸于民众之上，于是政府与寺院遂发生卖官鬻牒之事，辗转重压人民。此为"支那学"研究中关于宋史较多之题目，主要者如曾我部静雄氏之《宋代财政大观》（《史学杂志》三三编九号），又，《宋代度牒考》（同上，四一编六号），三岛一氏之《宋代之卖牒》（三十七编八号、四〇编一二号），塚本善隆氏之《宋代财政难与佛教》（《桑原还历纪念东洋史论丛》）等。其他有关唐宋社会经济之文，加藤、玉井、桑原、稻叶、岩吉诸氏，多所论述。而论唐宋之都市文化者，那波利贞氏、石田干之助氏，时有清觿之作，恕未能缕举矣。

下接元史之研究。元史之学自来号称难治，盖元代享国不逾百年，版图掩被欧亚，制度多所更张，又兼语言文字之不同，而元史成书仓促，昔史家多病其草率，然以今观之，正因此为吾人保存不少根本史料，故治元史学者，虽"皓首穷经"，犹不易大成。日人之治元史，自当推那珂通世氏为荜路蓝缕之人，上文已提及。其时我国自咸丰同治以来，边疆多事，学者如沈子培、洪文卿、李文田等，皆治此学，那珂氏尝与诸人交往，颇蒙助益，自受其影响不少（参阅那珂《遗书》第五章）。然其成就除《成吉斯汗实录》外，多为补苴之作。《实录》一书成于晚年，于明治四十一年出版，是书即依据《元秘史》日译，并加注解，卷首序论本书渊源，旁及蒙古语之文法，极有裨于斯学者。那珂传人箭内亘氏（已故），后益恢宏其业，论文多载《东洋学报》、

《史学杂志》、《满鲜地理历史研究报告》等。卒后，其门下和田清、石田干之助等汇集其遗著四十三篇为《蒙古史研究》（东京刀江书院，昭和五年，有陈捷等节译单行本四种，商务出版），所论大抵出入于文物制度之考证。他如羽田亨氏之《蒙古驿传考》（《东洋协会学术报告》一）、《元朝对于汉文明之态度》（《狩野还历纪念论丛》）及《元秘史中所见蒙古之文化》（《艺文》八卷一号），造诣夐绝，不下箭内亘氏。池内宏氏对于蒙古与高丽及元兵之征伐日本，最有成就，其大著《元寇之新研究》（《东洋文库论丛》第十五之一，昭和六年）博征日本史料以反映元史，颇能自成一格。鸳渊一氏之《八思巴字之汉字音》（《小川还历纪念史学地学论丛》），据中原音韵以与八思巴字（元世祖帝师八思巴本西藏字而制作者，因其字形书写不便，未能广行民间，惟元代公文则用之）比较，于考证元代语音之转变，极有价值。又，田中萃一郎（已故）曾译 D. Ohsson 之蒙古史，惜未完成，仅出一卷（见《田中氏史学论文集》著作目录，东京丸善书店发行）。此外，石田干之助、和田清、稻叶岩吉、竹内喜荣、藤田元春诸人，亦多论述。

明史之研究，成绩最多者，惟清水泰次氏而已，其论文不下数十篇，散见于《史学杂志》、《东亚经济研究》、《东洋学报》及《白鸟还历论丛》中，兹不备举。所论大抵关于明代之土地制度与社会制度。他如后藤肃堂氏之于倭寇之研究，藤田元春、宫岛贞亮诸氏之于明代海上之交通，其文多载《史学杂志》与《史学》中，而桑田公郎氏之《明末清初之回儒》（《白鸟还历纪念论丛》），可继陈援庵先生《元代西域人华化考》之绩。凡此之作，皆在上所谓第四期中始出现者也。

有清一代，日人注意其史事者，颇为踊跃，其时期早在明治初年，但多为"借镜"之作，未足言研究。至明治三十八年

（1905 年）日俄战争之后，市村瓚次郎、内藤虎次郎二氏相继被委调查奉天文溯阁《四库全书》，内藤氏在奉天府黄寺得满蒙藏文藏经五百余函，1923 年震灾，东京帝大图书馆焚毁，此满蒙文大藏经亦同灰烬（参阅《艺文》十五卷三、四号内藤氏之文）。九一八《四库全书》之遭劫，日人盖觊觎久矣。当时内藤氏复在奉天清宫调查崇谟阁所存汉满文档案，发现重要史料多种，著有《清朝开国史料》、《清朝姓氏考》、《清初之继嗣问题》等，载《艺文》及《史林》中，今收入其《读史丛录》（京都弘文堂，昭和五年）。他如松井、下田礼佐、津田左右吉（津田后转治秦汉思想史）诸氏，论作亦多。而成有专著者，则以稻叶岩吉之《清朝全史》（大正五年，有但涛译本，中华出版）、《满洲发达史》（大正四年，东京大阪屋），矢野仁一之《近代支那史》（弘文堂，大正十四年）、《近代支那外交史》（同上，昭和五年）及《近代蒙古史》（同上，大正十四年）等为最著。（按：矢野氏之书颇多强辞侮慢之论，盖假学术为侵略之声援者也，其《近代支那史》自序尝自否认为"支那学者"，此处列之，当非所愿。）虽然如矢野氏者，比比皆是也。尚有白鸟氏所指导而为东京帝大主办之《满鲜历史地理调查》，自大正十四年出版，现已至第十三册，该志之成立，系白鸟氏得南满铁道会社之后援，率箭内亘（已故）、稻叶、津田、松井、池内、濑野马熊、和田清诸氏先后从事。此数人或出于那珂氏之门（箭内、松井二氏），或出于内藤氏一派（稻叶氏），今皆集于白鸟氏旗帜之下，各个培育满蒙研究人才，九一八之后，东京帝大所组织之满洲研究会即此辈为其主脑。数十年来，日人关于满蒙之公私出版品，不知凡几，即以所谓南满调查课、满铁铁道部、参谋本部、关东都督府、陆地测量部等国家机关所出版之图书杂志观之，尽可成一小图书馆。吾于此不能已于一言，今日世界之侵略人国者，必先于被侵略国之情势，详为调查，而日本之于满蒙，即学术界亦为之总动员，且为侵略之先驱，犹忆九一八之变，吾国学术团体竟有电日本学者出而主持公道，方知吾国学者之厚重也。

以上所述为日本学术界对于中国正统史事之研究，吾人当可上下其是非得失，相与周旋。至于西域、南海、考古美术之史的研究，则吾人相去远矣。西域史之研究，那珂、市村、三宅米吉（已故）诸氏，虽已启其端绪，然能深入此学而多所创获，且能与欧人并驾齐驱者，实惟白鸟库吉氏。白鸟氏今年古稀矣，曩出于那珂之门，其学精博，初治日本史，继治朝鲜、东北及蒙古史，其于中国上古史之造诣，前既述之。明治三十四年即上文所谓第三期中，白鸟氏受东京帝大之资送，留学欧洲，参与国际东方学会（Congress of International Orientalistes），遍游北欧东欧诸国，学习中亚各种古今语文，获交当时德法诸国之东方学者如 Hirth, Thamson, Raddloff, Chavannes, Cordler 诸人（参阅《白鸟还历纪念论丛》）。自后遂潜心西域史事之研究，实为日本跻于国际学术团体研究西域文化史者之第一人。其重要论文，如《突厥阙特勒碑铭考》（《史学杂志》第八编一一号）、《乌孙考》（同上，第一一编一一号以下）、《匈奴东胡语言考》、《东胡民族考》（同上，第二一编四号以下），又，《大秦国及拂菻国考》（同上，第十五编四号以下），对于当时德国"支那学"大师夏德（F. Hirth）之名著《中国与大秦》（China and the Rome Orient, 1885），多所批评订正。此后陆续发表其《西域史上之新研究》（《东洋学报》一卷三号以下），及《大宛国考》、《罽宾国考》、《栗特国考》、《塞民族考》、《康居国考》（均载《东洋学报》），鸿篇杰作，不遑备举。其所研究之范围，凡邻接中国本部东南西北之古代民族，皆在其内。东部为日本、朝鲜、东三省

（所谓满洲），北部为蒙古，西部为中亚及西南亚细亚诸民族，
南部为南海（仅见其《赤土国考》一篇，载《史学杂志》第三
六编五号），今略论其西北之部。关于北部者，即欧洲学者间久
成问题之匈奴种属，白鸟氏初亦以为突厥种（Turcoman），后乃
断为蒙古种。又以东胡族主要为蒙古种，但多少混有通古斯种。
乌孙则为突厥种。唐以来称为鞑靼之部族，皆属蒙古种。周代之
獯狁则为突厥种，非匈奴之种属。关于西域者，以《史记》大
宛国之贵山城，当为 Kesan 之音译，以驳三宅米吉氏之为 Khod-
jend 之说〔按：此说曾引起桑原骘藏氏之反对（参阅《艺文》
六年九号）〕。又，欧洲学者向以康居人所住为 Sodgdiana 之地，
白鸟氏则以此地为伊兰民族所居，而康居民族为突厥种，居于嘎
尔古斯（Kirghiz）平原。又论塞民族（《汉书》所谓塞种）为天
山北部之突厥种，至于侵入印度之 Saka，乃阿富汗斯坦之伊兰
民族，而非塞种，此盖驳欧人"塞种"即 Saka 之说。论大月氏
与大夏之关系，谓大夏之称为 Bactria，乃吐火罗（Tokhara）之
音译，吐火罗民族即大月氏民族，属突厥种，既南征服大夏，遂
据有 Tokharestan 之地，故《史记》所记大月氏之领域，盖原属
大夏之疆土。然《史记》又载妫水（Oxus）之北为大月氏国，
似与其南之大夏国别，故后世史家以为当时大夏国之外，又有大
月氏国，其实大月氏之王庭，大夏不过其一部耳。又论汉代所指
之罽宾即 Gandhāra，其首府修鲜城为波斯语 Susen 或 Susan 之对
音，亦即梵语之 Puskal wati。又考大秦国即埃及之亚历山大城，
《魏略》及《魏志》所载其国之风俗人情等，皆出于中国人之幻
想。近又于拂菻问题屡有新解，以为即《魏书》（《北史》）伏
罗尼之同名异译。此为上举各篇论旨之大要，虽然，其是非得
失，即日本学者间亦未尝认为定论。

　　氏之论文，引证繁博，极错综复杂，每有不易领解之感，盖

其最利之工具为语言，以其广博之语言知识以考证史事，故能头头是道，未具备如彼之语言知识，虽欲于其说有所批评，亦苦于是非之难定。此或白鸟氏在远东研究西域史之学者中所以为权威之故也。

继白鸟氏之后，于西域史研究上别树新帜者，为羽田亨、桑原骘藏、藤田丰八三氏。羽田氏出于白鸟氏之门，亦通阿尔泰（Altai）系语，及蒙古、突厥、回纥之古文，且精内典，故能于"敦煌学"多所发挥，所作大抵关于晚近西北考古发现之新资料，可参阅《燕京学报》第十三期《西北考古的成绩》，兹不赘。藤田氏自明治三十年后留居中国最久，与罗振玉、王国维先生交最厚，其于西域史事之造诣，即因罗氏之富藏，浸染于彼时。所作敦煌本慧超注《五天竺笺释》（有钱稻孙氏重刊本，大正新修大藏经本）最为卓绝。又，关于西域史之论文十三篇，卒后，由池内宏氏汇其遗稿为《东西交涉史研究·西域篇》（东京冈书院，昭和八年）。桑原氏有张骞之远征及与白鸟氏关系大宛贵山城之讨论诸作，今皆收入其《东西交通史论丛》（弘文堂，昭和八年）。然二氏之成就，以南海史为多。二氏对于中国典籍之素养，皆甚深厚。桑原氏之学风，沉毅坚实，苟非确证，不妄下断语，其章节之分配，段落之安排，井然有条，即初学之士亦能了解其所据之事实与论旨，所作《唐宋时代往来支那之西域人考》（《内藤还历纪念论丛》），最可见之。藤田氏之学风，则豪迈中有乾嘉诸老之绵密。二氏皆代表所谓支那史学派者也。后进之士如太谷真胜、松田寿男、石田干之助、重松俊章诸氏，亦多所论作。而石滨纯太郎氏之于西夏文，于彼邦则堪称独步。他如松本文三郎、堀谦德（已故）、矢吹庆辉、羽溪了谛、小野玄妙、泷精一、本田英义等之于西域佛教史或佛教美术史，均多贡献，可参阅上举《近年西北考古的成绩》一文。

南海史之研究，前谓以藤田、桑原二氏成就最大，亦最精博。藤田氏之《东西交涉史研究南海篇》（冈书院，昭和七年），所收论文有二十三篇之多。桑原氏之《宋末提举市舶西域人蒲寿庚之事迹》（东亚研究会，大正十二年）与 W. W. Rockhill 之《诸蕃志考释》（Chan Ju-kua, 1911），可称东西双璧（是书有陈裕青译本，中华出版；有冯攸译本，更名《唐宋元时代中西通商史》，商务出版），所考为南宋理宗时泉州提举市舶（当时掌外国贸易之官）阿拉伯人蒲寿庚之事迹，其主题虽小，而涉论极广。他如市村瓚次郎、高桑驹吉、桑田六郎、中山久四郎、有高岩、稻叶岩吉、松井等诸氏，论著亦多。其所研究之范围，大抵可分：一、南海诸国之历史地理的研究，如爪哇、苏门答腊、马来，远至锡兰、阿拉伯等之地名或航路；二、中国沿海之通商港，如广州、扬州、泉州、温州、杭州、明州（宁波）等之沿革与古代对外贸易之情形及制度等；三、居留中国各商港之外国人——所谓"蕃客"，以及昔时西人所记中国港市名称之考释；四、南海诸国产物输入中国之考证，如木棉，香料等。

至于"支那学"或"东洋史"中，考古、宗教、美术研究之发达，尤一日千里，其从事者人才之盛，出版品之精粹繁多，在在令吾人徒呼负负，惟此层则又关于财力之厚薄耳。近年佛典之印行与研究，则吾人尤有"礼失而求诸野"之感，亦日人所引以自豪者也。美术遗物如周汉名器，唐宋元明清法书名画，善本秘籍，亦多捆载东去。此数者吾于此不忍多述，且为顾虑本刊篇幅，姑止于此，他日倘有机缘，再不惮辞费。

外如经学文哲之学，所作虽多，似无甚特色，吾以为非"支那学"中之主要潮流，故未提及。篇中较详较略之处，或为个人注意之偏好，或因吾国学术界所未详，但亦不免挂一漏万之讥，幸方闻博雅之垂教焉。

　　上期谓东京帝大教师、德人李时，未得考其原名，兹承钱稻孙先生来函，知其为 Ludwig Rease，敬此志谢。又前期刊误，第一节第三行"字或作 Sin"，"或"误"式"。第四节第七行"然其时举国反对"，"然"字多植。"论丛"，"丛"皆误"从"。

　　（原载天津《大公报·图书副刊》第三期，1933 年 10 月 26 日）

三种汉画之发现

前些时我在介绍西宁氏（Osvald Siren）《中国古代绘画史》的文中，[①] 曾提及近年发现的三种汉代笔画，当时不便细说，最近考古学上除这三种外，还未曾见到有别的新发现。从中国古代绘画史或美术考古上说，这是一桩很重要的资料。

汉代的画现在只有石刻，最著者如山东嘉祥县的武梁祠和肥县的孝堂山。其他散见于山东、四川各地的还很多。武梁祠的画像，自宋洪适至清翁方纲、毕沅、黄小松、瞿中溶诸人以来，皆有记载，[②] 晚近法国沙畹、日本关野贞等于武梁祠及孝堂山等处石刻画像，均有专集印行。[③] 东西人研究汉代艺术者，莫不取材于此，然而都不得到汉代的笔画。在纸的发明以前（汉和帝时，公元89—105年），自然只有绢画，但纸的发明虽久，用纸的盛行，则迟至晋初（此层容当别论），故汉画大概

---

① 载《大公报·图书副刊》第二期。

② 洪氏有《隶释》，翁氏有《两汉金石记》，毕氏有《山左金石志》，瞿氏有《汉武梁祠画像考》等。

③ E. Chavannes, *Mission Archeologique dans la Chine Septentrionale*，关野贞《支那山东省汉代坟墓表饰》。

只有绢本而无纸本。我们据现存汉代石刻画及瓦砖、镜鉴、铜器等图案花纹之**繁复**的几何画形，可推想当时笔画必亦可观，否则六朝以后的山水、人物画，虽与佛教艺术渊源深厚，亦决不能无所承接，便能到那样的胜境。可惜汉代笔画至今一无所存，隋唐以来绝无记录。其原因大抵不外：一、董卓之乱，"图书缣帛，席卷西去"，损毁殆尽；二、五胡的摧毁，如刘曜之于晋，侯景之于梁。此犹斑斑可考之事。至于私家庋藏之聚散，更难言之。① 故至唐武后时，六朝之画已多出于模写的，张彦远《历代名画记》卷一说：

> 天后朝，张易之奏召天下画工修内库图画，因使工人各推所长，锐意模写，仍旧装背，一毫不差。

今伦敦博物馆所藏顾恺之《女史箴图》，相谓为现存中国画之最古者，然论者多以为乃唐代模写之作，则汉代笔画之不存于今，更无论矣。

本篇所介绍之三种汉代笔画，是近数年来先后发现的，虽已各有报告，但都散见于东西文书中。如洛阳墓砖之画，即日本考古学者滨田耕作、原田淑人二氏，据二氏论文称引所及，似尚未知之，② 而滨田氏之发现，则西洋研究中国画史之学者如西宁氏等亦未之见。今综合此三种以介绍于国人之留心汉代史事者。

第一种为洛阳出土之墓砖，上绘男女人物及动物之像。砖为1925年发现于洛阳汉墓中，入于巴黎中国骨董商卢木斋之手，

---

① 参阅《历代名画记》卷一《叙书之兴废条》。又著录《汉画》之书，有后汉孙畅之《述画记》，今不传，《名画记》卷一引之，可见当时绘画之传者必不甚少。

② 滨田氏《汉代之壁画古坟》，见《东洋美术》第十四号。原田氏《汉代之人物画》，载《国华》第四四六号。按：洛阳墓碑之发现，在1925年。滨田氏之文作于1931年，原田氏之文作于1927年，其所编《乐浪》出版较缓，亦未提及。

卢氏复经伯希和之婉劝，让与 Denman W. Ross 后存该博物馆。[①]
砖共五件，其中两件为长方形，均长 2.40m、高 19.6cm 为作墓
门之用，其余三件，则在墓门之上，作门拱用者，均为三角形
（大小为 75×55cm），一如墓中砖片厚而多孔。砖之两面皆有
画，其贴于白垩之一面，笔痕已模糊，正面则清晰可辨。

三角形砖上之画为描写一虎与熊之斗争，二者各作相扑之
状。其人物多执短矛或鞭，大约为驱策此猛兽者，读《汉书·
李广传》载武帝使广孙禹下虎圈中刺虎的故事，不禁联想及之；
汉代狩猎之风极盛，见于记载及古器物者，所在多有。长方形之
砖两件，上绘或立或行之人物，画旨不甚明了，大约皆与墓中主
人翁有关系之人。前立者多为男性，衣长衣，作谈话之状，其他
或作行走，或作调笑他人之状（参阅图一），此砖反面所绘，除
一人似卖珠宝者外，皆为女性，有二少妇饰有颈链，其他或作游
戏，或作舞蹈之姿。其图今不备举。[②]

各砖上人物都以黑线描画，而于画底衣著之显明处，则施彩
色，有鲜红、淡青、薄紫诸色，大多已剥落，笔致极流利准确，
绝无滞涩添改修润之迹。其人物头首，似皆随意点缀而成，但姿
态情致，活泼有生气，而女子衣袖之飘举，栩栩如仙。

关于此画之年代，无从确知，但以其同墓之出土物与画风观
之，自为东汉之物，大约与下文所引乐浪及营城子所获二种年次
极相近。盖在明帝时前后也。

第二种是 1925 年东京帝大文学部在今朝鲜平壤大同江
郡——汉乐浪故郡——发掘后汉五官掾王盱墓[③]所得。墓中有饮

---

① 其详可参阅 O. Fischer, *Die Chinesische Malerei der Han Dynastie*, pp. 82—83.
② 参阅前书图版 64—73。
③ 原田淑人编《乐浪》第一章，页二，又第六章页六九。

图一　洛阳发现墓砖上的人物画

图二　乐浪玳瑁小匣之人物画（描摹）

图三　营城子牧城驿汉墓壁画

图四　营城子牧城驿汉墓壁画

食用具如漆制杯、盘、壶及瓦瓮等，有化妆及服饰品如剑、镜、耳珰、钗、栉等。此画系在一漆盘上，盘径一尺六寸八分，高九分。① 其形体汉代石刻画多见之。此盘周边有缘如盆形，盘内施朱漆，盘外黑漆，缘边黑漆地再施朱漆线作几何画菱形文。盘内近缘边处之一小部分画神仙像，更于其斜对角配以龙虎之画像。神仙像为黑黄朱绿各色绘成，二仙位于岩上，岩石右下有一麟鹿奔驰，正面仙人端坐于树下，其右侧一大树，树叶苁茏，恰如天盖，荫蔽仙人之上，仙人姿态酷似武氏祠石刻画像及汉镜花纹中者，又正面仙人发髻之左右有鬟下垂，大约为西王母之像，② 其侧立一仙人当为一侍女。所绘衣裳、岩石、树叶，笔致腕曲，自与汉代石刻画及镜纹之趣迥异，龙虎之描写，亦颇雅丽。盘之内底中央有朱书铭文一行："永平十二年蜀西工绎纻行三丸治千二百卢氏作宜子孙牢。"永平为东汉明帝年号，其十二年当公元69年。汉代蜀郡（四川）与广汉郡（同上），皆盛行制作漆器，并置工官监理之，见《汉书·贡禹传》、《后汉书·和熹郑太后传》及《盐铁论·散不足篇》。铭文之考释，可参阅原田氏之文，③今不赘。

　　墓中又发现一贴玳瑁之小匣，已破损，但贴于匣身各面之瑁则皆残存。匣上之漆未尽脱，尚存原形。匣之大，盖高三寸三分平方，身高三寸一分平方，如盖与底互相笼合，全高共约一寸五分。内部髤以朱漆，分为三部作丁字形。匣之外面，除底部外，皆贴玳瑁，底涂黑漆。盖为四合形，盖顶嵌二寸六分平方之玳瑁薄片，其上有人物画（图二），画为黑漆细线，丽致而雄健，非

---

　　① 此据原田氏《乐浪》第六章页四二之说。按：《国华》第四四六号原田氏之文，则又谓为直径一尺七寸四分，与此不同，当依《乐浪》之说，以其为定本也。

　　② 《乐浪》第六章页四二。

　　③ 《乐浪》第六章页四三。

石刻画可比。此人物画之题材，苦难解释。中央有叶状纹四枚，常见于汉镜之纹样，四叶状纹之尖端，有著长帽裘衣人物各四，鼻甚高，论者谓为胡人。① 汉代有四裔乐，不知此画之题材是否即此。画之上段左边坐二老人与右边坐二妇人，为观胡人舞蹈之图。下段中央踞坐，头倾斜，两手上举之男子，大概亦为一种舞蹈姿势。左旁之二女子，右旁之二男子，亦为观舞之图。此画全意虽不甚明，但据此，可征汉代男女之风俗。下段女子之发髻，仿佛《女史箴图》中所绘，可知六朝前后的女子结发式样，汉代已有之。

第三种为1931年在大连至旅顺间营城子东之牧城驿小车站地名沙岗屯之一汉墓中发现。此外掘得多种明器，皆属动物之像②此画在墓中正室之左右两壁，所绘为人物及动物之像。室内底壁有壁画一大幅（图三），大约为墓中主人公之供养图。图之左上作卷云形，云端现羽翼仙人，对方有单翼鸟翱翔而下，武氏祠之石刻画多有之，殆为汉魏六朝壁画之常格，惟属何种神话题材，则不能确知。其前立一衣冠之白发老人，不知为神抑为墓中主人公。老人之右下，绘供养跪拜图，此为该画面之第二段。上段戴三山冠佩剑之人物后，有一小侍者，下段绘伏拜、跪拜、立拜三人。伏拜者之前，置几案，上陈食事，其器为圆筒形，前后有羽觞二三具，要为供奉死者之酒食。立拜者之后，绘案件四张，当亦系供物。又，图之右方绘羽翅龙形之动物，只现半身。画中诸人，除侍童外皆有须髯，与洛阳墓砖所绘人物相同。

其次为墓穴南方过道内，拱壁（Arch）绘圆形头面与两手

① 原田，《汉代之人物画》。
② 据滨田耕作氏之报告（《东洋美术》第十四号），此项遗物，尚未完全公布，未得知其详。

伸张之怪物，左右有执旗人物各一人，均有髯，想为入口处之护神（图四）。（按：我国门神——神荼、郁垒——之俗，多谓起于唐代，以此观之，或在唐以前也。）

此画全体用墨绘，惟人物之唇、耳、颈、及动物之斑点，则施朱色。画法虽疏简，而风格实与前二种同，其年代相距想不甚远。

以上三种汉画，都发现于墓中，自非出于当时专门画家之手，或陶人石工之所为，亦未可知。但据此益可证汉代艺术虽仍为现实的而亦半想象的，正与汉代文物制度所表现于中国文化史上者相同。又，南北朝时代健驮罗（Gandhara）佛教艺术未输入中国以前，中国画实为极简单之线画，故衣纹无叠褶线，亦不能产生山水画。然论者多谓汉代艺术如有欧洲希腊时代（Hellenisticage）与前期罗马帝国之艺术[1]，以其上承周代，下启六朝也。

（原载《文学季刊》创刊号，1934 年 1 月）

---

[1]　M. Rostovtzeff, *Inlaid Bronzes of Han Dynasty*, p. 1.

论唐代的边塞诗

　　汉唐以来，诗的思潮大抵因一度的刺激而有一度的转变，这刺激或缘于内发，或缘于外感。疏略地说，魏晋的山水诗可以说因清谈的刺激；宋人的义理诗，可以说因道学的刺激（宋诗固然不可以义理诗为主，但宋诗的那种颇含哲理的味儿，与当时学术思想自有密切关系。宋以后，诗的定性已成，言诗者非唐即宋，便无所谓思潮了。此说我自有理由，不能在此详论）。这是所谓内发的。汉代乐府，几全受西域音乐的影响。唐代的边塞诗与汉乐府的兴起，虽同样的缘于外感，便是说，对于异族征伐的反映，但其情调却大有殊异。汉代乐府诗，雄壮苍拙，正可见汉代文化的精神；而汉唐两代，又都同以武功积极地向外发展，不过汉代较多武力的接触，唐代较多精神的接触。唐代更因内部文化的成熟与西域文化的参合，愈益显其雄伟瑰丽，故唐代的诗亦如唐代文化的精神，一半儿绮丽温柔，一半儿干戈杀伐，王翰《凉州调》的"葡萄美酒"、"醉卧沙场"，是一个很好的比照。整个唐代的诗坛，就是这两种基调建设起来的。

　　清廷所辑《全唐诗》共四万八千余首，作者二千二百余人，上而帝王后妃，下至名媛僧道，几乎都有几首边塞诗的写作。唐代以诗取士，而"出塞"诗，便曾经充做试题之一，沈佺期有《被试出塞》，是为此而作。如今有人给这些边塞诗的作者戴上一个"边塞派"的帽子，是不对的，唐代诗人恐怕从根儿就莫有这"派"的观念，这原是元明选家的玩意。假如边塞诗是有"派"的话，那末，有名的宫词作者王建，也有苍凉的《饮马长城窟》、《凉州行》；宋人称为西昆体的宗师温庭筠也有《边笳曲》、《舞箫歌》，那"雕边认箭寒云重，马上闻笳塞草寒"（《赠蜀府将》）之句，又将怎样安排呢？

所以毋宁说唐代的边塞诗是当时诗坛上以武功为背景的一种潮流，这潮流只见于诗，却少见于散文，李华的《吊古战场文》、张说《吊国殇文》，严格说，都不能认为是散文，其他便是所谓序、神道碑和安边书之类的关于边事的文字，亦寥寥可数。然而，在《全唐诗》中边塞诗却有千余首之多，由初唐而晚唐（为行文之便，本文依严羽、高棅的四分期），从边塞诗的质与量说，尽可作一波曲图，表示那时边塞诗的潮流的起伏，大体上仍与唐代诗坛的盛衰和对外关系相照应；而当时诗坛与唐代文化的升降，却又成一正比例。

上文说边塞诗与汉乐府的兴起是对于异族征伐的反映。汉乐府的曲辞，六朝时已不可解，但其声调则陆机《鼓吹赋》犹可见之，本属于军乐，故其音乐的成分多于曲辞所表现的诗的成分。唐乐府便全是诗的而非音乐的了。汉乐府的歌法至唐已不传，唐代一般歌的是绝句。唐乐府的鼓吹曲辞如《上之回》、《战城南》、《君马黄》等，横吹曲如《入关》、《出塞》、《折杨枝》等，虽仍存乐府之名，已非汉乐府之旧调，实是一种长短句或五言的自由诗，例如卢照邻的《战城南》是八句的五言古诗（也有十句的，如贯休的二首），与今存汉乐府《鼓吹铙歌十八曲》中第六曲《战城南》的句法，亦全然不同。今录刘驾一首：

> 城南征战多，城北无饥鸦。白骨马蹄下，谁言皆有家。
> 城前水声苦，倏忽流万古。莫争城外地，城里有闲土。

以与李白的《战城南》比较，便知唐乐府的句法，不特与汉魏乐府不同，即唐代亦各有不同：

> 去年战桑干源，今年战葱河道。洗兵条支海上波，放马天山雪中草。万里长征战，三军尽衰老。匈奴以杀戮为耕作，古来惟见白骨黄沙田。秦家筑城备胡处，汉家还有烽火燃，烽火燃不息，征战无已时。野战格斗死，败马号鸣向天悲。乌鸢啄人肠，衔飞上挂枯树枝。士卒涂草莽，将军空尔为。乃知兵者是凶器，圣人不得已而用之。

唐初的乐制大抵本于隋，而乐府自六朝以来已有很大的变动，所以至唐时，乐府既失去其原来的音乐成分的重要，遂渐变而为情韵悠长的纯诗了。

唐乐府的内容，边塞诗占很重要的地位，也可以说边塞诗的灵魂就在乐府。自中唐白居易创新乐府以后，乐府渐渐变而为叙事诗，开宋代大曲的先河，但此层又当别论。同时，唐代的边塞诗也随着政治社会的动乱，感情愈加复杂了。内乱的流亡，当更有甚于塞外长征远戍的痛苦。

从来论唐诗者或以为初唐数十百年间，诗人犹习齐梁之风，以纤巧为工；或又以为初唐诗格朴拙，律诗至盛唐始超然度越前古。这话大体是对的，但若持此以论边塞诗，便不尽然。我以为初唐的边塞诗在当时的诗坛上是前进的，反纤巧的；盛唐便有点儿瞻前顾后；中唐和晚唐大体承盛唐之流风，有时只剩一套空疏的僵化的感情了。这话似乎太空虚，下文自"有诗为证"。

初唐的诗文接六朝声病的余响，事实上我们不能否认，但纤巧的流毒却不足以中伤边塞诗的深雄的气韵。那时诗的声韵格律尚未至十分成熟的境界，七言绝句在许敬宗以前作者不多见，而唐初工五言绝句的却多。初唐四杰的作品尤多，但五言绝句从出于汉魏乐府，如《白头吟》、《出塞曲》、《桃叶歌》都是五言，而七言律诗，则自沈佺期、宋之问以后至于开元始奇葩怒放，故初唐的边塞诗，几全出现于乐府与五言诗里。

　　四杰中以五言绝句擅长的王勃却无一首边塞诗，也许他的身世太短促了，其中卢照邻最多，骆宾王次之，杨炯最少。照邻的几首全在乐府中，如他的《上之回》、《关山月》、《战城南》、《梅花落》、《王昭君》，前三首出于汉乐府，后二首出于六朝乐府，雄浑不及唐太宗的"瀚海百重波，阴山千里雪"（《饮马长城窟》），纤巧又不如虞世南的"剑寒花不落，弓晓月逾明"（《从军行》）。未必边塞诗的本质是须具有挥戈直捣的气概或百战归来的经验。如照邻一个潦倒半身的文士是不能在这上而产生杰作的么？我却不敢肯定地回答。我以为论初唐的边塞诗，可以不必作个别的批评，当从边塞诗的全体与作品的大处论断。因为这时的作者不多，作品亦不多，除上举诸人外，只有沈佺期、宋之问、陈师道、陈子昂、上官仪、董思恭等，都是在帝王左右做"应制诗"的能手，盛唐诗人李、杜、王昌龄、岑参等所遭遇的身世和所能取得的诗料，初唐诗人都没有（惟郑愔的《塞外》三首，也许当别论）。正因初唐的政治社会如上所说，是进取的，向外开拓的，我们看唐初六都护府及安西都护府所属十六都督府管辖的地域（《旧唐书·地理志》三），从中央亚细亚以至远东的极南极北，莫不在其势力范围之下。《新唐书·外国传》赞说："唐北擒颉利（突厥可汗），西灭高昌焉耆，东破高丽百济，威制夷狄，方策所未有也！"这样的声威，这样光华四射的文化，是整个民族的血换得来的，诗人能不愤然鼓舞着一片雄心反映这么一个大时代吗。试读：

　　　　将军出紫塞，冒顿在乌贪，笳喧雁门北，阵翼龙城南。
雕弓夜宛转，铁驻晓参潭。须应驻白日，为待战方酣。（卢
照邻《战城南》）

这是一首五言古诗而用乐府的曲名。"须应驻白日，为待战方
酣"，在盛唐的边塞诗中，我们很难寻到这样的口吻，这样的气
魄，我们怎可以忽略了初唐边塞诗作者的精神，而单去推敲它的
声韵辞采呢！这时候，那些诗人无不情愿"投笔从戎"，以身许
国。再录陈子昂一首：

　　　　忽闻天上将，关塞重横行，始返楼兰国，还向朔方城。
黄金装战马，白羽集神兵，星月开天阵，山川列地营，晚风
吹晓角，春色耀飞旌。宁知班定远，独是一书生。

这尾句和杨炯《从军行》的尾句"宁为百夫长，胜作一书生"，
沆瀣一气，可见初唐诗人的一般心理，他们"但令一顾重，不
吝百身轻"（卢照邻《刘生》），只要能得君王的一顾，虽长征绝
域，亦万死不辞。初唐的边塞诗中，诗人往往三致意于此。骆宾
王是曾经边塞生活的，他有《早秋出塞寄东台详正学士》及
《边夜有怀》诸诗，所以他的诗，尤亲切动人。他的《从军中行
路难二首》是写唐军从巴蜀出征交趾的诗，和《边城落日》算
是初唐可以压倒余子的佳作，如"重义轻生怀一顾，东伐西征
凡几度。夜夜朝朝斑鬓新，年年岁岁戎衣故"，"绛节朱旗分白
羽，丹心白刃酬明主，但令一技君王识，谁惮三边征战苦"，
"平生一顾重，意气溢三军"（《从军行》）。又如"壮志凌苍兕，
精诚贯白虹，君恩如可报，龙剑有雌雄"（《边城落日》）。初唐
诗人以为君主的意志就是自己的意志，自己的意志，支配于君主
的意志。这种心理是须建设在一个统一坚强的民族精神之上，而
后君主的意志才可产生，野心才可实现，汉武帝、唐太宗之所以
能做大亚细亚的主人翁，都因有一个统一坚强的民族精神。我们

读《汉书》赵广汉、张汤诸人的列传和吴兢的《贞观政要》，便可明白。这大前提当然需要政治清明、国富民强的时候，假如遇着了几个雄才大略之主，那便如西汉中叶和初唐的局面了。

唐代的君主，大多有向外发展的野心，不过中唐玄宗下半叶以后，经几度的内乱，国家元气大伤，对外发展，心有余而力不足。开元时代的玄宗颇像清高宗的样儿，武功文治都有可观，而豪华过甚，唐祚已是盛极而衰了。他的《平胡》诗中自矜"武功今已立，文德愧前王"，然而，提倡文德的结果，只增加了花萼楼、勤政楼前几多西域来的百戏乐舞，内乱从此却层出不穷。契丹、突骑施、吐蕃的入寇，又不能不防御，内忧外患交迫而来，在这种社会情况之下，诗人的观点，进退失据，所以我上边说这时期的边塞诗是瞻前顾后的。他们一方面想到民族国家的声威，一天天衰堕，外族的反攻势力异常猛烈，想到前代的李贰师、霍票姚，想到唐太宗的东征西伐，都依稀成了历史上的光荣。现在忽而听到高仙芝打败契丹了，哥舒翰赶走吐蕃了，或郭子仪平定安禄山了，怎禁得不潸然滴下几点欢喜的泪，"剑外忽传收蓟北，初闻涕泪满衣裳，却看妻子愁何在，漫卷诗书喜欲狂"（杜甫《闻官军收河南河北》），虽然担荷着满腔民族国家的忧危而无可如何。

一方面内乱的程度，却一天加甚一天，流亡载道，同时又不能不勉强去抵御外侮，于是感到从前从军乐，现在从军苦了。从前从军，"不求生入塞，唯当死报君"（骆宾王《从军行》），现在从军却"爷娘妻子走相送，尘埃不见咸阳桥。牵衣顿足阑道哭，哭声直上干云霄"，"信知生男恶，反是生女好，生女犹得嫁比邻，生男埋没随百草"（杜甫《兵车行》）。这种感情，不单是盈溢于忧患深巨的诗人杜甫的诗中，盛唐、中唐的诗人莫不具此怀想。

中国人传统的对外政策有二：一是和亲，二是怀柔与羁縻。外患之来，只要能敷衍过去，就得了，谁要积极地对外作侵略行为，无不遭剧烈的反对。汉武帝与唐太宗仅仅是两个例外。然而，武帝亦曾遭博士狄山等的反对，而史家非难他的第一个就是班固。唐太宗伐高昌，亦曾经褚遂良的疏抗，征高丽有房玄龄力争。结果算是反对者失败了。因为初唐百年间，国内无大变，国力充实，太宗才得专力进取。玄宗开元间，尚能积极对付吐蕃、突厥，唐代文化这时到了极盛的时期，同时西域文化的输入，亦以此时最为灿烂。当时有几个诗人颇倾赏于西域的文物，如李白、李颀。白好饮于酒家胡，颀有《听安万善吹觱篥歌》，安万善是胡人，觱篥亦胡乐，诗中颇为激赏。他又有《听董大弹胡笳声》，亦婉曲动人。李颀是道家，好炼丹术，王维《赠李颀诗》云："闻君饵丹砂，甚有好颜色"，可知一般诗人爱好胡风的当更不少，中唐如张籍、张祜、温庭筠等亦乐此。盛唐既一方以武力对付突厥等民族，一方又尽量吸收他们所媒介来的伊兰文化，因朝野一部分人的爱好，遂与中国文化互相融和，又因一部分人的反对，而互相激荡，于是这时期的唐代文化在中国文化史上如朝花怒放，这时期的边塞诗也就不如初唐那种勇往直前的气概，而自然流露一种缠绵婉转的"边情"了。原来，从军为的是觅封侯，沙场杀敌；可是，每当霜晨月夜，或柳下风前，却又依恋着闺中的少妇。塞外胡天雪地的苦寒生活，人所难堪，然而，有时亦流连于长河落日的壮景。壮士与美人，战争与恋爱，都是可以产生伟大诗歌的条件，这种边情诗的流风，及于晚唐，犹不衰息。李白、王昌龄、王之涣、高适、岑参诸人所作，可认为是盛唐边塞诗中这种新作风——边情诗的代表，试举各人有名的几首，以便观览：

　　　　长安一片月，万户捣衣声，秋风吹不尽，总是玉关情。

何日平胡虏，良人罢远征。（李白《子夜歌》其三）

　　明月出天山，苍茫云海间，长风几万里，吹度玉门关。汉下白登道，胡窥青海湾。由来征战地，不见有人还。戍客望边色，思归多苦颜，高楼当此夜，叹息未应闲。（李白《关山月》）

《太白集》中，这类边情诗很多，不能并举。这位诗人是以女人与酒与大自然相参合而生活的。他的边塞诗即使写的是一个跃马横戈的战士，那后边大概也得跟上一个女人。间或也有摆脱了女人而直冲敌阵的诗，例如，他的两首《从军行》（一载《全唐诗》第三函第四册卷五，一载三函六册卷二十四），后一首尤见威风，"百战沙场碎铁衣，城南已合数重围，突营射杀呼延将，独领残兵千余归"。但这类的诗无论在初唐、晚唐都容易找得，而他的《关山月》、《子夜歌》在初唐则绝寻不到。再录李顾一首：

　　白日登山望烽火，黄昏饮马傍交河；行人刁斗风沙暗，公主琵琶幽怨多。野云万里无城郭，雨雪纷纷连大漠。胡雁哀鸣夜夜飞，胡儿眼泪双双落，闻道玉关犹被遮，应将性命逐轻车。年年战骨埋荒外，空见葡萄入汉家。（《从军行》）

李顾的边塞诗不多，如《古意》一首情辞壮丽，实为难得之作，愿读者多多赏鉴这样的作品：

　　男儿事长征，少小幽燕客，赌胜马蹄下，由来轻七尺。杀人莫敢前，须如猬毛磔。黄云陇底白云飞，未得报恩不得归。辽东小妇年十五，惯弹琵琶解歌舞，今日羌笛出塞声，使我三军泪如雨。

他与王维尝以诗赠和，摩诘学佛，他是道家，这两位诗人都是出世的，偏有铁与血的诗。王维的《燕支行》、《老将行》、《陇头行》、《从军行》慷慨悲歌，不想他那冲淡雅秀的诗集中竟有这样豪迈的点缀。这儿只选他一首：

　　绝域阳关道，沙胡与塞尘；三春时有雁，万里少行人。
首宿随天马，葡萄逐汉臣；当令外国惧，不敢觅和亲。
（《送刘司直赴安西》）

我尤爱他的"大漠孤烟直，长河落日圆"（《使至塞上》），
真是诗中有画，画中有诗。"孰知不向边庭苦，纵死犹闻侠骨
香"（《少年行》第二首），亦是长人志气的名句。他与高适、王
昌龄是朋友，王之涣、岑参兄弟又与高适、王昌龄是朋友，而李
白、杜甫与王昌龄，岑参与颜真卿又是朋友，这般盛唐的名诗
人，差不多直接间接声息相通，所以他们的边塞诗大概都有一致
的情调。下边再抄王昌龄的几首绝句：

　　烽火城西百尺楼，黄昏独上海风秋；更吹羌笛《关山
月》，无那金闺万里愁。（《从军行》其一）

　　琵琶起舞换新声，总是关山旧别情；撩乱边愁听不尽，
高高秋月照长城。（其二）

　　青海长云暗雪山，孤城遥望玉门关；黄沙百战穿金甲，
不破楼兰终不还。（其四）

　　大漠风尘日色昏，红旗半卷出辕门；前车夜战洮河北，
已报生擒土谷浑。（其五）

　　玉门山嶂几千重，山北山南总是烽；人依远戍须看火，
马踏深山不见踪。（其七）

　　秦时明月汉时关，万里长征人未还；但使龙城飞将在，
不教胡马度阴山。（《出塞》）

如果从《全唐诗》中将这类边塞诗剔了出来，只剩下那些
闲情逸致的春花秋月诗，我想唐诗也就可以不读了。唐代的文化
美丽而不纤弱，勇迈而不粗悍，从这些诗情中可以见之。再录如
下：

　　黄河（河一作沙）远上白云间，一片孤城万仞山；羌笛何须怨杨柳，春风不度玉门关。（王之涣《凉州词》一）

　　之涣的诗今仅存六首。这首诗和他的《登鹳雀楼》已成千古名作。关于《凉州词》还有一段诗话。唐薛用弱《集异记》（续百川学海本）说：开元中，诗人王昌龄、高适、王之涣齐名，时风尘未偶，而游处略同。一日，天寒微雪，三诗人共诣旗亭，贳酒小饮。忽有梨园伶官十数人登楼会燕。三人因避席，隈映拥炉火以观焉。俄有妙妓四辈寻续而至，奢华艳曳，都冶颇极，旋则奏乐，皆当时之名部也。昌龄等私相约曰：我辈各擅诗名，每不自定甲乙，今者可密观诸伶所讴，若诗入歌词之多者为优。俄而一伶拊节而唱昌龄诗，次唱适诗，又次复唱昌龄诗。之涣自以诗名已久，因指诸妓中之最佳者曰：待此子所唱如非我诗，即终身不敢与子争衡矣。次至双鬟发声。果讴"黄河……"云云。可知不朽之作，名下无虚。

　　高适的游踪遍于东北西北边疆之地。《唐诗纪事》卷二十三说他"年五十始为诗，以气质自高"，他的诗确是以气质胜，声情都不如昌龄、之涣之茂。我们幼时，在《唐诗三百首》中，便已读过他那首有名的《燕歌行》。他的《陪窦侍御灵云南亭宴诗》，应酬之作，并不甚佳，却是那篇小序倒有风致，可与南宋姜白石的《扬州慢》小序并读，都是一篇清秀的诗的小品文，自成格调。丽偶句是唐代散文犹袭六朝余风的惯例，这儿却用得恰到好处，清婉有致不伤斫琢。为之摘录于此：

　　　　凉洲近胡，高下其池亭，盖以耀蕃落也。幕府董帅雄勇，径践戎庭，自阳关而西，犹枕席矣。军中无事，君子饮食宴乐，宜哉。白简在边，清秋多兴，况水具舟楫，山兼亭台，始临泛而写烦，俄登陟以寄傲。丝桐徐奏，林木更爽，筯蒲萄以递欢，指兰茝而可掇。胡天一望，云物苍然，雨萧萧而牧马声断，风裊裊而边歌几处，又足悲矣。

又，《和王七玉门关听吹笛》一首，情韵悠扬，在他的"以气质为高"的诗中，实为不可多见之作：

胡人吹笛戍楼间，楼上萧条海月闲；借问落梅凡几曲，从风一夜满关山。

这几位诗人中，惟岑参的踪迹最远，他曾到过天山北路的焉耆，即汉之轮台，诗中有"三年绝乡信"（《临洮客舍留别祁》四）及"一别三年不相见"（《临河客舍呈狄明府》）之句，大约他往来塞外的时间，至少在这个年次以上，所以他的诗写实的重于想象的。从量的方面说，唐代边塞诗的作者中，他是最"多产"的了。一个文人，并非为了谪戍，情愿顶着小小的"参军"衔头，跋涉穷边，不为功名何来？然而，自己只是"白面一书生，读书千卷未成名"（《与独孤渐道别》），很想施展自己的怀抱有以自见，而苦无机会，又听到长安失陷，遥念故园的秋菊，当正傍着战场开吧。眼前是平沙无垠，寂寂无所有，雄心早经灰尽了，"沙上见日出，沙上见日没；悔向万里来，功名是何物？"（《日没贺延碛作》）这些情绪都在他的《登北庭北楼呈幕中诸公》、《安西馆中思长安》、《行军诗》及《行军九月思长安故园》诸诗中表现了出来。可惜那些"迥拔孤秀"的好诗，这里不能多举，且把我爱读的几首抄了出来：

走马西来欲到天，辞家见月两回圆；今夜不知何处宿，平沙万里绝人烟。（《碛中作》）

一身从远使，万里向安西。汉月垂乡泪，胡沙费马蹄。寻河愁地尽，过碛觉天低。送子军中饮，家书醉里题。（《碛西头送李判官入京》）

君不闻胡笳声最悲，紫髯碧眼胡人吹。吹之一曲犹未了，愁杀楼兰征戍儿。凉秋八月萧关道，北风吹断天山草。

昆仑山南月欲斜，胡人向月吹胡笳。胡笳怨兮将送君，秦山遥望陇山云，边城夜夜多愁梦，向月胡笳谁喜闻。(《胡笳歌送颜真卿使赴河陇》)

我们读唐代的边塞诗，希望还得想起西洋诗中咏海的名作。中国的文学素来缺乏想象力与神秘力，屈原的《天问》，宋玉的《招魂》，是将想象与神秘具体化、人格化，所以不能见其伟大。伟大的文学必须与大自然互相融和，互相激荡，尔后它使你会想象，使你觉得神秘，可永远参不透它的神秘。天风浪浪，海山苍苍，在这海与陆的两大自然界中任你取之无尽，用之不竭，便愈显得它的伟大。但是，中国民族不是向海上发展，而是向大陆三面扩张的，西北偏是"喜神方"，二千多年来中国民族把它做了大战场，刀尖一直向着西，与海背道而驰。正好这儿有着海一样的沙漠，有着岛样的绿洲，"长风几万里"，但是，这个大自然却不是如海的那样温慈，而是这么严酷的荒野。富于保守性的中国民族，在它的怀抱中时而畏怯，时而进取。这两种感情的表现，便形成了汉唐间的边塞文学。不论其为进取也罢，畏怯也罢，因为曾经与这个严酷的大自然相融合，相激荡，所以在中国文学史上，唐代的边塞诗竟展开了一幅从来未有的千秋壮观。

现在言归正传，我们来论到盛唐的大诗人杜甫了。

唐代前有突厥、吐蕃、契丹之侵扰，后有回纥之骄横，仍不能不采用传统的和亲与羁縻之策，太宗嫁文成公主于吐蕃，宪宗嫁太和长公主于回纥，皆是其例。同时，"安史之乱"以来，兵连祸结，盛唐与中唐的诗人，都徘徊于这两种内忧外患的情绪之间，国仇家恨，无可宣泄，乃尽情付之于诗，因此，盛唐的诗，便不如初唐一样，很难将边塞诗与流亡述苦的感时诗划出一个分明的界线来，——至少杜工部的作品是这样。他的《前出塞》、《后出塞》、《喜闻官军已临贼寇》、《洗兵马》、《留花门》诸诗，可以为例。据徐元正《全唐诗人年表》（载《全唐诗录》），开元十四年置安西都护于龟兹，以唐兵三万戍之，百姓苦其役，《前出塞》即为此而作。天宝十年，安禄山将幽州、平卢、河东三道兵讨契丹，《后出塞》即为此而作。至德二年，广平王俶统朔方、回纥、安西众收西京安庆绪发洛阳兵拒官军，郭子仪与回纥夹击之，复东京。他的《喜闻官军已临贼寇》以下三首，即咏此事。只从这几首诗看，他一面仿佛高撑着熊熊的火炬，振臂疾呼，叫青年们为国家为民族的光荣而战：

> 男儿生世间，及壮当封侯，战伐有功业，焉能守旧丘。召募赴蓟门，军动不可留，千金买鞍马，百金装刀头。闾里送我行，亲戚拥道周。班白居上列，酒酣进庶羞。少年别有赠，含笑看吴钩。（《后出塞》第一）

一方却依违于传统的保守政策，以为对外征伐，足以使国病民穷，我们的国土已够大了，何必重苦人民去开边辟土呢？边开了，内地早成阒无人烟的荒土了。我们的诗人写着：

> 戚戚去故里，悠悠赴交河。公家有程期，亡命婴祸罗。君已富土境，开边一何多。弃绝父母恩，吞声行负戈。（《前出塞》第一）

> 去时里正与裹头，归来头白还戍边。边庭流血成海水，我皇开边意未已。君不闻汉家山东二百州，千村万落生荆杞。（节录《兵车行》）

老杜是悲天悯人而又极富爱国爱家底热情的诗人，他的诗处处含着这两种矛盾的情调。

中唐的边塞诗，如皇甫冉、郑锡、顾况、耿讳等，所作虽多，无甚可述。这时汉魏以来的乐府曲名，已成老调了，几乎各人的诗集中都有一二首《出塞曲》、《从军行》，大抵情意空疏，似乎渐渐随着唐代诗坛人才的衰替与政治社会的扰攘，豪情壮志，已大减当年。更举一例，中唐以后，常好以薛道衡《昔昔盐》（昔一作析）的诗句，每句为题，如"关山别荡子，风月守空闺。……前年过代北，今岁往辽西。一去无还意，那能惜马蹄"，已成当时流行的一种舞曲。我们知道，为了古人的佳句而强勉提起自己的诗情，当然不会产生好诗的。这种感情的僵化，在天纵之才的李白也难免。他有《学古思边》、《拟饮马长城窟》，偏偏不甚高明。有的全没有一点真实的感情；而凭空要作这种诗，于是只得把地名人名乱拉一场来杂凑了。此则六朝已然，犹不在于唐代下半叶的诗人。我借《颜氏家训·文章篇》的一段话写在这里：

梁简文《雁门太守行》云：鹅军攻日逐，燕骑荡康居，大宛归善马，小月送降书。

萧子晖《陇头水》云：天寒陇水急，散漫俱分泻，北注入黄龙，东流会白马。此亦明珠之颣，美玉之瑕，宜慎之。

以上所论，自然是指唐代边塞诗中的下乘作品而言，不能便以此论断中唐晚唐的边塞诗。边塞诗的热情，依然腾沸着。因为吐蕃至晚唐虽衰，中唐仍为边患。而安禄山之乱是郭子仪借回纥的兵力平定的。当时回纥骄恣，唐室不得已与之和亲。自盛唐至晚唐的诗人，对此极感悲愤。杜甫的《洗兵马》、《留花门》沉痛地感到异族势力的压迫，而无可如何。戎昱、戴叔伦、王建、张籍、项斯诸人皆有咏叹。叔伦《塞上曲》有"汉主谩夸娄敬策，却将公主嫁单于"，项斯有"翠眉红脸和回鹘，怅惘中原不用兵"（《长安退将》）之句；而戎昱最为激烈，他的《咏史》（一作《和番》）可以见之：

汉家青史上，计拙是和亲；社稷依明主，安危托妇人。岂能将玉貌，便拟静胡尘。地下千年骨，谁为辅佐臣。

　　戎昱是个很热烈的诗人,《全唐诗话》卷三说这首诗曾感动了宪宗绝息当时士大夫主张和亲之议。大家都很器重他,因为他姓的不雅,当时有个权臣想他改姓,便把女儿嫁他,这是笑话。他还有一诗,最为宪宗赏识,有"千金未必能移性,一诺从来许杀身。莫道实生无感激,寸心还是报恩人"(同上引),这种热情,又何让于初唐的诗人。此外,李益的《从军夜次六胡饮马磨剑石为祝殇辞》是一首骚体的诗,耿讳的《塞上曲》、杨凝的《从军行》、刘商的《胡笳十八拍》等,情词宛茂,亦能媲美于盛唐。有的虽盛唐亦有所不及,如韦应物是在江南做官的,其诗雍容端丽,萧疏有致,绝少边塞之作,惟《调笑词》第一首为古今所奇赏,后人讨论词的起源问题,差不多都得称引:

　　胡马胡马,远放燕支山下,跑沙跑雪独嘶,东望西望路迷,迷路迷路,边草无穷日暮。

　　这首歌词极其自然,轻轻把塞外风光和盘托出,使人对于那个大自然,微微地感到些儿严酷。倘使与北齐斛律金的《勒勒歌》并读:

　　勒勒川,阴山下,天似穹庐,笼盖四野。天苍苍,野茫茫,风吹草低见牛羊。

　　我们觉得有什么感想呢?

　　晚唐的诗人,虽好为绮丽侧艳,但亦有几篇天衣无缝的名作,录之如下:

　　金带连环束战袍,马头冲雪渡临洮;卷旗夜战单于帐,乱斫胡儿缺宝刀。(马戴《出塞》)

　　昨夜蕃兵报国仇,沙州都护破凉州;黄河九曲今归汉,塞外纵横血战流。(薛逢《凉州词》)

　　朔风吹雪透瘢刀,饮马长城窟更寒;夜半火来知有敌,一时齐保贺兰山。(卢汝弼〔一作卢弼〕《和李秀才边庭四

时诗》其四）

　　誓扫匈奴不顾身，五千貂锦丧胡尘；可怜无定河边骨，犹是春闺梦里人。（陈陶《陇西行》其二）

这是晚唐几首常见的诗，为节省篇幅，不能再举了。

总之，唐代末年的诗坛，太抵可分三种类型：一是绮丽风流如李商隐、温庭筠、段成式等相夸为"三十六体"的诗，这些人大概都是叨庇于藩镇幕下的享乐者，间或亦有几首应时的边塞诗。二是描写离乱的时事诗，如白居易、韦庄等之作。三是边塞诗，又可分二种：一是李益、戎昱、王建、武元衡、吕温、马戴等曾经从事边功的人，所作多为描写实际的边塞生活；二为感念边情与倾赏西域乐舞的作者，如张籍、白居易、张祜、赵嘏、温庭筠、韦庄（韦庄有许多好的边塞诗）诸人之作。

终唐之世，边塞诗实可反映对外的关系和西域文化输入的剪影。唐末王仙芝、黄巢起事，入于五代，天下荒荒，东胡民族日强，至于宋代惟俯首帖耳以听命，犹且不可得。唐代最可表现民族精神的边塞诗，在宋人的诗词中便连影子都没有了。苏东坡、辛稼轩们那种稍稍显露一点豪情的词句，也觉得太不"婉约"。他们叹息着"自胡马窥江去后，废池乔木，犹厌言兵"，自然大家都想去执红牙拍，唱晓风残月了。

　　　　（原载《上海文学》二卷六期，1934 年 4 月 29 日于北平）

图书的批评

图书的批评或图书评论，以西语当之，即 book review 或 bulletin critique，西洋有名的杂志中大概都设有这一栏，内容间或也多少带有介绍性质。他如所谓 textual criticism 或 higher criticism，那是属于校勘学和考据学的范围了。

图书的批评，当然不是指批评学的理论，而是以图书或著述内涵的实质为对象。著述的类别，有属于自然科学的，有属于文化学科的，而文化学科大抵以文学、哲学、史学（广义的）等为中心科目，史学的辅助科目有考古学、语言学等。这个粗略的分类，已足以囊括万有，似乎"图书评论"这个词儿根本无从说起了。这话自然有些理由，比如西洋重要的杂志中 book review 一栏所批评或介绍的书籍，大抵必属于那个杂志对于某种学问的研究范围内的著述，我国的杂志，诚所谓"杂志"，时下有些号称为纯正的杂志或学报中，便常常载着些自然科学的论文，同时也有历史考证的论文，真令人有"目迷五色"之慨。这种现象，仔细想来，影响于各种专门学术的进步却不算小，至少在近代科学的研究上是一种幼稚病。

那末，所谓图书的批评，假如并不附属于一种专门杂志中而自行独立，它自身也应宜保持一个相当的范围。比如它的性质是属于文化史的，那它的批评自然应侧重于史事的研究。史事的阐发与连接，可以见文化线索的演变。史事的本身是具有客观性的，但不幸因空间时间的障碍，往往掩蔽其客观性，而研究者的主观因此便容易发生误会，于是同一史事却有不同的意见，是非得失，由此而起，章氏《文史通义·史德》有段话说：

> 夫史所载者事，事必藉文而传，故良史莫不工文，而不知文患于为事役也。盖事不能无得失是非，一有得失是非，则出入予夺相奋摩矣。

文化学科之不能如自然科学之决定，以此。"出入予夺相奋摩"，便易陷于争辩，但争辩与批评，中间大有区别在。荀子说："辩生于末学"，辩必有所蔽，我想忠于所学的人，愈前进愈不欲多言。然而，批评则不然。辩争的词锋是针锋相对，彼此是站在相反的方面的，批评是在同一的方向而在后边督促的，好像政治上监察者之于行政者，监察可以使行政发生更大的效力，批评可以策励那门学术的进步。

在文艺批评里，常有人称引 Benjamin Disraeli 的名句"批评的勾当是在文艺中失败了的人干的"，这话已成千古是非，大约是指眼高手低而言吧。但对于纯粹学术的批评，我却否认这话。批评一部学术的著作，批评者当有离开那部著作而可独自写一部的能力，至少在某几点上当确有胜于原著的地方，使著者可以采纳而补充原书的缺陷，更增加原书的价值，所以批评促进学术的进步。

以公允的眼光观察一部无懈可击的著作，而能从大处看出其最大的缺陷，这是批评的正轨，是上乘的批评；掊撠片言只字，近于吹毛求疵，自是批评之下乘了。

反之，一部书的"好"，决不是一篇颂辞的堆砌，一部书的

"坏"，也不是一言可以诋毁的，褒贬之间，应当公平地详细指出其"为什么"的原因。称赞当具不偏不倚的精神，指摘宜出以谨严审慎的态度，则所谓图书评论之义，可以思过半矣。

我们觉得一般的心理以为批评就是"骂人"，批评者自己也当是骂人，殊不知无论什么著述，岂是几句话便可骂倒的？由此种错误的心理出发，于是常演为相互的辩争，结局是一场谩骂，谩骂之不足，继之以流言飞语，以至彼此真欲得之而甘心，这岂止是"文人相轻"而已！至于假批评之美名而泄私怨，则又其小焉者也。《颜氏家训·文章篇》说：

> 江南文制，欲人弹射，知有累病，随即改之，陈王得之于丁廙也。山东风俗，不通击难，吾初入邺，遂尝以此忤人，至今为悔。

不知如今"山东"的风俗仍依然如故呢，还是"江南江北一般同"呢？

附注：本文是我个人的意见，不得代表任何方面，也不存在着指摘任何方面的野心，谨此声明。

（原载《大公报·图书副刊》第 43 期，1934 年 9 月 8 日）

唐代女子服饰考

　　唐代声威文教遍于亚细亚，是最能代表中国民族精神的一个大时代。汉代的文化似乎还质胜于文，唐代可说"文质彬彬"了。由初唐而至中唐是中国文化史上最灿烂的一页。这二三百年间，文治武功皆旷绝前古，又颇能吸收印度文化与伊兰文化之长，而融合于中国所固有，故美丽而不纤弱，勇迈而不粗悍。这可见之于史传，晚近考古学上的成绩，也可参证的。

　　唐代文物，我们现在所能见到的，大概可分四群，一是散见于内地的石刻雕塑及陕西河南一带古坟古墓的殉葬品如陶俑镜鉴之属；二是海内外公私家所藏唐人书画，但其真赝极难说，须得审慎使用；三是敦煌及新疆各处发现的唐人写经壁画绢绣及其他关于佛事与日常生活的用具；四是日本法隆寺和正仓院所存唐代文物。从这四群遗物中，我们不难窥见唐代社会的风俗习尚。

　　本篇便想应用上举资料的一小部分来印证史册，尤其是唐代诗词中所记当时女子的化妆和服饰。以这些实物证诗词，诗词可以得到正确的解释，以诗词来证这些实物，也就可以明白这些实物在当时的应用了。如果从中国服饰史上说，只要把唐代的服饰弄清楚了，则上接汉晋，下继宋明，便不难得个线索。

在这个题目之下。最初应用这些资料来研究唐代服饰的是原田淑人氏，他的书出版已十三年，现在看来，实不少疏漏和误解的地方。虽然我们却不能不感谢他给我们的暗示。

唐代女子，从记载和现存实物及绘画上看来，有多方面的活动，如爱好音乐、舞蹈、骑马、打毬，而妆饰的争奇斗艳，恐怕犹有胜于现在的"摩登女郎"。

唐代的官服，大抵沿袭前代礼制，而一般社会的服饰，则颇多改变，尤以女子为甚，这原是古今所同。当时女子时妆所从出的地方，不外东西两京。西京乃帝都所在，宫廷的新样（宫样），常常可以影响到富家豪室而及于民间，这是一。二是西域事物潮水般从新疆南北路涌了进来，尤以贞观、开元、天宝间为最盛，长安、洛阳简直成了如今的上海和天津。唐代女子时妆的来源，大概不外乎这两个方面。

这里分三部述说，一发饰，二面部化妆，三服饰。

唐代女子的发饰，通称髻鬟。髻鬟二字是六朝的新字，始见于《玉篇》，《说文》作结作环。髻与鬟当时是有区别的，女子及笄作髻，未及笄作鬟。《礼记·内则》：女子十五而笄。郑注：许嫁则十五而笄，未许嫁则二十而笄。唐之礼制多本《礼记》，见《大唐开元礼·序例》，故女子未许嫁时都作鬟。元稹《会真记》写莺莺"常服睟容，不加新饰，鬟垂黛接，双脸断红而已。……问其年纪，郑曰，生十七年矣"。故李绅《莺莺歌》云，"舍雀娅鬟年十七。"《太真外传》："方士抽簪扣扉，有双鬟女儿出应。"可知女子未许嫁皆作鬟。髻是总发成结，鬟是总发中空成环。波士顿博物馆藏宋徽宗模张萱《捣练图》中左幅下边背面的女童，即为垂鬟（图一）（又，罗振玉藏仇英模周昉《听琴图》之二女童，均为垂鬟，参看《二十家仕女画存》）。但女子及笄总髻后，头上也可作鬟，那鬟便是发饰，而非表示年龄的礼制了。李贺《美人梳头歌》"春风烂熳恼娇慵,十八鬟多无力气"。段成式《戏高侍御》诗"不独邯郸新嫁女,四枝鬟上插通犀",孟浩然《美人分香》诗"髻鬟垂欲解",皆是其证。

唐代女子髻鬟的样式很多,据马缟《中华古今注》、段成式《髻鬟品》、宇文氏《妆台记》(以上二书均顺治版说郛本,商务印明钞本无)诸书所记,不下二十余种,今从段氏《髻鬟品》所录:

> 高祖宫中有半翻髻,反绾乐游髻。
> 明皇帝宫中双鬟望仙髻,回鹘髻。
> 贵妃作愁来髻。
> 贞元中有归顺髻,又有闹扫妆髻。
> 长安城中有盘桓髻,惊鹄髻,又抛家髻及倭鬟髻。

《中华古今注》又记有飞髻、百合髻。《妆台记》有朝天髻,盖属于高髻。《红线传》有乌蛮髻。《太真外传》谓太真常以假髻(又称义髻)为首饰。这些髻式的名称,今难一一明白。从唐代女俑及绘画中,有些还可得其仿佛。

半翻髻之名,似与橘瑞超等在新疆喀喇和卓古坟中发现开元四年《树下美人图》之髪髻相当。双镮望仙髻,当是发顶作左右双髻之意。日本正仓院尺八上刻绘《女子行乐图》中右数第二女子的发式可参考(图二此为尺八之细部放大,不载《东瀛珠光》中,今据高桥健自式《历世服饰图说》所模)。闹扫妆髻与倭鬟髻似相同。白行简《三梦记》云:

> 唐末宫中髻,号闹扫妆髻。形如焱风散鬟,盖盘鸦堕马之类。(据此条不见顺治版说郛本,龙威秘笈本、唐代丛书本亦无,今据王初桐《奁史》卷七十一引。)

明王志坚《表异录》(人物部三)谓:闹扫,髻名,唐诗"还梳闹扫学宫妆"。李贺《恼公》诗有"发重疑盘雾"之句,大约指此。《中华古今注》（卷中）说：

> 长安妇女好为盘桓，到于今（五代）其法不绝。堕马
> 髻今无，复作倭堕髻，一云堕马之余形也。

其实倭堕髻、堕马髻之名，都不始于唐，古乐府《陌上桑行》
有"头上倭堕髻，耳中明月珠"，《后汉书》（卷三十四）《梁冀
传》载，冀妻孙寿作堕马髻，注引《风俗通》谓其形"侧在一
边"，盖如据鞍堕马之状，姚崇断句"扇掩将雏曲，钗承堕马
鬟"（《全唐诗》注云：见《海录碎事》），可知初唐时犹未绝
迹。倭一作蝀鬌或咼，温庭筠《南歌子》"鬌堕低梳髻，连娟细
扫眉"，李贺《美人梳头歌》"十八鬟多无气力，妆成蝀堕欹不
斜"，正仓院《鸟毛立女图》之髻当是（图三，据《东瀛珠光》
第一册第七十图）。

　　惊鹄髻的形式，大约即李贺《二月词》所谓"金翅峨髻愁
暮云"，新疆吐峪沟发现开元四年的仕女绢画断片似之（图四，
据《西域考古图谱》上册第五十二图）。

　　抛家髻，《唐书·五行志》[1]云："唐末京都妇人梳髻，以两
鬓抱面，状如椎髻，时谓之抛家髻。"附图（据原田淑人氏）女
俑之髻（此图缺。——编者注），近是《妆台记》所称朝天髻，
元稹《李娃行》"髻鬟峨峨高一尺"之句，或即指此。这些髻式
在长安、洛阳出土的陶俑中，都可常常见到，不再多举。

　　髻鬟上的装饰，有帽、梳、篦、簪、钗、步摇、翠翘、搔头
等为发饰，宝钿花钗为鬓饰。今略举帽、步摇、翠翘三事，其余
在唐诗词中，都不难解释。

　　据《旧唐书·舆服志》[2]及《中华古今注》幂篱条所载，

---

　　① 《新唐书》卷三十四《五行》一。
　　② 《旧唐书》卷四十五《舆服志》。

唐高宗永徽以前，女子多著羃䍦，中宗以后，羃䍦殆绝，帷帽盛行，开元以后，帷帽又不行，而"靓妆露面"矣。

羃䍦之制，《中华古今注》谓"全身障蔽，缯帛为之"，帷帽则"施裙到颈，渐为浅露"。

步摇，汉刘熙释名云：上有垂珠，步则摇也。唐人多贯以黄金珠玉，自钗下垂，白居易《长恨歌》"云鬓花冠金步摇，芙蓉帐暖度春宵"。张仲素《宫中乐》有"珠钗挂步摇"之句，这种首饰，今内地尚有之。

翠翘，是翡翠所制，加于钗上的，李商隐《偶题》"水文簟上琥珀枕，傍有堕钗双翠翘"，韦应物《长安道》诗"丽人绮阁情飘飘，头上鸳钗双翠翘"。正仓院存有银钗一枚，钗头作云形（《东瀛珠光》第七集第一图），可为当时钗饰之参考。

以下说面部化妆。唐代妇女面部的化妆，从记载上看来，有额黄，眉黛，红粉，口脂，花钿，靥钿等。

额黄或单称黄，是在额际施以黄粉之谓，而与鸦黄有别，唐诗词中咏之者甚多，是当时一种流行的化妆，宋以后渐息。温庭筠《菩萨蛮》"蕊黄无限当山额，宿妆隐笑纱窗隔"，又，《照影曲》"黄印额山轻为尘"，牛峤《女冠子》"额黄侵腻发"，吴融《赋得欲晓看妆面》诗"额畔半留黄"，都是指额黄而言。鸦黄施于眉间，故亦谓眉黄。虞世南《嘲袁宝儿》诗"学画鸦黄半未成"，卢照邻《长安古意》"纤纤初月上鸦黄"，王涯《宫词》"宫样轻轻淡淡黄"，温庭筠《汉皇游春词》"柳风吹尽眉间黄"，都可证眉间施以黄粉。关于眉的化妆，详见下文。

亦有在靥颊上涂黄的，李贺《御沟水》诗"入苑白映映，宫人正靥黄"，温庭筠《归国遥》词"粉心黄蕊花靥，眉黛山两点"。但这种化妆，不知是源于东胡民族呢，还是由中国传出去的呢？宋叶隆礼《契丹国志》（卷二十五）引张舜民《北使记》

说：北妇以黄涂面如金，谓之佛妆。朱彧《萍洲可谈》（卷二）亦说：先公（朱服）言，使北时见北使耶律家车马来迓，毡车中有妇人，面涂深黄，红眉黑吻。谓之佛妆。王国维先生《笺证黑鞑事略》（蒙古史料四种）中徐氏疏语"妇美色，用狼粪涂面"二句，疑此有误字，"盖谓如唐人额黄也"，黄粉涂面，上文言非即额黄。这种风俗，大概流行于唐宋间，而传到东胡去的。《酉阳杂俎》（卷八）载当时妇女化妆好黄星靥，当是靥颊间涂以黄点之意（此谓之靥钿，详下）。宋彭汝砺诗云："有女夭夭称细娘，真珠络髻面涂黄"（按：此诗不见彭氏《鄱阳集》，据《西神脞说》引），可惜在唐宋遗物中，已不能得见这种痕迹了。

唐代妇女对于眉黛的化妆，亦很考究，各式各样都有。释名云："黛，代也，灭其眉毛，以此代其处也。"黛是一种青石，《太平御览》（卷七一九）引服虔《通俗文》谓"染青石谓之点黛"，刘长卿《扬州雨中张十宅观妓》诗"残妆添石黛"，白居易《上阳白发人歌》"青黛点眉眉细长"。青黛产于西域，汉以来已流行，唐时妇女大多用黛，见于诗词中，也有不用黛而施丹紫的，但都得"灭其眉"，《唐语林》（卷六）补遗说：

> 长庆中，京城妇人首饰有以金碧珠翠笄步摇，无不具美，谓之百不知。妇人去眉，以丹紫三四横约于眉上下，谓之血晕妆。

《新唐书·车服志》[①] 载，文宗时制：

> 妇人衣青碧缬、平头小花草履、彩帛缦成履，而禁高髻、险妆、去眉、开额。

去了眉，可以画各种眉样，开了额，可以广涂黄。宋叶廷珪

---

① 《新唐书》卷二十四《车服志》。

《海录碎事》（卷十四）载唐玄宗命画工作十眉：

> 一曰鸳鸯眉，二曰小山眉，三曰五狱眉，四曰三峰眉，
> 五曰垂珠眉，六曰月稜眉又名却月眉，七曰分梢眉，八曰涵
> 烟眉，九曰拂云眉又曰横烟眉，十曰倒晕眉。

这十种眉样张泌《妆台记》及张怀瓘《画断》都说是明皇幸蜀时所作，尚有横云斜月之名。这些我们只能从字里想象了。宋陶谷《清异录》（卷下）说："五代宫中画开元御爱眉小山眉等，国初，小山尚行，得之宦者窦季明。"其实眉的式样，见于唐诗词中的还多，固然不必拘泥求之。但唐人诗词中确有这些名目，我们如果不明白，自然难得正确的解释了。例如，温庭筠《菩萨蛮》"小山重叠金明灭"，释此句的人大都只知小山是眉，而不知是当时的一种眉样。李贺《昌谷》诗"月眉谢娘妓"，杜牧《闺情》"娟娟却月眉，新鬓学鸦飞"，又，宋苏轼《常润道中有怀钱塘寄述古诗》"剩看新翻眉倒晕，未应泣别脸消红"，都是有所本的，非诗人信口所铸。

唐人描写当时妇女的眉样，大抵有浓广与细淡之别。李贺《花游》诗"今朝醉城外，拂镜浓扫眉"，张籍《倡女词》"轻鬓丛梳阔扫眉"，是属于浓广的，正仓院《立女屏风图》可以为例（参看图三）。杜甫《虢国夫人诗》"淡扫蛾眉朝自尊"及上举白居易《上阳白发人歌》"青黛点眉眉细长"，又，《梅妃传》（开元小说六种本）载明皇以珍珠一斛赐妃，妃不受，以诗付使者有"柳叶双眉久不描，残妆和泪污红绡"（唐诗中形容浓眉的则用桂叶，李贺《恼公诗》"添眉桂叶浓"）都是属于细淡的，斯坦因在喀喇和卓附近阿斯塔纳（Astana）墓中所获开元二年《桃花树下仕女游春图》可以为例。

新疆敦煌一带发现的绘画壁画及正仓院立女屏风的仕女，颊间都施红粉，唇点口脂，总称红妆，唐诗文中形容美人时多用

图一　张萱《捣练图》局部，左下背面女童即为垂鬟

图二　日本正仓院藏尺八上刻绘女子行乐图细部（描摹）

图三　日本正仓院藏鸟毛立女屏风
　　　局部

图四　新疆吐峪沟发现开元四年仕
　　　女绢画断片

图五　勒柯克在喀喇和卓废墟所获
　　　景教寺院之壁画女像（据原
　　　田淑人氏摹写）

图六　洛阳出土唐墓室石刻

图七　日本正仓院藏圣武天皇御履（歧头履）

图八　日本正仓院藏锦绣鞋

之，李白《江夏行》"正见当垆女，红妆二八年"。红粉是胭脂和素粉而成，唐时普通都用红粉，孟浩然《春情》"青楼晓日珠帘映，红粉春妆宝镜催"。元稹《离思》"须臾日射胭脂颊，一朵红酥旋欲融"。晚近西北所得的壁画绘画陶俑上，仕女两颊多抹半圆或圆形的红粉，依唐人诗文观之，当非画工夸张之笔，罗虬《比红儿》诗"一抹浓红傍脸斜"，蒋斧《沙洲文录》"曹夫人赞"（曹元忠妻）说，"眉偷初月，颊类红莲"，自非过言。

但也有用素粉的，在当时认为是"奇装异服"之类，一种不健全的社会现象。王仁裕《开元天宝遗事》（卷下）说：

> 宫中嫔妃辈，施素粉于两颊，相号为泪粧，识者以为不祥。

《中华古今注》（卷中）谓"太真偏梳朵子作啼妆"，大约亦施素粉。《唐书·五行志》[①] 载：

> 元和末，妇人为圆鬟椎髻，不设鬓饰，不施朱粉，惟以乌膏注唇，状似悲啼者。圆鬟者，上不自树也；悲啼者，忧恤象也。

《五行志》认为"妖服"，乌膏注唇，或即上文引《萍洲可谈》契丹的佛妆"黑吻"。白居易《时世妆》诗讥之，中有"腮不施朱面无粉，乌膏注唇唇似泥。双眉画作八字低，妍媸黑白失本态，妆成尽似含悲啼。圆鬟无鬓堆髻样，斜红不晕赭面状。……元和妆，君记取，髻堆面赭非华风"。这诗咏的是两种时妆，一是堆髻不施朱粉的啼妆，一是赭面，故云"斜红不晕"，大概是《比红儿》诗所谓"一抹浓红傍脸斜"之意。堆髻而不设鬓饰，或即上举段成式髻鬟品中的回鹘髻，勒柯克（Le Coq）在喀喇和卓废墟中所获景教寺院之壁画女像髻式似

---

① 《新唐书》卷三十四《五行》一。

之（图五，据原田淑人氏摹写）。

唐代妇女点口红的式样亦很多，《清异录》（卷下）说：

> 僖宗时，都〔下〕（据明陈仁锡《潜确居类书》加）
> 倡家竞事妆唇，妇女以此分妍否。其点注之工，名字差繁，
> 其略有胭脂晕品，石榴娇，大红春，小红春，嫩吴香，半边
> 娇，万金红，圣檀心，露珠儿，内家圆，天宫巧，洛儿殷，
> 淡红心，猩猩晕，小朱龙格（一作晕），双唐媚花奴子。

这些品目，今难知之。李贺《恼公诗》"口注樱桃小"，顾敻
《甘州子》"山枕上私语口脂香"，毛熙震《后庭花》"歌声慢发
开檀点"，然已不能得其名。唐制，年终腊日有宣赐口脂面脂之
例。《酉阳杂俎》（卷一）载：腊日赐北门学士口脂、腊脂，盛
以碧镂牙筒。杜诗《腊日诗》"口脂面药随恩泽，翠管银罂下九
霄"，李峤有《谢腊日赐腊脂口脂表》（《全唐文》卷二四六），
刘禹锡有《谢敕书赐腊日口脂》等表（同上，卷六百二）。李表
有云"旋顾妆奁，遂成箕帚之多幸"，可见其盛。口脂与面脂皆
为当时女子傅面之物，王建《宫词》"俗堂门外抄名入，公主家
人谢面脂"。口脂之状或如现代的"胭脂锭"（lip stick），《会真
记》崔氏报张生书云："捧览来问，抚爱过深，兼惠花胜一合
（释名：花胜，像草木花也。言人形容正等，著之则胜，蔽发前
为饰也）。口脂五寸，致耀首膏唇之饰。"口脂以五寸计，恐怕
是"锭"的样儿了。

　　上举正仓院及新疆发现的唐代仕女画，额上鬓边或靥颊，多
施淡绿点或黑点，额上鬓边者谓之花钿，靥颊间的谓之靥钿。此
所谓花钿与鬓饰的花钿有别。《海录碎事》（卷五）云："金花曰
钿，音田亦音甸"，是以金银制为花形之鬓饰，刘长卿《扬州雨
中张十宅观妓》诗"残妆添石黛，艳舞落花钿"。顾敻《花叶杯
词》"小髻簇花钿"，宋徽宗模张萱《捣练图》之妇女鬓上犹可

见之（参看图一）。

额上及鬓边的花钿，亦称花子，和凝《杨柳枝》："醉来咬损新花子，拽住仙郎尽放娇"，唐代风俗画中常见之。花子的起源，诸书所记多有出入，《酉阳杂俎》（卷八）谓起于武后时：

> 今妇人面饰用花子，起自昭容上官氏所制，以掩点（按：《辍耕录》作黥）迹。大历以前，士大夫妻多妒悍者，婢妾小不如意，辄印面，故有月点、钱点。

宋高丞《事物纪原》（卷三）引《五行杂书》谓：

> 宋武帝寿阳公主，人日卧含章殿帘下，梅花落额上成五出花，拂之不去，经三日洗之乃落，宫女奇其异，竞效之。

而《中华古今注》则谓起于秦始皇。但我们在隋以前的记载中，似乎不曾见到有这种化妆的事。斯坦因、勒柯克在新疆发现的唐画及正仓院立女图皆有之（参看图三）。《立女图》与勒氏"高昌"图版三十之二贵女图，其额花钿均作♣形，其余和斯氏、勒氏所得各画观之，约有十余种，多作↯◇♤♣0等式样。按：唐时有五色花子，宇文氏《妆楼记》谓："贞元中，梳归顺鬓，帖五色花子"，可知花钿是帖上去的，成彦雄《柳枝词》"鹅黄剪出小花钿"。段公路北户录鹤子草条说："采之曝乾以代面靥，形如飞鹤"，上举斯坦因所得《桃花树下仕女游春图》及橘瑞超在喀喇和卓发现之塑像头部都作✺形，颇似飞鹤。花蕊夫人《宫词》"汗湿红妆行渐困，岸头相唤洗花钿"。又，王定保《摭言》（卷十）载：

> 乾符中，蒋凝应宏词为赋，止及四韵，遂曳白而去，……试官叹息久之。顷刻之间，播于人口，或称之曰，白头花钿满面，不若徐娘半妆。

靥钿是在颊辅间点上如钱如月如星的模样，以朱或胭脂或丹青或黄色，《酉阳杂俎》（卷八）云：

近代妆尚靥，如射月曰黄星靥。靥钿之名，盖自吴孙和邓夫人也。和宠夫人，尝醉舞如意。误伤邓颊，血流娇婉弥苦，命太医合药，医言得白獭髓杂玉与虎珀屑，当灭痕。和以百金购得白獭，乃合膏虎珀太多，及痕不灭，右颊有赤点如意，视之更益甚妍也。诸婢欲要宠者，皆以丹青点颊而幸进焉。

靥钿似与古之面的或称华的相当。面的之说，见明杨慎《丹铅总录》卷七，文繁不具引。正仓院《立女图》作淡绿色（图三），斯氏所获《游春图》作青黑色，皆在口角间。《法苑珠林》（四部丛刊本）卷六南门七宿条云：复次，置亢第六宿属摩姤罗天，姓迦旃延尼，其有一星如妇人靥。李贺《恼公诗》"晓奁妆秀靥"，和凝《山花子》"星靥笑偎霞脸畔"，孙光宪《浣溪沙》"腻粉半黏金靥子"，皆指此而言。

以上所论唐代女子发饰与面部的化妆，旧说虽谓起源于汉魏六朝，然其中实不少外来成分，白居易《时世妆》诗已感慨系之。关于这层，我们细阅近三十年来，各国探险队在西北考古的报告，自然很强烈地感到，倘要详为探究其演变之迹，却又恐失之于穿凿，这里暂不论及。

唐代的官服，多承隋以前旧制。《旧唐书·舆服志》载，[1] 贞元四年制妇人皆从夫服色。初唐时。凡流谪及庶人都不得服绫罗縠五色线靴履[2]。开元以后，"四方车服僭奢"[3]，胡服大流行。虽有开元、大历、开成三朝之禁革，而社会上并不完全遵守。唐人诗词中有咏士大夫社会的女子，有咏妓女的（唐代的妓与现

---

① 《旧唐书》卷四十五《舆服志》。
② 《新唐书》卷二十四《车服志》。
③ 《旧唐书》卷四十五《舆服志》。

在不大同），也有咏小家碧玉的，而服饰的用语，都无大差别，可见当时服制已很混乱。

唐代女子的服饰，上衣有袄、襦、衫、半臂、帔子，下衣以裙为主，今就上举诸事言之，至于袍袿之属，凡为命服者，今略而不论。

袄是冬衣，代袍之用，袍，自汉以来，皆为命服，唐时惟后妃可服。一般人则著袄。《中华古今注》（卷中）披袄子条云：

> 盖袍之遗象也。汉文帝以立冬日赐宫侍承恩者及百官。披袄子多五色绣罗为之，或以锦为之，始有其名。炀帝宫中有云鹤金银泥披袄子。则天以赭黄罗上银泥袄子以燕居。

可知袄之用，上可以随下，而下不可以僭上。袄，男女都可服，《唐书·车服志》说，袍袄之制，三品以上服绫，以鹘衔瑞草为文，六品以下无文①。韩愈《酬崔少府》诗"蔬餐要同吃，破袄请来绽"。大约袄比袍短而比襦长。唐俑中常见之。

襦与衫体制略同。说文，襦，短衣也。释名，襦暖也，言温暖也。单襦如襦而无絮也。襦与衫之别，是襦有袖端而衫无袖端（正如我们现在的衣袖），襦可入絮，衫不可入絮，襦短而衫长，襦为秋冬之服，衫为春夏之服。释名，衫，芟也，衫末无袖端也。唐代女子见于陶俑及绘画中者，大抵著襦或著衫。襦与衫都属上衣，而下为裙，此为当时女子的常服。但在陶俑或绘画中，无论为襦为衫，有许多是没有袖端的（任蕃《梦游录》〔唐代丛书本〕载，邢凤之子梦一美人，"为古妆而高髻长眉，衣方领绣带，被广袖之襦"，可知襦本应有袖端）。这是受西域服饰的影响。《唐书·五行志》说②：

---

① 《新唐书》卷二十四《车服志》。
② 《新唐书》卷三十四《五行》一。

　　天宝初，贵族及士民好为胡服胡帽，妇人则簪步摇、钗，衫袖窄小。

胡服左右有折襟，如今日西装，袖甚窄小，陶俑及敦煌、吐鲁番发现的壁画多有之（参看图五）。襦的质地，布帛之外，多用罗縠或锦等，罗縠取其细软，锦取其厚直，见于唐诗者，其色以红紫最流行。张籍《节妇吟》"君知妾有夫，赠妾双明珠，感君缠绵意，系在红罗襦"。亦有上绣纹样的，温庭筠《菩萨蛮》"新帖绣罗襦，双双金鹧鸪"。

　　衫则只用罗縠纱等，取其轻薄。元稹《杂忆》诗"忆得双文衫子薄，钿头云映褪红酥"，又，《白衣裳》诗"藕丝衫子柳花裙"。衫上有绣凤凰孔雀或鸳鸯的，大约歌舞用衫的时候最多，因为衫子轻薄飘逸，可以帮助舞的姿态。唐诗咏此者独多，如柘枝舞、字舞等皆用衫。张祜《感王将军柘枝妓殁》诗云："鸳鸯钿带归何处，孔雀罗衫属阿谁！"白居易《柘枝妓》诗"红蜡烛移桃叶起，紫罗衫动柘枝来"。王建《宫词》"罗衫叶叶绣重重，金凤银鹅各一丛；每遇舞头分两向，太平万岁字当中"。字舞见段安节《乐府杂录》舞工条，自注：字舞以舞人亚身于地，布成字，如作太平万岁是也。

　　唐时女了上衣有名半臂者，诸书所记各不一致，当时亦为男女通用之服。《中华古今注》载：

　　　尚书上仆射马周上书云：士庶服章有所未通者，臣请中
　　单上加半臂以为得礼。

中单为内衣，加半臂于上，但半臂之制，马氏未明记之。高丞《事物纪原·衣裘带服部》背子条说：

　　　实录又曰，隋大业中，内官多服半臂，除却长袖也。唐
　　高祖灭其袖，谓之半臂，今背子也。

则唐时半臂之袖甚短，然谓半臂即背子，则颇有疑。背子在隋唐

时皆为命妇之服，见《旧唐书·舆服志》及《中华古今注》，《明史·舆服志》所记犹然，非常服可知，且背子有袖，固与半臂不同。格鲁威德尔在吐鲁番所获女子图可认为半臂之例。李孝光《沙头酒店诗》"镂金半臂双鸳鸯，翠杓银瓶唤客尝"，张昱《宫中词》："宫衣新尚高丽样，方领过腰半臂裁。"方领因当胸的部分为方形。

唐时女子肩臂上有披巾，如今围巾之形，六朝时谓之斜领，俞正燮《癸巳类稿》书、《旧唐书·舆服志》后（安徽丛书本卷十三俞氏顶批）云：

> 围巾护项，偏压垂之，曰斜领。梁捉搦歌云：太华山头百尺井（群按：乐府诗集作华阴山头百尺井），下有寒泉（按：诗集作流水）彻骨冷，谁家女儿工照影（按：诗集作可怜女子能照影），不见其余见斜领。

唐人谓之帔帛或帔子。《事物纪原·农裘带服部》帔子条云：

> 唐制士庶女子在室搭帔帛，出适披帔子，以别出处之义。今仕族亦有用者。

帔帛与帔子之别不详，从实物观之，大约处女之帔帛较长，妇人之帔子较短。《中华古今注》云：

> 古无其制，开元中诏令二十七世妇及宝林御女良人等，寻常宴参待令披画帛，至今然矣。

则帔帛上另有画饰。唐诗及小说中常言之。卢照邻《行路难》"娼家宝袜蛟龙披"（宝袜，《丹铅总录》卷二十一云："女人胁衣也"，薛能《吴姬》诗"冠剪黄绡帔紫罗"，《霍小玉传》"著旧石榴裙，紫裆裆，红绿帔子"（按：裆裆为命服，见《车服志》，因小玉为霍王之女故。明方以智《通雅》卷三十六谓："裲裆言 裲裆之盖其外也"，《车服志》又云："裲裆之制：一当

胸，一当背，短袖覆膊"）。① 帔帛与帔子之例，见于陶俑绘画墓
刻者甚多，插图第六（野口荣作氏藏）为洛阳出土之唐墓石，
右立者为侍女，左立执轻罗小扇之女子，肩上所著当为帔帛
（或披子），并可参看图二、图三。

　　唐时女子常服，上襦而下裙。裙即古之裳，东汉以后多称
裙。唐时裙之质地，见于唐诗中者，多是绫罗纱绢之属，其色以
红紫黄蓝为多，而以石榴裙为最有名。杜审言《戏赠赵使君美
人》诗"红粉轻蛾映楚云，桃花马上石榴裙"，白居易"移舟木
兰棹，行酒石榴裙"，万楚《五日观妓》诗"红裙妒杀石榴花"，
耿沣《凉州词》"金钿正舞石榴裙"。今长安、洛阳一带出土陶
俑中，裙上往往有红色或蓝色的痕迹（和凝《河满子》"却爱蓝
罗裙子，羡他长束纤腰"），想是当时很流行的色样。斯氏所得
《桃花树下游春图》中右边一著红裙的少女，色极鲜艳，上有绣
饰如花草，杜甫《琴台诗》"蔓草见罗裙"，不啻为此写照。

　　罗裙亦有以花草染之者。或取其香，或取其艳。张泌《妆
楼记》云："郁金芳草也，染妇人裙最鲜明，然不耐日炙"，染
成则微有郁金之气。李商隐《牡丹》诗"折腰多舞郁金裙"，白
居易《卢侍御小妓乞诗座上留赠》"山石榴花染舞裙"。

　　正仓鸟毛立女屏风六扇，女子之裙皆为鸟毛黏贴而成（按：
《东瀛珠光》解说为鸭毛），今已剥落，惟第三扇犹存。以鸟毛
为裙饰，唐时贵族女子皆好之，此事始于中宗幼女安乐公主，
《唐书·五行志》载，② 安乐公主：

　　　　合百鸟毛织二裙，正视为一色，傍视为一色，日中为一
　　色，影中为一色，而百鸟之状皆见，……工费巨万。……自

　　① 《新唐书》卷二十四《车服志》。
　　② 《新唐书》卷三十四《五行》一。

作毛裙，贵臣富家多效之，江、岭奇禽异兽毛羽采之殆尽。文宗即位，制定"妇人裙不过五幅，曳地不过三寸"，① 此为矫正当时奢侈的习尚，可知裙必不止五幅，曳地亦不止三寸。李群玉《赠美人》诗"裙拖六幅湘江水"，孟浩然《春情》"坐时衣带萦纤草，行即裙裾扫落花"。《太平御览》（卷六九四）引《秦州纪》谓，妇人着裙有三十余幅。盖裙幅多，则绉褶细，有风情飘荡之致，裙幅长，可增婀娜婉转之态。裙之前有双带长垂，所谓裙带，以束腰者。白居易《和梦游春》诗"裙腰银线压"，李群玉《赠琵琶妓》诗"一双裙带同心结，早寄黄鹂孤雁儿"。其质地大概依裙而定。

唐时女子足下所著，有袜履靴鞋，而舄为命妇所著，《通典》礼八十三载，外命妇朝会至西阶脱舄于阶下，然后升殿，此盖本于开元礼。后魏张揖《广雅》云，舄，履也。晋崔豹《古今注》谓，舄以木置履下，乾腊不畏泥湿也。故释名云，複其下曰舄。这是说在履的下面加上一层木底。舄履至阶必脱，惟著袜而入，可见唐时犹保存曲礼所谓"户外有二履"之意。伯希和《敦煌图录》第三百四十图之壁画犹存此风。今日本风俗脱了"下驮"然后升阶，亦是唐代的遗风。

至于履之制，晋以前妇人著圆头，男子著方头，见《晋书·五行志》②、《宋书·五行志》③ 及开元占经诸书。晋太初时，妇人履皆作方头，与男子无别（《宋书·五行志》）。唐时则有高头、平头、小头、云形、花形等式样。《唐书·五行志》④云：

① 《新唐书》卷二十四《车服志》。
② 《晋书》卷二十七《五行》上。
③ 《宋书》卷三十《五行》一。
④ 《新唐书》卷三十四《五行》一。

文宗时，吴、越间织高头草履，纤如绫縠，前代所无。
又，《车服志》① 载，文宗即位制"妇人衣青碧缬、平头小花草
履"。草履即靸鞋。明初陶宗仪《辍耕录》（卷十八）② 云：

> 浙西之人以草为履而无跟，名曰靸鞋。妇女非缠足通曳
> 之……梁天监中武帝易以丝，名解脱履。至陈隋间，吴越大
> 行，而模样差多，唐大历中进五朵草履子，建中元年进百合
> 草履。据此则靸鞋之制，其来甚古。然《北梦琐言》载，
> 雾是山巾子，船为水靸鞋之句，抑且咏诸诗矣。

正仓院立女屏风图之履为莲花形（参看图三）。小头之履，见白
居易《上阳白发人歌》"小头鞋履窄衣裳，……天宝末年时世
妆"。而王涯《宫词》有"尚著云头踏殿鞋"，均可见当时女子
鞋履的式样。

唐时男女履著皆同（关于缠足的起源，自来皆谓起于五代，
而明杨慎则力说在唐以前，上引俞正燮《癸巳类稿》书、《旧唐
书·舆服志》后，曾专论此事，痛斥杨氏之说，考证极精审。
那珂通世亦尝论之，载那珂氏遗书中，可参考）。《唐书·车服
志》③ 云：

> 有衣男子衣而靴，如奚、契丹之服。武德间，妇人曳履
> 及线靴。开元中，初有线鞋，侍儿则著履。

《中华古今注》及《大唐新语》（卷十）并云：

> 天宝中，士流之妻或衣丈夫服靴衫鞭帽，内外一贯。

《唐书》（卷七九）《滕王元婴传》④ 言，元婴"尝为典签崔简妻
郑嫚骂，以履抵元婴面流血"，又，《唐诗纪事》（卷五十七）记

① 《新唐书》卷二十四《车服志》。
② 《辍耕录》下编五十八页，民国三年中华书馆版。
③ 《新唐书》卷二十四《车服志》。
④ 《新唐书》卷七十九《列传》第四滕王元婴。

段成式《光风亭夜宴妓有醉殴者》诗："掷履仙凫起，搴衣蝴蝶
飘。"则女子可以脱履掷抵他人，自与男子无异。当时履之大
小，米芾跋唐文德皇后遗履图，可以见之，明姚士麟《见只编》
（在《海盐志林》中）云：

> 唐文德皇后遗履，为米元章写图，左右有小跋，是元章
> 为画学博士时笔，跋云：右唐文德皇后遗履，以丹羽织成，
> 前后金叶裁云为饰，长尺，底向上三寸许，中有两系，首缀
> 二珠，盖古之歧头履也。臣米芾图并书。

今正仓院藏圣武天皇（当唐玄宗之世）御履，与米氏之言相合，
并可印证唐时男女之履皆同（参看图七，据《东瀛珠光》第六
集第三二三图），著履时，袜著于履之上部。《中华古今注》谓：
袜样以罗为之，加以彩绣画，王珪《宫词》"销金罗袜镂金环"。
李肇唐《国史补》（卷上）云：

> 马嵬店媪收得贵妃锦袎袜一只，相传过客每一借玩，必
> 须百钱。

此事《大唐新语》、《太真外传》皆记之。袎，《类篇》云：袜
颈也。则袎袜当略如今日本的"足袋"。

此外，女子或著鞋，或著靴。鞋较履为小而浅，取其轻便，
《旧唐书·舆服志》[1] 云：

> 武德末，妇人著履，规制亦重，又有线靴。开元来，妇
> 人例著线鞋，取轻妙便于事，侍儿乃著履。

其实鞋与履之制略同，释名：鞋，解也，著时缩其上如履然，解
其上则舒解也。鞋用锦制，或施绣饰，唐诗及小说中常道之。正
仓院藏有锦绣鞋正合释名之说（图八，据《东瀛珠光》第二集
百九及百十图）。鞋履中衬以荐，谓之屟，韩偓《屟子》诗"白

---

[1] 《旧唐书》卷四十五《舆服志》。

罗绣犀红托里"。

靴，本为胡服，便于骑射，由来已久。唐时男女皆着之，上举新归《唐书》之文可参证。刘肃《大唐新语》（卷十）云：

> 后乌纱帽渐废，贵贱通用折上巾以代冠，用靴以代履。

折上巾戎冠也。靴，胡履也。

唐时有乌皮六合靴，法隆寺所藏，可以窥其制。本篇插图第六右立一侍女，所着为靴，可资参考。折上巾即幞头，他日论唐时男子服饰时，再及之。

以上所论为唐代女子主要的服饰，都可以实物及诗词证之，历历如在眼前，如果更进而将上举四群实物的全部，与史册互相参证，我想唐代的风俗习尚，社会生活，必大部分可以还原，我们便可不单在文字上揣摩了。

（原载《大公报·艺术周刊》第十五期，1935 年 1 月 12 日）

历史学的新途径

　　自有人类以来，也不知经过多少年代，地质学和古生物上的估计，多以万年为单位，现在我们这小小的方寸之间，要驰想到几千万年前榛榛狉狉的生涯，真太渺茫了。前年我到河北房山县去参观周口店——所谓"中国猿人北京种"（Sinathropus Pekinesis）的发现地，地质调查所的诸君正在那里工作，看见半山里几丈厚的岩石，一层层的用引药炸开之后，下面是很深的黄土层，黄土层里掘出许多动物的残骨。试想，这岩石的构成要经多少万年，而这些动物的残骨，却埋藏在岩石的下面，我们短短几十年的人生，同这些岩石和残骨相比，真像须弥之大，和芥子之小了。当夜，宿地质调查所的办事处，群星默默然闪烁着，不竟想到宇宙的构成，又同这岩石和残骨相比，未尝不如须弥之与芥子，这时我自己之身，并不知其如何藐小，已根本忘其存在了。同时转念人类几千年的历史记载，算得什么！

　　我们中国的历史，从最大的限度说，不过五千多年，在世界史上还不算最古的。这五千多年中有一千多年的历史又在不分明的状态里。所以历史家便把一个民族或一国的历史过程分为三个段落，一是史前时代（Prehistory），二是半史时代（Semi-history），三是正史时代。史前时代因为缺乏文字记载，只能凭考古学、古生物学、人类学、地质学的报告，历史家对于这个时期的研究，少有插足的余地，这时期年代的估计，限度极大，同样一种研究，要是相差过几千年也不算很远，普通所谓旧石器时代、新石器时代，都属于史前期。半史期相当于考古学上所谓青铜器时代，如商殷时代，可说是半史期的，这并不是说那时候没有文化，据现在考古学上的成绩，知道商殷的文化程度也很可观，不过我们现在缺乏当时的历史记载，只有从实物（如近来在安阳发掘的龟甲文）与后代的追记相参证，推知那时代的大概情形，因此，历史家对于这个时期的研究，往往捉摸不定，甚或陷于全盘的错误。正史期便有官书记录，如周秦以下便属于正史期，到如今三千多年，历史记载有一贯的线索，年次分明，从来不曾中断。这是我国历史在世界史上可以骄傲的地方，世界上历史比我国古远的国家，如埃及、印度等，都没有一脉相传的史籍。我们这里所谓正史期，便是指的这三千多年的时代。

有了正史之后，才渐渐发生历史学。本文所谓历史学，与狭义的"史学"略有区别。比如，以一个民族或一国的历史为对象，那么，对于那个民族以往精神的和物质的活动，都是我们应当研究的，从事于这种研究，称为历史学。历史学可分为两派，一是批评，一是考证。批评即上所谓狭义的史学，又可分二支：一是专讲作史的义法和体例的，如唐刘知几，宋吕夏卿、李心传，清章学诚之流；一是专批评史实的，如宋吕祖谦、范祖禹，明张溥，清王夫之之流。考证亦分二支：一是考证史实如清钱大昕、洪颐煊等；一是钩稽史实，如赵翼、王鸣盛等。大约史学方面侧重于"识"，考证方面侧重于"学"（才学识三者是刘知几《史通》所定为历史家的最高的修养），这两派到唐宋以后才发达，魏晋以前，国史的纂修，由政府监领，后来私家撰述渐繁，便演而为这两派。

周代老聃为柱下史，是专门管理国家史料的官。春秋战国各国有各国的史，《孟子》有晋之《乘》、楚之《梼杌》、鲁之《春秋》的话。前汉初，修史有太史公的官，故司马迁的《史记》原名《太史公书》，那时修史的官，大约为世家，一代一代传袭。后汉明帝时，修国史的地方叫兰台，是不公开的国家图书馆，班固曾为兰台令史。章帝、和帝时，国家图籍多移到东观，所以东观又成修国史的地方。私家无法获得史料，即有撰述，亦所不许。魏晋六朝虽设著作郎、秘书郎为修史之官，齐梁更置修史学士，但那时私家撰述渐多，秦汉以来的制度大行变革，如鱼豢的《魏略》，张璠的《后汉纪》，范晔的《后汉书》，皆身不任史职而私撰国书。唐宋之际，宰相监修国史，明清两代虽略有因革，大抵仍沿袭这个系统，然同时私家撰述亦更多了。

据上所述，可知正史的撰纂，历代都由政府设官监领，魏晋以后，私家始有撰作。正史的体裁，不外刘知几所谓六家二体（《尚书》家、《春秋》家、《左传》家、《国语》家、《史记》家、《汉书》家，及编年体、纪传体），换句话说，从前史家的职责，就是如何能将国家所保存的公文官书（所谓档案）的原史料，整理排比而成一部第二手的较成系统的史料如《尚书》、《春秋》等六种史书的体裁一样。但到唐宋后，历史家对于正史的体裁义法和对于史事的观察，却转了一个新的方向，开始作正面的批评，或抑班而扬马，如郑樵之辈，或抑马而扬班，如刘知几辈。对于史料的选择取舍亦有很大的进步，如司马光之作《资治通鉴》。对于史实的本身，他们能另具一种看法，用那个时代的眼光来作批评，如上举吕夏卿、李心传、范祖禹等之史论。而程颐、朱熹、吕祖谦等对于历史主张须从大处认识其整体，小处着眼于其转变的关键。吕氏标举统体与机括二点，他说：

> 读史先看统体，合一代纪纲风俗消长治乱观之，如秦之暴虐，汉之宽大，皆其统体也。复须识一君之统体，如文帝之宽，宣帝之严之类。统体盖为大纲，如一代统体在宽，虽有一两君稍严，不害其为宽。一君统体在严，虽有一两事竟宽，不害其为严。读史自以意会之可也。至于战国三分之时，既有天下之统体，又有一国之统体，观之亦如前例。大要先识一统体，然后就其中看一国之统体，二者常相关也。既识统体，须看机括，国之所以盛衰，事之所以成败，人之所以邪正，于几微萌芽，察其所以然，是为机括。（《吕东莱先生遗集》卷二十）

这是唐宋以来对于历史认识的一大进步，从前大抵注意史料的安排，现在他们要把历史放到时代的身上去，与当时的政治社会发生关系，借着历史评论当时人物事迹的是非。可是，他们的弊病便是只有议论而无引证，这风气一直到明代，每况愈下，如朱明镐、唐顺之、李东阳、江用世等之所为。在寥寥数十百字之间，便敢于下极端的论断，放言高论，做翻案文章，并不细求史实的客观的因果是怎样，如江用世说：

> 文人铁笔，铮铮于翻案不难，贵乎翻之有理有趣，令人一览而赏心动魄。（崇祯刊本《史评小品序》）

这是明人研究历史的一般习气。以我们看来，历史家研求史事的正确性，须具谨严的客观态度，还恐其不正确，而他们却要有趣，令人赏心动魄，寻开心，所以即使其中偶有高明的见解，亦易流为臆说。故宋明人的历史学，虽能具批评的眼光，较前代进步一层，但那立场是建筑在沙上的。

到了清代便不同，清代学术一反宋明好尚理学之流弊，论事空疏的习气，尤其是历史学。本来，历史学是一种文化学科，不

能如自然科学之决定不移，历史学者对于历史的因果的推求是相
对的，史事的本身虽具有客观性，但因为时间空间的障碍往往掩
蔽其客观性，而研究者的主观因而便容易发生误会。宋明的历史
学多主观而演绎，清代则多由客观而归纳。所谓归纳，便是从历
史记载中搜集许多同类的例证，如蜂采百花而成蜜，整理排比，
委宛曲折地证实那段史事，这就是上所谓考证的一派。乾嘉以
后，这一派成了唯一的权威，如钱大昕的《二十一史考异》，赵
翼的《廿二史劄记》，王鸣盛的《十七史商榷》，他如全祖望、
邵晋涵、杭世骏、凌廷堪诸人之作，皆在其次。赵书意主贯串，
王书则钩稽抉摘，考辨为多，议论亦颇淹洽，钱书专事校订。清
代的历史学，这几部书可以代表他们的精神。他们治经情愿墨守
汉人家法，不敢评驳，而对于史，不特裴骃、颜师古一辈要与之
分庭抗礼，是正其得失，即司马迁、班固的正文，亦可以箴而砭
之，他们的武器就是以谨严的态度，从原史料中搜集证据，来辨
正原史料，不剿说，不依傍他人之言，实事求是。这种态度自然
讨厌宋明人治史议论空疏的积习。王氏《十七史商榷·序》说：

> 大抵史家所记典制，有得有失，不必横生意见，驰骋议
> 论，以明法戒也。但当考其典制之实，俾数千百年建置沿革
> 了如指掌，而或宜法，或宜戒，待人之自择焉，可矣。其事
> 迹有美有恶，读史者亦不必强立文法，擅加与夺，以为褒贬
> 也。但当考其事迹之实，俾年经事纬，部居州次，记载之异
> 同，见闻之离合，一一条析无疑，而若者可褒，若者可贬，
> 听之天下之公论焉，可矣。……即使考之已详，而议论褒
> 贬，犹恐未当，况其考之未确者哉！盖学问之道，求于虚，
> 不如求于实，议论褒贬，皆虚文耳。作史者之所记录，读史
> 者之所考核，总期于能得其实焉而已矣，此外又何多求邪？

这种论调可说完全针对宋明以来的史论而发。

　　然而，清代历史学者实事求是的结果怎样？依我们现在的眼光看他们的成绩果能满意么？他们治史是为穷经，赵翼曾有这样的表示（《廿二史劄记·序》），章学诚又有六经皆史的话。他们虽把廿四史片断的零碎的整理了番（钱氏兼及宋、辽、金、元史，而无《五代》薛史。赵氏并及《明史》。王氏有《旧唐书》、《旧五代史》，实十九史，而合旧于新，仍十七史之目，犹赵氏实备廿四史，而仍标廿二史，皆谦为之意），在各方面都不能显示出一部整个的文化史的线索来，这是清代考证派的大缺陷，他们不能如宋人之观其"统体"，有时意亦不求其"机括"，所以实力有余，挥洒不足。如果和现在相比，他们的方法和态度，我们只有接受的，可是，他们的胸襟和眼界，却不及现代人的大，这自是时代使然，我们现在有许多新史料可以补充廿四史所不详的地方，是他们所见不到的，我们有多种语言工具和各种科学的常识做思想和学识的源泉，因此，我们对于历史有许多新的看法、新的解释，是他们不可同日而语的。我们的方法和态度与他们有相同的地方，也有绝不同的地方，就搜集材料之忠勤，不掩蔽反证以自圆其说，这与他们相同，但我们对于材料的安排和组织，必把那个题目所包含的内容，系统地、一层层地全盘显示出来，在文化史上有一贯的描述，有多方面的解释，不菲弃议论，因为我们可以考证充实之，故言之而信；不单凭考证，因为我们可以使考证不至于支离破碎，在文化史上有一个完形的"统体"。这是我们现在与宋明的史论派、清代的考证派绝不相同的地方。

　　说到应用史料的能力，那我们比清代学者知道的更多了，王氏在《十七史商榷·序》中欲表示其博采史料之能事，他说：

　　　　又搜罗偏霸杂史，稗官野乘，山经地志，谱牒簿录，以暨诸子百家，小说笔记，诗文别集，释老异教，帝及于钟鼎

尊彝之款识，山林冢墓，祠庙伽蓝，碑碣断阙之文，尽取以
供佐证。

他这个意见，在当时恐怕算先知先觉了。可是，在他的书中，还
只是一种悬想，并不曾做到。以我所见，清代历史学家能应用考
古学、语言学等为历史学的补助科学的，除了较王氏稍后的钱大
昕外，尚少见其人，而现在却大不同了。

　　大抵一时代有一时代的学风，一番新史料的发现，必有一番
新学问的领域，能够占在新学问的领域中利用这番新材料，就是
学术上的前驱者，陈寅恪先生称此为"入流"，反乎此而不闻不
问，自以为坐井可以观天者，谓之"未入流"。但我想入流与不
入流，有时亦不在以能获得新材料为目的，近来学术界因为争取
发表新材料的优先权，往往令人有玩物丧志之感。所以尤在要明
了学术研究的新趋向，然后才知所努力，在思辨上有深澈的眼
光，文字上有严密的组织，从习见的材料中提出大家所不注意的
问题，所以学术的思考上也有入流与不入流之别。

　　这里所谓新趋向新领域，就是说要明白近四十年来历史学上
新发现的材料。能应用这些材料，或从这些材料中在中国文化史
上提出新问题或新的解释，便是现在所应取的新途径。这四十年
来陆续发现的新史料，从史前时代起直至近代止，尽可不用语言
文字，单就材料的本身便可表现一部中国文化史。如果我们将这
些材料与正史记载互相印证，那可补充正史的地方，真不知多
少。这个总账这里不能算，只简单的把这些材料的种类依其时代
为次，举出来听凭读者自己去理会吧。

1. 史前时代（地质调查所的报告，大部分是这方面的工作）
2. 甲骨
3. 铜器
4. 钤印

5. 封泥

6. 汉代工艺

7. 汉晋简牍

8. 石经

9. 佛教美术

10. 六朝隋唐墓志

11. 日本现存隋唐遗物及古文书

12. 敦煌石室之发现

13. 新疆考古的成绩

14. 辽金元史料之新发现

15. 宋代史料之新发现（西夏文与《宋会要》）

16. 南海史之新研究

17. 明清史料之新发现（明清《实录》与《内阁大库》）

18. 近代史料之新发现（各种清廷档案与太平天国史料）

19. 西南语之研究

20. 中国文学史料之新发现

以上略举二十项，或为四十年来发现的新史料，或为研究的新趋向，前代学者所不得见，而我们生逢着这个"发现时代"，眼前有这么大的一个去处，当如何努力，才不辜负呢。关于上举新史料的说明和研究的成绩，有暇也许可写一部十万字以上的书给中学生诸君课外参考，这里，即使很简单的叙说，恐怕也没有多长的篇幅给我了。

（原载《中学生》杂志第六十一期"研究与体验特辑"，1936 年 1 月）

烽 燧 考

　　烽燧为我国古代边防上之一重要军事交通设备，晋蔡谟与弟书曰：军之耳目，当用烽鼓，烽可遥见，鼓可遥闻，须臾百里（据《太平御览》卷三三五引，按：此语不见《晋书·蔡谟传》）。古代烽鼓连用，见于文字者，如《史记·周本纪》：幽王为烽燧，大鼓有寇至。司马相如《子虚赋》：击灵鼓，起烽燧。沈约《齐故安陆昭王碑》：烽鼓相望，多时不息。皆以烽鼓并举。斯坦因所谓"目视电报"（optical telegraph）者也。其制最早见于西周，幽王嬖褒姒，举烽火为戏。至有明之际，九边防御，犹未废弛（《明史》卷九一《兵志》：古北口、居庸关、喜峰口、松亭关烽堠百九十六处。又云：自宣府迤迄山西，缘边皆竣垣深壕，烽堠相接。又，魏焕《皇明九边考》卷一〔据明嘉靖本〕：今边城以烽火为候，传报以出境为度）。清代武力远出西北，塞外民族寝衰，蒙古、新疆皆入版图，各设重兵镇守，国防之界与汉唐大异，烽燧之制，乃不见于记载。然魏晋以来，学者已多误解，盖烽燧多设沿边，内地不常见也。今幸得晚近西北考古发现之汉代文物，参以故书所记，略可还其旧观。至其与亭障邮传之关系，亦有可论述者焉。

一　史籍中烽燧之称谓

烽燧二字，汉时通作夆㸐，汉简中有作蠡、熏或蓬者，皆夆之别字。《汉书》卷五二《韩安国传》：置夆㸐然后敢牧马。师古曰：㸐，古燧字。《说文》亦作夆㸐。沙畹氏、斯坦因所获《中国简牍考释》（Ed. Chavannes, *Documents Chinois Dicouverts par Aurel Stein*）中，常误释㸐为队，王国维氏《流沙坠简考释》亦每书作队（参阅拙稿《流沙坠简校补》，《图书季刊》第二卷第一期）。六朝以后，夆或作烽，㸐或作燧，始相杂厕，《广韵》钟寘二部，犹二体并举。

烽燧非一名词，亦非同一作用之二物，烽者烽火，燧者亭燧，凡亭燧所在，即有烽火，故史籍中有连称烽燧，或称烽火，有单称火或烽，或烟火或权火者。今各举一二以示其例。

1. 烽燧连称之例：

《晋书》卷九四《范粲传》：宣帝辅政，迁武威太守，明设防备，敌不敢犯，西域流通，无烽燧之警。

唐祖孝徵《送北征》诗：沙漠胡尘起，关山烽燧惊。

《太平广记》卷四九二引《灵应记》：俄闻烽燧四起，叫噪喧呼，云朝那贼步骑数万人，今日平明攻破堡塞，寻已入界（按：《新唐书》卷一一一《张仁愿传》：仁愿于牛头朝那山北，置烽候千三百所，自是突厥不敢逾山牧马。据此，唐时所称朝那贼，盖指突厥也）。

2. 称烽火者：

《史记》卷八一《李牧传》：日击数牛飨士，习射骑，谨烽火，多间牒，厚遇战士，为约曰：匈奴即入盗，急入收保，有敢捕虏者斩。匈奴每入，烽火谨辄。

《汉书》卷九四《匈奴传上》：胡骑入代句注边，烽火通于甘泉。

杜甫《春望》诗：烽火连三月，家书抵万金。

3. 单称火或烟火或权火者：

《后汉书》卷八九《南匈奴传》论：候列郊甸，火通甘泉。

唐卢汝弼（一作卢弼）《和李秀才边庭四时》诗：夜半火来知有敌，一时齐保贺兰山。

《汉书》卷九四《匈奴传》下：北边自宣帝以来〔至王莽〕，数世不见烟火之警。《史记》卷二八《封禅书》：上宿郊见，通权火。（张晏曰：权火，烽火也，状如井絜皋，其法类称，故谓之权火。（《汉书》卷二五《郊祀志上》同）

4. 单称烽者，指烽火或烽候而言：

《新唐书》卷八八《刘文静传》：〔裴〕度夜见逻堞传烽，诧曰：天下方乱，吾将安舍！

及杜甫之《夕烽》诗，皆指烽火而言也。其指烽候者，唐人诗文中多见之：

王昌龄《从军行》：玉门山嶂几千重，山北山南总是烽，人依远戍须看火，马踏深山不见踪。

李益《上黄堆烽》诗：心期紫阁山中月，身边黄堆烽火云。

李德裕《会昌一品集》卷一三《条疏太原以北边备事宜》第一条：云州之北，并是散地，备御之要，系把头烽。今符澈虽修缮已毕，把头烽内并未添兵镇守，事同虚设，恐不应机。未废把头烽以前，把头烽内旧有镇兵数处，自废把头烽后，并合抽却，望令巡边使速与符澈计会，却抽旧兵，依前制置。同书卷十七《讨袭回鹘事宜状》：右臣频奉圣旨，缘回鹘渐逼把头烽，早须讨袭。

及李益《受降城闻笛》诗"回乐烽前沙似雪，受降城外月如霜"，皆指烽候而言也。《流沙坠简》释二叶十五有步广烽、大威关烽之名，唐《沙州志残卷》（罗氏《敦煌石室遗书》第一册）有白亭烽、长亭烽、阶亭烽等。亭之所在，则设斥候候望，故亦称烽候：

《魏志》卷一五《张既传》：酒泉苏衡及与羌豪邻戴及丁令胡万余骑攻边县，既与夏侯儒击破之，衡及邻戴等皆降，遂上疏请与儒治左城，筑障塞，置烽候邸阁以备胡。

唐李敬方《近无西耗》诗：远戎兵压境，迁客泪横襟，烽候惊春塞，缧囚困越城。

《文苑英华》卷六一四苏颋谏玄宗銮驾亲征第二表云：陛下如必亲戎，迈于歧陇，脱幽并警候，灵夏驰烽，突厥之骑南侵，犹如吐蕃之势，长安百姓惊扰，太上皇岂不忧劳？以警候与驰烽对举，则烽火所在，自有候望也。

至若单举燧而言者，史籍中殆不多见，今得数例：

《南齐书》卷二《高帝纪》下，建元四年诏曰：今关燧无虞，时和岁稔，远迩同风，华夷慕义。

《魏书》卷九《肃宗纪》正光元年诏曰：蠕蠕世雄朔方，擅制汉裔，邻通上国，百有余载，自神鼎南底，累纪于兹，虔贡虽远，边燧静息，凭心象魏，潜款弥纯。

《宋史》卷三三五《种世衡传》：世衡知环州，令诸族置烽火，有急则举燧介马以待。

按：燧非烽火，"关燧"、"边燧"皆指亭燧言，若《世衡传》之"举燧"，则史家不详其制之误，说见下文。而司马相如喻巴蜀檄之"烽举燧燔"，乃修辞上之俪偶法，不得认为二事，故不具列。

二 亭燧、邮传、亭候、亭障、营坞与烽燧之关系

《说文》火部:"燧,㷉候表也,边有警则举火。"各本㷉上均无燧字,段注引《文选》注,补作"燧。燧㷉候表也"。段氏所据,当本相如喻巴蜀檄"烽举燧燔"。下李善注引张揖云:"昼举烽,夜燔燧。"今按段氏所补实误,《说文》阜部"㷉。塞上亭,守燧者也"。谓边塞之上,守望烽火之亭,其字从阜,盖烽为燧之候表,燧为守望烽火之处所也。斯坦因所获汉简中以燧名者,不下四五十简,如凌胡燧、厌胡燧、广昌燧等,皆塞上之亭燧。民国十六年西北科学考查团(以下省称考查团)在宁夏额济纳河附近 Mu-durbeijin(以下省作 m. -d.)一处所发现之汉简中(此项简牍,据其记年系前汉宣帝至后汉光武初之物),又有以数字名者,自第一燧(m. -d. 287 之 22)以至第三十八燧(m. -d. 258 之 16),皆指亭燧而言。烽火亭燧,系汉时通用之常语,简称则谓烽燧,其实非一物,亦非一物之异名也。《流沙坠简》释二叶二十下:

> 扁书亭燧显处,令尽讽诵知之,精候望,即有烽火亭燧回度举毋必("必",沙书第四三二简释忽,是)。

考查团在额济纳河附近:Boro-Tsonch(以下省作 B. -T.)一处所获汉简亦有之:

> 状辞居延肩水里上造,年四十六岁,姓匡氏,除为卅井士吏,主亭燧候望,通烽火,备盗贼为职(B. -T. 456 之 4)。

上二简可证《说文》烽为燧之候表,燧为塞上亭守烽者之说为不误,是烽燧即烽火亭燧之简称也。

《汉书》中,间以燧与隧互书,其作隧者,乃传写之讹。

《汉书》卷九四《匈奴传》下："建塞徼，起亭隧。"又云："前以罢外域，省亭隧，今裁足以候望，通烽火而已。"又：同传赞曰："夫边城不选守境武略之臣，修障隧备塞之具"。又：卷六九《赵充国传》："自敦煌至辽东万一千五百余里，乘塞列隧。"皆误以燧为隧，而颜师古注："隧谓深开小道而行，避敌钞寇"，犹不知隧为传写之误。近敦煌发现唐《沙州志残卷》引《匈奴传》之文，正作"起亭燧"。或《沙州志》所据为别本，与师古所见者不同。然《后汉书》卷八七《西羌传》（《无弋爰剑传》）："于是障塞亭燧，出长城外数千里。"又："西海之地，初开以为郡，筑五县边海，亭燧相望焉。"《水经注·河水二》引此条亦作亭燧，足证燧为不误，而师古注之曲解矣。师古既误以燧为隧，《西羌传》章怀注则谓"燧，烽也"，其误更不待言（按：《后汉书》注实非出章怀太子手，《新唐书》卷八九《张公谨传》云：公谨次子大安，上元中同书门下三品，章怀太子令与刘讷言等注范晔《汉书》。则唐时士大夫如颜师古及张刘诸人，于烽燧之制固未详也）。

汉时燧与亭之别。燧较亭为小，燧为守烽之所，可驻兵卒，其性质止于备边警，防寇抄。亭之性质；则主捕盗贼，维持治安，内地皆有之，若设塞上，常与燧并置，故称亭燧。考汉唐间边防之设备，大者曰城，其次曰障、曰塞，其次曰亭、曰燧，最小曰烽、曰候。而亭之意义则较活动，因其性质兼理民事，随处可设，如今之警察所，故有亭障、亭塞、亭燧、亭候等之称，然未有以亭烽连称者，因烽之规制甚小，仅伺候敌情报寇警之事，无兼理民事之关系也。唐时要塞之地，虽有以烽名者，如上举《会昌一品集》之把头烽，有镇兵数处，规模自不小，但此为烽之原义之扩大，非汉时旧制矣。

汉时，亭之意义，大别有四，实由一种制度之推演，与邮传、障塞、营坞均有密切之关系，不可不先明乎此，尔后可以言烽燧之制。

1. 亭设于乡里，捕盗贼，亭有长，给事县。《后汉书》卷八三《逄萌传》：萌家贫，给事县为亭长。章怀注：亭长主捕盗贼。《汉书》卷九十《王温舒传》：温舒少时椎埋为奸，已而试县亭长。亭有两卒，一为亭父，一为求盗。《汉书·高帝纪》上：高祖为亭长，乃以竹皮为冠，令求盗之薛治时时冠之。应劭曰：求盗者亭卒：旧时亭有两卒，一为亭父，掌开闭扫除，一为求盗，掌逐捕盗贼。边郡之地，则以材官楼船年五十六衰老免，就田里，应令为亭长，见《续汉志·百官志》注引《汉旧仪》。《汉书》卷十九《百官表》云：

> 大率十里一亭，亭有长。十亭一乡，乡有三老、有秩、啬夫、游徼。

又，《续汉志·百官志》注引《汉官仪》云：

> 设十里一亭，亭长、亭候；五里一邮，邮间相去二里半，司奸盗。亭长持二尺板以劾贼，索绳以收执贼。

考汉时之里，亦有二解。一为户籍之单位，《续汉志·百官志》云：里有里魁，民有什伍，善恶以告。注：里魁掌一里百家，什主十家，伍主五家，以相检察。考查团所获此类汉简甚多，今举二例：

> 居延甲渠止害隧长居延收隆里公乘孙勋，年三十，甘露四年十一月辛未除（m.-d. 173 之 22）。

> 戍卒张掖郡居延广都里大夫虞世，年三十四（m.-d. 220 之 10）。

一为距离之单位，《后汉书》卷八二上《高获传》：

> 时郡（汝南）境大旱，获素善天文，晓遁甲，能役使鬼神。[太守鲍]昱自往，问何以致雨，曰急罢三部督邮，

明府当自北出到三十里亭，雨可致也。

此言距郡城之亭三十里也。又，《续汉志·舆服志》：驿马三十里一置。皆指距离而言。则《百官表》与《汉官仪》之"十里一亭"，或指户籍言也。

亭为逐捕盗贼，警备治安之所，不尽设于乡里，长安城中亦有之，《汉旧仪》云：长安城方六十里，经纬各十五里，十二城门，积九百七十三顷，百二十亭。《后汉书》卷七七《周纡传》：

> 皇后弟黄门郎窦笃，从宫中归，夜至止奸亭，亭长霍延遮止笃，笃苍头与争，延遂拔剑拟笃，而肆詈恣口。

亭之设于郡县者曰都亭，《汉书》卷九十《严延年传》：

> 延年坐怨望非谤政治不道弃市。初，延年母从东海来，欲从延年腊，到雒阳，适见报囚，母大惊，便止都亭，不肯入府，延年出至都亭。

同书卷五七上《司马相如传》：

> ［相如］素与临邛令王吉相善。吉曰，长卿久宦游，不遂而困，来过我，于是相如往舍都亭。（都亭之制，顾氏《日知录》卷二二考之甚详，请参阅。）

2. 亭之所在，有馆舍焉。《续汉志·百官志》注引《风俗通》曰：汉家因秦，大率十里一亭。亭，留也，盖行旅宿会之所。《后汉书》卷八一《王炘传》：

> 炘仕郡功曹，州治中从事。举茂才，除郿令。到官至藜亭。亭长曰，亭有鬼，数杀过客，不可宿也。炘曰，仁胜凶邪，德除不祥，何鬼之避，即入亭止宿。

《汉书》卷五四《李广传》：

> ［广］尝夜从一骑出，从人田间饮。还至亭，霸陵尉呵止广。广骑曰，故李将军。尉曰，今将军尚不得夜行，何故也? 宿广亭下。

亭之有传舍者，谓之亭传。然汉时传之意义，一为关津通行之执证，谓之传；一为乘传者之官舍，谓之传舍。《释名》云：传，转也，转移所在，执以为信也。《汉书》宣帝本始三年纪：民以车船载谷入关者，得毋用传。师古曰：传，符也。盖关津出入皆以传为执证也。又：文帝十二年纪：春三月，除关无用传。张晏曰：传，信也，若今之过所也。如淳曰：两行书缯帛，分持其一，出入关合之，乃得过，谓之传也。《汉书》卷二七《郭丹传》：丹买符入函谷关。章怀注：符，缯也，《汉书音义》云：旧出入关皆用传，传烦，因裂缯帛分持，后复出合之，以为符信，符非真符也。《汉书》卷六四下《终军传》：注引张晏曰，缯，符也，书帛裂而分之，若券契矣。苏林曰，缯，帛边也，旧关出入，皆以传，传烦，因裂缯头，各以为信也。则汉代之传，初用刻木，后用缯帛。《说文》：棨，传信也。《汉书》文帝十二年纪注：师古曰，古者，或用棨或用缯帛，棨者刻木为合符也。马缟《中华古今注》卷中程雅问：传者云何？答曰，传者以木为之，长一尺五寸，书符信于其上，又一板封以御史印章，所以为期信，即如今之过所也，言经过所在也。是传、棨、缯、过所，皆一也。考查团所获汉简中有数简犹存此遗制：

　　　传　　从史成（m. -d. 45 之 5）

　　　过所（m. -d. 39 之 2）

　　　□居延都尉　　行塞燧隧，移过所（m. -d. 198 之 13）

《流沙坠简补遗》叶五所载晋代简牍四，仍有过所之名。《太平御览》卷五九八引《晋令》曰：诸关津及乘船筏上下经津者，皆有过所，写一通，付关吏。至唐五代犹通行此名，今所存唐宣宗大中九年日本智证大师园珍入唐时过所二通（藏日本滋贺县园城寺。东京东方文化学院昭和十年影印），其式远较汉简为繁复。至宋时，过所二字已多不晓，洪迈《容斋随笔》卷十乃为之考辨。

汉唐间，传、棨、缳、过所之义，如今之通过证，既如上述，而亭传之义，则与之有别焉。亭传，盖合亭与传舍而言。《后汉书》卷七六《卫飒传》：

> 飒乃凿山通道五百余里，列亭传，置邮驿，于是役省劳息，奸吏杜绝。

《魏志》卷八《张鲁传》：

> 诸祭酒皆作义舍，如今之亭传。又置义米肉，悬于义舍，量腹取足，若过多，鬼神辄病之。

亭传之传，或称传舍，亦有单称传者。《汉书》卷六八《霍光传》：

> [霍去病] 为骠骑将军击匈奴，道过河东，河东太守郊迎，负弩矢先驱，至平阳传舍。

同书卷八四《翟义传》：

> 州郡轻义年少，义行太守事，行县至宛，丞相史在传舍，立持酒肴，谒丞相史。

同书卷七四《魏相传》：

> 为茂陵令，顷之，御史大夫桑弘羊客诈称御史止传，丞不以时谒，客怒缚丞，相疑其有奸，收捕案治其罪，论弃客市，茂陵大治。

综上所引，亭之所在有馆舍，为行旅宿会之所。传舍则为乘传者止宿之地，如今之官署。《汉书》卷八四《贾谊传》：矫伪者出几十万石粟，赋六百余万钱，乘传而行郡国。又：卷九十《杨仆传》：将军不念其勤劳而造佞巧，请乘传行塞。又：高帝五年纪：[田] 横瞿，乘传诣雒阳。注引如淳曰：律，四马高足为置传；四马中足为驰传；四马下足为乘传；一马二足为轺传，急者乘一乘传。师古曰：传者若今之驿，古者以车，谓之传车，其后又单置马，谓之驿骑。传，张恋反。则汉时张恋反之传，即元代之站也，今站字乃蒙古语 Jam 之译音，不知中古时汉语之"传"与蒙古语之 Jam，其关系有可得言者乎？

汉时传舍亦行邮递之事，考查团汉简：

　　□□□□□□刺史治所

　　传舍以邮行（m. -d. 24 之 3）

3. 塞上之亭，多主警备候望之事，故亦谓之亭候。《后汉书》卷八九《南匈奴传》：

　　北单于惶恐，颇还所略汉人，以示善意。钞兵每到南部下，还过亭候。

又：

　　匈奴左部复转居塞内，朝廷患之，增缘边诸郡数千人，大筑亭候，修烽火。

同书卷一《光武纪》下：

　　建武二十二年中郎将茂报命，乌桓击破匈奴，匈奴北徙，幕南地空，诏罢诸边郡亭候吏卒。

又：

　　建武十二年遣骠骑大将军杜茂将众部弛刑屯边，筑亭候。

章怀注：亭候，伺候望敌之所也。塞上之亭，亦有亭长亭卒，亭长可由燧长递补之。考查团汉简：

　　第十八燧长郑疆，从补郭西门亭长移居延一事一封

　　六月戊辰尉史惠（m. -d. 258 之 15）

　　［居］延肩水亭长贾少翁（？）所（m. -d. 67 之 23）自言亭卒李侵死，亭有物（m. -d. 136 之 24）

4. 邮递之制，亦寓于亭燧亭传中。《汉书》卷六九《赵充国传》：

计度临羌，东至浩亹。羌虏故田及公田，民所未垦者，可二千顷以上，其间邮亭多坏败者。

《后汉书》卷七六《卫飒传》：

飒乃凿山通道五百余里，列亭传，置邮驿。

同书卷八七《西羌传》：

滇零遣人寇褒中，燔烧邮亭，大掠百姓。

考查团汉简：

甲渠候官以亭行（m. -d. 279 之 11）

甲渠候官以邮行（m. -d. 139 之 9）

甲渠障候以亭行（m. -d. 58 之 6）

三十井候官隧次行丁巳戊午（B. -T. 427 之 1）

此类简牍发现甚多，盖居延都尉府下于甲渠候官及障候之事。而令各亭隧以次传递之。又多有由隧卒致之隧长，或隧卒受之以次传递他隧，书到日时与吏卒姓名均记简上，如：

移临木邮书一封，张掖居延都尉，十一月己未夜半，当曲卒吏收降卒严，下铺，临木卒禄，付诚务北隧，则（m. -d. 203 之 2）

临木、当曲、收降、诚务北均隧名，严、禄为隧卒之名，汉代署检，称名不称姓也。铺者，《说文》：申时食也，简中凡言"下铺时"，"食时"，"日中时"，皆记受书日时也（参阅《流沙坠简考释》二叶十三下）。可见汉时邮递之制，亦寓于亭隧之中。

5. 沿边障塞亦称亭障。《史记》卷一二三《大宛传》条枝国条：

王恢数使，为楼兰所苦，言天子，天子发兵令恢佐[赵]破奴

又：击破之，封恢为浩侯，于是酒泉列亭障至玉门矣。

汉发使十余辈，至宛西诸外国，求奇物，因风览以伐宛

之威德。而敦煌置酒泉都尉，西至盐水，往往有亭。

《后汉书》卷二十《王霸传》：

> 诏霸将弛刑徒六千余人，与杜茂治飞狐道，堆石布土，筑起亭障，自代至平城三百余里。

《蜀志》卷二《先主传》：建安二十四年刘备封汉中王，拔魏延为都督镇汉中，裴松之引鱼豢《典略》云：

> 备于是起馆舍，筑亭障，从成都至白水关四百余区。

大抵亭障、亭燧、亭候、亭传之设，多在边塞。内地如有之，亦必在其国之边境。汉中、白水关，蜀魏之边境也。

障亦称塞，或连称障塞，《续汉志·百官志》：

> 边境有障塞尉，掌禁备羌夷犯塞。

《后汉书》卷八七《西羌传》（羌《无弋援剑传》）：

> 及武帝征伐四夷，开地广境，北却匈奴，西逐诸羌，乃渡河湟，筑令居塞，初开河西，列置四郡，通道玉门，隔绝羌胡，使南北不得交关，于是塞障亭燧出长城数千里。

考查团汉简，有称居延塞甲渠塞者，皆鄣也：

> 甲渠候官　居延都尉
> 　　　　七月甲戌第十卒同以来 （m. -d. 295 之 14）
> 月丁亥□□受□去居延都尉□谓甲渠塞候都尉
> □□□□□□次，还为甲渠候长，□遣寿之官 （m. -d. 254 之 12）

亭障之制，较亭燧、亭候、亭传为大，有城垣，《汉书》卷五九《张汤传》：汤与博士狄山延辩汉与匈奴和亲事，山丑诋汤，主和亲，武帝于是作色曰：吾使生居一郡，能无使虏入盗乎？山曰不能；曰居一县？曰不能；复曰，居一鄣间？山自度辨穷，且下吏，曰能。乃遣山乘鄣。至月余匈奴斩山头而去。师古曰：鄣，谓塞上要险之处，别筑为城，因置吏而为鄣蔽以扞寇也。又：《武帝纪》：太初三年，匈奴入定襄云中杀略数千人，行坏光禄亭障。师古曰：汉制，每塞要处，别筑为城，置人镇守，谓之候城，此即郭也。考查团汉简有铒庭郭（m. -d. 237 之 34 又 28 之 13）、甲渠郭（m. -d. 38 之 28 又 38 之 17）等名。郭有郭候，汉简：

　　　　十一月壬寅，甲渠障候汉疆都尉谓士吏（m. -d. 38 之 17）

　　　　初元四年二月壬午，甲渠候喜，谓第七士吏，第四万岁郭候长等，辛巳移檄召（m. -d. 267 之 10）

　　　　正月癸巳，甲渠郭候喜都尉第七部士吏候长□写移檄到，士吏候长候史循行（m. -d. 283 之 46 又 159 之 17）

　　　　右郭候一人，秩比六百石（m. -d. 259 之 2）郭候秩比六百石，似郡守之长史。郭候之下，有尉史及郭卒。《史记》卷一百十《匈奴传》：单于既入塞，未至马邑百余里，见畜布野而无人牧者，怪之，乃攻亭，是时雁门尉史行徼，见寇，葆此亭。如淳曰：近塞郡皆置尉，百里一人，士吏尉史各二人。

考查团汉简：

　　　　尉史□□粟三石三升（下缺）

　　　　尉史皇楚粟三石三斗三升少□子自取

　　　□□郭　尉史郭当粟三石三斗三升少□申自取

　　　　尉史郭充粟三石三升少十二月丙午自取

　　　　郭卒□□粟三石三斗三升少十月壬申自取

　　　　郭卒赵忘生粟三石三斗三升少十月癸酉自取

　　　　郭卒马□粟三石三斗三升少十月癸酉自取

　　　　郭卒弋南粟三石三斗三升少十月癸酉自取

　　　　郭卒孟□寿粟三石三斗三升少十月癸酉自取

　　　　郭卒孔□之粟三石三斗三升少十月癸酉自取

　　　　郭卒徐充粟三石三斗三升少十月癸酉自取

　　　　郭卒王奴粟三石三斗三升少十月癸酉自取

　　　　郭卒李寿壬粟三石三斗三升少十月癸酉自取

　　　　郭卒胜之粟三石三斗三升十月癸酉自取

　　　　收□□胜之粟三石十一月自取（m. -d. 26 之 21）

尉史郭卒取粟三石三斗三升少，为每人每月所食，其他隧长隧卒皆然，考查团所获此类汉简甚多，略举所例：

　　　　郭卒李就盐二升　十二月食三石三斗三升少　十一月庚申自取（m. -d. 244 之 22）

　　　　隧长王望　五月食三石三斗三升少　四月甲午卒曾放取（m. -d. 286 之 8）

　　　　第十隧卒覆贺　十二月食三石三斗三升少　十一月丙寅卒冯喜取

隧卒之家属随从者，其家属亦得禀给，考查团汉简：

　　　　妻大女君以年廿八，用谷二石一斗六升大

　　　　执胡隧卒富凤子使女始年七，用谷一石六斗六升大

　　　　子未使女寄年三，用谷一石一斗六升大

　　　　凡用谷五石（m. -d. 161 之 1）

考查团所获此类汉简，约十余片，知当时吏卒用粟，其家属则用谷也。《汉律》有城旦舂，妇女不予外徭，但舂作米，故其禀给亦用谷。按：《后汉书》卷二《明帝纪》：永平十六年九月，诏令郡国中都官，死罪系囚减死罪一等，勿笞，诣军营，屯朔方敦煌，妻子自随，父母同产欲求从者，恣听之。此于汉代屯戍制度关系甚巨，余别有《两汉屯戍考》一文以明之。

　　尉史之俸钱，据汉简考之，与隧长等，下列二简可证：

　　　　尉史李卿，六月尽八月奉二千七百（m. -d. 161 之 12）

六月至八月为三阅月，则每月俸钱九百，与下举二简中隧长之

俸同：

> 第廿八燧长程丰　十月奉九百（m. -d. 286 之 17）
>
> 燧长周始　十一月奉钱九百（m. -d. 267 之 13）

尉史、燧长之俸，犹斗食吏之俸，皆月钱九百：

> 斗食吏三人　一月奉用钱二千七百　一岁奉用钱三万二千四百（m. -d. 4 之 11）

> 但燧长俸钱，亦有月六百者：

> 出钱六百　给止害燧长李□十二月奉十二月戊午令史敝付□（m. -d. 220 之 2. 又 220 之 11）

燧长俸钱之不同，亦犹县令长之秩，视户籍之多少而定，燧长之俸，当亦视燧之大小，因有九百与六百之差也。

以上言亭燧与亭传、亭候、亭鄣之制，今更论亭燧与营坞之关系。营坞为屯兵防御之所，亭燧所在，必筑营坞，考查团汉简及《流沙坠简》中屡见之，复证之史传而可知已。考查团汉简：

> 五凤二年八月辛巳朔乙酉，甲渠万岁燧长成敢言，迺七月戊寅夜堕坞燧，伤腰，有瘳，即日视事，敢言之（m. -d. 6 之 8）鉼庭燧还宿第州燧，即日旦发第州，食时到治所，第廿一燧不幸死，宣六月癸亥取宁吏卒，尽具坞上，不延入，敢言之（m. -d. 33 之 22）

《流沙坠简》释二第二十六叶下：

> 凌胡燧坞，乙亥已成，□□□候长候史传送□

同书释二第二十七叶上：

> 坞陛坏，不治作

按：《说文》：隖，小障也，一曰库城也。隖一作坞。服虔《通俗文》云：营居曰坞。陛，《说文》：升高阶也。王氏考释以为坞即谓亭，疑或非是。《后汉书》卷二四《马援传》：缮城郭，起坞候。注引《字林》曰：坞，小郭也，一曰小城。同书卷六五《皇甫规传》：后先零诸种陆梁，覆没营坞。据此，则坞非即谓亭，明矣。盖塞上亭燧所在，必筑防御工事，围以城垣，谓之"坞壁"，大者为鄣为塞，小者为坞。坞有陛阶，内外门户，略如城垒。考查团汉简：

临木燧长王横　外坞户，下
　　　　　　　内坞户，毋一□（m.-d. 68 之 63）

又：

门关□堕
坞户穿（m.-d. 之 109）

又：

枱柱四，朴其二，小
燧一幣，一□不利
坞上□□十二，不事用（m.-d. 68 之 95）

又：

第三燧　卒吕弘，二月壬午起，尽丙申积十五日，
　　　　卒郅安世，二月丁酉起，尽庚戌积十四日，
　　　　卒槁建省治万岁坞（m.-d. 214 之 118）

亭障营坞之壁，汉时皆以未烧之砖筑之，谓之墼。《说文》：墼，瓴适也，一曰未烧砖也。颜师古注《急就篇》云：墼者抑泥土为之，令其坚激。今北方民间犹行此法。斯坦因在 Kharonor 湖岸一带所见汉代烽候遗址，皆为此种未烧之砖（Stein, *Innermost Asia*, vol. 1, p. 345）。据汉简考之，塞上每人一日所作之墼，或七十，多者八十，汉简：

第卅四燧卒富承治墼八十　治墼八十　治墼八十　除土
除土　除土　除土　除土（m.-d. 82 之 22）

前简云第三燧卒槁建省治万岁坞，盖谓治墼以筑万岁坞也。《流沙坠简》释二叶二十四上：

　　丁未　六人作墼四百廿　率人七十初作

六人作墼四百二十，则每人作七十。此类汉简考查团所获颇多，不能备举。今更检史传所记营坞之文以明其与亭燧之关系：

　　《后汉书》卷七七《李章传》：时赵魏豪右，往往屯聚，清河大姓赵纲遂于县界起坞壁，缮甲兵，为在所害。章到，乃设飨会而延谒纲，纲带文剑，披羽衣，从士百余人来到。章与对宴饮，有顷，手剑斩纲，伏兵亦悉杀其从者，因驰诣坞壁击破之。

　　同书卷八二下《赵彦传》：推遁甲，教以时进兵，一战破贼，燔烧屯坞，徐兖二州一时平夷。

　　同书卷八七《西羌传》：〔贯〕友乃遣兵出塞，攻迷唐于大、小榆谷，获首虏八百人，收麦数万斛，遂夹逢留大河筑城坞，作大航，造河桥，欲渡河击迷唐。

　　又：任尚遣兵击破先零羌于丁奚城，秋，筑冯翊北界候坞五百所。

　　又：羌遂入寇河东至河内，百姓相惊，多奔南渡河，使北军中候朱宠将五营士屯孟津，诏魏郡赵国常山中出缮作坞候六百一十所。

　　同书《献帝纪》：兴平二年李催移帝幸北坞（注引《山阳公载纪》曰：时帝在南坞，催在北坞，时流矢中催左耳，乃迎帝幸北坞）。

　　据上所引。前汉宣帝五凤之际，塞上亭燧已有营坞之称，乃一种军事防御之小城垒，当时民间似未流行，前汉载籍中，未尝见此等史料。及于后汉，地方豪右，始自筑坞壁为屯聚，如《李章传》清河大姓之赵纲。汉末天下大乱，强豪蜂起，此种边塞之军事防御制度，乃渐变而为民间之自卫工事，以至结合千数百家，结垒屯聚。盖营坞可阻铁骑之蹂躏，群盗之寇钞。魏晋间此风尤盛，且及于江以南，如东吴之濡须坞横江坞，其最著者也。陈寅恪先生《桃花源记旁证》(《清华学报》第十一卷第一期) 所举《晋书·祖逖传》之坞主张平、樊雅，及蓬陂坞主陈川等，可见西晋末世，人民筑坞垒以自卫者甚多，且不必凭山险，平地亦有之。至唐代犹有坞壁之称，《新唐书》卷一二六《韩滉传》(《韩休传》附)：

> 闻京师平，乃闭关梁，禁牛马出境，筑石头五城，自京口至玉山，毁上元道佛祠四十区，修坞壁，起建业，抵京岘，楼雉相望。

晚唐始有花坞之名，韩偓《南浦》诗："应是石城艇子来，两桨伊哑过华坞。" 温庭筠有《经西坞偶题》诗，今江南以小地名称坞者甚多，殆已失汉时坞壁之原义矣。

三　烽燧之制作

魏晋隋唐间，注史家言烽燧之制作者，诸说不一。《史记》卷四《周本纪》："幽王为烽燧。" 唐张守节《正义》云：

> 峰遂二音。昼日燃烽以望火烟，夜举燧以望火光也。烽，土槽也，燧，火炬也。皆山上安之，有寇举之。

《史记》卷一一七《司马相如传》："烽举燧燔"，宋裴骃《集解》云：

> 《汉书音义》曰，烽如覆米薁，县著桔槔头，有寇则举之；燧，积薪，有寇则燔燃之。

唐司马贞《索隐》云：

> 《字林》云，薁，漉米薮也，音一六反。《纂要》云：薁，浙箪也。烽见敌则举，燧有难则焚，烽主昼，燧主夜。

> 按：《字林》，晋吕忱撰，《隋书·经籍志》作七卷，《唐书·艺文志》亦著录。《纂要》，晋颜延之撰，《唐志》著录六

卷。又：《文选》卷四四相如喻巴蜀檄，李善注引魏张揖曰，昼举烽，夜燔燧。

《汉书》卷四八《贾谊传》"斥候望烽燧不得卧"，颜师古注：

> 文颖曰，边方备胡寇作高土橹，橹上作桔槔，桔槔头兜零，以薪草置其中，常低之，有寇即火燃举以相告，曰烽。又多积薪，寇至即燃之，以望其烟曰燧。张晏曰，昼举烽，夜燔燧也。师古曰，张说误也，昼则燔燧，夜则举烽。

文颖，汉末魏初人，《史记》、《汉书》注多引其说而略有异同。《史记》卷七七《信陵君传》"北境传举烽"，裴骃《集解》亦引：

> 文颖曰，作高木橹，橹上作桔槔，头兜零以薪草置其中，为之烽，常眠之，有寇即火燃之，以相告。

眠当为《贾谊传》注中低之讹字。又，《太平御览》卷三三五引《汉书音义》云：

> 高台上作桔槔，头置兜零以薪草置其中。常悬之，有寇则然举之曰烽，下多积薪，寇至则燔之，望其烟曰燧。昼则燔燧，夜则举烽。

《御览》引《汉书音义》与上举裴骃《集解》所引，词意略有不同，而《后汉书·光武纪》下建武十二年"筑亭候，修烽燧"，章怀注引《汉书音义》此节，亦有出入，然皆与《汉书·贾谊传》文颖之说颇近，疑《音义》之说亦出于文颖也。

综上所举，张守节、司马贞、张揖、张晏等，皆以烽主昼，燧主夜。而文颖，颜师古及《汉书音义》则以昼燔燧，夜举烽。王氏《流沙坠简考释》二叶十五下，力赞颜师古之说，谓"其识甚卓"。斯坦因足迹遍西北古长城废墟，亦从沙畹氏据张守节、司马贞诸人之说，以为昼燃烽，可望烟，夜燔燧，可望火

(Stein, *Serindia*, chap. XX. sec. Ⅵ)。凡此二说，今据汉简考之，皆有不然。

烽与燧非二物，亦非因昼夜之用而异其称。若谓烽主夜，燧主昼，则唐李颀《从军行》"白日登山望烽火"，《墨子·号令篇》"昼则举烽，夜则举火"，及史汉以下诸书之绝未尝单举燧言者，将何说也？若谓夜燔燧，昼举烽，则《史记·信陵君传》之"北境传烽"，《李牧传》之"习骑射，谨烽火"，皆不能定其昼夜，而又何以不称燧也？昼燔烟，因昼间之火比夜间之烟不能及远；夜举火，因夜中之火视昼中之烟所及者远。此自然之理，不必待烽燧之异名而始能区别之。今据汉简知所谓烽燧之义，盖指"烽火亭燧"而言。《流沙坠简》释二叶二十一下：

> 亭燧□远，昼不见烟，夜不见火，士吏候长候史□相呈，□燔薪以□□□□

此简不言昼不见燧，夜不见烽，或昼不见烽，夜不见燧，可证烽主夜，燧主昼，或燧主夜，烽主昼之说不可恃也。考查团汉简：

> 二十日晦日，举墩上一苣火一通，乃中三十井墜候（B. -T. 428 之 5）

> 出墩二苣一通（m. -d. 486—49）

《流沙坠简》释二叶二十下：

> 七月乙丑日出二干时，表一通至，其夜食时，苣火一通从东方来，杜克见。

苣者，炬之本字，说文："苣，束苇烧也"，故谓之苣火。（参阅附图。昌群按：此苇炬照片，承黄文弼先生摄赠。民国十九年春黄先生掘获。出罗布淖尔 Lop nor 北岸古烽燧台遗址中，与汉黄龙、河平、元延时木简同出土。今因印刷困难，不能照印。）盖昼燔积薪可见烟，夜举苇苣可望火也。考查团汉简：

> 见□胡举二苣火，燔一积薪

　　　□传言举二苣，燔一积薪

　　　□□尽受，餔时付东山㸌（B.-T. 427 之 2）

此简言举二苣火，燔一积薪，又言餔时付东山㸌，则是黄昏时分，当须烟火并见也。举苣火，燔积薪，统谓之烽火，考查团汉简：

　　　卒三人，一人病卒符归月廿三日病伤汗（寒）　卒范
　　　前不知燹火品（m.-d. 46 之 9）

又：

　　　索一□□丈　燹火已到卒书□□
　　　　　　　　　□小二（m.-d. 214 之 14）

　又：

　　　□立和吏，燹火不起（m.-d. 225 之 21）

简中积薪二字，汉人常语，《汉书》卷五十《汲黯传》：陛下于群臣如积薪。后来居上。又，卷八四《贾谊传》：抱火厝之积薪之下而寝其上。积薪伐苇，以供烽火之用，有戍卒司其事，《流沙坠简》释二叶二十四下：

　　　二（沙书第五五五释"正"，是）月庚辰卒四人

　　　其一人常候　其一人疾　其二人积薪十日　率日致
　　□□□薪二里

考查团汉简：

　　　廿三日戊申卒三人　伐蒲廿四束大二苇　共此三百五十一束
　　　　　　　　　　　率人伐八束

　（m.-d. 161 之 11）

又：

　　　其一人作长　右解除七人　定作十七人伐苇五百十束，
　　三人养　率人伐三十

　　　十一月丁巳卒廿四人一人病，共收五千五百廿束，二人

积苇 （B. -T. 427 之 2）

汉时烽火，昼燔积薪，后世则有用狼粪，以其烟直耸易见，段成式《酉阳杂俎》卷十六："狼粪直上，烽火用之"，唐赵嘏《降虏》诗："铁马半嘶边草去，狼烟高映塞鸿飞。"惟少狼粪处，则当仍用积薪。积薪有大小之别，考查团汉简：

积薪八册（?）持□不涂墍

望虏隧长充光　大积薪二未更积

小积薪二未更（m. -d. 264 之 23）

又：

第七隧长尊 苇少一刘
大小积薪薄堕（m. -d. 82 之 1）

前简云，"小积薪未更"，更下"积"字剥蚀不明，言积薪有二，未更储积也。次简云，"大小积薪薄堕"，言大小积薪簿册堕散不全也。薄为簿之别构，汉简皆如是写作。

烽之构造，汉唐间记载各有详略之不同。上举《史记·信陵君传》裴骃《集解》引文颖曰："作高木橹，橹上作桔槔，头兜零以薪置其中，谓之烽。"此说《汉书·贾谊传》颜师古注引之，惟高木橹，颜注作高土橹，《后汉书·光武纪》下建武十二年章怀注，高木橹又作高土台。而颜氏引文颖之文更增"多置积薪，寇至则燔之，望其烟曰燧"云云，盖本之《汉书音义》（见《太平御览》卷三三五引），其实皆出于文颖之说，故疑作高木橹者为是，而高土台义亦可通，若颜注之高土橹，当必传写之误。

烽之状，《史记·司马相如传》《集解》引《汉书音义》曰：烽如覆米薁，县着桔槔头，有寇则举。索隐引《字林》曰：薁，溇米薮也，音一六反。《纂要》云：薁，淅箕也。《字林》之说与《说文》同。今四川淘米所用之竹筐，形如鸡卵平破之状，殆即所谓覆米奰也。浙箕，《篇海》云：扬米去糠之具。当亦如箕帚之箕。则覆米奰、漉米薮、浙箕、兜零，其状虽不尽同，要可得其与烽类似之状。惟兜零一名，颇难索解，藤田丰八氏以其源出于 Hindu 语：Dal，Dala，Dol，Dola，Doliga 之对音，皆有"篮笼"之意（藤田氏《剑峰遗草》页十七）。今按：此外尚有 Dalo，Dali，梵语 dalho 亦与此字相关（R. L. Turner, *A Comparative and Etymological Dictionary of Nepanese Language*, p. 259）。是印度诸方言中 Dal 一字有"篮笼"之义，自无可疑。然谓此字即兜零之对音，则难置信。

考兜零之名，初见于裴骃《集解》引文颖之说，非《史》、《汉》原文，骤视之，似为外来语，其实中土语也。《旧唐书》卷四五《舆服志》：

> 兜笼，巴蜀妇人所用，乾元已来，以兜笼易于担负，京城兜笼代于车舆矣。

又：

> 咸亨二年敕曰：百官家口，咸予士流，至于街衢之间，岂可全无障蔽。比来多著帷帽，遂弃冪䍠，曾不乘车，别坐檐子，递相仿效，浸成风俗。

据此，兜笼盖为易于担负之檐子，今杭州富阳一带所谓"兜子"者，竹制，如漉米薮而大，底平，妇女坐其中，二人前后担之而行，不知与唐时檐子何似。兜零之状，文颖未明言，《后汉书·光武纪》下建武十二年章怀注引《广雅》曰："兜零，笼也。"零笼一声之转，兜零即兜笼也。《通典》卷一五二《守拒法》烽台条云：

> 每晨及夜平安举一火，闻警因举二火，见烟尘举三火，见贼烧柴笼。

则柴笼亦即兜零。藤田氏以其出于 Hindu 语，失之远矣。

兜零之名，为魏晋间注解家之说，汉时烽燧用语曰"表"，曰"桱"。考查团汉简：

> 甲渠铒庭燧以日出举第一表，□下铺五分过府，府去铒庭燧百五十二里（m. -d. 28 之 1）

《流沙坠简》释二叶二十下：

> 县承塞亭，各谨候北塞燧，即举表，皆和尽南端亭，亭长以札署表到日时（昌群按：原简南端亭下有二长二字，当作南端亭亭长。王氏释文脱误，今据简文补入）。

按简中所称之表，即《说文》"燧，燧候表也"之表（Signal），《墨子·号令篇》："出候无过十里，居高便所树表，表三人守之，比至城者三表。"又，《通典》卷一五二《守拒法》云：

> 城上立四队，别立四表，以为候视，若敌欲攻之处，则去城五六十步即举一表，檀梯过城，举二表，敌若登梯举三表，欲攀女墙举四表。夜即举火如数。

表盖信号之谓，或谓之桱，桱则指其物耳。考查团汉简：

> 烽不可上下，连桱□解各多堕折，长冬桱□权桱昕呼（m. -d. 127 之 24）

简文"权桱昕呼"，昕呼即圻罅，敞裂之意（参阅《流沙坠简》王氏考释二叶三十九下），权桱即桔槔上所悬之表也。《太平御览》卷三三五引：

> 甘氏天文占曰：权举烽远近沉浮，权四星在辕尾西。边地警备，烽候相望，虏至则举烽火十丈，如今之井桔槔，大锤其头，若警急燃火放之。权重本低则末仰，人见烽火。

《汉书·郊祀志》上：上宿郊见，通权火。张宴曰：权火，烽火也，状若井絜皋，其法类称，故谓之权火。絜皋即桔槔，《御览》卷七六五引《通俗文》云：机汲曰桔槔。《庄子·天运篇》：子独不见夫桔槔乎，引之则俯，舍之则仰。《史记·信陵君传》，文颖谓烽之构造，"作高木橹，橹上作桔槔"。此法今内地犹存，余幼年在成都城南菜圃尝见之。汉时烽火所用则曰辘轳，考查团汉简：

> 第十四隧□鐢，鹿卢不调（m. -d. 135 之 7）
>
> 纍举鹿卢鐢二（m. -d. 227 之 31）
>
> 鹿卢不调利（m. -d. 193 之 9）

辘轳与桔槔形制虽有别，亦汲之水器，以轴置于木架（余在河北所见多为石制，在西安附近所见为土砌，盖西北少木材也）之上，一端贯长毂，上悬汲水之桶，并有曲木，用手转之，引取汲器。烽火之辘轳，则为举烽之用也。

棰之名，惟见前简，极为可珍，《墨子·号令篇》云：

> 望见寇举一垂，入竟举二垂，狎郭举三垂，入郭举四垂，狎城举五垂，夜以火皆如此。

孙诒让《墨子闲诂》卷十五引王引之云：垂字义不可通，当为表。又引俞樾云：垂者邮之坏字，邮即表也。今知二说皆非是，垂即棰也。《墨子·杂守篇》云：

> 有惊，举孔表（孙云，孔疑当作外，草书相似而误），见寇举牧表（孙云，牧疑为次）（中略），守表者三人。更立棰表而望。

棰表王校删棰字，俞谓即邮表。今以汉简证之，棰亦即棰，皆传写之误。上举《御览》引甘氏天文占云，"权举烽"，又云，"如今之井桔槔，大锤其头，若警急，燃火放之，权重本低则末仰，人见烽火"，则锤亦棰之别字。考查团汉简：

> □鐢千棰□毋益三十一隧卒□□□□□六月第廿八隧长王禹□□申给第廿二隧卒□□（m. -d. 104 之 42）

综上考之，是表言信号，棰指柴笼，昼焚柴笼可望烟，夜燃苣苣可望火，而统谓之棰，故《墨子·杂守篇》云：

望见寇举一烽，入境举二烽，射妻举三烽，郭会举四
烽，城会举五烽。夜以火如此数。

《墨子》一书何以同言一事，而或称表，或称垂，或称烽，其故
何欤？盖墨子死后，墨分为相里、相夫、邓陵三家，故墨子书
中，如《尚贤》、《尚同》、《兼爱》等十余篇，皆分上中下，字
句小异而大旨无殊，因传本之不同，后人合以成书，故一篇而有
三，名称不免重复，其实一也（说据俞氏《墨子闲诂》序）。复
证以考查团汉简：

临木燧长王横汲桶少一

燧□不调□（m. -d. 68 之 63）

又：

枪柱四、补其二，小

燧一帀，一□不利

坞上□□十二、不事用（m. -d. 68 之 95）

燧帀（敝），燧不调，皆指候表而言。下列二简中，燧之外，又
有燧干及转橹之名：

弦□二□□转橹皆毋□

第三十六燧长宋登、□一、不事用□皆毋□

锯一、不事用，候楼不□塗瑎（m. -d. 214 之 5）

又：

□□不解明

转橹毋机（m. -d. 578 之 1）

又：

不侵部建平四年十一月亭燧燧干转射□□□簿（m. -
d. 55 之 10）

按：干即杆，橹同橹，转橹殆即文颖所谓高木橹，所以置桔槔悬
兜零者也。宋敏求《唐大诏令集》卷一〇七建中二年遣胡证巡

边诏云：

> 顷自东夏有虞，近郊多垒，沙朔之外，嚣为寇戎，亭鄣
> 烽橹之严，遐张塞下。

是烽橹即烽之木橹或转橹之类也。举表于转橹则用绳，烽绳有长
三丈或五丈者，考查团汉简：

> 悬索五丈（m. -d. 63 之 16）

又：

> 第三十隧篆索长三丈一完

元延二年造（Tsanghan Tsanch，393 之 9）"一完"即一整
卷。篆索之外，尚有其他防御物之置备，考查团所获此类汉简颇
多，所记多烽燧应用杂物，惜简文残阙，不易汇举。今列举唐李
荃《太白阴经》卷五《烽隧台篇》云：

> 置旗一面（《通典》作口），鼓一面，弩两张，炮
> （《通典》作抛）石垒木，停水瓮，干粮，麻蕴、火钻，火
> 箭，蒿艾，狼粪，牛粪。

举烽最多以五数为极，《墨子·号令篇》、《杂守篇》、举表、举
垂、举烽，皆至五而止，此或可窥先秦之制。汉代史无明文，惟
考查团汉简："见口胡举二苣火，燔一积薪"，"口传言举苣二
火，燔一积薪"（B. -T. 427 之 2），但简文脱断，文义不甚明。
隋唐之际，则有可考。《隋书》卷五一《长孙晟传》（参阅《通
鉴》隋开皇十九年纪）：突厥染干（即突利可汗，后封启民可
汗）与遫头可汗战，兵败降隋：

> 晟知其怀贰，乃密遣从者入伏远镇，令其举烽。染干见
> 四烽俱发，问晟曰，城上然烽何也？晟绐之曰，城高地回，
> 必遥见贼来。我国家法，若贼少举二烽，来多举三烽，大逼
> 举四烽，使见贼多而又近耳。染干大惧，谓其众曰，追兵已
> 逼，且可投城，既入镇，晟留其达官执室，以领其众，自将

染干弛驿入朝。

长孙晟谓"我国家法",自足隋时举烽以四数为最多也。唐时大率亦如此,《唐六典》卷五《职方》郎中员外郎条注:

> 其放烽有一炬二炬三炬四炬者,随贼多少而为差焉。

《通典》卷一五七引《李卫公兵法》云:

> 十骑以上五十骑以下,即放一(《御览》作火)炬火,前烽应讫,即灭火。若一百骑以上,二百骑以下,即放两炬火,准前应灭。贼若五百骑以上,五千骑以下("以下"二字,据《御览》加,《通典》作"同"),即放三炬火,准前应灭,前锋应讫,即赴军。

同书卷一五二又云:

> 若敌欲攻之处,则去城五六十步,即举一表,橦梯过城举二表,敌欲登梯举三表,欲攀女墙举四表。夜举火如数。

又,《通鉴》唐纪武德四年秦王世民帅屈突通条下,《考异》引《太宗实录》云:

> 初罗士信取千金堡,太宗令屈通突守之,王世充自来攻堡,通惧,举烽请救,太宗度通力堪自救,且援以骄世充,通举三表以告急,太宗方出。

据此,则唐时举表之数,以三四为最多也。

若误举烽,法有明文,《御览》卷三三五引《晋令》云:误举烽燧罚金一斤八两,故不举者弃市。考查团汉简:

> 表至第二燧,燧长不举(m.-d.203 之 46)

又:

> 不使复举火,火以故(m.-d.482 之 21)

此简下文残缺,若为故不举,则罪应甚重也。又据汉简观之,烽候之警,多在夜时,盖袭击以夜为利,汉简:

> 夜见匈奴入(Bukhen Torej,351 之 5)

又：

> 火当以夜大半（？）五分付累虏，□者以鸡鸣付累虏
> （Bukhen Torej，532 之 1）

早晚之际，无寇警之时，则仍须举火以报平安，曰平安火，唐韩宗京（集作凉）《西凉即事》诗："昭阳亦待平安火，谁握旌旗不见动。"杜甫《夕烽》诗："夕烽来不近，每日报平安。"钱注：唐镇戍，每日初夜，放烟火一炬，谓之平安火。安禄山事迹：六月十四日辛卯，潼关失守，是夕平安火不至，玄宗惧，十五日壬辰，闻于朝廷。《太白阴经》卷五云：

> 如早夜（《通典》作每晨及夜）平安火不举，即烽子为贼提（《通典》作为贼所捉）。一烽六人，五人烽子，递知更刻，观望动静。一人烽卒，知文书符牒传递。

唐时谓守烽者曰烽子或烽师，《新唐书》卷五十《兵志》：元和中京兆尹李鄘奏王原、高陵、泾阳、兴平等四县，共管烽二十八所，每年差烽子烽师九百七十五人。

烽火亭燧之设，必在凭高当要之地，唐张蠙《朔方书事》诗："雁远行垂地，烽高影入河"，是也。其制《太白阴经》卷五烽燧台篇言之颇详，可以占唐时烽台之状：

> 烽燧于高山四望险绝处置，无山在平地高迥处置，下筑羊马城，高下任便，常以三五为准，台高五丈，下阔三丈，上阔一丈，形圆，上盖圆屋覆之，屋径一丈六尺，一面跳出三尺，以板为之，上覆下栈，屋上置突灶三所，台下亦置三所，并以石炭饰其表里，复置柴笼三所，流火绳三条。在台侧上下用软梯，上收下垂，四壁开孔望贼，及安置火筒（参阅《太平御览》卷三三五《通典》卷一五二）。

汉代之制，今不甚详。《流沙坠简》释二叶二十六下汉简云：

> 二人剒□亭东面广大四尺，高五丈二尺

王氏考释谓此亭即烽燧台,其高与李荃所言略同。若平原旷野,无山冈坡峦,则建烽火楼,梁简文帝有《登烽火楼》诗(《文苑英华》卷三一一),写平原绮陌,登楼远眺之景也。

汉时烽燧之疏密,王氏《流沙坠简》考释二叶十五下,据简中所记诸燧位置及里数推之,以为燧之距离较烽为密,大率相去十里许,因昼中之烟较夜中之火不能及远。烽火距离,大率相去五十里或三十里,因夜中之火视昼中之烟所及者远。其说似是而未尽然。(按:烽燧之名,本篇已三复其词,谓为"烽火亭燧"之简称,盖烽候所以候望敌情,报寇警,惟烽子与烽卒守之,或不驻兵,观于晚近发现汉代简牍之有燧名者,仅斯坦因所获三简而已〔《流沙坠简》考释二叶十五上〕,因其规制较亭燧之组织小,故少遗文坠简也。)然唐时如前举李德裕《会昌一品集》、《条疏太原以北边备事宜》及《讨袭回鹘事宜状》中之把头烽,彦悰《慈恩传》卷一记玄奘过玉门关外之五烽,规模皆甚大,把头烽有镇兵数处,五烽之第一烽,有校尉驻守,其组织已较汉时烽候之意义为扩大,非单纯之烽候矣。至于亭燧则不然,亭燧有垒垣驻兵,以防寇钞,故亭燧必较烽火为密,乃便于攻守接应,观上文所论汉代亭燧之组织而可知矣。《后汉书》卷二二《马成传》:

> 成拜扬武将军,建武十四年屯常山中山以备北边,又代大将军杜茂缮治郭塞,自西河至渭桥,河上至安邑,太原至井径,中山至邺,皆筑堡壁,起烽燧,十里一候。

斯坦因在敦煌古长城废墟所见墩堡遗址,相去不过二三英里(*Innermost Asia*, vol. 1, p. 345),亦可与汉时燧数之距离相印证。烽之相去,王氏以为大率五十里,征之汉代史籍,亦有可考,《汉书·郊祀志》上:"上宿郊见,通权火。"张晏曰:汉祀五畤于雍,五十里一烽火。《吴志》孙权赤乌三年,魏大将军王昶围南郡，荆州刺史天基攻西陵，遣将军戴烈陆凯往拒之，皆引还，裴松之注引庚阐《扬都赋》注曰：

> 烽火以炬置孤山头，皆缘江相望，或百里或五十三十里，寇至则举以相望，一夕行万里。孙权时令暮举火相西陵，鼓三竟，发吴郡南沙。

《唐六典》卷五《职方》郎中员郎条：

> 凡烽候（《旧唐书·职方志》作堠）所置，大率相去三十里（原注：若有山冈隔绝，须逐便安置，得相望见，不必要限三十里）。

盖五十里或三十里之路程，乃并其曲折计之，而视线为直达，遥望自不甚远也。

汉唐间皆有督察烽燧之官，汉时曰督烽掾，曰督燧长，考查团汉简：

> 必须加慎毋忽，督燧掾从珍北始度以□□□□□□
> □慎毋忽□□
> □
> 如律令（B.-T. 421 之 8）

沙畹氏《斯坦因所获中国古简牍考释》第四三八简（按：此简《流沙坠简》未收）：

> 司马王□督燧□□□□

《流沙坠简》释二叶二十一下：

> 督燧不察，欲驰诣府，自出言状，宜禾塞吏敢言之

《后汉书·西羌传》（《滇良传》）有郡督烽掾李章。则督烽掾乃郡吏为之，如《续汉志·百官志》之郡督邮书掾也。督燧之官，则专司巡察亭燧者。考查团汉简：

> 燧长胡钱六百　年四月己亥士吏疆副督燧长贵（m.-d. 241 之 113）

又：

　　　　□督嫠□　□头痛，塞□不能饮（m.-d. 27 之 1）
边郡之地，太守亦司巡行障塞烽火之事，《续汉志·百官志》刘
昭注引《汉旧仪》云：

　　　边郡太守，各将万骑行障塞烽火追虏。

唐代宫中京城之警，则金吾掌之，《新唐书》卷四八《百官志》：

　　　金吾掌宫中京城巡警烽候道路水草之宜。

以上所考为汉唐间烽燧之遗制；书阙有间，文献不足征，幸得汉
代简牍以补之，乃知魏晋以来史家不得其正解者，所从来久矣。

　　　　　　　（原载中央大学《文史哲》季刊第二期，1943 年）

唐代文化之东渐与日本文明之开发

　　日本是一个富有宗教性的国家。日本文化在上古时期（即应神以前，当我国西晋之世），是日本固有的神道文化，所谓"祭政一致"的时代。这个时代的历史，只有他们那些"日本中心主义者"的国学家，可以作夸张的说明，明治以后，具有现代史学眼光的人，则多守阙如之论，因其自身史料难征，只有从中国载籍和晚近考古的遗物，可窥知一二。大概说来，在秦汉时代，日本地方已为中国所知，不过印象模糊，《汉书·地理志下》燕地条云："乐浪海中有倭人，分为百余国，以岁时来献见云"，似为中国史籍记日本地方的最早正式记载。《后汉书》亦列之于《东夷传》。此时日本尚无文字，故其本国亦无正确的历史。

　　据日本最古的典籍《古事记》与《日本书纪》所载，应神十五年（西晋太康五年），百济王阿直岐入日本献良马，阿直岐能通中国经典，为日本皇子菟道稚郎子之师。翌年，阿直岐更推荐百济人王仁。王仁是介绍中国文化入日本的第一人，从此日本始采用中国文字。王仁最初传去的是《论语》和《千字文》，这两部书在当时日本人的精神上占了极重要的地位。与王仁同去的，还有几个造酒冶金的人。后来到继体七年（梁武帝天监十二年），百济人段杨尔始传入五经——《诗》、《书》、《易》、《礼》、《春秋》。① 自此以后，中国文化，尤其是儒家思想，在日本文化上奠下最底层之基础。何以中国文物多由百济输入日本呢？因其时期朝鲜半岛上高句丽及百济常与新罗战争，新罗倾向中国，高句丽与百济则连日本，故百济与日本多往来。儒家经典输入日本后，正投合那"万世一系"的君主政体，所以日本受儒教的感化最深。且举一个有名的"登台望烟"的故事：应神的下代仁德天皇（稚郎子之兄）七年之时，一日，仁德登高台眺望，见远近人烟稠密，他仰天叹道："朕已富矣！"他的皇后问他为什么这样说，他答：

> 百姓贫之，则朕贫也。百姓富之，则朕富也。未有百姓富之，君贫也。②

这明是从《论语·颜回章》"百姓足，君孰与不足；百姓不足，君孰与足"而来。

儒教传入后，跟着是佛教的输入。佛教的传入，相传继体十八年（梁武帝普通三年），梁人司马达初入日本，在太和高市郡坂田原结草堂自居，供奉"唐神"，或以为即佛像（《扶桑纪略》卷三）。但日本的正式记载，则始于钦明十三年（梁武帝承圣元年），百济王始赍入佛像经论。③ 此后陆续不绝。佛教的传入，因为正投合日本的神道思想，所以也如儒教一样，在日本文化上奠下了最底层之基础。

从应神到推古初的三百余年间（晋武帝泰始六年至隋大业二年），日本与中国的关系是间接的，中国文化传入日本，中间

---

① 参阅《古事纪》、《日本书纪》、《续日本书纪》。
② 《日本书纪》卷十六。
③ 《日本书纪》卷十九。

须经过朝鲜半岛。至隋大业三年（推古十五年），日本遣小野妹子来朝。① 炀帝使裴世清往报，以示羁縻之意。这是日本与中国第一次的正式交往。当时日本是厩户太子摄政，这位厩户太子，后来日本人尊称他为圣德太子，确是一个很有远识的英迈之主，日本文明可以说全是他打定的基业。他最高明的地方，不在他能制定宪法十七条，以及能通汉文，崇奉佛教，而在他能深切地知道遣派留学生来中土是吸收中国文化、促进日本文明的切要的办法。自此之后，中华文化——精神的与物质的，潮水般流入日本。可惜厩户太子四十岁便死了，他前后派遣三次留学生，内中也有佛徒，谓之"学问僧"，这些人回到日本，在内政上有不少新改革。他们在中国居留，动辄二三十年，如新汉人僧旻住了二十五年，高向汉和南汉人请安便往了三十三年。隋亡唐兴，朝章国政，粲然大备，别是一番新气象，那时有几个学问僧惠齐、慧光等归国，对于唐朝，备极赞仰，奏闻于推古天皇说：

且夫大唐国者，法式备定之珍国也。②

据《日本书纪》所载，从舒明至宇多的二百六十余年间（唐太宗贞观四年至昭宗乾宁元年），日本正式遣唐使前后凡十二次。这些遣唐使，又称入唐使或西海使，③ 与留学生、学问僧自然都是当时的俊杰维新之士，他们学成归国，在日本朝野，极力赞扬中土的美盛，长安的繁华，唐朝的富丽，于是才有所谓"大化革新"的运动。这运动是以孝德天皇大化二年（唐贞观二十年）下诏改革庶政而起，对于中土的文化崇拜之极，于是一切从中土舶来的文物，都加一个"唐"字，如《汉学纪源》卷一标题有

---

① 源光圀：《大日本史》卷一一三《小野妹子》传云：隋人呼妹子曰苏因高。按：遣使事，《隋书·东夷传》倭国条亦记载。

② 《日本书纪》卷二二。

③ 《万叶集》卷八。

"唐学第八"一篇，《朝野群载》卷九《藤原明子状》中说："亲父忠行，心寻古今，学兼倭唐。"如今日本口语中，还存留着不少的这类冠有"唐"字的名词，如唐辛、唐纸、唐本之类，何尝不像我们今日对于西洋文物的情况。不过，中国对于西洋文物之输入，始而惊奇，继而艳羡，中国人对于"洋"的意义，远不及日本人对于"唐"字的意思之珍重。当初唐、盛唐之世，正是日本的天平时代，亦称奈良时代（元明、元正、圣武、孝谦、淳仁、称德、光仁七代之总称），这七十余年间，中国文化在日本开着灿烂之花。思想、宗教、艺术、工业以至风俗习尚整个的浸润在唐代文化之中。

上面说唐以前日本吸收的中国文化，多靠朝鲜半岛上的百济、新罗、高句丽为媒介，入唐而后，才直接由海上来往。那时中国和西域的海上交通亦渐发达，波斯人执海上交通之牛耳。南方海道以广（广州）为中心，北方陆路以长安为中心。海上波涛险恶，全仗风帆作用，风帆须得依风向与海流之力，而风向与海流又因太平洋的季候风而有异。大概自四月至十月，季候风北上；十月至四月，风位南下。如遇风力过猛，或卷入缓海流时，海行便不能自主，任其漂泊了。东晋法显由印度归航，本欲从广州上岸，忽而遇黑风暴雨，漂流了七十日，才到山东半岛（青州长广郡）的牢山（今崂山）。南下的季候风，亦有同样情形，唐玄宗时，第一个传戒律到日本的扬州龙兴寺鉴真和尚，从扬州启航欲赴日本，亦误入海流，漂至琼州岛。明末遗民朱舜水"晦迹到东瀛"之初，亦有同样的遭遇，竟漂流到安南，因此他作《安南纪事》。

唐代日本的遣唐使、留学生、学问僧往来中国的路线，从现存日本方面的史料如《日本书纪》、《续日本纪》诸书看来，大约分两路，北路由朝鲜西岸北上，转渤海湾，渡山东半岛，抵莱州或登州上陆，此路最为安全。《魏志·东夷传》中言三韩入贡之路线即此道，则此路之开通，由来已久。隋时小野妹子来朝，盖取此道。① 日本前后遣使入唐十二次，自舒明二年（唐贞观二年）大上三田耜等出使至天智四年（唐高宗麟德二年）守大石等出使，三十五年间使唐五次，皆由北道朝鲜半岛。南道则趁季候风（东北风）南行，横断今黄海、东海，而抵楚州（淮安）、苏州、扬州、明州（宁波）各处。自文武天皇庆云元年（唐中宗嗣圣二十一年）粟田真人等出使，至仁明承和六年（文宗开成四年）菅原梶成等出使，此一百三十五年间，前后遣使七次。此 12 次遣使入唐皆取北道，其后乃舍北而从南。因当时朝鲜半岛的形势不利于日本，百济、高句丽皆为唐所征服，新罗得唐之援助，势力扩张，天智二年（唐高宗龙朔三年）有名的白江口之战（日本史籍作白江村，今从《唐书·刘仁轨传》），日本为唐兵所败，唐名将刘仁轨雄镇三韩，日人畏之，乃改北而从南。

　　遣唐使一行的组织很严密，各种各样的技术人员都有，据《延喜式》卷三所载：

　　　　大使、副使、判官、录事、知乘船事、译语、请益生、主神、医师、阴阳师、画师、史生、射手、船师、音声师、音声长、卜部、留学生、学问僧、玉生、锻生、铸生、细工生。船匠、舵师、傔人、挟杪、水手、手长、杂使。

　　现代有轮船和指南针了，我们坐着"上海丸"、"长崎丸"，只须两天便到，如隔"一衣带水"，可是，千余年前却是一段很艰苦的航程，自然不能不作种种的准备。法显归航时，由师子国到耶婆提，又从耶婆提换船，两次船上人数都有二百余人。② 鉴

　　① 《大日本史》卷一一三本传。
　　② 《佛国记》。

真和尚第二次出发时，船上有八十五人，米一百石，甜豉三十石，牛苏一百八十斤，面五十石，干胡饼二车，干蔥饼一车，干薄饼一万番，捻头一半车。此外经论、袈裟及其他应用杂物数十种。① 当时的造船术，中国自然比日本高明，中国的多是楼船，故能容一二百人，日本的似不甚大，如光仁天皇宝龟八年（代宗大历十二年）小野石根等的船仅容三十八人或二十五人。② 遣唐使的船都是定制的，《延喜式》卷三载，造这种船时，先要致祭造船的木材，谓之"灵木祭"，要祭当地的山神，谓之"山神祭"，船出航时，有"开遣唐船祭"。然后天皇送别，或赋"赐饯入唐使"诗。③ 并赐衣物金银，④ 礼节异常隆重。

　　入遣唐使之选者，多是俊杰有为之士，具有汉学根底。他们冒万死，远航来中土，目的在瞻仰上邦文物，欲传其文化于本土。唐朝对之，因其梯山航海而来，贡献方物，所以也颇礼数有加，也尝遣使往报，如贞观间之遣新州刺史高表仁往谕⑤，前后不下数次，然唐固无所求于日本。天宝十二载，日本遣唐使与新罗、大食诸国贡使争朝班位次事，玄宗亦为优容，日本史家常引为外交上不辱使命之荣事，《大日本史》卷一一六《大伴古麻吕传》载麻吕奏云：

　　　　天宝十二载元会，唐主居含元殿受贺，是日以臣等列西畔第二吐蕃下，新罗使列东畔大食国上。臣争曰，新罗朝贡于日本久矣，而今反列东畔上，义所不当。于是将军吴怀实见臣颜色，即引新罗使就吐蕃下，臣列大食国上。

----

① 《唐大和尚东征传》。
② 《大日本史》卷一一六《大伴继人传》。
③ 《日本纪略》卷十三。
④ 《延喜式》卷三十，又，《倭名类聚·三代格》卷六。
⑤ 《唐书·东夷传》。

其实新罗当时并不朝贡日本，新罗一向是倾附中国的，所以唐朝列之东畔第一，以示优异之意。

遣唐使的船遭了难，唐朝也曾下敕文设法为他们找寻，如群平广成于开元二十二年归国时发苏州，遇风漂泊至林邑，玄宗敕谕安南都护妥为保护①，可见唐朝待遇外国臣僚之优渥。

遣唐使之外，为学问僧与留学生。他们有的是随遣唐使船，有的同商船而来。如最澄（传教大师）入唐，随石川道益；圆仁（慈觉大师）入唐，随藤原常嗣。安祥寺的慧云是乘唐商李处人的船入唐的。学问僧来中土，为研究佛教，留学生则研习典章制度。据《日本书纪》、《续日本纪》、《元亨释书》、《入唐求法巡礼行纪》、《三代实录》、《入唐五家传》诸书所记，从推古天皇十六年至阳城天皇元庆元年的二百六十余年间（当隋大业四年至唐僖宗乾符四年），学问僧先后入唐巡礼求法的，不下七十余人，有的五六年或十余年，多者三十余年，始归国，竟有客死于唐者。其中在日本佛教史上贡献最大的，如元兴寺的道昭，曾从玄奘三藏学法相，奘师与以舍利经论，归国后，在奈良建立寺院，贮藏赍归经藏，为日本法相宗的开山大师②。最澄（传教大师）以桓武天皇延历二十三年（德宗贞元二十年）随遣唐使石川道益并其弟子义真入唐，先在天台山国清寺从道邃法师学，后又在佛泷寺从行满座主受密教，自唐携往日本经典二百三十部之多，③ 为日本天台宗之祖，与空海（弘法大师）、常晓、圆行、圆仁（慈觉大师）、惠运、圆珍（智证大师）、宗睿，为所谓入唐八家。

空海是日本真言宗的大师，于唐德宗二十年偕遣唐使藤原葛

① 参阅《张曲江文集》卷七《敕日本国王书》，又，《大日本史》一一六《群平广成传》。

② 《续日本纪》卷一。

③ 《日本后纪》卷十三。

野麿入唐，抵长安谒青龙寺慧果和尚，翌年受传法阿阇梨位之灌顶，宪宗元和元年东归。至今每逢年中六月十五日他的诞辰，日本佛教学者还开会纪念他。他和最澄不单在日本佛教上，即文学、艺术、绘画、雕塑上的贡献，也很伟大。日本学者比二人以春兰、秋菊，为平安朝输入中国文化的中坚人物。日本关于这两位名僧的专著很多，记最澄的以近人三浦周行《传教大师传》及释一乘忠撰《睿山大师传》、沙门圆珍《传教大师行业记》三书为通行。^① 记空海的有得恋《弘法大师年谱》、得仁《续弘法大师年谱》^② 及僧真济《空海僧都传》、《经范大师御行状集记》、《弘法大师御传》。^③ 最完备的是《弘法大师全集》。空海所著《文镜秘府论》六卷，为论唐代诗格之作，清末杨守敬访书日本，称此书可以窥唐人诗式，近已影印行世。《性灵集》十卷，为空海所著诗文集，在日本汉文学上有极大的影响。近人内藤虎有《弘法大师之文艺》一文，可参考。^④ 桑原骘藏有《大师之入唐》一文，^⑤ 言当日空海留学长安之情形，亦甚有趣。此外如法相宗的玄昉，曾为唐玄宗经筵侍讲。日本兴福寺灵仙，宪宗元和五年在长安醴泉寺译大乘本生心地观经，至今尤为彼邦人士引为最荣幸之事。学问僧入唐，须先到长安，然后以五台山为目的地，如传天台宗而兼密教的圆仁（慈觉大师）、圆珍（智证大师），都曾驻锡五台。圆仁在扬州求得经典一百九十八卷，长安求得五百五十九卷，五台山得三十七卷。其他尚有诗书佛具等甚多，见所撰《入唐新求圣教目录》。又有《入唐求法巡礼行纪》

---

① 后二书均收入《续群书类从》卷二〇五。
② 均在《真言宗全集》第一册。
③ 均在《续群书类从》卷二〇七。
④ 载内藤：《日本文化史研究》第82页。
⑤ 载桑原：《东洋史说苑》第213页。

四卷，为中日交通史上之重要资料。圆珍于越州开元寺从沙门良谞学天台，又在长安从法全阿阇梨受密教。尝从唐诗人游，有《风藻钱言集》，为归国时赠和之作。并请去经典四百四十一部，著有《行历抄》，以纪其行脚。天台宗在日本平安朝最占势力，实由圆珍与圆仁之故。

学问僧来中土巡礼求法，固不止负宗教的使命，他们直接影响于当时日本文化的其他方面，有时远比宗教为大。如日本平城京之建造，是仿长安城的规制，政治制度则仿唐之三省六部，以至饮食居处之微，无不有唐代文化之因素。现在再说日本的留学生。

据《日本书纪》、《大日本史》所载，及遣唐使诸家传记中附见日本留学生的人数，仅十七八人，今录其可考者，列表于下：

姓　名	入唐年月	归国年月	在唐年数
巨势药	白雉四年 唐永徽四年		
冰老人	同		
筑紫君萨野马		天智天皇十年十一月 唐高宗咸亨二年	
韩崎胜娑婆		同	
布师首磐		同	
吉备真备	养老元年 唐开元五年	天平七年四月 唐开元二十三年	一七
大和长冈	同	同	一七
阿部仲麻吕	灵龟二年 唐开元四年	天平胜宝五年 唐天宝十二年 东归不果，遂留仕唐	
藤原刷雄	天平胜宝四年闰三月 唐天宝十一年		
膳大丘	同		
橘逸势	延历二十三年 唐贞元二十年	大同元年 唐宪宗元和元年	三
春苑玉成	承和五年 唐文宗开成三年	承和六年 唐开成四年	
长岑长松	同		
菅原梶成			

当日人唐留学生之多，必不止此数，或者他们的地位和建树，都不及遣唐使和学问僧，故史家有所不详。留学生之入唐，大都与遣唐使同行，其年纪亦不甚大，留学生中最有名的是吉备真备与阿部仲麻吕二人，《大日本史》卷一二三《真备传》云：

> 灵龟二年（唐开元四年）为遣唐留学生，时年二十四，在唐研覃经史，该涉众艺，当时学生播名于唐者，唯真备、阿部仲麻吕二人而已。

真备于三史五经、阴阳历算、天文数术，咸能通晓，以天平七年（唐开元二十三年）四月二十六日归国，携回：

> 《唐礼》一百三十卷，《大衍历经》一卷，《大衍历立成》十二卷，测影铁尺一枚，铜律管一部，《乐书要录》十卷，弦缠漆角弓一张，马上钦水漆角弓一张，露面漆四节角弓一张，射甲箭二十只，平射箭十只[1]。

这类文物的输入，近今日本学者以为是对于日本文明发展的一个很大的转机[2]。

其次是阿（一作安）部（一作陪或倍）仲麻吕，此人即《新唐书·东夷日本传》的仲满，日本音读，阿安、部倍、麻满皆同音，麻吕亦写作麿，则以二音读一字。《大日本史》卷一一六《阿倍仲麻吕传》云：

> 灵龟二年（唐开元四年）选为遣唐留学生时年十六，往唐学问。

《新唐书》卷二二〇《东夷日本传》云：

> 仲满慕华不肯去，易姓名曰朝衡。历左补阙，为仪王友，多所该识。

---

① 见《大日本史》卷一二三《真备传》。
② 土屋诠教：《日本宗教史》第97页。

　　按:《大日本史》本传注引《古今集钞》云:"唐朝赐姓朝,
名衡,字仲满。"朝亦作鼂或晁,古晁朝通用。唐时外国人在中
国改名易姓的很多,西域人尤甚,日本人也有,如多治比广成在
唐称姓丹墀。① 仲麻吕与盛唐诗人王维、李白、储光羲皆友善,
常有诗赠和。储光羲诗《洛中贻晁校书衡》,原注"即日本人
也",② 称许甚至:

　　　　万国朝天中,东隅道最长。晁生美无度,高驾仕春坊。
　　　　出入蓬山里,逍遥伊水旁。伯鸾游太学,中夜一相望。落日
　　　　悬高殿,秋风入洞房。屡言相去远,不觉生朝光。

仲麻吕后来官至秘书监,王维有《送秘书晁监还日本国》诗③,
并有长序,情意缠绵,可见相交之厚。诗长不录。关宝十二载,
遣唐使藤原清河返国,仲麻吕遂与之同归,玄宗待之颇厚,仲麻
吕有依依恋阙之情,乃赋诗曰:

　　　　衔命将辞国,非才忝侍臣。天中恋明主,海外忆慈亲。
　　　　伏奏违金阙,骖騑去玉津。蓬莱乡路远,若木故园林。西望
　　　　怀恩日,东归感义辰。平生一宝剑,留赠结交人④。

此诗《文苑英华》作胡衡撰,胡当为朝之形近而误,《唐诗品
汇》卷三六亦作胡,殆沿《英华》之误。《通典》卷一八五
《边防部》倭条云:"天宝末卫尉少卿朝衡即其国人",可证胡衡
必为朝衡之误。

　　仲麻吕与中国士大夫往来之密,及中国士大夫爱护其才之
殷,犹不仅于王、储之诗见之,开元中秘书监包佶有《送日本

① 《大日本史》卷一二三本传。
② 《全唐诗》第二函第十册。
③ 赵注《王右丞集》卷十三。
④ 《文苑英华》卷二九六。

国聘贺使晁巨卿（按：巨，《文苑英华》作臣）东归》诗：

> 上才生下国，东海是西邻。九译蕃君使，千年圣主臣。野人偏得礼，木性本含真。锦帆乘风转，金装照地新。孤城开屋阁，晓日上朱轮。早识来朝岁，涂山玉帛均①。

可谓推许甚至。秘书监赵骅亦有《送晁补阙归日本国》诗：

> 西掖承休澣，东隅返故林。来称刻子学，归是越人吟。马上秋郊远，舟中曙海阴。知君怀魏阙，万里独摇心②。

天宝十二年仲麻吕与藤原清河、吉备真备等同船东归，发扬州，海上遇风漂至安南，同行多为土人所害，仲麻吕与清河仅免于难，复返长安，特进秘书监，此事《日本纪略》及《续日本纪》载之，《新唐书·日本传》仅谓："天宝十二载，朝衡复入朝。"当时以为仲麻吕已溺死，故翰林供奉李白有《哭晁卿行》：

> 日本晁卿辞帝都，征帆一片绕蓬壶。明月不归沉碧海，白云愁色满苍梧③。

仲麻吕在唐五十余年，肃宗时尝擢为左散骑常侍安南都护，至光禄大夫兼御史中丞北海郡开国公，食邑三千户。年七十卒（《大日本史》本传。按：日本所传仲麻吕之历官，不免夸张，恐不可尽信，今姑存之，以备参考）。后来日本汉学家有许多同情他的身世，为诗以咏之，德川时广濑淡窗的《咏史》一首，颇得其实：

> 礼乐传来启我民，当年最重入唐人。西风不与归返便，

---

① 《全唐诗》第三函第九册。
② 《全唐诗》第二函第九册。
③ 四部丛刊分类补注《李太白集》卷二五。

莫说晁卿是叛臣①。

此外，留学生中，大和长冈在唐研习刑法，对于日本法令的制作，贡献很大②。膳大丘以天平胜宝四年（唐天宝十一年）入唐留学，专攻儒术，归国后献议从中土尊孔子为文宣王，为日本尊孔之始③。

　　唐代日本留学生在长安的生活情形，记载缺乏，不可得而详。大约遣唐使到长安，朝廷指定住宣阳坊的官舍，或住鸿胪寺。学问僧则住寺院，如空海在长安住延康坊西南的西明寺。留学生的下处，不大明白，想来或同遣唐使一起，或散处民居。④他们的生活费在启程时，由日本方面给予银两，到唐以后岁月长久，便由唐朝津贴。空海《性灵集》卷五，有《为橘学生与本国使启》一文，是替留学生橘逸势请款的，中云：

　　　　日月荏苒，资生都尽。此国所给衣粮，仅以续命，不足束惰读书之用。若使专守微生之信，岂待廿年之期，非只转蟪命于沟壑，诚国家之一瑕也。

这情形与今日中国留学生在东京的状况，两相比较，如在眼前。当日长安的繁华，固有足以使外国人醉心而容易消费的地方。

　　遣唐使、学问僧、留学生之外，介绍中国文化东传者，尚有三种人，一为中土佛徒发愿东渡日本宏教的，二为唐朝遣派的使臣，三为东去之商人，商人之在日本成家立业者，日本史家妄称为"归化人"。今先述唐僧徒之赴日本弘教，自舒明天皇（当唐太宗贞观初）以来，其名号可记者，得二十六人：

---

①　《远思楼诗钞》。
②　《续日本纪》卷三十。
③　同上书，卷二九。
④　参阅桑原氏《大师之入唐》，见本书第142页注⑤。

法名	东渡年月	所乘之船	备考	所据书
请安	唐贞观十四年 舒明天皇十二年十月			《日本书纪》
智宗	唐中宗嗣圣七年 持统天皇四年十月			同
道荣				《续日本纪》
道明				同
道璿	唐开元二十四年 天平八年	遣唐使船		同
鉴真	唐肃宗宝应元年 天平宝字六年正月	同	唐招提寺开山祖师	《唐大和尚东征传》
善意	同	同	玄昉弟子，天宝六年发愿东渡，为七师写经	西来氏文书 京都山田氏藏
法进	同	同	住东大寺戒坛院	《东征传》
昙静	同	同		同
思讬	同	同		同
义静	同	同	住唐招提寺	同
法载	同	同	同	同
法成	同	同		同
仁韩	同	同		同
法颢	同	同		同
智成	同	同		同
灵曜	同	同		同
怀谦	同	同		同
如宝	同	同	唐宪宗元和十年 弘仁六年示寂	《日本后纪》
慧云				《日本纪略》
慧良				同
慧达				同
慧常				同
慧善				同

唐朝僧徒之东渡，实为造成日本奈良朝文化之一大原动力，其于日本文明之开发，贡献最大者，以扬州龙兴寺和尚鉴真为著名，而鉴真之名，中国史籍中只宋《高僧传》提到一点，真是一件憾事。趁此机会，在此略略介绍一下：

关于鉴真的史料，现存的不多，当日鉴真的弟子名思讬，随鉴真前后作六次渡海的尝试，又随他异国旅居十一年，撰有《鉴真和尚东征传》三卷（一作五卷或六卷），此书今已不存。今所传者为光仁天皇宝龟十一年（唐德宗建中元年），日本僧元开所撰《唐大和尚东征传》一卷。元开也是曾亲受和尚教化的人，其书只一卷，想来不及思讬所记为详。这书，我所见到的有三种本子，一是《群书类从》本（第四辑，第六十九卷），一是昭和六年东京古典保存会据东寺观智院藏政院时代古钞卷子影本，一是昭和十一年京都便利堂贵重图书影本刊行会据古梓堂文库藏旧影本。此外，《大日本佛教全书》、《日本大藏经》及《大正大藏经》所收，皆《群书类从》本。我曾将这三种本子互校，文字略有异同，而以古典保存会影本为佳。《唐大和尚东征传》外，尚有鉴真弟子丰安的《鉴真和尚三异事》①，记述又比《东征传》为略。又有莲行的绘词本十二轴，今存五轴，绘鉴真东渡事迹（按：本文原附绘词本插图，今因印刷困难，省去），贤位的《过海大师东征传》二卷，皆后来镰仓时代之作，取材皆出于前二书。现在便据这几种书，叙述鉴真的身世和他在日本文化史上的影响。

我国历史上是有几个伟大的佛教徒，如东晋的法显，北魏的宋云、惠生，唐太宗时玄奘三藏，高宗时的净义，都是从千辛万苦中介绍印度文化入中国的著名人物，而中国的佛教徒介绍中国

① 《群书类从》第八辑第二○四卷。

文化到外国，如玄奘等之于印度文化者，则除鉴真外，还没有第二人。

鉴真，俗称淳于，唐扬州江阳县人。武后长安元年年十四，从智满禅师在大云寺出家①。中宗神龙元年从光州道岸律师受菩萨戒。道岸是南山道宣的弟子文纲的传人，当时南山律盛于江淮间②，后二年入长安在实际寺从荆州南泉寺弘景律师登坛受具足戒。弘景亦南山宗文纲的弟子。在长安五年，乃归淮南教授戒律。

当鉴真十九岁的时候，北方的禅宗大德神秀入寂了。二十岁时，华岩宗的法藏也入寂了。二十六岁时，南方的禅宗大德慧能也圆寂。净义也于是年示寂。开元五年，道岸也入灭，南方律宗的大师，只有鉴真了。这时道教因为攀缘李唐的姓氏，尊崇老子，颇为玄宗袒护，势力也不小，如天台道士司马承祯，中岳道士吴筠，都是道教的杰出人物，大有与佛教欲争一日之长，然而终究抵不过时代的潮流和西域文化的势力，各名僧大德的新译的经典层出不穷，在唐代佛教史上，佛教的隆盛，已达于极点。此时日本正当圣武天皇天平时代，是日本吸收中国文化的一个最紧要的关头。当玄宗开元二十一年（天平五年），日本有几个僧徒荣璿、普照、玄朗、玄法等，从遣唐使多治比广成到唐土留学，至天宝九年。那时大江南北戒律盛行，日本虽已是佛教国，但尚无大师，所谓入唐八家都还在后，荣璿、普照等乃至扬州叩请鉴真和尚东游兴化，他们说：

佛法东流至日本国，虽有其法，而无传法人。……愿和

① 按：此大云寺当在扬州，武后敕命天下佛地皆建大云寺，故《东征传》中，鉴真漂泊至海南岛之振州及广州时，当地亦有大云寺。
② 南山即终南山，道宣出身于终南山丰德寺，为律宗大师，宗派繁衍，故佛门通称南山律。

尚东游兴化①。

和尚回答:"山川异域,风月同天",便向法众问谁有应此远请到日本国传法的? 大众默然无以对,有僧祥彦道:

> 彼国太远,性命难存,沧海淼漫,百无一至。人身难得,中国难生。进修未备,道果未到。是故众僧咸默然无对而已。

和尚慨然曰:

> 为是法事也,何惜身命,诸人不去,我即去耳。

于是决定同行的有僧祥彦、道兴、道航、神崇、忍灵、曜祭、明烈、道默、道因、法藏、法载、昙静、道巽、幽岩、如海、澄观、德清、思托等二十二人。其中如海是新罗僧人。后来他们第一次在天宝元年将准备出航时,如海因年少被斥退,不得同去,怒告官府,说他们勾结海贼,把荣睿等四个日本僧人,捉将官去,被禁四月,才放出来。

大众有些灰心,和尚说:"不须愁,宜求方便,必遂本愿。"天宝二年十二月,和尚出钱买得岭南道采访使刘臣邻(臣,《群书类从》本作邑)的军船一只,舟人十八口,备办了七十余种什物,另有玉作人、画师、雕工、铸工、绣师、碑工等,共八十五人,从扬州举帆东下,冬寒遇恶风,浪击舟破,幸而人皆无恙。这是第二次的失败。天宝三年一月,更修理舟楫,"待好风发",舟行至桑名山,风急浪高,舟触石上,人虽上岸,而水米俱尽,饥冻三日始得救。这是第三次的失败。和尚还至明州(宁波)阿育王寺,复遣人往福州买舟办粮,旋往天台山巡礼,出黄岩,欲向温州,为其扬州弟子灵祐密告官府,恐其海行万里,死生莫测,中道留止,依旧令住本

---

① 《东征传》。

寺。鉴真此时遭第四次失败，忧愁幽思，不逾初愿。天宝七载春，复准备出发，与荣璿、普照等造舟买药，置办百物，一如天宝二载所备。同行诸人与前次略有进退，僧祥彦、神仓、光演、顿悟、道祖、如高、德清、日悟、思讬、及日本僧荣璿、普照等十四人，水手十八人，以及自愿相随的共三十五人。是年六月二十七日，从扬州新河出发，他们那时不知道季候风的上下时节，也不知海流的关系，只凭着命运航行。他们的船刚到常州便遇大风，第二天便吹到了越州，停了二月余，希望得好风再发，到了十月，便又开船，哪知这时季候风的风向正转变南下，所以他们十月十六日开船，即遇急风，漂流了十四天，惊涛骇浪中历尽种种危险，水米俱绝，自以"一生辛苦，何剧于此"！辗转到了振州江口（即海南岛之海口），舟人往报郡，别驾马崇情来迎入州之大云寺住一年。天宝八载乃启程北归，至岸州（崖州），日本僧荣璿、普照从海道来会。一行过海达大陆雷州，经象州、白州等地至始安府，都督冯古璞留住一年。经梧州至端州龙兴寺，日本僧荣璿病死，和尚哀痛悲切，送丧而去，遂至广州。《东征传》中写当时广州的繁华，东西海上贸易之盛，是极可珍贵的史料。

　　鉴真在广州留一年，乘江船七百里至韶州，日本僧普照辞别和尚欲向岭北往明州阿育王寺，和尚执手悲泣而曰："为传戒律，发愿过海，遂不至日本国，于是分手，感念无喻。"时天宝七载，和尚已六十一岁，因频经患难，岭南炎热，眼病失明。乃过大庚岭至吉州，僧祥彦赤死于道上。遂至庐山东林寺，转江州，舟行至江宁，过江仍归扬州，住本山龙兴寺，大和尚时年六十三，他从海南岛振州北上，以至扬州，一路上所经州县，都立坛授戒，所过之处，官人百姓接踵顶礼。可见当时佛教之盛，而和尚的德行学问之崇高，故能使道俗归心，奉戴为授戒之大师。

　　五次渡海失败之后，第六次是最后的机会，终于成功了。那是天宝十二载，遣唐使藤原清河，副使大伴古麻吕（此据《续日本纪》卷十九，古梓堂文库本《东征传》作大伴宿弥胡万）、吉备真备、阿部仲麻吕（《东征传》作安倍朝衡）等回国，他们知道和尚已五遍渡海不成，乃奏闻玄宗皇帝，请求鉴真渡海传授戒律，玄宗不准，要派道士去，他们以为日本不崇道士法。为了敷衍玄宗，便留下春桃原等四人在唐学道士法。暗中来求和尚"自作方便"，和尚许诺。这消息一时传遍了扬州的道俗，都来阻止，把龙兴寺防护很严。和尚悄然于天宝十二年十月二十九日夜深，潜出龙兴寺，至江头乘船下苏州。随行的弟子与前两次又不同，有法进、昙静、义静、法载、法成等十四人，惟思讬始终相随。外有比丘尼智首等三人，优婆塞（居士）潘仙童，胡人安如宝，昆仑人（马来人）军法力，赡波国人（占婆）善听共二十四人。日本僧普照亦从余姚郡来。一行带了许多器物和佛典，其中有玄奘法师《西域记》一部十二卷，恐怕是最初传入日本的第一部了。又有王右军真迹行书一帖，小王真迹三帖，这些文物，《东征传》说"皆进内里"，现在正仓院所藏右军《丧乱帖》，不知是否为鉴真带去的遗物。

　　果然，和尚这次成功了。天平胜宝六年（唐天宝十三载）二月，他们的船到了难波（大阪），日本朝野真是五体投地地来欢迎他。他初到东大寺，孝谦天皇（女主）为他立坛授戒，自天皇太子以下，皆登坛受戒。又敕赐田园，和尚就其地建立伽兰，即今有名的唐招提寺。

　　鉴真在日本传戒十一年，以天平宝字七年（唐代宗广德元年）示寂，春秋七十七。

　　我在这篇文中，虽然用了二千多字的篇幅介绍鉴真和尚的行事，其实还太简略了。鉴真在日本文化史上的贡献，第一是宏教，他是传戒律到日本的第一人。他在日本设立三大戒坛，是奈良朝佛教史可特书的功绩。传律之外，又讲授天台学，他的弟子传之最澄（传教大师），后来最澄和空海（弘法大师）之入唐，都是受鉴真的影响。最澄、空海是平安朝佛教文化的开山人物，而鉴真可说是奈良朝佛教文化的宗祖了。

第二是他对于中国文教的输入。《东征传》记他在国内时，讲学之外，还从事许多社会事业：建造佛寺，缝袈裟三千余领，供养十方僧众，写经造像，开悲田救济贫病，设敬田以供养三宝。确是一个伟大的领袖人物。东渡时，并携玉作人、画师、绣工、碑工、缕铸诸种工匠。他到日本后，更可以表现这种领袖的开创精神。又善医。虽然失明，可是校正经典时，据说还比有眼的人精细。律宗经典的开雕，是他创始的，印刷术之传入日本，自此而始，这在日本文化史上是如何的重要！

唐使之往日本者，据《日本书纪》、《续日本纪》二书所载，前后凡八次。第一次为高表仁，《新唐书·东夷日本传》谓表仁"与王争礼，不肯宣天子命而还"。此事据《日本书纪》卷二十三，在舒明天皇四年（唐贞观六年）。第二次为天智天皇三年（高宗麟德元年）郭务悰等三十人。翌年，唐朝散大夫、沂州司马上柱国刘德高，经百济使日本。第三次天智四年（麟德二年），仍为刘德高。第四次天智八年（高宗总章二年），第五次天智十年（咸亨二年），皆为郭务悰等，每次并率兵二千余人同往，[①] 盖此时朝鲜半岛风云甚紧，日本既为唐兵所败于白江口，则使节之往还，自与时事不无关系。第六次为淳仁天皇天平宝字六年六月（代宗宝应二年），唐使沈惟岳、副使纪乔容等赴日，[②]

---

① 均据《日本书纪》卷二七。
② 《续日本纪》卷二三。

其年八月欲归国，未得成行，遂终生客居日本。① 第七次为光仁天皇宝龟九年（代宗大历十三年）赵宝英等乘遣唐使小野滋野船，中途没海中，遇救抵日本，翌年始归国。② 第八次为宝龟十年（大历十四年）高鹤林等偕新罗使赴日③，归国之期不详。

此八次中，见于我国正式记载者，唯高表仁，其余七次均日本史籍所传，疑非朝廷所遣，而为边吏之托名。盖唐使所经之路，多为朝鲜半岛，高宗时，朝鲜半岛已为唐所征服，将军刘仁轨镇之，与日本常有使节往还，④ 而日本遂误以为唐廷所遣也。

当时随唐使或遣唐使到日本的中国人也不少，这些都各有一艺之长，贡献于日本朝野。日本接待他们也很礼重，如持统（女主）五年（中宗嗣圣十一年）以稻赐唐人续守言。桓武天皇延历十七年（德宗贞元十四年）六月赐稻与唐人十名，阳成天皇元庆元年（僖宗乾符四年）赐唐人住宅⑤。这些中国人到日本后，因其技能仕于日本朝廷，或敕授勋位，或赐姓名，据《新撰姓氏录》及《续日本纪》二书所记，共得十七人，今列表于后：

原姓名	所赐姓名	赐姓年月	所据书
陈怀玉	千代连	天平六年九月十日	《续日本纪》
李元环	李忌寸	天平宝字五年十二月	同
袁晋卿	清村宿祢	宝龟九年十二月	同
沈惟岳	清海宿祢	宝龟十一年十一月	同

① 《续日本纪》卷三六。
② 同上书，卷三五。
③ 同上书，卷三五。
④ 参阅《新唐书·百济传》。
⑤ 参阅《日本纪》卷三十持统天皇三年六月壬年，《续日本纪》卷十二圣武天皇天平八年冬十月戊申，《三代实录》卷三一阳成天皇元庆元年六月九日戊寅诸条。

续表

原姓名	所赐姓名	赐姓年月	所据书
张道光	嵩山忌寸		《新撰姓氏录》
吾税儿	长冈忌寸		同
孟惠芝	蒿山忌寸		同
沈庭劻	清海忌寸		同
晏子钦	荣山忌寸	延历三年六月	《续日本纪》
徐公乡	荣山忌寸	同	同
卢如津	清川忌寸	延历五年八月	同
王维倩	荣山忌寸	延历六年四月	同
朱政	荣山忌寸	同	同
马清	新长忌寸	延历七年五月	同
王文度	八清水连		《新撰姓氏录》
同	杨津连		同
王希逸	江田忌寸		同

这些中国人落业日本之后，日本当时正需要这类上邦人物为之传授中国文教及工艺于日本，便授予官爵，以安其心，如淳仁天皇天平宝字八年（唐代宗广德二年）十一月授李元环从五位下，光仁天皇宝龟十一年（德宗建中元年）十一月授沈惟岳从五位下。圣武天皇（唐玄宗之世）时，袁晋卿（清村宿祢）随遣唐使东渡，被任为大学音博士，撰有《尔雅文选音》，历任"玄蕃头"、"大学头"，可见当时日本朝野尊崇中国文教之盛①。

唐之商人，于日本文明之开发，亦有许多关系。如承和九年（唐武宗会昌二年）安祥寺慧运入唐巡礼求法，乘的是唐商李处人的船。承和十四年（宣宗大中元年）慧运归国，乘的是唐商

---

① 《续日本纪》卷三十。

张友信的船，当时由慧运赍往日本之经论佛像，如五大虚空藏等，今犹存东大寺观智院，见《东大寺图录》第七十九。宇多天皇宽平五年（唐昭宗景福二年）日僧中瓘入唐，是乘唐商王讷的船。则当时唐商往来日本经商的必不甚少。

至宇多天皇宽平六年（唐昭宗乾宁元年）遣唐使菅原道真、副使纪长谷雄等使唐未能成行以后，日本使节入唐朝聘之事便中止了。直接的原因，便是唐朝的声威衰落，海道难行。《菅家文草》载菅原道真的奏章一通，说明请停止遣唐使的情由，录之于下：

<blockquote>

请令诸公卿议定遣唐使进止状

右臣某谨案，在唐僧中瓘，去年三月附商客王讷等，所到之录记，大唐凋散，载之具矣，更告不朝之问，终停入唐之人，中瓘虽区区之旅僧，为圣朝尽其诚，代马越鸟，岂非习性，臣等伏检旧记，度使等或有渡海不堪命者，或为遭贼亡身者，唯未见至唐，有难阻饥寒之悲，如中瓘所申报。未然之事，推而可知。臣等伏愿以中瓘录记之状，遍下公卿博士，详被定其可否，国之大事，不独为身。且陈欸诚，伏请处分。谨言。

宽平六年九月十四日

大使参议勘解由长官从四位下

兼守左大辨行式部权大辅春宫亮　　菅原朝臣某

</blockquote>

从此日本便无使节入唐之事，直到北宋时才恢复。

然而，日本的文化就在这奈良朝及平安朝的初期，奠下了很广大的基础。无论政治、社会、学术、思想、音乐、艺术各方面，都是以中国文化为骨子。日本从前是氏族制度，各自为政，自厩户太子（圣德太子）诛除苏我氏以后，氏族专横之风始敛，一变而为中央集权，这才初具国家的形式。所谓"大化革新"

的政治机构，如左大臣、右大臣以及内官之设立，皆取法于中土。律令之制作，亦仿自中国，如大化革新后二十三年即天智天皇七年（唐高宗总章元年）所成之《近江令》二十二卷，皆本于唐令。《近江令》的内容，今虽不得而知，但知其中有御史大夫之名，自然是模仿中土的。文武天皇大宝元年（唐中宗嗣圣十八年）三月颁布之《大宝令》，元正（女主）养老二年（唐开元六年）改订之《养老令》，大体亦规摹唐制。其中央政治机构之二官八省及弹正台，亦仿唐之三省六部九寺五监及御史台之制度（见下图所示）。惜唐《永徽令》今已散佚，二者不得比较耳。

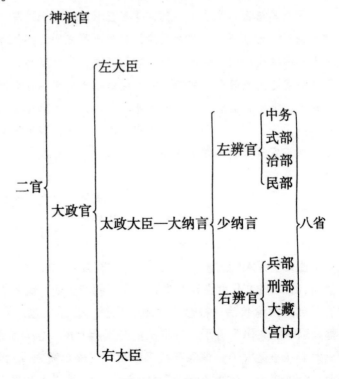

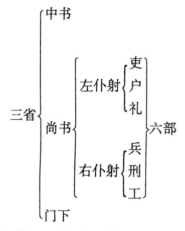

惟《大宝令》之残篇，尚可与今存之《唐律疏义》比勘，其间即文字相同者亦甚多，近仁井田陆氏撰《唐令拾遗》一书，于此颇多论述。他如朝廷官职，亦皆仿唐，尤以圣武、孝谦两朝为最盛。下至一般服制，自推古朝厩户太子当国时，已改习华服，今正仓院所藏传阿佑太子笔之厩户太子画像全为华服（参阅正仓院图录图版第三）。日本屡有女帝即位之事，殆亦受中国之影响。女帝垂帘之原因，多由于皇帝或太子冲幼，权时摄政，如我国东汉之例，自有其理，然日本奈良朝七代，而女帝称制者凡四（元明、元正、孝谦、称德），似不能不谓相当受唐武后临朝之影响。而最著者，则为元明天皇（唐睿宗之世）奠都平城，其规模一依长安城制。此于日本大化改革过程中厉行中央集权大有关系。他如国郡制、田制、驿传制、租税制、户口制、租庸调法等之政治的社会的各方面，莫不受唐代政制之影响。今不能一一备论，请略言学术思想方面。

儒教及汉文学这百余年间亦最发达。中国的儒书皆列于学官教授，如明经道有：《周礼》（郑注），《毛诗》（郑注），《尚书》（孔注），《仪礼》（郑注），《礼记》（郑注），《左传》

（服虔与杜预注），《论语》（何晏注），《孝经》（孔注与郑注），以及《公羊》、《穀梁》。记传道有：《文选》，《尔雅》，《史记》，《两汉书》，《晋书》等。春秋二季，亦行释奠礼。称德天皇神护景云二年七月留学生膳大丘议请尊孔子为文宣王，此后遂成定制。①《延喜式》卷十三中，关于释奠之仪式，规定甚为精密。

同时，汉文学亦极盛，官吏登庸，人才品行在其次，而以文章技术为优。自近江朝至平城朝（唐肃宗至宪宗之世），诗人辈出。日本第一部汉文诗结集《怀风藻》所收诗一百二十篇，皆成于此时。入平安朝，嵯峨天皇（唐宪宗之世）敕选之《凌云集》、《文华秀丽集》、《经国集》，空海之《性灵集》，都良香之《都氏文集》，菅原道真之《菅家文草》，皆为此时汉文学之杰作。藤原明衡的《本朝文粹》，藤原季纲的《续本朝文粹》，三善文康的《朝野群载》诸书所收，都是当时流行的各种汉诗汉文体裁。

其于唐人之诗，则自李杜之雄篇俊作而下，尤喜白乐天。嵯峨天皇得白氏《长庆集》，珍重激赏，白诗益行于日本。《本朝学原浪华钞》卷四云：

承和以来，言诗者皆以乐天为规摹。

承和是仁明天皇的年号，当唐文宗、武宗开成会昌之际，正元白诗风行之时。大槻磐溪《国史百咏》文德朝引小野篁《白诗逸话》云：

中古文章属阿谁，野篁才调冠当时；可无老杜惊人句，一字争传白俗诗。

还有段有名的逸话，据说嵯峨天皇最喜《白氏文集》，一日，行

①《续日本纪》卷二九。

幸阳河馆时，口占："闲阁唯闻朝暮鼓，登楼遥望往来船"，帝以诗示小野篁，野篁对曰，遥字改作空，更妙，帝曰，此乐天诗，聊试卿耳。故《乐天文集》自记（会昌五年）云：

> 集有五本。……其日本新罗诸国及两京人家传写者，不在此记。

盖乐天当时已自知其文集流播日本诸国。日本学者文人讽诵师法，不遗余力。如醍醐天皇因菅原道真献家集一部，题诗曰：

> 更有菅家胜白样（样，华言君也），从兹抛却匣尘深。

自注云："平生所爱《白氏文集》七十五卷，今以菅家故，不复开帙。"（按：乐天诗为元稹编次，共五十卷，在长庆四年，故名《长庆集》。其后乐天自编后集二十卷，又编续后集五卷，并附《长庆集》后，共七十五卷。）又村上天皇（当五代之世）第六子有和高阶积善《梦白乐天》诗云：

> 古今词客得名多，白氏拔群足咏歌。

自注云："我朝词人才子，以白氏文集为规摹，故承和以来言诗者，皆不失体裁。"其推重白诗如此。白乐天诗所以流行之故，冈田正之著《日本汉文学史》页二八三以为有三种原因。

一、白诗在唐盛极一时，乐天生时诗名已噪海内。故其《与元稹书》云：

> 有军使高霞寓者，欲聘娼妓，妓大夸曰，我诵得白学士《长恨歌》，岂同他妓哉。由是增价。……又昨过汉南日，适遇主人集众乐娱他宾，诸妓见仆来，指而相顾曰，此是秦中吟《长恨歌》主耳。自长安抵江西三四千里，凡乡校佛寺，逆旅行舟之中，往往有题仆诗者，士庶僧徒孀妇处女之口，每每有咏仆诗者。

元稹《长庆集》序云：

> 观寺邮堠墙壁之上无不书，王公妾妇牛童马走之口无不

道。至于缮写摹勒，衔卖于市井，或持之以交酒茗者，处处皆是。

古之诗人，生时得名之速且广者，恐无如白乐天，在唐如此盛行，宜其早风行于日本。

二、白诗平易流畅。乐天作诗，因事触景，不问雅俗，以极平易之辞，言人之所欲共言。其所作近于口语，不贵奇僻艰险之辞，是以能得一般人之嗜好，传诵一时。《冷斋夜话》谓乐天每作诗，使一老妪解之，若解则可，不解必易之而终使其解，乃可。此固附会之说，要其诗平易为世俗所喜，乃有此等说法耳。

唐人既然，况于日本人士，其平易流丽，亦适于当时日本人之所好。如《长恨歌》为白诗之千古绝作，而日本古名小说《源氏物语》，其作者紫式部尤精于白氏之诗，其书中采《长恨歌》之意甚多。即使《白氏文集》盛行中土，若其字句艰涩，恐亦不能流行如此之广远。

三、白诗富有佛教意味。乐天于儒书之外，犹修佛学，故其诗亦颇有关系。唐代佛教盛行，学士大夫信仰者不少，王维与白乐天为最著名。乐天之诗文赞偈，皆可见其极饶佛教之思想与佛典之词句，且自称"佛弟子香山居士乐天"，其自序《醉吟先生传》云：

　　栖心释氏，通学小中大乘法，与嵩山僧如满为空门友。

其记苏州南禅院一文云：

　　乐天，佛弟子也，备闻圣教，深信因果。

又，白氏《洛中集》中《香山堂经藏堂》之文云：

　　愿以今生世俗文字之业，狂言绮语之过，转为将来世世赞佛乘之因，转法轮之缘也。

乐天信佛如此，而日本平安朝之际，佛教盛行，学者亦莫不通佛典，即以菅家一门而言，如菅原清公、菅原是善，皆深信佛教，菅原道真信佛尤虔，研精佛典，自称"佛弟子道真"。菅原清公之师友，如田口达音、都良香亦耽读佛典，都良香赞白乐天语有云：

> 治安禅病，发菩提心。为白为黑，非古非今。集七十卷，尽是黄金。

这是表示一种对于佛法崇信的共鸣。所以佛法信仰一层，也是白氏诗文盛行日本的重要原因。

《文选》之学，亦盛于奈良、平安两朝，为唐时学习诗文之标准模范书。盖隋唐时，中土《文选》之学亦盛行，其影响于日本固然。《文选》之学，创于隋之萧该，而宏于曹宪。该有《文选音义》十卷，为当时所贵，宪仕隋为秘书学士，集诸数百人以《文选》授之，而《音义》尤为学者所重。《选》学乃大勃兴。入唐，南方江淮之间亦甚流行，李善、魏模、公孙罗、许淹等皆出曹宪之门，各以音义教授诸生，就中李善注最行于世。《文选》为词章学之一大权威，当士学大夫取材之唯一渊薮，韩愈得力于《文选》者甚多，大诗人杜甫以《文选》课其子，教其"熟精文选理"，日本汉学家梁川星岩有句云："一部杜诗君试阅，尽从文选理中来。"唐代专以诗赋选士，故《选》学极盛，尊重比于《六经》。隋唐《文选》学之流行如此，而日本以模仿隋唐学制之奈良、平安两朝，其尊重《选》学，自为必然之事。

《文选》之传入日本，至早当在推古天皇之时，厩户太子《宪法》十七条中，有：

> 有财者之讼，如石投水，乏者之诉，似水投石①。

---

① 《续日本纪》卷十九。

盖取于魏李康《运命论》之文：

> 其言也，如以水投石，莫之受也。……其言也，如以石
> 投水，莫之逆也[①]。（《文选》卷二十一）

是为《文选》最初传入日本之证。近江、奈良朝，《文选》之流
行尤广，近江刊修之养老二年令载：凡进士试时务策二条，所帖
读《文选》上帙七帖，《尔雅》三帖。可知举士时须课《文
选》。天平七年（唐开元二十三年）随遣唐使东渡之袁晋卿，因
通《尔雅》与《文选》之音义，而被彼邦授以大学音博士之官，
上文已言之。今正仓院所存唐时文书中犹有关于《文选》音之
记事。藤原佐世《日本见在书目》收有《文选》之音义数种，
可以知唐时彼邦对于《文选》讲习之盛。

《文选》与《白氏文集》外，汉魏六朝及唐代诸家之诗集，
流传日本者亦不少。一条时代（约当宋初）日儒林鹅峰本《一
人一首》诗集卷十云：

> 《文选》行于本朝久矣，嵯峨帝御字《白氏文集》
> 全部始传来日本，诗人无不效《文选》白氏者。然桓武
> 朝僧空海熟览《王昌龄集》，且其所著《秘府论》，粗引
> 六朝之诗，及钱起、崔曙等唐诗为例。嵯峨隐君子读
> 《元稹集》，菅丞相曰，《温庭筠诗集》优美也。公任、
> 基俊所采用宋之问、王维、李颀、卢纶、李端、李嘉祐、
> 刘禹锡、贾岛、章孝标、许浑、鲍溶、方干、杜荀鹤、
> 杨巨源、公乘亿、谢观、皇甫冉、皇甫曾等诸家犹多。
> 加之李峤、萧颖士、张文成等作，久闻于本朝，然则当
> 时文人，涉汉魏六朝唐诸家必矣。藤实赖见《卢照邻
> 集》，江匡房求《王勃杜少陵集》，且谈及李谪仙事，则

[①] 《文选》卷二一。

何必白香山而已哉。

然，鹅峰所述，犹有未尽。如嵯峨帝手写李峤诗，其真迹至今犹存正仓院。空海东归，曾进献《刘希夷集》四卷、《贞元英杰六言诗》三卷、《王昌龄集》一卷、《杂咏集》四卷、《朱书诗》一卷、《朱千乘诗》一卷、《王智章诗》一卷、《刘廷芝集》四卷。又，《日本见在书目》所载唐人集部，如王勃、杨炯、卢照邻、骆宾王、沈佺期、宋之问等初唐诗人集最多，而王维、李白、王昌龄诸盛唐诗人之集有五六种，中唐则有《元白长庆集》。是唐人诗文集当时传入日本者必多，不过以《白氏集》最流行耳。

今日常有中土已佚而犹存日本之古籍，陆续有所发现。如正仓院所藏之《杜家立成》，高野山所藏之《文馆词林》，真福寺之《翰林学士集》卷二，西高辻男爵家藏之《翰苑集》，高山寺、石山寺、大福寺、东大寺等处之顾野王《玉篇》，真福寺之《琱玉集》，醍醐寺、金刚寺之《游仙窟》等，或见于《黎氏古逸丛书》，或已单行影印，或为中土久佚之书，或足以订传本之讹误，可见唐时流入彼邦之文籍之多也。

修史事业亦受中土之影响而始发达。如元明天皇和铜四年（唐睿宗景云二年）修成之《古事记》三卷，养老四年（唐开元八年）完成之《日本书纪》三十卷、《系图》一卷，为日本最古之正史。其后桓武天皇时（唐德宗之世）编纂之《续日本纪》四十卷，又《日本后纪》四十卷，《续日本后纪》二十卷，《日本文德天皇实录》十卷，《日本三代实录》五十卷，史家所谓《六国史》者，其体裁编制，实受唐代修史之影响，可以无疑。

而奈良朝之书法，亦取法于中土。如二王及欧阳询之书，皆为当日彼邦朝野所宝贵。今东大寺所存"献物帐"中记有二王书帖①。鉴真携往日本之文物，亦有二王之书②。再观当时之各种写本，笔姿遒劲谨饬，与唐人书法无异，如览敦煌唐人经卷，令人兴发遐思。

日本之有历法，亦由唐土输入。据残余之《大宝令》所载，阴阳寮设有天文博士，天文生则学《史记·天官书》、《汉书·艺文志》等。历法亦属阴阳寮，有历博士作历，同时教授历生，所用之书为《律历志》、《大衍历议》等。

按：自推古天皇时，百济僧观勒传历法入日本，推古十二年（隋文帝仁寿四年）始正式推甲子，用历日，持统元年（唐中宗嗣圣四年）正月颁行，即所谓《元嘉历》。天武天皇二年（高宗上元元年）则用《仪凤历》。天平七年（开元二十三年）吉备真备归国，传入《大衍历经》一部，始用《大衍历》。更至清和天皇贞观三年（懿宗咸通二年）六月羽栗翼自唐请来《五纪历》（《长庆宣明历经》），即所谓《宣明历》。其历法之变迁，皆由采取唐历之故而发生。

唐代美术工艺之遗物，今日犹存于日本者甚多。如奈良东大寺之佛像，其中由唐传入者不少。法隆寺之九面观音像、高野山南院之不动明王像，传亦空海自唐请来。而唐土僧人往日本宣扬佛法，于佛像之制作，亦有贡献，如唐招提寺之卢舍那佛，实成于唐僧之手。日本天平时代为佛教艺术极盛时代，而骨子则为大唐僧人所构成，此亦彼邦学者所承认。往年尝欲将正仓院、法隆寺等处所存隋唐遗物，就彼邦已公布影行者，逐一加以考释，藉以窥隋唐社会风尚之一斑，时日荏苒，卒卒未遑。

本文起草于民国二十三年，初欲撰为一较详之单行论述，因

① 见法隆寺《大镜图版》八。
② 《东征传》。

事中辍，此其大略，又多疏漏，置之行箧七八年，乱离中复无书可补正，今日清写一过，缅怀当日俯仰于旧京北海中秘之时，何胜情驰。

（原载《文史杂志》第一卷第十二期，1941 年）

论两汉政治制度之得失

言中国文化史者，每推美汉唐，以其声威文教，远播东西，足以发扬中国民族之精神于世界文化史之林也。汉之文化，质胜于文，民族之生命力极强。其时印度思想未输入①，文化思想，典章制度，尚承先秦一脉而为中国所固有。典章制度，大率沿秦之旧，因革损益之巨，则一变于文景，再变于武帝，三变于东汉明章之世。总汉家政治制度之优点言之，中央与地方之关系，大小相维，内外相统，如网之有纲，衣之有领。中央以三公之职为重；丞相上佐天子，总理庶政，太尉掌全国军政，御史大夫察举朝廷遗失、官吏非法。皆以论道经邦，燮理阴阳为务，所谓"遂万物之宜者"（陈平对文帝语），盖三公之职，在使政治社会得其平衡而已②。若国家遇有灾异，及政不治，则认为阴阳失

---

① 佛教入华之时代，传说分歧。两汉明帝永平中遣使往西域求法，向为我国所公认为佛教入中国之始。然明帝虽曾奖励此新来之教，而其重要自不如后世所推崇之甚。且佛教最初入华之经典《四十二章经》之流行，汉晋间始与太、易、老、庄相表里，故佛教思想不能归入与汉代文化思想相提并论。

② 《汉书》卷四十《王陵传》：文帝问右丞相（周）勃曰：天下一岁决狱几何？勃谢不知。问天下钱谷一岁出入几何，勃又谢不知。汗出洽背，愧不能对。上亦问左丞相（陈）平，平曰：各有主者。上曰：主者为谁乎？平曰：陛下即问决狱，

和，咎在三公，而三公亦引为己职，大则策免，其甚者则自杀。
此时政教犹未分也。

地方政治如治民、进贤、劝功、决讼、检奸、以及教化之
责，则寄其重任于郡太守。太守为吏民之本，故宣帝常称曰：
"庶民所以安其田里而亡叹息愁恨之心者，政平讼理也。与我共
此者，其惟良二千石乎。"①后汉亦重其任，或以尚书令仆射出
为郡守，钟离意、黄香、桓荣、胡广是也。或以郡守入为三公，
虞延、第五伦、桓虞、鲍昱是也。故人得各精其能，吏称其职。
当日堂陛之间，亦不甚阔绝，太守常得召见，或赐玺书。文帝谓
季布曰："河东吾股肱郡，故特召君耳。"②武帝赐会稽太守严助
书："久不闻问，具以《春秋》对，毋以苏秦纵横。"③汉世之
隆，吏治为古今之冠，盖其重视二千石太守为国家吏治之本也。

太守之下，最下层之基本政治组织为三老、孝悌、力田，谓
之乡官。三老，众民之师，尊年也；孝悌，明天下之大顺，淑行
也；力田，为民之本，勤劳也。④

按：自春秋战国以来，封建制度崩坏。土地财产之私有权，
渐由封君转落民间，商业盛行，土地之兼并日甚，"富者田连阡
陌，贫者无立锥之地"⑤，故汉代始终厉行重农抑商政策，开中

责廷尉，问钱谷，责治粟内史。上曰：苟各有主者，而君所主何事也？平谢曰：主
臣。陛下不知其驽下，使待罪宰相，宰相者，上佐天于，理阴阳，顺四时，下遂万
物之宜。外镇抚四夷诸侯，内亲附百姓，使卿大夫各得任其职也。上称善。勃大惭，
出而让平曰，君独不素教我乎？平笑曰：君居其位，独不知其任邪？且陛下即问长
安盗贼数，又欲强对邪？
　① 《汉书》卷八九《循吏传》。按：太守秩二千石。
　② 《汉书》卷三七《季布传》。
　③ 《汉书》卷六四上《严助传》。
　④ 参阅《汉书·文帝纪》十二年诏。《后汉书·章帝纪》元和二年诏。
　⑤ 《汉书·食货志》。

国历代重农政策之先河。而三老、孝悌、力田之置，实出于儒家思想，所以劝导乡里，助成风化。自此，中国乃纯然成一农本国家，此汉制影响于中国历史之大也。

汉之政治，中央以三公统筹大政，地方以太守为吏治之本，故能内外相应，轻重相倚。然汉初不尚法制，科条单简，高帝入关，约法三章而已。宣帝多用文法吏，以刑名绳下，片词之好恶，可以为生死与夺。《汉书》卷六十《杜周传》：

> 周为廷尉，……客有谓周曰："君为天下决平，不循三尺法，专以人主意指为狱，狱者固如是乎?"周曰："三尺安出哉！前主所是著为律，后主所是疏为令，当时为是，何古之法乎?"

故大臣杨恽、盖宽饶等，皆以讥刺辞语，辄得罪被诛。而禁网之疏密，奸吏皆得因缘弄法，"所欲活则傅生议，所欲陷则予死比"。① 此法制不立之弊，将使政治社会流害于无穷，其势不能不有补救之道：一为以经义断事，二为提高监察之权。今分别述之，以明汉代政治根本所寄托之点。

自武帝罢黜百家，尊崇五经，各置博士，立为学官，以教子弟，儒者乃讲求通经致用，董仲舒、公孙弘、儿宽之居官，通于世务，明习文法，以经术润饰吏治，为时君所器重。② 朝廷每有大事，或官府每决大狱，多援引经义以折衷是非，尤以引春秋之义为最常见。春秋之义何在? 桓帝时，霍谞上梁商书曰："春秋之义，原情定过，赦事诛意，……此仲尼所以垂王法，汉世所宜遵前修也。"③ 宣帝嘉许京兆尹隽不疑以春秋义断一男子自称卫太子

---

① 《汉书·刑法志》。
② 见《汉书》卷八九《循吏传》序。
③ 《后汉书》卷四八《霍谞传》。

事，语霍光曰："公卿大臣当用经术，明于大谊。"① 则宣帝虽好
文法，亦知无成例可援之事，以经义断之，可补法制之不逮也。
然援引古义，自不免于附会。后世有一事，即有一例，固无庸援
古证今，徇至条例过多，竟成一胥吏之天下，而经义反为虚设耳。

于是监司之权，相因而增大。汉代执监察之大权者，为司隶
校尉与刺史。司隶校尉专察扶风、冯翊、京兆（合称"三辅"），
河南、河内、河东（合称"三河"）及弘农七郡。其官天子直接
除授，初似独立无所隶属（《汉书·百官表》载，哀帝时属大司
空，即御史大夫）。惟初除时，当谒丞相、御史大夫两府。② 自
皇太子三公以下，诸非法皆纠之。③ 东汉司隶则不察三公。④ 史
称其专道而行，专席而坐，廷议处九卿上，朝贺处九卿下，凡所
刺举，廷尉处其法而行。⑤ 故当时三辅、三河、弘农之地，吏治
肃饬，为汉代州郡首善之区，司隶校尉之威严可知也。

其次为刺史。汉制，刺史内隶御史中丞，有内外相维之意，
其权甚重，而秩则卑（六百石）。武帝时始常置。其设官初意，
大抵以督察藩国为事⑥，盖自吴楚七国之乱后，诸侯王国官吏任
用之权，尽归中央，然诸国犹拥地甚广，武帝用主父偃议，行弱
藩之政，宗室封建之势大衰。又恐郡太守专政一方，乃设十三州

---

① 《汉书》卷七一《隽不疑传》。

② 此据《汉书》卷八四《翟方进传》，《续汉志补注》引蔡质《汉官典职仪
式》云：司隶初除，谒大将军，三公通谒。

③ 《汉书》卷七十《陈汤传》：司隶奏，汤父死，不奔丧。又，卷七十二《鲍
宣传》："宣为司隶……，丞相孔光四时行园陵，官属以令行驰道中，宣出逢之，使
吏钩止丞相掾史，没入其车马，摧辱宰相。"

④ 《后汉书》卷三六《陈元传》：江冯上言，宜令司隶校尉督察三公。元上疏
以为不可使有司省察公辅，乃止。

⑤ 《汉书》卷七十《盖宽饶传》：为司隶校尉，刺举无所回避，大小辄举，所
劾奏众多，廷尉处其法，半用半不用。

⑥ 参阅王鸣盛《十七史商榷》卷十四。

部刺史督察之。实际上始完成汉室之大统一。刺史周行郡国,有常治所,常以八月秋分出巡,考核百官优劣,省察政绩,黜陟能否,断治冤狱,岁尽,诣京师奏事。虽父母之丧,不得去职,当世谓之外台。汉制,刺史以六条①问事,非条所问不省,大率以察举强宗豪右及二千石太守为主,故其权虽大而不至于滥。夫以秩六百石而得案二千石之不法,是秩卑而命尊,官小而权重。秩卑则其人激而不敢恣肆,权重则易专而能行其志。此大小相制,内外相统之微意,然后知刺史六条为百代不易之良法,此仲长统。顾炎武诸人,所以尝三致意于此也。若夫倚势作威,受赃不法,此特其人之不称职耳,"不以守令之贪残而废郡县,岂以巡方浊乱而停察司乎"。②据此言之,汉代政制所以能开百代之规模者,盖在王霸之道并用也,《汉书》卷九《元帝纪》载,帝为太子时:

> 壮大,柔仁好儒。见宣帝所用多文法吏,以刑名绳下。……尝侍燕,从容言:"陛下持刑太深,宜用儒生"。宣帝作色曰:"汉家自有制度,本以霸王道杂之,奈何纯任德教,用周政乎!……"

所谓王道,即以经义断事之谓。所谓霸道,即重文法之谓。汉以后四百年间,南北纷纭,文教板荡,王霸之政,陵迟而不彰,至宋儒乃专崇王道而斥霸政,声价虽高,终不能通物弘务,汉代政

---

① 《汉书》卷十九上《百官公卿表》师古注引《汉官典职仪》云:"一条,强宗豪右,田宅逾制。以强凌弱,以众暴寡。二条,二千石不奉诏书遵承典制,倍公向私,旁诏守利,侵渔百姓,聚敛为奸。三条,二千石不恤疑狱,风厉杀人,怒则任刑,喜则淫赏,烦扰刻暴,剥截(按:《后汉书·百官志》作'戮')黎元,为百姓所疾。山崩石裂,祅(《后汉书·百官志》作'妖')祥讹言。四条,二千石选署不平,苟阿所爱,蔽贤宠顽。五条,二千石子弟恃怙荣势,请托所监。六条,二千(石)违公下比,阿附豪强,通行货赂,割损正令也"。
② 《日知录》卷九。

治之精神，遂一蹶而不能振，悲夫！

综上言之，汉治之隆，多由其政治机构之优良，中央权在三公，地方尤重太守，而整饬官邪，分别黑白所凭藉之法制，则有时以经义之判断代替之，故颇近于王道，提高监司之权以督监之，故汉法严，近于霸道。内外相维，大小相统。此汉代政治之特色也。然治天下之纲纪，非徒以其名，其实在，其名虽易，纲纪存焉。名数易而权数移，移之有得有失，而论者举而归其功过于名，夫岂其名哉！操之者之失其实，则末由以治矣。大抵此种特色之维系，由于西汉上多英断之主，下多刚毅之臣，迄于东汉，虽不乏继体守文之君，然皆小心谨畏，蒙业而安，加以权臣阉宦之势日张，虽无暴君，但有庸主，故终不能维系之于不坠。兹复略述其因果关系，尔后知两汉政治机构之变迁，大有影响于国运之隆替也。

西汉三公之制，位尊而权重，二府四科①之置，其所网罗以充公府掾属者，皆一时名流，而其体制亦甚尊重，掾属见丞相如师弟子，白录不拜，以示不臣（晚清曾、胡诸幕府，号为得人，亦行此制）。故西汉人才之盛，良有以也。

迄乎东汉，光武亲躬吏事，三公之任遂轻。国家机要，转委于尚书②。刺史劾二千石太守，亦不复委任三公，而权直接归刺举之吏。故朱浮上光武疏曰："陛下以使者（按指刺史）为腹心，而使者以从事为耳目，是为尚书之平，决于百石之吏。"③

---

① 汉称丞相、御史为二府。又，孙星衍校《汉旧仪》卷上云：丞相设四科，辟选异德名士，称才量能而任之。一、德行高妙，志节贞白。二、学通行修，经中博士。三、明达法令，足以决疑，能按章覆问，文中御史。四、刚毅多略，遭事不惑，明足以照奸，勇足以决断，才任三辅剧令，皆试以能信，然后官之。

② 见《后汉书》卷四六《陈忠传》。

③ 《后汉书》卷三三《朱浮传》。

自和帝、安帝以后，诸帝多冲令嗣位，女后临朝，外戚辅政，三公之任益轻。如邓彪年老，窦太后兄宪以其柔和易制，让彪为太傅录尚书事。① 而宪实握大权，有所施为，外令彪上奏，内自白于太后，事无不从。按：尚书之官，自西汉昭宣以来，已渐为亲要之职，几取丞相之权而代之。窦宪之时，则录尚书者，且听命于戚臣矣。三公之轻如此，乃至灾异屡见，而策免三公，甚至于死，则沿为故事（至魏文帝黄初二年，始诏天地眚，勿劾免三公）。此实事理之最不平者也。汉末，仲长统《昌言·法诫篇》，专论此事，深切著明：

> 光武帝愠数世之失权，忿疆臣之窃命，矫枉过直，政不任下，虽置三公，事归台阁（台阁，谓尚书也）。自此以来，三公之职，备员而已。然而政有不理，犹加谴责，而权移外戚之家，宠被近习之竖，亲其党类，用其私人。

三公制度之形同虚设，由于外戚宦竖之弄权，曩者任之重而责之轻，光武明章以后，遂任之轻而责之重，故仲长统又云：

> 中世之选三公也，务清悫谨慎，循常习故者，是妇女之检押，乡曲之常人耳，恶足以居斯位邪！势既如彼，选又如此。而欲望三公勋立于国家，绩加于生民，不亦远乎②。

自外戚辅政，大将军之权遂居三公之上。嗣后梁商、梁冀皆尝为大将军，故顺帝举将帅，选武猛等诏，皆以大将军列三公之首。《后汉书》卷五四《杨秉传》：秉为太尉，劾奏中常侍侯览，"尚书召对秉掾属曰：'公府外职，而奏劾近官，经典，汉制有故事乎'？秉使对曰：春秋，赵鞅以晋阳之甲，逐君侧之恶。传曰：

---

① 按：武帝改太尉为大司马，成帝改御史大夫为大司空，哀帝又改丞相为大司徒。尔后常反复改称，和帝又加大傅，称为四府，其实皆三公之官也。
② 《后汉书》卷四十九，仲长统《昌言·法诫篇》。

除君之恶，唯力是视。邓通慢慢，申屠嘉召通诘责，文帝从而请之。汉世故事，三公之职，无所不统。尚书不能诘。帝不得已，竟免览官"。可见桓、灵之际，三公之职，久不复为朝野所重视。终汉之世，外戚秉权者为大将军，以老臣录尚书者为太傅，否则不设。推三公官常为宰相之任，至献帝时，董卓自为相国（按：相国又在丞相上，萧何由丞相进位相国）。而太尉、司徒、司空之官仍旧。迨曹操柄国政，虑人分权，乃复汉初旧制，罢三公官，专设丞相御史大夫，而自为丞相，于是大权尽归于操，此两汉三公轻重不同之大概也。

　　刺史与太守，汉制屡有变更。大抵东汉以后，刺史权益重，而太守权益轻。成帝末翟方进、何武奏言，春秋之义，用贵治贱，不以卑临尊，刺史位下大夫，而临二千石，轻重不相率，乃罢刺史，更置州牧，秩二千石。哀帝时，朱博以汉家故事，仍宜置部刺史，于是罢州牧复置刺史。① 故《后汉书》中常称"刺史二千石"。元寿间，复改为州牧。② 王莽变革，光武复置牧，其后又改刺史。然和帝以后，外戚宦官子弟布列州郡，刺史之威权远非昔比，故顺帝时，始遣周举等八人为八使，号曰八骏，巡行风俗，劾奏贪猾，表荐公清，俨如西汉刺史之职权。③ 灵帝光和元年，开西邸卖官，自关内侯、虎贲、羽林，人钱各有差。章怀注引《山阳公载记》曰：时卖官，二千石二千万，四百石四百万。④ 刺史二千石之职，其贱如此。而当时政治之混浊，以至郡守刺史，一月数迁。⑤ 蔡邕所陈七事，其第四事言，汉末司隶校

　　① 参阅《汉书》卷八三《朱博传》。
　　② 《汉书》卷十九《百官表》。
　　③ 《后汉书》卷六一《周举传》。
　　④ 《后汉书》卷八《孝灵帝纪》。
　　⑤ 《后汉书》卷六四《卢植传》。

尉及诸州刺史，已不复"督察奸枉，分别黑白"，邕议欲恢复西
汉刺史之威权。① 至灵帝之时，政治礼会已大紊乱，黄巾起，刘
焉以刺史威轻，建议改为州牧，选重臣以居其任，州任之重，自
此而始。② 汉末，袁绍、曹操辈皆为州牧，位尊权重，与西汉初
制，迥不相同。故《魏志》刘馥等传评曰："自汉季以来，刺史
总统诸郡，赋政于外，非若曩时司察之而已。"③ 魏晋而后，刺
史皆带军职，唐虽有刺史，乃太守之互名。④ 自是刺史一官，遂
名存而职废。

　　大约历史之演变，其动因或为经济，或为政治，而中国历史
之演变，往往属于政治的成分较多，属于经济的成分较少。盖经
济之支配力，必随交通之发达始能增高，持此以论汉晋间史事之
演变，知其不尽为经济之故也。由上以言，则汉末大一统帝国之
解体，先由其政治机构之崩坏，尔后有外戚宦官之擅权，外戚宦
官之祸愈烈，政治上之破坏愈大，国家大权，遂渐由三公而旁落
于刺史州牧之手，即由中央而转落于地方，形成豪杰割据之势。
刘焉、刘虞，并自九卿出领州牧，瓜分鼎峙，以成乎袁、曹、
孙、刘之世。故国恒以弱丧，而汉以强亡，汉末之强，强之敝
尾，是以三国兵息而五胡之祸起，论世者所深悲也。

　　　　　　　　　（原载《经世季刊》二卷一期，1941 年 5 月）

---

① 《后汉书》卷六十下《蔡邕传》。
② 《后汉书》卷七五《刘焉传》。
③ 《三国志》卷十五。
④ 《通典》卷三二《职官》一四：自魏晋以后，刺史多带将军开府，任重者为
使持节都督，轻者为持节。又，《新唐书》卷三七《地理志》：唐兴，高祖改郡为州，
太守为刺史。

论王霸义利之辨

　　一个民族国家,如果没有伟大的哲学体系,他的生命是会枯竭的,即使煊赫一时,亦必昙花一现。古代中亚的斯基泰,杀伐纵横于欧亚二洲,也有绚烂的文物,二十年来在南俄一带陆续发现他的各种铜器遗物,其花纹图案,都带着力的表现,即所谓"动物纹"。可是,现存欧洲历史记载,除希腊的古籍提到一点外,几乎不知道古代有这样一个民族。又如秦汉的匈奴,隋唐的突厥,威力何等强大,两宋的东胡民族辽、金和蒙古民族的元朝,都曾为中国的劲敌,或曾入主中原,蒙古民族在当时已是一个世界帝国,然而,不到百年便土崩瓦解。独东胡民族的爱新觉罗氏维持了垂三百年之久的大清帝国。在中间的差异,便是他们对于中国文化的基本精神之了解与不了解。

　　中国文化的基本精神,表面上儒家的思想,实际上则为儒、道、法三家所笼罩。儒家的王道,道家的无为,法家的循名责实、信赏必罚,这三者是构成中国政治社会的三位一体的基本要素。中国古来第一流的政治家,莫不兼有这三种精神,如果缺少一种,或偏重一种,未有不失败的。普通认管仲为法家,而管子说:"礼义廉耻,国之四维,四维不张,国乃灭亡。"何尝有异

于儒家的口吻（《管子》一书之真伪，当别论，但此数语亦载
《史记》本传，自无可疑）。孔子对于管仲，鄙薄了一番，说
"管仲之器小哉"（朱注："言其局量褊浅，规模卑狭，不能致主
于王道"），这是排斥他法家的霸道部分；可又称赞了一番，说
"微管仲吾其被发左衽矣"，这是承认他尊周攘夷合于儒家春秋
之义的王道部分。然孔子说，"自古皆有死，民无信不立"。又
说，"言忠信，行笃敬"。这与法家的态度何尝冲突！

太史公以老子与韩非同传，魏晋人以《老》、《易》并称，
皆有道法双行，儒玄并用之意，古代政治家中能兼此三者的完
人，当推诸葛武侯。武侯宁静以致远，澹泊以明志，是道家的风
韵，教令严明，信赏必罚，是法家的施为。陈寿引孟子说他以逸
道使民，虽劳不怨，以生道杀人，虽死不怨杀者，便醇然儒家
了。故中国伟大的政治家，必具儒家的胸襟，而兼道家与法家的
权略。汉初大臣如张良、萧何、曹参，皆偏于道法，若非文景以
后的提倡儒术，汉之为汉，犹未可料。曹操、司马懿亦偏道法
（郭嘉称袁绍繁文多礼，操体任自然，以道胜。史称操放荡不治
行业，而机警有权数，是明受当时已流行的老庄学之影响，已开
正始任诞之风）。所以魏晋国祚，皆不能永其传。下至唐之陆
贽，宋之王安石，陆偏于儒，王偏于道法（荆公数被征召不应，
坐作声价以观时变，其以退为进，颇似司马仲达），所以他们的
成就，都不足以称为政治的完人。

再看历史上每个朝代的开端，无有不崇尚黄老（道法相连，
不待多论），随着即推崇儒术。老子说："损之又损，以至于无
为，无为而无不为。取天下常以无事。"因为每个朝代的开端，
必是在结束大乱之后，必须与民更始，休养生息，此时躁则有
害，静则保全，故汉《艺文志》称道家之学为"君人南面之
术"，这是承上的工作。乃至社会渐次宁静，便须制礼作乐，导

民入于常轨，以便统制，所以推崇儒术，是启下的工作。

　　综上所论，儒家的政治哲学是王道，道法二家可说是霸道。自秦汉以来，中国民族形成了一个大一统的帝国，无时无代不是王霸并用。《汉书·元帝纪》载：帝为太子时，柔仁好儒，见宣帝所用多文法吏，以刑名绳下，尝燕侍从容言："陛下持刑太深，宜用儒生。"宣帝作色曰："汉家自有制度，本以王霸道杂之，奈何纯任德教，用周政乎！"故汉代学术以通经致用为本。

　　至宋邵康节倡皇帝王霸之说，宋儒讲学乃有所谓王霸之辨，陆象山鹅湖会讲，又有义利之辩（董仲舒"正其谊，不谋其利，明其道，不计其功"之说，其言与宋儒大异。盖正其谊，利即在其中，明其道，功即在其中。董氏无排斥功利之意。叶水心痛诋之，以为乃无用之虚语，未免太过），推尊王道，力斥霸道，遂将"事"与"理"打成两橛，致使理想憎恶实际，而士大夫是古非今的观念，愈加浓厚。整个的学术思想失去了平衡。当时陈同甫诸人有王霸并用，义利双行之说，即针对理学家重体轻用而发。他以为古今异宜，古者不尽可以为法，则汉唐与三代何异。但有救时之志，除乱之功，虽不尽合义理，亦自不妨。譬如，具有儒家的胸襟，而兼道家法家之权略，即有谬误，亦不害其为正。世间无直线的路，"条条道路通罗马"，必委婉曲折方能达到。朱子年长于同甫而爱其才，相与往复辨难，朱子以为惟有天理而无人欲，"人心惟危，道心惟微，惟精惟一，允执厥中"，为尧舜禹相传之密旨，过此以往，皆是人欲。王道是要尽去人欲，而复全天理。

　　那末，如何而可以达到王道的政治？照孟子说，王道就是要行仁政，"尧舜之道，不以仁政，不能平治天下"，"以不忍人之心，行不忍人之政"，心有不正，悖于天理，则"生于其心，害于其政"。这是说，心在政治上（推而至于一切）有绝对的作用，所以程、朱特别提出《礼记》中的《大学》、《中庸》两篇以教人（梁武帝曾作《中庸讲疏》，沟通儒玄）。《大学》说："古之欲明明德于天下者，先治其国，欲治其国者，先齐其家，欲齐其家者，先修其身，欲修其身者，先正其心，欲正其心者，先诚其意。"这段话看上去好像不合逻辑，但儒家之言，要在直指人心，反过来便是先正心诚意，尔后自能身修家齐国治天下平，自能明明德（明德，即心性，即天理，即本体），而吾心之全体大用无乎不明，这是儒家学说的第一义。由此为政，自然进于王道；由此立身行已，自然合于天理，无所往而不是。这一点牵涉极广，是中国文化思想的一个中心柱石，不明白这一点，休想了解中国文化。"汲汲鲁中叟，弥缝使其淳"，儒家学说之苦心孤诣，其可尊贵，即在乎此。

岂知这儒家学说的第一义，自汉以后便发生很大的变化。汉魏之际，首先便为道家之学所利用。六朝时代再与玄学及佛教的般若（华言智慧）和义学相结合。隋唐时代又为禅宗所攀连。至宋儒遂集此数者之大成，而回复到儒家经典的解释，此即宋明时代的理学，在中国学术思想上，完成了一个伟大崇高的哲学体系，研究中国文化思想的人，打不通这几重关隘，即由理学通禅宗，转义学、般若，而至于玄学，再返而求之六经，一贯地为本体之体验，深湛之默应，那是很难有深厚的了解。

大凡一种学说或思想，到了它随着时代的潮流进展至于极盛的时候，它的流弊也就渐次发生了。又到了相当的时期，它的流弊便渐次被人发现而激成反响了。流弊愈大，反响也愈大。宋明理学既集魏晋以来各种本体论之大成，它的流弊到了阳明以后的狂禅，随着国势的衰颓，遂激成绝大的反响。顾亭林诸贤，因此开创了清代的朴学之风。顾氏标"行已有耻，敏而好学"之义，所以他的行事具有理学的实践精神。在学问上，他开辟了一条实事求是的康庄大道，一反理学末流高谈空疏之习。

宋学既集本体论之大成，因其聚精会神于此，自不免有所轻忽于彼，故宋学的大体倾向，往往专言天（理）而斥人（欲），专尚王而斥霸，专明义而斥利，专明体而忽用，专主经而不知史，因此尊三王而鄙汉唐，充其极，则是古而非今，至其末流，乃陷于空疏固执，直以自己意见为天理，为良知。二三年来，我曾因心衡虑于此，学而复思，思而复学，深观其末流之弊，发为此文，正有难言之痛。今请更申言之。

汉儒经学以《易》、《春秋》为盛，皆不言心性本体。《易》推阴阳，《春秋》言灾异，至于汉末，乃与《老子》一书相投合，《老子》亦明吉凶祸福休咎生死之故，加以纬谶阴阳五行方术诸学，故汉末儒家莫不兼方士，方士莫不兼道家。至三国时代，佛法渐隆，小乘禅学与大乘般若学之重要典籍，渐次译出，佛理风行，遂开正始清谈之风，正始之音，即本体之论，这在当时思想上确是一大发现，一大解放。王弼是首先联结《易》之"静"、"一"、"无为"与《老子》之"静"、"一"、"无为"而发挥之的第一人。向秀是集《庄子》"虚无"之说而发挥之的第一人。般若亦言本无、性空之义，正与"三玄"（《易》、《老》、《庄》，魏晋人谓之三玄）所欲穷究者相似，大抵皆贵无贱有，以无为本，以静为体，以动为用，有无、本末、动静，一概可归纳于体用之名言之，而重体轻用，则为魏晋六朝玄学与佛学之根本义。其后大乘禅法标明心见性，空有双忘，体用一如之旨，其实仍偏于空无之体。宋儒理学去人欲，复天理，亦即玄风佛法的反本、归真、复性、存神，以归无为之意。朱子虽倡格物致知，而同时谓"一旦豁然贯通焉，则众物之表里精粗无不到，而吾心之全体大用无不明矣"。朱子曾学禅，故有禅智双修之意（朱子诗"向来枉费推移力，此日中流自在行"，"书册埋头何日了，不如抛却去寻春"等句，皆带禅机）。由此可知朱陆之异同，乃在方法，而不在本体。如果说自魏晋至于宋明，中国学术思想，皆趋于重体而轻用，重内而忽外，这话他们未必承认；他们必说，即体即用，明体即达用。诚然，体用何尝能分离，本末何尝能打成两橛。然而，事实上是分离了，打成两橛了，这有千余年的学术思想的业绩做证明。真正的理学家，是英雄而非名士，明于庶物，而察于人伦，务于穷神知化，而能开物成务。吕希哲言伊川"通古今治乱之要，实有经世济物之才"。胡安定设经义、治事二斋教人，其弟子亦多有所建树。平情而论，两宋诸大儒，无论出处语默，于学术之体用犹未多所亏缺，象山虽尤偏于明体，然观其治一家族如治一社会，即可知其未尝轻忽于用。阳明恢宏陆氏之余绪，而《传习录》一书亦谆谆以防学者不能达用为言，但因其学说之本身过重于体，其流弊乃较宋儒为甚，阳明之学既无再传之人，其弟子中亦无事功可述，竟至流而为狂禅，阳明虽防而不防其身后之影响，奈何。我以为凡体用、本末、有无、心物、事理、王霸、义利、天理、人欲等，在某种意义上成对待的理论时，都是一张纸的两面，他不是二元，他是相对的一元，不是绝对的一元。如果只见到一张纸的正面，而忽视反面，这便是畸轻畸重。"磨砖作镜，积雪为粮，迷了几多年少！"

　　魏晋清谈家遗落世事，逍遥自足，所以桓玄子慨然责王夷甫诸人，有使神州陆沉之叹。此断非其人之过，乃其学术思想重体而忽用所必然发生之结果。极端的重体忽用，叫做"弃俗归真"（俗指社会，真言本体），小乘教是如此。儒家与大乘教义，则进而主"由真返俗"（达磨东来，谓此土有大乘气象，意或指此）。宋儒之表彰《大学》、《中庸》，亦正为此事。盖正心诚意，为弃俗归真的功夫，即是明体；治国平天下，是由真返俗的主意，即是达用。前者明其始，后者言其成。这原是儒家与大乘教的大机大用。然而，毕竟差以毫厘，谬以千里，心性本体论的自然倾向，必是偏重个人而轻忽全体即社会（这一点是中国文化所以异于西方的特色，惜此处不能详论）。但个人与全体之能不分离，亦犹体用、本末、王霸、义利等之不能分离一样。禅宗四行，于日常行道，念念顺法，事事应理，似近于由真返俗，此在个人对社会，个人可以如此，而社会对个人，社会却不能如此（今日一切，已渐渐重全体而轻个人，这是人类社会演进的自然趋势，此意须深思）。孟子说，徒善不足以为政，徒法不能以自行。不有纲纪文章，谨权审量之"能"（用），而徒有关雎麟趾之"贤"（体），固然不足以为政。三王之世，本是儒家的理想社会，"含脯而熙，鼓腹而游"，我们未有不乐于此的，无奈人类的社会，绝不如此简单。而汉唐乃中国民族历史的现实的社会，我们当以理想促进现实，不可为理想而菲弃现实。以中国社会的演进而论，近世以前，政治社会比较单纯，竟有"民至老死不相往来"的四裔民族皆不及中国之强大，学术思想重体而忽用，重王而斥霸，重义而贱利，尚不足为民族国家生存之害。魏晋六朝的玄风，两宋的理学，在世事上既同样有偏重本体之病，而不幸这两个时代都是中国民族积弱寡能的时代，未始不是学术思想的影响。今兹何世，今日西洋学术已代替昔日的印度思想，六朝人以能接受印度思想为识时务者之俊杰，而我们今日还有人一味地墨守心性的本体，蔑弃一切学问，以宗教的方法，教人要以槁木死灰，岂是六朝人所谓识时务的？

　　古代一切学术思想，凡能成一家之言者，无不带着积极性。道家顺乎自然，使人生不可完全为浊世的情欲所搅扰，而以清心寡欲达其生。至其权术阴谋，乃应用之不同，非道家之本意。佛教原为解脱三界苦难，使人勿凝滞于四生六道，执迷不悟。都想净化人生，何尝离了人生。不料这偏重本体的一点，遂产生无穷的弊害。儒家更是积极，孔孟虽称美三王，但亦知五霸之为用。
孔子说："齐一变，至于鲁，鲁一变，至于道。"变齐而至于鲁，
则"道之以政，齐之以刑"，此霸道之用。变鲁而至于道，则
"道之以德，齐之以礼"，此三王之世。我们今日政刑犹且不举，
岂能便空言德言礼？孟子称，"五霸，三王之罪人也，今之诸
侯，五霸之罪人也、今之大夫、诸侯之罪人也。"今日举世正为
诸侯为大夫，何足以言霸道，霸道犹守信义，今日举世尚自私，
尚诈术，乃五霸之罪人，而竟有人以王道高自标榜，言不顾行，
行不顾言，其谁欺，欺天乎。

我生平亦好清谈，敬重理学，但我不喜理学家重本轻末的态
度。尤痛恨理学的末流，以自己意见为天理，为良知；承认自己
的为学术，而排斥其他一切学术；自要读书，却憎人学问；以自
由讲学为号召，而以宗教科条教人（理学原以宗教始，以宗教
终）。

（原载《责善半月刊》二卷四期，1941 年 5 月）

"历史学社"题辞

　　历史之学，非故纸之钻研，而为生命之贯注。生命起于现在。古人之生命入于现在，而后现在之生命乃能发扬而光大。故曰，承百代之流，而会乎当今之变，此历史之力量也。历史之力量，乃亘古今，聚众力，尔后成其排山倒海之势，顺之者生，逆之者亡。是以历史之学，盖在明此历史之力量。观之往古，验之当世，参以人事，察盛衰之理，审权势之宜，则所以为学也。

1947 年

　　编者注："历史学社"是 20 世纪 40 年代后期，南京国立中央大学历史系进步学生组织的社团名称。

清谈思想初论

——魏晋清谈思想初论·下篇

　　夫高下相受，不可逆之流也，大小相群，不得已之势也，旷然无情，群知之府也。承百流之会，居师人之极者，奚为哉？任时世之知，委必然之事，付之天下而已。（《庄子·大宗师》"以知为时者，不得已于事也"。郭象注）

　　一时代文化思想之盛衰，隐隐乎如百川汇海，时或波涛澎湃，时或渊综停注，皆有其不得不然之势，所谓"承百代之流，而会乎当今之变"（《庄子·天运篇》"人自为种而天下耳"郭注）者也。文教政事之措施，譬犹行舟于此"百代之流"，操纵指使，系乎一心。陆机有言：夏人尚忠，忠之弊也朴，救朴莫若敬，殷人革而修焉；敬之弊也鬼，救鬼莫若文，周人矫而变焉；文之弊也薄，救薄则又反之于忠（《晋书》卷六十八《纪瞻传》陆机策问）。则三代相循，如水济火，是知文化思想之盛衰，盖有随时救弊之义焉。周末百家争鸣，至汉而整齐之，以名物训诂之实救其虚，实之弊必流于烦琐，魏晋六朝玄学以虚救之，虚之弊空疏，隋唐义疏乃以实救之，宋明理学复以虚救隋唐之实，清代朴学又以实救宋明之虚。盖利病相乘，因果相兼，而物极必反也。此所举之虚实，但就其大体言之。大抵大一统之世，承平之日多，民康物阜，文化思想易趋于平稳笃实，衰乱之代，荣辱无常，死生如幻，故思之深痛而虑之切迫，于是对宇宙之终始，人生之究竟，死生之意义，人我之关系，心物之离合，哀乐之情感，皆成当前之问题，而思有以解决之，以为安身立命之道，此本节论述魏晋清谈于上二节既明其起源之后，所欲究其内容者也。

《南齐书》卷三十三《王僧虔传》，僧虔尝作《诫子书》曰：

往年有意于史，取《三国志》聚置床头百日许，复徙业就玄，自当小差于史，犹未尽仿佛。曼倩（东方朔）有云："谈何容易。"见诸玄，志为之逸，肠为之抽，专一书，转通数十家注，自少至老，手不释卷，尚未敢轻言。汝开《老子》卷头五尺许，未知辅嗣（王弼）何所道，平叔（何晏）何所说，马（融）、郑（玄）何所异，指例何所明（按：《新唐书·艺文志》有王弼《老子指略》二卷。何劭撰《王弼传》称，弼注《老子》为之指略，致有理统。则所谓指例者，盖清谈一家之学之主旨也），而便盛于麈尾，自呼谈士，此最险事。设令袁令（粲）命汝言《易》，谢中书（朏）挑汝言《庄》，张吴兴（绪）叩汝言《老》，端可复言未尝看邪？谈故如射，前人得破，后人应解，不解即输赌矣。且论注百氏，荆州八帙，又，《才性四本》、《声无哀乐》，皆言家口实，如客至之有设也，汝皆未经拂耳瞥目，岂有庖厨不修，而欲宴大宾者哉。就如张衡思侔造化，郭象言类悬河，不自劳苦，何由至此。汝未窥其题目，未辨其指归，六十四卦未知何名（按：《梁书·武帝纪》下云：造制旨孝经义、周易讲疏及六十四卦、二系、文言、序卦等义。则六十四卦之意蕴，至梁时尤为儒玄所必治也），《庄子》

众篇，何者内外？八帙所载，凡有几家？四本之称，以何为长？而终日欺人，人亦不受汝欺也。

按：僧虔，宋末齐初人，好文史，解音律，书法冠绝一时，虽"宋氏以文章闲业，服膺典艺"（《南齐书》卷三十九《陆澄传》论），而玄言方道，犹存晋代风流，今总括其《诫子书》之意，知晋宋之世，清谈家所讨论之题目，有数端可注意者：（一）魏晋以来，注《易》、《老》、《庄》三玄者不下数十家，凡清谈之士，至少须专一书，而转通诸家之注。（二）王弼与何晏之说，其指归何在？（三）马融与郑玄之异同。（四）刘表为荆州牧时，广征儒士，使綦毋闿、宋忠等撰五经章句，谓之后定。儒者新义蔚起，故书中谓"荆州八帙，凡有几家"。（五）钟会、傅嘏、王广、李丰等《才性四本》论之优劣。（六）稽康《声无哀乐论》。（七）张衡所代表之宇宙观与郭象等所代表之自然观。（八）《易》、《老》、《庄》三玄之通义。此八项中，（一）、（七）、（八）为关于三玄之注解与阐发，（二）为儒道之学即内圣外王或王道霸术之义，（三）、（四）为新旧经说之异同，（五）、（六）为名理之辨析。合此四者而观之，魏晋之际，清谈者所讨论之范围，可以概见矣。

魏晋清谈所讨论者，虽以儒道二家形上之玄学为中心，而其端则发引于新旧经解之问题，自汉以后中国文化思想每经一度之演变，必发难于经学之通例也。故先论次马、郑异同。

汉末新旧经解之异同，始于马融与郑玄，马、郑谊属师弟，而实为当时以一人而兼通五经之两大宗师，郑为集两汉今古文学之大成者，旧经解之殿军也，马之经说，则开魏晋新经义之先河，六朝人之视马、郑异同，遍于群经注解，固不仅《周易》一经而然。前节既举魏晋之际，反郑学者蔚起，然其同郑而异马，或视马、郑无所异同者，即下迄齐梁，亦代不乏人。虞翻既驳郑注《尚书》违失，其《易》注序又驳马氏《易传》（《吴志》卷十二《虞翻传》注引《翻别传》）。王肃作《圣证论》以讥短郑玄，而当时守郑学者中郎马昭博士张融核之（《新唐书》卷二百《元行冲传》）。西晋董景道精究三礼，专遵郑氏，著《礼经通论》，非驳诸儒，广演郑旨（《晋书》卷九十一本传）。东晋初，荀崧奏言，宜为郑《易》、郑《仪礼》各置博士一人（同上书，卷七十五本传）。南齐陆澄《与王俭书》谓：今若弘儒，郑注亦不可废（《南齐书》卷三十九《陆澄传》）。此魏晋六朝主郑学者之可举者也。《南史》卷五十《刘瓛传》：瓛儒业冠于当时，都下世子贵游，莫不下席受业，当世推为大儒，以比古曹郑。（按：《南齐书》卷三十九《刘瓛传》无此二语。梁元帝《金楼子·兴王篇》云：沛国刘瓛，当时马、郑。据此，曹、郑当为马、郑之误，汉末经师无姓曹氏者。）此又视马、郑无所异同者也。隋兴，王弼《易》注盛行，郑学浸微。唐因之，郑注遂绝，李鼎祚《周易集解》序，自谓少慕玄风，当仁不让，而称"刊辅嗣之野文，补康成之逸象"，综其义例，盖亦宗郑之学者。马、郑《易》注，今既亡佚，所见仅训诂碎义，夫不尽见其辞，而欲尚论其是非，是犹以偏言决狱，未见其可，然清儒丁汉《易》之辑逸甚勤，且多所发挥，未始不可就其一隅而反之。张惠言《易义别录》（《皇清经解》卷一五一《周易马氏》条）称：大抵马氏以乾坤十二爻论消息，以人道政治议卦爻，此郑所从出于马者也。马不多言象，郑则合之以爻辰（辰，谓乾坤六爻生十二律之位），马参言人事，郑约之以周礼。尔后王弼《易》注，全释人事，以明消息盈虚之理，盖渊源于马者多，接近于郑者少也。

马、郑以后，王弼以前，注《易》而兼注《老子》者，有荀爽、宋忠（或作衷，避隋讳改）、李谌、钟繇、董遇、虞翻、陆绩等，而以荀、虞二家之业为最著，李氏《周易集解》采汉晋间《易》说凡三十余家，荀、虞独多。[①]大抵汉末诸家《易》注，多出入于费氏古文《易》系统，一方既不能尽去传统阴阳象数之旧说，一方则凭藉费氏以传解经之古文《易》而发动一种以义理为主之启蒙意识，盖西汉经学多微言大义，东汉经学多章句训诂，经学之能事毕矣，汉末经学既倾向于义理之发挥，乃复西汉之古，而以费氏为凭藉，此当时小异而大同之趋势也。

　　与《易》注新义相应而起之思潮，为扬雄《太玄经》注，此代表汉晋间宇宙观之进展，亦清谈者主题之一也。《太玄》乃摹《易》之作，而扬雄之思想，实基于《老》、《易》之学，《太玄赋》（《古文苑》卷四）云："观大易之损益兮，览老氏之倚伏，省忧喜之共门兮，察吉凶之同域。"然"其道以阴阳为本"（《太玄经》卷一晋范望解赞语），故亦讲象数之学。[②]夫《易》推阴阳，《老子》明吉凶，此固汉代学术之本色也，而雄则以玄论天道、王政、人事、法度，不可谓非一革命之思想，桓谭《新论》（《后汉书》卷五十九《张衡传》注引）曰：

　　　　扬雄作玄，以为玄者天也道也，言圣贤制法作事，皆引天道以为本统，而因附续万类、王政、人事、法度，故宓羲氏谓之易，老子谓之道，明子（张衡）谓之元，而扬雄谓之玄。

晋常璩《华阳国志》（卷十）蜀郡士女扬雄赞云：其玄渊源懿，

──────────

　　① 荀悦：《汉纪》卷二十五《成帝三年纪》称："臣悦叔父故司徒爽著《易传》，据爻象承应阴阳变化之义，以十篇之文解说经意，由是兖豫之言《易》者，咸传荀氏学，而马氏亦颇行于世。"清惠栋《易汉学》（《皇清经解》本）辑虞氏逸象共331条，又说卦异同者五，谓翻之注《易》，其说阴阳消息，六爻升降之义，皆本荀法。盖即荀悦所谓"据爻象承应阴阳变化"之意也。

　　② 《太玄经》卷十《太玄图》云："一与五共宗，七与二共明，三与八成友，四与九同道，五与五相守，此言数也。"

后世大儒张平子（衡）、崔子玉（瑗）、宋仲子（忠）、王子雍
（肃）皆为注解，吴郡陆公纪（绩）尤善于玄，称雄圣人。可知
其影响汉末思想之巨也。《后汉书》卷五十九《张衡传》云：

> 衡常耽好玄经，谓崔瑗曰："吾观太玄，方知子云妙极
> 道数，乃与五经相拟，非徒传记之属，使人难论。阴阳之
> 事，汉家得天下二百岁（章怀注，自汉初至哀帝二百岁）
> 之书也，复二百岁（章怀注，自光武至献帝一百八十九
> 年），殆将终乎。所以作者之数必显一世，常然之符也，汉
> 四百岁，玄其兴矣。"

张衡之意，显以终始五德及符命之说为玄。衡又著《悬图》（章
怀注，衡集作"玄图"，悬与玄通）。《隋志·天文篇》有《玄
图》卷，不著撰人，当必张衡所作。《太平御览》卷二《天部》
引张衡《玄图》曰："玄者包含道德，构掩乾坤，囊龠元气，禀
受无源。"又曰："玄者无形之类，自然之根，作于太始，莫之
或先。"（又见《文选》卷二《卢子谅赠刘琨诗》注引）则张衡
所谓玄，又为一兼具阴阳术数之宇宙本体，此本体不起用，实与
体用之体无关。阴阳术数之说，因当时纬谶盛行，衡虽不信图
谶，自亦受其时代之影响，而其宇宙观所同于扬雄者，以为玄乃
宇宙之最高原埋，万物之所以发生与其所具之秩序，皆成于
玄。①《后汉书》卷七六《王景传》：景以为六经所载，皆有卜
筮，作事举止，质于蓍龟，而众书杂糅，吉凶相反，乃参纪众家
数术文书，冢宅禁忌，堪舆日相之属，适于事用者，集为"大
衍玄基"云。足证东汉人所谓玄之观念，实不离术数日用之事，

---

① 《太玄经》卷七《太玄攡》略云：玄者，幽攡万类而不见形者也，资陶虚无
而生乎规，搁神明而定摹，通同古今以开类，攡措阴阳而发气，一判一合，天地备
矣。

而张衡扩大之为一种宇宙论，故王僧虔《诫子书》谓"张衡思侔造化"，盖此意也。

魏晋清谈之宇宙观，殆继张衡而起，如陆绩《浑天图》，姚信《昕天论》，葛洪《浑天论》（以上均见《晋书》卷十一《天文志》），虞耸《穹天论》（《吴志》卷十二《虞翻传》注引《会稽典要录》），鲁胜《正天论》（《晋书》卷九十四《本传》），杨泉《物理论》（《御览》卷二《天部引》），皆清谈之题材也。《后汉书》卷五十二《崔瑗传》云：瑗明天官历数《京房易传》，诸儒宗之，与扶风马融、南阳张衡笃相友好。汉末解《老》注《易》诸家，无不研几太玄，旁通天文历数，则马融必尝参与诸家讨论之例，观其释《易大传》大衍之数五十，其用四十有九，而以北辰解不用之一，[1] 于魏晋清谈本体论之发展，固有蛛丝马迹可寻也。

《周易》、《老子》与《太玄》新注之运动中，与后来王弼树立玄学宗义有密切之关系者，为荆州之学，近人多已论之（见汤用彤先生《王弼之周易、论语新义》，《图书季刊》第四卷一、二期合刊）。汉末大乱，刘表为荆州牧，威怀兼施，远近咸悦，关西兖豫学士归者盖以千数，"乃开立学官，博求儒士，使

---

① 汤用彤先生《王弼大衍义略释》（《清华学报》第十三卷第二期）云：汉代最盛行之学说，别为三统历、纬书，京房、马融、虞翻等所用，均根据汉代之宇宙论，如取与王弼之玄理比较，极可表现学术变迁前后之不同。此论最精。汤氏又引《周易正义》孔疏引京房及马融释大衍之数，其引孔疏引京房曰：五十者谓十日，十二辰，二十八宿也，凡五十。谓此说出于《易·纬乾凿度》。又引孔疏引马融曰：《易》有太极，北辰是也。太极生两仪，两仪生日月，日月生四时，四时生五行，五行生十二月，十二月生二十四气。北辰居中不动，其余四十九，转运而用也。马融、京房之说，虽有相似，但其所根据之观点则不同，京氏盖依宇宙构成言之，马融之说盖依宇宙运动言之。据此，则构成为一实象之概念，运动为一较抽象之概念。由此可知马融之所以异于京房者，亦似王弼之所以异于马融也，前节论马融为清谈前期之启蒙人物，因其所处之时代使然也。

綦毋闿、宋忠等撰五经章句，谓之后定"（《魏志》卷六《刘表传》注引《英雄记》）。表原为党锢中八顾之一（按：《后汉书》本传作"八顾"，《魏志》本传作"八俊"，裴注云，或为八交，或谓之八顾，或谓八友。《后汉书·党锢传》序列王畅于八俊，列表于八及，表尝从学于畅，当不得在八俊之列，俊者，人之英也，顾者，能以德行引人也，及者，能导人追宗也），自是当时清流之维新领袖（领袖之名，出于魏晋清谈，《世说新语·识鉴篇》：后来领袖有裴秀。又，《赏誉篇》：胡毋彦国吐佳言如屑，后进领袖）。而荆州则北接汉沔，东连吴会，西通巴蜀，南达交广，缩縠四方，人文荟萃，学术思想自较活跃。刘镇南碑（惠栋《后汉书》补注《刘表传》下引）称："君深愍末学远本离真，乃命诸儒改定五经章句，删刻浮疑，芟除烦重。"此明为申斥旧经学忽略经文之根本义，而专重烦琐之章句训诂，曰"后定"者，新编之谓也。时当凉州诸将之乱，王粲亦避地荆州依刘表，为撰《荆州文学记官志》（《艺文类聚》卷三十八）云："刘君乃命五业从事（《释文叙录》作五等，当为五业之误，五业谓五经之业也）宋衷（忠）作文学，延朋徒焉。宣德音以赞之，降嘉礼以劝之，五载之间，道化大行，耆德故老綦毋闿等负书荷器，自远而至者三百余人。"则荆州之学，宋忠盖其中坚人物，忠有《易注》十卷，《隋志》著录，陆氏《释氏》、李氏《集解》共引四十余条，今以残文推之，其言乾升坤降，卦气动静，大抵出入荀爽（张惠言说），虞翻以为差胜康成者以此（翻论载《吴志》卷十二本传，注引《翻别传》易注序）。大要近费氏《易》也。忠又有《太玄经注》九卷（《隋志》著录），当时流传江东，陆绩合而注之，成今本《太玄经注》，并于卷首叙其流传之原委，名曰"述玄"，以为"玄之大义，揲蓍之谓，而仲子（宋忠）失其旨归，休咎之占，靡所取定，虽得文间义说，

大体乖矣"。夫《周易》本揲蓍之书（《系辞》上云：挂一以象
三，揲之以象四时。《说卦》云：圣人之作《易》也，幽赞于神
明而生蓍），今陆绩谓《太玄》之义在揲蓍，本以之占吉凶休
咎，而宋氏则在发明其玄理，自陆氏观之，固"失其旨归"矣。

是时蜀中多贵今文而不崇章句，李譔、尹默俱游学荆州，从
司马徽、宋忠学（《蜀志》卷十二各本传）譔"著古文《易》、
《尚书》、《毛诗》、《三礼》、《左氏传》、《太玄指归》，皆依准贾
马，异于郑玄，与王氏（肃）殊隔，初不见其所述，而意归多
同"。《魏志》卷十三《王肃传》："从宋忠读《太玄》而更为之
解"（按：《隋志》有王肃注《太玄经》九卷），则肃之善贾马
学而不好郑玄，盖师承有自。由此言之，荆州之学，不循旧辙，
多张新帜，宋忠实其间之巨子也。忠子与魏讽谋反被诛，其事乃
政治之藉口，前节已述之，盖亦预于新思潮之流，遭时之嫉，而
与讽等同难者也。

《魏志》卷六《刘表传》注引《谢承汉书》云："表受学于
同郡（山阳）王畅。"桓灵之际，主荒政谬，太学诸生品题公
卿，以郭泰、王畅为之首，危言危行之士皆推宗之，名在八俊。
王粲即畅之孙，粲与兄凯俱避乱荆州，刘表初欲以女妻粲，以凯
有风貌，乃以妻凯，凯生业。蔡邕有书万卷，末年载数车与粲，
粲亡后，魏讽被诛，粲二子亦与其难，邕所与书悉入于业。业位
至谒者仆射，子宏为司隶校尉，即王弼之兄也（《魏志》卷二十
八《钟会传》注引《博物记》）。可知王弼与荆州倾于玄理之自
由学风，关系至为密切。王僧虔《诫子书》谓荆州八帙所载，
凡有几家？是其流别殊繁，其学虽不可详考，但由上文所论观
之，其解《老》、注《易》、述《太玄》，虽未能尽去汉儒传统
象数、训诂、吉凶、休咎之旧说，而已渐趋重于玄言纯理，至宋
齐之世，尤为清谈家口实，固可得而知者也。

汉代学术最重师法、家法，魏晋之际，此风犹不尽坠。王弼承家学之渊源，复遭际时会，汉魏间新经解之运动，藉王弼天纵之才，至此始瓜熟蒂落，其学虽为创新，实承家学，且集其时代之大成者也。

《三国志》不为王弼立传，仅附数语于《钟会传》后，称弼"好论儒道"（参阅本书中篇），即合儒家之书，如《周易》、《论语》与道家之老、庄并论，以后魏晋人擅二家之学而得其最高原理者，史多以"儒道"合称，如向秀、郭象、张湛、韩康伯，皆可谓儒道兼综。揆魏晋间所谓儒道之学，其说有二，其义则一。一为沟通儒道二家之心性本体论，究其玄极，无碍观同，而王弼则为首发其端之人。一为内圣外王之学或王道霸术之论。合此二者而言之，则为体用一如，本末具备之大学问，由生生化化之宇宙观，而至于处世接物之人生哲学，治国平天下之政治理论，皆为此体用一如之大机大用一以贯之，实中国文化上一种至高无上之境界，广大精微，圆融无间，诚伟观哉。

王弼之学，虽无专著流传，然古人注书，乃其学术思想之所寄托，弼注《易》、解《老》而外，其说每为六朝人所称引，惜多碎辞散义。西晋初，何劭作《王弼传》（《魏志》卷二十八《钟会传》注引）。于弼之学特标三义，最能得其纲要，其一，"圣人体无"义云：

> 裴徽为吏部郎，弼未弱冠，往造焉。徽一见而异之，问弼曰："夫无者诚万物之所资也，然圣人莫肯致言，而老子申之无已者何？"弼曰："圣人体无，无又不可以训，故不说也。老子是有者也，故恒言无所不足。"（按：后二句《世说新语·文学篇》作"老庄未免于有，恒训其所不足"。）

"体无"义，至王弼注《易》、解《老》始成一哲学体系，王弼之时思想界已多能证之，《魏志》卷十《荀彧传》注引《晋阳秋》云：

　　何劭为（荀）粲传曰：粲字奉倩，粲诸兄并以儒术议论，而粲独好言道。常以为子贡称夫子之言性与天道，不可得而闻，然则，六籍虽存，固圣人之糠秕。粲兄俣难曰："易亦云圣人立象以尽意，《系辞》焉以尽言，则微言胡为不可得而闻见哉？"粲答曰："盖理之微者，非物象之所举也，今称立象以尽意，此非通于意外者也，《系辞》焉以尽言，此非言乎系表者也，斯则象外之意，系表之言，固蕴而不出矣。及当时能言者不能屈也。"

　　按：《论语·公冶长章》称，子贡言夫子之文章，可得而闻，夫子之言性与天道，不可得而闻。又，《子罕章》：子罕言利与命与仁。夫性、命、天道皆代表儒家之本体意义，本体意义"非物象之所举"，圣门教不躐等，子贡诸人尚未能及此，故孔子罕言之，而于颜回则曰："其心三月不违仁"，孔子之本体境界，惟颜回能证之，而汉晋间赏鉴人物，每以颜子称拟，《后汉书》卷六《顺帝纪》：阳嘉元年令郡国举孝廉，"其有茂才异行，若颜渊、子奇，不拘年齿"。又，卷三十下《郎颛传》：颛上书顺帝称："处士汉中李固，年四十，通游夏之艺，履颜闵之仁。"《魏志》卷十《荀彧传》注引《彧别传》云："钟繇以为颜子既没，能备九德，不贰其过，惟荀彧然。"《晋书》卷三十四《羊祜传》：郭奕见祜曰："此今日之颜子也。"《世说·言语篇》载：谢鲲将送客，尔时语已神悟，自参上流，诸人咸共叹之，曰，少年一坐之颜回。谢尚时年八岁，曰，坐无尼父，焉与别颜回！颜子在孔门四科中以德行称美，上举诸例，非必即为本体境界之体会，而本体境界之体会，必至于清淳简素，汉晋间称许德行功业，何以独拟于颜子，当应有待于深考者乎。

　　夫儒道殊涂，号为互异，汉以来未尝有言其同归之旨者，六

经中亦未尝有以"无"言道者，以无为体，此老氏之言也，而
王弼何以谓圣人体无？反谓老子为有？有无之义，果别有说耶？
儒道之究竟义，如其本同，果同于何所耶？《晋书》卷四十九
《阮瞻传》云：

> 司徒王戎问曰："圣人贵名教，老、庄明自然，其旨同
> 异？"瞻曰："将'无'同。"（按：《世说新语·文学篇》
> 记此事为阮宣子答王夷甫问，但《晋书·阮修传》不载，
> 而见于《阮瞻传》，可见当时此语传闻之广。）

孔子贵名教，老、庄崇自然，此儒道二家之所以互异也，而魏晋
人以"无"为二家之同，可深长思。或谓王弼以为圣人体无，
老子是有，显于其人格上有所轩轾，其意在阳尊儒教而实阴崇道
术。此说就当时问答之机锋言，自亦可通，然"圣人虽体道以
为用，未能至无以为体"（韩康伯《易·系辞》"鼓万物而不与
圣人同忧"注），则圣人实未能体无，因之，老子亦未是有，然
则，其意果何在乎？魏晋间学术思想，外儒而内老庄，此后世
所共见，无可否认，然就王弼所显二家本体之究竟义言，则儒道
不二，初未尝有所轩轾也。今试解释之。

夫语言文字原为人类传达思想情意之一种符号，原为手段而
非目的，而人类有时反为手段而抛荒目的，大概世间名实之争，
皆由语言之不完全而起。语言之功用在区别，区别乃相对而非绝
对，如言大，则有中、小等为其对待之辞，至于绝对之究竟原
理，则非语言所能显示，生物与无生物可统名之为物，试问，再
将物与非物统而名之，名之为何？何晏《无名论》（《列子·仲
尼篇》注引）略云：

> 夫道者，惟"无所有"者也，自天地已来，皆"有所
> 有"矣，然犹谓之道者，以其能复用"无所有"也。故虽
> 处有名之域，而没其无名之象。道本无名，故老氏曰："强

为之名"。仲尼称尧"荡荡无能名焉",下云。"巍巍成功",则强为之名,取世所称而称耳,岂有名而更当云无能名焉者邪。夫惟无名,故可得遍以天下之名名之,然岂其名哉。

此绝对之究竟原理,魏晋人称为第一理,《世说·宠礼篇》:卞范之语羊孚曰:"我以第一理期卿",盖"至理无言,言则与类"(《郭象注〈齐物论〉语》),第一理无法立名,而强为之名,其名毕竟为相对的,二元的,而其所寄托之内容则为一元的,绝对的,此犹张冠而李戴,名实不符,立说者又恐人刻舟求剑,执名误实,于是不得不反复言之,而又反复否定之。

老子五千文中,反复说"无",所谓"无",非一切皆无,实一切皆有,何晏《无名论》(张湛《列子·仲尼篇》注引)云:

> 若夫圣人名无名,誉无誉,则夫无名者,可以言有名矣,无誉者可以言有誉矣,此比于"无所有",故皆"有所有"矣。

老子曰:"无为而无不为",无不为者,何晏、王弼以为"开物成务,无往而不存者"也(《晋书》卷四十三《王衍传》)。"无"为老子之根本思想,原非"有"之对待辞,其实"无"亦并"无"而无之,待有无双遣,乃俄然始了"无"耳,了"无",则天地万物彼我是非,豁然确斯也(郭象《齐物论》注)。能了然此"无"之实性,则"无"为真"有"矣。故王弼谓老子是"有"者,恒训其所不足,不足,谓言不能尽其意,乃以"无"否定其一面,尔后能肯定其另一面之根本义。

儒家之根本义为"中",孔子曰:"中庸其至矣乎,民鲜能久矣。""中"非妥协之谓,亦非任何数目程度或方向之中央部分,"中"为一绝对的一元观念,又为一绝对的境界,故亦具否定性。《中庸》曰:"喜怒哀乐之未发谓之中",未,否定也,又曰:"不偏之谓中",不,否定也。儒家又以"诚"字说明

"中"，《中庸》曰："诚者，不勉而中，不思而得"，然则，儒家"中"字之意与否定辞之关系，何等密切耶（参阅夏丏尊先生《论中与无》，《民铎杂志》第八卷第五号）。老子曰："多言数穷，不如守中"（第五章），守"中"，亦正儒家本义。《论语》（《子罕章》）孔子曰："吾有知乎哉，无知也。有鄙夫问于我，空空如也，我叩其两端而竭焉。"皇侃《义疏》于此引缪协（魏侍中）云：

> 夫名由迹生，故知从事显，无为寂然，何知之有？惟其无也，故能无所不应。

知，生于区别（All knowledge is knowledge of relations），区别，则用意有偏，不能尽概全体，若都无所知，则能知天下之知，因我无区别，则可以遍应天下之物，故能"随感而应，应随其时"（郭象《庄子注·序》）。今若以"中"对两端而言，则"中"实为两端之极，自为两端，而非"中"矣。"中"之时位，在两端之间即处处是"中"，亦处处非"中"，故曰"空空如也"，然则，"中"非一点一面，乃一种境界，处处非"中"，无也，处处即"中"，有也，有无双遣，"中"之境界得矣。是儒家之"中"与道家之"无"，皆含否定之义，言"中"而不执著"中"，言"无"而不执著"无"，则"中"与"无"，实同义而异名，而儒道乃同归矣。

大凡说究竟义，沉默胜于雄辩，否定之力大于肯定，要在不可黏滞而落言筌，《世说新语·文学篇》：

> 客问乐令（乐广）"旨不至"（义出《庄子》）者，乐亦不复剖析文句，直以麈尾柄确几曰："至不？"客曰："至"。乐因又举麈尾曰："若至者，那得去？"于是客乃悟服。乐辞约而旨达，皆类此。

此极类后世禅家公案。夫一息不留，忽焉生灭，故飞鸟之影，莫见其移，驰车之轮，曾不掩地，是以"去"不去矣，庸有"至"乎？"至"不至矣，庸有"去"乎？然则，前"至"不异后"至"，"至"名所以生，前"去"不异后"去"，"去"名所以立，今既无"去"矣，而"去"者岂非假哉，既为假矣，而"至"者岂实哉（刘孝标注）。此例兼沉默与否定，并"至"与"去"而双遣之，而"不至"之旨显矣。《世说·言语篇》又载：

> 司马太傅（道子）斋中夜坐，于时天月明净，都无纤翳，太傅叹以为佳。谢景重（重）在坐，答曰："意谓乃不如微云点缀。"太傅因戏谢曰："卿居心不净，乃复强欲滓秽太清邪？"

夫本体圆融明净，有毫厘之缺，不得谓圆，有纤微之滓，不得谓净，有几微之私，不得谓公，正如一片花飞减却春，盖本体可体会而不可名言也。

道家之"无"与儒家之"中"，皆同表本体之义，既如上说，然自二家立名观之，"无"字因其本身已具否定之意，故虚灵不滞，而"中"字则须别假其他否定辞如"不"、"非"等作限制之解释。故易于落实，此孔子所以罕言之，而子贡之徒所以不可得而闻也欤。"中"字既属肯定之义，难于显体，故儒家常以仁、精、微、几、元、始、初、一、神、诚等义别显之。[①] 释

---

① 《易·系辞》：几者动之微。又：颜氏之子，其殆庶几乎。虞注：几，微也，颜子知微，故殆庶几，孔子曰，回也其庶几乎。《礼记》：絜静精微，易教也。《易·乾象传》：大哉乾元，万物资生。《大学》：物有本末，事有终始，皆具体用之义。《系辞》：天下之动。贞夫一者也。又：天下同归而殊途，一致而百虑。《中庸》：凡为天下国家有九经，所以行之者一也。《说卦》：神也者妙万物而为言者也。以上略举数例，皆儒于"中"之外，别显本体之字。但道家于"无"之外，亦常用此等字以言体，《老子》：搏之不得名曰微。又，无名天地之始。又：少则得，多则惑，是以圣人抱一为天下式。比例甚多，不必枚举，而"无"字则为道家基本观念，如魏晋人所标举者也。

氏说教证体，用双遣法，尤为彻底。① 总之，在究竟意义上，千言万语，无非"训其所不足"而已。然则，既同显本全，何以儒家独举一"中"字，道家独举一"无"字？此意殊繁，容下文别论，大约言之，就学术之本质论，儒家以致治之隆，端在礼乐，乐尚和，故远推尧舜，礼尚文，其节目为制度，故从周，孔子去周之盛世未远，遗文坠绪，犹可追寻，而其人又为一热情之救世者，因此，儒家承认现实，其学折衷于理想与事实之间，所以悬一"中"字以显体。道家绝圣弃智，举现社会一切而否定之，而别有其所谓圣所谓智者，所以立一"无"字。降及六朝，清谈玄义复与佛理相辉映，谈空论寂，本无末有，于是儒、道、佛三家义理，正如三直线在一点相交，未至此时本有不同，过此以往亦有不同，适在本体论上合而为一，而三家之学经此一合，又各有所变，在中国文化思想上形成一伟大崇高之哲学体系，皆由魏晋间王弼诸人发其端也。

何劭于王弼学所举三义中，其二，"圣人无喜怒哀乐"义云：

> 何晏以为圣人无喜怒哀乐，其论甚精。钟会等述之，弼与不同，以为圣人茂于人者神明也，同于人者五情也。神明茂，故能体冲和以通无，五情同，故不能无哀乐以应物，然则，圣人之情应物而无累于物者也。今以其无累，便谓不复应物，失之多矣。

按：圣人有情无情之说，亦魏晋清谈所留意，而为何晏、王弼所首倡者也，《世说新语·文学篇》：

> 僧意在瓦官寺中，王苟子（修）来，与共语，便使其

---

① 如《中论·观因缘品第一》云：不生亦不灭，不常亦不断，不一亦不异，不来亦不去，毕竟空余所有也。

唱理。意谓王曰："圣人有情不？"王曰："无"。重问曰："圣人如柱邪？"王曰："如筹算，虽无情，运之者有情。"僧意云："谁运圣人邪？"苟子不得答而去。

刘孝标注谓王修亦善言理，如此持论，不近人情。然揆其旨意，正与何晏相同，苟子或祖述晏意，而譬喻失当，为时所嗤耳。

魏晋人醉心于人格之美，最重抒情。喜怒哀乐，情也，《晋书》卷四十三《王衍传》：

> 衍尝丧幼子，山简吊之，衍悲不自胜。简曰："孩抱中物，何至于此？"衍曰："圣人忘情，最下不及于情，然则，情之所钟，正在我辈。"简服其言，更为之恸。（按：《世说新语·伤逝篇》，记此为王戎丧子，山简吊之。）

"圣人忘情"，亦正何晏之说，而"情之所钟，正在我辈"，则清谈家所自况也。就老、庄而论，老子太上忘情，"少私寡欲"（《老子》十九章），"绝学无忧"（《老子》二十章），庄子虽自谓无情，其实未免于有情，庄子曰："吾所谓无情者，言人之不以好恶内伤其身，常因自然而不益生也。"（《德充符》）然庄子之言，实哲理之诗，亦诗之哲理，夫诗必具情与理，而庄子则以理化其情。孔子固茂于情者，《中庸》曰："喜怒哀乐之未发，谓之中，发而皆中节，谓之和"，儒家运情，务在得情之中和，运情而致中和者，王弼谓之"性其情"。《易·乾卦·文言》："乾元者，始而亨者也，利贞者，性情也"，王弼注云：

> 不为乾元，何能通物之始？不性其情，何能久行其正？

性与情，本儒家极注意之事，儒家以为性有所不变，情则有所变，《中庸》曰："天命之谓性"，何晏《论语集解·公冶长章》"夫子之言性与天道不可得而闻也已"云："性者，人之所受以生之理"，则性即理也，天赋与人物所以生之理，此理无差别性，谓之人性（human nature），喜怒哀乐之情，人性之所同然者也，运情而得其中，即所谓"性其情"，亦即"以情从理"（何劭《王弼传》引弼答荀融《难大衍义》书语），能至此者，为人性之最高表现，魏晋人品鉴人物，皆取合于此，刘劭《人物志·九征篇》云：性情之理甚微而玄，凡人之质量，中和最贵，中和之质，必平淡无味，故能调成五味，变化应节。又，《体别篇》云：夫中庸之德，其质无名，故咸而不碱，淡而不醿，变化无方，以达为节。此非有会于本体境界之人，则运情难致中和也。

性情之讨论，亦汉末以来新思潮之主流，王充《论衡》有《率性篇》、《本性篇》，其论性略云：

> 人性有善有恶，犹人才有高有下也。高不可下，下不可高。谓性无善恶，是谓人才无高下也。命有贵贱，性有善恶，谓性无善恶，是谓人命无贵贱也。余固以孟轲言人性善者，中人以上者也。孙卿言人性恶者，中人以下者也。扬雄言人性善恶混者，中人也。（《论衡·本性篇》）

王充分性为上、中、下三等，以为人性之有善有恶，犹人才之有高有下。后来钟会等之才性四本论，似接踵于王充。又，张衡上疏陈时事，有"情胜其性，流遁忘返"（《后汉书》卷五十九本传）之言。夫性者生之质，情者性之欲，性善而情恶，情胜则荒淫，此王弼以前汉末学者公认之说也。性既有等次之差，性情复有善恶之别，则性与情绝无体用相即之意。王弼所谓"性其情"者，即以情从理，以理化情，而后知天理即存于人欲之中，天理人欲之不可分，亦犹性情之不可分，贺玚云："性之与情，犹波之有水，静时是水，动时是波，静时是性，动时是情"（此条见《南史》，偶失记出处，《梁书》卷四十八、《南史》卷六十二本传均不载此语），乃体用一如，本末双彰矣。

夫运喜怒哀乐之情而致中和者，自然寂而常照，照而常寂，寂照双流，故能"茂于神明"，神明茂，故能"体冲和以通无"。儒家之"中"与道家之"无"，同为一种冲和境界，上文谓儒家又常以"诚"之意义显示"中"，《中庸》曰："自诚明谓之性"，"惟天下之至诚，为能尽其性，能尽其性，则能尽人之性，能尽人之性，则能尽物之性，能尽物之性，则可以赞天地之化育，可以赞天地之化育，则可以与天地参矣"。凡"以情从理"而"性其情"之人，自"能久行其正"，能久行其正者，德无不实而照无不明，至此境界，乃廓然大公，天地一体，而人与物之性，亦我之性，而天下之物，乃知之无不明，处之无不当矣。夫圣人之情，固不能无喜怒哀乐以应物，然应物而不累于物者，以其能"圣应其内，情当其物"（郭象《齐物论》注），故孔子之称许颜回，"遇之不能无乐"，颜回死，子哭之恸，"丧之不能无哀"（以上二句均王弼答荀融《难大衍义》语），盖圣人能性其情，故能以物喜物，以物悲物也。

喜怒哀乐之情之大者，莫过于死生之事，死生之事，乃人生最后意义，魏晋清谈之宇宙观、名理论、自然主义之人生哲学，几无不归结于此，而又无不统摄于本体论之中一以贯之，故能彻悟本体之实性者，则是非、善恶、荣辱、得失、性情、死生、凶吉、动静，皆一体之变也。夫游心乎德之和，应物而不累于物，灭其私而无其身，与天地万物为一体，则死生变化泯然而为一，若"殊其已而有其心，则一体不能自全，肌骨不能相容"（《老子》三十八章王弼注），则喜怒哀乐之情，必不得其正，况于死生之变乎。《庄子·德充符》"视丧其足，犹遗土也"，郭象注云：

> 体夫极数之妙，故能无物而不同，无物而不同，则死生变化无往而非我矣。故生为我时，死为我顺，时为我聚，顺为我散。聚散虽异，而我皆我之，则生故我耳，未始有得，

死亦我耳，未始有丧。夫死生之变，犹以为一，既观其一，则蜕然无系，玄同彼我。

知夫有变化而无死生，死生为无穷之变，而非终始，则庄子"所谓齐者，生时安生，死时安死，生死之情既齐，则无为当生而忧死耳"（《至乐篇》"而复为人间之劳乎"郭注）。自王弼至于向秀、郭象，清谈宗义，排遣死生，玄同彼我，妙析奇致，大畅玄风，其思想深具行动之力（thoughts in action），故能表现于人格，成方中之美范，人伦之胜业，非徒托之空言，游戏玄虚也。

综上言之，何晏以为圣人无喜怒哀乐，其说殆纯本于道家，王弼以为圣人茂于情者，圣人之情应物而不累于物，故"人哭亦哭，俗内之迹也；齐死生，忘哀乐，临尸能歌，方外之至也"（《大宗师》"而我犹为人猗"郭注）。其说盖合内外而兼综儒道。向秀、郭象、张湛等从而恢弘之，魏晋清谈乃蔚成体用晶莹之思想体系，此又非好学深思，体察深远，或忘怀得失，相与感应，难以观其会通者也。

何晏、王弼于圣人喜怒哀乐之说，虽似有不同，然二人祖述老子"以为天地万物皆以无为为本"（《晋书》卷四十三《王衍传》），既相同，若由此再申论之，依王弼之意，圣人固有情也，然圣人者茂于神明，寂然不动，不往而到，感而遂通，体冲和以通无，则圣人虽有情，未尝有情也，虽无情，未尝不有情也。《论语集解·雍也章》"不迁怒，不贰过"，何晏云："凡人任情，喜怒违理。颜子任道，怒不过分，怒当其理，不移易也。"此亦以情从理而性其情之意。故《文章叙录》（《世说新语·文学篇》注引）称：

自儒者论，以老子非圣人，绝礼弃学，晏说与圣人同，著论行于世。

是何晏之学亦儒道双修，与王弼之根本思想毕竟无多凿枘，观何晏之称美王弼曰："若斯人可与论天人之际矣"（《世说新语·文学篇》），则二人虽长幼有差，名位有异，而玄契之妙，自所同然。

其后嵇康著《声无哀乐论》，以为哀乐发于情，情动于心，声成于外，故声音无关于哀乐。《世说新语·文学篇》载王导初过江，止标嵇康《声无哀乐论》、《养生论》、欧阳建《言尽意论》三理，注引《声无哀乐论》略云：

> 夫殊方异俗，歌笑不同，使错而用之，或闻哭而欢，或听歌而戚，然哀乐之情均也。今用均同之情，发殊方之声，斯非声音之无常乎。

哀乐之情，发于其心，因人同此心，故其情亦同。然声与情内外殊用，哀乐因情感而发，则无关于声音，是声音与情感名实为二，名实相乖，则声音与情感自为二事矣。嵇康此论，属于清谈之名理范围，名理虽亦衍本体论之余绪，而乃归结于刑名，盖"名逐物而迁，言因理而变"（《世说·文学篇》注引欧阳建《言尽意论》），故有其名必有其理，惟本体则有其理而无其名，此又毫厘之关，谬以千里矣。因略附于此，以明魏晋清谈中本体论与名理相异之点，其详容当别为论述。

何劭于王弼学所举三义中，其三为颍川人荀融难弼《大衍义》云：

> 弼注《易》，颍川人荀融难弼《大衍义》。弼答其意，白书以戏之曰："夫明足以寻极幽微，而不能出自然之性，颜子之量，孔父之所预在，然遇之不能无乐，丧之不能无哀。又常狭斯人以为未能以情从理者也，而今乃知自然之不可革，是足下之量，虽已定乎胸怀之内，然而隔逾旬朔，何其相思之多乎？故知尼父之于颜子，可以无大过矣。"

此段文义，或原为《大衍义》之旨意，而别以书裁戏出之，初视之，似承上解释圣人有情之说，与《大衍义》无关，其实王弼之学"道通为一"（《齐物论》），其释体无与性情诸义，亦正所以释大衍之数也。王弼《大衍义》今不可详，近汤用彤先生解之最精（参阅本篇192页注释），此处采其大意，略参己见而申论之。

韩康伯注《易·系辞》上"大衍之数五十，其用四十有九"，引：

> 王弼曰："演天地之数，所赖者五十也。其用四十有九，则其一不用也。不用而用以之通，非数而数以之成，斯易之太极也。四十有九，数之极也。夫无不可以无明，必因于有，故常于有物之极，而必明其所由之宗也。"

汉儒如京房、马融以至虞翻，均根据汉代之宇宙论以解释"一"与"四十有九"之关系，以"一"为元气，"四十有九"为万物，万物依元气而始生，万物未形成之前，元气已存，万物全毁之后，元气不灭，如此，则似万有之外，之后，别有一实体，此体悬空，不存体用。魏晋玄学即体即用，其体超时空，（汉儒元气之说在时空内，因其由宇宙论或宇宙构成论出发也。）即体而言，用在体，即用而言，体在用。用者，体之所显现也。

王弼以不用之"一"为太极，夫太极者，非于万物之外之后，别有实体，而实即蕴摄万理，孕育万物者，太极为不用之"一"，亦即"有物之极"之"四十有九"耳，岂可于万物之"四十有九"之外，别寻本体之"一"乎。故一即一切，一切即一，一出一切，一切归一。现象世界中，每一事物皆是实性全体。今若注意于现象世界中诸事物（"四十有九"），则事物显而本体（"一"）隐，若注意于本体，则本体显而事物隐。夫世间万形万用，均各具有名数，数所以数物，故"四十有九"为数，太极为万用之体，而非一物，超统象数，故"一"非数，盖万物本由"一"而所以通，本由"一"而所以成，故"一"与万物（"四十有九"）同体，即体用一如，而不与万物同数，故王弼曰，"不用而用以之通，非数而数以之成"。夫汉儒固尝以太极解"不用之一"矣，然其与"四十有九"乃同为数，"一"或指元气之浑沦，或指不动之极星（北辰），"四十有九"则谓为十二辰及日月等（参阅本篇 192 页注释），"一"与"四十有九"分为二截，无体用相即之意，体用为二，失玄学之大机大用矣。

王弼注《易》、解《老》之先后，虽不可详考，大抵以注《易》之新义，会通解《老》，汉儒解《老》说《易》，不离吉凶休咎，象数训诂，而王弼之论儒道，注《易》、《老》，则在明性道本体之学，以见天地自然之兴废，盈虚消息之至理，明夫盈虚消息之至理，则吉凶休咎不待揲蓍而可知，由不可知而进于可知，由迹近迷信之术数，而进于恬静冲淡之理性，观天道自然之盈虚消息，而悟于人事推移之吉凶祸福，小而立身行己，大而治国平天下，皆在此盈盈一理之中，此汉学与玄学之异，亦汉代天人之学与魏晋清谈言天人之际者，所以不同也。

夫盈虚消息之至理，实宇宙全体天行"至健之秩序"（Dynamic Order 此名用汤用彤先生语），如暑往寒来，日月更出，皆天行之至健者也。《老子》（十六章）"万物并作，吾以观复"，王弼注云：

> 以虚静观其反复，凡有起于虚，动起于静，故万物虽并作，卒复归于虚静，是物之极笃也。

依体用之义言，"动"之于"静"，犹"有"之于"无"也。《易·复卦》王弼注云：

> 复者，反本之谓也。凡动息则静，静非对动者也；语息

则默，默非对语者也。然则，天地虽大，富有万物，雷动风
行，运化万变，寂然至无，是其本也。故动息地中，乃天地
之心见也。若以其以有为心，则异类未获具存矣。

天地万物，运行变化，可谓至动也，此至动莫非由"静"所幻
起，譬犹大海水现显为众沤，沤虽无数而呈群动，实为大海水全
量之所显现，众沤万变，复归为大海水，故王弼曰，"复者，反
本之谓也"。又曰，"各反其所始也"（《老子》十六章"各复归
其根"注）。本体顺乎自然，依盈虚消息之至理，"长之，育之，
亭之，毒之，养之，覆之"（《老子》五十一章），新新不停，生
生相续，莫非资变化之力，依本体至健之秩序，此天行至健之秩
序，永恒不变，老子名之曰"常"，《老子》（十六章）"知常曰
明，不知常，妄作凶"，王弼注云：

> 常之为物，不偏不彰，无皦昧之状，温凉之象，故曰
> "知常曰明"也。惟"复"，乃复能包通万物，无所不容。
> 失此以往，则邪入乎分，则物离其分，故曰"不知常则妄
> 作凶"也。

能包通万物，乃能周遍无私，而荡然公平，与天合其德，至于穷
极虚无，即得道之"常"，则至于不穷极也（以上均《老子》十
六章中王弼注语）。是永恒不变之"常"，即包通万物之本体，
本体虽为"静"为"无"，而其长育停毒万物，实含盈虚消息之
至理，明乎此，则天道与人事通矣。王弼注《易》、解《老》，
全本此立论，其《周易略例》一篇，盖标举《易》之大旨与其
注《易》之指归，云：

> 夫众不能治众，治众者至寡者也。夫动不能制动，制天
> 下之动者，贞夫一者也。（《明象》）

又曰：

> 故自统而寻之，物虽众，则知可以执一御也。由本以观

之，义虽博，则知可以一名举也。故处璇玑（璇玑即汉儒所谓北辰，以释大衍数不用之一，王弼于此借喻本体），以观大运，则天地之动，未足怪也。据《会要》以观方来，则六合辐辏，未足多也。（《明象》）

可谓截断众流，而复六辔在握。既明本体之义，由此而推翻汉儒象数之论，诚如风扫落叶。王弼曰："夫象者出意者也，言者明象者也。""得意在忘象（此象指汉儒之象，具体之象），得象（此象王弼所指之象，为抽象之象）在忘言"，"义苟在健，何必马乎？类苟在顺，何必牛乎？爻苟合顺，何必坤乃为牛？义苟应健，何必乾乃为马"（《易略例·明象》）？汉儒所言之象，为具体之形象（如牛马等），然宇宙间品类万殊，"巧历不能定其算数，圣明不能为之典要"（《明爻通变》），今假龙假马以明乾之象，而龙马之外，万形万变，岂个别之形象所能尽乎。王弼亦不废象，但其所谓象为抽象之象，而非具体之象，故曰，"象生于意而存象焉，则所存者非其象也"（《明象》）。去其具体形象之障碍，而存其抽象之意念，则无所往而不通矣。《易·乾卦·彖》曰："大哉乾元，万物资始，乃统天"，王弼注云：

> 天也者，形之名也，健也者，用形者也。夫形也者，物之累也。有天之形，而能永保无亏，为物之首，统之者，岂非至健哉。

又，《坤卦·彖》曰："至哉坤元，万物资生"，王弼注云：

> 地也者，形之名也，坤也者，用地者也。夫两雄必争，二主必危，有地之形，与刚健为耦，而以永保无疆，用之者不亦至顺乎。

去马为乾牛为坤之具体形象，则健顺刚柔之义显，而乾坤之义尽也。牛马为区别之名，健顺刚柔为体用一如之义，其间相去，判若霄壤。

　　王弼注《易》、解《老》，刊落汉儒象数之论，而以体用一如之旨解释宇宙与人生，复贯通于其政治哲学，至向秀、郭象、张湛、韩康伯诸人，更从而恢宏之，盖中国古代一切学问之体系，必归结于人生与政治也。

　　秦汉以来，中国政治思想之精神与方式，不出儒道二家。儒家之政治思想，其哲学认识之基本根据为仁，其政治理想为仁政，"尧舜之道，不以仁政，不能平治天下"（《孟子·离娄章》)，"以不忍人之心，行不忍人之政"（《孟子·公孙丑章》)，心有不正，则"生于其心，害于其政"（同上），此心在政治上，推而至于一切，有绝对之作用。夫三礼之学，六朝最盛，而六朝何以盛三礼之学？其原因多端，将于别稿专论之，今所欲言者，《礼记》中《大学》、《中庸》二篇之政治哲学足与魏晋玄理相辉映，实为其原因之一，《世说新语·言语篇》载：

　　　　刘尹（惔）与桓宣武（温）共听讲《礼记》。桓云，时有入心处，便觉咫尺玄门。刘曰，此未关至极，自是金华殿之语。

此意甚可研寻。其后梁武帝尝作《中庸讲疏》，沟通儒玄。夫《大学》、《中庸》之教，为修身、齐家、治国、平天下之全体大用，而其第一义则由正心诚意始，由此为政，自可行仁政而进于王道，由此立身行己，自可合于天理。上文谓，仁，亦为儒家显体之词，与"中"、"诚"等义同观（就字义言之，仁从人从二，推己及人之谓，今语谓之同情心）。故儒家之政治理想，亦正其哲学价值之所寄托，可谓上骖天衢，下泽草木，而为"万物皆备于我"之天人境界，正与王弼、向秀、郭象所发挥易、老、庄之理玄同。

　　道家本于自然，《老子》曰："道法自然。"（二十五章）王弼注："自然者，无称之言，穷极之辞"，即本体也。宇宙间盈

虚消息之至理，如四时之代序，万物之运化，皆天体流行至健之
秩序，此为与儒家易理相通之点，亦正魏晋清谈本体论所引为依
据者也。然儒道二家学说之倾向（direction），毕竟有所不同，
儒家承认现实，爱人生，故茂于情，老子否定现实，故绝于情。
老子之学，主柔而宾刚，故其学之体用出于阴，阴之道虽柔，而
其机则杀，学之而善者，则清静慈祥，不善者则深刻坚忍，其极
遂流而为法。夫法者，齐也，道家之法自然，本在"齐物"，即
人与物皆物也。而法家法之，则在"齐人"，视人如物，重在整
齐划一，至于抹杀个性。儒家之学，其体用折衷于刚柔之间，爱
人生，茂于情，故视物如人，承认个人之意志自由，而复不同于
物。前节谓道之用在法，法之体为道，其意在此，道法相连，在
政治上遂成阴谋权变，而为霸术之所宗，虽非老氏之本意，然其
学之倾向，势必至于此也。

　　在实际政治上，儒家王道之政，直而不能曲，可以守常，难
以应变，儒家为政，未有不失败于现实中者，汉之贾谊、董仲舒
可以为例。道法霸术之政，可以成功于一时，而不可能垂教于久
远，上节述曹魏典午之政可以为例。欲收政治运用之全功者，必
以儒家之王道而参合道法家之霸术，此汉以来所谓王霸杂用之政
治思想，拙稿《两汉政治制度论》（《中央大学社会科学季刊》
第一卷第一期）及《汉唐精神》（《读书通讯》第八十四期至八
十六期）二文尝备论之，今不复赘。汉末，政治败窳，此种思
想在实际政治上，已为当时政论家之所凭吊。崔寔《政论》云：
"今既不能纯法八世（指三皇五帝），宜参以霸政。"（《后汉书》
卷五十二《崔寔传》，按：《群书治要》卷四十五所引无此二句，
盖《治要》多删节也。）仲长统《昌言》："德教者，人君之常
任也，而刑罚为之佐助焉"，又云："常道行于百世，权宜用于
一时，所不得而易者也。"（《治要》卷四十五引）桓范《政要

论》："夫治国之本有二，刑也德也，二者相须而行，相待而成矣。天以阴阳成岁，人以刑德成治，故虽圣人为政，不能偏用也。任德多，用刑少者，五帝三王也，杖刑多，任德少者，五霸也，纯用刑，强而亡者，秦也。"（《治要》卷四十七）此皆有王霸双修之意，而为汉魏间政论家所低回留念。汉末三国，风云际会，英雄并起，有天下之志者，皆以五霸之业自命，游说之士亦以勉修王霸之业鼓动时君。《后汉书》卷七五《吕布传》：曹操问陈宫曰，奈卿妻子何？宫曰，宫闻霸王之主，不绝人之祀。《蜀志》卷五《诸葛亮传》：徐庶母为曹操所获，庶辞先主而指其心曰，本欲与将军共图王霸之业者，以此方寸之地也。《魏志》卷二十二《陈矫传》：矫谓陈登曰，闻远近之论，颇谓明府骄而自矜，登曰，夫闺门雍穆，有德有行，吾敬陈元方，兄弟渊清玉洁，有礼有法，吾敬华子鱼，清修疾恶，有识有义，吾敬赵元达，博闻强记，奇逸卓荦，吾敬孔文举，雄姿杰出，有王霸之略，吾敬刘玄德，所敬如此，何骄之有。又，卷十二《毛玠传》：玠谓高祖（曹操）曰，宜奉天子以令不臣，修耕植，蓄军资，则霸王之业可成也。《世说新语·品藻篇》：顾劭尝与庞士元宿，士元曰，陶冶世俗，使与时浮沉，吾不如子，论王霸之余，策览倚伏之要，吾似有一日之长。可知当时之政治理想实以王霸之政为一鹄的，盖承汉代实际政治之余风流韵也。

　　汉世所谓王道，本在以经术缘饰吏治，所谓霸道，即杂用文法刑名之谓，盖宽饶所谓"以法律为诗书"（《前汉书》卷七十七本传）是也。故汉代王霸之政，为政治上具体之实施，初非抽象之理论。汉人立春秋三统之说，以元统天，以天统君，遇灾变日食，人君犹知所惕惧，以限制大一统政治君权之滥用与无限制之扩张，此汉代天人之学在政治上所具之意蕴，而与魏晋人所言天人之学有以异也。由王弼而至于向秀、郭象、张湛、韩康

伯，始贯通天道人事与政治为一体，汉代王霸政治之说，乃得归
入于玄学本体论中，通哲学于政治之实践，纳政治于哲学之精
微，在中国民族文化史上成一伟大崇高之思想体系，气象万千，
而精义入神，此中华之所以为泱泱大国也。

史称王弼、向秀皆"好论儒道"，依上文之解说，魏晋间儒
道之学，一为沟通二家之性道本体论，一为发挥内圣外王之学或
王道霸术之论。其言虽殊，其归一揆。魏晋人承汉代实际政治之
王霸思想，进而与以一种哲学之根据，在此意义之下，儒道互为
体用，故王弼答裴徽之问，普通皆认为有阳尊儒教，阴崇道术，
其实自王弼诸人视之，体用既不可分，儒道自无轩轾。郭象
《庄子注》序曰：

> 庄生通天地之统，序万物之性，达死生之变，而明内圣
> 外王之道，上知造物无物，下知有物之自造也。

郭象虽言指庄生，实乃魏晋人贯通天道人事与政治之通论。韩康
伯《系辞传》下"因而重之，爻在其中矣"注云：

> 夫八卦备天下之理，而未极其变，故因而重之，以象其
> 动，用拟诸形容，以明治乱之宜，观其所应，以著随时之
> 功。

夫《易》之为书，发挥于刚柔，兼三才而两分，分阴分阳，无
非迭用刚柔，故六爻升降而成章，刚柔相推而生变化，变化之
道，俱由刚柔而著。依本体言之，凡动息则静，静非对动者也，
体非对用，体用一如者也。则王霸、儒道、本末、义利等，在政
治思想上亦为体用一如，刚柔交错之义，"刚柔交错而成文"
（《易·贲卦》王弼注），文为政教昌明之盛世所表现于典章制度
人情风俗者。刚柔相失，"不能履中，后害必至"（《易·大有》
王弼注），则体用之义乖矣。"然则，体柔居中，众之所与，执
刚用直，众所未从。"（《易·同人》王弼注）老子之教，虽能体

柔，而其极乃流于阴谋权术，未必能居中，儒家之学，虽谓居中，而其极常执刚用直，二家在实际政治上皆各有所不及，儒道双修，自然体柔而居中也。能体柔而居中者，是谓知"至"，知"终"。《易·乾卦》王弼注云：

> 处一体之极，是至也，居一卦之尽，是终也。处事之至而不犯咎，知至者也，故可与成务矣。处终以能全其终，知终者也。夫进物之速者，义不若利，存物之终者，利不及义，故靡不有初，鲜克有终，夫可与存义，其惟知终者乎。

曹操尝言"有行之士，未必能进取，进取之士，未必能有行"（《魏志》卷一《武帝纪》建安十九年令），此义利不相及，故凡急功近利，重刑名霸术之政，虽兵强国富，其进甚速，而其败亡亦不旋踵。刘劭《人物志·九征篇》云：明白之士，达动之机而暗于玄虑，玄虑之人，识静之原而困于速捷。盖由不能处一体之极，知"至"知"终"也。

《列子·黄帝篇》"众雌而无雄而又奚卵焉"，张湛注引向秀曰："夫实由文显，道以事彰，有道而无事，有雌而无雄耳。"上文谓儒家虽承认现实，然就实际政治言，儒家之学为最不现实，夫儒家仁义之说，在使人类社会止于至善，此超越时空亘古而不能迁之理，与人类之生存以俱来者也。顾纯粹之儒家，则专讲目的，而不求所以达成其目的之方法，虽有关雎麟趾之美意，终乏审权度势之功能，是以自古儒家之道，难通于实施，仅在负人类文化道德一线之传，可谓为文化上之精神领袖。历史上精神领袖极少同时为事业领袖，因注意精神者，往往忽略事业之具体条件，此向秀所谓"道以事彰"，而儒家则"有道而无事"者也。中国自古政教不分，官师合一，故第一流领袖人才必儒道兼综，事理双彰，汉魏之际能深识此理而见诸政治之实施者，惟诸葛孔明。孔明"宁静以致远，澹泊以明志"（《教子书》），是道家风韵；"科教严明，赏罚必信"，是法家施为；陈寿引《孟子》称其"以逸道使民，虽劳不怨，以生道杀人，虽死不忿"（《三国志》卷三五《诸葛亮传》），盖醇然儒家矣。武侯躬耕南阳，南阳为四达之地，当时人文荟萃之区，其友人如司马德操、徐庶、崔州平等皆中州知名士，"义理精熟"（同上书，裴注引《魏略》语）于儒道之学，王霸之政，必早有所研寻。钟会与王弼相友善，为清谈妙选，及会伐蜀至汉中，祭亮之庙，令军士不得于亮墓左右刍牧樵采。则会之所知于亮而寄其怀想钦佩之情者深矣。武侯虽出师未捷身先死，其恢复汉室之志业未能有成，然其政治精神，不仅当时震荡宇内，且为千古所向往，知其然，而不知其所以然者，其故当在此。

　　上文谓老子之学，否定现实，然就实际政治言，老子乃最现实者，《老子》（三十六章）曰："将欲歙之，必固张之"，"将欲夺之，必姑与之"，可谓深观物理，历练人情之言，所以为兵谋权术之所宗，曹操、司马懿之政，皆深有会于此旨。魏晋清谈虽尚老、庄，而清谈家却以老、庄之理，痛击当时道法之政，《庄子·逍遥游》"许由曰，子治天下，天下既已治也"。郭象注云（按：《晋书》向秀、郭象二传所载关于二家《庄子》注之问题，本文不拟讨论，本文意在综述魏晋诸家之说，不在考证向、郭二家之异同，下文凡举郭注者，以示别于后世之庄子注本耳）：

　　　　夫能令天下治，不治天下者也。故尧以不治治之，非治之而治者也。今许由方明既治，则无所代之，而治实由尧，故有"子治"之言，宜忘言以寻其所况。而或者遂云治之而治者，尧也，不治而尧得以治者，许由也，斯失之远矣。夫治之由乎不治，为之出乎无为也，取于尧而足，岂借之许由哉。若谓拱默乎山林之中，而后得称无为者，此老庄之谈，所以见弃于当涂，当涂者自必于有为之域而不反者，斯由之也。

郭注此段有二点须先略加解释。《庄子》书"寓言十九"（《寓言篇》），每以孔子或儒家及儒家所推崇之尧舜为喻而抑贬之，以成其说。"逍遥游"此段原文谓尧让天下于许由，由自以名实双忘，无所用天下，而尧虽已治天下，究未能有所忘于名实。今郭注谓"取于尧而足，岂借之许由哉"，其意在儒道兼综，明也。当涂一名，出《春秋·玉版谶》（《三国志·魏书》卷二《文帝纪》注引《献帝传》），谶云，代汉者当涂高，言魏魏之阙，当涂而高也。此为西汉末以来流行之谶语，子玄盖借以指曹魏（参阅拙稿《黄巾与太平道》一文）。夫曹操窃国柄，惩汉失而以申韩之法钳天下，使士困于廷，衣冠不能自安，迫才智之士"拱默乎山林之中"，遗落时事，逍遥自足，或沈酣麴蘖，土木形骸，此而谈老庄，称无为，既失无为之大机不用，是岂得而称之哉。且王道者，无所为而已也，霸术者有所为而已也，曹魏之政，"自必于有为之域而不反"，则其所行道法之政，是岂真老庄之道法哉？故曰，"此老、庄之谈，所以见弃于当涂"也。

然则，果如何而为"老、庄之谈"？老、庄之谈，果如何而为"无为"之政？《庄子·大宗师》"逍遥乎无为之业"，郭注云：

　　所谓无为之业，非拱默而已，所谓尘垢之外，非伏于山林也。

又，《在宥篇》"而后安其性命之情"，郭注：

　　无为者，非拱默之谓也，直各任其自为，则性命安矣。

拱默不言，无所事事，此非无为。无为者，在"以百姓心为心"（《老子》四十九章），在"无行而不与百姓共"，《逍遥游》"吾将为宾乎"，郭注：

夫自任者对物，而顺物者与物无对。故尧无对于天下，而许由与稷契为匹矣。何以言其然耶？夫与物冥者，效群物之所不能离也，是以无心玄应，惟感之从，泛乎若不系之舟，东西之非已也。故无行而不与百姓共者，亦无往而不为天下之君矣。

试以今义释之。国家之组织为政府与人民，政府之行事措施，专断自任，不以人民之意向为意向，则政府与人民为对，而人民亦必与政府为对，政府与人民成对立之时，政府必藉政治压力加于人民，压力愈大，其反对之力亦愈大，于是政治社会呈分裂或紊乱之状矣。是故"以明察物，物亦竞以其明应之，以不信察物，物亦竞以其不信应之"（《老子》四十章"圣人皆孩之"王弼注）。若为政者"顺物而与物无对"，则政府与人民为一体，政府之意志即人民之意志，人民之意志亦政府之意志，如鱼相忘于江湖，此"群物之所不能离也"。鱼与江湖相因而成，政府与人民亦相因而成，若执政者"不因众之自为，而以己为之"（《在宥篇》"而不见其患者也"郭注），则水能载舟，亦能覆舟，故曰，"与天下相因而成者也，今以一己而专制天下，则天下塞矣，己岂通哉？故一身既不成，而万方有余丧矣"（《在宥篇》"一不成而万有余丧矣"郭注）。古来独夫之君以为"朕即国家"，专尚权力霸术之政治，常以少数人之旨意，决定全体人民之行为，此之谓"以一家之平平万物"（《渔父篇》"其平也不平"郭注），《前汉书》卷六十《杜周传》：周为廷尉，客有谓周曰，君为天下决平，不循三尺法，专以人主指意为狱，狱者固如是乎？周曰，三尺法安在哉！前主所是著为律，后主所是疏为令，当时为是，何古之法乎？故人主片词之好恶，可以为生杀与夺，此而言法治，已流害无穷，王弼、郭象诸人慨乎其言之，《老子》（四十九章）"圣人皆孩之"，王注云：

夫在智，则人与之讼，在力，则人与之争。智不出于
人，而立乎讼地，则穷矣。力不出于人，而立于争地，则危
矣。未有能使人无用其智力已者也。如此，则己以一敌人，
而人以千万敌已也。若乃多其法网，烦其刑罚，塞其径路，
攻其幽宅，则万物失其自然，百姓丧其手足，鸟乱于上，鱼
乱于下。

《庄子·在宥篇》"不如众技众矣"，郭注：

吾一人之所闻，不如众技多，故因众则宁也，若不因
众，则人之千万皆我敌也。

"因众"谓顺应人民之意而行，王、郭诸家最深于发挥庄子书中
"因"字之意义，《老子》（四十七章）"不为而成"，王注："明
物之性，因之而已，故虽不为，而使之成也。"又，（四十九
章），"以百姓心为心"，王注："动常因也。"为政者不"因"
人民之意，"多其法网，烦其刑罚"，则"法令滋彰，盗贼多有"
（《老子》五十七章）。如此而行法治，民何贵乎法，适足以乱民
耳。

夫国家社会乃一人群之组织，组织必不能无"法"，用法必
不能无权变，魏晋清谈家亦承认用法，用权变，《庄子·大宗
师》"皆在炉捶之间耳"，郭注：

天下之物，未必皆自成也，自然之理，亦有须冶锻而为
器者耳。

皇侃《论语义疏·子罕章》"可与立，未可与权"引王弼曰：

权者，道之变，变无常体，神而明之，存乎其人，不可
预设，尤至难者也。

故非明体达用之人，不可以行权变，曹操、司马懿之权变，已使
当时政治社会处于水深火热之中，其弊害已为千古之所深痛。而
用法亦绝非在上者所强立之法，必由下而上出于人民之愿望与需

求而成立者，乃为真正之法治。《大宗师》"以刑为体"，郭注云：

> 刑者治之体，非我为。

创制立法，原为政治之根本事业，但非独夫或少数人之私心私利所可强天下之人而就其范者。创制立法，若"因"人民之意，而"各任其自为"，则刑法律令生于人民良心之自由，自以自为法令，则服从法令遂成为道德之责任也。法令之服从而成为道德之责任，则"百姓寄情于所统，而自忘其好恶"，《庄子·天下篇》"天下多得一察焉以自好"，郭注云：

> 夫圣人统百姓之大情，而因为之制，故百姓寄情于所统，而自忘其好恶，故与一世而得淡漠焉。乱则反之，人恣其近好，家用典法，故国异政，家殊俗。

夫政治之为用，所以辅世长民也，现代政治学之原理，以为政府之事业，当渐次减轻，使人民能各自为治，各自经营，故政府最终之目的为放任主义。政府之权力，必使人民能养成自动自立之精神，无须政府之诱导，而自能各守其义务，各尽其职责，又无须政府之禁遏，而自能不侵他人之权利，不害社会之安宁，夫如是，则政府之事业可缩至极狭隘之境地，是谓"无为"。无为者，非法令滋彰，专赖权力"治之而治"，强权之政，非使人民心服也，人民力不足以抗其强权耳。无为之真义，乃在养成人民之自主，人民能自主，是谓"以不治治之"，不治而治，是谓"民强则国家（政府）弱"（《老子》五十七章"国家滋昏"王弼注）：无为乃无所不为矣。故法不由上立，而由下自立之，则法不出于政府之权力，而成于人民之道德责任，政府焉用法为。《庄子·胠箧篇》"法之所无用也"，郭注云：

> 若夫法之所用者，视不过于所见，故众目无不明；听不过于所闻，故众耳无不聪；事不过于所能，故众技无不巧；

知不过于所知，故群性无不适；德不过于所得，故群德无不当。安用立所不逮于性分之表，使天下奔驰而不能自反哉。

能致无为之政者，谓之"明王"，明王发政施教，使天下之人皆得自任其事，而不以事自任，彼自逸于事，而天下之人乃"性命安矣"。《庄子·应帝王》"功盖天下而似不自已"，郭注云：

> 天下若无明王，则莫能自得，今之自得，实明王之功也。然功在无为，而还任天下，天下皆得自任，故似非明王之功。

明王之治，虽有盖天下之功，而不举以为己功，故天下皆自得而喜。其有天下，皆寄之百官，因民任物，而不役己。《人间世》"神人以此不材"，郭注云：

> 天王（按即明王之称）不材于百官，故百官御其事，而明者为之视，聪者为之听，知者为之谋，勇者为之扞，夫何为哉，玄默而已，而群材不失其当，则不材乃材之所赖也。故天下乐推而不厌，乘万物而无害也。

在上者于百官不自以为材，而后能用百官之材，则群品万物，各任其事，而自当其责。在上者患于不能无为，而代百官之所司，则群材失其任，而主上困于役矣。《天道篇》"则功大名显而天下一也"，郭注云：

> 夫无为之体大矣，天下何所不为哉。故主上不为冢宰之任，则伊吕静而司尹矣。冢宰不为百官之所执，则百官静而御事矣。百官不为万民之所务，则万民静而安其业矣。万民不易彼我之所能，则天下之彼我静而自得矣。

上下皆无为，因上之无为为用下，下之无为为自用也。譬如工人无为于刻木，而有为于用斧，主上无为于亲事，而有为于用臣，臣能亲事，主能用臣，犹斧能刻木，而工能用斧，各当其能，则天理自然，非有为也。若乃主代臣事，则非主矣，臣秉主用，则非臣矣。故各司其任，则上下咸得，而无为之理至矣（据《天道篇》郭注）。

按：《说文》：官者，事君之吏，吏者，治人者也。《韩非子·内储说》云：吏者，民之本纲也，圣人（政治之理想领袖），治吏不治民。由此言之，是官主其大，吏治其细，故贤者在位，能者在职。而贤能之意，盖就体用而言，贤者明其体，能者达其用。就"官者事君之吏"言，则三公九卿皆吏也，就"吏者治人者也"言，则郡太守为吏，而三公九卿为官也，郡太守为官，则县令长为吏，县令长为官，则丞尉亭长啬夫为吏也。故官之任，在明其体，吏之职，在达其用，官之贤必具吏之能，尔后乃体用兼备（参阅拙稿《汉唐精神》）。

《天道篇》"此不易之道也"，郭注云：

> 无为之言不可不察也。夫用天下者，亦"有"用之"为"耳。（按：《骈拇篇》"天下莫不以物易其性矣"注云："无为之迹，亦有为者之所上也"，与此句之义相同），然自得此"为"，率性而动，故谓之无为也。今之为天下用者，亦自得耳。但居下者亲事，故虽舜禹为臣，犹称有为，故对上下，则君静而臣动，比古今，则尧舜无为，而汤武有事。然各用其性，而天机玄发，则古今上下无为，谁有为哉。

夫"明王"之政，无心而任乎自化，与万物为体，因其所游者虚也，故能静而圣，动而王。静而圣，则体无以为用，动而王，则行化以成天下。夫老庄游于方之外者也，孔子则游于方之内者也，内圣而外王，游外以弘内，此魏晋清谈思想之全体大用，《大宗师》"丘游方之内者也"，郭注云：

> 夫理有至极，内外相冥，夫有极游外之致，而不冥于内者也；未有能冥于内，而不游于外者也。故圣人常游外以弘

内，无心以顺有，故虽终日挥形，而神气无变，俯仰万机，而淡然自若。

盖圣人与明王（魏晋人合称圣王）同天人，齐万致，万致不相非，皆自彼而成，成之不存己，则虽处万机之极，而常间暇自适，忽然不觉事之经身，恍然不识言之在口，身"虽在庙堂之上，然其心无异在山林之中，世岂识之哉！徒见其戴黄屋，佩玉玺，便谓足以缨绂其心矣，见其历山川，同民事，便谓足以憔悴其神矣，岂知至'至'者之不亏哉"（《逍遥游》"淖约若处子"郭注）。当其凄然似秋，若秋霜之自降，故凋落者不怨，杀物非为威也；暖然似春，若阳春之自和，故泽者不谢，生物非为仁也（据《大宗师》注）。"其动也天，其静也地，其行也水流，其止也渊默，渊默之与水流，天行之与地止，其于不为而自尔，一也。"（《应帝王》"萌乎不震不正"注）

圣王既无心而应物，其于天下之事，上而典章制度之兴革，下而文教风俗之推移，皆"因物随变"（《寓言篇》"和以天倪"注），"当事而发"（《外物》"无用之为用也亦明矣"注），盖"时变则俗亦变，乘物以游心者，岂异于俗哉"（《寓言》"卒而非之"注）。大凡一种制度之产生，必多少与时代背景有关系，而 时代有 时代之问题，所以 种制度成立之后，即不能一成不变，须因时制宜，因地制宜，时时加以改进，时时斟酌损益，维持其动态平衡，方不至于崩坏，故"随时"之义甚大。《易·随卦》王弼注曰：

> 得时，则天下随之矣，随之所施，惟在于时也，时异而不随，否之道也，故随时之义大矣哉。

政治属人文科学，人文科学最重时间与空间，空间为地域之差异，时间为历史之差异，时空相交而成人事，人事之变迁，因时空之故，如江浪淘沙，滔滔代逝，时间有变，空间亦随之而变，则朝章大典，政教风俗，亦因时代之不同而随之演变，《天运篇》"故札义法度，应时而变者也"，郭注云：

> 彼以为美，而此或以为恶，应时而变，然后皆适也。

故圣王"时行则行，时止则止"（《天道篇》"动而王"注），"各适其一时之用，不能靡所不可"（《徐无鬼》"解之也悲"注），夫能"居变化之涂，日新而无方"（《应帝王》"立乎不测"注），"日新，则自然之分尽"，尽自然之分，在使典章制度之兴革，政教风俗之推移，当时时从秩序中求更美善之秩序，在稳定与变迁之间，恒维持其动态平衡，则得其"和"也（参考《寓言篇》"和以天倪"注）。

政治制度，文教风俗，"期于合时宜，应治体"（《天运》"而矜于治"注），若单由控制或稳定之意义上求维持制度之存在，则必流为虚伪古典之形式主义（Pseudo-classic Formalism），形式主义为人文科学之最大忌讳，庄子书常痛斥之，魏晋人从而发挥之，精义入神，为国者所不可不察者也。《庄子·天运篇》载，孔子以六经之道难明，问于老子，老子对曰：

> 夫六经，先王之陈迹也，岂其所以迹哉。今子之所言，犹迹也，夫迹，履之所出，而迹岂履哉！

孔、老之对，本庄子之寓言，有排抑儒家之意，郭注云：

> 所以迹者，真性也，夫任物之真性者，其迹则六经也。
> 况今之人事，则以自然为履，六经为迹。

郭氏此注仍在儒道双修（《庄子》注中，凡《庄子》本文有排抑儒家处，注文皆以儒道双修之意平理之），盖履与迹之不可分，亦犹自然与六经，道家与儒家之不可分者然，此当时思想之主流，所谓"今之人事"也。夫六经所载为"先王之道"，"周召之迹"（《庄子·天运篇》），先王之道，乃超时代亘古而不能迁之理，所谓"所以迹"，所谓"真性"也；周召之"迹"，乃已往之陈事，受时代之限制而产生者。古今不同，时移事变，凡政教之措施，若单据诗书中时代之部分（迹），而不见其超时代之部分（所以迹），则其政教必蔽塞不通，而至于崩亡，古今亡国之祸，皆由于此。《胠箧篇》"田成子一旦杀其君而盗其国"，郭注云：

> 法圣人者，法其迹耳。夫迹者已去之物，非应变之具，奚足尚而执之哉。执成迹以御乎无方（按：无方，变化之谓），无方至而迹滞矣。所以守国而为人守之也。

"迹"为已去之形式，乃古人之糟粕，糟粕所传非粹美，而丹青难写是精神，精神乃"所以迹"，"所以迹者，无迹也。无迹者，乘群变，履万世，世有夷险，故迹有不及"（《应帝王》"有虞氏不及泰氏"注），后世之醇奸巨憝，据古人之迹，假仁借义以欺世盗国，比比皆是也，《让王篇》"此二士之节也"郭注云：

> 曰，夷许之弊安在？曰，许由之弊，使人饰让以求进；伯夷之风，使暴虐之君，得恣其毒，而莫之敢亢也；伊吕之弊，使天下贪冒之雄，敢行篡逆。惟圣人无迹，故无弊也。

曹氏之篡汉，司马氏之篡魏，其"迹"皆同于伊吕，而六朝每朝禅代之前，必先加九锡，晋爵封国，赐以殊礼，其"迹"自曹操而始，魏之篡汉，托以"禅让"之美名，其"迹"则出于尧舜，故曹丕代汉即位，慨然叹曰："尧舜之事，吾知之矣。"（《魏志·文帝纪》引《魏氏春秋》）此后篡乱相寻，潜越冒滥，其弊何可胜言。《天运篇》"人自为种而天下耳"，郭注云：

> 承百代之流，而会乎当今之变，其弊至于斯者，非禹也，故曰，天下耳。言圣智之迹，非乱天下，而天下必有斯乱。

古来革命或乱事之暴发，皆由执圣智已去之迹以御天下，不能随时变进，或因假借圣智之迹而欺世窃国，其所由来，非一朝一夕之故，已成必然之势，乱事遂不可收拾，此岂尧舜禹汤文武之过哉。墨守或假借其迹耳。故圣王"既忘其迹，又忘其所以迹者，内不觉其一身，外不识有天地，然后旷然与变化为体，而无不通也"（《大宗师》"此谓坐忘"注）。

自然主义最排斥形式，魏晋人多任诞不羁，脱略礼法，败名检，伤风教，为当时与后世所诟病，其故皆可于此中求之，可无多论。而其排斥形式，在内圣外王之学上，意义尤精微，今请更为申述之。

任何民族或国家，当其任何历史阶段达于全盛之时，或任何政权之掌握者，至于养尊处优，居安忘危之时，此一阶段可视为"正"（thesis），"正"为一种形式观念之固定，故在此阶段之进展中，其本身即孕育与之对抗之势力，此势力以渐长成，以渐显著，可视为"反"（antithesis）。此一反一正互相冲突，互相搏斗，搏斗不可久，结果皆消灭于新全体中，正反两元素无一得伸其初志，然亦无一尽毁，正与反之一部分同被"扬弃"（aufhefen），二者之其余部分，经升化融会而保全。此新全体，新时代是为"合"（synthesis）———否定之否定，一矛盾之统一（identity of apposites）。历史上守旧与维新，复古与解放，革命与反动之斗争，皆依此理为亘古对演之剧。此黑格尔之对演法（Dialectic of Hegel，旧译辩证法），世所周知者也。其思维方式与儒道二家形而上学之本体论，颇有类似之点，对演法于每一概念之本身必含一否定，即正之本身必含反，二者经"扬弃"作用之腾越，相合而成一更高之概念，即合。此即黑氏所谓"对演观念之自我发展"（self-development of the idea）（参阅 Karl Federn, *The Materialist Conception of History*, p. 201），上文论儒道二家显体（绝对真理）之法，皆含一否定，如"无"之本身即含一否定，而成为"有"（因无之实性为有），《老子》（二

章）曰："有无相生"，《易·系辞》："刚柔相推而生变化"，
"变"为一较高之概念，有无刚柔皆没入于其中，则"变"即对
演法之"合"，而"生"与"扬弃"为同一逻辑矣。

"正"既为一种形式观念之固定，凡固定之事物，必易腐
败，故流水不腐，户枢不蠹，欲破除此形式观念之固定，惟一之
方法为不居其"正"，因"正"必含"反"，所以必有无双遣，
必"既忘其迹，又忘其所以迹"，而旷然"直与变化为体"，则
无不通也。《老子》（五十七章）"以正治国，以奇用兵，以无事
取天下"，王弼注云：

> 以道治国，则国平，以正治国，则奇正起也，以无事，
> 则能取天下也。上章云，其取天下者，常以无事，及其有
> 事，又不足以取天下也。故以正治国，则不足以取天下，而
> 以奇用兵也（《老子》五十八章"正复为奇"，王弼注亦与
> 此同）。

以正治国，则奇（反）正之冲突为用兵。《老子》（五十八章）
又云："祸兮福之所倚，福兮祸之所伏，孰知其极？其无正。"
王弼注：

> 言谁知善治之极乎？惟无可正举，无可形名。

然老子非不欲居其正，盖不敢居其正，是以"知其雄，守其
雌"，"知其白，守其黑"（二十八章），主柔而宾刚，取水之善
下，因常居于"反"，故能守其"正"。《老子》（四十章）曰：
"反者，道之动"，王弼注：

> 高以下为基，贵以贱为本，有以无为用，此其反也。动
> 皆知其所无，则物通矣。故曰，反者，道之动也。

"高以下为基，贵以贱为本"，此自然之道，即天下之道也，"天
下之道，逆顺吉凶，亦皆如人之道"（《老子》五十四章王弼
注），人道，政治也。

　　以天道观人事，总结于政治，此魏晋清谈之哲学体系。天道者何？盈虚消息之理，运化万变，"先王则天地而行得也"（《易·复卦》，象曰"后不省方"王弼注），故"守故不变，则失其正"（《庄子·天运篇》"天门弗天矣"郭注）。然"悔吝之所生，生乎变动"（《易·革卦》王注），盖革之而不当也，革之而当，则"时有损益，不可尽承，意承而已"（"蛊卦"象曰"意承考也"王注），意承，谓去其形式而取其精神，并精神而不可固执之，须因时加以损益耳。夫天道盈虚消息之理，在损有余以补不足，去奢去泰，未尝自居于"正"而不随时之变，故春不可以尽生，而夏为之长，夏不可以尽长，而秋为之杀，秋不可以尽杀，而冬为之藏，冬不可以尽藏，而春复为之生，而四时成焉。不自居于"正"，如"大成若缺，其用不弊"（《老子》四十五章），王弼注："随物而成，不为一象"，故其德在谦，其道在柔，《易·损卦》象曰，"六五，或益之十朋之龟，弗克违，元吉"，王弼注：

　　　　以柔居尊，而为损道，江海处下，履尊以损，则或益之矣。

又，《困卦》象曰"利用祭祀"，王弼注云：

　　　　不能以谦致物，物则不附，恣物不附，而用其壮，猛行其威刑，异方愈乖，退迩愈叛，刑之欲以得，乃益所以失也。

在政治上现状之保持者，可视为"正"，任何人群组织之现实状况，恒不得完满，故任何时间即有若干日渐增加而日渐激烈之先行者，憧憬追求一更完满之境界，此理想之追求者，可视为"反"，理想之追求者愈多，则现状之保持者所施之威刑必愈猛，流血之革命由此而生，因其自居于"正"，而不能以谦致物，以柔居尊。故曰"尊以居之，损以守之"。然后居尊之位可以长久，而天下治乱之理，不待揲蓍而可知矣。

夫庄子游谈乎方外，"推平于天下，故每寄言以出意，乃毁仲尼，贱老聃，上掊击乎三皇，下痛病于一身"（《山木篇》"吾所以不庭也"郭注），其于内圣外王之学，有智慧之觉而余缘虑之情，故郭象诸人以为犹有间然，郭注《庄子》序曰：

> 夫庄子者，可谓知本矣，故未始藏其狂言，言虽无会，而独应者也。夫应而非会，则虽当无用，言非事物，则虽高不行，与夫寂然不动，不得已而后起者，固有间矣。

以其"无经国体政，真所谓无用之谈"（《天下篇》郭注末尾附语），与孔、老之寂然不动，不得已而后起，将以见诸行事，以跻斯世于治古之隆，固有异矣。至于具此体用之学，"有其道为天下所归，而无其爵者，则所谓素王自贵也"（《天道篇》"玄圣素王之道也"郭注）。由此言之，魏晋清谈之本旨，岂徒游戏玄虚离人生之实际而不切于事情也哉，乃此一段思想为世所掩没而蒙不白之羞者，垂一千七百年，悲夫。

商务印书馆 1947 年初版

汉唐精神

　　汉唐两代，每为宋儒所极不满，朱子《答陈同甫书》云："老兄视汉高帝、唐太宗之所为而察其心，果出于义耶，出于利耶？出于邪耶，出于正耶？若高帝则私意分数犹未甚炽，然而，不可谓之无。太宗之心，则吾恐其无一念之不出于人欲也。直以其能假仁借义，以行其私，而当时与之争者，才能知术既出其下，又不知有仁义之可借，是彼善于此而得以成功耳。"（《朱子文集》卷一）

　　朱子于同甫"尊三王而不废汉唐"之说，责其"才太高，气太锐，论太险，迹太露"。其实朱子之视汉唐，但见汉高祖、唐太宗，而不见整个民族，但见一二人之心，而不见整个民族之心。程伊川、真西山诸儒亦莫不然。平情而论，宋代学术思想在中国文化史上，固有其绝大贡献，然亦不能不承认其绝大流弊。自近古以来，中国人之文弱性，与中国民族之生活方式、社会思想，无论优劣得失，大抵皆渊源于宋。汉唐精神，殆久已亡失净尽矣。

　　宋太祖赵匡胤鉴于唐末、五代藩镇之祸，军阀割据，唐遂以亡。乃用赵普之计，极端重文轻武，深恐武臣篡国，如其当日所为，于是削夺武臣兵权，并使永远不能操纵兵权，所以宋代除王德用、狄青、岳飞二三人外，直无拨乱反正之将才。岳飞之死，与其谓死于秦桧之奸谋，无宁谓死于此种猜忌武臣之传统政治。当岳飞之词章奏疏，愈忠义慷慨，执政者之私心猜忌亦愈深刻。然则"飞有死而已"（《宋史·本传》论语）。

宋代政治重文轻武，学术思想重王抑霸之结果，遂使文武分途，武者既不学无术，文者则好为党争而不负责任，不切实际、专以文章斗其议论。至明太祖以八股文取士，中国民族之聪明才智更消磨于舞文弄墨中，愈益文弱。马贵与序《文献通考》云："古者文以经邦，武以拨乱，其在大臣，则出可以将，入可以相；其在小臣，则簪笔可以待问，荷戈可以前驱。宋以后，人才日衰，不供器使，司文墨者，不能知战阵，被介胄者，不复识简编，于是官人者，制为左右两选，而官之文武始分矣。"（按：宋代典选之职，文选二，曰审官东院，曰流内铨，是为左选。武选二，曰审官西院，曰三班院，是为右选。）

大抵汉以前皆因事设官，量能授职，初无内外之分，文武之别，儒者得为侍中，贤士可备郎署。侍中为现行官制以外之官，汉制为之"加官"，掌乘舆器服，与宦者俱供奉内廷。汉时，诸官名"中"者，皆以阉人为之，西汉中叶以前，多以亲信之臣为之，灌婴以列侯为中谒者，班彪之父稚，常为中常侍，皆非阉人也。郎署为宫廷宿卫之官。咸得出入宫禁，陪侍宴私，陈宜格非，拾遗补阙。故在当日大一统帝国完成，厉行尊君抑臣之政治制度下，而君臣之相遇，犹不甚暌隔。东汉以后，此意不存，于是非阉竖嬖幸不得以日侍宫廷，而贤能搢绅之士，孤幽卓越之臣，特以备员朝会而已。是以诸葛武侯《出师表》有"宫中府中，俱为一体"之叹。宫中谓禁中，府中谓丞相府，武侯劝导后主不当有内外之分，尔后可以亲贤臣，远小人也。

自职官有内外之分，于是职掌不相谋，流品亦殊异，而人君居于深宫之中，冲弱者长于妇人之手，不得与贤士大夫相接触，遂使内外隔绝，宦官、外戚嬖幸之徒，得以乘间而起，政治日以丛脞而不可收拾，古今之事，可胜慨哉。

宋明尔后，满清以异族入主中国，三百年间声威文教，说者以为可以度越汉唐，其实近代中国民族之种种劣根性、奴才性，皆由满清帝国之高压政治下形成，即宋明时代士大夫仅余之气节，亦摧毁无余。观夫明社虽屋，而有明一代之文化堕力、犹能产出顾亭林、王船山、李二曲诸大贤之高风亮节，与体用具备之大学问。清代文化，至清末民初，所孕育而成者，只少数较有才气之书生，如康有为、谭嗣同、郑孝胥辈而已。间尝思之，历史上一朝一代或一民族国家之治乱兴亡，其理多端，未可执一而论，然当其治，必有一种普遍于社会之哲学思想为其时代之主流，贯彻其中，支配其整个政治社会之精神秩序。当其衰乱，则此种具有支配其时代的哲学思想亦必逐渐解体。此哲学思想之价值之高低，即可定其时代文化价值之高低。据此以论有清一代之文化，在中国文化史上与汉唐相较，盖卑卑乎不足道，宜其强弩之末，已不能产生宏毅卓越之人才，为下代之流风遗泽矣。

秦汉以前，社会之中坚为士。凡士能通礼、乐、射、御、书、数——后世谓之小六艺，通诗、书、易、礼、乐、春秋——后世谓之大六艺。六艺之名，孔子以前已有之，故《说文》云"推十合一为士"，是以一身而兼备文武才略之意。但先秦时代，列国纷争，各自为政，中国文化犹带浓厚之地方色彩，所谓"言语异声，文字异形，衣冠异制"。至秦之统一，又经汉高帝修正之大统一，始融和中国本部黄河流域东西两大地方文化系统而冶为一炉。两晋、南北朝三四百年间，经五胡之扰攘，至隋之统一，又经唐初修正之大统一，始融和江河流域南北两大文化系统为一炉。"气寒西北何人剑，声满东南几处箫"，盖汉唐两代实为铸成中国民族性刚柔相济，能屈能伸之两大时代。

汉唐两代，民族生命力极强，凡生命力强健之民族，乃能明礼法，重服从，守纪律，勇敢活泼，尚礼制而富感情，耻为狡诈虚伪之事，此所谓"野蛮的文明"，今日中国正需此种"野蛮的文明"。汉之文化犹质胜于文，唐代则文质彬彬。读两汉书，可知汉人生活之严肃质朴，晚近斯坦因在敦煌古长城废墟与楼兰遗址所发现之九百余片汉简，及西北科学考察团在内蒙古额济纳河一带发现之七千余片汉简中，实不曾得见些许闲情逸致之文学资料，而在敦煌石室发现之唐人经卷中，却不少诗歌词典。虽汉简为边庭戍卒遗物，与敦煌在唐时之地位大有不同，但即以世所盛称之汉赋论，其庄严凝重之气，与六朝赋体之轻情流丽，亦绝不可同日而语。汉代文学之士较有风趣者，惟东方朔、王褒耳。曼倩公车上书，为短短一篇绝倒千古之妙文，世皆以为突梯滑稽之流，然而观其雄伟之慨，与辟戟请斩董偃之勇决，又岂后世为帝王以"倡优蓄之"之文人所可并论哉？汉末文士，好以片言只语妙天下，已开魏晋清谈之风，未可入于浑朴的两汉文学之主流。

汉之典章制度亦如文学之庄严凝重。两汉四百年间，所贡献及影响于中国文化之大者，疆域之形成，与政治制度之确立而已。汉官威仪自古艳称，今日所传《汉官六种》为清人校辑，一鳞片爪，必参合两汉史传与散见于山东、河南、四川各地之石刻，及近年朝鲜、蒙古、新疆出现之汉代遗物，与史传相参证，或可窥汉仪之大略。史称汉之官制，大率沿秦，盖指汉初而言，今据《史》、《汉》两书所载，汉因秦官者仅四十余种，其实汉官制度之增革，至武帝时代始臻完备，大汉帝国亦至武帝时代始完成其大统一之规模。

汉代政治制度之特色，概括言之，曰大小相维，内外相统，异官通职。中国政治制度之基础，实由汉而奠定，至唐而完成。宋明尔后，不过承其余绪，加以损益而已。余于《两汉政治制度论》中，尝三致意于丞相之体制，以为实开中国百代不易之大臣体度，大政治家之风范，虽古今异时，治乱异轨，而为政必明其体，乃可与言治平之道。夫陈平之对文帝问，丙吉之答牛喘，后世或怪为迂阔，岂知丞相上承天子，佐理万机，用人行政，无所不统，所谓"论道经邦，燮理阴阳，下遂万物之宜，使卿大夫各得其任"，此意何其深远。盖丞相秉国钧，处阿衡之位，当在一最高原则下执行其政策，使政治社会常保持一种动态平衡，政治社会常能保持动态平衡，则必治多而乱少，此历史演进之恒律也。汉代丞相，雍容宽大，聪明平淡，总达众材，而不以事自任，故其所见者远，所虑者深，所务者大，真宰相之体也。

汉人任官之礼，称招而不命，此犹存先秦之遗意，孟子曰："志士不忘在沟壑，勇士不忘丧其元，孔子奚取焉，取非其招而不往也。"高帝十一年求贤招中，犹有"今天下贤者智能，岂特古之人乎，患在人主不交故也"。武帝元狩六年诏遣博士六人循行天下，举独行之士，曰："士有特招，使者之任也。"言士有殊才异行，可当朝廷特招之礼者，博士既奉命为使者，则有征访招致之责。盖真才实学，贤良方正之士，其立身行已，自有其气度风骨，可以礼而不可以屈致，观两汉得人之盛，此实为重要原因之一。至于二府（丞相、御史，汉时称二府）、四科（丞相设四科之选，以延揽人才）之置，其所网罗以充公府掾属者，皆一时名流，而其体制亦甚尊重，掾属见礼丞相，如师弟子，白录不拜，以示不臣。严诩为颍川太守，本以孝行为官，谓掾史为师友，有过辄闭门自责，终不斥言。晚清曾胡诸幕府号为得人，亦行此制。有事得见丞相者，虽主簿一官，向例为两府高士所不屑为，而丞相见之犹称请，不言传召。故丞相与掾属之间，有亲切之意而无扞隔之心，相待以公谊而不失其私情，"君使臣以礼，臣事君以忠"，士焉得而不自爱，此贤明政治之极致，东汉以后，政治上世官世族之势力逐渐形成，门生故吏恒依附权门名势如家奴部曲，宾师之礼失，上下之情不通，上骄而下谄，终演近代之官僚政治，政治焉得而不恶浊哉。若夫三公、九卿、列侯、二千石博士等官，皆有所职，分理庶政，非天子之私人，如遇大事，有所诏命，必下朝臣议之，往往不惜于人主之前"面折廷争"。此为汉代最可贵之一种政治风度，虽唐宋君臣亦有所不能及。而汉代封驳之制，尤开百代之良规，哀帝封董贤，丞相王嘉封还诏书，后世给事中掌封驳，盖本于此。后汉钟离意为尚书仆射，数封还诏书，自是封驳之事，多见于史。至唐始定为专职，凡诏书皆经门下省，事有不便，得以封还，而给事中有驳正违失之掌，著于大唐六典。（按：给事中在汉为加官，至唐属于门下省。）宪宗元和间，给事中李藩在门下，制敕有不可者，即于黄纸后批之，吏请别连白纸，藩曰：别以白纸，是文状也，何名"批敕"？宣宗以右金吾大将军李燧为岭南节度使，已命中使赐之节，给事中萧仿封还制书，时上方奏乐，不暇别召中使，乃使优人追之，节及燧门而返，人臣执法之正，人主听言之明，可以并见。降及宋明犹存此制，顾亭林谓："人主之所患，莫大乎唯言而莫予违"（参阅《日知录》卷九"封驳"条），此意今人所不知也。

汉制，中央以三公统筹大政，地方以太守为吏治之本。中央与地方之间，有刺史一职，位卑而权重，其秩六百石，可以弹劾二千石之太守。然隶属于御史中丞，此内外相维，轻重相倚之意，而所谓异官通职（语见《御览·职官部》引《汉官解诂》），在使各种政治机构灵活，有辅车相倚之势，非床上叠床，屋上架屋，例如，中大夫属光录勋，掌议论，以明经絜行之儒为之。备顾问，进直言极谏，又得与大臣议论政事，出使绝域。太常之职，本掌宗庙礼仪，而郡国举贤良文学之士至京师，则诣太常对策，太常定其高下，奏天子而进退之。博士本属太常，掌通古今，然国有疑事，则丞问之，有大事，则与中二千石议，霍光废昌邑王，至举博士之议为断。此皆所谓异官通职也。

汉代政制之特质，上节既论之矣，然天下事未有仅凭制度而谓即可臻于治平之盛者，孟子曰："徒善不足以为政，徒法不足以自行"，盖亦存乎其人，即法治与人治之自成双轨是也。夫人治之要，在识治体，昔人称经者治之体，史者治之迹，古今伟大政治家，未有不于政事之外，孜孜涵养根本之学，以为明体达用之资。汉自武帝罢黜黄老、刑名百家之言，延久学儒者，而公孙弘以治《春秋》为丞相封侯，天下靡然向风，讲求通经致用。黄仲舒、儿宽等之居官，通于世务，明习法令，以经术缘饰吏治。尔后公卿之位，未有不由经术进，下至郡太守卒吏，皆用通一经以上者。其不事学，又不能通一艺，辄罢之，而请能通其艺，称其任者。故两汉之士，类能通古今之谊，文章尔雅，辞训深厚，彬彬多文学之吏。文翁为蜀郡太守，选郡县小吏开敏有材者张叔等十余人，亲自饬厉，遣诣京师受业于博士。后汉栾巴为桂阳太守，虽干吏卑末，皆令习读程式殿最，随其才能而升授之。东京之盛，自期门羽林之士，悉令通孝经。汉末王粲作《儒吏论》，以为"先王敷陈其教，辅和民性，使刀笔之吏，皆服雅训，竹帛之儒，亦通文法"。然则，当时之为吏者，皆曾执经问业之徒，用能心术正而名节修，其舞文以害政者寡矣。至唐犹存此意，高宗总章初，诏诸司令吏，考满者限试一经。贞观之时，自屯营飞骑，亦给博士使授以经，有能通经者，听得贡举。故汉唐能收用吏之效，上无异教，下无异学，实由循吏多能推明经术，风移而俗易，政治之隆，实由于此。

《说文》："官者，事君之吏"，"吏者，治人者也"。颜师古注《汉书·百官表》："吏，理也，主理其县内也。"《韩非子·内储说》云："吏者，民之本纲也。圣人（政治之理想领袖）治吏不治民。"由此言之，是官主其大，吏治其细，故曰，贤者在位，能者在职。而贤能之意，盖就其体用方面而言，贤者明其体，能者达其用。"体用"二字，本出《易经》，《易》曰："阴阳合德而刚柔有体。"又曰："显诸仁，藏诸用。"但"体用"一名之对举，则始于晋人。韩康伯注《易·系辞》"鼓万物而不与圣人同忧"，云："圣人虽体道以为用，不能全无以为体。"王应麟《困学纪闻》卷一谓"体用"一名，出于《释典》，前人已辨之，然其成对举之词，恐多少受佛教义理之影响。其后再经宋儒之提倡发挥，千年来在中国学术思想上其影响至深且巨。"体用"之说有二义，一为形而上学之意义，如朱子所谓"吾心之全体大用"是也，一为政治思想上之意义，即所谓王道霸术或内圣外王是也。其言虽殊，其归一揆。此意推而言之，其义至广，可以周乎万物而道济天下，然非兹所能详论，今但就上举官吏与贤能之义而比类之。《说文》云："官者，事君之使"，则三公九卿皆吏也。又云："吏者，治人者也"，则郡太守为吏，而三公九卿为官也；郡太守为官，则县令长为吏也；县令长为官，则丞尉、亭长、啬夫为吏也。故官之任在明其体，吏之职在达其用，官之贤亦必具备吏之能，乃可谓体用兼备。汉人以经义断事，以儒术缘饰吏治，论者谓其不过假儒术为工具，非真有得于儒，然吏能通经，固犹以学问为本，不以交游贪缘，趋势求利为务，故两汉风俗有质朴淳厚之美，士修节义，彬彬成一代之治，虽汉末国事日非，而党锢之流，独行之辈，依仁蹈义，舍命不逾，风雨如晦，鸡鸣不已，百余年间，乱而不亡，不可谓非儒术之教也。黄巾贼起，天下大乱，孙期牧豕于大泽中，远人从其学者，皆执经垄畔，里落感其仁怀，黄巾过期里泊，相约不犯孙先生舍。郑玄自徐州还高密，道遇黄巾数万人，见玄皆拜，相约不敢入县境。可知汉末之乱，盖祸由上起，当世变日亟，而一般社会犹存淳朴之风，自是一代教化之所泽也。

然儒家之术，直而不能曲，可以守常，难以应变，司马谈《六家指要》称其"博而寡要，劳而少功"，正谓此耳。盖依纯粹儒家之意以为政，未有不失败于现实中者，儒者以正心诚意，履仁蹈义教人，可谓为文化上之精神领袖（"领袖"之名起于六朝清谈，《世说新语·赏誉篇》："后来领袖有裴秀"）。历史上精神领袖，极少同时为事业领袖，因注意精神者，往往忽略事业之具体条件。然数千年来，中国社会政教不分，官师合一，所以第一流领袖人才，必须具备此双层资格。中国古来具备此双层资格之伟大政治领袖，如诸葛亮等，未有不于儒家之外，参以刑名、道、法之术。汉武帝虽推崇儒术，其实深于名法；高帝之时，萧何、曹参虽尚道、法，亦未尝不知借假儒术。陆贾时时前说诗书，谓帝曰："向使秦已并天下，修仁义，法先圣，陛下安得而有之？"帝谓贾曰："试为我著秦所以失天下，及古成败之故"，则高帝固已知其中消息矣。《高帝纪》十一年求贤诏首云："王者莫高于周文，伯（霸也）者莫高于齐桓"，所谓汉家制度杂王霸，盖已始于高帝之时，至宣帝而后公开言之耳。《汉书·元帝纪》载：帝为太子时，尝侍燕于宣帝，从容言："陛下持刑太深，宜用儒生。"帝作色曰："汉家自有制度，本以王霸道杂之，奈何纯仁德教，用周政乎。"由上言之，汉代实一王霸杂用之政。王尚德，霸任刑，孟子曰："以力假仁者霸"，"以德行仁者王"，"以力服人者，非心服也，力不赡也；以德服人者，中心悦而诚服也"。故王霸之辨，德与力而已。力者，国富兵强之谓，德者，躬行心得之谓。荀子谓粹而王，驳而霸。此为王霸意义之最高解释，亦宋儒通常所持之论。宋儒以为霸者本无义，而假一事以示之义，本无信而假一事以示之信，本无礼而假一事以示礼，表而扬之以夸众而已。此点与儒家"慎微"、"慎独"，即伦理学上所谓动机论极不相容。故宋儒特于《礼记》中提出《大学》、《中庸》二章，以为为治之序，为学之本，明道术，辨人才，审治体，察民情，以至于修身齐家之要，莫不自心身始，特标此二章并《论语》、《孟子》号为四书。四书之学，虽不始于宋儒，汉末六朝已多讲求，至宋儒则更发扬光大之。《论语》、《孟子》以仁义为先，《大学》、《中庸》以正心诚意为本，由此以修身齐家，谓之《中庸》，由此以为政，谓之王道。王道者以不忍人之心，行不忍人之政，心有不正，则生于其心，害于其政。故行一不义，杀一不辜而得天下，皆不为也。此意陈义甚高，为儒家政治哲学之无上境界，持此以论历史上现实政治之实施，岂汉唐政治所能梦见者哉。

然理想者，事实之母；需要者，理想之母。需要因时因地而不同，则其理想之性质，亦因时因地而各异。儒家仁义之说，在使人类社会止于至善，此超越时空亘古而不能迁之理，是为人类文化之共同需要，与人类之生存以俱来者也。人类依相互之关系而生存，则人与人之间必当具一种共存共荣之条件。仁，从人从二，推己及人之谓，以今语释之为同情心，义者，宜也，所行恰如其当之谓。仁者发于心，义者成于行。人与人间如无同情心，必至于相残，所行有所不当，必至于相乱，故曰，仁义者，人类与生俱来相互之生存条件，超越时空亘古而不能变者也。顾纯粹之儒家，则专讲目的，而不求所以达成其目的之方法，往往虽有关睢麟趾之美意，终乏审权度势之功能，是以自古儒家之道，难通于实施，仅在负人类文化道德一线之传，"为天地立心，为生民立命，为往圣继绝学，为万世开太平"，所以终古长新，自古迄今，无论社会或个人，莫不同向此最高道德之仁义方面努力，以求铢累之进，而"人心惟危，道心惟微"，其进展极迟滞，甚或有时退步，此所以古今贤哲之士，长怀大悲之心，弥缝使其醇，而不能自已者也。

人类既因相互之关系而生存，必依仁蹈义尔后可以远于治平之世，故仁义之行，即王道，即天理，反乎天理者，谓之人欲。宋儒则务存天理而灭人欲，专尊王道而斥霸术。然而，试思果无人欲，则天理将寄托于何所？无霸术则王道何由得达？宋儒于体用，辄曰即体即用，实则重体而忽用，依此论之，则其尊王而斥霸，尊三代而鄙汉唐，盖不自知其误也。老子曰："有无相生，难易相成，长短相形，高下相倾。"世间真理之运用为相对的，非绝对的，此意可深长思。

据上所论，试观历代政治之隆替，及汉唐二代局面之开展，盖在其能否以王霸之道杂用。《通鉴》唐太宗贞观四年纪略云：

> 上之初即位也，尝与群臣语及教化。上曰："今承大乱之后，恐斯民未易化也。"魏徵对曰："不然，久安之民骄佚，骄佚则难教，经乱之民愁苦，愁苦则易化，譬犹饥者易为食，渴者易为饮也。"上深然之。封德彝非之曰："三代以还，人渐浇讹，故秦任法律，汉杂霸道，盖欲化而不能，

岂能之而不欲耶？"上卒从徵言。

此为李唐一代有关开国规模之言论，封德彝欲专用刑法律令以为治，而太宗终纳魏徵之言，顺天下之理而治之，以行王道，可谓能审去舍矣。史称，贞观元年关中大饥，斗米值绢一匹，二年天下蝗，三年大水，太宗勤而抚之，民虽东西就食，未尝嗟怨。及贞观四年，天下大稔，流散者咸归乡里，米斗不过三四钱，终岁断死刑才二十九人。东至于海，南及五岭，皆外户不闭，行旅不赍粮，取给予道路焉。于是太宗谓长孙无忌曰：

> 贞观之初，上书者皆云：人主当独运威权，不可委之臣下。又云：宜震耀威武，征讨四夷。唯魏徵劝朕偃武修文，中国既安，四夷自服，朕用其言。今颉利成擒，其酋长并带刀宿卫，部落皆袭衣冠，徵之力也，但恨不使封德彝见之耳。（同上引）

以上二条亦具见《贞观政要》。（按：吴兢《贞观政要》一书，成于开元间，宋《中兴书目》称兢于太宗实录之外，采其与群臣问答之语，撰为此书，其所记太宗事迹，以《唐书》、《通鉴》参考，虽有时颇见牴牾，然《唐书·本传》称其叙事简赅，号为良史，世谓今之董狐，晚节稍疏牾云。则兢之所录，未必尽为溢美，两宋诸儒如宋祁、孙甫、欧阳修、曾巩、司马光、范祖禹、吕祖谦、胡寅、叶适等，皆尝据此书所记太宗一代之良法善政有所论说，故《中兴书目》称"历代宝传，至今无阙"。则论唐初开国规模与夫李唐三百年间政治精神之体度不可不于此书求之。）《贞观政要·政体篇》略云：

> 贞观二年，太宗问黄门侍郎王珪曰："近代君臣理国，多劣于前古，何也？"对曰："古之帝王为政，皆志尚清静，以百姓之心为心，近代则唯损百姓以适其欲。所任用大臣，复非经术之士，汉家宰相，无不精通一经，朝廷若有疑事，

汉唐精神　241

皆引经决定，由是人识礼教，理致太平。"太宗深然其言。
自此百官中有学业优长，兼识政体者，多进其阶品，累加迁
擢焉。

依上所引二节论之（此类义例尚多，不必备举），贞观之治，实
以儒家为本而参以道法之术，所谓王霸之政，此其所以能开三百
年之基也。

房玄龄、杜如晦号为一代贤相，自后世观之，无迹可寻，论
者比于汉之萧、曹。太宗亦尝谓治国与养病无异，病人觉愈，弥
须将护，若有触犯，必至殒命。天下稍安，尤须竞慎，若便骄
逸，必至丧败（参阅《通鉴》贞观五年纪）。故老子曰："治大
国，若烹小鲜。"王弼注：言不扰也，躁则多害，静则全真，其
国弥大，而其主弥静，然后乃能广得众心矣。唐初君臣，益亦深
得于道法之术欤？就用人行政言之，人主以任相为职，宰相以任
人为职，是以劳于求贤而逸于得人。贞观二年，太宗谓房玄龄、
杜如晦曰："公为仆射，当助朕忧劳，广求耳目，求访贤哲。比
闻公等听受辞讼，日有数百，此则读符牒不暇，安能助朕求贤
哉。因敕尚书省细碎之务皆付左右丞，惟冤滞大事当闻奏者，关
白仆射。"（《贞观政要·择官篇》）此正汉代陈平丙吉之相业。
虽然，所谓宰相勿亲细务，特不可下行有司之事耳，非谓高处拱
揖以自居，一切无所知或不当知也。

汉唐两代之盛世，无不注意于地方政治。自秦罢侯置守之
后，郡太守即负一方之重任，其关系民生，至不轻也。汉治之
隆，史家每堪称文景，其实无过于宣帝之世，拙稿《两汉政治
制度论》中尝论之矣。宣帝尝曰："庶民所以安其田里而无叹
息愁恨之心者，政平讼理也，与我共此者，其惟良二千石乎。"
（《汉书·循吏传》）而太宗亦谓治民之本在刺史，（唐之刺史，
实当汉之太守），故于屏风上录其姓名，坐卧常看，在官如有

善事，亦具列于名下。然宣帝好以刑名绳下，当时固多循吏，而未免有酷吏，太宗英明仁恕，故当时多循吏而无酷吏，此贞观之治所以异于神爵、五凤也。读初唐史料，但见太宗开国之际，荦荦为政之大端，实本于两汉规模，此论史者不可不知也。

大抵汉之政治风气在"面折廷争"（《汉书·王陵传》：陈平谓陵曰：于面折廷争，臣不如君；全社稷，安刘氏，君亦不如臣。师古曰：廷争，谓当朝廷而谏争。又，《史记·周昌传》：高帝欲废太子，而周昌廷争之强）。唐则在求谏纳言。面折廷争，故臣下上书无忌讳，风气质直；求谏纳言，则其政治风度在含蓄容忍，有文质彬彬之雅量。唐之开国，魏徵始终以谏净为己任，唐史以为前代争臣一人而已。考徵行事，隋大业末，初为纵横之说，见李密进十策，后为窦建德起居舍人。唐平群雄，为太子建成洗马。及太宗诛建成，始归太宗，擢拜谏议大夫，数引见卧内，访以政术。徵亦喜逢知己之主，参与朝政，深谋远算，多所弘益，史称其所谏前后二百余事。则魏徵之于太宗，非如房玄龄、杜如晦等从龙起义之臣可比，以一中途结合之人，交浅而言深，犹且为情理所难许，而况婴人主之逆鳞，触天威之忌讳哉。然则，虽以魏徵之忠，太宗之睿，而竟下能直言极谏，上能从谏如流，此中必有一客观之原因在。细绎《太宗本纪》、《魏徵本传》、《贞观政要》及盛唐、中唐史料所称述贞观之治，则知徵始终所以进谏太宗者，即隋之所以失天下之道也。隋失天下之道不一，而莫大于拒谏，因之，太宗所以得天下之道不一，而莫大于纳谏。夫太宗之纳谏，岂其天性之本然哉，良由目睹隋炀帝之亡，惕惧勉强而行之耳，故魏徵奏言，贞观之初，天下未安，则能导人使谏，中年天下渐安，尚能悦人之谏，末年天下已安，则勉强从人之谏矣。加

以唐初多闺门失礼之事，此殆朱子所指："太宗之心，吾恐其无一念不出于人欲也。"（上引《朱子文集》卷一《与陈同甫书》）

太宗之纳言求谏，其意在新天下之耳目，更褒贬前代忠奸，为新朝激扬之首务，贞观元年诏齐仆射崔季舒、黄门侍郎郭遵、尚书右丞封孝琰，以极言发难，褒叙其子孙，则不惟赠恤死者，且官其后人矣。史家以为贞观政治之本，实赖于此。唐代三百年之政治风尚，雍容宽大，亦肇基于此焉。唐制，中书、门下同三品官入内廷平章国计，必使谏官随入，预闻政事，当时谓之"入阁"，此风绵亘三百年，终唐之世未尝衰歇。《新唐书·魏謩传》略云：

> 文宗读《贞观政要》，思（魏）徵贤，诏访其后。（同州刺史杨）汝士荐（謩）为右拾遗，屡有献纳。帝谓宰相曰："太宗得徵参裨阙失，朕今得謩（謩为徵五世孙），又能极谏，朕不敢仰希贞观，庶几处无过之地。"教坊有工善为新声者，诏授扬州司马，议者颇言司马品高，郎官刺史迭处，不可以授贱工，帝意右之。宰相谕谏官勿复言，謩独固谏不可。工降润州司马，荆南监军吕令琛纵傔卒辱江陵令，观察使韦长避不发，移内枢密使言状，謩劾长任察廉，如监军侵屈官司，不以上闻，私白近臣，乱法度，请明其罚。不报。俄为起居舍人。帝问："卿家书诏，颇有存者乎？"謩对："惟故笏在。"诏令上送，郑覃曰："在人不在笏。"帝曰："覃不识朕意，此笏乃今甘棠。"帝因敕謩曰："事有不当，毋嫌论奏。"謩对："臣为谏臣，故得有所陈，今则记言动，不敢侵官。"帝曰："两省属皆可议朝廷事而毋辞也。"

自魏徵尔后，唐世宰相不仅上佐天子，总持庶政，亦皆以谏净为己职。德宗时，李泌拜中书侍郎同中书门下平章事，帝数称舒王贤，泌揣帝有废立意，因曰："陛下有嫡子以为疑，弟之子安敢自信于陛下乎？"帝曰："卿违朕意，不顾家族耶？"泌曰："臣衰老，位宰相，以谏而诛，分也。"帝悟，太子乃得安（《新唐书·李泌传》）。穆宗初即位，李渤拜考功员外郎，岁终当考校，渤自宰相而下升黜之，以宰相萧俛、段文昌不谏骊山之幸，陷君于过，请考中下（《新唐书·李渤传》）。宪宗时，李绛拜中书侍郎同中书门下平章事，尝盛暑对延英殿，帝汗浃衣，绛欲趋出，帝曰："朕宫中所对，惟宦官女子，与卿讲天下事，乃其乐也。"绛有时或无诤论，帝辄诘所以然（《新唐书·李绛传》）。然则，唐之君臣，无不以谏诤为宰相之责也。中唐之世，虽党争剧烈，纲纪渐弛，而初唐以来纳言求谏之流风余韵，犹不衰歇，即以武后之淫恶专杀，亦能纳谏知人，为后世所称美，若非深习当时政治之风尚，夫岂能臻于此而勉保唐世之声威于不坠哉。虽然，谏官要尽如魏徵、褚遂良、王珪之徒，则上不慑人君威严，下不承廷僚风旨，而后其言可听矣。苟徒有听谏之名，而不择忠直识治之士，则成攻讦比党之势，阴行其私，而人主不之觉，其弊有甚于不置谏官者，故耳目之任，以得人为要，此亦贞观政治所以致于太平之盛也。

唐沿隋制，中央以三省为最重，尚书令、侍中、中书令为三省长官，共议国政，即宰相之职。其后以太宗尝为尚书令，臣下避不敢居其职，由是仆射为尚书省长官，与侍中、中书令号为宰相矣。论唐代宰相之体制，则远不如汉代之尊崇，若以政治机构之谨严言，则似又有胜于汉者。汉之宰相务治其要，"遂万物之宜，使卿大夫各得其任"（《汉书·王陵传》引陈平对文帝语，上文已引）。宰相既以选贤任能为职，故常居其逸，而天子至于无为。自隋罢乡官之制，厉行中央集权，一命之士，皆自朝授，而人君所自治者盖勤，中央政府遂成庞大猥杂之局。唐既以三省长官为宰相，已而又以他官参议，而称号不一，最后乃有"同品"、"平章"之名（参阅《唐书·宰相表·序》）。同品者，谓同中书门下三品；平章，谓平章政事。贞观八年，李靖拜尚书右仆射，以足疾上表乞骸骨，优诏听其在第摄养，每三两日至中书门下平章政事（《旧唐书·李靖传》），故以后凡称"同平章事"者，皆宰相之任也。终唐之世，宰相无常职，亦无常员，或至数十人同时为之。《新唐书·百官志》云：

> 自开元以后，常以〔宰相〕领他职，实欲重其事，而反轻宰相之体。故时方用兵，则为节度使；时崇儒学，则为大学士；时急财用，则为盐铁转运使。又其甚则为延资库使，至于国史太清宫之类，其名颇多，皆不足取法。

杜如晦进位尚书右仆射，既摄吏部，又总监东宫兵马（《新唐书》本传）。房玄龄进仆射，兼领学官，又行选部，参掌考功（同上，本传）。姚崇之为宰相，常兼兵部（同上，本传）。牛僧孺"前后作镇，皆佩相印"（《唐文粹·神道碑》。按：《新唐书·牛僧孺传》：德宗时授武昌节度使同平章事，后检校尚书左仆射同平章事，为淮南节度副大使）。刻之铭辞，书之史策，以为美谈。于是武臣而坐镇方面者谓之外相；翰林供奉，专掌内命，为天子之私人，谓之内相。凡充是职者，无定员，自诸曹尚书下至校书郎，皆得与其选。然则，岂有一定之统哉？其不足取法，宜乎自宋以来为学者所诟病也。夫太宗但能责房、杜日阅讼牒，不暇广访贤才为非宜，而不知宰相下兼他职，因已非其体也。故论唐代宰相体制之尊崇，盖有逊于汉远矣。

凡论政治制度之得失，应先究其意义，性质与功能。就唐以"三省长官为宰相"（《唐书·宰相表》语）之职言，则其功能确有其胜汉代之处。唐因隋制，以中书、仆射、侍中为三省长官，以命宰相机衡之大位。虽为汉世宦官袭臣之称，特其名之不正者尔，其实在，其名虽异，固无害也。唐之宰相虽无常职，亦无常员，又以虽在下位，官未及而人可用者，皆可使参与朝政，或专典机要，然实权则仍归于三省。中书出令，门下审驳，尚书受成而颁之有司，其机构谨严，复富于牵制力，所以唐之三省六部，不单影响于后世之中央官制，即昔时日本中央政府二官八省之组织，实亦昉于唐制，此治中古史者所习知者也。

汉唐声威文教，远播东西，溥天之下，莫非王土，率土之滨，莫非王臣，一则"恢拓境字，振大汉之天威"（班固《封燕然山铭》），一则"北擒颉利（突厥可汗），西灭高昌、焉耆，东破高丽、百济，威制夷狄，方策所未有也"（《唐书·外国传·赞》）。此两代大一统帝国之形成，固有赖于开国之君明臣良及继体守文之主，然当时整个民族之力量，所贡献于国家者，尤深且巨，何以言之？观其粟米之征，布帛之征，力役之征而可知也。汉承秦之后，为一兵农合一之社会（按：凡讨论文化问题，当就其发生之关系与大体而言，不多论其演变之迹。如汉初为兵农合一，武帝以后间行募兵，此仅就其发生与大体而言。本篇所论，皆请以此意推之），汉制，民年二十三（或作二十）即"傅之畴官"（《汉书》高帝二年纪注引《汉旧仪》语。师古曰：傅，著也，言著其名籍给公家徭役也）。服役于郡县，一月而更，谓之"卒"；复调至京师，服役一岁，谓之"正卒"；复屯边一岁，谓之"戍卒"。虽丞相子，亦在戍边之调。故当时以为汉力役之征，"盖三十倍于古"（《汉书·贾山传》语。又，《食货志》载董仲舒语）。至于人民对国家赋税之负担，名目繁多，武帝一代，恢拓疆宇，征伐四夷，徭役课税，尤为苛重。今试列表以明之，藉省论述之烦。

两汉赋税名称简表

名称	参　考	备　注
田租	《汉书·食货志》，《惠帝本纪》及师古引邓展说，《后汉书·光武纪》"建武六年诏"。其他散见于两《汉书》纪传者甚多，兹不备举。	
稿税	《汉书·贡禹传》。孙校《汉官仪》。	刍稿为田租之付产，据《汉仪》观之，此税入于少府。
假税	《盐铁论·园池篇》。《汉书·武帝纪》"元鼎二年诏"。《宣帝纪》"地节三年诏"。《元帝纪》"初元元年诏"。《后汉书·和帝纪》"永元五年诏"。"九年诏"，"十一年诏"，"十五年诏"。	汉因秦法，平时国家专有山林池泽之利，即未开垦之地属于国家，人民可贷而耕营之，纳其税曰假税。
算赋	《汉书》高帝四年纪。又，惠帝六年纪、《贡禹传》、《贾捐之传》。《武帝纪》"建元元年诏"。	按：高帝四年纪注如淳引《汉仪》注：民年十五以上至五十六出赋钱人百二十为一算。而《惠帝六年纪》注引《汉律》：人出一算，算百二十钱，惟贾人奴婢倍算。
口赋	《汉书·食货志》、《昭帝纪》"元凤四年诏"。《贡禹传》。《论衡·谢短篇》。	按：昭帝元凤四年纪注如淳曰：《汉仪》注，民年七岁至十四出口赋二十三，二十钱以食天子，其余三钱者武帝加口钱以补车骑马。则口赋为幼童之税也。
更赋	《汉书·食货志》。《昭帝纪》"元凤四年诏"。	昭帝元凤四年纪注如淳曰：有卒更、践更、过更。古者正卒无常，皆当人递为之，一月一更，是为卒更。贫者欲得顾更钱，次直者出钱顾之，月二千，是为践更。天下人皆直戍边三日，不可人人自行三日戍，不行者出钱三百入官，官以给戍者，是为过更。
献赋	《汉书·高帝纪》"十一年诏"。	此为诸侯王及郡国之人口税，口出六十三钱以献于天子。

续表

名称	参　考	备　注
訾算	《汉书·景帝纪》"后二年诏"。	《本纪》注：服虔曰：訾万钱算百二十七。按：百二十七为百二十之误。汉制百二十钱为一算也，此盖类于今之财产税。
六畜算	《汉书·西域传·赞》。《昭帝纪》"元凤二年令"，《翟方进传》。	《翟方进传》注张晏曰：马牛羊头数出税，算千输二百。
车船算	《汉书》武帝元光六年纪。《食货志》。	武帝元光六年纪注：始税商贾，车船，令出算。
息租	《汉书·王子侯表》"河间献王子旁光侯殷"条。《食货志》。	旁光侯殷以武帝元鼎元年坐贷子钱不占租，取息过律。师古曰：以子钱出贷，律合收租，匿不占，取利息也。
海租	《汉书·食货志》。	
海税	《汉书》平帝元始元年纪师古注。	以上二种，皆为渔税，似同为一种税收，盖海丞与果丞同置。果丞主果实，则海丞当主海物，不当主海税也。
关税	《汉书》武帝太初四年纪。	《纪》云：徙弘农都尉治武关，税出入者，以给官吏卒食。
军市租	《汉书·冯唐传》	《传》云：魏尚书为云中守，军市租尽以给士卒。
市租	《汉书·高五王传》。《何武传》。	汉时有市籍者皆须纳租。
缗钱算	《汉书》武帝元狩四年纪。	《本纪》注：师古曰，谓有储积钱者，计其缗而税之。或二千而一算，或四千而一算。按：一算为百二十钱。
盐铁税	《汉书·食货志》	
榷酒酤	《汉书》武帝天汉三年纪	酒之专卖也。

　　由上表观之，两汉赋税无不以钱为单位，盖春秋以前少用金属货币，率用物纳税法，至汉则为金纳税法，此社会之进化。故汉代无布帛之征，惟章帝建初二年尚书张林上言，谷所以贵，由

于钱贱，诏以布帛为租，以通天下之用。昭帝元凤二年、六年皆
尝两诏以菽粟当赋，恐谷贱伤农故也。

　　汉代政府之征用民力与人民对于政府负担，其繁重如此，王
莽篡汉，遂借口称"汉民减轻田租三十而税一，厥名三十税一，
实十税五也"（《汉书·王莽传》中），然则，汉果只知重役其民
而不爱其民乎，古今不爱民之政府亦必不为其民所爱，以甘言利
口欺民之政府，其民亦终必不为其所欺。只知以义务责难人民而
不自知其义务所在及尽其义务于人民之政府亦终必至于崩溃。水
能载舟亦能覆舟，民不畏死，奈何以死惧之，此革命之所由起
矣。汉自开国以来，匈奴即为汉民族之劲敌，举全之力而争民族
之生死存亡，此孟子所谓以生道杀民虽死不怨杀者。及东汉中叶
以后，西羌之乱甚于匈奴，外戚宦官之祸日烈，内政不修，边无
将才，每遇羌寇，则放弃州郡，内徙边民，羌遂得深入内地，举
今甘肃、宁夏、陕西、山西、河南、四川之地，皆为羌所蹂躏。
自安帝永初以后十余年间，及顺帝永和以后十余年间，军旅之费
三百二十余亿，国家财政因平羌之故，为之破产，故羌灭未几，
而汉亦大乱，可知西汉之对匈奴与东汉之对西羌，同为严重之外
患，而一则能恢拓疆宇，振大汉之天声于殊俗，一则空竭府库，
一蹶而不能复振。故内政之强，即外敌之弱，内政之弱，即外敌
之强也。大体言之，汉世国家直接给予人民之慰藉者，其方式甚
多，如遇荒歉或朝廷重典，则"免田租一岁"，此史不绝书者
也。天灾日食，则下诏罪己，或策免三公，而三公亦引己职，上
书自劾引退，此虽无补实际之虚文，但可见执政者之责任心与思
危虚己之心。或水旱灾殃，则行假贷或急赈，或转运他处之粟于
灾区，或减百官俸养，或发仓庾，或大量由灾区移民他处，或卖
爵以入钱，或令民输粟于国家以除罪，以赡给贫民，或出帛以衣
之，或广建住宅以居之。此例甚多，今各举其一以为证：

《汉书·武帝纪》：元狩三年遣谒者劝有水灾郡，种宿麦，举吏民能假贷贫民者以闻。

又，《宣帝纪》：本始四年正月诏，今岁不登，已遣使者赈贷困乏。

又，《武帝纪》：元鼎二年九月诏，今水潦移于江南，饥寒不活，方下巴蜀之粟，致之江陵，遣博士中等分循行，谕告所抵，无令重困。吏民有赈救饥民，免其厄者，具举以闻。

又，《食货志》：（武帝元狩四年）山东被水灾，民多饥乏，于是天子遣使虚郡国仓廪以赈贫，犹不足，又募豪富人相假贷，尚不能救，乃徙贫民于关以西，及充朔方以南新秦中，七十余万口（《本纪》作七十二万五千口），衣食皆仰给予县官，数岁贷与产业，使者分部护，冠盖相望，费以亿计。

又，《宣帝纪》：本始四年正月诏曰，今岁不登，已遣使者赈贷困乏，其令大官损膳省宰，乐府减乐人，使归就农业，丞相以下至都官令丞，上书入谷长安仓，助贷贫民，民以车船载谷入关者，得毋用传。

又，《贾山传》：文帝出帛十余万匹以赈灾民。

又，《平帝纪》：元始二年郡国大旱蝗，青州尤甚，民流亡，三公卿大夫吏民为百姓困乏献其田宅者二百三十人。以口赋贫民。（师古曰：计口而给其田宅）。遣使者捕蝗，民捕蝗诣吏，以石斗受钱。天下民赀不满二万及被灾之郡不满十万，勿租税。民疾疫者，舍空邸第，为置医药。赐死者一家六尸以上葬钱五千，四尸以上三千，二尸以上二千。罢安定呼池苑以为安民县。起官寺市里，募徙贫民县次给食至徙所，赐田宅什器，假与犁牛种食。又起五里于长安城中，宅二百区以居贫民。

以上所举，虽属一时之事，然当时国家用民之力至多，而眷顾人民之至意，固亦无所不至，盖事实也。此外如举贤观风，存问鳏寡，平反冤狱，矜恤老弱，复除徭役，皆为一代之要政。而置三老孝悌力田，所以劝导乡里，助成风化，中国始纯然成一农本国家，故汉代始终历行重农抑商政策，开历代重农政策之先河，奠定了中国社会文化之基础，其影响之大可知矣。

《唐书·地理志》称："举唐之盛时，开元天宝之际，东至安东，西至安西，南至日南，北至单于府，盖南北如汉之盛，东不及而西过之。"其实唐之版图，就安东都护府所属，已包括今朝鲜半岛与东三省，较汉代疆域并无不及之处，而安西都护府所属，则今新疆及中央亚细亚之地，皆在其范围，声威所及，可谓"三王以来，未有以过之"（《唐书·北狄传》赞语）。其所以造成此中国历史上之黄金时代者，整个民族之力也。

唐之盛世，其役使民力之法，世皆知为租庸调。唐之租庸调，即汉之赋税，其制起于南齐及后魏，而其存在则依托于均田制，实为受田之代价，故均田制崩坏，百姓不得口分世业之田，而租庸调之税制亦难维持。今略述其内容，再试论其得失。

唐制凡民十六为中，二十一为丁，六十为老。授田之制，丁男及中男年十八以上者人一顷（百亩为顷），凡受田者，成丁之人每岁输粟二石，谓之租。丁随乡所出。岁输绢二匹，绫绝二丈，布加五分之一，绵三两，麻三斤，非蚕乡则输银十四两，谓之调。用人之力，岁二十日，闰月加二日，不役者日为绢三尺，谓之庸。有事而加役二十五日者免调，三十日者租调皆免。通正役不过五十日。水旱霜蝗耗十四者免其租，桑麻尽者，免其调，田耗十之六，免其调，耗七者诸役皆免。

以上略据《新唐书·食货志》所载，字句略有出入。则租

庸调之制，为租出于田，庸出于身，调出于家，即陆贽所谓
"有田则有租，有家则有调，有身则有庸"（《唐书·食货志》
二），凡天下之丁男，春夏之季，耕口分田而纳租粟。秋冬之季
服徭役，妻妾女子采永业田之桑养蚕，织输庸调之绢𬘓。国家以
租粟为重货，留于州县为地方财政之来源，庸调为轻货，转运京
师为中央财政之来源，此唐代财政组织之大要。由此言之，汉之
赋税以钱，而唐租庸调以粟与布帛，及德宗时杨炎为相，建两税
法之议，始以钱为赋，虽其势有所必然，而当时反以为弊苦，故
陆宣公上疏以为钱赋非古，请厘革之，仍复旧制。间尝思之，汉
以钱为俸，故不得不以钱为赋，唐未尝不以钱为俸，而不以钱为
赋，是以有任子纳课纳资之目，有令史捉钱之弊，此何故欤？而
汉既为金纳税法，唐反为物纳税法，社会经济之演进。岂退化
欤？今试据唐史所记各项史料参伍比较而释之。

（一）自隋末之乱，私铸钱盛行，钱愈轻贱。唐平天下，高
祖武德四年始铸开元通宝，于是一切盗铸私钱者论死，并没其家
属，至玄宗开元中天下铸钱仅七十余炉，故唐初数十百年间，钱
由国家专铸，则钱少，而"农人所有唯布帛，用布帛处多，用
钱处少"（《唐书·食货志》二语）。（二）"关中蚕桑少"（同上
书，《食货志》一语），绢丝之属，皆由东南转运至关中。天宝
元年韦坚为水陆转运使，奏请于长安城东浐水之下架苑墙，东面
建望春楼，楼下穿广运潭，有小底船二三百只，皆署以牌示，如
南海郡船则专运玳瑁真珠象牙沉香，豫章船，则运名瓷酒器茶档
茶碗，丹阳船，运绫罗纱缎，会稽船运吴绫绛纱。而《隋书·
百官志》载：太府寺属左右藏，有泾州丝局，雍州丝局、定州
绸绫局。《唐书·百官志》：左藏署掌钱帛杂彩，天下赋调。又
据《唐书·食货志》一：天宝三载，天下岁入之物，租钱二百
余万缗，粟千九百八十余万斛，庸调绢七百四十万匹，绵百八十

余万屯，布千三百三十五万端。然则，当时国家岁入大量之庸调绢丝，果何所有乎？盖隋唐时代赏赐物多用绢帛，北周武帝以突厥木杆可汗之女阿史那氏为后，岁给突厥缯絮锦彩十万匹，周既得突厥之助，遂灭齐。隋文帝于平陈凯旋，因行庆赏，自门外夹道，列布帛之积，达于南郭，以次颁给，所费三百余万段。唐时春冬公服，布绢绝绅绵，亦由朝廷颁给，但此犹非其主要之用途。中国绢帛，自汉以来皆为对外之重要输出，其贸易且远及于欧洲，晚近新疆发现之汉代文物中有任城、亢父（均在今山东，汉属东平国）制造之残绢，其上记康居文之匹数，康居人之贸易，当时遍及于中亚及东亚，故康居语为当时之国际贸易语。至隋唐之际，东西商业更为发达，唐太府寺卿掌财货、廪藏、贸易，总京师四市，左右藏，常平七署，庸调绢帛之藏，即属左藏署。唐时京师四市中之西市，为胡商麇集之所，则太府卿实掌国际贸易之事。隋以后有互市使、互市监（据《隋书·百官志》下，属鸿胪寺）裴矩尝住张掖，监诸商胡互市。唐以后互市之地益多，开元间突厥款塞，玄宗厚抚之，许朔方军，西受降城为互市，以金帛市马于河东、朔方、陇右牧之。德宗元和十一年，命中使以绢二万市马河曲（《唐书·兵志》）。汉唐间对西北塞外民族之斗争，全仗骑射，故不惜以倾国之物力财力经营马政。

中国之绢丝贸易，汉唐时代为亚洲之重要商业，其商道有二，其一最古，为出康居之一道，其一为通印度诸港之海道，而以婆卢羯泚（今 Cambay 湾中 narboda 河口之印度海港 Broach）为主要港口，当时之顾客，多为罗马人与波斯人，而居间贩卖者，乃中亚之游牧与印度洋之舟航，因此罗马人欲解除居间贩卖之弊。当查士丁尼在位之时，曾谋与印度诸港直接通市易，而不经由波斯，波斯亦欲完全垄断印度诸港之海上丝利，乃一面阻止印度人为罗马人之居间贩卖人，一面妨碍陆地运丝民族之贸迁。

当时在西亚贩绢丝者，以康居人为众，当6世纪下半叶，南北朝最后数十年间，突厥既灭哒，势力最盛之时，康居亦由哒之治下移属于突厥，而求突厥可汗室点密助其请波斯王许其在波斯管领诸国之中经营丝业，可汗许之，而波斯王不从，竟毒杀突厥可汗之使者，由是突厥与波斯遂修怨焉（参阅沙畹氏《西突厥史料》冯译本，第220—221页）。则中国绢丝之贸易，且一度引起西域诸国之战争，其重要可知。

上文因论唐代之租庸调制，而推测庸调绢丝之主要用途，复限于本文之体例，不能详尽，然已可知其关系于唐代声威文教之巨矣。

孟子曰：有粟米之征，有布帛之征，有力役之征，君子用其一而缓其二，用其二而民有殍，用其三而父子离。此三者即唐之所谓租庸调也。租以粟，调以布帛，庸以役，岂非所谓用其三者乎。而唐以为良法，且称盛治，何哉？盖唐虽三用之，而其实不及其一。唐制，田以二百四十步为亩，百亩之收，平岁出米五十余斛（《唐书·食货志》："田以肥瘠高下丰耗为率，一顷出米五十余斛。"）五十余斛之米约当粟百二十石，而租粟止于二石，是百二十分之二也。而为庸为调，又视田之登歉为之蠲免。然则，唐之所取于民者，固不为重。唐人称租庸调之便，如陆贽详于奏议，杜甫、白居易形容于诗歌。故汉唐之所取于民者，不在田租之轻，而在力役之重，所谓役者，征戍是也。唐制，岁役不过二十日，不役，则日为绢三尺。此正如汉之更赋，不仅为国家财政收入之增加，反以财政收入之故，而减少力役之征发，似亦不为不便。然而，唐睿宗为左右龙武军，是时良家子避征戍者，皆纳资以隶军。则其苦于征役，岂二十日之役或一匹半之绢，足以较其利害者哉，则唐之征戍役诚为重矣，杜诗《兵车行》云："去时里正与里头，归来头白还戍边"，盖没齿于边戍而后已。

白居易《新丰折臂翁》："无何天宝大征兵，户有三丁点一丁，点得驱将何处去？五月万里云南行。""是时翁年二十三，兵部牒中有名字，夜深不敢使人知，偷将大石捶折臂，张弓簸旗俱不堪，从兹始免征云南。"则又可知当时逃避征戍役之惨苦。以当时及后世称租庸调制之优良，而何以竟有此现象？此则随人口之发达与免役者之激增，因而至开元天宝之际，大有影响于租庸调制，甚至府兵制之变迁也。租庸调制规定五种人免课役：一、品官亲属。二、士人及节孝。三、持有告身（为官之身份证）者。四、付度牒为僧者。五、老弱废疾部曲奴婢及视九品以上官不课。此五项免役之规定，以三、四两种人为最多，因此"不课户"及"不课口"占户口中之大半。据《通典·食货门》载，天宝十四载之情形，表之如下：

户口总数	不应课役者	应课役者	不应课百分数	应课百分数
8914790（户）	3565501	5349280	39	61
52919309（口）	44700988	8208321	84	16

据上表，以户数言之，不课者占百分之三十九，课者占六十一，以口数言之，不课者竟占百分之八十四，课者仅十六，可知免役者人之多矣。且能得告身及度牒者，多属富户，则所有课役不得不加之于贫户，所以天宝以后，租庸调之制不能不变为两税法，而府兵制亦不能不变为彍骑，即由征兵而变为招募矣。

汉唐间凡课取赋役于人民之事，必以丁口计，是以户籍制度最关重要，实为当时国家治平之要政。近世列强所以能政清事理者，无不以户籍制度之实施，为首要之图。故凡户籍制度严明之世，乃为治世，盖国家大政之计划与施行，必基于此而后始能收其实效。小之，人口之增减，亦可以占为政之绩。《汉书·昭帝纪》赞云：孝昭承奢侈余弊，师旅之后，海内虚耗，户口减半，霍光知时务之要，轻徭薄赋，与民休息，至元昭元凤之间，匈奴和亲。百姓充实。此盖知户口之实虚而定国策者也。又，《黄霸传》：为颍川守，户口岁增，治为天下第一。《赵信臣传》：为河南守，百姓归之，户口增倍。此以户口之增减而知其政绩者也。隋唐之际，承大乱之后，机巧奸伪，避役惰游者十六七，或诈老诈小，规免租赋，故隋世最严于户籍令，《隋书·裴蕴传》云：

> 条奏皆令貌阅（言须当按阅其人之面貌），若一人不实，则官司解职，乡正里长，皆远流配。又许民相告，若纠得一丁者，令被纠之家，代输赋役，是岁大业五年也。

贞观中太宗锐意于治"官吏考课，以鳏寡少者进考，如增户法，失劝导者，以减户论配"（《唐书·食货志》一语）。至开元以后，天下户籍，久不更造，丁口转死，田亩卖易，贫富升降不实，而租庸调之法，本以人丁为本，至此，遂不能不败坏矣。

以上论汉唐之盛，实整个民族之力有以致之，而引领倡导之责，则在少数之明君贤辅，用能光耀史册，百代之后，犹令人想见其风徽。以下略论文化思想之部。

世界各民族有单独发生之文化，而无单独发展之文化，近世学者或以为中国文化在汉以前为单独发展者，其实不然。先秦时代，中国与印度及中亚必已有交通，如《庄子·逍遥游》所称之齐谐，孟子所称之齐东野语，及当时方士并多燕齐之人，则知今山东半岛一带，古代之所以多奇异之说者，盖其地为东西海上交通之终点也。陆路交通，如《穆天子传》、《山海经》诸书所记，虽出于想象或传说，似亦非全凭虚构，惟先秦以前，书阙有间，虽"事出有因，查无实据"，故史家存而不论耳。汉以后则有官书正史之记载，皆取材于曾经身历其地者之目见耳闻，如《史记》大宛、西南夷等传所记，自出于当时之官书档案，一部分系据张骞所述,《汉书·西域传》则为班勇所述也。

但汉时与西域之关系,以武力之接触与商业之往来为多。匈奴虽是游牧部族,实一横跨亚欧二洲之世界帝国,东西陆上交通之媒介,如汉铜器之狩猎纹及绿松石之嵌镶等,皆曾受西方强烈之影响,此近年考古学家所研讨者。自张骞通西域后,西方文物如葡萄、石榴、红蓝、胡瓜、苜蓿、胡荽、胡桃、胡麻等植物,皆相继东传。汉武帝时太初历,近人有谓系出自希腊历法,虽不足尽信,然当时东西文物之交往,必有可观。至于文化思想之接触殆甚少,佛教之传入中国,世皆以为始于汉明帝之时,而汉人之于佛教,实以方术道教等夷视之,佛教义理与中国文化思想之关系,当起于魏晋之间。自此尔后,东西文化之交通,始渐频繁,经六朝三四百年间,至唐而极盛。

按:古代葱岭以西文化有四:一为非洲北部尼罗河流域之埃及文化,二为亚洲西部幼发拉底河与底格里斯河之美索波达米亚文化,三为亚洲中部阿母河与西尔河流域之伊兰文化,四为亚洲南部恒河与印度河流域之印度文化。此四种文化经亚历山大东征之后,相激相荡,融会错综。藉商业与宗教之发展,遂越葱岭而东渐至于中土,唐代声教昌明,西域文化之流入,亦渐由器物用具而及于精神思想矣。

隋唐文化之特色,不仅在集南北地方文化之大成,而唐代尤有更新之处,熔冶西方各地之外国文化为一炉,而摄取消化之,参以本国固有之成分,故唐代文化,实一种含有世界性之国际文化,盖唐之声威远播东西,四方仰慕上国衣冠,梯山航海而来之外国人甚多,其麇集之地,北则敦煌、凉州、长安、洛阳、营州,长江流域有扬州、洪州(南昌),汉水流域之荆州,皆胡人商贾云集之所。南方沿海之交州、广州、泉州、明州(宁波),为阿拉伯、波斯商船聚泊之地。长安虽为一代首都,而其实已成当时世界第一大都会，不仅有各国侨民，世界之奇珍异宝，咸荟萃于此。东方日本、新罗、百济、高句丽，亦常遣派贡使、留学生及求法僧入朝巡礼。北方突厥、回纥、奚契丹，其可汗与部众遍布于两京。西方天山南北路之高昌、焉耆、龟兹、疏勒、于阗诸国之使节、画人、乐工往来长安者，相望于道。葱岭以西昭武九姓诸国，及波斯、阿拉伯、叙利亚之商贾、教徒，南方印度、马来半岛、交趾、南海之佛僧、贾人，昆仑奴等，皆集中于长安，至玄宗开元天宝之际，长安宛如一世界人种展览会，蔚然大观，西域使节随员之留滞长安者，竟有四千余人之多，其他可想而知。因此，西域诸国人所到之处，其本国文化之传播，亦自然蔓延于中土，尤以两京为甚，而唐朝又最善于容纳摄取各种文化，文武大官皆有西域人之登庸，则西域文物之盛行，固不待论也。

西域文化中影响于唐人社会生活最深切者为伊兰文化，即波斯、阿拉伯之文化，举凡宗教、绘画、雕塑、建筑、工艺、音乐、舞蹈、游戏，以至于衣食住，无不有伊兰文化之色彩。间尝考之，不同文化之民族间，惟宗教之传播为最难，如祆教、摩尼教、景教之传入，唐朝皆能优容之，且为之设官——祆教官在隋曰萨甫或萨保，唐曰萨宝，任人奉信，不加禁止。此种恢宏之政治度量，与富于生长力之文化性能，古今实罕与伦比。因知历史上凡能善自容纳吸收外来文化之时代，必为昌盛之时代，李唐是也，日本之明治维新是也。凡能擅自容纳吸收外来文化之国家，必为昌盛之国家，今日之美国是也。凡妄自尊大，排斥或固拒外来文化之时代，必为衰微之时代，赵宋诸儒之言论与19世纪中叶以后之满清政府是也。凡妄自尊大，排斥或固拒外来文化之国家，必为覆败之国家，今日法西斯德国、日本之民族文化优越感是也。盖外来文化之容纳与吸收，正所以培养民族文化之生长力，非所谓媚外或盲从，自有其立国之本在。自魏晋南北朝以来，佛教盛行，唐初自贞观至于永徽，纂修五经正义，为唐代之一大事业，其用意即在使儒学之固定化，不为外力所倾轧。开元间敕修大唐六典，则在使制度之固定化。然大一统时代之思想，务在整齐划一，缺乏生气，故唐代思想界终不及佛教之龙象辈出也。

由上所论言之，在大一统时代之政治下，凡国家之对外政策，对内征发，必须举国一致奉行之，始能生伟大之力量。韩非子曰："能去私曲就公法者，民安而国治。能去私行行公法者，则兵强而敌弱。"此法治精神之极致，汉唐人民所以能牺牲小我之私利，而完成国家民族之大我，其精神光前裕后，炳耀史册，岂偶然哉！罗马帝国大一统之时代，拉丁成语有云：certainty unite, in doubt liberate, in things respect。意谓在决定之事项下，全体一致，在不决定之事项下，任人自由，在件件事上互相敬重。执此语以论汉唐尤其唐代之文化，最为适当，汉唐开国之际，均曾遭遇强大之劲敌，汉之于匈奴，唐之于突厥，皆曾经多年激烈之战斗尔后展开一大局面，举国在此一决定之事项下，并力以御外侮，而在外来文化生活与宗教信仰方面，则任人自由，读唐人诗文及敦煌壁画中所表现之世态，知其社会风俗，盖彬彬多礼者也。

西域诸国本以骑射为生，西方文化又富于一种动态美，故唐代文化在中国文化史中亦最为生动活泼，唐人上自帝王下至平民，无论男女，皆好伊兰风之游戏、舞蹈、音乐、服饰，是以身心健美，正东坡诗所谓"端庄杂流丽，刚健含婀娜"，今存唐画与塑像，尤可见之。文武合一，刚柔相兼，此唐代社会之特色。要之，身心健全之民族，最多诗意，故此时代整个为诗的时代，唐诗之所以辉映千古，亦因其时代之生活为诗的生活，缺乏诗的生活之民族，必有没落之日，无诗之生活而为诗，不足以称诗，雕虫篆刻乃生活之虚伪者所为，此唐之所以异于后世也。唐之士大夫，其豪情逸致，盖合英雄、名士而为一。"葡萄美酒夜光杯，欲饮琵琶马上催，醉卧沙场君莫笑，古来征战几人回。"此中有赞赏异域文化之情调，有百战英雄之勇决，有名士风流之襟怀，有死生双遣之磊落，有流连光景之徘徊，所以者何？即因诗人具有其时代之真生活，尔后发而为诗，故能内外合一，声情并茂。然世皆知其为一代之名作，童而习之，而不知故也。

　　大抵诗的生活，多少富于浪漫性，人生必具有适当之浪漫性，心有憧憬，始不至过于枯燥严肃，乏生人之趣，墨学苦行，使人忧，使人悲，终成绝学。吾国今日之抗战，盖知其不可而为之，其间亦多少有浪漫性之存在。汉武帝挞伐匈奴，曰："高皇帝遗朕平城之忧，昔齐襄公复九世之仇，春秋大之！"（《汉书·匈奴传》上）唐太宗之征突厥，耻"先帝诡而臣之"（《唐书·突厥传》)，为诗曰："雪耻酬百王，除凶报千古。"（《赐岑文本诗》)）此等气概皆多少带浪漫情绪。玄奘跋涉西域，杖锡印度，十七年备尝险阻艰难，大无畏之精神，卓越千古，为后世诗歌小说所咏叹不置。其他大唐求法高僧，身经万死于真理之探求者，前后接踵不绝，若非富于一种伟大之诗意，何能甘心而不辞。杜少陵，号为有醇醇儒者之风，而当其与李白、高适春歌丛台，秋猎青丘，"放荡齐赵间，裘马颇清狂"，（壮游）少陵犹如此，他之诗人可想而知。唐人又好酒，酒名之多，无过唐代，自来诗酒相连，酒可激动浪漫之情绪，少陵酒债寻常随处有，李白斗酒诗百篇。大约能饮酒之民族，其体力必健强，性情坦率，所谓"嗜酒见天真"。浪漫情绪之可爱，即在其内心有真实之生活，真实之情感，不计利害，不屑打算。然当其感情冲动，理智不复能克制之时，则易流而为任诞狂放耳。今兹所论，非歌颂浪漫，提倡饮酒之意，不过叙述其所见而略解释之云尔。

　　唐诗风华绰约，声情并茂，尤以征戍边情之诗，最能表现其时代之美，拙稿别有《论唐代边塞诗》一文以述之。若夫直探性灵，齐一物我，则余尝爱唐人诗云："鸡声茅店月，人迹板桥霜"，想见天寒岁暮，风凄木落，羁旅之愁，如身履之。至其曰："野塘春水慢，花坞夕阳迟"，则风酣日煦，万物骀荡，天人相与融怡，读之便觉兴然感发。谓此四句可以坐变寒暑，诗之为用，犹画工小笔尔，以知文章与造化争巧可也。

　　草此文章，有不能已于言者。历史之事实，时代愈近愈见其滓秽丛集，丑恶万端，不可向迩，而史事之是非善恶，亦难遽明，盖"不见庐山真面目，只缘身在此山中"。时代较远，其轮廓迹较清晰，史家遂易于发现其时代美。历史学之能事，固在其求史事演变之因果关系，然而发现其时代美，知史事之真善美之所在，亦未始非史家之责。王荆公诗云："糟粕所传非粹美，丹青难写是精神"，则又非言语所能尽矣。故文化之素养愈深，现实之痛苦愈甚，此所以具大悲之愿者，侧身天地更怀古也。能具有服从真善美之心，则无论为个人或国家民族，方有向上发展之望。大凡一身心健全之民族，必富于宗教性，汉人之于天人相与之儒教，唐人之于佛道，皆具有普遍之宗教信仰，宗教心即服从真理之性格，今日中国民族所最缺乏者为服从真理之性格，书曰，天道无亲，常与善人！

　　　　　　　　　　　　　（原载《读书通讯》84—86 期，1944 年）

论两汉土地占有形态的发展

一　汉初的重农经济政策

　　战国的旧贵族——诸侯公聊大夫的世卿阶级，逐渐被新起的地主阶级所代替。汉初，社会上充满着战国以来的旧势力——富商大贾、强宗巨族、地主豪强，特别是富商大贾，最为猖獗，《汉书》卷九十一《货殖传》（参看《史记》卷一二九《货殖列传》）：

　　　　吴、楚兵之起，长安中列侯、封君行从军旅，斋贷
　　　子钱，子钱家以为关东成败未决，莫肯予；惟毋盐氏出
　　　捐千金贷，其息十之（《史记》十作什。《索隐》："谓出
　　　一得十倍"）。三月吴、楚平，一岁之中则毋盐氏息十
　　　倍，用此富关中。关中富商大贾大氏（抵）尽诸田——
　　　田墙（《史记》作"啬"）、田兰，韦家栗氏、安陵杜氏
　　　亦巨万。

汉朝政府对商人的斗争与妥协，成为汉初七十年间政治上经济上

的一个特色。经长期战乱之后，社会经济还未恢复，① 商人囤积居奇，垄断物资，抬高物价，必然会造成社会动摇，农民愈加穷困，这对新建立的汉政权是很大的威胁。汉政府对付商人的办法是不许商人做官，这在当时算是严厉的措施，《史记》卷三十《平准书》：

> 高祖乃令贾人不得衣丝乘车，重租税以困辱之。孝惠、高后时，为天下初定，复弛商贾之律，然市井之子孙，亦不得仕官为吏。

但这种办法实际上并不能抑制方兴未艾的商业势力对新政权的威胁。商人总是惟利是图的，排除商人于政治势力之外，并不能阻止商人剥削农民，所以晁错说："今法律贱商人，商人已富贵矣；尊农夫，农夫已贫贱矣。"② 这项禁令，文帝时还继续着，《汉书》卷七十二《贡禹传》："孝文皇帝时，贵廉洁，贱贪污，贾人、赘婿及吏坐臧（赃）者，皆禁锢不得为吏。"但到景帝时，社会情况已经起了变化，商人不得做官的禁令已被认为不合理。《汉书》卷五《景帝纪》后元二年（公元前142年）诏：

> 其唯廉士，寡欲易足。今訾算十以上乃得官，廉士算不必众。有市籍不得官，无訾又不得官，朕甚愍之。訾算四得官，亡令廉士久失职，贪失长利。（上引"官"字，一作"宦"。）

---

① 《续汉志·郡国》（一）刘昭补注："秦兼诸侯，置三十六郡，其所杀伤三分居二，犹以余力行参夷之刑，收大半之赋。北筑长城四十余万，南戍五岭五十余万，阿房、骊山七十余万，十余年间，百姓死殁相踵于路。陈〔涉〕、项〔羽〕又肆其余烈，故新安之坑二十余万。彭城之战，睢水不流。至汉祖定天下，民之死伤亦数百万，是以平城之卒不过三十万，方之六国，五损其二。"《史记·平准书》："汉兴，接秦之弊，丈夫从军旅，老弱转粮饷，作业剧而财匮，自天子不能具钧驷，而将相或乘牛车，齐民无藏盖。"

② 《汉书》卷二十四《食货志》（上）。

訾同赀。服虔注："訾，万钱；算，百二十七也。"①《汉书》卷
五十七《司马相如传》："以訾为郎。"颜师古注："以家财多，
得拜为郎也。"则訾实指家财而言。訾财一万钱，课税一算，訾
算十，即訾十万钱，訾算四，即四万钱。市籍是经营工商业者的
登记簿，不登记的不准营业，《汉书》卷九十《尹赏传》：

> 杂举长安中轻薄少年恶子，无市籍商贩作务，而鲜衣凶
> 服，被铠扞持刀兵者，悉籍记之，得数百人。赏一朝会长安
> 吏，车数百两（辆），分行收捕。

景帝的诏文已经对商人不许做官的禁令表示不满，而且有废除这
项禁令的企图。因为不废除这项禁令，一方面减少了财政收入，
反而给商人以长久获利的机会；一方面又限制了人才进用，政府
要受到双重损失。到武帝时，这项禁令就完全废除了，《汉书》
卷二十四《食货志》（下）：

> 除故盐铁家富者为吏，吏益多贾人矣。

如东郭咸阳、孔仅辈，都是盐铁工业的大商人，可见商人势力随
着战国以来豪强地主的发展，在政治上经济上迅速发展起来。当
时，土地的主要占有者一方面是战国以来的豪强地主、强宗大族
和富商大贾，一方面是"汉初叙二等"的诸侯、王，如吴、楚
七国和大小封君。汉天子除了拥有强大的驻在长安的南北军外，
他的政权存在着很大的局限性。就是让商人做官，政府可增加财
政收入，亦决不能和缓当时严重的统治阶级内部矛盾——皇权与

---

① "算，百二十七也"，百二十七，应为百二十，七字乃传写之误，汉人写七
作"十"，横笔长，直笔短，极似十字，今汉简犹可见。王国维《流沙坠简考释》禀
给类第26简"马食二石七斗"，沙畹书即误释七为十。《居延汉简考释·释文》钱谷
类第305简"子使女始年十"，十亦为七之误。汉简又常写二十作廿，廿与十连文，
即易误写为二十七。《汉书》卷一《高帝纪》四年注、卷二《惠帝纪》六年注、《史
记》卷一二二《张汤传》注、《后汉书》卷一《光武帝纪》建武二十二年注、卷五
《安帝纪》永初四年注，均作：一算，百二十文，可证百二十七为传写之误。

地主豪强、富商大贾、强宗大族以及大小封君之间的矛盾，更不能和缓地主与农民两大阶级之间的基本矛盾（详下）。

统治阶级内部矛盾和阶级矛盾的发展，迫使汉政权不能不积极扶助战后的为数较多的新兴中小地主，实行减轻田租的"重农"政策。文帝二年、十二年都有免除田租之半的诏令。《汉书·食货志》（上）：

> 孝景二年，令民半出田租，三十而税一也。

这个政策对劳动农民当然不利，对新兴中小地主却有利。田租是地主对政府应缴纳的赋税，《汉书》卷八十六《何武传》：

> 武兄弟五人皆为郡吏，郡县敬惮之。武弟显，家有市籍，租常不入县，数负其课。市啬夫求商捕辱显家，显怒，欲以吏事中商。武曰：以吾家租赋徭役不为众先，奉公吏不亦宜乎？武卒白太守，召商为卒吏。

像何显这样的官僚地主对国家应缴纳田租，但也拒不缴纳。而农民所耕的不是自己的土地，是地主的土地，田租减轻，只对地主有利，一般农民不会得到什么好处。对地主来说，正如荀悦所谓："官收百一之税，而人输豪强太半之赋，官家之惠优于三代，豪强之暴酷于亡秦。"① 政府给予地主的实惠，比起周代的"十取其一"还优厚得多。而农民缴纳给地主的租税，董仲舒说"或耕豪民之田，见税什五"，② 后来王莽也说"豪民侵凌，分田劫假，厥名三十税一，实什税五也"。③ 政府的国赋虽名为三十而税一，但地主收农民的田租却是十分而税五。国赋很轻，私租很重。这个政策在加重剥削农民的基础上对于战后新兴中小地主

---

① 《前汉纪》卷八文帝十三年条。
② 《汉书》卷二十四《食货志》（上）。
③ 《汉书》卷九十九《王莽传》（中）。

是有利的，就恢复生产说，有它的积极的一面。而土地私有制的发展，在汉初的历史阶段，使农民对自己的劳动成果也还是感到兴趣。封建制度的基础是封建的土地私有制，汉初黄老"无为"的不干涉政策，正是土地私有制生产起着积极作用的初期发展阶段的反映。它鼓励中小地主和个体小农努力从事农业生产，使中小地主可以获得更多的土地和财富，一部分个体小农可能上升为中小地主。因此，在当时的历史条件下，阶级关系不断变化、不断发展，这个政策对社会生产起了一定的推动作用。汉政权得到了新起的小农和中小地主的拥护，生产也得到了恢复和发展，它的政权就逐渐巩固起来，因而大大地为汉武帝准备了加强封建专制主义中央集权制度的物质条件。《史记》卷二十五《律书》：

> 故百姓无内外之徭，得息肩于田亩，天下殷富，粟至十余钱，鸣鸡吠狗，烟火万里，可谓和乐者乎。

> 太史公曰：文帝时，会天下新去汤火，人民乐业，因其欲然，能不扰乱，故百姓遂安，自年六七十翁，亦未尝至市井，游敖嬉戏如小儿状。

这活画着一幅中小地主生活上升的图景。同时如赵过对耕作工具和耕作方法的发明、改进和推广，漕运、水利、灌溉事业的兴建，手工业的分工和发达，生产力就迅速提高。《汉书·食货志》（上）：

> 至武帝之初七十年间，国家无事，非遇水旱，则民人给家足，都鄙廪庾尽满。而府库余财，京师之钱累百巨万，贯朽而不可校，太仓之粟陈陈相因。

在这样的情形下，代表地主阶级的政权亦得暂时稳固。

但是封建土地私有制的发展，已经成为这个对抗性的阶级社会的严重问题。无论如何，汉初社会是建筑在占有生产资料的地主阶级对于被剥夺了生产资料的直接生产者农民阶级实行剥削的基础上的，地主和农民两大阶级之间的矛盾是当时社会上的基本矛盾，因此，在封建历史家所艳称的"文景之治"的背面，一方面土地集中，一方面却隐藏着失去土地的农民无穷的灾难和痛苦。贾谊、晁错是首先对这种局面感到不安的人，贾谊上文帝书说："生之者甚少，而靡之者甚多，天下财产何得不蹶！"①《汉书·食货志》（上）载晁错对文帝述说农民的困苦、商人的豪富的话更为明切：

> 今农夫五口之家，其服役者不下二人，其能耕者不过百亩，百亩之收不过百石。春耕夏耘，秋获冬藏，伐薪樵，治官府，给徭役，春不得避风尘，夏不得避暑热，秋不得避阴雨，冬不得避寒冻，四时之间，亡日休息。又私自送往迎来，吊死问疾，养孤长幼在其中。勤苦如此，尚复被水旱之灾，急政暴虐，赋敛不时，朝令而暮改。当具，有者半贾而卖，亡者取倍称之息。于是有卖田宅、鬻子孙以偿债者矣。而商贾大者积贮倍息，小者坐列贩卖，操其奇赢，日游都市，乘上之急，所卖必倍，故其男不耕耘，女不蚕织，衣必衣采，食必粱肉，亡农夫之苦，有千百之得。因其厚富，交通王侯，力过吏势，以利相倾，千里游敖，冠盖相望，乘坚策肥，履丝曳缟，此商人所以兼并农人，农人所以流亡者也。今法律贱商人，商人已富贵矣；尊农夫，农夫已贫贱矣。

《食货志》（上）又载董仲舒上武帝书：

> 至秦则不然，用商鞅之法，改帝王之制，除井田，民得买卖，富者田连阡陌，贫者无立锥之地。又颛川泽之利，管山林之饶，荒淫越制，逾侈以相高。邑有人君之尊，里有公侯之富，小民安得不困！又加月为更卒，已复为正，一岁屯戍，一岁力

---

① 《汉书》卷二十四《食货志》（上）。

役，三十倍于古。田租、口赋、盐铁之利，二十倍于古。或耕
豪民之田，见税什五。故贫民常衣牛马之衣，而食犬彘之食。
重以贪暴之吏，刑戮妄加，民愁无聊，亡逃山林，转为"盗
贼"，赭衣半道，断狱岁以千万数。汉兴，循而未改。

这些话深刻地说明了秦汉之际土地集中，徭役、租税繁重，阶级矛
盾已达到非常尖锐的程度；亦说明了汉初商人势力的活跃、城市与
农村的对立、商品经济的发展与封建剥削的加重，使得无数农民陷
于破产。董仲舒虽曾上书限制名田，即限制有钱有势的人兼并土地，
但在当时这些建议显然是不会得到什么结果的。因而在这统一的封
建国家的版图上，从此到处打响了农民起义的信号弹。《史记》卷一
二二《杨仆传》（参看《汉书》卷九十《咸宣传》）：

　　"盗贼"滋起，南阳有梅免、白政，楚有殷中、杜少，齐
有徐勃，燕、赵之间有坚庐、范生之属，大群至数千人，擅
自号，攻城邑，取库兵，释死罪，缚辱郡太守、都尉，杀二
千石，为檄告县，趣具食。小群"盗"以百数，掠卤乡里者
不可胜数也。于是天子始使御史中丞、丞相长史督之，犹弗
能禁也。乃使光禄大夫范昆、诸辅都尉及故九卿张德等，衣
绣衣持节，虎符发兵以兴击，斩首大部或至万余级。及以法
诛通饮食（《汉书》作通行饮食，即供给饮食的人）[1]，坐连

---

　　[1]　"通行饮食"是汉政府对于镇压农民起义或群众暴动或犯罪者的法律文词，凡是
同上述各类的人有联系，或曾供给饮食，都坐"通行饮食"之罪。《汉书》卷九十《尹赏
传》："赏一朝会长安吏，车数百辆，分行收捕，皆劾以为通行饮食群盗。"又，卷七十二
《鲍宣传》："时名捕（指名捕缉）陇西辛兴，兴与宣女壻纴，俱过宣一饭去，宣不知情，
坐系狱，自杀。"又，卷九十八《元后传》："暴胜之举奏杀二千石，诛千石以下通行饮食
坐连及者，大部斩至万余人。"《后汉书》卷四十六《陈宠传附子忠传》："至于通行饮食，
罪至大辟。"李贤注："犹今律云：以致资给，与同罪也。"《唐律疏议》卷五《名例律》：
"其应加杖及赎者，各依杖赎例"，《疏议》曰："过致资给者，并依杖二百罪。……过致
资给者，亦依赎法。"《唐律释文》卷三："致资给，谓共（供）借宿食，或借财货，使罪
人藉资给而得逃亡也。"汉末黄巾起义，黄巾军便利用这种经验扩大而成"义舍"的组织，
凡是参加黄巾的群众，入了五斗米道，义舍就可供给饮食。

诸郡，甚者数千人。数岁，乃颇得其渠率。散卒失亡，复聚
党阻山川者，往往而群居，无可奈何。于是作沈命法（藏
匿亡命者，沉没其命）曰："群盗"起，不发觉，发觉而捕
弗满品者，二千石以下至小吏，主者皆死。其后小吏畏诛，
虽有"盗"，不敢发，恐不能得，坐课累府，府亦使其不
言。故"盗贼"浸多，上下相为匿，以文辞避法焉。

这些大大小小的农民暴动，虽然没有能在武帝时候推翻汉政权，
却迫使汉政权不能不抑制地主、豪商的势力，以暂时缓和阶级矛
盾。

二　汉武帝的时代和封建国家土地所有制的扩大

汉武帝一代（公元前140—前87年）和汉武帝个人在历史
上的作用和影响，值得全面研究，这里不能详论。就这个时代
说，中国人民，主要是汉族人民，在当时所作的努力和在各方面
的创造——政治的、经济的、文化的，都有着光辉的成就，由于
中国人民的劳动和勇敢，四境的天然疆界——北徼的沙漠，西南
的丛山，东方的大海，被连接成一个完整的版图；又由于当时汉
族人民的比较游牧社会奴隶制生产高一级的封建生产方式，带动
了环绕于汉族周围的生产落后的各民族，使他们政治的和经济的
组织向前发展一步，逐渐加入于汉族人民的生活范围。这些成
就，都是当时中国人民通过各式各样剧烈的斗争才获得的。就汉
武帝个人所处的时代说，广大农民受地主阶级剥削、压迫，已经
到了晁错、董仲舒说的"卖田宅，鬻子孙"，"衣牛马之衣，食
犬彘之食"的时候，而在大一统的形势下，绝对君权和正在发
展的豪强兼并势力的严重冲突，豪强兼并势力的胜利，那就是绝
对君权的屈服、大一统的瓦解，这是汉武帝一代封建专制主义所

不能容许的。同时，汉族长期受北方匈奴的侵扰和威胁，这个外部矛盾也必须解除。汉初政治的、经济的、军事的制度，已多不能适应武帝一代时势的要求，"汉承秦制"的话，到武帝时代大大变动了。《资治通鉴》卷二十二《汉纪》载征和二年武帝对卫青说：

> 汉家庶事草创，加四夷侵陵中国，朕不变更制度，后世无法，不出师征伐，天下不安，为此者，不得不劳民；若后世又如朕所为，是袭亡秦之迹也。（原文见《汉书·匈奴传》）

《汉书》卷六十四《严助传》：

> 是时征伐四夷，开置边郡，军旅数发，内改制度，朝廷多事，娄（屡）举贤良文学之士，公孙弘起徒步，数年至丞相，开东阁，延贤人，与谋议，朝觐奏事。

汉武帝正代表了这个时代。对于匈奴，他说："高皇帝遗朕平城之忧！"① 不能不承认这些话是多少带有朴素的"民族"意识的，他保持了汉家政权，但也保障了人民生活不被匈奴所侵扰。

吴、楚七国乱后，汉武帝积极从事中央集权的工作，采用贾谊、主父偃削藩的政策，大大减缩诸侯王残余的政治和经济的特权，每藉微罪，把他们废掉。汉制，皇帝以八月在宗庙举行大祭，叫做"饮酎"，届时诸侯王应献金助祭，叫做"酎金"。武帝一朝，列侯因为酎金成色恶劣或斤两不足而夺爵的，据《汉书》卷六《武帝纪》所载，单是元鼎五年就有一百零六人。西汉诸侯王、王子侯、功臣外戚、恩泽侯的绍封世袭，亦受到极严格的限制，《汉书》各表所记，很多是由于"无后"与"有罪"。因而"国除"的，例如：《王子侯表》所列武帝时王子侯

---

① 《资治通鉴》卷二十一《汉纪》太初四年，《史记》卷一百十《匈奴列传》。

计一百九十七人，其中"无后"与"有罪"的，便有一百二十六人。这就大大减少了皇室贵族内部的对立，解除了施行中央集权的后顾之忧。同时，尽量分化宗室，如《后汉书》卷四十二《东平宪王苍传》所说："自汉兴以来，宗室子弟无得在公卿位者"，疏宗远属，渐同庶民待遇，皇室自身便不参形成一个宗族的力量，以与皇权对抗。因而大大改变了汉初天子与诸侯王、封君贵族的土地占有的比重，《汉书》卷四十八《贾谊传》所谓"诸侯之地，其削颇入汉者"，扩大了汉天子直接占有的土地，即扩大了封建国家土地所有制，天子成为最高的和最大的地主。最高的和最大的地主并不排斥其他的——私有的和公共的土地占有，[①] 但可能排斥一人一姓大量的土地占有（武帝时有"专地盗土"的律，即为此而设）。所以，不许有另一种与中央集权相对抗的政治和经济势力的并存，便成为武帝一代的中心政策。这种政策不仅用于对诸侯王及功臣外戚的斗争，并且普遍运用于对豪强地主和富商大贾的斗争。

阶级矛盾的加深和对匈奴战争的延长与扩大，这是摆在汉政权面前的两大矛盾。要同时解决这两大矛盾是不可能的，要解决地主、豪商与农民阶级之间的基本矛盾，对任何时代的封建政权说，也是绝对不可能的。在汉武帝一代的历史条件下，先解决统治阶级内部的矛盾，即绝对君权与豪强地主、富商大贾之间的矛盾，以便更有力地来应付阶级矛盾是可能的。扩大对匈奴战争的矛头指向外部，便同时可引起内部的幻想，这是历史上统治阶级经常运用的以矛盾解决矛盾的惯技。这个政策虽然增加了人民的力役和经济的担负，却可以博得一部分中小地主的同情与拥护，如《汉书》卷五十八《卜式传》：

---

① 参看《资本论》第三卷，第1032页。

> 时，汉方事匈奴，式上书，愿输家财半助边，……式曰：天子诛匈奴，愚以为贤者宜死节，有财者宜输之，如此而匈奴可灭也。

对匈奴战争的消耗和需要，也是促成汉武帝时代君权无限扩张的条件之一，由此而产生卖爵、入财赎罪、贷假、榷酤、算缗、盐铁专卖等新的经济措施。汉代税收的名称，据史书所记约有十九种，而武帝一代创立的就有七种，① 像车船算、关税、盐铁税等，虽然由商人缴纳，实际上都转嫁到人民身上。元狩四年（公元前119年）汉政权为了巩固自己的统治，颁发缗钱令，打击地主豪强、富商大贾，《汉书·食货志》（下）：

> 诸贾人末作贳贷，卖买居邑，贮积诸物，及商以取利者，虽无市籍，各以其物自占，率缗（"缗"，原书作"緍"，《史记·平准书》作"缗"，唐人避太宗李世民讳，改"缗"作"緍"，但未尽改）钱二千而算一，诸作有租及铸，率缗钱四千算一。非吏比者三老、北边骑士轺车一算，商贾人轺车二算，船五丈以上一算。匿不自占，占不悉，戍边一岁，没入缗钱。有能告得，以其半畀之。贾人有市籍及家属皆无得名田，以便农。敢犯令，没入田货（《史记·平准书》作"田僮"）。

缗是钱贯，缗钱，指用麻绳串成一贯的现钱。元狩四年以前，凡是藏有现钱的，按其多少出算赋。算，百二十钱，各有差下。可是，商人囤积了大批物资，在城市里操纵物价，又藏匿现钱，不实报，又采铁煮盐，私铸钱，钱多而轻，造成严重的通货膨胀。

---

① 这十九种税中，田租、蒭税、算赋、更赋、献赋、訾算、六畜算、海租、海税、军市租、市租等十一种，非武帝时立，或在前，或在后；假税、车船算、息租（高利贷税）、关税、缗钱算、盐铁税、榷酒酤等七种是武帝时创立的。

另一方面由于对匈奴的战争，政府需要物资和现钱，这便形成了封建政权与豪商间的严重矛盾。上举缗钱令与以前算缗钱不同，以前只算现钱，好像是所得税，现在包括财物在内，把财物的价值折成现钱计算，好像是财产税。同时，政府又以调剂物资、平抑物价的"均输"、"平准"和盐铁酒专卖，来"使富商大贾无所牟利"。这些办法虽然收到了一时的效果，却难使商人的财货更多地落到政府手里来，于是演成了打击面最广的用法律形式来强夺的"杨可告缗"，《汉书·食货志》（下）：

> 杨可告缗遍天下（杨可，人名，据缗钱令普遍告发藏匿缗钱的人），中家以上大抵皆遇告。杜周治之，狱少反者。乃分遣御史、廷尉、正监分曹，往往即（《史记·平准书》作"往即"）治郡国缗钱，得民财物以亿计，奴婢以千万数，田，大县数百顷，小县百余顷，宅亦如之。于是商贾中家以上大抵破。

没收了这么多的奴婢、田地，可见大商人本质上就是大地主，大地主也是大商人，《汉书》卷五十九《张安世传》：

> 安世尊为公侯，食邑万户，然身衣弋绨，夫人自纺绩，家僮七百人，皆有手技作事，内治产业，累积纤微，是以能殖其货，富于大将军〔霍〕光。

张安世有七百家僮从事纺织手工业，当然是大商人，才"能殖其货"。《史记》卷一二二《张汤传》："排富商大贾，出告缗令。"张守节《正义》：

> 缗，音岷，钱贯也。武帝伐四夷，国用不足，故税民田宅、船乘、畜产、奴婢等，皆平作钱数，每千钱一算出一等，贾人倍之。若隐不税，有告之，半与告人；余半入官，谓缗。出此令，用锄筑豪强兼并、富商大贾之家也。一算，百二十文也。

皇权对富商大贾的打击，也就是对豪强兼并势力的打击。但统治者内部藏有缗钱的却可以特许，前引《张安世传》：

> 诏都内别藏张氏无名钱，以百万数。

像这些作为"父权的代表"①的大官僚，他们的现钱是不登记、不上簿录的，也就不会缴纳缗钱税。

上举《食货志》（下）说"中家以上大抵破"，这里应该说明一下汉代人所指"中家"的意义。《盐铁论》卷三《未通篇》：

> 往者军阵数起，用度不足，以赀征赋，常取给见民，田家又被其劳，故不齐出于南亩也。大抵逋流皆在大家，吏正畏惮，不敢笃责，刻急细民，细民不堪，流亡远去，中家为之色出。

这是说武帝时几度对匈奴用兵，费用不足，常要民众出财产税，或入财赎罪及买官，以补充财政收入。农民则被征徭役，以致不能到田间耕种，大抵逃避托庇于豪强兼并的大家，做他们的"附户"，地方官吏与里正畏惧豪强，不敢认真追究。同时却又残酷地压榨小民，小民不堪忍受，往往脱离本土，流亡远去，中家乘机得其土地，当然很高兴了。中家又是大家的外围力量，供大家驱使，替他们放高利贷牵线，为虎作伥，榨取人民，从中取利，《后汉书》卷二十八《桓谭传》：

> 今富商大贾多放钱货，中家子弟为之保役，趋走与臣仆等勤，收税与封君比入。

以上说明"中家"与"大家"的关系。一个中家之产也有一定

---

① 马克思在《中国革命和欧洲革命》一文中说："就像皇帝通常被尊为全国的君父一样，皇帝的每一个官吏也都在他所管辖的地区内被看作是这种父权的代表。"载《马克思恩格斯全集》第九卷，人民出版社1961年版，第110页。

的标准，《史记》卷十《孝文帝本纪》：

> ［文帝］尝欲作露台，召匠计之，直百金。上曰：百
> 金，中民十家之产，吾奉先帝宫室，常恐羞之，何以台为！

露台的建筑费需要百金，而百金值十家之产，那末，十金便是一个中家之产。《史记》卷六十九《苏秦传》："黄金千镒，白璧百双。"《正义》云："按：一镒，一金也。"《史记·平准书》："马一匹，则百金。"《集解》引臣瓒曰："秦以一镒为一金，汉以一斤为一金。"《汉书·食货志》（下）："黄金重一斤，直钱万。"《汉书》卷六十五《东方朔传》："金千斤，钱千万"，"金满百斤，钱满百万"。可证黄金一金值一万钱，则中家十金之产当值十万钱。汉律，官吏监守自盗，赃值十金以上则至重罪或死刑，[1] 大约也是以中家之产为标准的。

中家的贫富状况也有不同，因而他们对劳动人民剥削的程度也有不同，《汉书》卷七十二《贡禹传》：

> 禹上书曰：臣禹年老贫穷，家訾不满万钱，妻子糠豆不赡，裋褐不完，有田百三十亩，陛下过意征臣，臣卖田百亩以供车马。至，拜为谏大夫，秩八百石，奉钱月九千二百，廪食太官。

贡禹家财虽不过万钱，田仅有百三十亩，其实亦中家之产，严君平卜筮于成都市，"日阅数人，得百钱足自养"。[2] 比起大家或中家之富者，好像是很"贫"了，但如以武、昭、宣、元（公元前140—前33年）一百年间的物价（见下文）来看他们的生活，事实并不然，不过就他们在地主阶级的社会地位和影响说，比起

---

① 参看《汉书》卷七十九《冯野王传》、卷八十一《匡衡传》、卷八十四《翟义传》、卷六十六《陈万年传》注、卷八十三《薛宣传》注。

② 《汉书》卷七十二《王贡两龚鲍传·序》。

大家和中家之富者，不应有如此之"贫"，这就为封建统治者和服务于封建统治的史家所称赞，替他们的"贫"特书一笔了。《汉书》卷七十《陈汤传》：

> 关东富人益众，多规良田，役使贫民，可徙初陵以强京师，衰弱诸侯，又使中家以下得均贫富。

《盐铁论》卷六《散不足篇》说："夫一马伏枥，当中家六口之食。"中家以下和中家、大家的贫富悬殊太大，便是统治阶级内部矛盾的根源。贡禹有田百三十亩，卖去百亩以供车马，生活状况和稍后的经师张禹相较，简直不可同日而语。《汉书》卷八十一《张禹传》：

> 天子（成帝）数加赏赐，前后数千万。禹为人谨厚，内殖货财，家以田为业，及富贵，多买田至四百顷，皆泾、渭溉灌，极膏腴上价。它财物称是。

当时关中受泾、渭二水灌溉的膏腴之田，有四千五百余顷，《汉书》卷二十九《沟洫志》：

> 〔武帝〕太始二年（公元前95年）赵中大夫白公复奏，穿渠引泾水，首起谷口，尾入栎阳，注渭中，袤二百里，溉田四千五百余顷。

张禹买田四百顷，占了长安附近泾、渭灌溉区约百分之儿的土地，这在西汉史籍中，除了《汉书》卷八十一《匡衡传》所载，衡在临淮郡僮县"专地盗土"四百顷外，是很少见的。

武、昭、宣、元百年间，长安附近泾、渭灌溉区的地价，想来不会有很大的差异，武帝曾经欲划阿城（阿房宫故址）以南、盩屋以东、宜春以西，终南山一带为上林苑行猎，叫人计算顷亩，偿付地价，《汉书》卷六十五《东方朔传》：

> 时朔在傍进谏曰：……夫南山（终南山）天下之阻也……厥壤肥饶。汉兴，去三河之地，止霸、产以西，都

泾、渭之南。此所谓天下陆海之地，秦之所以虏西戎、兼山东者也。其山出玉石、金银铜铁、豫章、檀柘异类之物，不可胜原，此百工所取给，万民所仰足也。又有粳稻、梨栗、桑麻、竹箭之饶，土宜姜芋，水多蛙、鱼，贫者得以人给家足，无饥寒之忧。故酆、镐之间，号为土膏，其价亩一金。今规以为苑，绝陂池水泽之利，而取民膏腴之地，上乏国家之用，下夺农桑之业，弃成功，就败事，损耗五谷，是其不可，一也。

这是一段宝贵的记载，《汉书》中记地价的文献，仅仅见到这一条。① 据上引《食货志》，黄金一斤值万钱，可知张禹在泾、渭灌溉区的四百顷田价，应当是四万万钱，《汉书》卷八十六《王嘉传》：

孝元皇帝奉承大业，温恭少欲，都内钱四十万万，水衡钱二十五万万，少府钱十八万万。……是时外戚赀千万者少耳，故少府、水衡见钱多也。

都内属大司农，掌国家财政，水衡属少府，掌皇室财政。从张禹这样"富可敌国"的大家看来，可以知道土地财富集中在极少数的作为皇室"支柱"的人手里。另一方面也要看到，绝对君权的扩张，不容许任何对抗性的势力存在，列侯、封君、外戚的资财很少上千万的。《汉书》卷九十一《货殖传》：

秦、汉之制，列侯封君食租税，岁率户二百；千户之

① 《后汉书》卷八十《杜笃传》谓光武时，笃主张建都长安，反对建都洛阳，上《论都赋》，中有"厥土之高，亩价一金"，则后汉初年长安附近的地价与武帝时并无大异。《两浙金石志》卷一《汉费氏三碑》(《堂邑令费凤碑》，参阅《隶释》卷九所引)有这样的话："惟熹平(灵帝)六年……堂邑令费君寝疾卒，临终迷(缺二字)内发祖业良田，亩直一金，推予弟息，辞位让财行义。"可见东汉中叶南方的良田大约亦一亩值一金，与前汉时代长安地价亦无大差别。

君，则二十万，朝觐聘享出其中。庶民农工商贾，率亦岁
万，息二千。百万之家，即二十万，而更徭租赋出其中，衣
食好美矣。

农民对列侯封君的担负，一户出钱（租税）二百，千户就有二
十万。这里，农工商贾的"农"是指乡居的地主，而农民对他
们的担负也是百分之二十，正符合《汉书·贡禹传》说的：

> 自五铢钱起（武帝元狩五年）已来七十余年，民坐盗
> 铸钱，被刑者众。富人积钱满室，犹无厌足，民心动摇。商
> 贾求利东西南北，各用智巧，好衣美食，岁有十二之利，而
> 不出租税。农夫父子暴露中野，不避寒暑，捽草杷土，手足
> 胼胝，已奉谷租，又出藁税，乡部私求，不可胜供。故民弃
> 本逐末，耕者不能半。贫民虽赐之田，犹贱卖以贾；穷则起
> 为"盗贼"，何者？末利深而惑于钱也。

农民交给地主的租额，一般是百分之二十，其他担负和地方官
吏的诛求以及超经济强制的劳役还不在内，到山穷水尽的时
候，不得不把政府分给的土地（份地）贱价卖出，去经营小生
意，这当然还是绝路一条。像上举长安附近泾、渭灌溉区的膏
腴之地，早为大地主所占有，农民是分不到的；分得到地的也
只有少数农民，而且多半是贫瘠之区，因而地价的差额亦必
大，如张掖郡的觻得县，地价是一亩百钱，与长安附近地价相
差一百倍。张掖是武帝时新辟的河西四郡之一，即今甘肃张掖
等县地方，在这里实行军事屯田，《汉书》卷六十九《赵充国
传》所谓"隔绝羌、胡（匈奴），使南北不得交关"。这带地
方的田称为"公田"，是政府授予的，与内地比较，地价应有
差别，但也可作为根据推测内地一般的地价，《居延汉简考
释·释文》（第455页）名籍类：

候长觻得广昌里公乘
礼忠年卅

> 小奴二人，值三万
>
> 用马五匹值二万　宅一区万
>
> 大婢一人二万
>
> 牛车二两值四千　田五顷五万
>
> 轺车一乘值万
>
> 服牛二六千　凡赀直十五万

又，《居延汉简甲编》（释文第 10 页）第 181 B 号：

三坞燧长居延西道
（按：原简当作值）里公
乘徐宗年五十

> 妻妻
>
> 宅一区值三千　妻一人
>
> 子男一人
>
> 田五十亩值五千　子男二人
>
> 男同产二人
>
> 用牛二值五千　子女二人
>
> 女同产二人　男同产二人
>
> 女同产二人

前一简的赀，同訾，赀值十五万，乃中家之产，正是上文所举
《食货志》訾算"各以其物自占"的实例。《汉书》卷七《昭帝
纪》始元六年（公元前81年）"令民得以律占租"，注引如淳曰：

> 律，诸当占租者，家长身（亲身）各以其物占，占不
> 以实，家长不身自书，皆罚金二斤，没入所不自占物及贾钱
> 县官也。

后一简，赀不满二万称"贫民"，《汉书》卷十《成帝纪》说鸿
嘉四年（公元前17年）关东水灾，诏民赀不满三万，勿出租
赋。又，卷十二《平帝纪》谓元始二年（公元2年）蝗灾，诏
"以口赋贫民（计口而给与土地）……天下民赀不满二万，及被
灾之郡不满十万，勿租税"。故后一简不自占赀值。

据以上二简，礼忠和徐宗同为公乘。公乘属二十等爵第八

级，汉时或以军功，或以入粟、入钱得之，钱大昕以为公乘以下与庶民无异，五大夫以上始得复其身不供徭役，[1]《续汉志·百官》（五）关内侯条刘昭补注引刘劭《爵制》称"吏民爵不得过公乘者，得贳与子若同产"，证以《后汉书·明帝纪》所载即位诏"爵过公乘得移与子若同产、同产子"，钱说是对的。所以虽同属公乘，贫富之差还是很大，有中家与贫民之别。宋洪适《隶释》卷十五《郑子真宅舍残碑》有"□所居宅舍一区，直百万"之语，此碑虽属东汉（熹平四年，公元175年）时物，但亦可见豪家与平民宅舍有天渊之别。汉简是晚近在敦煌长城废墟及额济纳河居延海一带发现的，时代从武帝天汉时起到光武建武时止，而以宣帝一代为最多，这里所举的例属宣帝时代。其中有些记物价的简，多已残缺不全，今举其记布袍价较完整的三简，亦可与当时当地的地价相比较，并可见西汉中叶一般人民的生活水平比起上述贡禹、严君平一类人的中家的生活，还是异常低的。《居延汉简甲编》（释文第17页）第348号：

> 第卅四卒吕护买布复（复）袍一领，直四百。又从郭卒李忠买皂布（下缺）

《流沙坠简》器物类第36简：

> 李龙文绚（沙豌释袍）一领，直三（沙释二）百八十一（沙释七）。袭一领，直四百五十。

又，杂事类第6简：

> 神爵（宣帝）二年十月二十六日，广汉县，□（沙释廿）□里男子□宽，德（愿）卖布绚一，陵胡隧长张仲□用，卖钱千三百。（下略）

一件布袍的价值，从三百八十多钱到千三百钱，当然有新旧优劣

---

① 《潜研堂文集》卷三十四《再答袁简斋（枚）书》。

之别，而当地一亩地价只值百钱，贫民要卖四亩地才能买到布袍一件！

再看当时粮食的价值，《居延汉简考释·释文》（第281页）钱谷类：

> 粟一石，值一百一十。

又，第318 A页：

> □□□受钱六百。出钱二百廿，糴粱粟二石，石百一十。
>
> 出钱二百一十，糴粟（按：原简应为粱）粟二石，石百五。
>
> 出钱百一十，糴大麦一石，石百一十。
>
> 出钱百一十五，糴麴五斗，斗二十三。
>
> 出钱六，买□（按：原简应为燔）石十分。
>
> 出钱廿五，糴豉一斗。
>
> 凡出钱六百八十六。

粟或大麦一石，值一百十钱，那末，要三石七斗粟或大麦才能买到价值四百钱一件的布袍。如果以《汉书》第八《宣帝纪》所载元康四年（公元前62年）的"谷，石五钱"（按：王鸣盛《十七史商榷》卷十二《米价》条引沈彤彤云："五"下当有"十"字），及《汉书》卷六十九《赵充国传》所载宣帝神爵元年（公元前61年）充国上言"金城、湟中谷斛八钱"相比较，很显然，封建史家用米价贵贱来判断承平的程度，那他们所讴歌的"太平盛世"其实就是农民的人间地狱。①

以上解说"杨可告缗"商贾中家以上大抵破产这段史料的

---

① 《新唐书》卷五十一《食货志》："〔贞观〕四年，米斗四五钱，……号称太平。"参看（宋）王楙《野客丛书》卷十一《米价贵贱》条。1942年我在重庆写《汉唐精神》一文，曾根据这些材料，以为据米价贵贱可以推想宣帝时代比"文景之治"还要"承平"，当然是错误的。

内容和意义。

汉政权通过法律形式——缗钱令，把中家以上的资财、田地都没收为皇帝自己所有，这样公开的大规模的掠夺，在武帝以前是没有的事。结果，"得民财物以亿计，奴婢以千万数，田，大县数百顷，小县百余顷，宅亦如之"，汉政府的财政困难暂时解决了。除没收诸王侯及大小封君的土地之外，又没收了一大批中家以上的土地，汉天子再度扩张成为最高的和最大的地主。《汉书·食货志》（下）：

> 及杨可告缗，上林财物众，乃令水衡主上林。上林既充满益广。……宫室之修，由此日丽。乃分缗钱诸官，而水衡、少府、太仆、大农各置农官，往往即郡县比没入田田之。

按：《汉书》卷十九《百官公卿表》（上），元鼎二年（公元前115年）初置水衡都尉，掌上林苑，这时正是告缗紧张的时候，所以设专官来管理告缗财物。水衡、少府和太仆所掌，供皇帝使用；大农令（大司农）所掌，供军国之用。告缗所没收的满布于全国郡县的田地，皇室和国家都设农官管理，可以想见这是一个何等庞大的数字。

一个代表地主阶级的政权这样以法令来强夺豪强地主、豪商以至中家（中小地主）以上的既得利益，打击面如此大，时间持续十年之久（从元狩四年至元封元年，公元前119—公元前110年），而据《汉书》卷六十《杜周传》，杜周治告缗狱所增加的人犯即达十余万人之多，汉武帝敢于这样做，支持他的是谁呢？下文将讨论这个问题。

三　皇权对战国以来强宗大族的打击

战国以来以血缘关系构成的氏族公社所遗留的强宗大族与封

建专制的中央集权之间有着不可和解的矛盾。恩格斯说:"形成
国家底最初的企图,就在于破坏氏族的联系。"① 汉封建政权对
于这种强宗大族,自开始就予以分化和翦灭,平定吴、楚七国后
的百年间,特别在武帝时候,用了很大的力量才赢得中央集权的
巩固。《史记》卷九十九《刘敬列传》:

> 夫诸侯初起时,非齐诸田,楚昭、屈、景莫能兴;今陛
> 下虽都关中,实少人,北近胡寇,东有六国之族宗强(《汉
> 书》本传作六国强族),一日有交,陛下亦未得高枕而卧
> 也。臣愿陛下徙齐诸田,楚昭、屈、景、燕、赵、韩、魏后
> 及豪杰名家居关中,无事可以备胡,诸侯有变,亦足率以东
> 伐,此强本弱末之术也。上曰:善。乃使刘(娄)敬徙所
> 言关中十余万口。

《后汉书》卷七十七《酷吏传·序》:

> 汉承战国余烈,多豪猾之民。其并兼者,则陵横邦邑;
> 桀健者,则雄张闾里。

汉武帝时创立的在中央与地方之间司监察大权的刺史,以六条问
事,六条之外即不过问,其第一条所问"强宗豪右,田宅逾制,
以强凌弱,以众暴寡",② 便是针对压制这类宗族而订的。《汉
书·酷吏传》中的人物,几乎就是族灭这些地主豪强、强宗巨
族的能手。为司马迁所称颂而为班固所反对的"游侠",实际上
也是"天子切齿"(《汉书·游侠传·序》)的与专制主义中央
集权不相容的人物,因为他们有广大的社会联系。今依次略举这
类史料于后,以见西汉中叶绝对君权与强宗大族决不能两立,这
种对立所反映的土地占有形式,是君权的胜利,六国以来强宗大

---

① 参看《家庭、私有制和国家的起源》,人民出版社1954年版,第106页。
② 《汉书》卷十九《百官公卿表·监御史》条注引《汉官典职仪》。

族的土地，与富商大贾及新兴大地主所占有的土地，同时陆续转入于汉天子之手而为封建的国有土地形式，造成汉武帝所以能统一十三州部，加强封建专制中央集权政治制度的物质基础。《汉书》卷九十《郅都传》：

> 济南瞯氏宗人三百余家豪猾，二千石（太守）莫能制，于是景帝拜都为济南守，至则诛瞯氏首恶，余皆股栗。

又，卷九十二《剧孟传》：

> 剧孟者，洛阳人也。周人以商贾为资，剧孟以侠显。吴、楚反时，条侯为太尉，乘传东将，至河南，得剧孟，喜曰：吴、楚举大事而不求剧孟，吾知其无能为已。天下骚动，大将军得之，若一敌国云。……孟母死，自远方送丧，盖千乘。……是时，济南瞯氏、陈周肤亦以豪闻。景帝闻之，使使尽诛此属。

同卷《郭解传》：

> 郭解，河内轵人也。……解父任侠，孝文时诛死。……及徙豪茂陵也，解贫不中訾（资财不足，不合于迁徙的条件），吏恐，不敢不徙。卫将军（官名，掌官廷宿卫）为言，郭解家贫，不中徙。上（武帝）曰：解布衣，权至使将军，此其家不贫。解徙，诸公送者出千余万。……解入关，关中贤豪知与不知，闻声争交欢。……遂族解。

又，卷六十四《主父偃传》：

> 又说上（武帝）曰：茂陵初立，天下豪杰兼并之家，乱众民，皆可徙茂陵，内实京师，外销奸猾，此所谓不诛而害除。上又从之。

《后汉书》卷六十三《郑弘传》："从祖吉，宣帝时为西域都护"，李贤注引谢承书曰：

> 其曾祖父本齐国临淄人，官至蜀郡属国都尉。武帝时，

徙强宗大姓不得族居，将三子移居山阴，因遂家焉。

又，卷三十一《廉范传》：

> 廉范，字叔度，京兆杜陵人，赵将廉颇之后也。汉兴，
> 以廉氏豪宗，自苦陉徙焉。

汉政府对于战国以来的名家豪族，一面强制迁徙，分离本土，把他们从东方迁到长安附近的诸陵，以便置于京师南北军的直接监视下；另一面便是杀戮与族诛。汉高祖九年（公元前198年）定都长安，从十一年（公元前196年）令丰人徙关中起，到元帝永光四年（公元前40年）下诏停止"徙郡国民以奉园陵"，中间一百五十多年，大规模迁徙东方名家豪族于关中，据诸帝本纪，前后凡九次，而武帝、宣帝两代，各有三次。秦灭六国和楚、汉战争，使战国以来采邑制的土地占有形式改变了，因而周代血缘关系的氏族公社（宗法）残余也起了变化。秦、汉间新的生产关系的转变，又一次削弱了氏族公社的残余势力。其后几次大规模迁徙，六国残余的旧宗族势力，又是几度的削弱。他们迁徙诸陵后所遗留的土地，自然为汉政权所占有，并被分配给中家以下的人。上引《汉书·陈汤传》："关中富人益众，多规良田，役使贫民。可徙初陵，以强京师，衰弱诸侯，又使中家以下得均贫富"，可证。其次，则加以杀戮和族灭，《汉书》卷九十《王温舒传》：

> 迁为河内太守。素居广平时，皆知河内豪奸之家，及往，……方略捕郡中豪猾，相连坐千余家，上书请大者至族，小者乃死，家尽没入偿臧。奏行不过二日，得可，事论报，至流血十余里。

同卷《严延年传》：

> 为涿郡太守，……大姓西高氏、东高氏，自郡吏以下皆畏避之，莫敢与牾。咸曰：宁负二千石，无负豪大家。宾客

放为盗贼，发，辄入高氏，吏不敢追，浸浸日多，道路张弓拔刃，然后敢行，其乱如此。延年至，……更遣吏分考两高，穷竟其奸，诛杀各数十人，郡中震恐。……迁河南太守，……豪强胁息，野无行盗，威震旁郡。其治务在摧折豪强，扶助贫弱。

同卷《宁成传》：

武帝即位，……〔周阳〕由居二千石中，最为暴酷骄恣，……所居郡必夷其豪。

同卷《义纵传》：

上（武帝）以为能，迁为河内都尉，至则族灭其豪穰氏之属，河内道不拾遗。

又卷七十六《赵广汉传》：

迁京辅都尉，守京兆尹。会昭帝崩，而新丰杜建为京兆掾，……建素豪侠，宾客为奸利。广汉闻之，先讽告建，不改，于是收案致法。中贵人豪长者为请无不至，终无所听。宗族、宾客谋欲篡取，广汉尽知其计。……令数吏将建弃市，莫敢近者。……迁颍川太守，郡大姓原、褚宗族横恣，宾客犯为盗贼，前二千石莫能擒制。广汉既至，数月，诛原、褚首恶，郡中震栗。先是，颍川豪杰大姓，相与为婚姻，吏俗朋党，广汉患之。……其后，强宗大族家家结为仇雠，奸党散落，风俗大改。

班固在《酷吏传》末尾的赞中说："自是（景、武之际）以至哀、平，酷吏众多，然莫足数，此其知名见纪者也。"又在卷九十二《原涉传》中说："哀、平间，郡国处处有豪杰，然莫足数其名。"就是说，代表汉政权的"酷吏"对战国以来旧势力的地主豪强的攻击，差不多贯穿着西汉一代。这一百五六十年间统治阶级内部的皇权与豪强势力的长期斗争，在武、昭、宣的百年间，皇权是胜利了，因而制止了匈奴侵扰，使南匈奴内属，北匈奴远遁，巩固了专制封建主义的中央集权。但这并不是说，西汉一代特别在武帝时，皇权对豪强地主和富商大贾是完全不妥协的；相反，它是利用了中家或中家以下的人和大商人中的投机分子，利用他们聚敛的经验来打击强宗大族、地主豪强，把这些人拉上政治舞台，替它完成了任务之后，又把他们或杀或免，"以杀死罪之怨，塞天下之责"。《盐铁论》卷五《国病篇》（思贤讲舍本《目录》"病"作"疾"）：

> 建元（武帝年号）始崇文修德，天下乂安。其后邪臣各以伎艺亏乱至治，外障山海·内兴诸利。杨可胜（按："胜"字当衍）告缗，江充禁服，张大夫（汤）革令，杜周治狱，罚、赎、科适，微细并行，不可胜载。夏兰之属妄搏，王温舒之徒妄杀，残吏萌起，扰乱良民。当此之时，百姓不保其首领，豪富莫必其族姓，圣主觉焉，乃刑戮充等，诛灭残贼，以杀死罪之怨，塞天下之责，然居民肆然复安。

这段话说明当时强宗大族、地主豪强是怨愤极了。汉武帝却"以不次之迁"，选拔了一大批没有旧传统习气的忠心为专制封建统治服务的人才，《汉书》卷六《武帝纪》元封五年诏：

> 盖有非常之功，必待非常之人，故马或奔踶而致千里，士或有负俗之累而立功名。夫泛驾之马，跅弛之士，亦在御之而已。其令州郡察吏民有茂材异行等，可为将相及使绝国者。

这同后来曹操反对汉末旧门阀、旧传统，前后四次下令的口吻正好相同。① 如登张汤于袿席，拔公孙弘于刍牧，擢桑弘羊于贾竖，宠卫青于奴仆，识金日磾于降虏，车千秋"无他才能学术，又无阀阅

---

① 参看《三国志·魏志》卷一《武帝纪》建安十五年春令，十五年十二月令，十九年十二月令，二十二年八月令。

功劳，特以一言寤意，旬月取宰相封侯"。武帝既给这些人以权位和利益，于是形成一个以皇权为中心的官僚政治集团。《汉书》卷五十八《公孙弘、卜式、儿宽传·赞》："汉兴六十余载，海内乂安，府库充实，而四夷未宾，制度多阙，上（武帝）方欲用文武，求之如弗及，……汉之得人，于兹为盛。"这个官僚政治集团，其人数很可观，《百官公卿表》载哀帝建平二年（公元前5年）的统计，吏员自佐史至丞相计十三万二百八十五人，这是经过宣帝"减政"以后的数字。这个政治集团的组织，直到三老、孝悌、力田地方基层组织，就支持了汉武帝及其以后百年间封建统治者对强宗大族、豪强地主及富商大贾一系列的打击。

四　西汉公田制下的均田

诸侯王、大小封君及功臣外戚的封地，缗钱令没收的中家以上富商大贾、地主豪强的土地，赃十万以上官吏有罪，在"七科谪"① 中没收的土地，以及战国以来强宗大族的土地，在汉武帝时代都大批地陆续入于天子之手，而称为"公田"。《汉书·食货志》（上）说，武帝末年，赵过为代田法，令"田三辅公田"，这种公田就是在长安附近没收的土地。但公田也不尽指没收的土地而言，前举《赵充国传》："公田民所未垦，可二千顷。"这是河西四郡新开辟的，有的是收复或驱逐了羌人所侵占而实行军事屯田的地方，由政府授予屯田士卒，不一定是没收的土地。公田即为封建国家所有，所以又称"官田"，仲长统《昌

---

① 七科谪（同谪）条文，见《汉书》卷六《武帝纪》天汉四年注引"张晏曰：吏有罪一，亡命二，赘婿三，贾人四，故有市籍五，父母有市籍六，大父母有市籍七，凡七科也"。在七科谪的人，要服役边事，《汉书》卷六十一《李广利传》："北置居延、休屠以卫酒泉，而发天下七科谪及载糒（干粮）给贰师。"

言·损益篇》：

> 今者土广民稀，中地未垦，虽然，犹当限以大家，勿令过制，其地有草者，尽曰官田，力堪农事，乃听受之。

官田有已耕垦的，有未耕垦的，未耕垦的称"草田"，《汉书》卷六十三《广陵厉王胥传》："夺王射〔阳〕陂草田以赋贫民。"又，卷六十五《东方朔传》："又诏中尉左右内史，表属县草田，欲以偿鄠、杜之民。"公田、官田、草田这些名称，在武帝以前是没有的，亦不见以公田假贷贫民的记载，这说明武帝以前汉天子直接掌握的土地很少。《食货志》（上）："山川园池市肆租税之人，自天子以至封君汤沐邑，皆各为私奉养，不领于天子（《平准书》作下）之经费。"汉初，天子与诸侯王大小封君的土地、财政以至用人行政，都是划分开了的，天子的"山川园池市肆租税之人"很有限，所以《汉书》卷四《文帝纪》二年诏："今列侯多居长安，邑远，吏卒给输费苦，而列侯亦无由教训其民，其令列侯之国。"列侯住居长安要从他的封地运输给养，如果给养不够，必然增加长安的消费，汉天子掌握的有限的"山川园池"难以供给，只有让他们各返封地。

武帝时代，汉天子掌握了遍布全国的大量公田，是形成封建专制主义中央集权的重要物质条件，天子可以把公田作为赏赐，鼓励效忠于绝对君权的人，又可以把公田假与贫民。[①] 公田假与贫民须收税，名为"假税"，假税、藁税、田租三者，都属于国家财政和皇室财政的主要地租收入。汉政权掌握了遍布全国的公

---

① 《汉书》卷九十七《孝景王皇后传》："帝（武帝）奉酒，前为寿，钱千万，奴婢三百人，公田百顷。"这是用作赏赐的。卷八《宣帝纪》：地节元年（公元前69年）"三月，假郡国贫民田。"又，三年（公元前67年）冬十月，诏"郡国宫馆，勿复修治，流民还归者，假公田，贷种食"。卷九《元帝纪》：初元元年（公元前48年）三月，"以三辅太常郡国公田及苑可省者，振业贫民"。这是以公田假贷贫民的例。

田，除赏赐外，既可以增加假税的收入，又可以在天灾水旱时，计口赋予贫民，在政治上经济上起着缓冲作用，而最主要的一点是可以把这些属于公田的土地，依等级，分给为汉政权打击富商大贾、地主豪强、强宗大族的官僚政治集团，反过来却严禁这些官僚"专地盗土"，限制他们的大土地占有。匡衡在临淮郡僮县的封地多划了四百顷，就被奏为"专地盗土"，竟由丞相免为庶人。《汉书》卷八十六《王嘉传》：

> 赐〔董〕贤二千余顷，均田之制，从此坠坏。

颜师古注引孟康曰：

> 自公卿以下至于吏民，名曰均田，皆有顷数，于品制中令均等①。今赐贤二千余顷，则坏其等制也。

这是哀帝时候的事，由京师长安而影响全国，可以证明武帝及其以后的百年间，"公田"制对于维持中央集权是起了很大作用的，到哀帝时曾一度被破坏，因此师丹等"限民名田"的动议，就是针对这个土地、财富又集中于一批新贵如董贤、丁氏、傅氏之手，而官僚和地主、富商三者又重新密切结合起来的问题而发的。王莽想在封建国家土地不断被大土地占有者逾制占有的情形下，彻底地"收天下田为王田"，他的幻想受到地主豪强的强烈反对，隗嚣等三十一将讨莽檄义中，就以"田为王田，卖买不得"②为控诉王莽的罪状之一。赵翼《廿二史劄记》卷三《王莽时起兵者皆称汉后》条，所列举的大都是地主武装，地主豪强当然想扩大自己的土地占有，反对将自己既得的土地尽改归为"王田"（封建国家土地）。而且，在当时的历史条件下，王莽的

---

① 《续汉志·百官》（五）刘昭补注引《献帝起居注》曰："其若公田，以秩石为率赋予，令各自收其租税。"
② 《后汉书》卷十三《隗嚣传》。

幻想对于农民亦并无好处，是违反历史发展规律的，终于造成《汉书·王莽传》所谓"富者不能自保，贫者不能自存"的大混乱状态，新莽政权很快就崩溃了。

西汉末，外戚势力的扩张是官僚、地主、富商重新结合起来的集中表现，阶级矛盾的发展又到了一个新的阶段，《汉书》卷七十二《鲍宣传》：

> 请寄为奸，群小日进，国家空虚，用度不足，民流亡（小手工业者破产失业），去城郭，"盗贼"并起，吏为残贼，岁增于前。凡民有七亡：阴阳不和，水旱为灾，一亡也；县官重责，更赋租税，二亡也；贪吏并公，受取不已，三亡也；豪强大姓，蚕食亡厌，四亡也；苛吏徭役，失农桑时，五亡也；部落鼓鸣，男女遮列（闻鼓声以为有盗贼，男女一起出来追捕），六亡也；"盗贼"劫掠，取民财物，七亡也。……今（哀帝时）贫民菜食不厌，衣又穿空（破烂），父子夫妇不能相保，诚可为酸鼻，……奈何独私养外亲与幸臣董贤，多赏赐以大万数，使奴从宾客浆酒霍肉，苍头庐儿皆用致富？

农民战争是封建社会阶级斗争的最高形式，成、哀时各地农民即已纷纷起义，到王莽时终于形成了席卷全国的绿林、赤眉大起义。

五 绝对君权与世家大族发展的矛盾

武帝打击大地主，扶植中小地主和个体小农，这是在农业上的基本政策；采取盐铁酒酤等专卖政策和均输、平准以利物资流通，平抑物价，这是在财政经济上打击富商大贾的重要措施。武帝实行这些政策和措施以后，就收揽了"中家"以下的民心。又因为没收了大批的土地，汉天子的实力便空前加强。事实证

明，汉政权已奠定了封建专制主义中央集权的下层基础，现在所
要做的事情，是怎样在这个基础上建立与它相适应的上层建筑，
积极促进封建专制主义中央集权的大一统国家的完成和巩固。汉
初贾谊曾经建议文帝"改正朔，易服色制度，定官名，兴礼
乐"，而文帝"谦让未遑也"。① 当时的经济还在恢复阶段，与它
相适应的上层建筑是黄老之学的"无为"思想，而不是贾谊的
带有浓厚儒家色彩的思想。武帝及其以后的百年间，皇权对强宗
大族、豪强地主、富商大贾的胜利，十三州部大一统的绝对君权
的形成，这些都是促成建立与当时相适应的上层建筑的条件，反
映在思想意识上的是定儒家为一尊。班固对于汉武帝的用兵四
方，繁刑重敛，大修宫室，信惑神仙，在《汉书·刑法志》中
都表示反对，惟独对他的罢黜百家，独尊儒学，却竭力推崇，
《汉书》卷六《武帝纪·赞》：

> 汉承百王之弊，高祖扰乱反正，文、景务在养民，至于
> 稽古礼文之事，犹多阙焉。孝武初立，卓然罢黜百家，表章
> 六经，遂畴咨海内，举其俊茂，与之立功。兴太学，修郊
> 祀，改正朔，定历数，协音律，作诗、乐，建封禅，礼百
> 神，绍周后，号令文章，焕焉可述，后嗣得遵洪业，而有三
> 代之风。如武帝之雄材大略，不改文、景之恭俭以济斯民，
> 虽《诗》、《书》所称，何有加焉。

实际上汉武帝是以儒家的学说来为封建专制统治服务的，如以
《春秋》之义决狱，以经术缘饰吏治。——当然，儒家学说也最
有利于专制主义的封建统治，也是为封建统治服务的。汉武帝首
先要人们依照儒家的学说，服从于绝对君权，绝对君权则不一定

---

① 《汉书》卷四十八《贾谊传》。

理会儒家学说，盖宽饶所谓"以法律为《诗》、《书》"，① 正是此意。《汉书》卷六十《杜周传》：

> 周为廷尉，……客有谓周曰：君为天下决平，不循三尺法，专以人主意指为狱，狱者固如是乎？周曰：三尺法安出哉？前主所是著为律，后主所是疏为令，当时为是，何古之法乎！

汉武帝以及昭、宣之世，不但对地主、豪商"所欲活，则傅生议；所欲陷，则予死比"，② 即对大臣杨恽、盖宽饶等，都随便加以罪名而诛戮。武帝时丞相十余人，只有位为三公而假装盖布被的公孙弘和石庆以谨厚得全首领，"其余尽伏诛云"。③ 至于动辄族诛的事尤史不绝书。这说明西汉一代，特别在武、昭、宣之世，官僚、地主、豪商的生命、财产和土地，随时有被绝对君权——最高的地主杀、夺之可能。武帝时单是判决死罪的判例（《死罪决事比》）就有一万三千四百七十二条，合其他的刑事条文，共二万六千二百七十二条。④ 这些法律原不是仅仅用来对付地主、豪商，而是作为国家的统治工具普遍实施于人民的，所以"犯法"就成为汉代奴婢的主要来源。

　　汉武帝及其以后百年间政治和经济的情况，依上文所论，已经不同于汉初时期。汉天子掌握了大量的土地，使大小封君、地主豪强、强宗大族、富商大贾所占有的土地、财富发生了巨大的变化，因而作为这些集团上层建筑的封建家族结构也随着变化，很难稳固。两晋、南北朝的"士族"是从东汉"世族"发展而来的，南北朝士族思想支配了社会意识的各种形式——法律的、

---

① 《汉书》卷七十七《盖宽饶传》。
② 同上书，卷二十三《刑法志》。
③ 同上书，卷五十八《公孙弘传》。
④ 同上书，卷二十三《刑法志》，参看《魏书》卷一一一《刑罚志·序》。

政治的、哲学的、艺术的、宗教的，东汉世族的垄断面比较狭小，主要在儒家经学方面。至于西汉，只有世官世禄，还少有从封建家族结构发展而成的世族，就是由于上述的原因。《汉书》卷五十二《灌夫传》：

> 诸所与交通，无非豪杰大猾，家累数千万，食客日数十百人。波池田园，宗族、宾客为权利，横颖川，颖川儿歌之曰：颖水清，灌氏宁；颖水浊，灌氏族。

因为达官显宦、强宗大族、富商巨贾的土地和财富，随时可以被"最高的地主"所没收，作为世族的社会物质基础便很薄弱，自然难以"世"其家，如主父偃、郑当时一类人的遭遇，在西汉中叶是很多的，《汉书》卷六十四《主父偃传》：

> 公孙弘争曰：……非诛偃无以谢天下。乃遂族偃。偃方贵幸时，客以千数，及族死，无一人视，独孔车收葬焉。

又，卷五十《郑当时传》：

> 当时始与汲黯列为九卿，内行修，两人中废，宾客益落。当时死，家无余财。先是，下邽翟公为廷尉，宾客亦填门，及废，门外可设雀罗。

像张安世一家，可说是例外，《汉书》卷五十九本传：

> 子孙相继，自宣、元以来，为侍中、中常侍、诸曹散骑、列校尉者，凡十余人，功臣之世，惟有金氏（日䃅）、张氏亲近宠贵，比于外戚。

班固赞曰：

> 汉兴以来，侯者百数，保国持宠，未有若富平（张安世封富平侯）者也。

战国以来的富商大贾，经汉武帝一代的打击，其势力大大削弱了，到了元帝及其后五六十年间，皇权和新起的地主、豪商三者又密切结合起来，《汉书》卷九十一《货殖传》：

前富者既衰（指上文所举景、武时，关中大贾毋盐氏及战国以来的巨富粟氏、杜氏等），自元、成讫王莽，京师富人杜陵樊嘉，茂陵挚网，平陵如氏、苴氏，长安丹（卖丹药的）王君房，豉樊少翁、王孙大卿，为天下高訾。樊嘉五千万，其余皆巨万矣。王孙卿以财养士，与雄杰交，王莽以为京司市师、汉司东市令也。此其章章尤著者也。其余郡国富民，兼业专利，以货赂自行，取重于乡里者，不可胜数。故秦杨（人名）以田农而甲一州，翁伯（人名）以贩脂而倾县邑，张氏以卖酱而隃侈，质氏以洒削（修理刀剑的）而鼎食，浊氏以胃脯而连骑，张里以马医而击钟，皆越法矣。

卖丹药的、制豆豉的、贩脂的、卖酱的、修理刀剑的、卖腌肉的、医马的，都成了巨富，这一方面说明了当时农业和手工业的分工，引起了商业关系的发展；一方面也说明了土地、财富又重新集中于一批富商大贾和官僚地主如王孙卿之类的手中。在这个空隙中虽曾出现了"三世据权，五将秉政"的外戚王氏，"郡国守相刺史皆出其门"，[1] 但王氏随着新莽王朝的崩溃，很快就衰败了。王氏之前，昭、宣时代，以霍氏最为显赫，而霍光死后，霍氏宗族及与霍氏相连被诛者数千家。扬雄《解嘲》说："客徒欲朱丹吾毂，不知一跌将赤吾之族也。"[2] 西汉中叶，世族之所以不能久存并且不能发展，显然是在政治上经济上与绝对君权发生矛盾而遭抑制之故。

六　三位一体的东汉政权

东汉政权，本质上是西汉政权特别是元帝及其以后五六十年

----

① 《汉书》卷九十八《元后传》。
② 同上书，卷八十七《扬雄传》（下）。

间官僚、地主、豪商重新结合后的延续，汉光武本人就是这样一个政权的典型代表。《后汉书·光武帝纪》（上）：

> 地皇三年（公元22年），南阳荒饥，诸家宾客多为小盗，光武避吏新野，因卖谷于宛。

李贤注引"《东观记》曰：时南阳旱饥，而上田独收"。南阳饥荒，他有谷出卖，南阳闹旱，他的田独有收成，显然，他占有很多上好的田地，是一个豪强地主。他的季父春陵侯刘敝，王莽时违缴田租二万六千斛、刍藁钱若干万，光武曾替刘敝到大司马府诉讼。[①] 光武姊湖阳公主说他为"白衣时，藏亡匿死，吏不敢至门"。[②] 他的舅父樊宏，在南阳有田三百余顷，"重堂高阁，陂渠灌注"，[③] 放高利贷数百万。他的姊夫南阳邓晨，"世吏二千石"，有田数千顷。[④] 光武郭后，真定藁人，"为郡著姓，父昌让，田宅财产数百万"。[⑤] 光武阴后，其兄阴识曾"率子弟宗族宾客千余人"，投归光武兄刘縯起兵；阴家亦是南阳巨富，有田七百余顷。[⑥] 所谓"云台二十八将"，就是由光武率领的南阳地主武装集团。不仅二十八将为南阳人，而且光武初期的上层政治组织满布着南阳人，《后汉书》卷六十一《郭伋传》："伋因言选补众职，当简天下贤俊，不宜专用南阳人。帝纳之。"此外，光武不采纳杜笃等的意见，竟放弃长安而都洛阳，政治上经济上边防上都陷于被动，这也是南阳官僚地主集团的主张。

两汉政权本质上是代表地主阶级的，但东汉这样一个官僚、

---

① 见《后汉书》卷一《光武帝纪》（上）更始元年注引《东观记》。
② 同上书卷七十七《董宣传》。
③ 同上书卷三十二《樊宏传》。
④ 同上书卷十五《邓晨传》。
⑤ 同上书卷十《郭皇后纪》。
⑥ 同上书卷三十二《阴兴传》。

地主、豪商三位一体的政权，比起西汉初积极抑制战国以来的豪商巨族，扶助新兴中小地主来说，对内对外就显得格外软弱无力，因此，东汉一代的土地占有形式，也就是这官僚、地主、富商三位一体的结合，绝对君权的威力比西汉低落得多。《后汉书·光武帝纪》（下）：

> 时，宗室诸母因酣悦，相与语曰：文叔（刘秀字文叔）少时谨信，与人不款曲，惟直柔耳，今乃能如此！帝闻之，大笑曰：吾理天下，亦欲以柔道行之。

这说明光武在官僚、地主、富商在如何运用"柔道"，使三者都能暂时相安。《后汉书》卷三十一《苏章传》："为并州刺史，以摧折权豪忤旨，坐免。"这个政权就是这样打自己的耳光，对地主豪强让步的。

从王莽到东汉初二十余年的战争，"海内人民可得而数，裁十二三"。[1] 在这样生产萎缩、民生凋敝的情况下，户口减少，政府租税收入当然也要减少。光武首先恢复汉初三十而税一的旧制，这样可以稳定中小地主，虽然不能如汉初一样抑制豪强地主和富商大贾，但对于东汉政权还是有利的。建武十二年（公元36年）平蜀之后，专力于休养生息，流民还归乡里的逐渐增多，"非警急未尝复言军旅"，[2] 于是户口滋殖，垦田增加。光武也想对豪强地主采取一些新的措施——"度田覈实"，可是，碰了一次豪强地主的大钉子就缩回头了。《后汉书·光武帝纪》（下）：

> 〔建武〕十五年（公元39年）……诏下州郡，检覈垦田顷亩及户口、年纪。又考实二千石长吏阿枉不平者。
>
> 十六年（公元40年）……秋九月，河南尹张伋及诸郡

---

① 《续汉志·郡国》（五）刘昭补注引应劭《汉官》。
② 《后汉书》卷一《光武帝纪》（下）。

守十余人，坐度田不实，皆下狱死。郡国大姓及兵长、"群盗"，处处并起，攻劫在所，害杀长吏，郡县追讨，到则解散，去复屯结，青、徐、幽、冀四州尤甚。冬十月，遣使者下郡国，听"群盗"自相纠擿。五人共斩一人者，除其罪。吏虽逗留、回避、故纵者，皆勿问听，以擒讨为效。其牧守、令长，坐界内"盗贼"而不收捕者，又以畏愞捐城委守者，皆不以为负，但取获"贼"多少为殿最；惟蔽匿者乃罪之。于是更相追捕，"贼"并解散，徙其魁帅于它郡。赋田受廪，使安生业。

汉代的垦田，是对"草田"而言的，垦田是开垦了的田，草田是未耕的荒田。《续汉志·郡国》（一）刘昭补注引《帝王世纪》：

〔平帝〕元始二年（公元 2 年），郡国百三，县邑千四百八十七，地东西九千三百二里，南北万三千三百六十八里。定垦田八百二十七万五百三十六顷，民户千三百二十三万三千六百一十二，口五千九百--十九万四千九百七十八人。……汉之极盛也。及王莽篡位，续以更始、赤眉之"乱"，至光武中兴，百姓虚耗，十有二存。

这里的人口和垦田，是指纳租的人口和垦田，平均每人十三亩强，在北方是不算多的。但经长期战争之后，人口流亡，十存二三，地主必然乘机侵占更多无主的和国家的垦田，这是建武十五年开始检核田顷及户口的原因。但却难为了二千石郡太守，他们如果认真检核，必定遭到地主反对；如果祖护地主豪强，依律便应得"度田不实"[①]的罪。建武十六年郡国大姓的

---

① 《后汉书》卷二十九《鲍永传》："〔永〕出为东海相，坐度田事不实，被征。诸郡守多下狱。"又，卷七十七《李章传》："〔章〕坐度人田不实，征。"

地主武装，处处起来杀害地方官吏，就是反对政府检核他们所侵占的垦田和依附垦田而为他们所荫庇的农户与劳动力（"年纪"）。在天下初定之际，地主反对政府检核自己乘机侵占的土地，当然不会得到广大农民的支持，因而这次地主武装的叛乱，很快就为东汉政权所分化，个别解决了。而一般为地主所利用的"群盗"（农民），则"赋田受禀，使安生业"。赋田，是计口而分与田地，《汉书》卷十二《平帝纪》说，元始二年蝗灾，诏"以口赋贫民"，师古注"计口而给其田宅"。禀是禀给，汉时禀给大率每人每日得六升①，这样，便解决了一般为地主所利用的农民的实际生活问题，地主的武装叛乱便成"釜底抽薪"之势，更孤立了。

建武十六年检核垦田时，地主武装叛乱，为什么以青、徐、幽、冀四州为尤甚呢？《后汉书》卷二十二《刘隆传》：

> 是时天下垦田多不以实，又户口、年纪互有增减。〔建武〕十五年，诏下州郡检覈其事，而刺史、太守多不平均，或优饶豪右，侵刻羸弱，百姓嗟怨，遮道号呼。时诸郡各遣使奏事，帝见陈留吏牍上有书，视之，云："颍川、弘农可问，河南、南阳不可问。"帝诘吏由趣，吏不肯服，抵言于长寿街上得之。帝怒，时显宗（明帝）……对曰：河南帝城多近臣，南阳帝乡多近亲，田宅逾制，不可为准。

河南、南阳是大官僚地主集团的麇聚之区，郡太守要度田核实，必然会与他们的利益发生抵触，受到他们阻碍，只好"优饶"；

---

① 王国维《流沙坠简·禀给类》第3简考释云："案汉时禀食，率人六升。《汉书·匈奴传》：严尤谏王莽曰：计一人三百日，食用糒十八斛，则百日得六斛，一日得六升。"但亦有一日禀五升的，《后汉书》卷八十六《南蛮传》载顺帝永和二年大将军从事中郎李固议，有"军行三十里为程，……计人禀五升"之语。

而对一般无政治势力的地主，则严格执行检核，当然要引起"嗟怨"。颍川、弘农以东便是青、徐、幽、冀四州之地，离"帝乡"、"帝城"远，少有如南阳、河南一样的大官僚地主集团，郡太守可以执行检核，这就引起了这些地方官吏与地主间的冲突，地主武装虽然瓦解了，但政府也让步了。

东汉政权一开始就是为大地主服务的，对大地主的让步，意味着皇权的低落。例如章帝元和元年（公元84年），尚书张林建议，政府费用不足，宜恢复均输之法和盐铁专卖，终于遭到官僚地主的反对而罢①。均输和盐铁专卖，是在君权成绝对势力的汉武帝时候推行的国家制度，软弱的、内部充满矛盾的东汉政权，自然无力办理均输和专卖。

七 贵戚豪门、宦官集团的内讧和土地、财富的集中

东汉一代，统治者始终被两个问题纠缠着不能自拔，直到这个王朝的覆亡。一是外戚和宦官的干政问题，二是和西羌的战争问题。外戚和宦官的专政，造成土地和财富的长期集中，不断引起大大小小的农民起义；和西羌的战争，使国家财政为之破产。西羌问题不在本文范围之内，不多涉及，今仅就外戚与宦官干政问题加以论述，以便于下文说明在中古封建制度剥削下，豪门世族及各种封建依附关系的发展与封建剥削的随之加重。

两汉外戚是强宗豪族的政治集团。西汉末和东汉中叶，外戚势力的扩张，是官僚、地主、豪弱重新结合起来的集中表现。光武、明、章三帝恐"重袭西京败亡之祸"②，压制后家，不许后

---

① 见《后汉书》卷四十三《朱晖传》。
② 《后汉书》卷十《马皇后纪》建初元年太后诏。

妃之家封侯、参与政事，封建史家称许为"家法气派"①。当时，光武阴后家——南阳的大官僚地主，是号称最能退让的，可是对谁"退让"呢?《后汉书》卷二十六《蔡茂传》："时阴氏宾客在郡界，多犯吏禁"，茂上书光武说："今者外戚骄逸，宾客放滥，宜敕有司，案理奸罪。"可见阴家的"退让"是对皇权而不是对人民的，他们对人民原来只有压迫和剥削，无所谓退让。皇权与外戚势力互为消长，外戚豪门内部又互相矛盾，东汉后族，只有阴、郭、马三家在光武、明帝时，未与君权成对立之势，得以保全，其余都被诛戮。章帝以后，多女主临朝，不得不用其父兄子弟以寄腹心，又必援立孩稚以久其权，外戚权势因而大盛。从窦融、窦宪起，到顺帝、冲帝、质帝三朝的梁冀，这是皇权与外戚，以及外戚豪门内部矛盾斗争最剧烈的时期。这类史料，许多都是读史者所习知的，不必多举，今仅列举数条，以见当时外戚豪门占有土地、财富的大略情况。《后汉书》卷二十三《窦融传》：

> 窦氏一公、两侯、三公主、四二千石，皆相与并时。自祖及孙，官府邸第，相望京邑，奴婢以千数，于亲戚功臣中莫与为比。……子孙纵诞多不法，……交通轻薄，属托郡县，干乱政事。

又，同卷《窦固传》：

> 固久历大位，甚见尊贵，赏赐租禄，赀累巨亿。

又，同卷《窦宪传》：

> 兄弟亲幸，并侍官省，赏赐累积，宠贵日盛，自王主及阴、马诸家，莫不畏惮。宪持官掖声势，遂以贱直（值）请夺沁水公主园田，主逼畏不敢计。后肃宗（章帝）驾出

---

① （宋）钱时：《两汉笔记》（《四库全书珍本》）卷十章帝建初二年条。

过园，指以问宪，……切责曰：深思前过，夺主田园时，何
用愈赵高指鹿为马？久念使人惊怖！昔〔明帝〕永平中，
常令阴党、阴博、邓叠三人更相纠察，故诸豪戚莫敢犯法
者。……今贵主尚见枉夺，何况小人哉！……宪既平匈奴，
威名大盛，以耿夔、任尚等为爪牙，邓叠、郭璜为心腹，班
固、傅毅之徒皆置幕府，以典文章。刺史守令多出其
门。……奴客缇骑依倚形势，侵陵小人，强夺财货，篡取罪
人，妻略妇女，商贾闭塞，如避寇仇。

又，卷三十七《丁鸿传》：

今大将军（窦宪）虽欲敕身自约，不敢潜差，然而天
下远近皆惶怖承旨，刺史二千石初除，谒辞，求通待报，虽
奉符玺，受台敕，不敢便去，久者至数十日。背王室，向私
门，此乃上威损，下权盛也。

又，卷四十三《何敞传》：

肃宗崩，时窦氏专政，外戚奢侈，赏赐过制，仓帑为
虚。

综括这几条记载，主要说明了两个问题：一、豪门贵戚倚势凌
人，动辄强占或以贱价夺取别人的土地、财产，甚而豪门贵戚各
自凭藉权势夺取其他豪门贵戚的土地、财产。东汉政权当初还想
使这些豪门贵戚——阴、邓、马、窦等"更相纠察"，利用他们
之间的矛盾，使其互相监视，但也只能在东汉初君权尚未大低落
的时候收效一时，因为豪门贵戚对土地、财产总是竞相扩大占有
的。二、在政治上豪门贵戚的爪牙满布于州郡，"刺史守令多出
其门"。他们拥有巨大的经济势力和政治势力，才有可能加重压
迫与剥削人民，从而加剧了政治腐败与经济危机，使阶级矛盾尖
锐化。

东汉外戚豪门的势力，到梁冀的时候发展到顶峰。梁冀的罪

恶远甚于窦宪，冀被诛，"所连及公卿列校刺史二千石死者数十人、故吏宾客免黜者三百余人，朝廷为空。……收冀财货，县官斥卖，合三十余万万，以充王府用，减天下租税之半，散其苑囿以业穷民"。① 可见这个时期，外戚豪门的政治和经济的独占，已经造成统治阶级内部——皇权与外戚之间的严重矛盾，当然也激化了阶级矛盾。

东汉的大小不同的豪门世族是在当时封建地主阶级在政治上、经济上封建统治的实力较西汉更为强大的历史条件下出现的，体现着封建统治的实力在加速对农民阶级的压榨下发展起来。这些豪门世族掌握着政治的、经济的、文化的特权，上可以对抗君权，下可以对人民施行残酷的统治，这是东汉封建地主阶级在我国封建社会发展史上不同于西汉的地方。

当时，不单是外戚，整个腐败透顶的统治阶级都在吮吸着人民的膏血，《后汉书·和帝纪》永元五年（公元93年）诏："往者郡国上贫民以衣履釜鬵为赀，而豪右得其饶利。"贫民连自己的衣履锅甑都不敢作为财产，如果财产多，科税就重，只得将这些日用必需品卖去，以减轻科税，而豪富之家便乘机贱买，大获其利。这些苛细的剥削使得农民无以为生，造成大大小小的农民起义。《后汉书》卷四十六《陈忠传》：

自帝（安帝）即位以后，频遭元元之厄，百姓流亡，"盗贼"并起，……〔忠〕上疏曰：……臣窃见元年（公元107年）以来，"盗贼"连发，攻亭劫掠，多所伤杀。

农民到处起来攻城略地，杀伤贪官污吏、地主豪强，星星之火，渐成燎原之势。《后汉书》卷四十三《朱穆传》：

顺帝末，江淮"盗贼"群起，州郡不能禁。

———————
① 《后汉书》卷三十四《梁冀传》。

不仅安帝、顺帝时候频连发生农民起义，实际上自光武建武十五年（公元 39 年）出现"妖贼"李广等以后，至黄巾大起义（公元 184 年）以前，农民起义并不曾间断过，阶级斗争的浪潮，剧烈地冲击着东汉王朝的统治基础。

和皇权与外戚豪门的斗争相为表里的，是宦官之祸。宦官之盛，由诛外戚。皇权与外戚豪门的对立，使得软弱无力的汉天子，不能不藉助于宦官及一部分政治经济利益与外戚豪门相抵触的官僚集团中的"清流"分子，《后汉书》卷七十七《周纡传》：

征拜洛阳令。下车先问大姓主名，吏数闾里豪强以对。

纡厉声怒曰：本问贵戚若马、窦等辈，岂能知此卖菜佣乎！

于是部吏望风旨，争以激切为事，贵戚跼蹐，京师肃清。

"闾里豪强"（地方恶霸）还不是一个洛阳令斗争的对象，他要打击的是马、窦等外戚豪门，很显然，在后面支持他的，当然是端居京师洛阳的汉天子了。但汉天子的威力，可怜也只限于洛阳城，举一个例说：西汉中叶和东汉初，刺史的威权是很高的，秩卑（六百石）而权重；① 自和帝以后，外戚宦官子弟布满州郡，刺史二千石多出其门，刺史的职权有名无实，远非昔比。顺帝汉安元年（公元 142 年）遣周举等八人为八使，巡行郡国，想恢复西汉刺史的职权。当时张纲年最少，出身于反对外戚、宦官政治的士大夫家庭，八使受命出洛阳时，"纲独埋其车轮于洛阳都亭，曰：豺狼当路，安问狐狸"！② 洛阳城内尽是豺狼（大宦官与贵戚豪门），州郡遍是狐狸（宦官与贵戚的爪牙），想在八使的身上恢复西汉刺史的威权，张纲认为完全是一种空想。

---

① 刺史巡行郡国，考核百官优劣，省察政绩，黜陟能否，断治冤狱，以六条问事，非条所问不省。岁尽，诣京师奏事，虽父母之丧，不得去职，当世谓之外台。参看（清）陈树镛《汉官答问》卷五，端溪丛书二集。

② 《后汉书》卷五十六《张纲传》。

宦官参与政事始自和帝引宦者郑众谋诛窦宪。及和帝崩，邓太后临朝，"以女主称制，不接公卿，乃以阉人为常侍，小黄门通命两宫。自此以来权倾人主，穷困天下"，① 以后如宦官孙程等拥立顺帝，单超、左悺等同桓帝合谋诛梁冀，宦官集团日益成为主宰政局的恶势力。皇权与外戚的斗争，并不是皇权的胜利，而是宦官势力进一步的扩张。东汉末，宦官及其爪牙的罪恶，远较外戚豪门为大。从当时朝臣如刘瑜、左雄、黄琼等的奏疏和《后汉书》诸宦者如单超、侯览、张让、曹节等的本传看来，他们的暴行不一而足，有强占人田宅的，有掠夺人妻女的，有发人坟基的。并皆竞起第宅，穷极壮丽。侯览"前后请夺人宅三百八十一所，田百一十八顷，起立第宅十有六区，皆有高楼池苑，堂阁相望，饰以绮画丹漆之属，制度重深，僭类宫省"。② 桓帝时，刘祐为大司农，"时中常侍苏康、管霸用事于内，遂固（疑作占）天下良田美业、山林湖泽。民庶穷困，州郡累气（注：累气，屏息也）"。③ 宦官集团这样强占土地、财产、"良田美业"，像滚雪球一样累积了巨大的财富，这和上述外戚豪门强占土地、财产的行为是一样的。宦官的爪牙——子弟宾客，遍布州郡，形成一个庞大的政治集团，占有优势的政治地位，这和外戚豪门扩展政治势力也是一样的。太学生刘陶等上书桓帝说："〔中〕常侍贵宠，父兄子弟布在州郡，竟为虎狼，噬食小人。"朱穆上疏说：中常侍"权倾海内，宠贵无极，子弟亲戚并荷荣任，故放滥骄溢，莫能禁御。凶狡无行之徒，媚以求官；怙势怙宠之辈，渔食百姓，穷破天下，空竭小人"。④ 宦官经济势力与

---

① 《后汉书》卷四十三《朱穆传》，参看卷一百八《郑众传》。
② 同上书，卷七十八《侯览传》。
③ 同上书，卷六十七《刘祐传》。
④ 同上书，卷四十三《朱穆传》。

政治势力相结合，势力愈大，对人民的压迫、剥削亦愈残酷，当然更加速了阶级矛盾的尖锐化。统治阶级既然无力解决这些矛盾，便只有待黄巾发动的农民战争来作总的解决了。《后汉书》卷七十八《张让传》：

> 是时让、〔赵〕忠……十二人皆为中常侍，封侯贵宠，父兄子弟布列州郡，所在贪残，为人蠹害。黄巾既作，"盗贼"麋沸，郎中中山张钧上书曰：窃惟张角所以能兴兵作乱，万人所以乐附之者，其源皆由十常侍多放父兄子弟、婚亲宾客，典据州郡，辜榷财利，侵掠百姓，百姓之冤，无所告诉，故谋议不轨，聚为"盗贼"。

在剧烈的阶级斗争中，基本上瓦解腐朽的东汉政权的是不断发生的农民起义，最后形成为全国规模的黄巾农民战争，才结束了东汉王朝的腐朽统治。

东汉末干乱政治的，自然不止是宦官，宦官所以成为豪门世族攻击的目标，是由于他们之间存在着政治、经济上的矛盾。宦官本来是被人贱视的，但他们地居禁密，日在"人主"耳目之前，容易窥伺"人主"的喜怒而进行毁誉，加以他们常常"手握王爵，口衔天宪"①，上下其手，不辨真伪，所以他们常能左右帝王，操纵政权。

宦官应是无后的人，但自和帝时郑众首谋诛窦宪，永元十四年（公元102年）封众为鄛乡侯，"〔众〕卒，养子闳嗣，闳卒，子安嗣"。② 从此，宦官取得了政治上如豪门世族一样绍封世袭的合法地位。顺帝阳嘉四年（公元135年）"初听中官得以养子

---

① 《后汉书》卷四十三《朱穆传》。
② 同上书，卷七十八《郑众传》。

为后，世袭封爵"。① 桓帝永寿二年（公元156年）"初听中官得行三年服"。② 从此，在严密的汉家法度中，宦官又进一步取得了封建礼俗的尊崇隆重的仪典。《后汉书》卷五十七《刘瑜传》：

> "今中官邪孽，比肩裂土，皆竞立胤嗣，继体传爵，或买儿市道，……。"

世袭制度是豪门世族所以确立为豪门世族的政治上的保证，三年丧服制是豪门世族所以被承认为豪门世族的社会地位的标识。③宦官集团想自跻于封建地主阶级的豪门世族之列，可以证明豪门世族在加重剥削农民的基础上，其政治、经济势力是在发展的。这种豪门世族与西汉中叶为绝对君权所打击的战国以来以血缘关系和地域关系构成的氏族公社遗留的强宗大族，基本上既有联系又有区别。④ 宦官集团自己想作为一个新兴的豪门世族以与封建

---

① 《后汉书》卷六《顺帝纪》。
② 同上书，卷七《桓帝纪》。
③ 参看侯外庐等著《中国思想通史》第二卷，人民出版社1957年版，第342、346页。
④ 汉、魏史籍所显示宗族一名称的意义，常用"强宗大族"、"强宗豪右"、"大姓"或"豪宗"来形容。这种宗族是战国以来以血缘关系和地域关系构成的氏族公社遗留，《管子·立政篇》首宪条说：

分国以为五乡，乡为之师，分乡以为五州，州为之长；分州以为十里，里为之尉；分里以为十游，游为之宗。十家为什，五家为伍，什伍皆有长焉。

《周礼》卷十《地官司徒·大司徒》：

令五家为比，使之相保；五比为闾，使之相受；四闾为族，使之相葬；五族为党，使之相救；五党为州，使之相赒；五州为乡，使之相宾。

前面所举的"宗伍"、"宗党"，也可与这些公社基层组织的意义联系着看。《论语·子路篇》说："宗族称孝焉，乡党称弟焉。"可见宗族是古代以血缘关系、地域关系构成的氏族公社的残余，它束缚于一定的土地上聚族而居。这类地方到汉代还存在着痕迹，叫做"聚"。《续汉志·郡国》（一）河南尹条下有"唐聚"，注引《左传》昭二十三年"尹辛败刘师于唐"；有"上程聚"，注引《帝王世纪》曰："文王居程，徙都丰，故此加为上程"；有"褚氏聚"，注：《左传》昭二十六年，"王宿褚氏"；此外河内郡有"射犬聚"、"小修武聚"，弘农郡有"桃丘聚"，总计见于《郡

国志》的有五十五聚。可见这种氏族公社遗留的强宗巨族聚居的区域，特别在东方六国的旧疆域内最多，汉武帝"徙强宗大姓不得族居"（《后汉书》卷三十三《郑弘传》李贤注引谢承书），便是指的这种宗族。

一个聚居的宗族，包含着剥削者与被剥削者，压迫者与被压迫者，秦蕙田《五礼通考》卷一四六《嘉礼》十九《饮食礼》说：

> 一族之人，或父贵而子贱，或祖贱而孙贵，或嫡贱而庶贵。贵者可为别子，贱者同于庶人。……至于兼并势成，人皆自食其力，勤俭者致富，惰侈者困乏。即一家之中，有父富而子贫，兄贫而弟富，嫡贫而庶富，又以人之勤惰奢俭而分。

这段话一部分还是指直系家族——大家庭而言，其中已经形成贫富的对立。所谓"兼并势成"，便是剥削者与被剥削者的客观存在。那末，一个仅仅以血缘关系、地域关系构成的宗族集团，他们之间的阶级矛盾必然更大更复杂，因而一个宗族集团的存在有下列一些条件：（一）宗族的家长豪强表面上以土地为共同体，实际上则是家长豪强垄断一个宗族所以聚族而居的物质基础；（二）虽不限于部落的形式，聚居一处，但必须有紧密团结的呼应关系，如《汉书》卷九十《严延年传》的西高氏、东高氏，聚居于东西两高地；（三）有一个共同的祖先祭祀，作为对宗族成员的精神感召（这一点和家族一样。参看《周礼》卷十二《地官司徒·州长》"以岁时祭祀"以下各节）。晚近出土画像和画像石中常可见到的汉人祭祀图像，如1954年山东沂南县出土的一座汉墓，其前室南面石刻即是一幅最生动细致的祭祀图，为历来出土的汉墓石刻画像所少见（参看《文物参考资料》1954年第8期，《山东沂南汉画像石墓》图26）；（四）要具有经济的调剂措施，以掩盖宗族内部的贫富对立和阶级矛盾。《齐民要术》卷三引崔寔《四民月令》：

> 三月……冬谷或尽，椹麦未熟，……振赡穷乏，务施九族。……九月……存问九族，孤寡老病不能自存者，分厚彻重，以救其寒。十月，……五谷既登，家储蓄积，乃顺时令，敕丧纪，同宗有贫窭，久丧不堪葬者。则纠合宗人，共兴举之，以亲疏贫富为差。

这类以经济措施掩盖宗族内部阶级矛盾的事，宗族的家长地主谓之"分施"，《汉书》卷五十九《张延寿传》："租入岁千余万，……子临嗣，临亦谦俭，每登阁殿，常叹曰：桑〔弘羊〕、霍〔禹〕为我戒，岂不厚哉。且死，分施宗族故旧。"又，卷六十六《杨恽传》："初恽受父财五百万，及身封侯，皆以分宗族。"卷八十九《朱邑传》："禄赐以供九族乡党。"卷七十二《鲍宣传》："〔郇〕越散其先人訾千余万，以分施九族州里。"卷八十八《张山拊传》："散赐九族，田亩不益。"这些氏族公社残余（宗族）的大地主，是与封建专制主义的绝对君权不相容的，在绝对君权的压力下，他们的生命财产朝不保夕，所以张延寿说："桑、霍为我戒。"

战国以来的强宗大族——氏族公社残余，虽经汉武帝和武帝以后百年间绝对君权的重大打击，但宗族的旧势力到东汉时不仅未衰歇，而且还是很强大的，《东观汉记》卷十三《赵熹传》："更始即位，舞阴大姓李氏拥城不下。"《北堂书钞》卷七十六《设官部》二十八引谢承书："华崧为河南尹，剪治强宗，威名振烈。"《后汉书》卷七十六《任延传》：

> 建武初，……拜武威太守，……既之武威，时将兵长史田绀，郡之大姓，其子弟宾客为人（民）暴害，延收绀击之，父子宾客伏法者五六人。绀少子尚乃聚会轻薄数百人，自号将军。夜来攻郡。

又，卷七十七《董宣传》：

> 迁北海相，到官，以大姓公孙丹为五官掾。丹新造居宅，而卜工以为当有死者，丹乃令其子杀道行人，置尸舍内，以塞其咎。宣告，即收丹父子杀之。丹宗族亲党三十余人操兵诣府。

又，卷五十一《庞参传》：

> 拜参为汉阳太守。郡人任棠者，有奇节，隐居教授。参到先候之，棠不与言，但以薤一大本、水一盂，置户屏前，自抱孙儿伏于户下。主簿白以为倨。参思其微意，良久曰：棠是欲晓太守也，水者欲吾清也。援大本薤者，欲吾击强宗也。

可知宗族的势力，在东汉一代下及汉末三国时期还很强大，它是当时封建生产关系中的一种落后的旧集团，每一个宗族集团自己就是一个小小的"王国"，它与封建专制主义的中央集权制度不能相容，便是说，这种强宗大族的大土地占有形式和封建的土地国有形式不能相容。宗族的大地主可以荫庇宗族成员作为附户，而不向国家缴纳赋税和服徭役，封建政权必须从宗族的大地主手中夺取更多的户口作"编民"，所以二者不仅有土地占有的矛盾，而且更有对劳动力占有的矛盾。封建政权与强宗大族争夺户口，就成为当时非常剧烈的斗争。曾经在曹操幕府做过军谋祭酒掾的徐幹在《中论·民数篇》强调户口（劳动力）对于封建政权的巩固和发展起着决定性的作用，他说：

> 迨及乱君之为政也，户口漏于国版，夫家脱于联伍，避役者有之，弃捐者有之，浮食者有之。……故民数者，庶事之所自出也，莫不敢正焉，以分田里，以令贡赋，以造器用，以制禄食，以起田役，以作军旅。国之建典，家以之立度。

"联伍"是农村公社基层组织的名称，《周礼》卷十二《地官司徒·族师》条："五家为比，十家为联，五人为伍，十人为联。""民数"（唐人避讳，有时改作"名数"）是汉代人指户籍文簿的专用语，《后汉书》卷二《明帝纪》："流人无名数欲自占者"，李贤注："无名数，谓无文簿也。"徐幹这段话指出户口是封建政权建设的依据，一切超经济的强制劳役，都是依靠劳动力，所以掌握劳动力是国家"建典""立度"的张本；兵力也是由此而来的，所谓"强者为兵，羸者补户"（《三国志·吴志》卷十三《陆逊传》）。假如国家政权不能掌握户口，农村公社的劳动者脱离了国家的户籍编制，不能对国家缴纳租赋，服兵役、劳役，那末这个封建政权就不能巩固，相反的，大量公社成员就会成为大土地占有者的荫附户。所以汉魏时代的封建政权必须一面摧挫氏族公社残余的联系，不断打击这种强宗大族，一方面又必须不断和他们拉拢妥协，如董宣为北海相，以大姓公孙丹为五官掾之类。《华阳国志》卷六章武二年:"骠骑将军马超……临殁,上疏曰:臣宗门二百余口,为孟德所诛略尽。"曹操一次就杀掉马超"宗门"二百余口,同时就大量没收了他们的土地入于封建的土地国有制中,但封建政权的军事压力愈大,宗族的地主集团也就必然会起来组织武装——宗族部曲、家兵等抗拒政府,不肯与地方长官合作。曹操初起时,宗族的豪强李典、许褚等都来投奔,但曹操取得政权后,就不能相容这种宗族如马超宗门了。

两汉国内外的商业已相当发达,晚近考古学上的实物和文献记载互相参证,已可证明,这里不多申说。商品交换的发展,意味着货币经济的日益增大。货币与高利贷是剥削者压迫人民的主要手段。两汉的高利贷剥削,始终是猖獗的。当然,这个时期自然经济占主导地位,但货币与高利贷的发达,不可避免地加剧了农村的阶级分化,也分化了宗族的组织,宗族成员间的阶级关系不断变化,高利贷的土地经营以及对土地所有的大量集中,使得许多宗族成员,把土地卖给本氏族或非本氏族的人,少数便上升为地主,绝大多数趋于贫困,引起阶级关系的变化和宗族内部阶级斗争的尖锐化。宗族内部不能再继续忍受被压迫被剥削的成员,就参加农民起义,西汉末的赤眉,东汉末的黄巾、左髭、青牛角、李大目等农民起义中,就有不少这类宗族或宗族成员参加。少数上升为地主,如《汉书》卷九十《严延年传》:"为涿郡太守,……大姓西高氏、东高氏,自郡吏以下皆畏避之,莫敢与。"颜师古注:"两高氏各以所居东西为号者",住西边高地和住东边高地的农民或庶民,因已上升成为地主豪强,乃以其所居住的东西高地为姓号。《后汉书》卷三十三《朱浮传》:"〔浮〕乃上疏曰:'……大汉之兴,亦累功效,吏皆积久,养老于官,至名子孙,因为氏姓。'"《汉书·食货志》(上):"为吏者长子孙,居官者以为姓号。"注:"如淳曰:'仓氏、庾氏是也。'"管理仓库的人和司量的人,本来是执"贱役"的劳动人民,因管理得久了,或者有功,由此得了姓号,他的阶级关系也随着变化了。两晋士族如庾峻、庾亮的姓氏,西汉时,其先原是司量的劳动者。《白虎通》卷三《姓名》条:

> 所以有氏者何?所以贵功德,贱伎力。或氏其官,或氏其事,闻其氏即可知其德。

《白虎通》是东汉初人的撰述(旧传班固撰),其说可认为是当时士大夫对姓氏变化——实际意味着对阶级关系变化的理解。

同时,新的家庭关系亦不断产生和发展,特别是秦汉以来新起的中小地主和自耕农民的家庭关系与氏族公社残存的旧宗族关系,剧烈地呈现着新陈代谢的发展过程。恩格斯引马克思的话说:

> 现代的家庭,在萌芽时,不仅包含着奴隶制,而且也包含着农奴制,因为它从最初起,就是和耕地操作有关的。它以缩影的形式包含了一切的对抗,这些对抗后来在社会及其国家中广泛地发展起来。(《家庭、私有制和国家的起源》,第55页。)

氏族公社残余的公社成员,是被束缚于一个区域内的,秦汉新起的中小地主和自耕农民是个体的、分散的,这显然反映着两种不同的新旧生产关系,汉是承接秦的新关系，《汉书》卷四十八《贾谊传》：

> 故秦人家富子壮则出分，家贫子壮则出赘。……信并兼之法。遂进取之业。……曩之为秦者，今转而为汉矣，然其遗风余俗，犹尚未改。

"秦使民得买卖土地"（董仲舒语），土地可以变成农民的私有，这样便形成了广大的小农阶层，"信并兼之法，遂进取之业"，这种小农的家庭，既是个体的、分散的，因而摆脱了氏族公社残余的血缘关系和地域关系，既提高了农业生产，又可使封建政权从宗族家长的荫庇中获得更多的户口和税收，正可以补充说明《汉书》卷四十九《晁错传》中描写这种新兴小农家庭的"家有一堂二内（卧室）门户之闭"的话。《汉书》卷二十四《食货志》引李悝、晁错所言，战国秦汉之际，这种小农家庭平均一家五口，包括父母妻子。这种小农家庭，"家富子壮则出分，家贫子壮则出赘"，对于家庭经济和劳动生产都是有利的，与新兴中小地主的家庭，都同是由直系家属发展而成。父母妻子之外，有兄弟及兄弟之子——西汉人称为"同居"、"同产"。《汉书》卷二《惠帝纪》："今吏六百石以上父母妻子与同居，……家唯给军赋，他无有所与。"师古注："同居，谓父母妻子之外，若兄弟及兄弟之子等，见与同居业者，若今言同籍及同财也。"又，卷八十九《黄霸传》："坐同产有罪劾免"，师古注："同产，谓兄弟也。"元、成以后，官僚、地主、豪商相结合，家庭关系开始新的发展，似乎提倡同居同财。《太平御览》卷四二一《人事部》六二引《续齐谐记》说，成帝时，有田真兄弟三人，家巨富，共议平均分财，堂前一紫荆树死而复活的故事，至今尚流传民间。关于西汉分财的事，只有这样一个传说，但西汉文献并无这类记载。罗振玉《古明器图录目录》卷四有东汉孝子砖十八《田真》一件，可见田真故事，东汉已有，非唐宋传说。东汉鼓励同居同财，樊宏"三世共财"，许荆与兄弟分财别居，为乡里所鄙。樊重一家"闭门成市"。缪彤兄弟四人皆同财产，及各娶妻，诸妇遂求分异，彤乃掩户自责曰："缪彤！汝修身谨行，学圣人之法，将以齐整风俗，奈何不能正其家乎！"弟及诸妇闻之，悉叩头谢罪。《抱朴子·审举篇》引东汉人语："举秀才，不知书；察孝廉，父别居。"这些话都可见当时的家庭关系，正随着封建社会剥削经济的发展和上层建筑儒家思想的加强而在扩大着。但家庭经济有上升亦有下降，上升是少数，下降是多数。上升的就扩大为大家庭（新式家族），由直系家属的官僚、地主、富商集团构成，而非仅仅由于血缘和地域关系，其实包括剥削者与被剥削者、压迫者与被压迫者的氏族公社残余的旧宗族。如董卓闻袁绍起兵山东，乃尽诛绍家族在洛阳者五十余人。这种家族，到两晋南北朝，更形成高度的发展。《南齐书》卷五十五《孝义·封延伯传》："义兴陈玄子四世一百七十口同居。"《魏书》卷五十八《杨播传》："一家之内，男女百口，缌服同爨。"这种大家庭的家族，是直系家属组成，就其"同居"、"同爨"说，显然是由西汉"同居"、"同爨"的家庭发展而成。这种大家庭的家族，因政治、经济情况而下降的，便又分散为小家庭，《宋书》卷八十二《周朗传》：

> 今士大夫以下，父母在而兄弟异计，十家而七矣；庶人父子殊产，亦八家而五矣。

这种东汉新起的家庭（大家庭），在魏晋时代多数只有贫富之差，很少包括阶级官僚地主的豪门世族对抗，但从各方面说，宦官集团最后是注定要失败的。因为官僚地主的豪门世族，是封建统治的支柱，它的社会根源，源远流长，根深蒂固。汉末百年间，宦官势力的发展，赵翼曾分为四个阶段，[①]这四个阶段虽然是宦官对外戚和官

的对立如氏族公社残余一样，《世说新语·任诞篇》：

　　阮仲容步兵居道南，诸阮居道北。北阮皆富，南阮贫。七月七日，北阮盛晒衣，皆纱罗锦绮；仲容以竿挂大布犊鼻裈于中庭，人或怪之，答曰：未能免俗，聊复尔耳。（参看《晋书》卷四十九《阮咸传》）

　　阮咸和阮籍都是"竹林七贤"的名士，南阮虽贫，而他们的身份和社会地位还是头等士族。由于封建等级的家庭关系的上升与下降，所以东汉中叶以后，开始讲求家谱学，如果不是出于直系家属，虽属同姓而不相通。《新唐书》卷一九九《柳冲传》："于时有司选举，必稽谱籍而考其真伪"，正是指直系家属而言。这种由直系家属构成的家族，魏晋以后历南北朝唐宋，随着封建经济和封建生产关系的发展而愈加发达，《魏书》卷八十七《节义传》说李凡"七世共居同财，家有二十二房，一百九十八口"；《旧唐书》卷七十七《刘审礼传》说"再从同居，家无异爨，合门二百余口"；《宋史》卷四五六《孝义传》说陈昉"十三世同居，长幼七百口"。唐宋人称这样的家族为"义居"、"义门"，往往受封建王朝的"旌表"。《日知录》卷十三《分居》条说：

　　陈氏《礼书》（按：当是陈详道《礼书》）言，周之盛时，宗族之法行，故得以此系民，而民不散。及秦用商君之法，富民有子则分居，贫民有子则出赘，由是其流及上，虽王公大人亦莫知有敬宗之道。浸淫后世，习以为俗，而时君所以统驭之者，特服纪之律而已；间有纠合宗族，一再传而不散者，则人异之，以为义门。

　　这段话的前几句，是氏族公社残余的情况，后一段指秦汉以后新兴的家族。这种家族，隋唐以后虽然亦称"宗族"，但它的历史内容已经不同于西汉及汉末三国时代的宗族了。《隋书》卷七十八《韦鼎传》：

　　高祖尝从容谓之曰："韦世康与公相去远近？"鼎对曰："臣宗族分派，南北孤绝，自生以来，未尝访问。"

　　这种"宗族"正是由直系家属分派而成的家族，家族内部亦逐渐发生阶级分化。到了宋代，这种家族开始有义庄、祭田、宗祠、族谱等的组织，这些组织也有和缓家族内部阶级矛盾的作用，但它的社会性质已经不同于氏族公社残余的宗族，而是更严密的封建家族组织了。

　　家庭是一个复杂的社会现象，不仅表现物质的经济的关系，而且也表现法权的、思想的和道德的关系；这既属于基础的现象，也属于上层建筑的现象。所以封建家庭、家族关系的发展，反映着封建社会经济的发展，也反映着封建文化的发展。

　　①　《廿二史劄记》卷五《汉末诸臣劾治宦官》条。

僚士大夫的节节胜利，党锢之狱以至绵延了二十年，但是到灵帝中平六年（公元189年），终于由"四世三公"、"门生故吏遍天下"的官僚地主的豪门世族代表袁绍、袁术兄弟，率领八校尉的军队乘乱入宫，捕获宦官二千余人，"无少长皆杀之"而宣告结束。从女后临朝、君主孩稚的宫廷事变中出现的宦官乱政现象，毕竟是比较短期的，宦官集团自身不能够形成如官僚地主一样的豪门世族，虽然他们想模仿豪门世族的制度来装饰自己，但终于覆灭了。

汉末百年间，外戚豪门、宦官集团干乱政治，爪牙布满州郡，造成土地、财富的长期集中，这是阶级矛盾尖锐化的根本原因。此外还有其他内在的和外在的因素，也促成了阶级矛盾的发展，这里应当简略叙述一下。

货币流通、高利贷和商品交换，上文第一、第五和第六节举《汉书》卷九十一《货殖传》和毋盐氏、王君房等及《后汉书》卷三十二《樊宏传》说过在东汉时代是更为发展的，因而地主豪商对劳动人民的剥削亦随之增加，种暠"有财三千万"，[①] 李元"赀财千万"，[②] 折象"赀财二亿"，[③] 梁冀一次就敲诈扶风人孙奋一亿七千余万。梁冀被诛，没收财货达三十余万万。可见商业很活跃。这使得汉天子也羡慕起来，灵帝尝在后宫开设商店，自着商贾服，命诸宫女自相贩卖，故意同商人一样讨价还价，争吵以为乐。灵帝又是一个极贪私蓄的人，每笑桓帝无私钱，不能"作家"（今江、浙俗语"作人家"的意思），这虽是愚昧可笑的行为，但也说明东汉政府和皇室财政已陷于极端困难的境地。

---

① 《后汉书》卷五十六《种暠传》。
② 同上书，卷八十一《李善传》。
③ 同上书，卷八十二《折象传》。

当时、汉天子威权扫地，名存实亡，土地、财富掌握在官僚、地主、富商的手里，所以东汉政权表现得非常软弱。

建武二十五年（公元49年）南匈奴归降，光武使之杂居云中、五原等地，常常有很大的赏赐，《后汉书》卷八十九《南匈奴传》：

> 〔建武二十六年〕，南单于遣子入侍，奉奏诣阙，诏赐单于冠带、衣裳、黄金玺……黄金、锦绣缯布万匹、絮万斤。……又转河东米糒二万五千斛，牛羊三万六千头以赡给之。……元正朝贺……令谒者将送，赐彩缯千匹、锦四端、金十斤、大官御食酱及橙橘、龙眼、荔枝，赐单于母及诸阏氏、单于子及左右贤王……有功善者，缯彩合万匹。岁以为常。

《后汉书》卷四十五《袁安传》说，这些每年给南匈奴的"赏赐"，价值是一亿九千余万，另有给西域的是七千四百八十万。永平元年（公元58年）鲜卑部族来归附，青、徐二州每年给钱二亿七千万以为"赏赐"。[①] 这些正是袁安所谓"空尽天下"的劳动人民的沉重担负。无穷尽的"赏赐"，不但用以给南匈奴等族统治者，也用以给大官僚地主和外戚、权臣，这些当然是东汉政府很大的开支，例如：永平五年（公元62年），明帝赐东平宪王刘苍钱五千万、布十万匹；七年又赐宫人奴婢五百人、布二十五万匹及珍宝服御器物；十五年又赐钱千五百万、布四万匹；章帝即位，又赐刘苍钱五百万；建初七年刘苍入朝，赐钱千五百万，其余诸王各千万；刘苍返国，复赐乘舆、服御、珍宝，舆马、钱布以亿万计；八年刘苍卒，诸国王、主，悉会东平奔丧，

---

① 《后汉书》卷九十《乌桓鲜卑传》。

赐钱前后一亿，布九万匹。① 仅仅一个东平王，就用去这样多的钱财！至于对外戚的"赏赐"比这还多，前举《何敞传》称，窦宪一家"赏赐过制，仓帑为虚"，这些，都是造成国家和官僚、地主更加紧剥削人民的因素。《汉书》卷八十六《王嘉传》载元帝时，"都内钱四十万万，水衡钱二十五万万，少府钱十八万万。……是时，外戚赀千万者少耳"。东汉家费千万以上的官僚、地主、富商，不计其数，外戚赀财如梁冀便有三十万万，从这一点已可证明，东汉的封建剥削较西汉加重多了。

东汉一代对羌族用兵也带来严重祸患。西汉对于匈奴的战争，是在先解决皇权与地主豪强、富商大贾的统治阶级内部矛盾，既而也解决与匈奴的民族矛盾的基础上进行的，取得了最后胜利；东汉对于羌族的战争，是在财政空竭，国家和官僚、地主、豪商一齐加紧压榨农民的阶级矛盾尖锐化中进行的。这个战争，前后经六十余年（约公元 107—169 年），据记载可考的，共计用战费四百一十八亿。② 这么巨大的战费，只有使东汉的国家财政走到破产的绝境，而政府弥补的办法无非是"饮鸩止渴"，向官僚、地主、豪商假贷，向人民增加赋调，《后汉书》卷五十一《庞参传》：

　　〔永初〕四年（公元 110 年）羌"寇"转盛，兵费日广，且连年不登，谷石万余，参奏记于邓骘曰：比年羌"寇"，特困陇右，供徭赋役，为损日滋，官负人责数十亿

---

① 《后汉书》卷四十二《东平宪王苍传》。

② 《后汉书》卷六十五《段颎传》："永初中（公元 107—113 年）诸羌反叛，十有四年，有二百四十亿。永和之末（公元 141 年），复经七年，用八十余亿。"段颎上言，对羌用兵"本规三岁之费，用五十四亿，今适期年，所耗未半"。建宁二年（公元 169 年），"东羌悉平，凡百八十战……用费四十四亿"。共计四百一十八亿，仅是见于记载的。

万。今复募发百姓，调取谷帛，炫卖什物，以应吏求，外伤
羌"虏"，内困征赋。

又，卷六《顺帝纪》：

> 永和六年（公元 141 年）春正月，……诏贷王侯国租
> 一岁。……秋七月甲午，诏假民有赀者，户钱一千。……汉
> 安二年（公元 143 年）冬十月甲辰，减百官奉（俸），丙
> 午……又贷王侯国租一岁。

又，卷三十八《冯绲传》：

> 时（延熹五年，公元 162 年），天下饥馑，帑藏虚尽，
> 每出征伐，常减公卿俸禄，假王侯租赋。

对羌战争愈频繁，国家财政亦愈困难，对人民的压迫和剥削亦愈
残酷，增税、减俸、借谷、假租、卖官、卖爵、赎罪等，所有搜
括的方法都使用尽了。《后汉书》卷四十三《朱穆传》：

> 顷者，官人（民）俱匮，加以水、虫（水灾及蝗虫）
> 为害，京师诸官费用增多，诏书发调或至十倍。各言官无见
> 财，皆当出民，搒掠割剥，强令充足。公赋既重，私敛又
> 深，牧守长吏多非德选，贪聚无厌，遇人如虏，或绝命于箠
> 楚之下，或自贼于迫切之求。

这是顺帝末年至桓帝时的情况，"公赋既重，私敛又深"，正与
《后汉书》卷七十八《张让传》所说"刺史、太守复增私调，百
姓呼嗟"的情形相同。一切的压迫和剥削都集中到人民的头上
来了，人民不但要负担数倍或十倍的物资征调，还要被贪官污吏
勒索，待遇如同俘虏，有的活活被打死，有的被迫自尽了。

东汉对羌族的战争基本上是由于地方贪官恶吏而引起的民族
压迫战争，当时的文武官吏，多以击羌为取得功名利禄的好机
会，兵连祸结而不悔悟。《后汉书》卷六十五《皇甫规传》：

> 规乃上疏求自效曰：……臣每惟〔马〕贤等拥众，四

年未有成功，悬师之费且百亿计，出于平人〔民〕，回入奸
吏。故江湖之人，群为"盗贼"，青、徐荒饥，襁负流散。
在阶级社会里，极少数的官僚、地主、富商可以利用战争发财
（"回入奸吏"）。而广大人民却被战争毁灭或破产，必然造成无
数的"盗贼"。王符《潜夫论》卷五《实边篇》说，当时边境
残破不堪，流人多转徙于幽、冀、兖、豫、荆、扬、蜀、汉各
地，这些流人，或者被迫而为"盗贼"，或者成为官僚、地主、
豪商的封建依附关系，作为他们的家兵、宾客、附户，供他们驱
使，听他们剥削。

八 东汉豪门世族、封建依附形式的
发展和封建剥削的加重

东汉政权是官僚、地主、富商三者的结合，他们政治上经
济上的实力愈强大，绝对君权的威力便愈低落。在土地、财富
集中的基础上，封建地主阶段的家庭、家族的势力和关系比西
汉发展了，地主豪强可以假借血缘关系为号召，聚结千家以上
的不同阶级的宗族亲属，建立自己的武装，扩大外围势力，这
类记载，从东汉初到汉末三国，史不绝书。《后汉书》卷三十
二《樊宏传》："与宗家亲属作营堑（堑）自守，老弱归之者
千余家。"卷二十四《马援传》："亡命北地，……宾客多归附
者，遂役属数百家。"卷三十三《冯鲂传》："为郡族姓，王莽
末，四方溃畔，鲂乃聚宾客，招豪杰，作营堑以待所归。"又，
卷七十《荀彧传》说，颍川人韩融，董卓之乱"时将宗亲千余
家避乱密〔县〕西山中"。《三国志·魏志》卷十八《许褚
传》："汉末，聚少年及宗族数千家，共坚壁以御'寇'。"当
时除营堑、坚壁之外，又有坞壁，《后汉书》卷七十七《李章

传》："时（光武时），赵、魏豪右，往往屯聚，清河大姓赵
纲，遂于县界起坞壁，缮甲兵，为在所害。"有营堑、坞壁，
当然就有武装组织。按：坞壁、营坞、坞隥（燧）等名称，初
见于宣帝五凤二年的汉简，①《后汉书》中多有之，② 西汉史籍
中未见。坞壁乃西汉时边塞屯戍的一种防御小城垒，东汉时逐
渐发展成为内地地主豪强屯聚的防御工事，从东汉至两晋、南
北朝都很盛行。

东汉地主豪强不但自筑营堑、坞壁，而且经常从事军事训练
和警备，《齐民要术》卷三引崔寔《四民月令》：三月"修门户，
警设守备，以御春饥草窃之'寇'"。九月"治场圃，涂囷仓，
修箪（一作'窦'）窖，缮五兵，习战射，以备寒冻穷厄之
'寇'"。地主的武装组织，有家兵、部曲，又有外围势力，如宾
客、佃户、门生、故吏等。《后汉书》卷七十一《朱儁传》：
"拜儁交阯刺史，令过本郡（会稽）简募家兵及所调合五千人。"
《三国志》卷五十五《吴书·甘宁传》裴注引《吴书》："宁将
僮客八百人就刘表。"又《魏志》卷十八《吕虔传》、卷九《曹
洪传》都有将领家兵的记事。《三国志》卷十一《魏书·田畴

____

① 晚近所出汉简，有关坞隥的简很多，今略举一二为例：《居延汉简考释·释文》卷一书檄类203（原编号六·八）："〔宣帝〕五凤二年八月辛巳朔乙酉，甲渠万岁隥长成敢言之，乃十月戊寅，夜堕坞隥（劳幹释文作'陛'，误），伤腰，有瘳，即日视事，敢言之。"又，烽燧类470（原编号二一四·一一八）："第三隥，卒桥建省治万岁坞。"《流沙坠简》释二第26叶下："陵胡隥坞，乙亥已成，□□□候长候史传送。"又，释二第27叶上："坞陛坏，不治作。"按：《说文》："坞，小障也，一曰庳城也。"坞一作隖。服虔《通俗文》："营居曰坞。"西汉时，边塞屯戍，塞上亭燧所在，必筑防御工事，围以城垣，谓之坞壁，或称营坞。大者为郭为塞，小者为坞。坞有陛阶，内外门户，略如城垒。拙文《烽燧考》曾详论之，载《北京大学四十周年纪念论文集》乙编上，1937年编印。
② 见《后汉书》卷三十二《樊准传》、卷六十五《皇甫规传》、卷八十二《赵彦传》、卷八十七《西羌传》。

传》："畴乃归，自选其家客与年少之勇壮……二十骑。"卷十六《任峻传》："别收宗族及宾客、家兵数百人，愿从太祖（曹操）。"从以上所举史料，可知地主武装中有家兵、家客、僮客、宾客以及宗族等名称。

部曲的意义，在西汉时代仅指军队编制、军事管理而言，[①]到东汉及汉末三国时代，部曲身份逐渐转变为私兵。《后汉书》卷一《光武帝纪》更始二年：

> 别号诸"贼"铜马、大肜……等，各领部曲，众合数百万人，所在"寇掠"。

又，卷十六《邓禹传》：

> 汉中王刘嘉诣禹降，嘉相李宝倨慢无礼，禹斩之，宝弟收宝部曲击禹。

至汉末，如孙坚死，其子孙策领其部曲；马腾入为卫尉，其子马超领其部曲；王允既诛董卓，处理董卓的部曲，成为当时最迫切的问题。《三国志》卷十八《魏书·李典传》："典宗族部曲三千余家。……徙部曲宗族万三千余口居邺。"这是关于宗族部曲人数最多的记载，所谓宗族部曲就是以血缘关系组成的部曲。这时部曲已成为私属的武装力量，又称"义从"，如董卓领有湟中义从。汉末三国时期，部曲对于封建主而言，有主奴之分，南北朝、隋、唐时期，部曲又转变为良人与奴婢之间的一种社会阶层的贱称。

为什么东汉一代，在封建主的周围产生了这许多新起的部曲、家兵、家客、僮客、宾客等封建依附形式呢？而且，这些封

---

① 《续汉志·百官》（一）："〔将军〕领军皆有部曲，大将军营五部，部校尉一人，……部下有曲，曲有军候一人。"《汉书》卷五十四《李广传》："广行无部曲行陈，……程不识正部曲行伍营落。"卷六十九《赵充国传》："留步士万人屯田，……部曲相保。"以上所举即指军队编制、军事管理而言，并无私兵身份之意。

建依附形式，从东汉到两晋、南北朝都在发展着，又是什么原因呢？下文将试作解释。

在封建土地所有制下，地主对农民的剥削是以地租形式表现的。我们知道，封建地租形式的发展，是经过劳动地租、实物地租和货币地租三个阶段的。这三种地租形态的发展，也反映着封建生产发展的三个阶段，但在现实生活中，这三种地租形态，常常是互相错综或同时并存的。劳动地租（徭役地租）是封建剥削方式的最原始形态，西汉的劳动地租，比起田租、赋税还要繁重得多，人民从二十三（或二十）岁到五十六岁，对于国家——"最高的地主"，得应徭役（包括服兵役，戍边，屯田，筑长城，修城池，建营垒，起亭候、烽燧，治河，修堤，筑陵墓，修宫室，养马，转漕，筑路等），对于地方官吏和地主所服的劳役还不在内。东汉在劳动地租之外，又加重了实物地租，《后汉书》卷四十三《朱晖传》：

> 是时（章帝元和中，公元 85 年前后）谷贵，县官经用不足，朝廷忧之。尚书张林上言，谷所以贵，由钱贱故也，可尽封钱，一取布帛为租，以通天下之用。……于是诏诸尚书通议，晖奏，据林言，不可施行，事遂寝。后陈事者复重述林前议，以为于国诚便，帝然之，有诏施行。

章帝元和中"一取布帛为租"，应该认为是实物地租的加重。《后汉纪》卷二十质帝本初元年（公元 146 年）九月朱穆奏云："河内一郡尝调缣、素、绮、縠才八万匹，今乃十五万匹；官无现钱，皆出于民。"因此到桓帝时又开始改用税钱。《后汉书》卷七《恒帝纪》说：延熹八年（公元 165 年）"八月戊辰，初令郡国有田者，亩敛税钱"。李贤注："亩十钱也。"延熹八年开始一亩税十钱，可证从公元 85 年到 165 年的八十年间，主要是以布帛实物为租的。布帛之征谓之调，汉末，建安九年（公元 204

年）曹操令："户出绢二匹，绵二斤"，① 成立户调，开中古史上租庸调制度的先声，上距元和已一百二十年。调的制度，东汉初渊源于边郡屯戍，《续汉志·百官》（三）大司农条：

> 边郡诸官请调度者，皆为报给，损多益寡，取相给足。

掌管全国钱谷的大司农，可以从内地调度物资，以支援沿边诸郡的军事屯戍，如果边郡诸官请求调度物资，都须准予支给。刘昭补注引王隆《小学·汉官篇》：

> 调均报度，输漕委输。胡广注曰：边郡诸官请调者皆为调，均报给之也。以水通输曰漕，委，积也。

可知调度初在边郡施行。《后汉书》卷二《明帝纪》说明帝即位（公元57年），"赦陇西囚徒，减罪一等，勿收今年租调"，陇西亦边郡，这是指陇西囚徒所担负的支援当地的物资调度。这种调度的制度，当初只限于边郡施行，从章帝元和时"一取布帛为租"的诏看来，实物地租的加重，已开始施行于内地了。

东汉农民对"最高的地主"所服的各种徭役（劳动地租的形式），在更役、戍役上比西汉有所减轻，而地主阶级的封建统治的实力以及家族关系的加强、封建依附形式的扩大，则甚于西汉。农民的劳役担负和封建剥削的加重，是无可否认的事实。环绕在封建主周围的家兵、家客、宾客、宗族部曲等封建依附关系的出现和扩大，就是由于农民受双重形式——劳动地租和实物地租的封建剥削的加重，被迫脱离生产，望门投靠所形成的。封建主转过来又再剥削农民，以维持这种继续增大的封建依附关系。东汉以后，下历两晋、南北朝的封建家族关系的发展，一方面更加巩固了封建的生产关系，一方面也增加了封建剥削。

---

① 《三国志·魏书》卷一《武帝纪》建安九年注引《魏书》，参看《三国志·魏书》卷十二《何夔传》、卷二十三《赵俨传》。

依上所论，可见明了《后汉书》诸帝本纪所载不断发生的几种为西汉所无或少见的新的重要历史现象，即流人之多，"妖贼"、"海贼"、"盗贼"之多，天灾之多，禀给之多。从明帝永平元年（公元58年）到桓帝建和三年（公元149年）的九十一年间，记载流人的事有二十五次。诸帝本纪记载"盗贼"七十二次。单是桓帝一朝二十一年间，共记大水六，旱灾二，民相食二，"盗贼"十一，边事三十一。这些历史现象就是封建剥削率增高的证据，而这些流人和"盗贼"，就是被迫脱离生产的农业人口，是直接成为上述各种封建依附关系的主要来源，《三国志·魏书》卷二十一《卫觊传》：

> 时四方大有还民，关中诸将多引为部曲。觊书与荀彧曰：关中膏腴之地，顷遭荒乱，人民流入荆州者十万余家，闻本土安宁，皆企望思归，而归者无以自业（业，指土地），诸将各竞招怀以为部曲，郡县贫弱不能与争，兵家遂强。

这些流人思归乡里，归去又无土地，只得投靠地主豪强，作为他们的部曲、宾客、家兵，成为人身依附者。

另外还有一种历史现象，与封建依附形式的增加有密切关系，也是东汉中叶以后特有的。汉末百年间，曾发生无数次农民起义，正当外戚、宦官乱政，与代表官僚地主的豪门世族斗争最激烈的时候，宦官集团方面的官僚主张用武力去讨伐，豪门世族中的所谓"名士"，则主张用政治手段去软化农民的反抗。今汇集有关史料于后，再附以论说。《后汉书》卷六十六《陈蕃传》：

> 稍迁，拜尚书。时零陵、桂阳"山贼"为害，公卿议遣讨之。……蕃上疏驳之曰：……今二郡之民，亦陛下之赤子也，致令赤子为害，岂非所在贪虐使其然乎！宜严敕三府，隐核牧守令长，其有在政失和、侵暴百姓者，即便举

奏，更选清贤奉公之人，能班宣法令、情在爱惠者，可不劳王师而群"贼"弭息矣。……以此忤左右。

又，卷六十三《李固传》：

〔顺帝〕永和中，荆州"盗贼"起，弥年不定，乃以固为荆州刺史。固到，遣吏劳问境内，赦"寇盗"前衅，与之更始，于是"贼"帅夏密等敛其魁党六百余人，自缚归首，固皆原之，遣还，使自相招集，开示威法。半岁间，余类悉降，州内清平。……固为太山太守，时太山"盗贼"屯聚历年，郡兵常千人追讨，不能制，固到，悉罢遣归农，但选留任战者百余人，以恩信招诱之，未满岁，"贼"皆弭散。

又，卷五十六《张纲传》：

时广陵"贼"张婴等众数万人杀刺史二千石，寇乱扬徐间，积十余年。……以纲为广陵太守，……纲独请单车之职，既到，乃将吏卒十余人径造婴垒，以慰安之。……婴初大惊，既见纲诚信，乃出拜。……纲乃譬之曰：前后二千石多肆贪暴，故致公等怀愤相聚，二千石信有罪矣，然为之者又非义也。……婴深感悟，……明日，将所部万余人与妻子面缚归降。

又，卷二十五《鲁恭传》：

是时，东州多"盗贼"，群辈攻劫，诸郡患之。恭到，重购赏，开恩信，其渠帅张汉等率支党降。

又，卷四十一《第五种传》：

太山"贼"叔孙无忌等暴横一境，州郡不能讨。〔卫〕羽说种曰：中国安宁，忘战日久，而太山险阻，寇猾不制，今虽有精兵，难以赴敌，羽请往譬降之。种敬诺。羽乃往备说祸福，无忌即帅其党与三千余人降。

又，卷七十七《董宣传》：

　　　宣为江夏太守，到界移书曰：朝廷以太守能禽"奸贼"，故辱斯任，今勒兵界首，檄到，幸思自安之宜。〔夏〕喜等闻惧，即时降散。

这些事实，说明反对宦官的官僚地主，豪门世族的"名士"，企图用封建统治的大道理，去"说服"起义农民，在宦官爪牙满布州郡的残暴压迫下，这种主张是具有现实意义的，可以使人民感到压迫比较轻一些，所以能收到一些效果。这对于官僚地主、豪门世族是有利的，也是反对宦官势力保持自身地位的有力号召。但他们想把农民起义镇压下去，使农民对残酷的封建统治仍旧俯首帖耳的顺从，还是和宦官集团一致的。（从上述事实并可以知道，东汉一代大小农民起义虽然不断发生，但一般地说，农民对于阶级斗争的经验不多，很容易为阶级敌人的几句大道理所"说服"，虽然那几句大道理当时具有新鲜意义，但在汉以后的农民革命，就再也看不见这样容易被欺骗的事了。）现在要问，这些起义规模大小不一的、被官僚地主的"恩信"、"诚信"所软化了的"盗贼"，归降以后，到哪里去了呢？他们除了投归地主豪门成为封建依附者外，很难有别的出路，《后汉书》卷四《殇帝纪》：

　　　〔延平元年（公元106年）〕秋七月庚寅，敕司隶校尉、部刺史曰：……郡国欲获丰穰虚饰之誉，遂覆蔽灾害，多张垦田，不揣流亡，竞增户口，掩匿"盗贼"，令奸恶无惩，署用非次，选举乖宜，贪苛惨毒。

原来这些无法继续忍受天灾人祸、苛税重役，脱离了生产的流亡人口，或被招降的"盗贼"，就成为官僚、地主豪强竞相掩匿的私附户口。东汉诸帝诏书中所谓"覈实"，即是检核地主豪强所实际荫庇的户口和土地。这种户口或称"徒附"，对国家是不纳税的，对地主缴纳的私租和所服的劳役却很重，他们陷于人身依附地位。荀悦所谓"官收百一之税，而人输豪强大半之赋"，指的就是这样的人。

《后汉书》卷四十九《仲长统传》载《昌言·理乱篇》：

> 豪人之室，连栋数百，膏田满野，奴婢千群，徒附万计。船车贾贩，周于四方，废居积贮，满于都城。琦赂宝货，巨室不能容，马牛羊豕，山谷不能受。妖童美妾，填乎绮室，倡讴妓乐，列乎深堂。

这段记载，形象地描写了当时官僚、地主、豪商依靠封建依附关系（"徒附"等）所享受的高度剥削生活。崔寔、仲长统、王符几个汉末政论家所大声疾呼的，无非是贫富的尖锐对立、豪强的土地兼并与门阀的穷奢极侈。他们给后人遗留了许多记录当时阶级矛盾的宝贵篇什，这里不再多举了。

九 余论

东汉初年以来，家族关系随着封建剥削经济的发展和上层建筑儒家思想的加强而扩大着，由直系亲属的官僚、地主、富商集团构成的豪门世族——门阀或称阀阅出现了。《后汉书》卷三《章帝纪》建初元年（公元76年）诏：

> 夫乡举里选，必累功劳，今刺史守相不明真伪，茂才、孝廉岁以百数，既非能显，而当授之政事，甚无谓也。每寻前世举人贡士，或起畎亩，不系阀阅。

据《后汉书》卷二十六《韦彪传》，这件诏书的颁发，当是韦彪的建议，他在上章帝书中有"士宜以才行为先，不可纯以阀阅"等语，大大抨击了当时选举制度的虚伪和流弊。《意林》卷五引仲长统《昌言》："天下士有三俗，选士而论族姓、阀阅一俗。"

世族门阀垄断了选举，也就垄断了做官的途径。汉时，做官有征辟与察举二途，征辟无定期，由皇帝下诏特举，有贤良方正、直言极谏等科，大抵遇灾异日蚀或国家多事时行之。察举有定期，每年由诸州举秀才（东汉避光武讳，改为茂才），据《宋书》卷四十《百官志》（下），举秀才始于武帝元封四年（公元前107年），据《汉书·武帝纪》，郡国察孝廉始于武帝元光元年（公元前134年），不过西汉虽设孝廉一科，仅有其名，东汉才盛行。做官必须由孝廉进身，《后汉书》卷六十二《荀爽传》："汉制，使天下诵《孝经》，选吏举孝廉。"其实，这是东汉初年成立的制度，西汉并不诵《孝经》，光武始"自期门羽林之士，悉令通《孝经》"。① 从上举章帝建初元年诏和韦彪的话，可知当时举茂才、孝廉已不凭藉个人才行而恃门阀，那末，一经举为孝廉，便又自成门阀，再由门阀选出孝廉。《潜夫论》卷八《交际篇》："虚谈则知以德义为贤，贡荐则必阀阅为前。"显然，孝廉是由门阀包办了，做官亦由门阀包办了。自和帝以来，郡国岁举孝廉率二十万口举一人，不满二十万人口的郡国，二岁举一人，不满十万的，三岁一人。《续汉志·郡国》载顺帝永和五年（公元140年）郡国人口和应选举的孝廉，除边郡隔岁或每三岁选举外，每岁选出的孝廉大约二百人，与上举章帝建初元年诏中"茂才、孝廉岁以百数"的话是相符合的。由于察孝举廉，东汉一代出现了许多矫情虚伪的选举故事，今举一列，《后汉书》卷七十六《许荆传》：

> 祖父武，太守第五伦举为孝廉，武以二弟晏、普未显，欲令成名，乃请之曰：礼有分异之义，家有别居之道。于是共割财产以为三分，武自取肥田、广宅、奴婢强者，二弟所

---

① 《后汉书》卷七十九《儒林列传·序》。

> 得，并悉劣少。乡人皆称弟克让，而鄙武贪婪，晏等以此并
> 得选举。武乃会宗亲，泣曰：吾为兄不肖，盗声窃位，二弟
> 年长，未豫荣禄，所以求得分财，自取大讥。今理产所增，
> 三倍于前，悉以推二弟，一无所留。于是郡中翕然，远近称
> 之，位至长乐少府。

用这样虚伪欺骗的手段以要名誉，取得孝廉，兄弟三人并都升
官。所以"凡可以得名者必全力赴之，好为苟难，遂成风俗"。①
有以孝行求名的，如江革、毛义、蔡顺等；有以廉让求名的，如
乐恢、张禹、雷义等；有以不应征辟，求名以自高的，如周燮、
姜肱、樊英等；有以报恩求名的，如李恂、桓鸾、桓典等；有以
复仇求名的，如苏不韦、缑玉、魏朗等。这些人《后汉书》都
有传，这里不再举其事迹。《潜夫论》卷二《考绩篇》：

> 群僚举士者，或以顽鲁应茂才，以桀逆应至孝，以贪饕
> 应廉吏，……求贡不相称，富者乘其财力，贵者阻其势要，
> 以钱多为贤，以刚强为上。

这种选举制度，怎么能得到真正的人才！它不过是大官僚、大地
主、豪门世家把持操纵的压迫、剥削人民的工具罢了。《后汉
书》卷五十六《种暠传》："河南尹田歆外甥王谌，名知人，歆
谓之曰：今当举六孝廉，多得贵戚书命，不宜相违，欲自用一名
士以报国家，尔助我求之。"河南尹应选举六个孝廉，贵戚豪门
都已用书面命令田歆，预先内定了，而他却只想用一个官僚地主
集团中的"清流"分子——名士而不可得。又，卷六十六《陈
蕃传》："〔蕃〕与五官中郎将黄琬共典选举，不偏权富，而为势
家郎所谮诉，坐免归。"可知选举的腐败，已积重难返，"清流"
分子虽欲图振作，亦无可奈何，无怪曹操要施行九品中正，以另

---

① 《廿二史劄记》卷五《东汉尚名节》条。

一种压迫、剥削人民的制度来代替这种腐朽透顶的制度。

作为服务于封建统治的儒家经学，经光武、明、章诸帝的大力提倡，"临雍拜老，横经问道"，奖以利禄，儒学得到普遍的发展。儒学在西汉只能为少数人所传授，服务于专制封建主义的绝对君权，东汉的儒学却为整个封建地主阶级服务，变成追求名誉、利禄的人的进身之门，学官之外，到处盛行私家讲授，门徒常数百千人。一些家庭成了经学世家，如孔氏、伏氏、桓氏，①翟酺"四世传《诗》"。② 一些学问成了家传专业，如郭躬"为廷尉，……家世掌法律，……凡郭氏为廷尉者七人"；③ 吴雄"三世为廷尉，以法为名家"；④ 班氏的先世本是"以财雄边"的豪强，到班彪、班嗣兄弟及彪子固，俱以学"显名当世"，"家有赐书，内足于财，好古之士，自远方至"。⑤ 及班固为兰台令史，典校秘书，以断代史的创作体例承其父班彪之后撰《汉书》，固卒，其妹班昭又续成之，班氏家学相传，当然是史学世家。至如其先世"以农桑为业"、"以贾贩为事"的王充，《论衡》卷三十《自纪篇》说：

> 充，细族孤门。或啁之曰：宗祖无淑懿之基，文墨无篇籍之遗，虽著鸿丽之论，无所禀阶，终不为高。

什么是"细族孤门"呢？《文选》卷二十七李密《陈情事表》："既无伯叔，终鲜兄弟，门衰祚薄，晚有儿息。外无期功强近之亲，内无应门五尺之童，茕茕独立，形影相吊。"《晋书》卷九

---

① 见《廿二史劄记》卷五《累世经学》条。
② 《后汉书》卷四十八《翟酺传》。
③ 据汪文台辑《七家后汉书》的华峤《后汉书》。又《后汉书》卷四十六《郭躬传》："郭氏自弘后数世，皆传法律。"
④ 汪辑华峤《后汉书》。
⑤ 《汉书》卷一百《叙传》（上）。

十一《范隆传》："单孤无缌功之亲。"《南史》卷七十二《颜晃传》："家世单门，傍无戚援。"综括这几条史料看来，所谓"细族孤门"，是指自己既不是出身于由许多直系亲属组成的官僚地主集团的大家庭——门阀，这种门阀有奴婢、宾客、佃户等封建依附关系，而且门生故史遍天下；又不是出身于封建社会认为有学问、教养、德望，具有传统家风的世族，即王充说的"宗祖无淑懿之基，文墨无篇籍之遗"，所以《论衡》的思想主要在反传统反门阀方面，《自纪篇》："鸟无世，凤皇；兽无种，麒麟；人无祖，圣贤"，便是露骨的反门阀的话。《南史》卷十九《谢晦传》李延寿论："谢氏自晋以降，雅道相传，……各擅一时，可谓德门者矣。"像南朝王氏、谢氏这样的世家门阀，在当时掌握了法律、政治、哲学、艺术、宗教等社会意识的各种形式，"雅道相传"，几乎垄断了南朝三百年的封建文化。以上两项条件都没有的人家，称为细族孤门或单家寒族。王充与班固同时，足见明帝、章帝两朝，中古门阀观念已经完全确立了，土地也是从这时起，集中在豪门世族手里，封建国家占有的比重相对减少了。荀悦是当时目击这种情形的人，《申鉴》卷二《时事》（《小万卷楼丛书》本）："诸侯不专封，富人名田逾限，富过公侯，是自封也。大夫不专地，〔富〕人卖买由己，是专地也。"上文第二和第四节都曾提到西汉严格限制官僚地主的土地占有权，"专地盗土"是违反国家法律的，匡衡因在临淮郡僮县多划了四百顷封地，就被奏为"专地盗土"，由丞相免为庶人。在东汉中叶以后，由于豪门世族占有土地的无限扩大，从上引荀悦的话可以证明这项法律已完全破产了。

由于封建经济的发展、儒家思想的鼓励，豪门世族过着高度的侈靡生活，厚葬之风极盛。《潜夫论》卷三《浮侈篇》叙述东汉中叶以后厚葬的情形最为真切：

今京师贵戚，郡县豪家，生不极养，死乃崇丧，或至刻金镂玉，襦梓梗楠，良田造茔，黄壤致藏，多埋珍宝偶人车马，造起大冢，广种松柏，庐舍祠堂，崇侈上僭。宠臣贵戚，州郡世家，每有丧葬，都官属县，各当遣吏斋奉车马帷帐，贷假待客之具，竞为华观。

豪门世族的厚葬，在地主阶级中间，无论贫富，一时成为社会风俗。比如，崔寔是反对厚葬的，《群书治要》卷四十五引他的《政论》："乃送终之家，亦无法度，至用辒（襦）梓黄肠，多藏宝货，享牛作倡，高坟大寝。"又说："今豪民之坟已千坊矣，欲民不匮，诚亦难矣。"可是崔寔自己的父亲死了，他却"剽卖田宅，起冢茔，立碑颂，葬讫，资产竭尽，因穷困以酤酿贩鬻为业，时人多以此讥之"。①崔寔自己的思想已经陷于矛盾中，甚至被厚葬的思想所俘虏了。由于东汉中叶以后厚葬之风极盛，所以古来著录和近世出土的汉代碑刻墓石，西汉的绝少，而东汉中叶以后的却特多。

门阀既把持了选举，因而高门甲族就以辨别姓氏源流为他们把持仕宦的保证，汉、魏、六朝谱牒之学，由此而兴。《三国志》裴松之注，《世说新语》刘孝标注，引汉、晋间谱录不下数十种，如《世说新语·德行篇》陈元方条注引《陈氏谱》，荀巨伯条注引《荀氏家传》，《文学篇》魏封晋文王条注引《袁氏世纪》等，从陈氏、荀氏、袁氏阀阅的兴衰观察，这些谱录应是桓帝、灵帝以后撰述的。王符《潜夫论》卷九《志氏姓》说他撰述氏姓之意，乃在"赞贤圣之后，班族类之祖，言氏姓之出"，这意思就是给高门大姓一个历史的根据。应劭《风俗通

---

① 《后汉书》卷五十二《崔寔传》。

义》亦有《氏姓篇》，宋代似已亡佚，据严可均所辑佚文①看来，与王符的《志氏姓》并无大异。氏姓谱牒之学，提高并巩固了世族的政治地位，南朝的高门子弟，可以"平流进取，坐致公卿"②，东汉中叶以后杨震一家"四世三公"，袁安一家"四世五公"（西汉丞相、太尉、御史大夫为三公，东汉废丞相、御史大夫，而以太尉、司徒、司空为三公）。这些世家大族的外围，又出现了门生故吏的封建依附形式，上节曾经提到，这是西汉所未见而是东汉及两晋、南北朝最常见的一种历史现象。《后汉书》卷七十四《袁绍传》载：绍反对董卓，出奔冀州，伍琼对董卓说："袁氏树恩四世，门生故吏遍于天下，若收豪杰以聚徒众，英雄因之而起，则山东非公之有也。"门生故吏的关系，竟可以左右当时大局，可知豪门世族的政治背景是非常有力量的，社会关系是非常广大的。

关于门生故吏的历史内容，历来有几种不同的意见，这里应当略为解说。先谈门生的意义。

（一）欧阳修《集古录》卷二《后汉孔宙碑阴题名》条：

> 汉世公卿多自教授，聚徒常数百人，其亲授业者为弟子，转相传授者为门生。今宙碑残缺，其姓名邑里仅可见者，才六十二人，其称弟子者十人，门生者四十三人，故吏者八人，故民者一人。

这是以弟子为直接传授、门生为间接传授做二者的区别。按：《孔宙碑》刻于桓帝延熹七年（公元 164 年，孔宙是孔融之父，《后汉书》卷七十融本传。宙字讹为伷，应据碑文改正）。东汉

---

① 《全上古三代秦汉三国六朝文·全后汉文》卷三十九。
② 语见《南齐书》卷二十三《褚渊王俭列传·论》。又，《南史》卷二十二《王骞传》："〔骞〕从容谓诸子曰：吾家本素族，自可依流平进，不须苟求也。"

碑阴题门生故吏的，以《太尉杨震碑》一百九十人及《繁阳令杨君碑》一百三十四人为最多。

（二）据洪适《隶释》卷七《泰山都尉孔宙碑》条所录门生为四十二人，较《集古录》少一人，另有门童一人，加弟子、故吏、故民仍为六十二人。洪适说：

> 汉儒开门受徒，著录有盈万人者，其亲受业则曰弟子，以久次相传授则曰门生，未冠则曰门童，总而称之亦曰门生。旧所治官府，其掾属则曰故吏，占籍者则曰故民。

洪适所说关于故吏在封建依附关系上的意义很不完全，待下文再论。他以为门生是总名，总名中直接传授者为弟子，再传者亦称门生，与欧阳修的意见不同。

（三）顾亭林《日知录》卷二十四《门生》条：

> 汉人以受学者为弟子，其依附名势者为门生。《郅寿传》：时，大将军窦宪以外戚之宠，威倾天下，宪常使门生赍书诣寿，有所请托。《杨彪传》：黄门令王甫使门生于京兆界辜榷官财物七千余万。宪外戚，甫阉人也，安得有传授之门生乎？

这是说弟子与门生有别，依附名势的人称门生。

（四）赵翼《陔余丛考》卷三十六《门生》条：

> 按汉时门生本非弟子之称，盖其时五经各有专门名家，其亲受业者为弟子，转相传授者为门生，如所云为梁邱氏学、为欧阳氏学之类也。《后汉书·杨厚传》：门生上名者三千余人。曰上名录，则不必亲受业，但习其学即是也。《贾逵传》：诏诸儒各选高才生受左氏《春秋》及古文《尚书》，逵所选弟子及门生皆拜为郎。曰弟子及门生，可见门生与弟子有别也。……惟其不必亲受业，但为其学者，皆可称门生，于是依势趋利者，并不必以学问相

师，而亦称门生。……浸寻至六朝，遂更为门下傔从之称
耳。

赵翼以为门生与弟子之别，原是从经学传授上发生的，而依附势
利者，并不必以学问相师而亦称门生。

（五）刘宝楠《汉石例》卷三《书门生门童弟子不同例》
说：

案门生、弟子对文则别，散文则通。

以上五种关于门生、弟子的意见，只有顾亭林说"其依附名势
者为门生"，是从门生的封建依附关系的实际去看的，其余的
说法都不能说明门生的实际意义。赵翼虽然说"六朝时所谓门
生，则非门弟子也，其时仕宦者许各募部曲，谓之义从，其在
门下亲侍者，则谓之门生"，他知道在封建依附关系上门生实
际同部曲一样，但是他却完全把东汉和魏、晋一段历史的连续
性截然划断了，门生故吏对于封建主有君臣的从属关系，犹之
部曲对封建主有主奴的关系一样，都同是封建依附形式，这在
东汉和两晋、南北朝，基本上是没有什么区别的。例如，东汉
的墓碑大多是门生、故吏所立，亦有门生、故吏分别立碑的，
如《刘宽碑》（灵帝中平二年，公元 185 年），其一是故吏李
谦等所立，其一是门生殷包等所立，碑文词却是一样的。墓碑
往往于碑阴各记姓名，或载所出钱，如《朔方太守碑》（桓帝
永寿二年，公元 156 年）、《娄寿碑》（灵帝熹平三年，公元
174 年）等。今南京栖霞山西甘家巷所存梁萧秀墓，其碑阴刻
故吏一千三百余人，[①] 这说明从东汉末到萧梁，立碑的体制并
无变动。东汉末，门生对封建主在生前须入钱求依附，死后致
赙，这是汉、晋间的通例。立碑出钱，也是致赙的表示，《世

[①] 《六朝陵墓调查报告》第 52 页引莫友芝《金石笔识》所记。

说新语·德行篇》：

> 王戎父浑有令名，官至凉州刺史。浑薨，所历九郡义
> 故，怀其德惠，相率致赙数百万，戎悉不受。

义故是指门生、故吏、义从之属，如《宋书》卷六十七《谢灵
运传》：

> 灵运因父祖之资，生业甚厚，奴僮既众，义故门生数
> 百。

门生义故出钱求依附的事例，到萧梁时依然存在，《梁书》卷三
十《顾协传》：

> 协在省十六载，器服饮食不改于常。有门生始来事协，
> 知其廉洁，不敢厚饷，止送钱二千。协发怒，杖二十。因
> 此，事者绝于馈送。

《南史》卷六十九《姚察传》载，有门生送南布一端、花练一
匹，察厉声驱出。上举灵帝熹平三年《娄寿碑》阴所记，故吏
出钱，少则二百，多则五千。《灵台碑》阴所记有出钱三万七千
的，《义井碑》阴所记有出钱二万的，当是门生有贫富之差，故
输钱之数亦不同。输钱上千上万，已是赙赠性质，不仅是立碑之
费，可知汉、晋、南北朝时代，门生、故吏、部曲、义从对封建
主的依附关系，虽逐渐加深其人身依附性，但封建依附的实质并
未改变。赵翼说："富人子弟多有为之（指门生）者，盖其时
（汉、晋、南北朝）仕宦皆世族，而寒人则无进身之路，惟此可
以年资得官，故不惜身为贱役，且有出财贿以为之者。"① 这是
很正确的论断，这个论断可以和徐幹《中论·谴交篇》（《小万
卷楼丛书》本）所指相印证：

> 桓灵之世，其甚者也，自公卿大夫、州牧郡守，王事不

---

① 《陔余丛考》卷三十六《门生》条。

恤，宾客为务，冠盖填门，儒服塞道，饥不暇餐，倦不获
已。……有策名于朝，而称门生于富贵之家者，比屋有之，
为之师而无以教，弟子亦不受业。然其于事也，至乎怀丈夫
之容，而袭婢妾之态，或奉货而行赂以自固结，求志属托，
规图仕进。

徐幹乃建安七子之一，这段话是他对于当时情况身经目睹的记
录，可作为上文各个论点的概括。桓灵之际，正是贵戚、豪门、
宦官弄权炙手可热的时期，试看，那些服儒冠儒服奔走朝野的政
客们——公卿大夫、州牧郡守，抛却国家的事不做，一味奔走交
游。许多在朝的官吏，向富贵之家请求依附，称门生，实际并无
师弟受业之事，无非是奴才侍奉主人；还要用钱财来行贿，希求
升官。可见，门生实际是依附名势的人，对封建主有主奴之分，
所谓师弟受业，无非是幌子。

以上解说门生的性质。门生对封建主的奴主关系，不仅是对
封建主个人，而是对封建主的整个家属，这是可从东汉墓碑中取
得证明的。如《太尉杨震碑》乃杨震之孙沛相杨统的门人陈炽
等一百九十余人所立，去杨震死时已四十余年，碑文有"炽等
缘在三义"之语，即是说，陈炽等为震及震之长子牧、牧之子
统的门生，义属三代的意思。

现在解说故吏的含义，为什么西汉没有而东汉有故吏的名称
呢？它是怎样发生的？

两汉官吏的登庸制度，西汉和东汉是有所不同的。西汉官吏
登庸，必初选为郎。初选为郎，最多的是由政府卖官，目的在鼓
励新起的中小地主和一部分投机商人参加新政权，并且政府能增
加一部分财政收入，如第一节中曾举《景帝纪》后二年诏，有
市籍的买官，出訾十万，廉士出訾四万，这叫做"以訾为郎"。

西汉官吏登庸主要有下列四个途径：（一）"以訾为郎"，① 武帝时，入财、入羊、入奴婢，皆得为郎；（二）将公卿大夫的子弟选为郎（任子）；② （三）"以射策甲科为郎"；③ （四）"举孝廉为郎"④。所以西汉的官吏登用，主要凭财、势两项。《宋书》卷九十四《恩倖传》谓西汉"郡县掾史，并出豪家"，便是指"以訾为郎"，"以父任为郎"而言。因此，西汉注重郎选，⑤ 郎选只凭财、势，不恃阀阅。东汉注重孝廉，而举孝廉必由门阀。这是两汉官吏登庸制度有所不同之处。

　　东汉的做官途径，既由豪门世族——门阀所把持垄断，"世单家富"⑥ 的人，亦很难得到做官的机会，除非投靠豪门世族。但一经"为所辟置者，即同家臣，故有君臣之谊"，⑦ "为掾史

---

　　① 《史记》卷一百二《张释之传》："有兄仲同居，以訾为骑郎，事孝文帝，十岁不得调，无所知名。释之曰：久宦，减仲之产，不遂，欲自免归。"《集解》引"如淳曰：訾五百万，得为常侍郎。"《汉书》卷五十七《司马相如传》："〔司马相如〕蜀郡成都人也。少时好读书，学击剑。……以訾为郎，事孝景帝为武骑常侍。"颜师古注："以家财多，得拜为郎也。武骑常侍，秩六百石。"可知张释之的骑郎即武骑常侍郎，秩六百石，出訾五百万钱。司马相如后来大约就因"以訾为郎"之故，竟"家贫无以自业"。以出訾多少而任用官吏，在文、景、武之世，是提拔新兴中小地主出身，拥护绝对君权，打击强宗巨族、地主豪强的人才的创举，当然容易为有财有势的人所包办。当时已有这样的意见，如《汉书》卷五十六《董仲舒传》："夫长吏多出于郎中、中郎，吏二千石子弟选郎吏，又以富訾，未必贤也。"
　　② 《汉书》卷五十九《张安世传》："以父任为郎。"又卷七十二《王吉传》："今使俗吏得任子弟，率多骄傲，不通古今。"注引"张晏曰：子弟以父兄任为郎"。
　　③ 《汉书》卷八十四《翟方进传》、卷八十六《何武传》、《王嘉传》均称"以射策甲科为郎"。
　　④ 《汉书》卷七十二《王吉传》："举孝廉为郎。"
　　⑤ 《汉书·食货志》（下）："所忠言世家子弟富人或斗鸡走狗马，弋猎博戏，乱齐民，乃征诸犯令，相引数千人，名曰株送徒，入财者得补郎，郎选衰矣。"
　　⑥ 张鹏一《魏略辑本》卷十四《张既传》："既世单家富，为人有容仪，少小工书疏，为郡门下小吏，而家富，自惟门寒，念无以自达，乃常畜好刀笔及版奏，伺诸大吏有乏者，辄给与，以是见识焉。"
　　⑦ 《廿二史劄记》卷三《长官丧服》条。

者，往往周旋于死生患难之间"。①汉制，三公得自置掾吏，刺史得置从事，二千石太守得辟功曹。这些曾经先后被辟举的人，东汉门阀总称之为故吏，其中有掾，有史，有令史，有列曹，如户曹、法曹、兵曹等。东汉诸吏，亦得称门下，如门下掾、门下小史、门下功曹等，东汉碑及画像石中常见这些称谓。这些人都是墓主的故吏，在豪门世族和封建主的外围，像门生一样，结成一种强大的势力。例如楼望是儒家，明帝永平中为侍中、越骑校尉，迁大司农，又为太常，章帝建初中左转太中大夫，后为左中郎将，"诸生著录九千余人，年八十，〔和帝〕永元十三年卒于官，门生会葬者数千人"。《后汉书》把楼望列入《儒林传》，可见当时号称大儒的，其实就是大官僚、大门阀。

世家大族的外围，有了这许多门生、故吏、宾客、部曲，他们在政治上经济上就可以分布成很大的网状组织。袁绍起兵反对董卓，山东诸将起而响应的大都是袁氏的门生故吏。②但是在当时尖锐的阶级斗争中，袁绍显然是东汉行将总崩溃的官僚地主政权最后阶段的一个典型代表，所以《三国志·魏书》卷一《武帝纪》建安九年注引《魏书》所载曹操的令说：

> 袁氏（绍）之治也，使豪强擅恣，亲戚兼并，下民贫弱，代出租赋，炫鬻家财，不足应命，审配宗族，至乃藏匿罪人，为逋逃主，欲望百姓亲附，甲兵强盛，岂可得耶！其收田租亩四升，户出绢二匹、绵二斤而已，他不得擅兴发。
> 郡国守相明检察之，无令强民有所隐藏，而弱民兼赋也。

曹操想以减轻人民担负来抵制袁绍对人民的经济和政治的压榨，

---

①　《廿二史劄记》卷五《东汉尚名节》条。

②　当时响应袁绍起兵反对董卓的，如冀州刺史韩馥、兖州刺史刘岱、豫州刺史孔伷（字公绪，非孔融父）、陈留太守张邈、东郡太守桥瑁、南阳太守张咨等，都是袁氏的门生故吏。

结果，胜利当然属于曹操。袁绍想在这举世汹汹充满阶级矛盾的
动乱的社会里，仍旧从包庇地主豪强、维持旧门阀的经济剥削和
政治压迫等方面去控制旧秩序，无异于想在丧失了生命的躯壳中
去求人体的复活，他的失败原是被历史的发展规律注定了的。

　　黄巾农民起义打垮了东汉王朝的世家大族、官僚地主的政
权，但被一批新起的军阀、官僚、地主的武装镇压了下去。后来
曹操统一黄河流域，号称以减轻田租为亩收四升，就封建剥削
说，比较袁绍在河北所代表的旧势力为轻。同时，因长期战乱，
人口锐减，土地多无业主，这时大批土地便由大地主而转于曹魏
政权之手。曹操握有广大的土地权，便施行一种授田法，将土地
授给为他服过兵役的人，新设了许多田官①，实行军事屯田。一
方面在河北、江淮、关陇三大区域开发水利，移民内徙，屯田兴
农，改进农业生产工具，如水排、水碓、水砲、翻车等，逐渐恢
复和发展了黄河与淮河流域的社会经济。

　　曹操在建安元年（公元196年）假托杨彪与袁术通婚，收
彪下狱，其后又杀彪子杨修，这是对旧门阀的示威。杀孔融，威
胁以拥护汉室为名的汉末名士，推翻虚伪的乡举里选制度，而另
外选拔一大批"负污辱之名、见笑之行或不仁不孝而有治国用
兵之术"的"进取之士"，② 这些进取之士却是能摆脱旧传统、
开拓新局面的人物。一批东汉的旧门阀被时代的新兴统治力量消
灭了，而另一批魏晋时代的新门阀又出现了，《晋书》卷五十
《庾纯传》：

　　　　〔贾〕充尝宴朝士，而纯后至。充谓曰：君行常居人

---

　　① 参看《三国志·魏书》卷十五《司马朗传》、卷一《武帝纪》建安九年令、
卷十六《任峻传》、卷十五《贾逵传》、卷二十三《卢毓传》。

　　② 《三国志·魏书》卷一《武帝纪》建安二十二年注引《魏书》秋八月曹操
令，又建安十九年十二月乙未曹操令。

前，今何以在后？纯曰：但有小市井事不了，是以来后。世
言纯之先，尝有伍伯者；充之先，有市魁者。充、纯以此相
讥焉。

庚，本量名，《文选》卷四十任彦升《奏弹刘整》文："何其不
能折契钟庚而襜帷交质。"李善注引"包咸《论语注》曰：十六
斞为庚"。《汉书·食货志》（上）："为吏者长子孙，居官者以
为姓号。"注引"如淳曰：仓氏、庾氏是也"。管理仓库的人和
司量的人，时间久了，或者有功，由此得了姓号。汉末，庾纯的
先人曾做伍伯，伍伯是在大官僚前面开道的人，《后汉书》卷七
十八《曹节传》："节弟破石为越骑校尉，越骑营五百妻有美色，
破石从求之，五百不敢违，妻执意不肯行，遂自杀。"注引"韦
昭《辨释名》曰：五百，字本为伍，伍，当也；伯，道也，使
之导引当道陌中以驱除也。案今俗呼行杖人为五百也"。1954 年
出版的《全国基本建设工程中出土文物展览图录》图版第 23，
载河北省望都东关发现的东汉壁画"辟车伍百八人"，这幅实物
图像，正可证实韦昭的解释。两晋时代庾氏已上升为士族。贾
充，《晋传》本传讳言其家世，他是与司马昭主谋杀高贵乡公的
人，又是贾后的父亲，烜赫一时，而其先人曾做市魁。汉时，长
安有东市、西市，洛阳有金市、南市，市魁即市侩的头目。可知
庾氏、贾氏在汉末都很卑微，而是魏晋时才出现的新门阀。两
晋、南朝的士族，很多是由魏晋时代的新官僚地主发展而成，北
方的士族如崔氏、郑氏，则多渊源于东汉。

1955 年 6 月脱稿

上海人民出版社 1956 年版

编者注：作者生前曾对本文做过部分修改。

古代西域交通与法显印度巡礼

序

　　一千五百多年前,人类的地理知识和对自然环境的科学认识停留在还很幼稚的时代,法显以六十五岁的年龄,和他的同志(同志,是《法显传》的原文,亦见于僧传)十人,从长安出发,经西域诸国,穿行沙漠地带,越帕米尔高原,周游北·西印度、中·东印度,参礼佛迹,下南印度,经锡兰岛、苏门答腊,绕行南海、东海,到山东半岛的牢山(劳山)登陆,前后十四年,才展转遄归建康(南京)。同行的人,中途或转退,或死亡,或留住,只剩下法显一人,排除万难,勇毅坚定,最后回到本国,他已经是七十九岁的高龄了。汉、晋间中国僧徒西行求法的,足迹所至,最远不出北印度,法显是到中印度的第一人。从中印度再南下至现在的加尔各答(多摩梨帝国)地方,航行至锡兰岛(师子国),这一路漫长的海陆旅行,我们可以想象,在法显当时是一个多么艰巨的社会实践。

　　法显回到建康的第二年(公元 414 年),写成他的旅行记录,随后应别人之请,又增补一些,即现在流传的《法显传》，又称《佛国记》，又称《历游天竺记传》，总计九千五百多字，是一部完整的记录，也是古代记录中亚、印度、南海的地理、风俗、历史的第一部最原始的书，同玄奘的《大唐西域记》是两部后先媲美的伟大旅行撰述。从法显到玄奘的二百五十年间，很多渡天僧侣都写得有游记，如与法显同行的宝云及同时的昙景等僧，传说他们都有游记，可惜现在佚亡了。又如郦道元《水经注》、引道安的《西域志》以及《道宣释迦方志》中所引的《西域地志》、《旅行记》等书，不在少数。在总结以往对于西域史地知识的基础上，玄奘《西域记》就进一步比较《法显传》的内容更丰富了。这两部旅行记，使我们明了汉唐间东西商业和文化交通的几条主要路线。《法显传》中提供了很多可宝贵的资料，如法显当时所见阿育王建立的石柱，石柱上所刻的敕文和雕刻艺术，都是对阿育王时代极珍贵的研究资料；又如迦腻色迦王弘通所谓北方佛教，在北印度留下了很多佛教遗迹，法显当时所见还保存完好；法显执行"安居"是很严格的，安居的月日，可以和《西域记》所言，一起研究当时中印历法的异同；法显对于大小乘佛教的态度，也是值得注意的；法显所记西域、印度、南洋的地名与唐、宋以后记录的历史关系，亦宜研究；最后，也是最重要的，《法显传》可以补充一些印度笈多王朝的历史，特别是可以帮助我们多少了解当时中亚、印度许多国度的社会性质。

《法显传》历来都编入《大藏经》中，明胡震亨以后才采入丛书，但各本改篡、讹伪、脱漏之处甚多。近人日本足利喜六依据北宋版东禅寺本，而以北宋版开元寺本、石山寺写本、南宋版思溪本、南禅寺写本、明"秘册汇函"本、高丽版新本等六种版本加以校勘、解释、说明，再引据佛典、史传加以考证，考证虽简略，校勘却很有用，无论如何是有功于《法显传》的。足利喜六对于汉唐尺度、里程的计算非常细致，似乎已超过前人如伽林罕等，但其病恐怕亦正失之于细致。其书原名"考证法显传"，后来再版删去"考证"二字，增订"后编"七篇，编制较初版为优。这本小书中关于法显往还印度的年岁，法显历游西域、印度的行程分段，以及附图等，是采用足利一书的。

19 世纪以来，随着帝国主义侵略势力在远东、中东、近东各方面迅速进展，古代东西交通史的研究在考古学、语言学、人类学、历史、地理各方面的研究基础上亦迅速发达起来。于是法显、玄奘、宋云、惠生等的行记，先后被翻译成欧西文字，或加以注解、考释，如古代希腊、波斯、阿拉伯的撰述一样，被提出成为东西交通史研究的头等原始资料了。《法显传》（《佛国记》）的翻译，有理雅各、翟理斯、比尔、纳缪沙诸人。这本小册子也采用了纳缪沙、克拉卜罗斯、兰德塞诸人的考证，这些考证已收入于一部叫做 *Laidlay's Fa Hian* 的书中，这部书 1848 年在加尔各答出版。此外，伽林罕的《印度古代地理》也是很有用的参考书。日本方面，堀谦德、羽溪了谛、松本文三郎、小野玄妙诸人的撰述，如果想进一步研究《法显传》，也是应当参考的。国内岑仲勉先生的《佛游天竺记考释》，对于西人、日人的研究多所订补，亦是用力之作，但他采用僧祐《出三藏记集录》的"佛游天竺记"，作为《法显传》的书名是不妥的，那是另外一部书，向达先生在抗战前《大公报·图书副刊》第六十八期介绍岑书时已论之，今不赘。

这小册子原想把它写成一本通俗读物，作为中、印友好文化交流的献礼，但写通俗书是不容易的事，特别是一大堆外国的人名、地名、国名，最容易使人疲倦。这小册子既不能深入，又不能浅出，只能算一种介绍文字，也是很不周详的，希望读者不吝指正。

贺昌群

1956 年 2 月 11 日

一　古代中国与西域的商业交通和文化交流

　　"西域"这个名词，最初见于前汉，但当时所谓西域的范围是模糊的，大概指中国本土西部的关门——玉门、阳关以西至葱岭（帕米尔）之间，即今新疆一带，称为西域。以后便随着各时代商业交通和地理知识的发展，西域的广袤亦逐渐扩大，包括今撒马尔罕、中央亚细亚、小亚细亚，以至于地中海东岸古罗马属地和印度全部，通称为西域。这些地方古代曾为无数的小国——部落部族所盘踞，据《史记·大宛传》及《汉书·西域传》所载，仅现今新疆境内，当初有三十六国，后来有五十余国。历世以来，已经几多的兴亡盛衰。汉晋间这些地方商业兴盛，宗教随着商业的发达而传布着。当时势力最大的宗教是佛教，帕米尔以西，以大月氏（睹货罗）、安息、康居、粟特、罽宾（迦湿弥罗）诸国为大；帕米尔以东，以于阗（和阗）、龟兹（库车）、疏勒（喀什噶尔）、高昌（吐鲁番）诸国为大，都是西域佛教的中心地。南北朝以前，这些地方的佛教，实为印度佛教流传入中国的媒介，而且，当时来中国的传教僧、译经僧，大抵都是上述诸国的沙门或优婆塞（居士）。佛教是随着商业而东来的，中国和西方的商业交通，秦汉以前久已存在了。中国输往西方的商品，主要是蚕丝，蚕丝的制造和使用，原是中国古代的发明。印度最古的《摩奴法典》和《摩诃婆罗多》大史诗已有了支那（China）的名称，古代印度佛教徒也称中国为支那。西汉初，匈奴还称中国人为秦人，匈奴在秦汉之际，是北方纵横欧亚二洲的一个最强的游牧部族，它带动了东方和西方的商业和文化的交流。秦字的音传到西方转为 Sin 同 Thin，又转为 Sinae 同 Thinae，与 China（支那）都是一声之转。希腊人托尔米的《地理志》中记有秦尼国（Sinae）与赛里斯国（Serice）为邻，据近时考证，都是古代罗马人称中国的名称，赛里斯的意义为蚕丝地，大约指今新疆一带，秦尼则指中国本土而言。

近几十年来，考古学上的发现，证明秦汉间中国与西方的关系，不仅是蚕丝商品的贸易，而且有广泛的文化交流。比如，在东欧和高加索一带发现的斯基泰文物，对于战国、秦、汉之间铜器的花纹和体制，就有很显著的影响。斯基泰是公元前 3 世纪和 2 世纪在里海北面一带的一个杀伐最强的部族，但这个部族的灭亡也很快，只有希腊古书中提到，别的国家的古史都没有记载。近年苏联考古学者的发现，证明了斯基泰和斯基泰型的文化，牵涉的区域非常辽阔，在欧亚草原一带流传甚广。斯基泰文物的特点是它的艺术遗物的设计全是动物纹样，十分有力、生动，在我国从战国到汉代的铜器花纹和制作，都受到这种动物纹样的影响。这种铜器，近人称为"秦铜器"，其体制轻倩流丽，不及周代铜器的凝重，有些铜器上的繁复的狩猎纹，是这类"秦铜器"的特征。苏联考古学者在斯基泰遗物的考古发现和研究上很有成绩，如格鲁荷夫（А. Глухов）、吉谢列夫（С. Кпселев）、耶芙秋荷娃（Л. Евтюхова）诸人的著作，解决了斯基泰文化研究的许多问题。

1925 年俄国旅行家柯兹洛夫探险队在今蒙古人民共和国诺音乌拉山麓发掘十个古墓，也证明了北匈奴的文化渊源与斯基泰型文化有密切关系。内中有许多副葬品，如朱漆的耳杯、盘等，都是夹纻的,其上所绘飞禽怪兽、车马乘舆,与近时朝鲜乐浪出土的汉代漆器和汉画像石的风格完全一致,漆器有西汉哀帝建平五年(公元前2年)蜀郡西工等六十九字铭文,又有王莽居摄三年(公元前8年)的铭文。另外还有些花纹精致的丝织品,和富于希腊图案的挂毡等,与英人斯坦因1914年在新疆柴达木盆地发现的古楼兰遗址的汉代毡毯图案极相似。这些,都有力地说明,西方的商业和文物的东渐,在秦汉之际,早已存在了。

同时,汉代文物西传的亦不少,近时在西伯利亚叶尼塞州出土的一面白铜的日光镜,缘边有弧形铭文。"见日之光乎,君令长毋相忘"十一字,充分显示着汉式镜的特征,帝俄时代藏托姆斯克博物馆。莫斯科历史博物馆亦藏有西伯利亚出土的日光镜十数面。其次,高加索亦有汉镜出土,即有名的"汉内行花纹铅华镜",其铭文为"涑(练)治铅华清而明,以之为铜宜文章,延年益寿去不羊,与天毋亟宜日月之光,千秋万岁,长乐未央,青(?)□"等四十字,藏乌拉底加夫加斯博物馆。其次,高加索和南俄罗斯都有作为剑柄上护手之用的汉代玉璏出土。这些遗物今藏伦敦大英博物馆及巴黎桑察尔曼考古博物馆。

汉武帝时代,张骞出使西域,从公元前139年出发,到公元前126年归朝,居留外国十三年。这件事有人比之于同新大陆的发现一样重大,就是说,张骞在联络大月氏夹击匈奴的外交方面,虽未得成功,但在政治上、商业上、文化上所发生的影响却异常重大。

张骞亲身经历大宛、康居、大月氏、大夏诸国,间接听到关于身毒(印度)及安息、条支、乌孙、奄蔡四五个古代中央亚细亚国家的事情。《史记·大宛传》的前半部,即记录张骞的报告,《汉书·西域传》则是根据班超之子班勇的报告。自张骞"凿空"(把原来不相通的地方疏通了)以后,西域的物产随着商路输入中国的很多，《汉书·西域传》"赞"说："殊方异物，四面而至。"近时史家考证，如葡萄、石榴、红蓝、胡豆、胡瓜、苜蓿、胡荽、胡桃、胡麻、胡葱等，许多植物都是张骞通西域后陆续传到汉土的。

1907 年英帝国主义分子斯坦因曾在今甘肃敦煌古长城烽燧废墟发现两件东汉初年的丝织物，其一件末端记有：

> 任城国亢父（今山东济宁）缣一匹，幅广二尺二寸，长四丈，重二十五两，直钱六百一十八。

又一件是西汉末年的丝织品，已被剪断，边缘尚完整，宽约十九吋半，末端记有古代印度波罗谜文的度量名，这是两件最生动的实例。亢父缣的长度宽度，正与那件记波罗谜文的度量相当，都是往西方输出的物产。东汉贵戚豪门的大官僚梁冀曾派遣他的宾客远出塞外，交通外国，遍求奇珍异宝。有"西域贾胡"（西域方面来经商的胡人），在梁冀养兔的园子里误杀一兔，相连死者十余人。后汉的西域副校尉李恂，在西域任职内，西域诸国官吏和经商的胡人，屡次将奴婢、大宛马、金银等赠送给他，他都一概不受。这件事说明这些奴婢、金银、大宛马是可以对中国本土贸易的。那么，当时西域商胡往来于洛阳、长安的必定不少。这里应当略为解释一下"胡"字在两汉时代的意义。"胡"字在西汉文献中大多专指匈奴而言，东汉便泛指玉门、阳关以西乃至葱岭以外的外国人，通称为胡人。胡是多须的意思。

东汉的海上贸易已相当发达，由日南（越南）徼外以通天竺（印度）、大秦（东罗马），据《后汉书·西南夷传》所记，始于安帝永宁、桓帝延熹间（120—166 年），这是正式著录于正史的。三国时代，孙吴曾派中郎康泰、从事朱应出使扶南（柬甫塞），《梁书·诸夷传》序说他们经过百数十国，康泰著有《外国传》（亦称《吴时外国传》，或《康氏外国传》），朱应著有《扶南传》（亦称《扶南土俗志》、《扶南异物志》）。二书今已不传，有些古书还称引它，如《史记·大宛传》注、《水经注》、《艺文类聚》、《太平御览》等。这些海上交通的情况，和法显从印度、师子国（锡兰岛）归航时都有关系，他坐的商船是一只可容二百多人的大船；南朝宋元嘉六年（429年）有外国船主难提曾载师子国（锡兰）比丘尼来建业（南京），元嘉十年（433年）难提再来中国时，复载师子国比丘尼铁沙罗等十一人；又迦湿弥罗国沙门求那跋摩由师子国至阇婆（爪哇），宣扬佛化，旋应宋文帝之招，亦乘难提的商船来中国。由此可知两晋南北朝时，外国商船往返于中国，其数之多，可以概见。

魏晋南北朝时代，长江、黄河间的广大区域，虽然遭到战争的巨大破坏，但南北的商业和海上与中亚人民之间的交通还是频繁的。《隋书·经籍志》载，当时记海内外山川地理的著述有一百三十九种，其中如《交州以南外国传》、《游行外国传》、《历国传》、《外国传》、《诸蕃风俗记》、《北荒风俗记》、《世界记》、《西域道里记》、《诸蕃国记》等书，今虽不传，但这些新的地理知识和记载的出现，正反映着魏晋南北朝海内外商业交通的发展。

法显和汉晋间往来于西域与中国的佛教徒，就是在这样的历史条件下，或东来传教，或西行取经。

二　西域地理环境与古代交通路线

今天新疆一带，正在大规模进行社会主义建设，我们有信心利用科学逐渐改造这一带地方的自然环境。但在中古时代，西北的气候和地理给予旅行者种种的天然障碍是不可言喻的。沙漠地带的气候，昼夜之间转变异常剧烈，日间酷暑难当，夜间虽拥重裘尚不能御寒，纵在七八月间，夜间温度也会降到零度以下（当然，各地因地理的差异而有不同）。在这样张缩剧烈的气候中，沙漠地质便逐渐分裂成细碎的沙粒，经风吹散，那里遂成不毛之地，生物亦难生存了。有些人以为沙漠无垠，是很单调的旷野，其实不然，沙漠中有许多地方是流沙积成的起伏不定的坡陀，沙面有浪纹，如海中的波浪一般，昔人所以称为瀚海，也有荦确不毛的大山。沙漠又与戈壁有别，戈壁是满洲语，亦沙漠之意，可是实际戈壁是碎石铺陈的一片原野，地质上所受气候的影响不及沙漠的剧烈，换句话说，戈壁就是未成熟的沙漠。沙漠地带雨量极少，行旅往来，都须自行装载水料，因沙漠中多盐水，不能饮。唐朝玄奘法师赴印度时，从玉门西北向伊吾（哈密）进发，要穿过八百里的莫贺延沙漠，取北道而行，行百余里，已入"热沙漠"境地，四顾茫茫，渺无边际，他迷路了，口又奇渴，将盛水皮囊取下来，正欲饮时，不幸一失手把一袋水料倾翻，可怜"千里之资，一朝斯罄"，此时生死两难，人马俱绝，四夜五日，无一滴沾喉。可见沙漠旅行，水料的重要等于生命。

古代西北旅行，乃指今新疆全部，这带地方，北边是天山，南边是昆仑山，东边是南山（南山即昆仑山的续脉），西极于帕米尔（葱岭），这么一个广大的幅员，然而，在一般的地图上，只有稀疏的几个地名，其余都是空白，又谁知这些空白中当年在古代中西交通上曾占很重要的地位，有着光辉的历史呢。

帕米尔高原是横断东西的天然屏障，连峰际天，山势迤逦东走，西面为乌浒河的源流，东面为塔里木河的主要源流，顶上冰雪弥漫。据说，帕米尔高原虽寒，但像穆斯塔格阿塔那样险峻的山岭并不多，如今尚有游牧的吉尔吉斯人在海拔一万一千至三千呎的高寒之地，穹庐为室，终年生活于其间。

帕米尔高原在古代是东西交通的经行地，古代乌浒河流域与塔里木河流域的商业、文化的交流，都以此为必经之路，西方古地理学者称为"大丝路"，古代受希腊文化影响的国家如大夏、康居以及受印度佛教文化影响的伊兰族诸国，往来都先得取道于此，然后才入现在的新疆而至中国本土。因地势的关系，又分南北两道。南道自巴达克山越瓦罕山谷东行，取道瓦戛尔或小帕米尔而至穆斯塔格阿塔南的萨雷库（斯坦因证明此地是《大唐西域记》的羯盘陀国，现在还可住人）。再经过许多深山幽谷，度拔达山（凌山），越过横亘南北的山岭，抵塔里木河的西端，再东行则为喀什噶尔（古疏勒）及叶尔羌（古莎车）的绿洲地带。玄奘法师由印度归国的途程，便取此道。13 世纪曾在元世祖那里做过官的意大利人马哥孛罗来中国时，亦取此道。

在商业方面，则北道更为重要。北道起自大夏中部今巴尔克地方，溯吉奇尔苏河经阿赖谷，越伊尔基斯坦，沿喀什噶尔河的主要源头而至喀什噶尔。据近人研究，此路确为公元前 2 世纪末即汉武帝时古商队由中国贩丝至乌浒河流域及大夏诸地的大道。其后千余年间，中国和印度及近东文化的交流，都以此为干线。

由帕米尔高原南北路东行，便到塔里木河盆地的西部，因为中间有塔克剌麻干沙漠，便天然的亦循帕米尔的路线分为南北两路。盆地之南为岗峦重叠的昆仑山脉，西起帕米尔，东分为数重干脉如喀喇昆仑山等，山南诸水，多注于印度河。叶尔羌河及其支流皆出于昆仑山中，亦为塔里木河的主要源头。再东便是于阗古史上有名的哈拉哈什河及玉珑哈什河，发源昆仑山，北灌和阗绿洲。和阗以东便是于阗及车尔成（又译卡墙，古称且末）二河，亦发源于昆仑山，昆仑山脉最北的一支，接近塔里木河入罗布淖尔（我国史书称蒲昌海，亦称盐泽，因其地为盐质地层的风化土壤）之南，山势迤逦东延，逐渐低坦。此处及婼羌一带为塔里木盆地的鄯善即古楼兰地方，因受西藏来的风候影响，故气候较润泽，唐宋时代吐蕃（西藏）族侵入敦煌各地作乱，便是打从这里来的。

罗布淖尔古海遗床以东，地渐低下，为昆仑余脉的南山，有疏勒河，盛夏时流注安西、敦煌诸地。自此以东，才入太平洋潮风的润泽范围，旅行的人到此才得见茂林丰草。汉人之往来于安西、哈密的，则沿疏勒河至天山东部，其间略有咸苦水泉以为少数商旅的饮料。据瑞典斯文·赫定说，自东经九十度至九十三度之间，几乎不能寻得水泉，狂风多自东北吹来，虽在春季，亦寒冷砭骨。天山山脉起自哈密，绵延而西，为塔里木盆地的北方屏障。山北为准葛尔部高原，北至阿尔泰山及西伯利亚的南部，西抵伊犁、那林两河流域，这一带地方因受西伯利亚来的潮风吹拂，故气候较南道诸地湿润，水草丰茂，可耕可种，古代为诸游牧部族的争夺之地。

过吐鲁番（高昌）东南，沿天山而至焉耆（喀喇沙尔）低谷，再西为库车（龟兹），原野平旷。过此为阿克苏与塔乌什干河流域，亦大概相同。由此直至伊色克库尔（即《大唐西域记》所说的热海，古称清池），行旅都不十分感困难。玄奘往印度求经时绕道天山转撒马尔罕入乌浒河而下北印度，这一段与法显的路线不相同，玄奘经过的国度更多些。

以上是说塔里木大盆地四围山势，现在说盆地的本身。塔里木盆地西起喀什噶尔平原，东至罗布淖尔的古海床，约九百公里，南北最宽处，自库车冲积地至尼雅（古尼壤）以南昆仑山的北麓，约三百三十公里。其中最大部分，都是绵延不断的沙丘荒漠，维吾尔语通称塔克剌麻干，我国或称大戈壁，大概是与蒙古的戈壁对称的。

塔克剌麻干的西北东三面，沿听杂布、叶尔羌及塔里木河流域，草木尚多；其南由叶城以至于阗沿昆仑山北麓一带，绿洲星布；更东达于卡墙河上游，间有水草；沿卡墙河而东，直抵罗布淖尔附近的塔里木河故道，亦略有植物，显然是受河流或沙层下面水泉润泽之故。河流左右，便是沙丘掩复的荒漠，其中以叶尔羌河左岸的阿尔多穆·帕得沙流沙及塔里木河末流与罗布淖尔西岸间沙丘积成的大三角地——史称白龙堆，面积最为广大。

古代西域虽然交通很困难，但古时这带地方的水量似较后来为充足，灌溉的区域亦较广大。斯坦因在和阗东北的大沙漠中，发现一些古城遗址，晚近各帝国主义分子包括斯坦因等在内，组织所谓"探险队"（日人称"探检队"），亦在南北路各地沙碛中掘得佛寺废墟及各种语言的古文书、佛典、用具、泉货等，可见当年这个区域既是中西交通的要道，居住于这个区域的人们，一定曾经努力与自然环境作斗争，讲求水利，开辟水源，因此，天山南北路的古代城市，有许多曾是很繁荣的。

汉唐间，洛阳、长安两京之地，都在黄河流域中上流，所以中国与西方的交通，主要在陆路方面。北宋建都开封，洛阳、长安的经济和政治的地位，远非昔比，西北的水利逐渐失修，屯田荒废，地面失去水土保持，灾害亦多。同时，海上交通发达，扬州、广州、明州（宁波）、泉州的地位，逐渐取敦煌、高昌、库车、于阗而代之。唐末五代以后，回纥人、西夏人侵占西北各地，佛教在西北不能立脚，僧徒星散，有名的敦煌石室就是因佛教徒为避免回纥人（一说西夏人）的蹂躏，而在这个时候封闭了的。

关于古代西域与中国的交通路线，汉时分南北两道，仅指今新疆境内而言。道宣《释迦方志》说，西域交通分东道、北道、中道三路，指由葱岭至中亚及印度诸国而言。《新唐书·地理志》引贾耽《入四夷道里记》说，自中国至外国有七道，其实从新疆南北路逾葱岭至中央亚细亚、印度，在汉唐间只有三条路是主要的：

一、由敦煌过楼兰、鄯善（罗布淖尔），沿南山脉出于阗，又西北至莎车（叶尔羌）为南道。由南道西逾葱岭，经巴达克山，出乌浒河流域而通大月氏、安息等国。宋云、惠生即取此道而至印度，玄奘取此道而遄归长安。6世纪中叶译经极为努力的阇那崛多，由其本国北印度犍驮罗来中国时，亦经此道。其次为北道，由敦煌北进至伊吾（哈密），复西向车师前王庭（高昌、吐鲁番），沿天山南麓，溯塔里木河，经龟兹（库车）而至疏勒（喀什噶尔）。由疏勒出葱岭，过热海（清池）南岸，西北行至素叶水城，复经撒马尔罕即今土耳其斯坦、阿富汗而入印度，总称为天山北道。玄奘采取这条路线，迂回而入印度，大约是避免当时西突厥余部的阻梗。

二、由今新疆西南隅的叶尔羌河上流越萨雷库溪谷。法显曾由此经过，这条路线在竭叉（疏勒）至陀历的行程之间，萨雷库便是《西域记》的竭盘陀国，宋云称汉盘陀，是西域南道的要地。再南越葱岭，出瓦罕山谷，便到西北印度。宋云、惠生及后来的悟空往返天竺，都通过此道。在5、6世纪时代，往来通过这里的人最多，是主要的交通路线。

三、于阗与罽宾间的捷径路线。从拉达克逾葱岭至迦湿弥罗。《出三藏记集·智猛传》说，由于阗西南二千里登葱岭，再行千七百里至波沦国，复南行千里至罽宾国。波沦国即《西域记》的钵露罗国，《魏书》的波路国，今北印度喀什弥尔的波尔基斯坦。古来求法僧往来此路的很多，与法显同赴印度的僧绍，就是随一个胡道人从此路去罽宾国的。

唐初，新辟了一条从吐蕃（西藏）越雪山（喜马拉雅山）、出泥波罗（尼泊尔）到印度的路，贞观十五年，太宗以文成公主和亲，吐蕃弃宗弄赞愿以中国得通此路为交换。当时中国僧徒

赴印度如玄照等多由此路。王玄策于显庆二年（657年）第三次
出使，便是从吐蕃经泥波罗至印度。北宋僧继业从印度返国，也
经过泥波罗。

贾耽《入四夷道里记》中的第六安南通天竺道，清末吴承
志著《唐贾耽记边州入四夷道里考实》，将此道分而为三，即安
南至永昌，诸葛亮城至摩揭陀国及骥州至环王国。《新唐书·地
理志》关于安南通天竺道亦有说明。我们知道，汉武帝时张骞
曾建议从云南经缅甸入印度——所谓通西南夷的政策是失败了，
但到东晋时，这条路似乎通了，《高僧传》，《慧睿传》说，慧睿
"常游方而学，经行蜀之西界"，被人掠略，使他牧羊。有一信
奉佛教的商人，见他明达佛理，即出金以赎之。慧睿乃游历诸
国，至南天竺界。据此，似乎从四川西部通云南、缅甸而达南印
度的路，当时是存在着的。

三 汉晋间佛教东传的情况

佛教产生于中印度，遍及于印度全境，流传于中央亚细亚的
今阿富汗斯坦、伊拉克、西土耳其斯坦及新疆等地；都在公元前
3世纪中叶，这是由于承继孔雀王朝正统的摩揭陀国王阿育王派
遣传教僧于四方，宣扬佛教，因而，佛教才在这带地方大大流
行。阿育王（又称阿输迦或无忧王）统治全印度，在印度史上
建设了空前的一个大王国。阿育王最初是婆罗门教徒，奉事湿婆
神，后因目睹战争的惨状，于即位之第九年（公元前261年）
皈依佛教，虔心奉佛，极力弘宣教义，建立寺塔，遣派布教师于
四方，讲经说法，到处建立石碑石柱，镌刻阿育王弘教的敕令。
总之，佛教事业由阿育王而得兴隆，在古代亚洲人文史上其影响
至深且巨。佛教在印度、锡兰所以能成为最有势力的宗教，并且

从此以后很广泛地传播于缅甸、暹罗（泰国）、柬甫塞、东印度群岛、中国、朝鲜、日本、蒙古、中国西藏以及其他古代的亚细亚诸国，都是由于阿育王即位的第十一年及第十二年之间，开始大规模举行的空前绝后的大传道事业所致。

公元前 3 世纪中叶，佛教由中印度而传入西北印度。至 2 世纪中顷，大月氏、康居、安息的僧徒，陆续赴东方传道。3 世纪中顷，今新疆南路的于阗、北路的龟兹已盛行大乘教，成为佛教中心地。法显入天竺时，即公元 4 世纪末期，这带地方的佛教，犹呈极隆盛的状况，如他当时所见，于鄯善国条说："其国王奉法，可有四千余僧，悉小乘学。诸国俗人及沙门尽行天竺法，但有精粗。从此西行所经诸国，类皆如是。"汉晋以后，新疆南北两路的佛教随着东西商业交通的频繁，日趋于盛大之境。

后于阿育王约一百八十年，大月氏迦腻色迦王二世又恢宏佛教，佛教势力再一度扩张。当汉武帝元朔元年（公元前 128 年）张骞出使西域之前，月氏为匈奴攻击，遂由甘肃西部西徙入伊犁河，更西南移住于阿姆河（妫水）流域的北部，征服了阿姆河南面的大夏国，即西史所谓巴克特里亚。这大夏国是自希腊亚历山大王东征以来受希腊文化影响最深的地方。公元前 335 年亚历山大王崛起于马其顿，长驱侵亚洲，灭波斯（公元前 330 年），入巴克特里亚，南下印度，亘葱岭以西诸国次第被其侵略，建立空前的大帝国。公元前 323 年亚历山大殁于巴比伦，所部骁将塞琉卡斯立为叙利亚王，君临亚历山大所征服的亚洲诸地。至塞琉卡斯之孙安提阿卡斯二世时，巴克特里亚守将第奥德斯自立为巴克特里亚王。据今阿姆河两岸地，即《汉书·西域传》所称的大夏国。

亚历山大想造成一个"大希腊主义"的帝国，凡征服之地遍设城镇，取网状连锁之势，移殖希腊人居住，自爱琴海右向，横贯小亚细亚、叙利亚、美索波达米亚、巴比伦，直到巴克特里亚及粟特（在大夏西北），密秘地设置希腊式的城镇。当是时，葱岭以西文化有四：一为非洲北部尼罗河流域的埃及文化，二为亚洲西部幼发拉底河与底格里斯河的美索波达米亚文化，三为亚洲中部阿姆河与西尔河流域的伊兰文化，四为亚洲南部恒河与印度河流域的印度文化。这四种文化自来即相激相荡，终借亚历山大之力以贯通之，而荟萃其精华于大夏。大夏既为大月氏所征服，于是希腊血统的殖民后裔便散处于这带地方。公元纪元前后，大月氏贵霜王朝迦腻色迦一世统一国内，创立犍陀罗国，定都呾叉始罗城（译名照《大唐西域记》，即今 Taxila），崇信佛教。迦腻色迦一世的领域，考古学者据晚近在各区域发现王之货币及其刻文推察，犍陀罗、迦湿弥罗在其范围内外，东则至遥捕那河的摩头罗，南至恒河北岸的波罗捺，北自旁遮布，西北至印度河西部，国势甚盛，政治文化中心为犍陀罗（今西北印度的帕绍阿）。其领土既如此广大，一旦皈依佛教，影响之大可想而知。总之，迦腻色迦一世，不但是贵霜王朝的始祖，而同时又是最初改宗归奉佛教的人。至公元 2 世纪初，约当东汉安帝元初（114—119 年）中，大月氏迦腻色迦王二世当国，复尽力宣宏佛法，犍陀罗的佛教达于全盛时期，这显然是由于大月氏政治经济势力扩张的结果。据玄奘所记，葱岭以东，喀什噶尔、叶尔羌、和阗诸地，皆是其势力范围。迦腻色迦二世除了在四方建立大伽蓝，厚养沙门，习经说法，造寺建塔，供养三宝外，他的最大事业是所谓第四集结"大毗婆沙论"的编纂。他招集当时"穷研三藏，通达五明"的佛教圣哲五百人，把佛灭后上座和大众西部、许多年来分成了若干派别、争论不息的异说，大大整理了一番，总结为三十六万颂，六百六十万言。

佛教开始传入中国，异说纷纭，相传西汉末哀帝元寿元年

（公元前2年）博士弟子景卢受大月氏王使伊存口授浮屠经。但正式的记录，则在东汉明帝永平中（58—75年）摄摩腾、竺法兰由月氏来中国，而光武之子明帝的兄弟楚王英亦信浮屠教，这是研究佛教史的人所公认的，这时距大月氏迦腻色迦一世不久。至公元2世纪中叶，桓帝建和三年（147年），月氏僧支娄迦谶始来洛阳，此后西域沙门、优婆塞（居士）陆续来中土，而安息、康居的僧徒亦接踵而至，正是迦腻色迦二世即位后，尽力兴隆佛法的缘故。

支娄迦谶来洛阳以后、法显西行以前的二百五十年间，西域沙门东来译经见于记载的甚多，如灵帝中平二年（185年）来洛阳译经的沙门支曜，孙权黄武二年（223年）至建兴二年（253年）的三十余年间曾译出许多佛典的优婆塞支谦，灵帝光和四年（181年）来洛阳译经的安玄和桓帝建和二年（148年）来洛阳的安世高，魏甘露元年（256年）在交州译《法华三昧经》（即《正法华经》）的支疆良接，灵帝中平四年（187年）来洛阳译经的沙门康臣（或作巨），魏嘉平四年（252年）来洛阳白马寺译经的康僧铠，吴赤乌十年（247年）来建业依孙权，在建初寺译经的康僧会，晋武帝时译经最多的法护，东晋成帝时（327—342年）来中土译《譬喻经》的沙门康法邃及孝武帝太元二十一年（396年）译《思益经》的康道和等，大多是从月氏或从安息，或从康居而来。魏晋南北朝西域人来中国的，如其为印度人，大多冠以竺姓，为月氏国人，大多冠以支姓，安息国人大多冠安姓，康居国人多冠康姓，僧徒亦是这样。宋王应麟《困学记闻》卷二十引《避暑录话》说："晋宋间佛学初行，其徒犹未有僧称，通曰道人。其姓皆从所受学，如支遁本姓关，学于支谦为支。（按：此语有误，支遁未尝学于支谦，支谦乃汉末三国时人，支遁是东晋初人。）帛道猷本姓冯，学于帛斯梨蜜为帛是也。至道安始言佛氏释迦，今为佛子，宜从佛氏，应皆姓释。"以上所举西域佛徒都是在法显西行以前到中国来弘法的，其中值得着重提及的，是安世高和法护二人。

《高僧传》说，安世高是安息国王的太子，父死，将嗣王位之际，出家修梵行，以弘化佛教为己任。他来中国译经共九十五部，其中五十四部现存，四十一部亡佚了。在中国佛教史的佛典翻译上，最初是摄摩腾和竺法兰的翻译四十二章经等五部，但现存四十二章经的可疑之点甚多，无论在译者方面，原本原文方面，传入的时代方面，后人辩论的都很多，这几部译经对于当时佛教在中国的开展，尚不及安世高所译影响之大。安世高的翻译遍及大小乘诸经典，其后南朝道安等或为之注，康僧会及谢敷等或为之作序，对于以后两晋南北朝佛教的发展是起了很大作用的。

其次，说法护的翻译事业。法护生于敦煌，师事印度沙门竺高座。慧皎《高僧传·法护》（竺昙摩罗刹传）说：

> 是时晋武之世，寺庙图像虽崇京邑，而方等深经蕴在葱外。护乃慨然发愤，志弘大道，遂随师（竺高座）至西域，游历诸国，外国异言三十六种，书亦如之，护皆遍学，贯综诂训，音义字体。无不备识。遂大赍梵经，还归中夏，自敦煌至长安，沿路传译，写为晋文。

法护似曾到过葱岭以西，求大乘经典。自晋武帝泰始二年（266年）至愍帝建元元年（313年）的四十七年间，法护共翻译了一百六十五部经典，慧皎说他"终身写译，劳不告倦，经法所以广流中华者，护之力也"。

以上所举仅是法显以前西域僧徒东来中土的例，其实何止这几个人，当时必是成百成千的。仅据今日所传史料如《高僧传》、《出三藏记集》、《大唐内典录》、《开元释教录》等书所收入汉晋间即法显西行以前来中土的印度僧徒，就有二十五人。

摄摩腾（中天竺人）　　　　竺法兰（中天竺人）

康僧会（其先康居人，世居天竺）维祇难（天竺人）

僧伽提婆（罽宾人）　　　　昙摩耶舍（罽宾人）

佛大跋陀（北天竺人）　　　僧伽跋澄（罽宾人）

求那跋摩（罽宾人）　　　　昙摩蜜多（罽宾人）

弗若多罗（罽宾人）　　　　佛陀耶舍（罽宾人）

昙无谶（中天竺人）　　　　佛驮跋陀罗（中印度人）

佛驮什（罽宾人）　　　　　僧伽跋摩（天竺人）

竺高座（印度人）　　　　　求那跋陀罗（中天竺人）

耆域（天竺人）　　　　　　竺佛调（或云天竺人）

求那毗地（中天竺人）　　　卑摩罗叉（罽宾人）

昙摩蜱（印度人）　　　　　阿那摩低（康居人，世居天竺）

僧伽罗叉（迦湿弥罗人）

这里当说明一下，罽宾是汉代的古名，两晋南北朝以前，犍陀罗、弗楼沙地方，通称为罽宾，即今北印度克什米尔（迦湿弥罗）一带。总计西行求法的中国僧徒，见于僧录史传的，自 3 世纪朱世行以至 10 世纪的继业，得一百零七人。西域印度方面来到中国从事译经的僧徒，自 2 世纪安世高以至 14 世纪元末，得二百余人。

杨衒之《洛阳伽蓝记》龙华寺条说："自葱岭以西至于大秦，百国千城，莫不款附，商胡贩客，日奔塞下，所谓尽天地之区矣。乐中国土风，因而宅者不可胜数。"必须注意，西域佛徒来中国，绝大多数是与东西往来的商队分不开的，如佛陀耶舍本罽宾人，与鸠摩罗什共译经于长安，后还归罽宾，得《虚空藏经》一卷，"寄贾客传与凉州"；又如在翻译上妙擅梵汉的法度，本竺婆勒子，勒往来于印度、广州经商贸易，中途在江西南康生法度，因此，法度俗名南康；汉献帝兴平元年（194年）至建安四年（199年）间译出《梵网经》、《四谛经》（《中阿含经》第七卷的异译）、《兴起行经》（《严诚宿缘经》）等的康孟详，《历代三宝记》虽只称其为外国沙门，而《开元释教录》则谓其祖先是康居人，因行商而来中国。上举康僧会其先为康居人，世居天竺，其父因商贾，移居交阯。这些都可以反映着魏晋南北朝时代，东西海陆商业交通的频繁，佛教便是在这个基础上东传的。

自西域而来的译经僧中，有许多是完成了自己的翻译事业之后再返本国的，如兜佉勒（睹货罗）的沙门昙摩难提于苻坚建初六年（391年）译完《中阿含经》后便返本国。中印度沙门僧伽跋摩于南朝宋元嘉十年（433年）来建康（南京），十九年（442年）又乘外国商船归国。他如罽宾的佛陀耶舍、昙摩耶舍、浮陀跋摩等，都是终业以后遄返本国的。

四 法显前后西行求法的人

在法显游历印度前后，西行取经的人不在少数，只是有许多人在外国就死亡了，或返国以后并无撰述流传，他们的姓名留存在僧传中的还是极少数，犹之东来的西域僧徒一样，"虽多美行，世无得而尽传"。这一类西行僧徒，见于记载最早的是魏甘露五年（260年）西渡流沙、直赴于阗国、求道行经的朱世行。于阗当时流行大小乘教，是南道所谓"岭东六国"（鄯善、且末、精绝、扜弥、于阗、莎车）的名城，也是佛教中心地。朱世行在于阗取得梵书胡本凡九十章，遣其弟子弗如檀送还洛阳，后由竺叔兰、无叉罗译出，称为"放光般若"。后秦姚兴弘始六年（404年）从长安出发赴印度的释智猛，招结同志沙门十五人，自阳关西入流沙，历鄯善、龟兹、于阗诸国，西逾葱岭，这时同伴中已经有九人退还了，智猛与余伴继续前行，至波沦国，同伴竺道嵩又死了，猛与其余四人共越雪山，渡辛头河（印度河），到罽宾国（迦湿弥罗），再西南行至迦维罗卫国即《大唐西域记》的劫比罗伐窣堵国，慧超《往五天竺国传》的加毗耶罗国，是释迦牟尼佛本生之地。又到华氏城即《大唐西域记》的拘苏摩补罗城，阿育王建都于此。智猛以元嘉元年（424 年）返国，抵凉州，同行的都死亡了，惟猛与昙纂归还，在外国凡二十年。智猛等赴印度，晚于法显六年出国，迟于法显十二年归国。

　　与法显最初同行的有慧景、慧嵬、慧应、道整、智严、慧简（一作兰，误）、宝云、僧景、僧绍等九人。别有慧达，其初不详，于阗国出发时，始见其名，故连法显自己同行共为十一人。慧应在弗楼沙国（今帕绍阿）病故了，慧景在那竭国（《西域记》的那揭罗曷国）卧病，后来过小雪山冻死了。慧达、僧景在弗楼沙国与法显分别遄返中土后，动定不详。慧嵬，据梁《高僧传》说，他"以晋隆安三年，与法显俱游西域，不知所终"；但《法显传》说，到乌夷国（焉耆）后，慧简、慧嵬都返高昌（吐鲁番），以后不知去向。道整同法显到了中天竺的巴连弗邑后，亦不再见记载，据法显说来，大约留在印度了，只有智严、宝云有传。

　　智严，西凉人，少出家，便以精勤著名，"志欲博事名师，广求经诂"，乃西行到罽宾。他和僧绍、慧简、宝云、僧景等四人同行，从长安出发，到张掖镇才和法显、慧景、道整、慧应、慧嵬五人相遇，到高昌时，与法显分别，先后西行。自高昌以后，智严之名即不再见于《法显传》中。智严到罽宾，从佛驮先（驮一作大）谘受禅法，他在罽宾功行精进，深为道俗所器异。又要请禅法大师佛驮跋陀罗东归传法。晋安帝义熙十三年（417年）刘裕北伐至长安，延请智严至建康城（南京）。宋文帝元嘉四年（427年）与宝云在道场寺译出所携梵本《普曜》、《广博严净》、《四天王》等经。智严晚年为禅法再泛海重到天竺，又步行回到罽宾，卒于其地，年七十八。

宝云，凉州人，少出家，精勤有学行，"欲躬睹灵迹，广寻经要"，亦于隆安三年（399年）同智严、僧绍、慧简、僧景等人从长安出发，到张掖镇与法显等相遇；到敦煌，法显先行，与宝云等分别。抵乌夷国（焉耆），与法显等又相聚，一同行抵弗楼沙国，此地即公元纪元顷，迦腻色伽王统一国内，创立之犍陀罗国。从此，法显独前行，与宝云等相别，至此以后，宝云便还中土。云在外国"遍学梵书，天竺诸国音字诂训，悉皆备解"。后还长安，与智严随佛驮跋陀罗修禅法。跋陀罗为长安大寺僧所摈斥，宝云与智严南下建康，止于道场寺，与智严共同译经，严去后，云独任翻译，元嘉中，译佛本行经等部。"云手执梵本，口自宣译，华戎兼通，音训允正。"江左译经，莫不推宝云为第一。云亦曾帮助中印度沙门求那跋陀罗在南朝元嘉年间译出《胜鬘楞伽经》。以元嘉二十六年（449年）卒于六合山寺，年七十四。梁《高僧传》同《开元释教录》说"其游履外国，别有记传"，可惜他的记传久已佚亡。

法显以前或同时西行的僧徒，在记载中还可查考的，有康法朗，中山人，少出家，想瞻仰佛教圣迹，誓往西方，与同学四人，从张掖出发，西过流沙，四人中途不复西行，惟康法朗独行，更游诸国，研寻经论，后还中山。僧传不言法朗是何时人，但从传中记法朗等过流沙，见古寺中有患痢者，朗为供养，至第七日一段故事看来，当出于西晋时法护译的《普曜经》，似应在法显之前。此外，还有晋安帝时沮渠蒙逊的从弟安阳侯京声，亦曾西至于阗，从天竺三藏佛驮斯那习禅法。又有竺佛念，凉州人。"少好游方"，"洞晓华梵"，符秦建元（365—384年）中与僧伽跋澄、昙摩难提等在长安译《增一阿含》及《中阿含》，与于法兰、于道邃均曾赴西域，兰卒于交阯，年三十一，他们与郗超同时，当是晋穆帝时人。

以上所举都是法显西行以前，或赴西域、或到北印度的求法僧，当时称为"游方"的人。这些人很多是有游记的，如上述宝云本有记传，不知何时亡佚，又如稍后于法显以南朝宋永初元年（420年）招集同志沙门僧猛、昙朗等二十五人赴印度的法勇（昙无竭），从西域渡流沙，经历万险，同行二十五人都牺牲了，他最后从南印度搭海舶到达广州，"所历事迹，别有记传"，但今亦不传。智猛也曾于元嘉十六年（439年）"造传，记所游历"，今亦不可得见。慧皎于《智猛传》末尾说："余历寻游方沙门记列道路，时或不同，佛钵顶骨处亦乖爽，将知游往天竺，非止一路。"可知当时往西域或印度的僧徒，所作游记一定是多的。法显前后，宝云《游履外国传》、昙景《外国传》五卷、智猛《游行外国传》一卷、昙无竭（法勇）《历国传记》、道普《游履异域传》、法盛《历国传》、道药《道药传》等，都见于僧传或《隋书·经籍志》中。

五 法显时代中国僧徒西行求法的动机

依照前几节的论说，佛教所以东传，基本上由于两汉以来中国与西域诸国的海陆商业交通频繁和大月氏贵霜王朝迦腻色迦二世统一北印度，国势强盛，努力宣扬佛教，因此，鼓舞了西域诸国如安息、康居和印度的僧徒东来。同时，中国方面由于东汉帝国内部矛盾尖锐，又不断遭到农民暴动，社会经济基础大大动摇，服务于封建统治阶级的儒家思想，已陷于腐朽的形式主义，所谓"章句之学"，在思想意识上失掉其支配地位，反形式主义的新思潮当汉末魏晋时代异常活跃；一方面经长期的战乱，加以统治者政治、经济的压迫，使人民感到生死无常，幻想着在另外一个清净的世界去寻求安慰。由于这些原因，佛教思想才传入中国，而且为当时思想界大部分的人所乐于接受，向往追求。在这样的历史条件下，开始了中国僧徒西行求法的运动。

我国僧人的西行是具有多种动机的。有的是想瞻仰遗迹，躬睹圣处，乃誓作西行；有的是想去访求名师，亲承音旨；有的想迎请大师东来传法；有的想广寻经要，探求梵本，研寻经论，学习梵书梵文。概括起来，有这样四种动机，发生了高度的寻求一种新思想新文化的热情，当然他们亦抱着中古时代的坚强的宗教信念，凡是宗教信念总包含着许多迷信思想，这层，这里可不必深论，现在要说的是佛典的梵文原本的取得和翻译问题。

印度的佛典当初原是口口相传的，佛典传入中国的初期，就是口口相授的，如上引汉哀帝元寿元年（公元前2年）博士弟子景卢受大月氏王使伊存口授《浮屠经》。《法显传》说："法显本求戒律，而北天竺诸国皆师师口传，无本可写。"因此，法显才继续到中印度。《法显传》又说："是萨婆多众律，即此秦地众所行者也，亦皆师师口相传授，不书之于文字。"随后才渐多传写。

佛典传入中国的初期，很多是来源于大月氏、安息、康居等国，并非直接由印度传来，有的还是从新疆南路的于阗或北路的龟兹间接传来的，因为这两处都是当时西域佛教的中心地。在经录和僧传中，许多译经者大抵皆明记其国别，但有许多往往只记其为"西域人"或"外国人"，而不知其究竟为何国人。这一类人所译的佛经，究竟是由他们自己从本国赍来的呢？还是由当地

的僧人所授予而经商人之手携来中国的？汉晋间来中国的外国沙
门，绝大多数是大月氏、安息、康居、罽宾、迦湿弥罗诸国的
人，因此，这个时期传入中国的佛典，也多是大月氏、安息、康
居语的译本。19 世纪下半叶，英、法、德、俄帝国主义者组织
的探检队和新疆本地人在当地发现的各种佛典写本残卷，许多是
用粟特语即康居语写的。康居即今撒马尔罕一带，康居语实即乌
浒河流域及大夏地方的古代语。原来康居族长于商贾，行贩于各
地，往来于中亚及东亚之通路，所以康居语实在是这带地方所通
行的国际语。斯坦因曾于罗布淖至敦煌古道发见公元 1 世纪顷用
康居语书写的商业文书。斯坦因及德国探检队还发现有用康居语
所写的佛经残片。在塔里木盆地以北的库车和吐鲁番又曾掘得用
睹货罗语即大月氏语书写的佛经残卷，据法国东方古代语学者西
耳文·烈维考证，这项佛典残卷，正与鸠摩罗什所译萨婆多部的
《十诵比丘戒本》相当，乃库车人沙赫·阿利于库车附近掘得。
此外，在塔里木盆地以南，由和阗以迄敦煌东面，又发现有东方
伊兰语即波斯古代语，亦即中国古书所谓安息国语的佛经残卷。
这些情况都可反映佛典传入中国的一个时期，古代新疆和中亚诸
国的语言，曾经起过间接传译的媒介作用。现今大乘教经典的
"华严"、"方等"、"般若"、"法华"、"涅槃"五大部及"小乘
教经典"和"中阿含"、"增一阿含"以及大小两乘的律论和秘
密部诸经，在法显以前经竺法兰、支谦、支娄迦谶、法护等译出
的，几乎都是从大月氏传来。西晋祇多蜜、北凉昙无谶等所译经
典，几乎都是从于阗国传来的。迟于法显西行三年到达中国的龟
兹国名僧鸠摩罗什，自苻秦弘始四年至十五年（402—413 年）
的十二年间，所译经律论凡三百余卷，其中必有许多是由其本国
赍来的。而且，许多佛典还有展转翻译的情形，如前述德国探检
队在新疆发现的《弥勒下生经》（Maitraya vyakarana），其跋尾本

为印度语而译为睹货罗语，又由睹货罗语而译为土耳古语。《出三藏记集》说：朱士行以魏甘露五年（260年）西赴于阗，"写得正品梵书胡本九十章，六十万余言"，所谓"梵书胡本"，应当解释为梵（印度）本佛典的西域语译本，"胡"字在汉晋间大概指匈奴及西域人而言，"梵本"，意味着印度原本，但在宋元明刻诸经录中，又时常将"胡"、"梵"二字改窜，混用不清，例如：梁《高僧传·智严传》说；"严前还于西域，所得梵本众经，未及译写"，而《出三藏记集·智严传》则改为"严前还于西域，得胡本众经"，《开元释教录·智严传》又改作"梵本众经"，可见胡、梵二字在中古佛教徒间，有些时候或有些人，对这两个字是有区别的，有些时候或有些人，对这两个字并无什么区别。

晋宋之际，由西域诸国如大月氏、安息、康居而传译来的过渡时期，逐渐结束，一则因为这三国都在公元3世纪时，或国势衰退，或遭灭亡，诸国佛教遂为异教所蹂躏，其隆盛远非昔比，二则天竺梵文正本佛典，东传渐多，精习梵文的人亦渐多。据法显、玄奘所述，当时西域僧侣，都效法天竺，不特了解其语言，且能写作其文字，法显过鄯善国时说："诸国俗人及沙门尽行天竺法，但有精粗。从此西行所经诸国"，类皆如是。惟国国胡语不同，然出家人皆习天竺书、天竺语。《西域记》阿耆尼国以下诸国，常说"文字取则印度，微有增损"，或说"经教律议，既遵印度"。自晋宋以后，中国佛徒直接赴印度的人渐多，一种原因就是由于西域各国语言转译的过渡期告终，尊信梵文正本佛典之风盛行，对于胡语经典，已不加重视。这是法显西行前后，中国僧徒所以前仆后继，冒万死西行求法的原因之一。

其次，印度佛教到无着、世亲，已发展成一唯心论的思想体系，汉晋间流传到中国来的，是禅法和般若两大系，禅法谈内观，论空寂，般若与老庄义理相结合，成为两晋南北朝的玄学。佛教寺院已渐发达，汉末魏初，洛阳有寺，徐州、广陵、许昌有寺，汉人严浮调、朱士行已出家为沙门，西晋永嘉间洛阳有寺四十二所，佛教寺院僧徒的数量增加了，如道安在襄阳，即有僧众三百人。寺院的组织亦逐渐扩大了，士庶豪家舍资财、舍田宅为寺院的很多，寺院成为大地主，它的周围有许多领户——僧祇户。这些情况都要求印度律藏的更多传入。律就是法的意思，在理论上称为教论，在僧徒的戒行上称为行辨。慧皎《高僧传》在论译经事业一段，就大大抨击竺法度"食用铜钵，非本律仪所许；伏地相向，又是忏法所无"。法度原是罽宾律师昙摩耶舍的弟子，昙摩耶舍善诵"毗婆沙律"，晋安帝隆安中来中国，宋元嘉中辞还西域。昙摩耶舍去后，法度不遵律仪，自执异规，慧皎批评他食用铜钵，就是违反戒律的行为；又令诸比丘尼悔罪之日，作伏地相向之状，也是违反戒律的。这些情形都须要戒律的传译，才能纠正当时中国佛教徒各自为政的混乱状态。况且，佛教的经、律、论三藏异常丰富，翻译成汉文的既为数极少，而戒律的翻译又更少，所以慧皎说："正法渊广，数盈八亿，传译所得，卷止千余，皆由逾越沙阻，履跨危绝，……相会推求，莫不十遗八九。是以法显、智猛、智严、法勇等，发迹则结旅成群，还至则顾影惟一，实足伤哉。……夫欲考寻理味，决正法门，岂可断以胸襟，而不博寻众典，遂使空劳传写，永黔箱匣，甘露正说，竟莫披寻，无上宝珠，隐而弗用，岂不惜哉。若能贯采禅律，融冶经论，……远报能仁之恩，近称传译之德，傥获身命，宁不勖哉。"这段文字很清楚地说明晋宋间佛教思想和佛典翻译对戒律的传入存在着普遍而迫切的要求。

在两晋南北朝佛教史上占重要地位的道安，去法显西行以前十四年逝世，他和法汰、昙摩侍等都深感戒律传来太少，曾自制

"三科"：一、上经上讲法，二、常日六时行道饮食唱时法，三、布萨差使悔过法，立为"僧尼轨范，佛法宪章"。"三科"的条文不传，大约亦是适应当时需要，权时补偏救弊之作，未必全是天竺法。但当时戒本的流传和翻译，与道安多有关系，这里不备论。还有，与法显同时的鸠摩罗什初在龟兹从卑摩罗义律师受律，卑摩后入关中，因问什曰："汝于汉地大有重缘，受法弟子可有几人？"什答曰："汉境经律未备。"罽宾人弗若多罗（Punyatara）专精《十诵律》部，罗什亦挹其戒范，以弘始中入长安，姚兴待以上宾之礼，梁《高僧传》说："先是经法虽传，律藏未阐，闻多罗既善斯部，咸共思慕。"昙摩流支，西域人，以律藏驰名，弘始七年（405 年）入关中，慧远在庐山寄书昙摩流支说："佛教之兴，先行上国，自分流以来四百余年，至于沙门律戒，所阙尤多。"慧远劝流支为律学之徒翻译《十诵律》。流支后来果应慧远之约，与鸠摩罗什共译十诵。

法显西行，主要动机就是为了"至天竺寻求戒律"，《法显传》中几次提到"法显本求戒律"，又说："既到中国（指中天竺），见沙门法则众僧威仪，触事可观，乃叹秦土边地，众戒律残缺"，"法显本心欲令戒律流通汉地"。这样说来，法显赴印度的动机，不是单纯巡礼释迦遗迹，也不是仅为延请名师，而是为了中土佛教所迫切需要的戒律，他的西行在当时佛教思想上是充分具有代表性的。所以法显回到汉土，本想即赴长安，交代这十四年西行重任，但长安的政治形势因刘裕北伐起了变化，乃急南下建康，会同佛驮跋陀罗翻译经律，和后来唐太宗贞观三年（629 年）赴印度的玄奘法师西行有同样的意义，义净《大唐西域求法高僧传》说："观夫自古神州之地，轻生徇法之宾，显法师则创辟荒途，奘法师乃中开正路。"义净以法显与玄奘后先辉映，法显为求戒律而西行，玄奘为瑜珈而远涉印度。法显、玄奘这两位彼此相隔约二百五十年的伟大旅行家，在沟通古代中印文化思想上取得巨大的业绩，他们代表着成千成百的人，"或西越紫塞而孤征，或南渡沧溟以单逝"，"去者数盈半百，留者仅有几人"，在东方封建文化历史上曾一度开着绚烂的花朵。

法显尔后，是北魏神龟元年（518 年）赴印度、正光二年（522 年）返洛阳的宋云、惠生的旅行记（载《洛阳伽蓝记》卷五）。此外，在唐代有太宗贞观三年（629 年）赴印度，贞观十九年（645 年）还长安的玄奘的《大唐西域记》和《大慈恩寺三藏法师传》。有高宗咸亨二年（671 年）由广州航行至印度、武后证圣元年返洛阳的沙门义净的《南海寄归内法传》、《大唐西域求法高僧传》。还有晚近敦煌石室发现的唐玄宗开元间新罗人慧超《往五天竺国传》残卷（《敦煌石室遗书》第一册中）。以上几种都是唐以前中国僧徒往返印度仅仅遗留给后世的比较完整的记录。唐玄宗天宝间唐使张韬先及悟空等四十余人，经历犍陀罗中印度等地，以德宗贞元六年（790 年）归长安，前后历四十余年，其旅行记已佚亡，仅见于《佛说十力经》序即《大唐贞元新译十地等经记》中。唐太宗、高宗之世，尚有李义表、王玄策等二十二人奉敕出使西域印度事，王玄策三次出使，其旅行记今亦不传，多散见于《法苑珠林》中，他的路线不全由葱岭或经西域绕道，而是由吐蕃（西藏）出泥波罗（尼泊尔）至印度的。

总之，这类僧徒、使节远适西域，或渡重洋，他们的行记可以视为当时关于世界地理新知识的教科书，如北魏郦道元的《水经注》，就时常引用《法显传》。而且，从晋宋以后，西域印度的天文历法医药艺术，都陆续由海陆两道传入中国，唐高宗时李淳风作麟德历，玄宗时僧一行作大衍历，都曾参用印度历法。天文医药方面所受印度影响更早，汉晋间盛行的针脉散方，有的史学家以为是从西域、印度传来的。《隋书·经籍志》载婆罗门天文历数之书凡六种，医药书凡七种。北朝及唐之诸帝，并多饵丹药，唐太宗遣王玄策使中印度时，得印度方士那罗迩娑婆以归，为制"延年药"，同时，大秦医术亦流行中国。两晋南北朝隋唐间，西域人和僧侣远来中国，大抵亦如明末清初的耶稣会士，多能挟一艺之长以应世，尤以小乘教僧徒为多。艺术方面，如绘画的凹凸法，雕塑上的犍陀罗风格，以及敦煌、云冈、龙门诸石窟佛寺的建造，其间有许多西域或印度艺人参加工作。这些文化上的交流关系，将来写世界史的人亦不能不加以注意。

六　法显从长安出发西渡流沙

法显姓龚，晋平阳郡武阳人（山西襄垣县），有兄三人，早夭亡，其父母恐病及显，三岁便度为沙弥，二十受大戒，志行明敏，仪轨整肃，常慨经律舛阙，誓志寻求。以晋安帝隆安三年三月（后秦姚兴弘始元年，公元 399 年）发迹长安，西渡流沙，赴天竺，遍访佛迹，寻求律藏。归航由锡兰经南海，以安帝义熙八年七月（412 年）到达青州（山东东北境），通计旅行十三年四个月，总计经历三十四国，以义熙九年（413 年）七月到达建康（南京）道场寺，与宝云等就佛陀跋陀罗译出《大般泥洹经》等经律。后至荆州（湖北江陵县）辛寺（一作新寺），遂卒于辛寺，春秋八十六（一作八十二）。著有《法显传》，一作《佛国记》。《高僧传》中的《法显传》只记法显卒年八十六，不记其生卒年月，亦不记其出发长安时的年岁。《开元释教录》载法显译完《大般泥洹经》是在义熙十四年（418 年）正月二日。《高僧传·佛驮什传》说，法显在印度得弥沙塞律梵本，未及译出而迁化，佛驮什于景平元年（423 年）十一月翻译为五分律三十四卷，明年四月译完。由此可知法显之死，当在义熙十四年正月与景平元年十一月之间，其间实五年十个月。若取其平均之数，假定法显之死在永初元年（420年），由此上推，法显发迹长安时，当是六十五岁，旅行西域六十六岁，突破葱岭六十七岁，航行印度洋七十七岁，还归建康七十九岁。以这样的高龄作这样的长途旅行。那种精进勇猛的精神，虽千百年后还是能对人起鼓舞钦佩的作用。

法显西行的时候，黄河流域正是五胡十六国割据的时代，河西走廊的形势，异常混乱，甘肃靖远县一带是鲜卑族的乞伏乾归割据着，称西秦。甘肃碾伯县一带是鲜卑族的秃发傉檀割据着，称南凉。匈奴族的沮渠蒙逊背叛了氐族的后凉吕光，推段业为凉王，蒙逊又杀段业，据姑臧，自立为凉王，号北凉。北凉的敦煌太守李暠据敦煌，称西凉。法显西行前后二三年间，河西走廊是最乱的时候，道路不通。法显与慧景、道整、慧应、慧嵬等同志沙门是在这种情况下以公元399年3月中旬从长安出发的，这时"春风吹度玉门关"，最适宜于旅行。既然河西走廊一带的时局很乱，道路阻梗，到了张掖，就为段业留住了一些时候。当时西行路上的割据领主，多信奉佛教，法显等到了敦煌时，李暠曾供给他们。他们在张掖与智严、慧简、僧绍、宝云、僧景等相遇，连法显自己，前后一起十人。这十个人前节已叙及，大多数或中途死亡，或折返本国，而能贯彻始终、遂其初志、还归中华的，惟独法显一人，慧皎所谓"发迹则结旅成群，还至则顾影惟一"，我们可以想象他们那种艰苦愤发的精神，代表着中国人民当时对另一种新文化思想的热烈追求，虽付出自己的生命而不悔。

公元399年3月中旬法显从长安出发，经西秦乞伏乾归割据的苑川（靖远），大约走了一个月。于是"夏坐"三个月，7月经南凉秃发傉檀的乐都（碾伯）。这时（400 年 4 月），北凉王段业欲以索嗣代敦煌太宗李暠，李暠怒，击败索嗣，段业杀索嗣以谢李暠，法显说"张掖大乱，道路不通"，正指此事。在张掖与智严、慧简、僧绍、宝云、僧景等遇会，在这里一起"夏坐"。

"夏坐"又称"坐夏"，"坐腊"，又名"安居"，是印度佛徒遵释迦遗教奉行的习俗，在雨期三个月中，不外出，静修梵行。因在雨期，又称"雨安居"，因可分为前中后三期，又称"三安居"。印度僧徒从五月十六日（或六月十六日）入安居，八月十五日（或九月十五日）解安居。中国僧徒则从四月十六日入安居，七月十五日解安居。从四月十六日开始的，称前安居，从五月十六日开始的，称后安居，从两者中间开始的称中安居。无论前中后通为九十日。也有十二月十六日入安居、三月十五日解安居的，见《西域记》羯霜那国条，这是因该地多雨的缘故。《西域记》卷二、卷八，《南海寄归内法传》卷二，对于安居起讫的计算，都有详细的解释。关于安居的计算，不单对印度古代天文历法的研究是一项重要资料，而且据此推算法显的行程也是最可靠的材料，他虽在旅途中，每年必严格执行安居，并且有记录，如《法显传》耶婆提国条说："以四月十六日发，法显于船上安居。"因此，他过河西走廊前后两度坐夏，公元 400年在张掖第二次坐夏完毕，即七月十五日以后，才进到敦煌。

敦煌是汉武帝时新辟的河西四郡之一，玉门、阳关之间的绿洲，中古时代东西交通的枢纽，古代西北政治上、经济上、军事上、文化上的重镇，在此停留一个多月，便与宝云等相别，法显等五人先行。法显描写从敦煌到鄯善（楼兰）约一千五百里的流沙路程说：

> 沙河中多有恶鬼、热风，遇则皆死，无一全者。上无飞

鸟，下无走兽，遍望极目，欲求度外，则莫知所拟，惟以死
人枯骨为标识耳。

这正同《慈恩传》叙说玄奘过这带地方情形一样：

夜则妖魑举火，灿若繁星；昼则惊风拥沙，散如时雨。

又说：

惟望骨聚、马粪等渐进。顷间忽见有军众数百队满沙碛
间，乍行乍息，皆裘褐驼马之像及旌旗槊纛之形，易貌移
质，倏忽千变，遥瞻极著，渐近而微，初睹谓为贼众，渐近
见灭，乃知妖鬼。

《大唐西域记》窣堵利瑟那国条及瞿萨旦那国条所言情形，与此
亦略相同。这些自然现象在法显、玄奘时代，当然无法理解，只
以为是鬼怪妖物，心中恐惧，自无待言，但他们抱着坚定的宗教
信念，无论如何总以为暗中会有"佛菩萨"保佑，因此恐惧亦
减少了。

在沙漠中旅行，如在海上航行一样，法显由南海归航时说：
"大海弥漫无边，不识东西，惟望日月星宿而进。"现代是靠指
南针规定方向，但指南针的确实记载，始见于北宋仁宗时沈括的
《梦溪笔谈》，而应用于航海的正式记录，则始见于宋徽宗宣和
时朱彧的《萍洲可谈》，故法显、玄奘之世，东西海陆虽有交
通，自极感困难。既无指南针规定方向，择取路径就不能不循着
骆驼或牛马粪走，因为有骆驼粪的路线，前面才有逢到水草的希
望。

法显和玄奘这里所记当时他们（想来古代无数的旅行家也
是这样）看见的倏忽千变的军马旌旗等，是因沙漠中昼间地面
甚热，下层空气薄于上层，光线几经曲折，由远处景物反射而显
现的"蜃市楼台"，其实并非什么鬼怪妖物。

玄奘所说"惊风拥沙，散如时雨"，这正是"流沙"的特

征，这里，我可借用久于沙漠生活的斯坦因的话来解释一下。照斯坦因说，要理会流沙的"沙"字，必须将我们脑中传统观念的所谓沙除去干净，塔克剌麻干沙漠的沙，实为一种极细土屑的集团，在显微镜下分析，是冲积期的黄土及当年潮泛的沉积物。沙质甚为肥沃，在有适当水量的地方，即可生长合于该地气候的植物，——最多为柽柳与荻苇。可是，一年之中，大风起时（以东北风为剧烈），挟沙吹入空中，如幔如帐，使一切都成迷蒙状态。当东北风最强烈时，竟能将此沙尘如挟山一般抬至空中。据斯坦因说，他在昆仑山麓曾见褐色尘雾弥漫天空，其高度在一万三千公尺以上，达此高度或更高度时，空中所落下的黄土往往有厚至数公尺的。所以《汉书·西域传》说：

> 鄯善西北有流沙数百里，夏日有热风为行旅之患，风之所至，惟老驼知之，即鸣而聚立，埋其鼻于沙中。人每以为候，即将毡拥鼻口，其风迅驶，斯臾过尽。

试想，法显和当时往来于西域的人们，在这种大自然的威力下，奋勇前进，是具有何等的毅力和能耐呵！

法显在鄯善住了一月，再由鄯善西北行十五天到乌夷国，即汉之焉耆，《西域记》的阿耆尼国，又称喀喇沙尔，今为焉耆县。法显在乌夷稽留了三个月，似不愉快，这里是小乘教，法显等习大乘，所以乌夷国的僧徒对他们很无礼义，不供给他们，智严、慧简、慧嵬遂退回高昌（吐鲁番），筹备旅费，法显因受符公孙的帮助，遂得西南行赴于阗。

法显由敦煌出发时，本来可以从北道向高昌（吐鲁番），经焉耆、龟兹而至疏勒（喀什噶尔），然后出葱岭，这带地方气候较润湿，物产甚多，旅行较易，中国佛教史上有名的鸠摩罗什，本龟兹国人，但他往印度及来中国时，都取此道。玄奘赴印度的路线，亦先取北道，法显何以不这样走呢？据我看来，法显最初是想走南道的，即自敦煌越鄯善，沿南山脉出且末，到于阗，又西北至莎车（叶尔羌），然后西逾葱岭。但南道中部克里雅以东之路，常有流沙与羌人袭击，行旅往来，颇受阻梗，所以又改从鄯善北走焉耆（乌夷）。到了焉耆，他可以继续进向龟兹，即循北道而行，因在乌夷受小乘教徒的欺侮薄待，而当时龟兹小乘教亦占势力，深恐到了龟兹又遭如在乌夷一样的待遇，因此，遂西南向于阗进发。在和阗河与塔里木河两流域之地，本来有一条横跨南北两道的通路，唐玄宗天宝时唐使张韬光，及唐德宗贞元间悟空等往犍陀罗及迦湿弥罗，又到中印度，归途取道疏勒、于阗、龟兹、焉耆而返长安，即横跨此路，还有 19 世纪末和 20 世纪初，出入于我国新疆、青海、蒙古地带不下四五次的帝国主义分子斯文·赫定，他曾在《我的探检生活》第十九、二十两章叙说他在 1895 年 4 月第三次旅行新疆，预备从和阗穿行塔克剌麻干大沙漠而入北路，从 4 月 23 日到 5 月 8 日，中间水草完全断绝，又遇大风，昼间热度在九十度以上，只得夜里蹀行，这段行程十分艰苦，好容易死里逢生。然而，《法显传》中只简单地说了这几句话："行路中无居民，沙行艰难，所经之苦，人理莫比"，这几句话包含了多少辛苦艰难的实践精神，走了一个月零五天，才到于阗。

七 于阗观行像仪式后过帕米尔高原

于阗是古代天山南路的政治、经济、文化的重镇。这个地方的历史，很多牵涉到中国、印度、西藏和中亚的古代传说。于阗古代的语言、人种也是多方面的。在法显时代，于阗已纯然成一佛教国，而大乘教极占优势，这恐怕是法显来到于阗的主要原因。比法显稍前的晋沙门支法领曾于于阗求得"四分律"及

"六十华严"的梵本;又,当时昙无德部的三藏佛陀耶舍来中土以前,亦曾驻锡于阗;中印度人昙无谶为沮渠蒙逊迎接至凉州,随后亦来于阗求访其所译《大般涅槃经》梵本。可见公元5世纪前后,于阗存在的大乘经典似颇宏备,法显说当时有僧徒数万人,此时似为于阗佛教的全盛时期,及到玄奘经过此地时,僧徒只有五千余人,伽蓝亦多荒废,不及法显所见时昌盛了。

法显过于阗时,有一事值得提及,他在于阗为了参观当地流行的庄严华丽的行像仪式,特地留于阗三个月(慧景、道整、慧达都先发向竭叉国),可知于阗的佛像必有特殊的吸引力。行像的风俗是从印度传来,法显在中印度摩竭提国的巴连弗邑亦看见行像仪式。造像崇拜乃随着佛像制作而兴起,北印度的犍陀罗,中印度的摩头罗以及巴连弗邑都是造像制作最盛的地方,也是佛像输出的地方。法显、玄奘都曾记摩头罗(秣菟罗)等地造像崇拜之风甚盛。法显说:"安居"一月后,诸希福之家,劝化供养,众僧大会说法。说法完毕,供养舍利弗,种种香华,通夜燃灯,使能表演的伎人,扮作舍利弗,扮演他当初还是婆罗门时,到释迦那里请求出家的情状,这是一种戏剧形式。这个时节,比丘尼多供养阿难塔,因为阿难曾请释迦听女人出家的缘故。诸沙门多供养罗云(罗睺罗),习大乘的人则供养文殊师利、光世音(观世音)。一年一度供养,各自有一定的日子。玄奘说:每年的一月、五月、九月和每月的八日、十四日、十五日、二十三日、二十九日、三十日的六天,"僧徒相竞率其同好,斋持供具,多营奇玩,随其所宗而致像设",如比丘尼便供养阿难像,学大乘的便供养诸菩萨像,可知摩头罗一带地方的造像崇拜和造像制作,从法显到玄奘的二百五十年间,一直很盛行。

行像仪式中的像,自然是雕塑极精的造像,这种造像在于阗往往是很有来历的，它与犍陀罗的希腊佛教艺术有直接关系。由于这种优美生动的雕刻艺术的欣赏，产生了一年一度万人空巷的行像仪式——造像崇拜，所以这里应当简略地叙述一下于阗与犍陀罗佛教美术的关系，这在古代印度佛教艺术流传到东方的一段历史上是很有意义的事。

于阗自公元 2 世纪末，已直接受到由犍陀罗或迦湿弥罗输入的希腊佛教艺术的影响，而且迦湿弥罗与于阗之间，政治上、宗教上以至于美术风俗上，早已发生关系。据玄奘所记于阗的古传说，于阗的一部分居民是从古代印度的呾叉始罗迁徙而来。晚近在于阗附近尼雅墟地发见了佉楼虱底文的写本，这种文字在 3 世纪中期，通行于于阗一带，而在纪元前后数世纪间，这种文字乃通行于古代西北印度历史文化的中心地呾叉始罗及犍陀罗，可见迦湿弥罗与于阗关系之密切。晚近在于阗附近的约特干和邓县·乌里克墟地及废寺中，发现许多赤陶色佛像、壁画、率堵波雕饰以及石刻残片，都具犍陀罗佛教美术的形式。所谓犍陀罗艺术，一句话，就是希腊美术的延长，其内容是印度佛教的，而其技巧则是希腊的，所以是一种印度、希腊意义互相糅合的艺术，仿佛是以希腊神像如阿普罗来代替佛像似的。后世佛像，眼必半闭半开，作俯视之状，犍陀罗式佛像的眼是张大的，笔直凝视前方，体格亦如希腊人的体格，那健美的风姿、明媚柔绉的衣纹，正如所谓"曹（不兴）衣出水"，波状的发鬘、圆棱的眼睑和除去繁饰而下垂的耳叶，这些格调，我们还可在敦煌、云冈、龙门的北魏佛像的刻塑艺术上看得到。斯坦因在于阗剌窝地方掘得的一尊较完好的佛像（参看古"和阗图"版八二之二），据说大约为公元 1 世纪之物，可以作为于阗地方掘得的典型的犍陀罗式遗物。从这些于阗出土的佛尊的衣相、姿势等看来，再与近年北印度 Taxila 地方（即《西域记》的呾叉始罗城，大月氏迦腻色迦王建都的故地）发掘的犍陀罗式造像和敦煌、云冈、龙门的北魏造像中的一些造像相比较，便不难从这中间求得三者共同的所谓犍陀罗式的基调，——希腊风格的生动多姿的人体美。

汉、唐间，中国与西北印度的罽宾即迦湿弥罗往来的交通路线，都必须通过于阗，上引玄奘说，于阗的一部分居民是从呾叉始罗迁移来的，那么，他们到于阗时亦必通过迦湿弥罗和犍陀罗，所以于阗的佛教艺术早已接受了犍陀罗的造像制作是可以无疑的。《西域记》瞿萨旦那国条，记于阗勃伽夷城的一尊佛坐像，高七尺余，史家认为就是从迦湿弥罗国输入的。于阗最初建立的伽蓝赞摩寺，乃迦湿弥罗的毗卢折那罗汉所造，《玄奘传》说，赞摩寺竣工时，有佛像从空中下降，实际必是毗卢折那从迦湿弥罗国携来。这尊佛像想是犍陀罗式的精妙杰作，其后于阗以外诸国，皆闻其名。当凉亡以前，即 5 世纪初期，据《名僧传》、《僧表传》说：凉州沙门僧表欲往罽宾礼拜佛钵，因道途梗塞，遂滞留于阗，对于阗王说："赞摩伽蓝有胜宝像，外国相传云，最似真相，愿得供养"，这"最似真相"的话，就是说极像真的人体，犍陀罗的希腊佛教艺术，正是这样充分表现着现实主义的人体美。这样优美的造像欣赏加上宗教崇拜的感情，构成于阗人一年一度的行像仪节。从四月一日起，城里便洒扫道路，庄严巷陌。城门上大张帏幕，于阗王及夫人采女皆住其中，观行像行列。离城三四里的地方，作四轮行像车，高三丈余，如像行殿一般，周围悬丝织的幡盖，像立其中，二菩萨侍立，诸天侍从，皆金银七宝雕饰。佛像去城门百步的时候，于阗王便脱去天冠，更换新衣，跣脚持香花出城迎像，"头面礼足"（这是最敬的礼，现在西藏喇嘛拜佛时，仍行此礼）。像入城时，门楼上夫人采女散花烧香，众花缤纷而下。法显说，于阗有十四个大僧伽蓝，小的不计，一个僧伽蓝行像一日，从四月一日起到十四日止，行像仪式才告终。

在论于阗造像崇拜与造像制作的关系后，还必须指出，于阗自第四、五世纪以后，受中亚伊兰佛教艺术和印度笈多王朝的佛教艺术的影响都是很显著的，敦煌、云冈的佛教艺术中，还可寻到伊兰和笈多的艺术风格，这里就不多论了。

看了四月的行像以后，僧绍一人随外国僧人向罽宾去了，法显与宝云、僧景进向子合国。从于阗到子合国约一千里，法显等行二十五日抵达子合，大约每日行四十余里。子合国是《后汉书·西域传》的名称，汉、晋、唐间史籍又称朱合半、朱俱波、俱粲、沮渠、斫句迦、朱驹波，即今叶城。前汉时代子合国还是逐水草而居的游牧部族，汉晋间已渐强大，佛教亦兴盛。法显在此住十五天，便南行人葱岭山中的于麾国（《魏书》作权于麾国），大约山中清凉，法显就在这里"安居"了。这是第三次安居，时晋隆安五年，公元 401 年。

葱岭在新疆西南，即帕米尔高原，是昆仑山、兴都库什山、喜马拉雅山、喀剌昆仑山、天山等诸大山脉会合的地点，世界的屋脊。法显从于麾国行二十五日，到竭叉国，与慧景等相合。竭叉国即疏勒国，今喀什噶尔，也是西域的大国，佛教隆盛，法勇、玄奘、慧超都先后到过这里。这里山寒，惟生熟麦。到葱岭以前的路上，法显说，其他草木果实皆异，只有竹及、安石榴、甘蔗三物与汉地同。安石榴也是张骞通西域后，才传到中国的。

葱岭高寒，冬夏有雪，法显、宋云都说有毒龙，吐毒风雨雪，飞沙砾石。其实这就是帕米尔高原特有的烈风，古人便以为是毒龙所致。古代经过葱岭的旅行家，都认为这是极难走的路，法显说："其道艰阻，崖岸崄绝。其山惟石，壁立千仞，临之目眩，欲进则投足无所。"甚至像玄奘法师这样勇毅的人，到了这里——葱岭的北支凌山即拔达岭，也说："嗟乎！若不为众生求无上正法者，宁有禀父母遗体而游此哉！"每天每夜，"悬釜而炊，席冰而寝"，这样，法显走了一个月，宋云等走了两个月，慧超走了一个半月。帕米尔高原中有几个小国，其实即几个部族、部落，法显记有陀历国；宋云记有汉槃陀国、钵盂城、㖵哒国、赊弥国；《大唐西域记》有达摩悉铁帝国，即慧超《往五天竺国传》的胡蜜国；《慧超传》中说，胡蜜国北山里，有九个识匿国，即《西域记》中的尸弃尼国。

法显说，陀历国从前有一罗汉刻弥勒菩萨木像，长八丈，诸国王竞来供养。陀历在葱岭之南，印度河的北岸，相当于今 Dartistan 地方 Darel 河溪谷的 Samakial。《西域记》乌仗那国条说："瞢揭厘城东北，逾山越谷，逆上信度河，途路危险。……行千余里，至达丽罗川，即乌仗那国旧都也。"又说："达丽罗川（陀罗谷）中大伽蓝侧，有刻木慈氏菩萨像……高百余尺，末田底迦阿罗汉之所造也。"末田底迦是公元前 259 年阿育王派遣传教师于四方弘布佛教时被派赴迦湿弥罗及犍陀罗传教的高僧，是佛教东传史上占有很重要地位的人。

出了帕米尔高原地带，过了印度河，便到北印度的乌苌国境。

八　北、西印度的旅行

乌苌国，宋云、惠生游记作乌场国，《西域记》作乌仗那，梵文 Udyana 是苑囿之义，相传此地是迦腻色迦王的园圃。乌苌国是北印度的大国，语言文字、衣服饮食，都与中印度相同。佛法甚盛，有五百僧伽蓝，习小乘学。此国接待游方僧徒，一律供养三日，三日以外，便令自理。中土是不限三日的。恐由于大小乘教的不同，所以法显将这事记录下来。到玄奘时代，这里已专行大乘法，而且足寺足僧，僧稍多于俗人，与法显行经时只供养三日的情形不同了。

法显在乌苌国"坐夏"，算来是第四回了，这是公元402年4月16日到7月15日的时候。这三个月中他记乌苌的事不如玄奘记得多，玄奘说，此地山川相连属，虽有谷稼，但土地不甚肥沃，多葡萄，少甘蔗，土产金铁，花果茂盛，寒暑和畅，风雨顺序，大约在苏婆伐窣堵河沿岸的平原地，谷物丰饶，在山岳地区，物产就比较少了。此国人多衣白毡，这和印度相同。至于语言文字，据法显说"尽作中天竺语"，而玄奘则说，语言大体同于印度，文字、礼仪颇有参差。总之，从法显、玄奘、宋云的记行看来，乌苌已经是一个脱离游牧而为农业发达的国度。

当初，释迦曾行化至此，所以这里有许多关于释迦行化的故事，最有名的是释迦度恶龙的传说。这个传说，大约是从菩萨本行经而来，不过地方不同，说：乌苌国的大河苏婆伐窣堵河的源头有阿波罗龙王，这龙过去投生人间，名叫"殑祇"，能咒术，国人曾请托它降服过恶龙，因而五谷丰登，人民感怀它的恩德，年年赠以谷物供养。多年之后，遂怠于供奉，"殑祇"大怒，顿起心愿，变为恶龙，住此河源，兴大洪水，伤害五谷。释迦悲悯此国众生，降服恶龙。龙兴大风雨，佛袈裟表里尽湿，雨止，佛在石下坐晒袈裟。宋云记有佛坐处及晒衣处。法显、玄奘、宋云都记如来遗足迹于此，或长或短，在人心念。这个故事，又见善见律毗婆沙，不过地点是在罽宾而不是乌苌国，降龙的是末阐提而不是释迦佛。古来传说，斯瓦特（Swat）地方是五十三条小河流汇合之处，每年印度古历婆达罗钵陀月即第九个月（夏季第三个月）的二十六、二十七两日，大自在天即湿婆神降于此河，洗涤衣服。这时正是雨期，洪水泛滥的时候，自然发生了这个具有广泛性的传说。

在这里，慧景、道整、慧达三人先发，到那竭国即《西域记》的那揭罗曷国，今阿富汗属的高布尔（古高附）一带地方。法显坐夏讫，便南下到宿阿多国，即慧超《往五天竺国传》的西业者多国，在乌苌之南，犍陀罗之北，印度河的西岸，当今斯瓦特地方。这里有如来割肉贸鸽处，也是有名的传说。我国的敦煌和库车壁画中亦流行这个故事，如千佛洞第七四窟（伯希和编号下同），左壁下段，第八窟左壁下段，第一一七窟左壁上段，和库车赫色勒壁画中的尸毗王本生图。这个故事出于《大智度论》及《贤愚经》，说释迦为尸毗迦王时，诸智人说，此人不久便将成佛。于是毗首羯摩化为鸽，释提桓因变作鹰，鹰即逐捕鸽，鸽投向尸毗王，王悯鸽，便割自己的股肉与鹰。鹰说，鸽肉得与王肉相等，王遂割自己的两踹、两乳、两髋、颈脊，而不及鸽肉，以全身而贸鸽的生命。这时天地震动，降香雨名华。这个传说是教人舍己救人的意思。

从此南下五日行，到犍陀卫国，又作犍陀罗国。其城竺刹尸罗是公元前58年大月氏贵霜王朝迦腻色迦一世建都的地方，东西文化交流史上的名城。竺刹尸罗城，玄奘译呾叉始罗，今西北印度旁遮布的 Taxila。这地方在许多世纪中，曾经先后被波斯人、希腊人、斯基泰人、安息人、大月氏人所占领。地下文物是很丰富的，英国考古学者在此发掘继续二十多年。公元2世纪，迦腻色迦二世当国，犍陀罗的佛教达于全盛时代，都于弗楼沙城，玄奘称布路沙布罗，当今帕绍阿。犍陀罗既当西北印度的门户，自古以来即为中亚各强大部族争夺之地，宋云、慧生西行到犍陀罗国时，说已被杀伐很厉害的白匈奴呋哒所灭，犍陀罗逐渐失去其佛教的中心地位。至玄奘西行（629—646年）时，已"邑里空荒，居人稀少"，慧超往五天竺时，说犍陀罗已从属于突厥，可知犍陀罗在法显与玄奘先前西行的二百五十年间，国势变化是很大的。

竺刹尸罗和弗楼沙是公元1、2世纪时迦腻色迦一世和二世的两座名城，当时都属大月氏国，是希腊佛教艺术集中表现的地方。3世纪末叶哒族逐渐南下，大月氏渐衰，5世纪时，哒族南进，取月氏之地而有之，犍陀罗亦被占领。法显过犍陀罗时，正当哒势力南下的前后，而玄奘过犍陀罗时，犍陀罗——包括竺刹尸罗和弗楼沙，已被哒摧残了。

竺刹尸罗和弗楼沙两地，都有释迦成道的传说。法显、玄奘都记佛为菩萨时，曾在这带地方行化，自取两眼以施盲者，这个传说，载《弥勒所问本愿经》。而《撰集百缘经》则载尸毗王（释迦前身）剜去双眼施与鹫鸟（帝释天所化作）的传说，这都属于本生故事。在竺刹尸罗（呾叉始罗）又有佛投身喂饿虎处，这是《本生谭》中最有名的故事之一，流行于古代西域和中国，自来为佛教艺术采作题材，至今还可在敦煌壁画中寻得实例，如千佛洞第一三五窟的左前壁及第七四窟壁画，都是投身饲虎的故事。新疆库车壁画、喀喇沙尔壁画、高昌壁画、龙门宾阳洞浮雕石刻，也都有这投身饲虎图，《益州名画记》后蜀杜措条载："大圣慈寺……三学院经堂上小壁太子舍身喂饿虎一堵。"可见这个故事在南北朝唐宋佛教宣传艺术中是很流行的。这个故事主要是依据北凉昙无谶译的《金光明最胜王经》的"舍身品"，此外为《贤愚经》、《六度集经》、《菩萨投身饲饿虎起塔因缘经》、《修行本起经》等。故事是这样的：从前有三个王子共同游猎，小的名摩诃萨埵（即释迦），三人入一树林，第一、第二王子因不能脱离所爱，心怀恐惧，第三王子摩诃萨埵独无愁恼，亦无恐怖。三人前行，见有一虎，适产七日而有七子，精力疲敝，饥饿穷困，身体羸瘦，命将欲绝，第一、第二王子仅作空言，不能救虎垂绝之命。是时，摩诃萨埵令其兄等返回住所，独还至虎处，以大悲力解衣投身虎前，虎感王子慈威，不敢食，王子即以干竹刺颈，流出鲜血，虎便舐血食肉，这时大地震动，天雨香华。

《法显传》的弗楼沙国，当今北印度的帕绍阿，考古学者近几十年来在这个地方，发掘得许多当时希腊佛教的艺术遗物。在阿育王时代，佛教流布于南海方面，成为所谓南方佛教；迦腻色迦王时代，佛教流传于中央亚细亚、中国，成为所谓北方佛教，而犍陀罗的弗楼沙则是北方佛教东传的重镇。古代印度的论师如无著、世亲、胁尊者等，都是此地出生的人。法显在这里叙述了迦腻色迦王起佛塔和企图夺取此地佛钵而未成的故事。宋云、惠生则记此地"民户殷多，林泉茂盛，土饶珍宝，风俗淳善"。玄奘过此地时，诸塔庙已摧残荒废，芜蔓萧条。法显当时还看见那有名的佛钵，玄奘则只看见佛钵宝罂的故基，而佛钵则已流入波刺斯（波斯）了。《西域记》叙述犍陀罗、呾叉始罗、布路沙布罗时，极言释迦行化之时以及迦腻色迦王时代佛教昌盛的情况，玄奘法师言下有不胜今昔之感。

在这里，法显等一行七人中，慧景、慧达、道整先向那竭国去了。慧应在佛钵寺病了，道整留着看护。慧达一人从那竭国看了佛影、佛齿及顶骨后，又回到弗楼沙国相见，慧达并与宝云、僧景东还秦土，慧应在佛钵寺死了。于是法显一人进向那竭国。

那竭国是西印度最西的地方，法显从弗楼沙国只身越过切伯口而至醯罗城，据足利喜六考证，其路线是从今帕绍阿西一〇·五哩（切伯口的东口）而至 Jamrud，自此西北向，旅行山中约三十三哩而至 Dakka，又向西行三十三哩而达 Kila，合计为七六·五哩。法显说，从布楼沙西行十六由延而至醯罗城，那么，一由延约当四·八哩。由延，佛书中又译作由旬、逾阇那、喻缮那，梵语 Yojana 的音译，印度古代计里程的名称，大约一日行军之里程。旧传一喻缮那四十里，印度国俗乃三十里，可见由延的长短，因时代、地方、险易而有不同。法显到那竭国后，开始用由延记载里程，以前都是用中国里程记载的。

　　法显和慧景、道整、慧达先后到那竭国醯罗城的目的，就是为参礼佛影、佛齿及佛顶骨，宋云、玄奘、慧超都曾来此参访。醯罗城，即今 Kila 或 Hidda 地方，乃梵语 Hilo 的讹转，Hilo 是骨之义，醯罗城即佛顶骨城。法显记这里的国王、居士、长者，每日供养、礼拜佛顶骨的仪节是很隆重的。骨作黄白色，与玄奘所记"其色黄白"相同。那竭国城则有佛齿，佛僧伽梨（袈裟），城南半由延，有石室，洞中有佛留影处，影西百步许，有佛剃发翦爪处，又有菩萨贸五茎华，供养定光佛处，这些故事记载在《佛本行集经》、《增一阿含经》、《大智度论》中。法显记佛影宛如真形，宋云所记，亦说炳然如在，但玄奘到此参礼时，佛影已不大能看见了，"近代已来，人不遍睹"。据玄奘所记，原来佛影所在的石洞，是在一个瀑布飞流的崖壁上，门径狭小，洞穴昏暗，崖上有滴水，时间有早晚，光线亦有强弱，加以壁上滴水，法显、宋云时，洞中石壁上所构成的佛影，现象还很鲜明，到玄奘时，这个现象随着壁上滴水之故而有变迁，这个佛影现象亦就逐渐泯灭了。

　　法显等三人在那竭国度过冬三月，即十一月、十二月、正月，便即出发，南度小雪山，这时当公元 403 年二三月之际。这小雪山，乃梵语对喜马拉雅山大雪山而言，就是现在阿富汗境内苏纳曼山的东北部，冬夏积雪，通过的北瓦口是在海拔一五六二〇呎的峻岭沙发康之南，山北阴寒，雪风时复暴起。这时慧景"不堪复进，口出白沫"，对法显说："我亦不复活，便可时去，勿得俱死。""于是遂终。法显抚之悲号。"慧景牺牲了，法显继续前进，翻过北瓦口，到达罗夷国，当今那启地方，印度河之西昆仑河南岸的一个小都会。法显在此第五回"夏坐"，当公元403年4月16日至7月15日的时节。

夏坐讫，南下十日到跋那国，即《西域记》的伐剌挐国，今 Harana（Harnai）地方。从这些地方的距离算来，法显行程一日少则三四十里，多至八九十里。从跋那国东行三日，渡过新头河（印度河），两岸都是平地，到达毗荼国，即《西域记》的钵伐多国，今 Uchh（Uchcha）地方。法显北印度和西印度的旅行，至此告一段落，进入中印和东印了。

九 中、东印度巡访佛迹

当贵霜王朝及案达罗王朝势力衰退时，群雄割据，全印分裂为许多小独立国，约一百年之久。到公元4世纪初期中印度一小国摩竭陀室利笈多王及其子迦达克迦相继当国；至第三代旃陀罗笈多王之时，印度的政治、经济、文化各方面都迅速发展，公元320年以后，旃陀罗征服附近的大小王国，自称为王中之大王，定都于摩竭陀的巴连弗城。公元340年旃陀罗死，三摩陀罗笈多王继世，统一中印的北部，孟加拉、尼泊尔、阿萨姆皆入其势力范围，西部征服摩腊婆、犍陀罗、摩头罗、阿伯剌等，远至阿富汗斯坦，南印东西两海岸线的干贾门、果达乌利河流域及刚启等地，版图之广大前代所未有。继三摩陀罗笈多之后为旃陀罗笈多二世，即有名的超日王。超日王远征西北印度，驱逐了侵入的塞种，与埃及等西方诸国贸易，发展了海上交通，建设了阿育王以来版图最大的帝国，保障了数世纪间常遭外族侵略的北部印度的安全。工业和商业发达，都市也相应发达，如在佛典中时常提到的瞻波、沙祇多、巴连弗邑（华氏城）等，都是工商业的中心城市，三摩陀罗和超日王都爱好文学音乐技艺，优待诗人学者，对于佛教以外的其他宗教，都给予平等待遇。广兴宗教的慈善事业——布施，《法显传》这样说：

> 从是（摩头罗国）以南名为中国（即笈多王朝的摩竭陀帝国），中国寒暑调和，无霜雪，人民殷乐，无户籍官法，惟耕王者地，乃输地利。……诸国王、长者、居士为众僧起精舍，供养田宅、园圃、民户、牛犊、铁券书录。……众僧住止房舍、床褥、饮食、衣服，都无渴乏，处处皆尔。众僧常以作功德为业，及经诵、坐禅。客僧往到，旧僧迎逆，代担衣钵，给洗足水、涂足油与非时浆。（戒律：正午前为时，正午后为非时。时，可食，非时，不得食，只饮苏油、蜜、石蜜、果汁等。）……得房舍、卧具，种种如法。……众僧受岁竟，长者、居士、婆罗门等，各持种种衣物，沙门所须，以布施僧。众僧亦自各各布施。

这一段记载，一方面说明了领主们要佛教徒为人们"作功德，诵经"，从思想上麻醉他们，为领主的统治服务，一方面也说明了当时的生产还是比较发达的，才有这许多田宅园圃、饮食衣物供给众僧。法显所见超日王的政治社会在笈多王朝中是最昌盛的时代，居民欲去便去，欲住便住，刑法不用，有罪但随事轻重罚钱。举国人民都不杀生，不饮酒，不食葱蒜。国中不养猪鸡，不卖牲口，市面没有卖猪肉，也没有卖酒的。只有屠家和猎师可以卖肉，屠家被人认为"恶人"，与人别居，如入城市，则击木以自异，人则识而避之。交易则用贝齿为货币。这是一个完全佛教化了的国度。这种风俗已经同孔雀王朝时大有不同了，那时北印度完全是食肉的，即在阿育王时亦不曾禁屠宰。《法显传》中亦不曾提到途中遇盗贼的字句，可见从前史家把笈多朝（公元320到480年）称为印度古代史的黄金时代，从《法显传》可以证明。印度笈多朝古史，缺乏文献记载，超日王时代的事，除了石刻、钱币而外，只有法显的记述了。

　　法显到了中印度的境地，旅行的条件比西、北印度良好多了，行程较快，巡访佛迹亦较多。从摩头罗起，寒暑调和，民康物阜。摩头罗一译秣兔罗、摩偷罗、摩突罗，今 Muttra，在遥捕那河的西岸，古来有名的都市。遥捕那河即今以门那河，乃恒河的支流。从摩头罗东南行十八由延抵僧伽施国。僧伽施在摩头罗的东南，遥捕那河与恒河之间今桑克萨地方，即《西域记》的劫比他国。这里最有名的佛迹是佛陀上天为母说法下降处的传说，这个传说出于《大智度论》。玄奘、慧超都曾参访此处，记录这个传说。当时由于诸外道的反抗，尤其是舍卫城的诸外道，屡屡阴谋伤害佛陀，佛不愿与之对抗，暂行游化他处，因此，遂产生上天三个月为母说法的传说。阿育王为纪念这个传说中的佛陀遗迹，在其处立石柱，"高三十肘，上作师（狮）子，柱内四边有佛像，内外映彻，净若琉璃"。肘，是印度古代度量之称，一肘等于唐小尺一尺八寸，即柱高五十四尺。《西域记》劫比他国条，记阿育王石柱高七十余尺。《西域记》说的高些，《法显传》说的低些，这当是由于目测之故。据说，现在桑克萨的石柱头上是象的立像，而不是法显、玄奘所见的狮子踞像，想是别物。

　　法显就在僧伽施国龙精舍第六回坐夏，当公元 404 年 4 月 16 日至 7 月 15 日的时节。由此东南行七由延，约三十五哩，到罽饶夷城，即《西域记》的羯若鞠阇国，又称曲女城，当今卡诺吉。玄奘时，这里是有名的戒日王居住之地，玄奘曾记曲女城的传说及当时戒日王的盛威。从此东南行十由延，约五十哩，到沙祇国，即《西域记》的鞞索迦国，今阿卓地亚。这里有佛嚼杨枝（净齿），弃其遗枝，因生根繁茂，诸外道婆罗门嫉妒，时加斫伐，其树复生如故的传说。《法显传》说，其树高七尺，《西域记》说高六七尺，而《慈恩传》则说"高七十余尺"，恐有误记。

从沙祇国北行八由延，约四十哩，到拘萨罗国舍卫城，这是与佛同时的拘萨罗国王波斯匿王又称胜军王、胜光王的故城，有名的佛迹很多，王城内有大爱道精舍故址、须达长者井壁、鸯掘魔得道塔等。出城南门一千二百步有祇洹精舍，法显当时所见"池流清净，林木尚茂"，门户石柱尚存。这个精舍是苏（须）达多——舍卫城的长者，当日皈依佛法，以黄金敷地买得祇陀太子的园林，为佛建筑精舍，其园称祇树给孤独园，亦称给孤独园，精舍称祇洹精舍（祇园精舍），祇园精舍乃祇陀园林须达精舍之略称，玄奘作逝多林或给孤独园。佛在这里住了二十五年，成道后要算在此处与灵鹫山住得最久，在此说法也很久，如《金刚经》、《阿弥陀经》都是在此地说的。法显当时到祇洹精舍，百感交集，自己觉得经历了无数的艰难险阻，此时才得见佛当日生活起居、说法度人的处所，受到很大的感动，《法显传》写道：

> 法显、道整初到祇洹精舍，念昔世尊住此二十五年，自伤生在边城，共诸同志游历诸国，而或有还者，或有无常（死亡）者，今日乃见佛空处，怆然心悲。彼众僧出，问显等，言：汝从何国来？答云，从汉地来。彼众僧欢曰：奇哉！边地之人，乃能求法至此。自相谓言，我等诸师、和上，相承已来，未见汉道人来到此也。

汉土僧徒当时能深入旅行到中印度来的，法显、道整应是第一批了。

舍卫城玄奘改译室罗伐悉底，在今巴剌卜尔西北约十二哩的Saheth，祇洹精舍在 Maheth。晚近发掘的结果，许多遗迹都出现了，祇园精舍的遗迹亦明了了，如中央精舍（香殿）的遗址、僧院的构造、僧房的布置等，皆可仿佛想见当时情景。

从舍卫城东南行十二由延，约六十哩，到那毗伽，今地不详。附近有迦维罗卫城，《西域记》作劫比罗伐窣堵国，是释迦之父白净王的故宫，有太子当初见老者、病者、死者处，有与阿难等弯弓、相扑、掷象竞技处。舍卫城东五十里有论民园，是佛诞生处。论民，亦译蓝毗尼，今名路敏德，这论民园林原为释迦外祖母所有，蓝毗尼即释迦外祖母之名，后来释迦的母亲摩耶夫人怀妊释迦时，到此园林游散，手攀阿输迦树，亦译无忧树而诞生释迦牟尼，有阿育王建立作为纪念的石柱。石柱上作马像，柱上刻阿育王赦免蓝毗尼村租税的诏文。玄奘到此时，石柱已为霹雳所折，断仆于地。近年已从土中掘出，仅存一节，今日的蓝毗尼和迦维罗卫，现均属于尼泊尔白塔瓦尔州的塔赖（Talai）地方。法显来时，这些地方都很荒凉了，人烟稀少，路上常有白象、狮子伤人，慧超《往五天竺国传》说，路上盗贼也多，林木荒芜，又容易迷失方向，来此参访很难。

法显说："佛泥洹已来，四大塔处，相承不绝。四大塔者，佛生处、得道处、转法轮处、般泥洹处。"上述论民园是释迦诞生处，给孤独园是释迦长住说法处；其他王舍旧城、灵鹫山所在地，亦为释迦长住说法处，鹿野苑为释迦初转法轮处，菩提伽耶为释迦苦行成道处，拘夷那竭城为释迦涅槃处。以上六处是释迦佛本生故事所从出的地方，后世佛教艺术的主要题材，从古以来便是印度佛教圣地，法显都——参访。今依法显当时行程，略为叙说他历访这几处主要佛迹的情形，其他小地方便从省略。

法显从佛生处东行五由延，到蓝莫，《西域记》作蓝摩，一作罗摩，这境内有太子遣车匿、白马还处。车匿是阐铎迦之略称，乃释迦出家时从者之名，太子所乘的白马名犍陟，车匿随太子出迦维罗卫城，向罗摩进发，距罗摩不远处，太子在这里解下璎珞服饰及犍陟，附与车匿，嘱其归报父王。从此东行十二由延到拘夷那竭城，这里是释迦涅槃地，《西域记》作拘尸那揭罗城。当释迦在世时，此地原为麻刺的城邑，现在已是一片荒野，属北印度联合省葛拉喀堡县附近喀西亚地方的维尸纳堡村。佛说法四十五年，而般涅槃时年已八十。晚近在这里发掘两座古寺遗址及佛涅槃像和其他遗物，但关于拘夷那竭城的位置，近人据法显、玄奘、慧超及宋太祖乾德二年（964 年）入印度的继业法师所记（范成大《吴船录》引），参以佛典所说，拘夷那竭城应在希连河的上游，则今日的佛般涅槃处，到底在哪里，疑难颇多。

从此东南行到毗舍离国，今毗沙尔地方。再到五河合口（今旁遮布即五河之义），从毗舍离到摩竭提国（《西域记》作摩竭陀）巴连弗城的恒河渡头。巴连弗城是摩竭提旃陀罗笈多朝的首都，又称拘苏摩补罗城。"拘苏摩"为香花，"补罗"为都城之义，故又名香花宫城，又名波吒厘子城、华氏城，原为阿育王旧都，即今巴特那。

摩竭提国为印度古代最初兴起的大国，公元前 6 世纪，当释迦在世时，正是沙松那迦王朝第五世频毗娑罗王在位，他原奉耆那教，后来皈依佛教的。释迦来此地时，巴连弗邑只不过一聚落而已，频毗娑罗王之子阿阇世王因防御恒河北岸弗栗恃族的侵入，故筑此地为城邑，名波吒厘，释迦在菩提伽耶成道，至鹿野苑度憍陈如等五人，即来此处，频毗娑罗王隆加礼遇，优与供养，使宏佛法，释迦乃在此初转法轮，故法显说："新城者是阿阇世王所造。"法显所谓王舍新城，便是玄奘所说的波吒厘（"自王舍城迁都波吒厘"），玄奘所说的王舍城，其实即山中洴沙王（频毗娑罗王）旧城，又称罗阅城或曷罗阇姞利呵，又称上茅城。王城四周，五山连峰围绕，山明水丽，法显去时城中已空荒，无人居住。五山又称五峰，其东峰即灵鹫山，又称耆阇崛，现在与其他五峰山通称为罗吉格利山，玄奘说此山"形如鹫鸟又状高台，故取为称"。释迦在此讲说最多，如《大般若》、《法华》、《楞严》、《无量义》等大乘经典，都是在此处说的。法显经历千辛万苦，如今到了灵鹫山，感触万端，如他参访祇洹精舍时，他说：

> 法显于新城中买香华、油灯，倩二旧比丘送法显上耆阇崛山。香华供养，然灯续明，慨然悲伤，收泪而言：佛昔于此住，说《首楞严》。法显生不值佛，但见遗迹处所而已。即于石窟前，诵《首楞严》停止一宿，还向新城。

法显在巴连弗邑留滞三年，即义熙元、二、三年（405—407年），这时他以大约七十一、二、三岁的高龄，野宿外耆阇崛山中，这种无比虔诚的宗教精神和对于事业坚持不懈的毅力，是中古意识形态的一个特色。

照义净《大唐西域求法高僧传》说，王舍新城之北三十里便是那烂陀寺，那烂陀寺的规模，在法显当时还不很大，《法显传》只提到迦兰陀竹园精舍，到公元415—490年，前后八十年间，经过笈多王朝帝日、觉护等六王陆续修建，那烂陀寺才逐渐成为印度佛教学术的中心地，到玄奘、义净等访印度时，那烂陀寺的规模更宏大了。《慈恩传》说："六帝相承，各加营造，……庭序别开，中分八院，宝薹星列，琼楼岳峙"，可想见其盛概。当日僧徒主客，常有万人，各种医方术数、因明声明、俗典吠陀等书，那烂陀寺都有学人研究，名僧大德云集，而以戒贤法师为领袖，玄奘住此前后十年，戒贤待以宾师之礼。

那烂陀寺的遗迹，晚近考古发掘，发现大建筑遗址十余座，所占面积甚广，其建筑多数为方形，砖造，因恒河流域为冲积平原，少有石料，故古建筑都用砖。其制作宏敞，无论讲堂食堂，每处都可容千人以上，僧房栉比，不计其数，可知当日印度文物之盛。

由巴连弗邑西行四由延到伽耶城（今伽耶），这里是释迦苦行成道的地方。现在的伽耶不但为印度宗教上的圣地，并且是交通上的重镇。释迦为太子时，即出家落发，游行林野中，先至婆迦婆仙人处，渡恒河访王舍城，登耆阇崛山，看见许多仙人如阿罗罗仙人、水獭端正仙子等苦行，欲求道学，皆不能餍足而去，遂与侍者侨陈如等五人到伽耶城南尼连禅河附近一林中，地名乌留频螺聚落，勇猛精修，苦行六年，"脊骨羸屈，欲起则伏，欲坐仰倒"，身体这样毁败，生命几乎断绝。一天，入尼连禅河沐浴，竟无力登岸，幸攀得树枝，尔后出水。始悟苦行不足以成道，遂进饮食，有村女名色娜尼苏家陀（法显译弥家女），携乳糜供奉。释迦旋至钵罗笈菩提石窟，即佛初欲成道处，石窟作穹隆形，略带椭圆，深约丈许，高宽约数尺，惟法显所说石壁上的佛影，今已不能见。至于玄奘所说释迦成道的金刚座，《法显传》中并未提及，似乎金刚座的传说，在法显以后、玄奘之前才产生的。

今伽耶之南约七哩有菩提场，又称菩提伽耶，有一塔寺合一的佛教建筑，上层为塔，下层为寺，合称塔寺，全体石造，高达一百八十尺，《西域记》说："菩提树东有精舍，高百六七十尺"，似即指此。此塔寺石为阿育王所建，彼时规模较小，后来才扩建的，《西域记》说："无忧王（阿育王）先建小精舍，后有婆罗门更广建焉。"

这里可注意的是商人与佛教的关系。为佛买祇洹精舍的须达长者，是舍卫城的大商人。迦兰陀竹园精舍原是商人迦兰陀长者初给予尼犍外道，后来供奉佛为僧园的。佛成道时，有五百贾客授麨蜜、酪乳供养。《法显传》毗舍离国条引佛说十事证言，其第十"四远来客商之类，若有布施若金、若银、贝齿之类，置钵中者得大利益，富乐无穷"。这样看来，摩竭提国以巴连弗邑为中心的一带"民人富盛",也就是释迦活动最多的地方,商业资本相当发达,佛教的流布恐怕是建筑在这个基础之上的。《法显传》中叙述中印度、南印度的许多城邑,都表现着商业资本很活跃的特色。

法显以巴连弗邑为中心,往返参访附近各地的佛迹,他到过巴连弗南面的鸡足山,义净作尊足山,玄奘译屈屈吒播陀山,又称鸡岭、尊岭,这地方是大迦叶寂灭处。回巴连弗,顺恒河西下,过旷野,相传是如来降伏鬼魔、夜叉处,大约当今巴哈地方。再顺恒河西行十二由延到迦尸国波罗捺城,《西域记》作婆罗疤斯,这里有著名的鹿野苑,现在叫做沙那,是释迦成道后"初转法轮"即初传法处,亦即度憍陈如(拘骣)等五人处。迦尸国,古名 Kashi,传说恒河女神的成神,即在此地。迦尸原是最先住居于此地的一个部落之名,此地与克什米尔同为印度古代宗教学术的中心地。波罗捺城临恒河北岸,适当恒河流域的中心,与阿拉哈巴德、巴特那(巴连弗邑)同为恒河中部沿岸的三大都会,亦同称印度古代的宗教圣地,是印度自然地理和人文历史的精华荟萃之区。

鹿野苑在距今北纳斯五英里的沙那,而今之北纳斯,古时原在鹿野苑地方。佛教传说:古时这里有一园圃名牟利迦达华,意为鹿苑。释迦在前世为鹿王时,鹿王在江边舍命拯救了一个行将溺毙的人,后来一个王妃想求得鹿王的皮毛为衣,便悬重赏求获鹿王,溺人因识鹿王身上的九色毛,遂到王宫告诉,出卖鹿王,希得重金,溺人"受恩图逆",终得恶果。又有一种传说:释迦为鹿王时,曾劝当地国王勿多杀鹿,鹿自愿每日供一鹿与王充庖厨。一次,轮及一牝鹿,适有孕,牝鹿求救于鹿王,鹿王不忍坐视母子二命丧亡,自愿代牝鹿死。因此,感动了那国王,下令不再杀鹿。以佛曾为鹿王之故,鹿王在印度古字为沙郎那,后遂简称为沙那，相沿至今。《西域记》叙述这个故事甚详，原出于《六度集经》。在佛教艺术中，这鹿王本生故事，也是很有名的，敦煌千佛洞和新疆库车都有这个故事的壁画。

鹿野苑当法显参访时，只有二僧伽蓝，玄奘时有伽蓝有三十余所，僧徒三千余人，可见在 5、6 世纪时，鹿野苑的规模才逐渐宏大起来的，其间虽有 6 世纪呎哒人侵入印度，此地佛教建筑一度遭受摧残，但玄奘来访时，必已多少恢复。玄奘又说有"天祠百余所"，天祠即婆罗门教祠，因婆罗门教宗奉大自在天，可知玄奘当时佛教已有就衰之势，而印度教已渐兴起了。到 11 世纪，鹿野苑又遭回教侵入的浩劫，佛教建筑摧毁无余，最后一次，在 1194 年。经 19 世纪英国考古学者伽林罕等陆续发掘，许多遗物出现了，如大月氏贵霜王朝的红石佛像，高九呎半，以及孔雀王朝阿育王所立的石柱，都是极可珍贵的。此外，古窣堵波及寺院遗迹，均曾作系统发掘。

法显从鹿野苑西北行十三由延到拘睒弥国，即《西域记》的憍赏弥国，当今阿拉哈巴德西南三十一哩的憍赏村，释迦曾在这里的瞿师罗园说法数年。瞿师罗，鸟名，此园长者好此鸟声，故名。此地又因是世亲菩萨作"唯识论"处，无著菩萨作"显扬圣教论"处，所以有名。

法显在巴连弗邑住了三年，学梵书、梵语、写律藏，他本为求戒律而来，这时佛典的流通都凭记诵，师师口传，法显在此写得大众部的《摩诃僧祇律》一部。义熙十二年（416 年）十一月法显归建康（南京）道场寺，与佛陀跋陀罗共译成四十卷行世。又得上座部的《萨婆多律》（"说一切有部"）、《杂阿毗昙心》、《方等般泥洹经》、《綖经》等，惟《綖经》未见译出。

再沿恒河东下抵瞻波国，一作占波，在恒河南岸，今巴格浦地方，邻近加尔各答，相传佛曾到此说法。由此南下到多摩梨帝国,《西域记》作耽摩栗底国,《南海寄归传》作耽摩立底国,其地在距恒河(殑伽河)河口六十哩的支流胡里河西岸的耽摩鲁地方,这里便是海口,义净就是在此乘海舶归唐的。玄奘本想从这里渡海到师子国(锡兰),因闻海风凶恶,才转从陆路。这里佛法兴盛,又是一个与东方海上交通的重要港口。法显在多摩梨帝国住了二年(义熙四年、五年,408—409年),写经画像。大约相当于义熙五年十一月一日即公元409年12月23日,法显等到了冬初的东北季风与海流起来的时候,便启程趁海流经行昼夜十四日的海路,到了师子国。

十　南海归航

师子国,《西域记》作僧伽罗国,就是现在的锡兰岛。为什么叫做师子国,又叫做僧伽罗国呢?

一种传说:从前南印度有一王女,为一师(狮)子所得,与之同居于深山幽谷,遂孕一男,形貌同人,而性则兽类。此子渐长,力能格猛兽。一日,其母告诉他,"父则野兽,母乃是人",不能在此久住,母子便逃回本国。师子归来,追恋母子。到处寻觅,咆哮震吼,伤害人命,国王发兵数万亦不能擒获,乃悬重赏,其子闻之,与其母商量,欲获得重赏,乃身怀小刃,出应招募。这时千军万马正围住师子,师子踞在林中,人莫敢近,其子走到面前,父遂驯伏,师子于是乎亲爱忘怒,其子乃手刃其腹,师子犹怀慈爱而无忿毒,终至刳腹含苦而死。

国王对于此事,一方面认为此子残酷忤逆,应加以惩罚,一方面酬重赏以报其功。于是装备两只大船,把他的母亲留在国内,其子泛海至此宝岛。岛出产真珠美玉,此子便止于岛上,后来商人来此岛采宝,此子乃杀其商主而留其女,于是子孙繁息,遂立君臣。因其祖先擒执师子，自以师子为国号。

　　另一种传说是从佛典来的：这个宝岛上有五百罗刹女在一个铁城里，专伺商人航行至宝岛时，便变美女，诱商人入城而食之。时有一大商人名僧迦罗，与五百商人漂泊至此岛，遂与五百罗刹女相配合，年余皆生一子，罗刹想食此五百商人，而更寻别的商侣。僧伽罗和诸商人因得天马之救，逃返陆上，罗刹女发觉追至，又以妖媚诱惑诸商人坠其情爱，携持诸商人再返岛上。惟僧伽罗智慧深固，不为罗刹所动，独未返岛上，得免于难。罗刹女王持所生子，再飞至僧伽罗前，纵其媚惑，诱请令还，僧伽罗都坚决拒绝了。罗刹遂飞至僧伽罗父处控诉，未成，又飞至国王处控诉僧伽罗遗弃之罪。国王欲加罪于僧伽罗，僧伽罗告诉国王，罗刹女妖媚邪惑，乃吃人鬼怪，国王不信，又惑于罗刹之美，遂纳为妻。其后罗刹飞还岛上，召五百罗刹鬼女一齐至王宫，尽食王及宫人。国人以僧伽罗明慧贞固，推为国王，遂率兵攻破宝岛，救出商人，招致良民，建立国都，国号僧伽罗。僧伽罗便是佛陀前身的化现。这个传说，出于《六度集经》、《佛本行集经》，原是本生谭的故事之一。据锡兰的古史《岛史》（Dipavainsa）所记，公元前543年印度的一个婆罗门名维伽耶（Vijaya）来锡兰即王位，是为锡兰的开国始祖。公元前308年阿育王遣使四方，宣扬佛法，佛教始入锡兰。至公元前百四年顷，锡兰岛一度被南印度的塔米尔人袭占，后来岛民协助国王阿巴亚驱逐了塔米尔人，恢复王位。王深信佛教，建造一大伽蓝，即以王名阿巴亚名其山为无畏山，名其寺为无畏山寺。锡兰岛古来就盛产明珠珍宝，海上商人船舶麇集之地。法显到此岛时，曾见一汉地去的白绢扇，可知中西的海上商业交通是频繁的。法显在师子国留住二年，即从义熙六年（410年）至七年（411年）八月顷。这时他去国已十二年了，他写道：

> 法显去汉地积年，所与交接悉异域人，山川草木，举目
> 无旧，又同行分折，或留或亡，顾影惟己，心常怀悲，忽于
> 此（无畏山）玉象边，见商人以晋地一白绢扇供养，不觉
> 悽然泪下满面。

祖国的怀抱是温暖的，一柄白绢扇，使得一个远离祖国十二年的
人，把它认做就是祖国的一切，不仅是一件土产而已。

法显住锡兰岛二年中，更求得律部的《弥沙塞律》藏本，
又得《长阿含经》、《杂阿含经》、《杂藏经》一卷，都是汉土所
无的梵本。《弥沙塞律》梵本携回中土后，未及翻译而法显迁
化，宋景平元年（423年），罽宾沙门佛驮什于扬州龙光寺翻译
为三十四卷，称为五分律。《长阿含经》、《杂阿含经》，法显都
没有及时翻译出来。

义熙七年（411年）八月顷，候着"好信风"（季风），法
显便乘商人大船启航东归。从隋唐时代的史料推测，当时往来于
印度洋、南洋、南海的船舶，有阿拉伯（大食）船、波罗门
（印度）船、昆仑（南洋）船和波斯船等，而以波斯船最多。公
元642年（唐贞观十六年），波斯虽为大食所灭，但波斯人从海
路、陆路经商于东方的还是很多，唐人小说中波斯商人多做珠宝
生意。义净往返航行印度，都乘波斯船。海南岛一带常有海盗若
芳年年劫掠波斯船。李肇《国史补》还载有师子国舶、南海舶。
《唐大和尚东征传》记鉴真在广州时，见江中波罗门、波斯、昆
仑等舶，不知其数，并载香药、珍宝，其舶深六七丈。法显坐的
船可容二百余人，船后系一小船，以备大船损坏，救急之用。现
今航行沿海的沙船，船后也带有小船。法显后来在耶婆提换船，
那船亦容二百余人，大概是最大的容量了。唐玄宗时，扬州龙兴
寺鉴真和尚渡海到日本去传戒律，第二次乘的船，可容八十五
人，米一百石，其余之物称是，而日本船则只能容三十八人或二

十五人。可见造船术是随着航海术和海上商业而发达的。

法显从师子国出发东下二日，便遇着大风，船漏水入，商人都争相上小船，小船上的人恐来人过多，将绳斫断，商人命在须臾，大起恐慌。于是大家便把粗重的财货投掷海中，以减轻载重量，法显恐商人把他的经像亦掷入海里，便将自己的水瓶和随身日用品也抛下海去。这样载重减轻，海水不至涌入舱内，拖延了十三昼夜，达到一个小岛边。有人说，这个小岛恐怕就是现在的尼科巴群岛之一，但锡兰与尼科巴之间的距离，决不止十三昼夜的航行，而锡兰以东除了尼科巴群岛外，又别无小岛可以停航。在这里将船修复后，继续航行。海中多海盗，遇着便无生理。这些海盗大概是苏门答腊岛南岸及其附近岛屿的土著人。法显说：

> 大海弥漫无边，不识东西，惟望日月星辰而进。若阴雨时，为逐风去，亦无准。当夜暗时，但见大浪相搏，晃然火色、鼋鳖、水性怪异之属。商人荒遽，不知那向。海深无底，又无下石住处（那时抛锚大概是用石做锚，而非铁制）。至天晴已，乃知东西，还复望正而进。若值伏石（暗礁），则无活路，如是九十日许，乃到一国名耶婆提。

法显东航约十五日，漂流九十日许，滞留耶婆提（爪哇）五个月，翌年（412 年）四月十六日由耶婆提出航，据此逆算，知他是在义熙七年（411 年）八月顷从师子国出发的。义熙七年八月，相当于公元 411 年 9 月，西南季风末期，亦近于季候转换时期，此时，屡有旋风袭来。至阳历 10 月中旬，东北季风起，于航行颇不利。故法显此时虽乘信风出发，而忽遭大风，漂流九十日许。这时航海没有指南针，也没有推进器，专凭风力、海流，对逆风就毫无办法，或则有时被倾覆，或则赶快躲避到临时较安全的地点，以待顺风再航行。大海茫茫，如果是晴天，夜间则以北极星定方向。对海中鲸、飞鱼之属，那时的人即使像久于旅行生活的法显，也会感觉怪异。

我们可以推测，法显的船是从尼科巴岛再挂帆乘海流经苏门答腊岛之南，入孙达海峡，而到达耶婆提。耶婆提的对音是 Ya-vadvipa，梵语 dvipa 乃"国"之义，故耶婆提即耶婆国。《高僧传》作阇婆国，耶婆、阇婆的对音为 Yava，音转为今之爪哇（Java）。但隋唐时代的阇婆，实是今日爪哇和苏门答腊的总称。法显于义熙七年十一月（阳历 12 月）顷，抵达耶婆提，滞留此地五个月，等待季风转换。义熙八年四月十六日（公元 412 年阳历 5 月 12 日）夏期季风渐起，始出航东北向广州进发，同日，法显在船上开始"安居"。当时耶婆提与广州间，约五十日航程，法显换乘了商船，这商船亦容二百余人，带了五十天的粮食。航行了一个多月，大约在北纬十度附近的一个小岛边，夜鼓二时，即午后十时左右，便遇着"黑风暴雨"。上文说过，法显时代海上航行既无指南针，又无推进器，海上波涛险恶，全仗风帆作用，风帆须得依风向与海流之力，而风向与海流，又因太平洋季风与暖海流而有异。中国南海的海流是赤道海流的一支流，从越南之南，东北弯曲过广州南面，入台湾海峡，与暖海流相合。由此西北向，又产生一支流，一支成对岛海流，一支触山东半岛之海角而入渤海湾。季风的变化，有类于印度洋，冬季是东北风，夏季有由澳洲北面西北向的季风吹向越南，转向东北，再与从太平洋而来的吹向中国及中国东北的海洋风相会合。因此，时常有台风发生。法显滞留耶婆提五个月，等待季风转换，转换期间，风向是很不定的。大概自四月至十月，季风北上，十月至四月风位南下，如遇风力过猛，或卷入暖海流时，海行便不能自主，任其漂流了。唐玄宗时，第一个传戒律到日本的鉴真和尚，从扬州出航赴日本，遇着南下的季风，卷入海流，漂到了海南岛。在唐朝居留五十余年，并曾任唐朝官职的日本仲麻吕（朝衡）与吉备真备、藤田清河等，同船东归日本，从扬州出发，海上遇风，漂到了安南。明末遗民朱舜水"晦迹到东瀛"（想避居日本），亦有同样的遭遇，漂流到安南，因此他作《安南纪事》。

法显的船既遭遇暴风，全船与风浪搏斗，好容易坚持到天明，船上"婆罗门"——印度的教徒认为由于载了比丘，才遭此苦难，船靠了一个小岛边，婆罗门便想将和尚推下船去，遗弃岛上。法显说：你们如果把和尚推下船去了，我回到汉地，一定向国王控诉你们，汉地国王敬信佛法，尊重比丘，国王便会处罚你们。那些印度商人便不敢动手了。在这暴风和海流中，连日阴云，航行不辨方向，亦不能自主。法显的船，原来带了五十天的粮食，现在已经航行了七十多天了，粮食、淡水都快完了。这船原计划驶向广州的，当时从广州沿漓水、湘水，过洞庭，经江陵北上转洛阳，便可入长安——这是南北朝、隋唐时代长江中游的一条南北交通路线，岂知遇着暴风，不能在广州着陆，漂流海上，这时船上水米俱绝，他们只得取海水作食，但海水味咸，不能充饮食。只得西北行求岸，又昼夜航行十二日，他们被海流卷着漂过了台湾海峡，又漂过了扬子江海口，于是乘着山东海流西北行到达山东半岛的青州长广郡牢山南岸。他们到达牢山时，当初不知是什么地方，有人说还未到广州，有人说已过广州，后来看见山东的大白菜，才确知是汉地，又寻得两个猎人，法显做翻译，才知道是青州长广郡的地界。青州，今山东省东北境，长广郡，当今胶州湾东北。牢山，即今即墨县东南六十里的崂山，古来有名的胜地。这里原属南燕，义熙六年（410年）刘裕北伐，灭南燕，法显到时，南燕已灭亡二年，晋长史羊穆之任北青州刺史，筑东阳城（今益都县），欲图恢复，所以《法显传》说："统属晋家。"长广郡的太守李嶷是佛教徒，闻说有沙门持经像乘船泛海而至，便遣人到海边迎劳经像，归至即墨郡所。这只商船想来又南下还向扬州，因为扬州是当时江南海外贸易的中心地，法显是不是亦随着去扬州，或舍船从陆路到扬州，都未可知。这时正当北徐州刺史刘道怜为兖、青二州刺史，镇京口（今镇江），法显到扬州大约在义熙八年（412年）九月顷，应刘道怜之请，在京口住了一冬一夏。"夏坐"之后，即义熙九年（413年）四月十六日至七月十五日之后，法显原欲赴长安，把西行取经大事做一番交代，不图漂泊到了青州，又转扬州住了一年，这时长安的局面受刘裕北伐的影响，变化很大，而法显的同志宝云、中印度人佛驮跋陀罗等受长安僧徒的排斥，已南下去建康（南京）道场寺译经，想来这是法显决意到建康的原因。京口距建康百余里，法显"夏坐"讫，启程到建康，当在七月下旬。义熙十年（414年），他把历游天竺的情形写成《法显传》。

　　总计法显于隆安三年（399年）三月顷发迹长安，义熙八年（412年）七月十四日青州登陆，通共十三年四个月。青州登陆后一年余，以义熙九年（413年）七月下旬抵建康。这时法显大约七十九岁。他在建康道场寺译出《大般泥洹经》等六部，又写游记，大约住了五年左右，然后到荆州（江陵），卒于辛寺，年八十六。法显所经诸国，沙河以西二十七国，所谓"灭三十国"。如将𦋺饶夷城、迦维罗卫城、拘夷那竭作三国计算，则为三十国。又沙河以东四国，合计三十四国。今附日本足利喜六的"法显历游诸国、年月一览表"于后，以便观览：

长安发迹　　　　　隆安三年（弘治元年）三月顷
　　　　　　　　　（399年）约六十五岁
乾归国（夏坐）　　隆安三年四月十六日—七月十五日
偄檀国
张掖镇（夏坐）　　隆安四年四月十六日—七月十五日
　　　　　　　　　（400年）约六十六岁

敦煌
　　　沙河以西
鄯善国　　乌夷国
于阗国　　隆安五年四月十四日观行像仪式
　　　　　讫出发（401 年）约六十七岁

子合国
于麾国（夏坐）　隆安五年六月十六日—闰八月十五日
竭叉国
　　　　　北天竺
陀历国
乌苌国（夏坐）　元兴元年六月十六日—八月十五日
　　　　　　　　（402 年）约六十八岁

宿呵多国　犍陀卫国　竺刹尸罗国　弗楼沙国
那竭国
罗夷国（夏坐）　元兴二年六月十六日—八月十五日
　　　　　　　　（403 年）约六十九岁

跋那国　毗荼国
　　　中天竺
摩头罗国
僧伽施国（夏坐）　元兴三年六月十六日—八月十五日
　　　　　　　　（404 年）约七十岁

（罽饶夷城）　玄奘作羯若鞠阇国　沙祇大国　拘萨罗国
　　　　　　　（舍卫城）
（迦维罗卫城）　玄奘作劫比罗伐窣堵国　蓝莫国　（拘夷
　　　　　　　那竭）玄奘作拘尸那揭罗国
毗舍离国　摩竭提国　（王舍城　伽耶城）
迦尸国　（波罗捺城）　拘睒弥国　（达嚫国）

摩竭提国　（巴连弗邑住三年）

　　　　　　　义熙元年　（405 年）约七十一岁

　　　　　　　义熙二年　（406 年）约七十二岁

　　　　　　　义熙三年　（407 年）约七十三岁

瞻波国

　　东天竺

多摩梨帝国（住二年）　义熙四年　（408 年）约七十四岁

　　　　　义熙五年（十月顷）得初冬信风赴师子国

　　　　　（409 年）约七十五岁

　　归航

师子国（住二年）　义熙六年三月到无畏山精舍供养佛齿

　　　　　　　　　（410 年）约七十六岁

　　　　　　　　　义熙七年（八月顷）得好信风东下

　　　　　　　　　（411 年）约七十七岁

耶婆提国　　　　　义熙七年十一月顷到达

　　　　　　　　　（411 年）住五个月

　　　　　　　　　义熙八年四月十六日出航（船上安居）

　　　　　　　　　（412 年）约七十八岁

抵青州　　　　　　义熙八年七月十四日

京口（夏坐）　　　义熙九年四月十六日—七月十五日

　　　　　　　　　（413 年）约七十九岁

抵建康　　　　　　义熙九年七月下旬

湖北人民出版社 1956 年版

（本文略去译名对照简表）

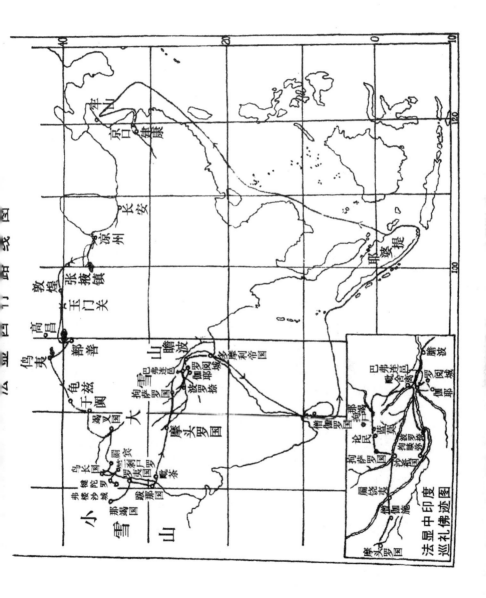

诗 中 之 史

一

　　诗是语言之最精者。诗是反映现实生活的高度艺术概括。唐宋以来称杜甫诗为诗史，诗与史毕竟有所不同，诗人的陈述不是仅止限于当前具体事件，而在善于概括与事件相联系的真实性。杜甫诗之所以称为诗史，在于他的诗密切地与基本历史相联系，反映了社会矛盾与阶级矛盾，反映了剥削、压迫和诗人自己对剥削、压迫的态度，反映了社会经济基础的转变和当代的主要政治倾向。这些基本的历史联系，在杜甫诗歌中并不如白居易《新乐府》一样，有意使之成为一组诗，而是散在一段或一联或一句中表达出来。而这一段、一联或一句的历史内容和意义，则构成了杜甫诗歌对基本历史联系的完整性，因而，引用这些诗句不至于有"断章取义"之嫌。恩格斯在给哈克纳斯的信中，推崇巴尔扎克是19世纪上半叶法国伟大的现实主义艺术家，他的《人间喜剧》是用编年史的方式写出对当时上等社会必然崩溃的挽歌。恩格斯说：巴尔扎克"在这个中心图画的四周，他安置了法国社会的全部历史，从这历史里，甚至于经济的细节上

（例如法国大革命后不动产和私有财产的重新分配），我所学到的东西也比从当时所有专门历史家、经济学家和统计学家的全部著作合拢起来所学到的还要多"。① 恩格斯的这个论断，可以帮助我们更多地理解杜甫诗所以成为诗史之故。②

我们今天肯定杜甫是伟大的现实主义诗人，还因为他的诗能够用强有力的艺术形象来反映自然现象、社会现象和诗人内在思想感情的真实性。杜甫诗不仅善于描写现象的外表，还深刻地忠实地传达了现象的本质。不仅反映了诗人自己的生活，而且反映了他周围的生活，反映了那个时代的生活。生活是活的历史结构，一定时期的历史结构是一定时期的政治、经济、文化的综合。两晋南北朝的政治、经济、文化为高门士族所垄断，而这个时期的诗，除了乐府的民间文学，也正反映了高门士族自己的生活和文人狎客应制的宫廷生活，圈子是很狭窄的，严重地远离了社会现实。

陶渊明诗是这段历史时期出类拔萃的划时代的杰作，陶渊明是代表这段时期的伟大的抒情诗人，他的诗开辟了中国诗歌的新境地，具有独特的艺术风格。陶渊明虽是一个没落的士族，也还想努力保持着不为五斗米而向乡里小吏折腰的士族身份。他确乎

---

① 《马克思、恩格斯、列宁、斯大林论文艺》，第20页，人民文学出版社1959年版。

② 唐宋人对于诗史一词的理解是很狭隘的，宋姚宽《西溪丛话》卷上说："或谓诗史者，有年月地里本末之类，故名诗史。盖唐人尝目杜甫为诗史，本出孟棨《本事诗》，而《新书》亦云。"孟棨，晚唐人，《本事诗·高逸》说："杜逢禄山之难，流离陇蜀，毕陈于诗，推见至隐，殆无遗事，故当时号为诗史。"仅以"流离"之故，来推论杜甫诗所以为诗史，是不对的。宋黄彻《䂬溪诗话》卷一说："子美世号诗史，观《北征》诗云：皇帝二载秋，闰八月初吉。《送李校书》云：乾元元年春，万姓始安宅。又，《戏友》二诗，元年建巳月，郎有焦校书。元年建巳月，郎有王司直。史笔森严，未易及也。"今天看来，这些话虽不很错，但终不能尽杜甫诗所以为诗史的含义。

参加了劳动，接近农民，能体会到农民生活的疾苦，这就使得他的思想感情比同时期的士族诗人扩大了，他才能够甘心与统治者决裂。但陶渊明毕竟不能不受时代的限制，比起唐代诗人，比起唐诗人中伟大的杜甫来，陶诗所反映的生活境界，就显得狭窄多了。

广阔的、出上出下的、与社会时代呼吸相应的唐诗，比起两晋南北朝的诗来，便大大不同，二者之间在发展上具有阶段性的差别。陶渊明与杜甫是两晋南北朝到唐代诗坛的两个巨大的里程碑。

在诗的艺术修养上，杜甫诗是从前代的基础上发展起来的，对古今诗人的优良成就，吸收力很强。南北朝诗人中，他尤致意于与他时代距离不远的作者，特别是庾信，杜诗中提到的最多，"清新庾开府"（《春日忆李白》），"庾信文章老更成"（《戏为六绝句》），"庾信平生最萧瑟，暮年诗赋动江关"（《咏怀古迹五首》）。庾信经侯景之乱，由梁入西魏，历仕北朝，国亡家破，屈身北朝，内心感到异常痛苦，常有去国怀乡之思。他的《哀江南赋》写侯景乱时，梁朝君臣的腐败无能，河山的破碎，民生的凋敝和自己的身世遭遇，虽是赋体，实是一篇抒情的史诗。他充分运用了声韵、音律、典实的优点，而杂以散文的风情。杜甫说他"暮年诗赋动江关"，正是有感于"安史之乱"期中自己流离转徙的身世而发，"庾信哀虽久，周颙好不忘"（《上兜率寺》），诗人直以庾信的身世自况。庾信的诗赋，对仗工稳，许多句法、音律都很像唐诗的绝句和律诗，绮而有质，艳而有骨，清而不薄，新而不尖。杜甫说的"清新"，我想是指的能自铸新词，《寄彭州高三十五使君适虢州岑二十七长史参》诗有"更得清新否？遥知属对忙"，可以参证。"老成"，指的是诗中所表现的精到的情和理的统一，以理化情，以情从理。杜甫诗说理的时候，带着优美的抒情，抒情的时候，含有精致的从客观事物、社会生活、历史文化的观察中提炼出来的哲理，耐人寻味。深观物理是杜甫为诗最着力的修养方法，"高怀见物理"（《赠郑十八贲》），"细推物理须行乐"（《曲江二首》），物理是客观事物内部联系的规律，杜甫诗所以深刻老成，就在平时"细推物理"，从而能自创新词，这"清新"与"老成"的提法，虽是论庾信的诗，实亦诗人自己进行创作的道路。

　　深观物理，历练人情（人与人之间、阶级与阶级之间的关系），首先在实践，在好学深思。杜甫少时很好学，下过刻苦功夫，"群书万卷常暗诵"（《可叹》），"读书破万卷"（《奉赠韦左丞丈》）。从杜诗的遣词造句看，其运用历史事实，观察历史事件，理解时事，对人对事的评论，都极有分量、分寸，——各方面看来，确是学识超迈，一时看不尽他的学问的边际。前人说，杜诗无一字无来历，正是叹服诗人学力的深厚。元稹《杜君墓系铭》说，"尽得古今之体势，而兼人人之所独专"，在总结前代和当代文学的优点而加以创造性的发挥这个角度上来说，元稹这段话是对杜甫诗最好的评语，唐宋以来的诗论，大都认为是恰当的。①

　　建安尔后，对于陶渊明、谢灵运的文学成就，杜甫是钦佩的，"焉得思如陶谢手，令渠述作与同游"（《江上值水如海势聊短述》）。然而，对于构成他们自己文学思想的社会生活，杜甫似乎很有意见，"优游谢康乐，放浪陶彭泽，吾衰未自由，谢尔性所适"（《石柜阁》）。谢灵运遨游山水，陶渊明悠然闲居，他

----

　　① 《旧唐书》卷一九〇下《杜甫传》说："自后属文，以稹论为是。"唯宋晁说之《嵩山文集》卷十六《成州同谷县杜工部祠堂记》说："彼元微之谗陷小人也，身不知裴度、李宗闵之邪正，尚何有于李、杜之优劣也。"晁说之的话是一种偏见，不能驳倒元稹。

虽有《咏二疏》、《咏三良》、《咏荆轲》的热情内蕴之作，但他终想"黾勉辞世"，厌倦这个社会，想逃避这个社会。杜甫写这首（《石柜阁》）时，正流亡于剑南道上，经受着严酷的社会生活的考验，他却毫不退却，热爱这个社会，深入这个社会，无时不想分担着社会的苦难，"穷年忧黎元，叹息肠内热"（《自京赴奉先咏怀》）；"用心霜雪间，不必条蔓绿"（《写怀二首》）。陶渊明有《责子》诗，杜甫觉得"陶潜避俗翁，未必能达道"，"有子贤与愚，何其挂怀抱！"（《遣兴五首》）注家想开脱陶潜，把杜甫的意见，说成是"借陶集而翻其意，初非讥刺先贤也"，我看就"讥刺"一下又何妨呢。批判那个时代士族生活远离现实社会的文学思想，在杜甫思想上是有必要的。其实杜甫也很关心自己的两个儿子宗文、宗武，不过态度有所不同。杜甫受陶诗的影响显然是很深的，在《赠蜀僧闾丘师兄》诗中，竟直接采用陶诗带散文气息的"而无车马喧"句，并且他处也偶然喜用这个"而"字的用法。

　　爱憎分明，是杜甫诗歌中前无古人的卓越的思想情绪。爱的是什么，憎的是什么，贯彻在杜甫诗歌中成为诗人的光芒四射的战斗力量。他大胆地揭露和反对当时统治阶级黑暗和丑恶的一面，同情和维护被压迫者社会的苦难的一面，在古典文学中永远焕发着灿烂的光辉，照耀千古。

　　在中国古典文学史上，杜诗所以冠绝一时，前面已提到，在于他的诗能密切联系着社会生活，联系着时代，联系着自己的思想感情，联系到一切。他把自己的整个生命都沉浸在诗的生活里，"诗是吾家事"（《宗武生日》），"但觉高歌有鬼神，焉知饿死填沟壑"（《醉时歌》）。他以一切入诗，用诗来写一切，用他的语言说，他的诗作可以通"神"，"律中鬼神惊"（《赠郑谏议》），"下笔如有神"（《赠韦左丞丈》），"诗成泣鬼神"（《寄李白》），"篇什若有神"（《赠海阳郡王琏》）。我以为这"神"的意义就是诗人从生活的最深处所体会到的艺术魅力，无往而不用诗的语言去思想，去观察，去写作。在这一点上，杜甫压倒了唐代诗人，压倒了他以前和以后的古典诗人。

二

唐代是中国中古封建社会过渡到近古封建社会的一个转折阶段，盛唐又是唐三百年间社会发展的转折阶段，"安史之乱"，又是盛唐时期的一个转折阶段。杜甫正生当这个经历着许多巨大历史事件的时代。伟大的艺术作品是历史的，不是偶然出现的，是在一定社会条件下产生的，与社会物质财富的生产者、人民劳动结果分不开的，因为伟大的作品总是在一定的程度上依靠着人民，并且反映出人民的利益和愿望。清代杜诗注解家认为杜甫的成就，是由于"唐朝一代育才造士之功"。这种把一代伟大文学作品的产生，仅仅归功于帝王的"育才造士"是颠倒本末的看法。

从贞观到开元、天宝的百三十年间，确乎呈现着秦汉以来封建社会经济空前未有的繁荣。由于江河南北的统一，生产发展了，国内外商业交通兴盛，又促进了生产的进一步发展；而最根本的一点，是唐初封建国家在社会财产（主要是土地的占有关系和对劳动人口与劳动产品）的支配上，重新总结了秦汉以来对人民的力役之征、米粟之征、布帛之征的封建剥削制度，一度集中表现于既有其土地，又有其人民，又有其甲兵，又有其财赋的均田制、府兵制和租庸调法的三结合上。均田制限制了大土地占有者的土地占有，同时，比之北朝和隋的均田，扩大了授田的对象，因而重新建立了具有中古封建社会特点的耕战或兵农合一

（即土地、人民、甲兵的结合）的府兵制。租庸调法的折纳计
算，在一定条件下使徭役劳动暂得到比隋代为轻的负担。唐初，
科举制度抑制了南北朝遗留的旧士族地位，对寒素或中小地主开
放了政权，① 这是唐初政治上的一个大发展。而进士一科又特盛
于贞观、永徽，新兴人才众多，打破旧士族单凭门第在政治上的
垄断。这些都是造成初唐局面开展的主要因素。

如果从这百三十年间的整段历史发展看，武德、贞观是社会
经济上升的繁荣，是唐治之始，开元可说是下降的繁荣，是唐治
之终。开元之盛是基于武德、贞观的社会积累而来，虽说这百三
十年间阶级矛盾不断在发展着，但还没有酿成大规模农民战争的
最高斗争形式，社会财富（物质的和精神的）的积累还是可以
持续着。杜甫《忆昔》诗："百余年间未灾变，叔孙礼乐萧何
律"，正是说的这层道理。"安史之乱"，社会生产遭到巨大破
坏，唐朝的黄金时代已一去不复返。杜甫在夔州衰年羁旅，而叹
兵戈未靖，追想唐的全盛时代，写道："武德开元际，苍生岂重
攀！"（《有叹》）他正确地估计了这时期历史发展的阶段性。但
他对于"贞观之治"和"开元之治"的看法是有区别的，对唐
太宗和玄宗个人的看法也是有区别的。安禄山攻陷长安之前，杜
甫与高适、岑参、储光羲游，有《同诸公登慈恩寺塔》诗："回
首叫虞舜，苍梧云正愁；惜哉瑶池饮，日晏昆仑丘。"以虞舜、
苍梧，比太宗、昭陵，以王母、瑶池，比杨贵妃、华清池，瑶池

---

① 《唐摭言》卷七载："武德五年李义琛与弟义琰、从弟上德，三人同举进士，义琛……家素贫乏，与上德同居，事从姑，定省如亲焉。随计至潼关，遇大雪，逆旅不容，有咸阳商人见而怜之，延与同寝处，居数日，雪霁而去，琛等议鬻驴以一醉酬之，商人窃知，不辞而去。义琛后宰咸阳，召商人与之抗礼。琛至刑部侍郎、雍州长史，义琰相高宗皇帝，上德司门郎中。"这是唐初科举为寒素或中小地主开放政权的一个例证。

日晏谓玄宗方耽于淫乐而未已，诗意显然有思古伤今之别，对太宗的怀念，对玄宗的指责。

作为一个伟大的诗人，杜甫具有浓厚的史学素养和高远的史识。所以研究杜甫的诗，还须求杜甫于一个诗人之外，尔后才能尽其诗所表现的现实主义的精神实质。

武德、贞观、永徽、武后时代的历史，对杜甫说来是"近代史"。他对于唐太宗君臣特别是太宗，和他对诸葛亮一样，都给予很高的评价。前代历史人物，除了文学家外，杜甫诗中很少论及，惟独对于诸葛亮，他是第一个用诗的绝唱来历史地给予很高评价的人。对于太宗，他更有亲切之感。唐太宗这个历史人物，在历代帝王中乃至于在封建统治阶级中，是值得我们今天研究的人，他个人在历史上的地位，不仅影响唐代历史，也影响了以后的封建社会历史。杜甫的《行次昭陵》、《重经昭陵》、《送重表侄王砅评事使南海》、《奉送魏六丈佑少府之交广》、《别张十三建封》诸作，都论到太宗，前二首更是一篇完整的评论，今先节录《行次昭陵》诗来说：

> 旧俗疲庸主，群雄问独夫。谶归龙凤质，威定虎狼都。

雄厚的诗力，高度的艺术概括，丰富的历史内容，卓越的史学见识，把隋唐之际的历史先写成这四句二十字。

隋朝统治者不能自拔于南北朝士族地主阶级腐败残暴的剥削方式和剥削势力，大量浪费人力物力，和炀帝这个荒淫昏乱而窃居大位的庸主独夫，两者凑合起来，首先爆发了王薄、孟让等领导的农民起义。李渊、李世民父子的唐军，是从农民战争中利用了时机起事的北方贵族官僚武装集团之一，当初也不过是同王世充、窦建德等一样的"群雄"，而次第削平南北各地割据的群雄，打下建立唐朝的基业，则以李世民领导之力为多。赵翼《廿二史劄记》卷七《禅代》条说："古来只有禅让、征诛二局。……至曹魏则既欲移汉之天下，又不肯居篡弑之名，于是假禅让为攘夺。自此例一开，而晋、宋、齐、梁、北齐、后周，以及陈、隋皆效之。"用"禅让"的美名，而行篡夺之实，取天下于孤儿寡妇之手，此端开之于曹操父子，就封建统治者看来是最痛恨的；就历史发展看来，"禅让"之局，实际并不曾解决当时的社会问题，只不过养痈成患罢了。"征诛"之局是"以有道伐无道"，在一定程度上可以解决一些社会问题，缓和阶级矛盾。这是唐太宗父子所以不同于曹魏父子，而与汉高帝"以布衣提三尺剑取天下"，开创一个统一局面有相同之处。汉唐的统一对中国封建社会历史的发展是起了推动作用的，杜甫用"风尘三尺剑，社稷一戎衣"（《重经昭陵》），来写照唐太宗以"征诛"的局面扭转了曹魏以来四百多年的"禅让"骗局，因而解决了一些社会历史的矛盾。照唐人看来，"太宗十八举义兵"（白居易《七德舞》诗。按：《贞观政要》及两《唐书》本纪，都称太宗十八岁举兵），李唐的"帝业"实是太宗奠定的，杜甫诗："煌煌太宗业，树立甚宏达。"（《北征》）

从曹魏假借"当涂高者，魏也"的谶言，实行代汉，而美其名曰"禅让"，历两晋南北朝，至隋文帝亦假托谶言以为"禅让"张本而篡夺北周，又转恐他人以图谶之说而窃其所窃，于是大量焚毁纬谶图录，但图谶直到中唐之世还在流行。《大唐创业起居注》卷一载：李渊"自以姓名著于图录"，对李世民说："隋历将尽，吾家继膺符命。"又载："隋主以李氏当王，又有桃李之歌，密应于图谶。"可见图谶在中古阴谋起事夺取政权的野心家中，乃是以一种类乎宗教的力量为号召，至隋唐之际，在社会上还深入人心。两《唐书·太宗本纪》都说，有书生相太宗，有"龙凤之姿，天日之表"。杜甫诗"谶归龙凤质"，必是有本于唐初的《实录》，杜甫引用谶言，不能说他便信谶，但他确是读过唐初《实录》的。《别张十三建封》诗："尝读唐实录，国家草昧初。刘（文静）裴（寂）首建议，龙见尚踌躇。秦王拨乱姿，一剑总兵符。"其意一面在称赞唐太宗的智勇英特有过人处。但唐初实录虽亡，刘、裴建议起事，李渊当初踌躇不决，李世民坚决举兵，这些事实还保存于《唐书》本纪及《大唐创业起居注》中，我们这里解说这几句诗，意在表明杜甫对于"近代史"是非常留心的，虽在流离，贫病交迫，药裹书笈，亦未尝废学。他是一个能通今尔后能博古的人，他的诗充分把握了历史的真实而加以艺术的深化和概括。

当李密、王世充相持于洛口时，李世民父子引兵从太原渡河进趋关中，入据长安，这一着是战略上最大的成功。"威定虎狼都"这句，不仅颂美长安在中古军事、政治、经济上的重要地位，而且当时在突厥、吐蕃、回纥的威胁下，定都长安，还有"首都作要塞，天子守边疆"的重大意义。隋唐时代，东西陆路交通频繁，贸易及于葱岭以西诸国，商业上长安已成为国际贸易的都市。这些气势雄健的诗笔，读来不只使人增加对这座名都的向往，还可体察到诗人史识的深远。

接着"威定虎狼都"，下面说："文物多师古，朝廷半老儒。"唐初，典章制度大抵因隋之旧，而隋唐制度，则是总结汉晋南北朝而来。"师古"，不是仿古，含有总结的意思。太宗即位，不用封德彝专用刑法，独运威权的建议，而采纳魏徵"以德化为本，偃武修文"的儒家思想的政治路线，这是秦汉以来比较开明的封建统治经验总结，果然在政治上收到了一定成效。政治上的兼容并包，导致唐初经济、文化的全面开展。大量吸收西域的音乐、舞蹈、雕塑、绘画的艺术，容纳西域多种宗教以及宗教思想的输入。秦汉以后隋以前的民族关系，到唐初起了一个伟大的融合作用。唐太宗自己说："自古皆贵中华，贱夷狄，朕独爱之如一，故其种落皆依朕如父母。"(《通鉴·唐纪》贞观二十一年条）许多少数民族和外国人在唐朝服官登用，通婚姻。如契苾何力，铁勒人；阿史那社尔，突厥人；李谨行，靺鞨人；武后时的索元礼，胡人；玄宗时的论弓仁，吐蕃人；哥舒翰，突骑施人；李光弼，契丹人，等等。这些人在杜甫诗歌中都曾引入吟咏。

太宗手下的人才，亦多是陈、隋旧人，所谓文学馆十八学士，如杜如晦，隋进士；房玄龄，隋羽骑校尉；褚亮，陈后主召试；姚思廉，陈吏部姚察之子；孔颖达，隋大业明经高第；虞世南，陈灭入隋，大业中为秘书郎。他如王珪，亦隋臣；魏徵原依李密，又入李建成幕府，玄武门之变后，为太宗所用。所谓凌烟阁二十四人及昭陵陪葬的十三宰相、六十四功臣中，亦很多是隋的旧臣，所以太宗说，"实我所讐"都"擢而用之"(《贞观政要》卷二）。这些文武人才在唐初政治上都发生过作用，文臣中如虞世南，太宗曾说："于我犹一体也，拾遗补阙，无日暂忘。"虞世南有"五绝"，其"博学"、"辞藻"、"书翰"，一直为人称颂不绝，他的《北堂书钞》、《夫子庙堂碑》，至今犹流传。杜甫在成都时，遇其玄孙，曾有《赠虞十五司马》诗："远师虞秘监，今喜识玄孙"；"凄凉怜笔势，浩荡问词源"。词源就是说他的"博学"和"辞藻"两绝，在《醉歌行赠公安颜十少府》诗中，杜甫又有"诗家笔势君不嫌，词翰升堂为君扫"之句，可见唐代士大夫是把这几"绝"看做辅助当时政治素养的准则。

杜甫认为唐初君臣的遇合，不是偶然的，《述古三首》中说："古时君臣合，可以物理推。"君臣的结合如阴阳物理一般，自然成为一体。君臣的遇合能否成为一体首先在于君，"赤骥顿长缨，非无万里姿，悲鸣泪至地，为问驭者谁"。君不仅要依靠臣，结成一体，而且臣下的集体智慧加于君主的领导的智慧，事情才得成功，"岂惟高祖圣，功自萧（何）曹（参）来"。君主还必须知人善任，善任首先在于知人，"舜举十六相（八元、八恺），身尊道何高。秦时任商鞅，法令如牛毛"。杜甫用舜与商鞅来作譬喻，在说明主德的劳逸和治乱的关系。唐太宗尝叮嘱臣下，不要以察察为明，见其小而遗其大，终日勤勤恳恳于琐细的事务，不能提纲絜领，任贤选能，虽法令如牛毛亦难把事情办好。"经纶中兴业，何代无长才！"要在能不能知人善用（以上所引诗句，均见《述古三首》）。

由于唐初君臣一体，戮力同心，贞观元年太宗即位，克服了连续三年的灾荒，贞观四年社会经济就大踏步的发展，呈现出一片繁荣景象。《通鉴·唐纪》贞观四年条："元年，关中饥，米斗直绢一匹；二年，天下蝗；三年，大水。上勤而抚之，民虽东西就食，未尝嗟怨。是岁，天下大稔，流散者咸归乡里，斗米不过三、四钱，终岁断死刑才二十九人。东至于海，南极五岭，皆外户不闭，行旅不赍粮，取给于道路焉。"《通鉴》这段文字是概括《旧唐书》本纪、《贞观政要》、《魏徵传》而来，很得要，把贞观初年的一段历史形象化了，这便是杜甫《行次昭陵》诗中所指的：

往者灾犹降，苍生喘未苏，指麾安率土，荡涤抚洪炉。

顾炎武《日知录》卷廿七《杜子美诗注》条，以为这四句是指玄宗平武韦之祸，朱鹤龄和浦起龙的注，则认为是指天宝之乱，都是错误的，他们大概疏忽了诗题是《行次昭陵》，将史事"张冠李戴"了。说诗之难，虽博学、谨严如顾氏亦不免偶有所失。

《行次昭陵》诗中，诗人接着又吟道："直词宁戮辱，贤路不崎岖。"这两句包含着丰富的历史意义和历史内容。唐初所以能出现"贞观之治"的原因，前面说过，根本是劳动人民的力量创造的，这必须首先肯定。但从政治上说，唐初君臣的领导，客观上符合于社会发展的要求，也是不能否认的。"贞观之治"的最大政治特点是太宗能纳谏，臣下能直言，并且鼓励直言，或多或少地成为李唐一代的政治风气。杜甫诗："先朝（指太宗）纳谏诤，直气横乾坤"（《别李义》），"刺规多谏诤，端拱自光辉"（《送卢侍御护韦尚书灵榇归上都》），正是指的这种优良的政治风气。《唐陆宣公翰苑集》卷十三《奉天请数对群臣兼许令论事状》说：

> 以太宗有经纬天地之文，有底定祸乱之武，有躬行仁义之德，有理致太平之功，其为休烈耿光，可谓盛极矣。然而，人到于今称咏，以为道冠前古，泽被无穷者，则从谏改过为其首焉。

陆贽是唐臣，这段话过于夸大唐太宗，当作别论。但唐人认为太宗的求谏纳言，是政治上成功的原因，却是一致的。

这种求谏直言的政治风气的形成，具有一定的社会根源，元人戈直编辑唐宋以来关于《贞观政要》的议论，在"求谏"、"纳谏"、"直言"三项后说："隋炀帝失天下之道不一，而莫大于拒谏；唐太宗得天下之道不一，而莫大于纳谏。"这话很有道理。很明显，炀帝拒谏的后果是农民革命，太宗的纳谏是炀帝拒谏的一个反应。贞观六年，太宗因臣下上封事，对韦挺、杜正伦等说：

> 龙逢、比干不免孥戮，为君不易，为臣极难。朕又闻，龙可扰而驯，然喉下有逆鳞，卿等遂不避触犯，各进封事。常能如此，朕岂虑宗社之倾败。（《贞观政要》卷二）

杜甫诗"真词宁孥辱，贤路不崎岖"，可说是确切地把握了太宗时代的政治精神和历史实际。

　　在唐太宗鼓励直言极谏的风气中，魏徵是最突出的人物，而魏徵的进谏，主要是以隋所以失天下的历史教训为例，《贞观政要》中提到魏徵的地方有七十条，其中三十九条就涉及到隋亡的事。《魏郑公谏录》所收亦不少。唐初，由于吸收隋所以失天下的历史教训，于是把关于谏诤的事制度化。唐制，中书、门下同三品官入内廷平章国事，必使谏官随入，预闻政事，当时谓之"入阁"。凡诏勑皆经门下省，如认为有不当之处，可以封还，谓之"封驳"。又可于勑书后用黄纸批之，谓之"批勑"。魏徵尔后，唐宰相都以谏诤为己职。李泌劝德宗说："臣衰老，位宰相，以谏而诛，分也。"（《新唐书》卷一三九《李泌传》）代宗立，召严武还朝，杜甫有《送严公入朝十韵》："公若登台辅，临危莫爱身。"《暮秋遣兴呈苏涣侍御》诗："致君尧舜付公等，早据要路思捐躯。"穆宗时，李渤弹劾宰相萧俛、段文昌不谏骊山之幸（《新唐书》卷一一八《李渤传》）。宋晁无咎《题明皇打毬图》："宫殿千门白昼开，三郎沉醉打毬回；（张）九龄已老韩休死，明朝无复谏疏来。"可知唐世宰相以谏诤为职。杜甫有"九重思谏诤，八极念怀柔"（《奉送王信州崟北归》），"幕府辍谏官，朝廷无此例"（《送樊二十三侍御赴汉中判官》），足证唐朝对待谏诤无论在中央与地方，已成为一项制度，谏官的地位是尊严的。便是武则天那样的威权、忍刻，杜景佺（《旧唐书》作俭）谏季秋梨花开是阴阳不和，"布德施令有所亏紊"所致，非武后的"德被草木"，武后说："真宰相！"（《新唐书》卷一一六《杜景佺传》）杜甫《赠秘书监江夏李公邕》诗："往者武后朝，引用多宠嬖；否臧太常议，面折二张势；衰俗凛生风，排荡秋旻霁。"［按：《新唐书》卷二百二《李邕传》说：邕拜左拾遗（拾遗是谏官），宋璟劾张昌宗兄弟，武后不听，邕大言曰：

"璟所陈，社稷大计，陛下当听。"后色解，即可璟奏。杜甫作诗就是以这样严肃的态度对待历史的真实性，注解家往往轻易放过。]《廿二史劄记》卷十九列举武后纳谏知人的事，传为美谈。为什么她能有这样大的忍耐，居然便把朱敬则揭发她养薛怀义、张易之等为"面首"的话，一笑置之而不加罪？看来，她正是为太宗以来鼓励求谏直言的政治空气所约束。武后大改唐官名，而改门下省的长官侍中为"纳言"，其意可知。这种政治风气，直到盛唐以后还可见到。杜甫诗："中兴似国初，继体明太宗，端拱纳谏诤，和风日冲融。"（《往在》）"议堂犹集凤，贞观是元龟。"（《夔府书怀四十韵》）文宗读《贞观政要》，思魏徵贤，以其五世孙暮为右拾遗，"谓宰相曰：太宗得徵参裨阙失，朕今得暮，又能极谏，朕不敢仰希贞观，庶几处无过之地"（《新唐书》卷九七《魏暮传》）。杜甫在长沙遇魏徵四世孙佑时，赠诗送行，有"磊落贞观事，致君朴直词；家声盖六合，行色何其微"（《奉送魏六丈佑少府之交广》）。还把太宗君臣求谏直言的遗风余韵认为是贞观之治的盛事。所以唐史称永徽有贞观风，（见《张说传》）开元有贞观风，（见《姚崇传》）建中有贞观风。（见《李吉甫传》）

宋吴曾《能改斋漫录》卷十一记："余家有唐顾陶大中（宣宗）丙子岁所编《唐诗类选》，载杜子美《遣夏》一诗云：乱离知又甚，消息苦难真；受谏无今日，临危忆故臣；纷纷乘白马，攘攘著黄巾；隋氏营宫室，焚烧何太频？世所传杜集皆无此诗。"（按：《宋史·艺文志》著录：顾陶《唐诗类选》二十卷。今本杜诗已收入此首，惟"故臣"作"古人"，"营"作"留"，皆不及《唐诗类选》所录为佳。）此诗是闻吐蕃攻入长安而作，"故臣"当指郭子仪。子仪数上言，吐蕃、党项不可忽，应为之备，代宗狃于和好，不纳，故诗云，"受谏无今日"。太宗惩隋大营宫室，厉行俭约，武后、玄宗乃大兴土木；长安前陷于安禄山，今复为吐蕃所攻入。所以说"隋氏营宫室，焚烧何太频？"隋氏或喻武后、玄宗，或喻武后、玄宗大营宫室事，早已忘隋所以覆灭之戒。诗中说"受谏"，说"隋氏"，可见杜甫确是了解到"近代史"上太宗以来所强调的政治意义和历史意义。

　　肃宗至德二年杜甫受左拾遗职。拾遗属门下省，为谏官。《壮游》诗："备员窃补衮，忧愤心飞扬。上虑九庙焚，下悯万民疮。斯时伏青蒲，廷诤守御床。君辱敢爱死，赫怒幸无伤。"《建都十二韵》："牵裾幸不死，漏网辱殊恩。"他时时怀着忧国爱民的心，廷诤牵裾而谏，并没有辜负他的职责，但亦"幸不死"、"幸无伤"，这是唐太宗谆谆叮咛臣下谏诤须"不避触犯"，敢于触犯"逆鳞"，而谏者亦不至于死伤（刑）的政治传统，因而使唐朝统治所以优于前代。杜甫除了上疏救房琯一事外，一定还有很多极陈时事的篇什，可惜未传下来。《晚出左掖》诗："避人焚谏草，骑马欲鸡栖。"拾遗原是内廷供奉，每当夕阳西下，鸡快要栖息时，才出左掖门，杜甫想必有封事上奏，或者肃宗召见廷对，为了保密，这些谏稿他都焚毁了。

　　虽然，杜甫在长安做左拾遗时，看来碰的钉子却也不少，但《新唐书·杜甫传》的撰者把杜甫满腔忧国爱民的政治热情，说成是"好论天下大事，高而不切"，是完全错误的。杜甫想"致君尧舜上，再使风俗淳"（《奉赠韦左丞丈》）。前引《呈苏涣侍御》诗："致君尧舜付公等，早据要路思捐躯。"《贞观政要》卷二《王珪》条：王珪答太宗说："每以谏诤为心，耻君不及尧舜，臣不如魏徵。"可知杜甫说的"致君尧舜"，就当时实际政治意义说，分明是指发挥贞观君臣直言求谏的精神，"几时高议排金门，各使苍生有环堵"。（《寄柏学士》）但他终于失败了，被宦官、权贵等所包围的唐肃宗李亨，就个人而论，怎样也比不上李世民。"安史之乱"，唐室的统治力量大大削弱，一个无权无势的左拾遗，发生不了什么大作用，杜甫时常怀着一种惶惑不安的心情，"明朝有封事，数问夜如何？"（《春宿左省》）又怕自己不能称其职守，"腐儒衰晚谬通籍，退食迟回违寸心。衮职曾无一字补，许身愧比双南金"（《题省中壁》）。既不能自甘于尸位素餐，又不能积极有所建树，去留两难，无聊时只得以酒自遣，"纵酒久判人共弃，懒朝真与世相违。吏情更觉沧州远，老大徒伤未拂衣！"（《曲江对酒》）杜甫做谏官的情绪虽时有起伏，但在忠君爱国这点上，他始终是积极的，无论如何还是不能缄默，"虽乏谏诤姿，恐君有遗失"（《自京赴奉先县咏怀五百字》）。无奈"遗失"的事既多，谏诤的作用就更小了。《折槛行》正是讥刺当时求谏直言的风气久已不如太宗时代，"呜呼！房（玄龄）魏（徵）不复见，秦王学士时难羡"。"千载少似朱云人，至今折槛空嶙峋。娄公（师德）不语宋公（璟）语，尚忆先皇（玄宗）容直臣。"在杜甫看来，真是一代不如一代了。

唐太宗倡导的求谏纳言政治风气，是中古封建政治的一代特色，绵延一二百年而不绝，从杜甫诗歌中反映了出来。

三

对杜甫说来，武德、贞观是"近代史"，那末，开元、天宝（玄宗）、至德、乾元、上元、宝应（肃宗）、广德、永泰、大历（代宗）的五十多年间，便是"现代史"了。诗人对于"现代史"身经目击，更是熟悉，"五十年间似反掌，风尘澒洞昏王室"（《观公孙大娘舞剑器行》）。"历历开元事，分明在眼前。"

（《历历》）史家记事，只载得一时事迹，而杜诗之妙，则在史笔所不到处。"安史之乱"前后所不详的史事，往往在杜诗中可以获得许多消息。

从高宗武后时起，唐朝内部矛盾逐渐加深，官僚、地主、豪商对土地的兼并，大为猖獗，统治者的骄奢淫逸，已失去唐初太宗时上下所号召的俭约之风。《新唐书》卷一九七《贾敦颐传》："永徽中迁洛州，洛多豪右，占田类逾制（此句，《旧唐书》本传作'籍外占田'），敦颐举没者三千余顷，以赋贫民。"无论"占田逾制"，或"籍外占田"，都是官僚、地主对均田制的破坏。武后生女太平公主的"田园遍近甸，皆上腴"；及李隆基杀太平公主，"簿其田赀，璝宝若山，督子贷（子钱和高利贷）凡三年不能尽"（《新唐书》卷八三《太平公主传》）；狄仁杰因武后将造大佛像，奏言当时僧尼寺院，"膏腴美业，倍取其多；水碾庄园，数亦非少；逃丁避罪，并集法门，无名之僧，凡有几万，都下检括，已得数千"，（《旧唐书》卷八三《狄仁杰传》）都是很突出的例子。

不仅官僚、地主、寺院占有广大的土地，大小封君的封地，武后时亦大大扩张。唐初，功臣权贵食封不过二三十家，武后、中宗时，食封的多至一百四十余家。唐初多虚封，公主实封不过三百户，高宗武后时，"户始逾制"（《新唐书》卷八十二《十一宗诸子列传》）。武后女太平公主实封至一万户。实封的意思是连封地上的"封户"、"封口"以及租庸调都封在内。关中京畿以内是不封的，京畿以外的土地，高宗武后以后，亦多成了实封之地。唐封建国家直接掌握的土地当然就少了，租庸调的收入和府兵的人数当亦随之减少。同时，唐政府的官僚机构不断扩张，文武高等官僚不断增加，贞观六年内外文武官仅六百四十二员，武后时便激增至一万三千四百六十五员，几乎比贞观多二十一倍，造成官僚集团的激烈内讧。① 柳宗元《送濬序》说："人咸言，吾宗宜硕大有积德焉，在高宗时，并居尚书省二十二人，遭诸武，以故衰耗。武氏败，犹不能兴。"（《柳河东集》卷二十四）唐代的朋党之争，实始于武后而大盛于李宗闵、牛僧孺之时。大量的国家编户人口逃亡于大土地占有者方面为附户、客户、荫庇户，武则天曾设置十道使括天下亡户，可见当时浮逃户口之多，已经成了唐政府的严重课题。封建国家的徭赋，不能不集中于政府编户内的劳动人民担负。浮逃亦是阶级斗争的隐蔽形式，都必然加深了阶级斗争的基本矛盾。

---

① 《通典·职官典一》："贞观六年，六省内官，凡文武定员六百四十有二而已。"《旧唐书》卷一七七《曹确传》："确执奏曰，臣览贞观故事，太宗初定官品，令文武官共六百四十三员，顾谓房玄龄曰，朕设此官员，以待贤士。"四十"二"或四十"三"，当为传写之误。这个数字，《唐书》卷四六《百官志》又作："初，太宗省内外官，定制为七百三十员，曰，吾以此待天下贤材足矣。"这里的"七百三十"，据《通典》及《曹确传》，疑为"六百四十"之误。这些数字的小差别，不是重要的，重要的是这个数字说明了唐太宗初年，厉行精简中央文武官员，定员定额，正符合《贞观政要》中所经常强调的惩于隋亡两大历史教训而提出的"俭约"和"求谏纳言"的要求。"俭约"是指轻徭薄赋，停止大兴土木，并官省职等，所以太宗说："朕设此官，以待贤士"，"吾以此待天下贤材"，意思是说，留给后来以选贤任能的良好发展余地。但到高宗武后当国时，却成为恶性发展的条件。《通典·选举典五》载："显庆初，黄门侍郎刘祥道以选举渐弊，陈奏：其一曰，吏部比来取人，伤多且滥。……其二曰……官有数，入流无限，以有数供无限，人随岁积，岂得不剩？……今内外文武官一品以下，九品以上，一万三千四百六十五员，略举大数，当一万四千人。"这个数字，说明高宗武后时，官僚机构和官员的恶性膨胀。所以杜佑在上举《通典·职官典一》说："至于武太后，或再易庶官，或从宜创号，或参用古典。天授二年，凡举人无贤不肖，咸加擢拜，大置试官以处之，试官盖起于此也。于时，擢人非次，刑网方密，骤历荣贵，而败轮继轨。"这样，怎么不造成庞大官僚地主集团的激烈内部矛盾（"败轮继轨"）？我认为研究唐代朋党之争，应当推原于武后时代。如果说，武后时官僚统治集团的恶性增加，乃有利于唐帝国的发展，反而是合理的，那末，这个时期大土地占有者的开始猖獗（"占田逾制"），流民大批逃亡，是不是合理呢？显然不是的，恐怕只有利于武周代唐的意图。如果从历史发展规律说，这些社会矛盾，也是统治阶级内部矛盾发展所决定的。

　　唐玄宗的"开元之治"，并不是如现在对武则天这个历史人物有兴趣的同志所说，是继承武则天的政治基础而发展起来的，恰恰相反，"开元之治"是暂时制止了武则天时代的政治社会恶性发展而出现的。玄宗诛武、韦之党，取得政权，整顿吏治，订正租庸调法，健全户籍制度，调整府兵，从大土地占有者手中检括得一部分户口、土地入于封建国家的中央政权，如开元八年宇文融等二十九人，分按诸州道县，收得户八十余万，田亦称是。到开元十三年前后，正是杜甫《忆昔》诗所描写的：

　　　　忆昔开元全盛日，小邑犹藏万家室。稻米流脂粟米白，公私仓廪俱丰实。九州道路无豺狼，远行不劳吉日出。齐纨鲁缟车班班，男耕女织不相失。宫中圣人奏云门，天下朋友皆胶漆。

这不是诗人夸张的陈述，杜诗注家对这段诗句所反映的史实多略而不详，今试将《通典·食货七》所载，来与《忆昔》诗对看一下：

　　　　（开元十三年）米斗至十三文，青、齐谷斗至五文。自后天下无贵物。两京斗米不至二十文，面三十二文，绢一匹二百十文。东至宋汴，西至岐州，夹路列店肆待客，酒馔丰溢。每店皆有驴赁客，倏忽数十里，谓之驿驴。南诣荆、襄，北至太原、范阳，西至蜀川、凉府，皆有肆店以供商旅，远适数千里，不恃兵刃。

正如贞观四年以后的一段时期，"米斗不过三四钱"（《通鉴·唐纪九》），"东薄海，南逾岭，户阖不闭，行旅不赍粮，取给于道"（《新唐书》卷九七《魏徵传》）的情形。开元十三年前后的全盛期，杜甫正十四岁，亲身经历过。

　　但这个局面是暂时的，也是封建统治阶级内部矛盾发展所决定的，大土地占有者的土地兼并依旧猖獗起来，天宝十三载诏：

"如闻王公百官及富豪之家，比置庄田，恣行吞并，莫惧章程。"（《册府元龟》卷四九五《邦计部》）不仅官僚、地主、豪家恣行兼并，宦官的势力，亦满布于京、洛，成为大土地占有者，《新唐书》卷二〇七《宦者传序》说，开元、天宝中，"甲舍名园、上腴之田，为中人所名者，半京畿矣"。李林甫、杨国忠一班人当权，操纵国柄，杨贵妃和杨氏诸姨把个唐明皇搅得愈加老朽昏庸，许多正派的人退出了政治舞台，张九龄、李邕都被李林甫排斥或谋害，这时杜甫有《九日寄岑参》诗说："大明韬日月，旷野号禽兽。君子强逶迤，小人因驰骤。"《八哀诗》中的《赠秘书监江夏李公邕》及《故右仆射相国张公九龄》二首，沉痛地以二人之被李林甫所谗害，忧伤以寄兴。他如李适之、杨慎矜、张暄等数百人，或缘坐或相继被诛。谏官持禄保位，噤若寒蝉，唐初以来，求谏直言的风气全被抑制了。补阙（谏官）杜琎上书，被李林甫斥为下邽令，对人说：你们不见仪仗队的立马么？成天无声地站立着，而饱食三品官待遇的饲养豆；要是一嘶叫，便撤退下去，虽欲不再叫，亦不可得了。"由是谏争路绝。"（《新唐书》卷二二三上《李林甫传》）

杜甫对于"贞观之治"和"开元之治"的认识，如前举《同诸公登慈恩寺塔》诗中之意，是大有区别的，特别对于玄宗的开边黩武，宠幸诸杨，荒嬉无度，昵小人，远贤者，疏绝言路这些方面，在杜诗中有时婉转流露，有时痛心疾首，有时大声揭发。

杜甫与元结都是曾经遭李林甫阴谋排斥的人，天宝六载诏："征天下士人有一艺者，皆诣京师就选。"李林甫忌刻文士，下付尚书省试，皆使落选，杜甫、元结亦在落选之列，并奏言"布衣之士无有第者"，"遂表贺人主，以为野无遗贤。"（《元次山集》卷四《谕友》）杜甫《奉赠鲜于京兆二十韵》有"且随诸彦集，方觊薄才伸，破胆遭前政，阴谋独秉钧"。这时李林甫已罢相，杨国忠当国，以鲜于仲通为京兆尹，故诗云"前政"。这些诗句的意思，与《赠比部萧郎中十兄》诗："漂荡云天阔，沈埋日月奔。致君时已晚，怀古意空存"及《奉赠韦左丞丈》："致君尧舜上，再使风俗淳。此意竟萧条，行歌非隐沦"，《天育骠骑图歌》："如今岂无騕褭与骅骝，时无王良伯乐死即休"，《自京赴奉先县咏怀》："窃比稷与契，居然成濩落"，都是写身受李林甫所排斥后的心情。

从天宝五载到十四载"安史之乱"的十年间，亦即杜甫三十五岁到四十岁的壮年时期，在长安不曾得一官半职。天宝十四载，从奉先回长安时，曾被任为河西（在云南）县尉，不拜，旋改为右卫率府兵曹参军的闲职，有"不作河西尉，凄凉为折腰；老夫怕趋走，率府且逍遥"（《官定后戏赠》）。这十年间杜甫在长安由于家世的关系，倒有不少的新交旧识，但生活却是很困苦的。《进雕赋表》说："臣衣不盖体，常寄食于人。"《献三大礼赋表》："卖药都市，寄食朋友。"《进封西岳赋表》："臣本杜陵诸生，年过四十，经术浅陋，进无补于时，退尝困于衣食，盖长安一匹夫耳"，"况臣常有肺气之疾"。在《奉赠韦左丞文》、《写怀》诸诗中，就用这样愤怒的诗句表达出来："朝叩富儿门，暮随肥马尘。残羹与冷炙，到处潜悲辛。""纨绔不饿死，儒冠多误身。""无贵贱不悲，无富贫亦乐。"这些诗不仅是杜甫在这个时期生活的写照，也是对社会矛盾的尖锐揭露。这些年月，他过着"日籴太仓五升米，时与郑老同襟期"的生活，郑老即郑虔，艺术上极有成就的人，他的诗、书、画，当时称为"三绝"。杜甫的《醉时歌》、《自京赴奉先县咏怀》诸作，正是代表当时一些有成就的艺术家、文学家在腐败政治压迫下没有出路的悲惨处境，"甲第纷纷厌粱肉，广文先生饭不足"（《醉酒歌》），

"但看古来盛名下，终日坎壈缠其身"（《丹青引》）。《投简咸华两县诸子》、《曲江三章》是这个时期杜甫对生活压迫的抗议，"比屋豪华固难数，吾人甘作心似灰，弟侄何伤泪如雨"。

开元、天宝之际，杜甫在长安眼见权门贵戚的豪奢腐朽的生活，官僚的趋炎附势，"翻手作云覆手雨，纷纷轻薄何须数"（《贫交》）；邪正不分，谗人高张，贤士无名，"攀龙附凤势莫当，天下尽化为侯王"（《洗兵马》）；"自古圣贤多薄命，奸雄恶少皆封侯"；"五陵豪贵反颠倒，乡里小儿狐白裘"（《锦树行》）；"乡里儿童项领成，朝廷故旧礼数绝"（《投简咸华两县诸子》）。可知这时期由社会矛盾引起的社会各阶层的变化是剧烈的，许多旧家没落了，许多新贵起来了。杜甫的家庭原是士族，开元、天宝之际，规定五种人免课役，其中：一、品官亲属，二、士人及节孝，三、持有告身（做官的身份证）的人。杜甫十三世祖预为晋当阳侯；祖父审言，做过员外郎，唐初有名诗人；父闲，做过县令，母亲清河崔融女。所以他自己说："生常免租税，名不隶征伐。"（《自京赴奉先县咏怀》）但"甫少贫不自振"（《新唐书》本传），二十四岁时曾举进士，不第，说明他的家庭经济地位完全没落了，阶级斗争的浪潮已经冲击到杜甫少年时代的身边。开元、天宝社会经济的表面繁荣，掩不住广大人民生活痛苦的事实，掩不住愈来愈尖锐的社会矛盾。杜甫诗歌的现实主义的社会根源，就是从当时不断的社会矛盾中、现实生活中培养起来的。

杜甫有深厚的儒家思想，《进雕赋表》自言："奉儒守官，未坠素业。"杜甫亦受到佛家影响，如《谒文公上方》诗，"愿闻第一义，回向心地初"，但他并未为佛家思想所束缚。他的社会地位虽属士族，他的经济地位却是被压迫者的地位，故能同情劳动人民。这些情况，不仅反映了杜甫思想的矛盾，也反映了当时上层统治阶级与中、下层阶级的社会矛盾。那些"乡里小儿"、"奸雄恶少"，正是从武后以来社会阶层起着剧烈变化中出现的新官僚、地主、豪强。《封氏闻见记》卷五《第宅》条所记豪门新贵的穷奢极侈和转眼成败的情形，可与杜甫诗参证：

> 太宗朝，天下承隋氏丧乱之后，人尚俭素。太子太师魏徵，当朝重臣也，所居室宇卑陋，太宗欲为营第，辄谦让不受。……则天以后，王侯妃主京城宅第，日加崇丽。至天宝中御史大夫王铁有罪赐死，县官簿录太平坊宅，数日不能遍。……又有宝钿井栏，不知其价，他物称是。安禄山初承宠遇，敕营甲第，瓖材之美，为京城第一，太真妃诸姊妹宅第，竞为壮丽，曾不十年，皆相次覆灭。

代表杜甫律诗最高发展的《秋兴八首》中的"闻道长安似弈棋，百年世事不胜悲，王侯第宅皆新主，文武衣冠异昔时"，正是诉说武后以来统治阶级内部矛盾此起彼伏，无数田宅没官易主，炙手可热的权门贵戚如杨国忠、杨氏诸姨以及安史乱时朝野新旧各阶层的巨变。

在长安十多年的穷愁生活中，诗人留下许多记录当时社会生活的名篇杰制。如《丽人行》、《城西陂乏舟》、《乐游原》诸作。《丽人行》虽指名讽刺杨国忠和杨氏诸姨，暴露权贵们的荒嬉无厌，其中一段却是一幅盛唐时代优美生动的妇女审美和装饰的风俗画：

> 三月三日天气新，长安水边多丽人，态浓意远淑且真，肌理细腻骨肉匀。绣罗衣裳照暮春，蹙金孔雀银麒麟。头上何所有？翠微匐叶垂鬓唇。背后何所见？珠压腰衱稳称身。

这段描写和晚近出土的盛唐陶俑、敦煌壁画特别是于阗国王第三女天公主李氏供养像，以及宋徽宗摹张萱《捣练图》，斯坦因在喀喇和卓附近阿斯塔纳墓中所获（盗劫）开元二年绢本《桃花树下仕女游春图等》，互相参证，更可明了《丽人行》的高超的现实主义创作方法，诗人是怎样忠实于他的艺术。

杜甫对生活是严肃的，而他的态度却非常婉约多姿，讽刺中有正面的描写，愁苦中常保持乐观的抒情，"今夜鄜州月，闺中只独看"，深切的离怀别苦，却抒发着"香雾云鬟湿，清辉玉臂寒"那么精丽绝伦的情思。在任何情况下，他都是奋发的，绝不退却，"留滞才难尽，艰危气益增"（《泊岳阳城下》）。读他的诗，始终令人感受到一种"浩歌弥激烈"（《自京赴奉先县咏怀》）的磅礴深厚的饱满情绪。

《乐游园（原）》与《丽人行》都是天宝十载后应试屡被摈斥困居长安时写作的，《丽人行》借仕女袚禊嬉游，讥刺官僚贵族。《乐游园》则是写江山之美，讥刺玄宗的荒淫。"乐游古园萃森爽，烟绵碧草萋萋长，公子华筵势最高，秦川对酒平如掌。"乐游原本是汉代的古名，唐长安城最高的丘陵地，四望宽敞，曲江附近风物和秦川（樊川）的水流，在原上远眺，历历在目，好一幅祖国河山的自然景色。曲江之南有紫云楼、芙蓉园，西接杏园、慈恩寺，每正月晦日、三月三日、九月九日，长安士女多来此登高袚禊。这些诗句都是反映当时社会生活的正面描写，与《长安志》、《松窗杂记》诸书所记相一致。但诗人的笔锋却指向唐明皇："青春波浪芙蓉园，白日雷霆夹城仗。"不是皇帝的仪仗才有白日雷霆的威风来芙蓉园和权贵们一起寻欢逐乐么？开元二十年，自大明宫沿长安城东城墙筑夹城（又称复道）经兴庆宫，再经春明门、延兴门，至长安城东南角的曲江、芙蓉园。从夹城中往来，外人是不知道的。开元二十六年，又扩建花萼楼，筑夹城至芙蓉园（苑），潜通兴庆宫、大明宫。这些夹城遗迹，解放后，经考古学工作者的系统发掘，可以证明杜诗的描写和指责是完全有历史根据的。旧本有以夹城作"甲"城的，显然是传写讹误。《秋兴》诗有："花萼夹城通御气，芙蓉小苑入边愁"，这"入边愁"三字，更直接指出"安史之乱"的导火线是唐明皇宠幸诸杨所致，和《哀江头》的"昭阳殿里第一人"，"血污游魂归不得"，《北征》诗中的"不闻夏殷衰，中自诛褒妲"，都是针对宠幸诸杨而发。及安禄山陷长安，关中饥荒，杜甫窜身空谷，避地奔走，痛定思痛，写道："神尧（指唐高祖）旧天下，会见出腥臊。"（《避地》）及入蜀，往来于梓州涪江、阆州嘉陵江，"故国平居有所思"的时候，又写道："四海十年不解兵，犬戎也复临咸京。""江边老翁错料事，眼暗不见风尘清。"（《释闷》）从天宝十四载安禄山始乱，到广德元年十月，吐蕃陷长安，代宗奔陕，这十年间杜甫诗中所表现的爱国情绪是："事前则出以忧危，遇事则出以规讽，事后则出以哀伤。"（浦起龙《读杜心解·提纲》语）事后哀伤，是封建社会士大夫受阶级限制软弱无力的通性。"酒阑却忆十年事，肠断骊山清路尘"（《九日》），回想天宝十四载，诗人自己自京赴奉先，路经骊山，玄宗正与诸杨打得火热，经常行幸华清宫，这些年月可算是玄宗朝治之终、乱之始的时机。诗人今日客居涪江边上，屈指路经骊山时已十年了。由今日追寻过去，能不伤心于乱始之时？

《开元天宝遗事》载："长安贵家子弟，每至春时，游宴供帐于园圃中，随行载以油幕。"又说："都人士女每正月半后，便各跨马乘车，设帐园圃，或于野中作探春之宴。"又说：杨国忠一门"每春游之际，以大车结彩帛为楼，载女乐数十人，自私第前引声乐，出游园苑之中"。《乐游园》诗的"阊阖晴开㳫荡荡，曲江翠幕排银牓；拂水低回舞袖翻，缘云清切歌声上"，正是反映的这种情景。《乐游园》概括地描写了山川风物，一般社会的娱乐，权门豪贵的骄奢，帝王的纵欲，最后归结于诗人自己的思想感情，在偶然参与这类高官显贵的歌筵舞乐中，诗人却始终与他们和而不同，"独立苍茫自咏诗"！

四

在长安十多年间，杜甫诗歌的最大威力是尽情暴露统治者的腐化生活，大胆地揭发内部矛盾，"朱门任倾夺，赤族迭罗殃"（《壮游》）；"斗鸡犹赐锦，舞马解登床；帘下宫人出，楼前御曲长"（《斗鸡》）；"国马竭粟豆，官鸡输稻粱"（《壮游》）。天子不理政事，却成天与宫人一起行歌度曲，斗鸡舞马。这锦匹、粟豆、稻粱，从何而来？人民还莫得吃的，却须输将去作饲料，如何不造成深刻的社会矛盾。这斗鸡舞马，行歌度曲的事，都见于《东城老父传》、《明皇杂录》、《开天传信录》诸书，可以参证，不是诗人随意虚构的。诗人不过指出，由玄宗的荒嬉而酿成的加速政治衰败的原因。

《自京赴奉先县咏怀》中有这样几段深刻的诗史：

> 君臣留欢娱，乐动殷胶葛。赐浴皆长缨，与宴非短褐。彤庭所分帛，本自寒女出，鞭挞其夫家，聚敛贡城阙。
>
> 况闻内金盘，尽在卫霍室。中堂舞神仙，烟雾散玉质。煖客貂鼠裘，悲管逐清瑟。劝客驼蹄羹，霜橙压香橘。朱门酒肉臭，路有冻死骨。荣枯咫尺异，惆怅难再述。

杜甫控诉着：一边是君臣们忘形地寻欢取乐，歌舞升平，赏赐舞度，缓带轻裘，美酒粱肉。一边是被剥削被压迫者无可告诉的苦难。达官显贵的快乐生活，完全建筑在别人的痛苦和死亡上。这是何等鲜明的一个阶级矛盾的对比！如果把"彤庭所分帛，本自寒女出"以下几句，与《兵车行》、"三吏"、"三别"以及其他诗篇中所记关于当时征戍役、租庸调法和土地关系的情形联系起来，加以论述，更见得杜甫诗中所反映的历史意义是异常丰富的。

隋末丧乱，私铸钱盛行，武德四年始铸开元通宝，盗铸私钱者论死。开元铸钱仅七十余炉。钱既由政府专铸，则钱少，而"农人所有惟布帛，用布帛处多，用钱处少"（《新唐书·食货志二》）。但"关中蚕桑少"（同上书，《食货志一》），所以租调绢帛多由东南转运至关中。"安史之乱"时，肃宗退守灵武，还依赖江淮和淮湖的租调，不断从汉水北上支援灵武，杜甫诗，"任转江淮粟，休添苑囿兵"（《复愁》），"二京陷未收，四极我得制；萧索汉水清，缅通淮湖税"（《送樊二十三侍御赴汉中判官》）。说明唐的租庸调法当"安史之乱"时，南方的租调还能继续实行，而关中的兵役制度则已被破坏了，"苑囿兵"绝不是番上的府兵，而是肃宗以宦官鱼朝恩掌领屯于苑中的神策军所谓禁军，这是后来宦官专擅兵权、胁制天子、诛戮大臣的一个开端，杜甫的深识远虑，在唐室内部统治力量的衰弱上，看得异常中肯。

《通鉴》记安史前后九年的乱事，最有声色，征引详赡。当时关、洛路阻，汴水堙废，江淮租调与淮湖租调的漕运，都泝江入汉而上至洋川、汉中，或聚积江陵，然后上供灵武，唐军所以能继续作战，主要赖江淮、淮湖的租调供应。但《通鉴》在天宝十四载至广德二年间，提到江淮租调前后有十次之多，却一字不载淮湖租调的北上供应，杜甫诗"萧索汉水清，缅通淮湖税"，可以补《通鉴》之缺。《新唐书》卷一四九《刘晏传》："京师三辅苦税人之重，淮湖粟至，可减徭赋半。"可见淮湖租调当时是唐政府的一个税收区域。又可见杜诗不仅是"文雅涉《风》《骚》"（《题柏大兄弟山居屋壁》），前人所谓字字有来历，而且亦常用当代语入诗，此其一例。可惜《通鉴》写"安史之乱"竟不采录杜诗一句，并杜甫之名亦不见于记载，虽与其体例有关，不可谓非司马光、范祖禹诸人史学眼光的狭隘之处。又如，《通鉴》代宗广德元年条："酒酣（仆固）怀恩起舞，（骆）奉先赠以缠头彩。"胡三省注："唐人宴集，酒酣为人舞，当此礼者以彩物为赠，谓之缠头。倡伎当筵舞者，亦缠头喝赐，杜甫诗所谓'舞罢锦缠头'者也。"可见引诗证史，以史明诗，在史学上是一个值得注意的方法。按："舞罢锦缠头"，见杜甫《即事》诗。又，《春日戏题恼郝使君兄》中，有"愿携王赵两红颜，再骋肌肤如素练"；"舞处重看花满面（唐代女子常于额上鬓边贴五色花子，汗颜可洗去再贴），尊前还有锦缠头"，可补胡三省之说。

唐政府掌握的庸调绢帛，除用于对外贸易、赏赐和军用外，百官的公服都由政府颁给，上引"彤庭所分帛，本自寒女出"的意义在此。所以租庸调法中庸调绢帛的征收数量最大。[1] 但自武后以来，积渐至开元之末，畿内受田多成空文，而人民却依旧要负担征役和租调"安史之乱"前后，愈来愈重，杜甫《兵车行》："且如今年冬，未休关西卒，县官（政府）急索租，租税从何出？"《兵车行》作于天宝十一载，诗人在长安目击的情景。大历三年，杜甫去蜀入湖南，舟近长沙时，所见亦同，《宿花石戍》诗："谁能叩君门，下令减征赋。"《岁晏行》有："高马达官厌酒肉，此辈（当地人民）杼柚茅茨空。""况闻处处鬻男女，割慈忍爱还租庸。往日用钱捉私铸，今许铅铁和青铜。刻泥为之最易得，好恶不合长相蒙。"这些诗句都指出当时各地劳动人民对庸调的担负是很重的，原来租庸调法的规定，到大历年间已在

————————

[1] 《唐书·食货志一》天宝三载，天下岁入之物，租钱三百余万缗，粟千九百八十余万斛，庸调绢七百四十万匹，绵百八十余万屯，布千三百三十五万端。

全国范围内被破坏了。《新唐书》卷一四五《杨炎传》说：至德后，"科敛凡数百名，废者不削，重者不去，新旧仍积，不知其涯，百姓竭膏血，鬻亲爱，旬输月送，无有休息"。杜甫诗正反映了这时候的实情。而且，唐初禁铸私钱，"用布帛处多，用钱处少"的局面，这时已大有变动，私铸钱流行，居然"刻泥为之"，自制钱范，当然造成社会通货膨胀，生产低落，实物愈少，至此，租庸调法中所含的实物地租的意义，不能不有所转变，而待两税法的成立了。

府兵在开元十年已明令由番上变而为招募，《通鉴》开元十年条说："兵农之分，从此始矣。"这是说，唐中央政府所在的关中的府兵正式脱离了封建国家土地（农）的关系，已不为国家番上服役，而成为招募制。但在地方封建主的统治下，番上制依然有存在的，番上制的存在，表明地方的府兵（封建主的近卫兵）与土地（农）的关系依然存在。就全国范围说，府兵脱离土地的关系，当时各地实际情况是有所不同的，因而发展也是不平衡的，在杜甫诗歌中透露了这点为史籍所不详的事实。《宿花石戍》诗："山东残逆气（指河北诸镇），吴楚守王度"，《奉送王信州崟北归》："壤歌惟海甸（东吴），画角自山楼"，表明有战争的地方，旧制度首先容易被打乱，是造成旧制度施行情况各地有不同的一种原因。

代宗宝应元年，严武为东西两川节度使时，杜甫居成都草堂，作《遭田父泥饮美严中丞》，诗中有这样一段珍贵史料：

　　　步屧随春风，村村自花柳。田翁逼社日，邀我尝春酒。酒酣夸新尹，畜眼未见有。回首指大男，渠是弓弩手。名在飞骑籍，长番岁时久。前日放营农，辛苦救衰朽。差科死则已，誓不举家走。

杜甫以所见成都近郊农民的语气来称美严武的政事，给我们留下了当时当地兵农关系犹未分离的实情。唐制，京师宿卫有羽林飞骑、屯营飞骑，亦习弓弩，据《唐会要》卷七二京城诸军羽林军条，引天宝五载敕，知当时长安中央政府的飞骑，已取之于招募，而不由番上。（按：肃宗至备二载，以成都为南京，故亦如京兆置少尹，其兵制得如中央置羽林飞骑。）在两川节度使的统领下，这羽林飞骑还是按照番上制服役的（"长番岁时久"），而且亦由农民担负①（"前日放营农"），可见"安史之乱"时，两川节度使统治下的宿营卫兵还与土地（农）相结合，但却要担负繁重的差科杂徭，已非唐初府卫得免租庸调的本制。"安史之乱"以来，唐中央政府的费用，除江淮、淮湖的租调外，主要依靠两川的供应，广德元年杜甫撰《为阆州王使君进论巴、蜀安危表》说：

> 河南河北，贡赋未入，江淮转输。异于曩时。惟独剑南，自用兵以来，税敛则殷，部领不绝，琼林诸库，仰给最多。

这时严武被召入朝，徐知道又勾结羌人起兵。此后蜀中迭有战乱，赋役繁重，但租调还须征调入关中，杜诗："兵戈犹拥蜀，赋敛强输秦。"（《上白帝城二首》）蜀中人民受着兵役和赋敛的双重压迫，只有举家逃走之一途。《通鉴》开元十年条："诸卫兵府兵，自成丁从军，六十而免，其家又不免杂徭，侵以贫弱，逃亡略尽。"这种情形与杜甫在成都所见正同，"差科死则已，誓不举家走"，两川节度使统治下府卫举家逃走的事必定很多，现在田父感于严武的新政，才决意不走。例如，敦煌唐代籍账残卷中天宝六载籍账的户主程思楚是卫士武骑尉，弟思忠是卫士，

---

① 《新唐书》卷一二五《张说传》："故时（指开元十年以前），边镇兵赢六十万，说以时平无所事，请罢二十万还农。"可证府兵原是由受田的农民担负的。

户下多注明"帐后漏附"、"空"字样（《敦煌资料》第一辑，第46页），便可知当时敦煌地方府兵的逃亡率亦是很高的。而杜甫诗则反映了成都地方的府兵行将解体的情形。

《新安吏》、《石壕吏》透露了两京之地府兵制已败坏，而府兵制的残骸还存在着。这两首诗是肃宗乾元二年九节度使兵溃于相州，杜甫自东京回华州，途经新安县和石壕镇（河南陕县东）所见当时人民担负兵役的痛苦、小吏的横暴和诗人自己为了挽救国家的危机勉慰他们努力应战的思想矛盾。《新安吏》中的一段：

> 客行新安道，喧呼闻点兵。借问新安吏，县小更无丁。府帖昨夜下，次选中男行。中男绝短小，何以守王城。肥男有母送，瘦男独伶俜。

诗中"点兵"、"府帖"、"丁"、"中"等词，与《兵车行》的"道旁过者问行人，行人但云点行频"的"行人"、"点行"，都是唐户籍和兵役制度的用语。《唐六典》卷五兵部尚书条："卫士皆取六品以下子孙及白丁无职役者点充。凡三年一简点，成丁而入，六十而免。量其远迩，以定番第。"这些人的身份，就是杜甫《悲陈陶》诗指的"孟冬十郡良家子"。《唐律疏议》卷十六《擅兴》律"诸点拣卫士（原注：'征人亦同'），取舍不平者，一人杖七十"条，《疏议》曰："拣点之法，财均者取强，力均者取富，财力又均，先取多丁。"《新安吏》中瘦男和短小的中男，依府兵拣点法，都是不当取的，但也取了，这是对久已成残骸的府兵制的继续破坏，杜甫所不满意于这个新安吏的违法拣点，也正是在这一点上。

唐的丁中制，人有黄、小、丁、中之分。天宝二载，令民十八以上为中男，二十三成丁。显然，《新安吏》所下折冲府的府帖，点选的是未成丁的中男。《兵车行》的"行人但云点行频"

的"行人"，也就是上引《唐六典》兵部尚书条注的"诸色征行人"的"行人"，唐人诗中又常称"征人"。《兵车行》中所见的征人、行人，"或从十五北防河，便至四十西营田。去时里正与裹头，归来头白还戍边"，则当时兵役的简点，已及于丁、中以下的十五岁的小男。唐初，武德七年定租庸调法。丁男岁役二十日，若不役，还可以绢折庸，通正役不得过五十日，到杜甫写《兵车行》时，早已成为统治者骗人的空文。其间里正作威作福的权柄很大，所以"去时里正与裹头"，归来时，头虽白，里正还得再点去戍边。法律虽有"取舍不平"的明文，其奈里正何！杜甫所谴责的，也正是在里正的非法拣点上。《又上后园山脚》诗中，诗人追忆当年在北方的情景，写道："平原独憔悴，农力废耕桑，非关风露凋，曾是戍役伤。"又道："到今事反覆，故老泪万行"，"哀彼远征人，去家死路旁"。这时候的人民，盖没齿于征戍役。征戍之苦由于开边，《新唐书》卷一四五《杨炎传》说：租庸调法中本规定"戍边者，蠲其租庸，六岁免归。玄宗事夷狄，戍边者多死"。《唐大诏令集》卷一百七载开元五年正月诏："其镇兵宜以四年为限，散支州县，务取富户多丁。差遣后，量免户内杂科税。"但《兵车行》及其他诗中所见到的已全不是这样了。所以杜甫反对这种内部统治已经腐败而还要穷兵黩武的开边政策，"边庭流血成海水，武皇（指玄宗）开边意未已，君不见汉家山东二百州，千村万落生荆杞"（《兵车行》）；"君已富土境，开边一何多"（《前出塞》）。

农民一方面因兼并而失去了封建国家所颁给的土地，一方面却仍然要担负着苛重的赋役，杜甫在《自京赴奉先县咏怀》中写道："生常免租税，名不隶征伐。抚迹犹酸辛，平人固骚屑。默思失业徒，因念远戍卒。"自己虽享有免租庸、不服征役的身份，但平民就很痛苦了。"失业"是失去其产业或田业，汉唐间

"业"字的这种用法，多指土地而言。《汉书》高帝九年纪："奉玉卮为太上皇寿，曰：始大人常以臣亡赖，不能治产业，不如仲力（力耕），今某之业所就孰与仲多？"《三国志·魏志》卷十五《司马朗传》："以为宜复井田，往者以民各有累世之业，难中夺之。"又，卷十六《任峻传》："及破黄巾，定许，得贼资业，当兴立屯田。"前引《旧唐书·狄仁杰传》："膏腴美业，倍取其多。"都可说明"默思失业徒"，当解作失去土地之人，这是杜甫在两京所写诗歌中反映农民脱离了土地的一句仅有的诗。

其次，唐府兵的"先取多丁"的拣点法，原是从西魏府兵"家有三丁者，选材力一人"（《玉海》卷一三八《兵制》引《郧侯家传》）的制度而来，白居易《新丰折臂翁》："无何天宝大征兵，户有三丁点一丁"，白诗是述天宝十载杨国忠为相发兵征云南（南诏），新丰折臂翁当时年二十四，事在"安史之乱"前，无论此时果是三丁选一否，但三丁选一确曾存在于唐丁中制，则可无疑。杜甫《石壕吏》诗所记"三男邺城戍，一男附书至，二男新战死"，是老妇的三个男儿，俱已应役，足见安史乱时，特别是两京之地，不仅租庸调法更加败坏，连府兵制的残余形骸，也几乎全被摧毁了。

从高宗武后时起，在府兵制的继续败坏过程中，乃有由招募而不由征发的"健儿"之称。《唐六典》兵部尚书条："开元二十五年天下诸军有健儿"注："于诸色征行人内及客户中召募。"前引《郧侯家传》说："旧制，（府兵）三年而代，后以劳于路途，乃募能更住三年者，赐物二十段，谓之招募，遂令诸军皆募，谓之健儿。"（按：健儿之名，起于汉末三国时代，我在别的文章里曾经论述，今不赘。）杜甫《哀王孙》诗："朔方健儿好身手，昔何勇锐今何愚"，《秦州杂诗》："东征健儿尽（指邺城溃败），羌笛暮吹哀"，《洗兵马》："淇上健儿归莫懒，城南思妇愁多梦"，都提到健儿，前一诗是至德元年杜甫陷居长安时写的，诗句则指哥舒翰将河、陇、朔方兵拒安禄山为监军宦官所迫，轻于出战，败绩潼关。后一首，原注："收京后作"，当在乾元二年初春，九节度之师围安庆绪于邺城。邺在相州，淇水在卫地，卫与相州相邻近。则杜甫诗称"健儿"，乃依当时制度而言，注杜诸家纷纷引古乐府的"健儿须快马"，以健儿与快马对举，似是而非，由于读杜诗不解当时历史事实，便成为捕风捉影之谈。又可知高宗武后以后，迄于肃、代之际，随着均田制、租庸调法的逐渐败坏，唐的兵制也是很紊乱的，府兵制的实质，首先从两京之地解体，但其形式还存在着，如《新安吏》、《兵车行》中所述；而有的地方如西川成都一带，却仍实行着带有差科的府兵制，如《遭田父泥饮美严中丞》所述；同时，两京之地又新置不由番上而由招募的健儿，如《哀王孙》、《洗兵马》中所述。据此可知，《新唐书·兵志》说，唐有天下二百余年，兵势三变，由府兵而彍骑，而禁兵，这个说法是不完备的，《兵志》单从中央着眼，而不及地方；《兵志》亦不提及府兵制转变中建立"健儿"的制度，杜甫诗却反映了这个过渡情形。

五

唐均田制实施的主要地区在两京畿内。上文说过，自高宗武后以后，公田（封建国家土地）不断被大土地占有者"籍外占田"所占有。唐中央政府的官僚机构又不断扩张，文武高等官员不断增加，职田和公廨田亦随着增加。开元二十五年虽有丁男给永业田二十亩，口分田八十亩的敕令（《通典·食货二·田制下》），但开元二十九年敕便明说："京畿地狭，民户殷繁，计丁给田，犹感不足"（《唐会要》卷九二《内外职官田》条），令所司于畿内职田应退地，委采访使与本州长官给贫下百姓。可知开元时畿内均田制中，对无地少地的贫民计口授田的制度，事实上是没有多少成效的，所以《通典·食货典·田制下》载开元二十五年永业、口分的还受、贴赁情形，杜佑自注说，"虽有此制，开元之季，天宝以来，法令弛坏，兼并之弊，有逾于汉成、哀之间"，更何况"安史之乱"后。"安史之乱"后，户口"十耗其九"，"畿内不满千户"，"东至郑、汴，达于徐方，北至覃、怀，经于相土，人烟断绝，千里萧条"（《旧唐书》卷百二十《郭子仪传》）。但两京畿内并不见因地旷人稀，实行计口授田，显然是由于藩镇割据，唐朝中央政府的国家机器大大衰弱，社会经济基础逐渐转变，因此，开元二十五年以后，终唐之世，绝不再见颁布均田令的记载。杜甫入蜀以前，往来于关、洛畿内十三年间（《奉赠韦左丞丈》有："骑驴十三载，旅食京华春"）所写的诗歌，今日所存多是唐宋人特别是宋人结集的，他的《进雕赋表》说："自七岁所缀诗、笔（文），向四十载矣，约千有余篇"，虽然散佚很多，所幸尚无伤于杜甫诗歌的完整性。杜诗的思想体系可说是从天宝开始建立起来的，今所存千四百四十七篇中，他的思想、生活、经历发展的阶段和线索，还是脉络分明，可以清楚的看得出来。那末，他在洛阳、长安十三年间的诗作，没有明确反映到均田制中计口授田的实际情况，并不是偶然的。而在入蜀以后，则有记录（详见下文）。

相反，对于均田制中维持两京官僚、豪门地主集团利益的永（世）业田情况，杜甫在长安写作的诗歌中却可检寻。北魏以来，永业田依法要种桑五十树，故亦称桑田，产麻的地方，还须种麻田十亩，故统称桑麻田。诸桑田皆为永业，终身不还。永业田可以买卖，惟永徽、开元间，曾两度禁卖桑田。白居易《自河南经乱关内阻饥兄弟离散各一处》诗中："时难年荒世业空，弟兄羁旅各西东",又,《杜陵叟》诗:"典桑卖地纳官租,明年衣食将如何",可见永业田是一向可以买卖的。

　　天宝十三载杜甫流寓长安时,作《重过何氏五首》,最末两句说:"何日沾微禄,归山买薄田。"不久,作《曲江三章》,便说:"自断此生休问天,杜曲自有桑麻田,故将移往南山边。"南山,唐人通指终南山,亦即《投简咸华两县诸子》诗"南山豆苗早荒秽"的南山。杜曲的桑麻田,可能是买的,也可能是授给的。《曲江三章》的写作年代,注家有将它系在天宝十一载的,我看不妥,因为这时杜甫既未授官,亦复穷愁,重过何将军山林时,还叹息无禄买薄田,归隐山林,那末,天宝十一载何得在杜曲有桑麻田?此诗应在天宝十四载,被任河西尉,不拜,改右卫率府兵曹参军时所作。杜甫《秋日夔府咏怀寄奉郑监审李宾客之芳一百韵》中有"两京犹薄产"句,西京的产业,当指杜曲的桑麻田,东京的产业,应是陆浑庄。杜甫三十岁时,由齐鲁归东京,筑陆浑庄于河南偃师县西北二十五里的首阳山下,此地有远祖晋当阳侯杜预与祖父杜审言的墓,庄成,有《祭当阳君文》。县西二十里有尸乡亭,《寄河南韦尹》诗:"尸乡余土室",原注:"甫有故庐在偃师";《忆弟二首》原注:"时归河南陆浑庄";在夔府时写的《凭孟仓曹将书觅土娄庄》有"平居丧乱后,不到洛阳岑",恐怕无人耕种都荒芜了,所以又笃托孟仓曹"无辞荆棘深"。这土娄庄应是偃师尸乡亭的土室,朱鹤龄注谓:"依土以为室",甚是,《宿赞公土室》诗:"土室延白光",实今河南一带的窑室。可证土娄庄即陆浑庄。唐人称庄,有大有小,如裴度的午桥庄、王维的辋口庄、李德裕的平泉庄,都是很大的。杜甫自称在尸乡亭的土室为庄,又自称在成都的草堂亦为庄,《怀锦水居止二首》:"万里桥西宅,百花潭北庄",其实只是乡间田宅的美称,所谓"城中十万户,此地两三家"

（《水槛遣心二首》），"锦里烟尘外，江村八九家"（《为农》），
都算不得是真正的庄园。

杜甫成都草堂初建时，规模不大，"诛茅初一亩，广地方连
延"（《寄题江外草堂》），是他的表弟资助的，见《王十五司马
弟出郭相访遗营草堂资》诗。后来草堂扩建了，地亩亦增加，
《杜鹃》诗："我昔游锦城，结庐锦水边。有竹一顷余，乔木上
参天。"这样看来，草堂"经营上元始，断手宝应年"（《寄题江
外草堂》），这三年中资助堂成的人，当不止王十五，如从侄杜
济、高适、魏十四侍御、严武等，都曾对他在成都的生活有所帮
助，所谓"计拙无衣食，途穷仗友生"（《客夜》）。杜甫的受人
资助，很多地方是他也给了别人的帮助，为人治病。《进封西岳
赋表》自言四十岁患肺气之疾，入蜀后常见于诗，"肺气久衰
翁"（《秋峡》），"高秋苏肺气"（《秋清》），"肺枯渴太甚"
（《夔州》）。今诸本杜诗《客堂》一首中"旧疾甘载（一作戴，
一作再，一作战）来，衰年弱无足（一作得无足）"，"甘载"
应为"廿载"的传写之误。杜甫在云安时年五十七，故云"廿
载来"。注家强作"甘载"解，遂不可通。由于久病，知医识
药，故曾卖药长安市。严武送他的诗有："腹中书籍幽时晒，肘
后医方静处看"（《寄题杜二锦江野亭》），杜诗有："书签药裹
封蛛网"（《将赴成都草堂途中有作先寄严郑公》），"药裹关心
诗总废"（《酬郭十五判官受》）等句，所以在生活中他为人处方
给药的时候，也还得到报酬，《魏侍御就敝庐相别》诗有"远寻
留药价"之句。药中的栀子、决明子、枸杞、薤等，杜诗多有
吟咏。

以上说明杜甫在成都是没有永业田的。但当时两川的公田
（封建国家土地），却仍按照唐田制计口授给，这与上文所论两
京的府兵虽已败坏，而杜甫在西川严武执政时所见的兵役却大体

仍保持着府兵制的规模，情况完全符合。广德二年，杜甫在成都严武幕中作《东西两川说》上严武，中有一段记当时当地的土地关系：

> 谷贵人愁，春事又起，缘边耕种，即发精卒讨之甚易，恐贼（按：指少数族人内编户口，起而反抗地方政权的群众）星散于穷谷深林。节度兵马但惊动缘边之人，供给之外，未免见劫，而还赁其地，豪俗兼有其地而转富。蜀之土肥，无耕之地，流冗之辈，近者交互其乡村而已，远者漂寓诸州县而已，实不离蜀也，大抵只与兼并豪家力田耳。但均亩薄敛，则田不荒，以此上供王命，下安疲民，可矣。豪族转安，是否非蜀（言不论是羌族或蜀人），仍禁豪族受赁罢（疲）人田。管内最大，诛求宜约，富家办而贫家创痍已深矣。今富儿非不缘子职掌，尽在节度衙府州县官长手下哉。村正虽见面，不敢示文书取索，非不知其家处，独知贫儿家处。

这段文字是说明当时东西两川土地关系的可贵史料。杜甫的散文（"笔"）拙涩，他原是用诗的语言来表达一切思想感情的，似乎不甚注意散文的修辞，加以传抄脱误，今略为解说其大意。

从这段文字看来，当时两川的编户羌人和汉族农民，仍在封建国家土地所有制下受唐地方政府（两川节度使管内）颁给一定数额的土地（口分地）。文中"还赁其地"，"豪族受赁"的赁字，是汉唐间土地关系上的常用语，《汉书·王莽传》："分田劫假"，颜师古注："假，谓贫人赁富人之田也。"《通典·食货典二·田制下》："诸田（指口分田）不得贴赁。"贴，谓以物为质，杜甫《曲江》诗，"朝回日日典春衣"，故又称典贴。上引《东西两川说》，唐两川地方政府假赁农民的口分地，被豪族地主兼并了，豪族地主又转赁给农民耕种，因此，被兼并的农民失去了口分地，脱离政府编户，流亡于他乡、他州县，又为豪族地主耕种其所兼并的土地。杜甫以为这些流亡的农民并未离蜀境，倘若禁止豪族转赁土地，政府重新招回这些失去土地的流亡农民，均给以土地（"均亩"，当是均田制中的准口授田），薄其赋敛，那末，国家土地便不至荒芜，以此上可供中央政府的租调需要，下而农民的生活亦得安宁。杜甫全部思想中坚决反对这种对政府很不利而只对豪强地主兼并有利的严重剥削和压迫。杜甫又以为兵役的担负，无论富户贫家的人丁、貌阅、户等的籍账，本来都掌握在政府手里的，里正（村正）执行时，并不是不知道富户的籍账，只因畏惧富户的势力，不敢对他们下"府帖"去"点行"，惟独向贫户去索取。这样，就造成贫富担负的不"均"。照租庸调法的规定，每年每丁租二石，调绫绢二丈，绵三两，布输二丈五尺，麻三斤。丁役二十日（此依《唐律疏议·户婚律》，《通典》、两《唐书·食货志》所记数字，略有不同）。超乎此规定以外的，便是"诛求"。杜甫诗中痛斥这样的"诛求"，"戎马不如归马逸，千家今有百家存；哀哀寡妇诛求尽，恸哭秋原何处村"（《白帝》）；"朝廷防盗贼，供给愍诛求"（《奉送王信州崟北归》）；"盗贼浮生困，诛求异俗贫"（《东屯北崦》），异俗指在夔州的少数民族，或指诗人旅居中的异乡。"乱世诛求急，黎民糠籺窄"（《驱竖子摘苍耳》）；"悽恻念诛求，薄敛近休明"（《同元使君舂陵行》）；所以他在《东西两川说》中劝严武"薄其赋敛"，"诛求宜约"。在《乾元元年华州试进士策问》中说："欲将诛求不时，则黎元转罹疾苦矣。"

在杜甫看来，一切差科徭役，必须要"均"，例如兵役，上举《唐律疏议·擅兴律》载：拣点征人，卫士之法，财均者取强，力均者取富，财力又均，先取多丁。若舍富取贫，舍强取弱，舍多丁而取少丁之类，在唐律谓之"不平"，是非法的。杜甫呼吁：

"众寮宜洁白（不要贪污舞弊），万役但平均"（《送陵州路使君之任》），"但乖均赋敛，不似问疮痍"（《夔府书怀》）。在杜甫看来，"均"就是合法、合理的担负。"洛下舟车入，天中贡赋均"（《有感五首》）。注家把这"均"字误解为道里的远近均匀，应当作"均赋敛"的"均"解。杜甫在《为夔府柏都督谢上表》中有："先之以简易，闲之以乐业，均之以赋敛，终之以敦劝"，都是指的贫富的负担要求其"均"，杜甫对于解决当时政治社会矛盾的思想认识，基本上是从这点出发的，他认为产生诛求无厌、赋役不均的主要原因是地方"豪吏"、"黠吏"，如《阻雨不得归瀼西甘林》："邦人不足重，所迫豪吏侵。"《赠崔十三评事公辅》诗有："分军应供给，百姓日支离；黠吏因封己，公才或守雌。"《遣遇》诗写着：

> 石间采蕨女，鬻市输官曹。丈夫死百役，暮返空村号。
> 闻见事略同，刻剥及锥刀。贵人岂不仁，视汝如莠蒿。索钱
> 多门户，丧乱纷嗷嗷。奈何黠吏徒，渔夺成逋逃。

像"三吏"等诗篇中所描写和指责的，正是这种地方基层政治人物的"豪吏"、"黠吏"，"闻见事略同"，耳闻目击，到处都是这样的剥削和压迫，到处都是这样的逃亡和苦难。赋役的担负既不"均"，便都集中到贫户身上，贫苦人民不能胜其负担，只得逃亡流而为"盗贼"，杜甫认识到"盗贼"就是从这样来的，"八荒十年防盗贼，征戍诛求寡妻哭"（《虎牙行》），"不过行俭德，盗贼本王臣"（《有感五首》）。

六

最后，必须指出，在解放前杜甫研究中的一些反动观点，竟然不顾历史事实，把杜甫在夔州寓居的瀼西与东屯说成是大庄

园，把杜甫说成是大庄园主——一个大剥削者。① 他们举《茅堂检校收稻二首》的"香稻三秋末，平田百顷间"，《夔州十绝》的"东屯稻畦一百顷"，便说杜甫是这平田百顷和瀼西果园四十亩的两个庄园的庄园主。这是十分荒谬的邪说，是对杜甫极大的诬蔑，对历史的最大歪曲。

东屯的百顷平田，原为公孙述屯据白帝城的垦田，杜甫《东屯夜月》诗明说是"防边旧谷屯"。《困学纪闻》、《太平寰宇记》、《方舆胜览》诸书，都有记载，历代作为官田。杜甫诗亦明说东屯是公田，《秋日夔府咏怀奉寄郑监审李宾客之芳》有："缚柴门窄窄，通竹溜涓涓。堑抵公畦稜，村依野庙堧"，说明他的东屯茅屋（有《从驿次复至东屯茅屋二首》）接邻东屯公田（官田）的界，公畦即公田。稜，杜甫原注："京师农人指田远近，多云畿稜"，稜乃田面与田面的交接处。畿谓京畿。京畿之地都属公田。唐先天二年、开元九年、天宝六载的敦煌户籍残卷中所载各户主永业田、口分田的四至，多有"北官田"、"东官田"、"南官田"字样，即北抵官田之意。可知东屯的百顷平田决不是杜甫的私产，而是历代相传下来的官田。在旅居夔府诸诗中，杜甫从未曾提到这百顷官田是他的别业或庄田。足见《食货》派的胡说八道。

杜甫居东屯诗中，诗题明作《茅堂检校收稻二首》，检校一词，唐时有两层意思，一为考核，一为诏除而非正命的加官名，这里属前一义。杜甫对东屯官田稻谷的种植收获，只是考核监督，具体的工作由行官张望管理，有《行官张望补稻畦水归》诗："东屯大江北，百顷平若案"，"主守问家臣，分明见溪畔"。主守即家臣，主守以职司言，家臣以名分言，均指行官张望。

---

① 见《食货》第三卷第八期载鞠清远《杜甫在夔州瀼西与东屯庄》。

行，谓兼摄，唐制，以小兼大曰行。可见这东屯百顷田明是朝廷的官田，设有专官管理。在《秋行官张望督促东渚耗稻向毕清晨遣女奴阿稽竖子阿段往问》诗中说："督领不无人，提挈颇在纲"，可证杜甫对东屯百顷田，只在督领提纲而已，何尝把自己作大庄园主看待？诗人接着又说："尚恐主守疏，用心未甚臧。清朝遣婢仆，寄语逾崇岗。西成聚必散，不独陵我仓。岂要仁里誉，感此乱世忙。"诗中的主守指行官张望，恐他有所疏忽，故清晨遣婢仆传语，寄与十分叮咛之意。"西成"一语出自《书·尧典》，谓秋天农作物成熟之时，虽入了仓，还须分散出去（"遗穗及众多"）。《读史方舆纪要》卷六九《奉节县·大瀼水》条引《舆地纪胜》云："公孙述于东瀼水滨垦稻田东屯，东屯稻田水畦延袤可得百许顷"，"去白帝故城五里而多，稻米为蜀第一。郡给诸官俸禀，以高下为差"。东屯的稻谷，不仅备官用，杜甫还用来接济有所需要的邻里（"岂邀二里誉"），《甘林》诗中的邻人长老，因自己收获的谷物上缴了租庸，而自己却没得吃的，杜甫说："时危赋敛数，脱粟为尔挥"，正可解释"岂要仁里誉，感此乱世忙"之意。

　　杜甫因病羁旅夔府，《峡中览物》诗："舟中得病移衾枕"，无时不思出峡北归，亦不耐当地的风土人情，岂有求田问舍，久留夔府之心？况且他贫病交迫，有何力量购置百顷稻田？杜甫有自己的世界观："日月笼中鸟，乾坤水上萍。"（《送李大夫赴广州》）以诗人伟大的忧国爱民的襟怀，"天地一沙鸥"（《旅夜书怀》）的身世，他所寓居的"林庐"、"草堂"、"茅堂"、"茅屋"，不过"乾坤一草亭"（《暮春题瀼西草屋》）而已，哪有丝毫想做一个庄园主的意思？反动派把"几处别林庐"（《将别巫峡赠南卿兄瀼西果园》），都说成是庄园，用心可恶。其实这种剥削者，正是杜甫诗歌中所鄙薄、诅咒、深恶痛绝的"富儿"、

"豪华"、"朱门"、"达官"之类。

倒是瀼西的果园四十亩是买的,《小园》诗:"客病留因药,春深买为花",川中本多药材,为病而留滞夔府,买者买园,非买花。这买小园的钱,未必是杜甫自己付出的。《峡口两首》中有"疲苶烦亲故,诸侯数赐金",原注:"主人柏中丞,频分月俸。"柏中丞即柏茂琳(一作茂贞),时为夔州都督,《园人送瓜》诗:"析公镇夔国,滞务滋一扫。"柏与杜甫有旧谊,《览镜呈柏中丞》有:"镜中衰谢色,万一故人怜。"柏亦时常遣人送瓜菜,"清晨送菜把,常荷地主恩"(《园官送菜》)。菜把,川中方言。地主,指柏都督。瀼西草屋则赁居的,有《暮春题瀼西新赁草屋五首》可证。

杜甫在夔府受柏茂琳都督的照顾,看来不仅是为私人的情分,其间有长安朝廷的旨意,《晚》诗有"朝廷问府主,耕稼学山村"。朝廷为什么有问于府主呢?(按:代宗广德二年严武再镇成都兼两川节度使时,表杜甫为节度参谋检校工部员外郎,赐绯鱼袋。唐制,各部置员外郎,皆正官,工部员外郎一人,从六品上,仅次于郎中。)杜甫《客堂》诗中有:"台郎选才俊,自顾亦已极。""居然绾章绂(谓所服绯鱼),受性本幽独。""上公(指严武)有记者(谓记念旧交),累奏资薄禄。主忧岂济时,身远弥旷职。""尚想趋朝廷,毫发神社稷。形骸今若是,进退委行色。"这首诗是在云安写的,抵夔府时,朝廷必有音问到夔州都督府,询及杜甫的行踪,而杜甫则因病留滞夔门,检校东屯稻田,所以诗人自己作答说:"耕稼学山村。"但"尚想趋朝廷,毫发神社稷"之心,却无时或已。

由上所论,可知杜甫病滞夔州,原是带着中朝外官的身份,柏茂琳的照顾,不纯是由于旧谊或敬重杜甫的诗名,《人宅三首》中有"旅食岂才名"之句。《夔府书怀四十韵》中表示得更清楚，"萍流仍汲引，樗散尚恩慈"，上句言府主的招待，下句言朝廷的眷顾。那末，东屯百顷平田，既不是杜甫买的，也不是柏茂琳送的，而是由杜甫以中朝外官的身份检校考核其耕种收获，具体工作则是行官张望担负，事实不是很明显了么。

1962 年 7 月 15 日完稿，12 月 8 日写清

（原载《文史》第三辑）

作者著(译)述要目

西北的探检事业　1931 年 3
月《中学生》杂志十三期

敦煌取经记（译文）　1931
年5月《小说月报》二十二卷五期

西北的地理环境与探检生活
1931 年 6 月《中学生》杂志十六
期

敦煌的佛教艺术系统　1931
年 9 月《东方杂志》二十八卷十七
号

语言的缺陷　1931 年 9 月
《民铎杂志》十一卷一期

昆曲的演变与皮黄调的繁兴
（译文）　1932 年 6 月《朝华》三
卷一期

刘知远诸宫调考（译文）
1932 年 7 月《北平图书馆馆刊》
六卷四号

近年西北考古的成绩　1932
年 12 月《燕京学报》十二期

西域之佛教（译著）　商务
印书馆1933 年 5 月版

日本学术界之"支那学"研
究　1933 年 10 月《大公报·图书
副刊》

科兹洛夫发现南宋板画美人图
考（译文）　1933 年 10 月《河北
女子师范学院院刊》第一期

郎世宁传（译文）　1933 年

10 月《北平图书馆馆刊》七卷二、
四号

论读书　1933 年　付东华编
复兴初中语文课本第四册

三种汉画之发现　1934 年 1
月《文学季刊》创刊号

一个对比　1934 年 3 月《大
公报·图书副刊》

论唐代的边塞诗　1934 年 4
月《上海文学》二卷六期

中国语言学研究（译著）
商务印书馆1934 年 6 月版

瀛书腟语　1934 年 8 月《大
公报·图书副刊》30、38 期

图书的批评　1934 年 9 月
《大公报·图书副刊》

唐代女子服饰考　1935 年 1
月《大公报·艺术周刊》

流沙坠简校补　1935 年 3 月
《图书季刊》二卷一期

唐代的日本留学生　1935 年3
月《宇宙风》二十五期

旧京速写　1935 年　开明书
店《我的旅行记》

大观园源流辨　1935 年 7 月
《大公报·文艺副刊》

论历代建都与外患及国防之关
系　1935 年 10 月《益世报·史
学》十四期

论京都帝大重刊"四译馆则"
1935 年《图书季刊》二卷四期

历史学的新途径　1936 年 1
月《中学生》杂志六十一期

汉代以后中国人对于世界地理
知识之演进　1936 年 4 月《禹贡》
半月刊五卷三、四合辑

大唐西域记之译与撰　1936
年 10 月《大公报·图书副刊》

江南文化与两浙人文　1936
年 11 月 3 日《大公报》

汉初之南北军　1937 年 3 月
《中国社会经济史集刊》五卷一期

民族的自信　1937 年 10 月
浙江大学《国命旬刊》创刊号

归蜀行纪　1939 年 3 月　浙
江大学《国命旬刊》十五号

论王霸义利之辨　1941 年 5
月《责善半月刊》二卷四期

周易古今注序　1941 年 5 月
《经世季刊》二卷一期

论两汉政治制度之得失　1941
年 5 月《经世季刊》二卷一期

汉末大乱中原人民之流徙与文
化之传播　1941 年 6 月《文史杂
志》一卷五期

四川的蛮洞与湘西的崖葬
1941 年 11 月《星期评论》三十七
期

唐代文化之东渐与日本文明之
开发　1941 年 12 月《文史杂志》
一卷十二期

读杜诗　1942 年 7 月《中国
青年》七卷一、四、五期

哀张荫麟先生　1943 年 1 月
《思想与文化》二期

烽燧考　1943 年 4 月　中央
大学《文史哲》季刊第二期

后汉书志注引书目录　1943
年 9 月《图书季刊》四卷三、四期

两汉政治制度论　1943 年 11
月　中央大学《社会科学季刊》
一卷一期

汉唐精神　1944 年 2 月《读
书通讯》84—86 期

记杜少陵浪迹西川　1944 年
《说文月刊》四卷合刊本

魏晋清谈思想初论　商务印书
馆 1946 年 1 月版

哭梅迪生先生　1946 年 3 月
《思想与时代》月刊四十六期

黄巾贼与太平道　1946 年 3
月《文史杂志》二卷三期

现代中国政治社会的大矛盾
1946 年 4 月《大公报·星期论文》

抗战我国文物之损失与近代流
落日本之文物　1946 年 9 月《大
公报》

再论历代建都与外患及国防之关系　1946年12月《思想与时代》月刊四十二期

从一个字里所看到的社会风气　1947年1月《世纪评论》十五期

世说新语札记　1947年3月《中央图书馆馆刊》复刊第一号

唐长安之春（译文）　1947年7月《读书通讯》136期

英雄与名士　1948年《世纪评论》八期

汉末政治与社会之交困　1948年《学艺杂志》十七卷十一号

二十五史外编拟目（草目）　1948年4月　上海开明书店

关于"中和思想的面面观"　1948年12月　上海《大公报》

影印杨氏水经注疏说明　科学出版社1955年7月版

论两汉土地占有形态的发展　上海人民出版社1956年版

论法显赴印度　1956年8月《中国文学》（英文版）

关于宗族、宗部的商榷　1956年11月《历史研究》十一期

升斗辨　1958年6月《历史研究》六期

汉唐间封建的国有土地制与均田制　上海人民出版社1958年8月版

关于封建的土地所有制问题的一些意见　1960年2月《新建设》二期

谈"反封建制度"和"反封建主义"的区别　1961年5月《新建设》五期

关于古代东方封建国家土地所有制的几条札记　1961年8月30日《光明日报》

古代日本和中国的交通路线　1963年8月《人民中国》日本版第八期

汉唐间封建土地所有制形式研究　上海人民出版社1964年9月版

贺昌群史学论著选　中国社会科学出版社1964年5月版

贺昌群文集（三卷本）　商务印书馆2003年12月版

汉简释文初稿（上、下册）　北京图书馆出版社2005年6月版

作者年表

1903 年

10 月 5 日（农历八月十五日）出生于四川省马边县（今马边彝族自治县）官帽舟黄桷溪一户农家。幼年为乡间富家子弟作陪读，因学习刻苦勤奋，深受塾师厚爱，自此习读经书，接受儒家的传统文化教育。

1913 年

靠母亲卖蚕丝，筹款到成都读新学。

1918 年

考入成都联合中学（今成都石室中学）。这一时期得以接触西方的自然科学和社会科学，对其后的学术生涯产生了重要影响。

1920 年

受五四运动影响，参加了校内学生组织的"求是学社"，成为其中的活跃分子。

1921 年

由亲友资助，与联合中学同窗李一氓、孙元良结伴，赴上海求学。暑假考入沪江大学，学费由堂兄贺昌溪资助。

1922 年

因堂兄去世，经济来源断绝，仅念了一个学期即辍学。秋，考入商务印书馆编译所。得商务印书馆丰富的藏书之便，经常彻夜读书。

1923—1925 年

在商务印书馆编译所被委派撰写元明清小说提要，由此得恣览三朝词曲名篇，尔后渐趋研究程序，时有短文发表。

1926 年

在商务印书馆与叶圣陶、郑振铎等进步文化青年交往融合，加入"文学研究会"，据现存文学研究会会员录（部分）名单中，入会号数为 169 号，确切入会时间不详。

1927 年

在《东方杂志》《时事新报》等报刊发表《上古哲学史上的名家与所谓"别墨"》《关于〈评文学大纲〉的几句话》等文。为商务印书馆"少年史地丛书"译述《丹麦一瞥》《荷兰一瞥》。

1928 年

1 月与浙江理学家夏震武之女夏志和在富阳里山镇结婚。

在《文学周报》发表《王国维先生整理中国戏曲的成绩及其文艺批评》以悼念王国维自沉。完成了首部专著《元曲概论》。为商务印书馆新时代史地丛书撰述《英国现代史》。在《贡献旬刊》等刊物发表《红楼梦里的西洋物质文明》、《关于唤名收魂的传说》。

1929 年

移居上海。并先后与叶圣陶、鲁迅、周建人、向达等结邻，此间，《汉唐间外国音乐的输入》、

《中国文化上所表现的南与北》等文刊出。

1930 年

东渡日本，阅读大量有关明清之际西洋传教在中国的活动和写作记载。并对日本学术界的汉学研究状况进行考察。

专著《元曲概论》译著《新波斯》由商务印书馆出版。

因岳父夏震武去世，由日赶回奔丧。

1931 年

完成《西北的探检事业》、《西北的地理环境与探检生活》。节译了斯坦因的《敦煌取经记》，对各国相继派遣探检队来我国深感忧虑。作《敦煌的佛教艺术系统》，该文的发表，标志着我国对传世绘画由历史的研究进入艺术的研究，使绘画史研究提高到了一个新水平。

下半年，离开商务印书馆北上，任天津河北女子师范学院教授，兼任北平图书馆的工作，与马衡等对西北出土运至北图的一批汉简做了部分考释，手稿达十六册。

1932 年

迁北京住中南海欢喜庄。译文《昆曲的演变与皮黄调的繁兴》、

《刘知远诸宫调考》刊出。《近年西北考古的成绩》在《燕京学报》发表。

1933 年

任北平图书馆编纂委员，编辑《图书季刊》。主编《大公报·图书副刊》，同时选购外国研究中国的书籍，译著《西域之佛教》由商务印书馆出版，译文《郎世宁传》、《科兹洛夫发现南宋美人图考》发表。完成《日本学术界之"支那学"研究》一文。《论读书》收入复兴初中语文课本。

1934 年

《论唐代的边塞诗》、《瀛书脞语》、《图书的批评》等论文发表。《三种汉画之发现》最早对汉画新资料进行了整理介绍，对后来的研究产生了重要影响。译著了高本汉的《中国语言研究》。这一时期形成并著述了自己对图书评论的基本理论。

1935 年

《流沙坠简校补》、《论京都帝大重刊"四译馆则"》、《大观园源流辨》等多篇论文刊出。在《图书副刊》上对多领域的新著的评介，反映了这一时期对多种学科的关注。在《益世报》发表了《论历代建都与外患及国防之关系》，此为我国近代政治地理学中较早论述建都与国防形势关系之论文。

1936 年

完成《历史学的新途径》、《汉代以后中国人对于世界地理知识之演进》、《大唐西域记之译与撰》等多篇论文。草拟了《大唐西域记集释计划书》。

1937 年

卢沟桥事变日寇侵华战争全面爆发，举家南迁杭州。任浙大史地系教授。在《国命旬刊》撰《民族的自信》痛斥日寇侵华。杭州失守，随浙大迁建德再迁江西吉安、泰和。

1938 年

随浙大自泰和再迁宜山，在宜山与刘永济、梅光迪等结诗社。

1939 年

应马一浮之邀，至乐山佐理复性书院事务，合作之初即因办学方针相左而离开书院。靠教育部津贴，在山中古寺居住，专致撰述《魏晋南北朝史稿》。

1940 年

仍在山中潜心撰述《魏晋南北朝史稿》。下半年，应家乡父老之邀，回乡创办了小凉山地区的第一所中学——马边中学，并担任校长。

1941 年

2 月赴山台东北大学为蒙文通代课。下半年任中央大学历史系教授。授两汉政治制度、隋唐五代史、魏晋南北朝史、魏晋清谈、魏晋玄学、世说新语、杜诗与盛唐时代、中国通史、中国历史研究法等课程。发表有《王霸义利之辨》、《两汉政治制度论》、《唐代文化之东渐与日本文明之开发》等多篇论文。

1942 年

《读杜诗》在《中国青年》七卷一、四、五期连载。迁至为中大教师租住的民宅沙坪坝梁家院子。

1943 年

撰《敦煌千佛洞应归国有赞议》，呼吁政府加强对千佛洞的管理。撰《哀张荫麟先生》痛悼好友之早逝。《清谈之起源》初刊《文史哲》季刊。据汉简考释，写成《烽燧考》，对烽燧二字做了新释，这一考释的正确为以后居延新发现的汉简证实。《两汉政治制度论》在中大《社会科学季刊》发表。

1944 年

作《汉唐精神》，认为中国政治制度之基础，由汉而奠至唐完成，汉唐两代实为铸成中国民族性刚柔相济、能屈能伸的两大时代。是年，指导潘天祯、陈琏毕业论文。

1945 年

日本投降。中大即将东迁复员。10 月受聘为民国教育部清理战区文物损失委员会委员。

1946 年

参加了重庆地区中大、重大、复旦等学联组织的"政治协商会议只许成功不许失败"的游行。《魏晋清谈思想初论》由商务印书馆出版。5 月随中大复员抵南京。8 月聘为中央大学历史系主任及研究院历史学部主任。

1947 年

为中大教授会起草了《国立中央大学教授会宣言》，要求当局增拨教育经费、改善教职工待遇。支持并参加了"五·二○""反饥饿、反内战"学生运动，被人密告煽动学生运动，受当局监视。审计院借故对其审查迫害，愤而辞去历史系主任及研究所长职务，因校长吴有训的再三恳留和历史系一百多位同学联名致信挽留，始同意留任。同年，为中大进步学生组织

"历史学社"题辞,阐明了自己的基本史学观。

1948 年

南京时局日紧,因被当局列入黑名单,暂离宁至沪开明书店工作。完成《英雄与名士》、《汉末政治与社会之交困》。

1949 年

4 月 23 日南京解放,5 月 27 日上海解放,全家迁返南京任中大历史系教授。受聘为南京市第一、二届各界代表会议代表,南京市文物保管委员会副主任委员。在上海《大公报》发表《关于"中和思想的面面观"》,回应蔡尚思对他的批判。

1950 年

原中央图书馆正名为"国立南京图书馆"调任该馆馆长。

1951 年

任太平天国起义百周年纪念筹备委员及史料编委。下半年赴安徽太和县参加土改。

1952 年

组织南图特藏部编成《国立南京图书馆善本书草目》,通过接管、合并、收购等方式,使南图藏书猛增。

1953 年

调任中国科学院图书馆副馆长、历史研究所研究员。

1954 年

参加标点《资治通鉴》工作。

1955 年

作《影印杨氏水经注疏说明》。受聘为中国科学院历史研究二所学术委员。

1956 年

《论两汉土地占有形态的发展》出版。

完成《资治通鉴·唐纪》二十、二十一的标点。

1957 年

参加国务院科学规划委员会古籍整理出版规划小组。

1958 年

因病辞去中国科学院图书馆副馆长职,回历史所专心治学,任秦汉魏晋南北朝史研究室主任。

《汉唐间封建的国有土地制与均田制》由上海人民出版社出版。

1959 年

《论黄巾农民起义的口号》、《秦汉间个体小农的形成和发展兼论陈涉起义的阶级关系》刊《历史研究》。

1960 年

心脏病频繁发作住院治疗。

作《关于封建的土地国有制问

题的一些意见》。

1961 年

完成《秦末农民起义的原因及其历史作用》等四篇论文。指导研究生刘学沛毕业论文。

1962 年

这一年重病缠身，仍日夜伏案工作。《东汉更役戍制度的废止》发表。

1963 年

完成《诗中之史》。将收藏的杜甫书籍资料无偿捐赠给杜甫草堂。

1964 年

当选为第三届全国人大代表。专著《汉唐间封建土地所有制形式研究》出版。

1965 年

《古代中日文化交流史话二则》刊《中华文史论丛》。

1966 年

"文化大革命"开始。被贴了许多大字报。

1967 年

写交待检查，被抄家。

1968 年

参加批斗会返家途中遭大雨冰雹，发高烧、吐血，向工宣队请了长假。

1969 年

将毕生收藏的有关杜甫研究的汉唐间典籍近 3000 册函，全部无偿捐赠成都杜甫草堂。

1970 年

历史所全体人员下放河南息县，因病得免。

1971 年

心脏病日益严重，出现无疼性血尿。

1972 年

确诊为膀胱癌。

1973 年

10 月 1 日上午在北京协和医院逝世。